KB201663

스틸 미

STILL ME

스틸 미

조조 모예스 장편소설
공경희 옮김

다산책방

사랑하는 사스키아에게,

줄무늬 타이츠를 당당하게 입기를.

일러두기

- 주석은 모두 옮긴이 주다.

먼저 자신을 알고 난 다음에
적절하게 스스로를 꾸미라.

- 에픽테토스

차례

스틸 미
11

1.

그 콧수염을 보자 영국을 떠나왔다는 게 뼈저리게 느껴졌다. 회색빛의 단단한 지네 같은 것이 남자의 윗입술을 덮고 있었다. 빌리지 피플◇ 같은 콧수염이었다. 카우보이가 기를 법한, 영업 중임을 알리는 빗자루 모양의 미니어처 간판과 비슷한 수염. 영국 남자는 저런 콧수염을 기르지 않는다. 도무지 눈을 뗄 수 없었다.

"다음 분."

영국에서는 저런 수염을 기른 사람을 딱 한 명 봤다. 수학 담당 네일러 선생님. 수학 시간에 우린 그의 수염에 다이제스티브 부스러기가 몇 개나 붙었는지 셌다.

"다음."

"어머, 죄송해요."

제복을 입은 공무원이 통통한 손가락을 탁 치며 앞으로 나오라고 손짓했다. 그는 컴퓨터 스크린에서 고개를 들지 않았다. 부스에

◇ 1977년도부터 활동한 미국의 디스코 그룹. 멤버 전원이 남성미를 상징하는 콧수염을 기른 것으로 유명하다.

서 기다리려니, 땀이 줄줄 흘러 원피스에 뱄다. 그가 손을 들고 살찐 손가락 네 개를 흔들었다. 여권을 달라는 뜻임을 알아차리기까지 시간이 좀 걸렸다.

"이름."

"거기 있는데요."

"아가씨 이름이요."

나는 카운터 너머를 보면서 대답했다.

"루이자 엘리자베스 클라크. 그렇다고 중간 이름인 엘리자베스를 쓰진 않지만요. 엄마는 그 이름으로 정한 후에야 그러면 '루 리지'◇가 된다는 걸 알아차렸거든요. 그리고 '루 리지'를 속사포로 발음하면 '루나시'◇◇가 되잖아요. 아빠는 그게 딱이라고 하지만요. 내가 미치광이란 뜻은 아니고요. 미치광이를 이 나라에 받아들이고 싶진 않을 테죠. 하하!"

출입국 관리원이 처음으로 날 쳐다봤다. 어깨가 반듯하고 테이저건처럼 사람을 꼼짝 못 하게 하는 눈빛이었다. 그는 웃지 않았다. 내 웃음이 멈추기를 기다릴 뿐.

내가 말했다.

"죄송해요. 제복을 입은 사람을 보면 긴장해서요."

내 뒤쪽 출입국심사 구역을 힐끗 돌아보았다. 줄이 몇 번이나 구불구불 이어져서 뚫고 지나가지 못할 지경이었다. 안절부절못하는 인파가 대기 중이었다.

◇ 루이자의 애칭인 '루'와 엘리자베스의 애칭인 '리지'를 함께 부른 이름.

◇◇ 정신이상, 광기, 미치광이를 뜻하는 영단어.

내가 말했다.

"저 줄에 있으니 기분이 좀 요상하네요. 솔직히 이렇게 긴 줄은 처음 서봤거든요. 크리스마스 선물 목록이라도 작성하기 시작해야 되나 고민하던 참이었어요."

"손을 스캐너에 올리세요."

"항상 이 정도인가요?"

"스캐너요?"

그가 얼굴을 찡그렸다.

"줄이요."

하지만 그는 내 말을 듣지 않았다. 컴퓨터 화면에 뜬 내용만 쳐다보았다. 나는 작은 패드 위에 손을 올렸다. 그때 내 휴대폰에서 알림음이 울렸다.

착륙했니?

스캔하지 않는 손으로 답을 입력하려 했지만, 출입국 관리원이 매섭게 노려봤다.

"이봐요. 여기는 휴대폰 사용 금지구역이라고요."

"엄마인걸요. 내가 무사히 도착했는지 궁금해하세요."

나는 휴대폰을 치우면서 슬쩍 엄지 이모티콘을 누르려 했다.

"방문 목적은요?"

엄마는 즉시 문자메시지로 "무슨 말이야?"라고 물었다. 엄마는 휴대폰을 능숙하게 다뤄서, 말하는 속도보다 문자 입력하는 속도가

빠를 정도였다.

내 폰에 작은 그림은 안 뜨는 거 알지? SOS를 친 거야? 루이자, 무사하다고 말해.

"방문 목적은요?"

짜증 때문에 콧수염을 꿈틀거린 그가 느릿느릿 덧붙였다.

"여기 미국에서 뭘 할 겁니까?"

"새 일자리가 생겨서요."

"어떤 일자리요?"

"뉴욕에 있는 어떤 집에서 일하게 되었어요. 센트럴파크요."

일순간 그의 눈썹이 1밀리미터쯤 올라간 것 같았다. 출입국 관리원은 내 서류에 적힌 주소를 재차 확인했다.

"어떤 종류의 일입니까?"

"약간 복잡한데요. 아무튼 유급 친구 역할이에요."

"유급 친구라."

"이런 거죠. 전에 어떤 사람을 위해 일했어요. 난 친구였지만 그에게 약을 챙겨주고, 외출을 돕고 밥을 떠먹였어요. 한데 듣는 것처럼 이상한 일은 아니었어요. 그가 손을 못 썼거든요. 변태 같은 건 아니었다고요. 사실 마지막 일자리는 그 이상으로 끝났죠. 사람을 보살피다 보면 가까워지기 마련이고, 윌, 그러니까 그의 이름이 윌이었는데요. 윌은 좋은 사람이었고 우린…… 음…… 우린 사랑에 빠졌죠."

한발 늦었다. 늘 그러듯 눈물이 차올랐다. 얼른 눈가를 훔치고 말을 이었다.

"그래서 이번 일도 비슷할 거라고 생각해요. 사랑에 빠지는 부분만 빼고요. 밥 먹이기랑."

출입국 관리원은 날 빤히 쳐다보았다. 난 웃어보려고 애썼다.

"사실 평소에는 일 얘기를 하면서 울지 않거든요. 이름은 그 모양이지만 진짜 미치진 않았다고요. 하하! 하지만 그이를 사랑했어요. 그 사람도 나를 사랑했고요. 그런데 그 사람이…… 음, 그이가 인생을 끝내는 쪽을 선택했어요. 그러니까 내게 이번 일은 새출발 같은 거죠."

이제 당황스럽게도 눈물이 줄줄 흘렀다. 어떻게 해도 눈물을 멈추지 못할 것 같았다.

"죄송해요. 시차 때문일 거예요. 지금 새벽 2시 정도 됐거든요. 그렇죠? 게다가 이제 그 사람 얘기를 하는 게 싫어요. 새 남자 친구가 생겼단 뜻이에요. 착한 사람이에요! 구조대원이죠! 섹시하고요! 이 정도면 애인 복권에 당첨된 거죠? 섹시한 구조대원 정도면?"

핸드백을 뒤적이며 티슈를 찾았다. 고개를 드니 출입국 관리원이 티슈를 내밀고 있었다. 한 장 뽑았다.

"고마워요. 아무튼 뉴질랜드 출신인 친구 네이선이 여기서 일하는데, 이 일자리를 구하도록 도와줬어요. 우울증을 앓는 부잣집 사모님 시중드는 일인데 그 외에 뭘 해야 할지는 잘 몰라요. 하지만 이번에는 윌이 내게 바랐던 대로 살기로 결심했어요. 전에는 그렇게 못 했거든요. 결국 공항에서 일하는 걸로 끝나버렸죠."

그 말을 하고 얼어붙었다.

"어, 공항에서 일하는 게 잘못이라는 뜻은 아니고요. 분명히 출입국 업무는 대단히 중요한 일이죠. 진짜 중요하죠. 하지만 제겐 계획이 있어요. 여기서 지내는 동안 매주 새로운 일을 하면서 '좋다'고 대답할 작정이에요."

"'좋다'라고 대답한다니요?"

"새로운 일한테요. 윌은 늘 내가 갇힌 채로 새로운 경험을 외면한다고 말했어요. 그러니 이게 제 계획이에요."

출입국 관리원은 내 서류를 꼼꼼히 살폈다.

"주소란을 다 채우지 않았군요. 우편번호를 적어야 합니다."

그가 서류를 내밀었다. 나는 프린트한 종이에서 숫자를 확인하고 떨리는 손으로 서류에 써 넣었다. 왼쪽을 힐끗 보니, 내 주위로 대기 줄이 엄청나게 늘어 있었다. 다음 줄 앞쪽에 있던 중국인 가족이 관리원 두 명에게 심사를 받았다. 중국인 여자가 항의하자, 관리원들은 가족을 옆방으로 데려갔다. 문득 외로움이 밀려들었다.

출입국 관리원은 대기 중인 사람들을 쳐다보았다. 그러더니 불쑥 내 여권에 스탬프를 찍었다.

"행운을 빕니다, 루이자 클라크."

관리원이 말했다.

나는 그를 빤히 쳐다보았다.

"이게 끝인가요?"

"이게 끝입니다."

나는 미소를 지었다.

"아, 감사해요. 정말 친절하시네요. 난생 처음 혼자서 지구 반대편에 있으니 기분이 좀 이상해요. 방금 처음으로 좋은 분을 만난 느낌이라서……."

"이제 나가셔도 됩니다."

"네, 네. 그럴게요. 죄송해요."

소지품을 챙기고 땀에 젖은 앞머리를 뒤로 넘겼다.

"그런데 아가씨……."

"네?"

내가 무슨 잘못이라도 했는지 걱정됐다.

출입국 관리원이 컴퓨터 화면에서 눈을 떼지 않고 중얼댔다.

"아무 때나 '좋다'고 대답하지는 말아요."

약속대로 네이선이 도착 구역에서 기다리고 있었다. 사람들을 쳐다보니 이상하게 창피했고, 아무도 마중 나오지 않을 거라고 확인했었다. 하지만 오가는 인파 위로 네이선이 큰 손을 흔들었다. 그는 다른 팔도 들고 활짝 웃으면서 사람들을 헤치고 나에게 다가왔다. 그리고 나를 번쩍 안아 올렸다.

"루!"

네이선을 보자 속에서 뭔가가, 월과 상실감과 일곱 시간 동안 살짝 흔들리는 비행기에 앉아서 생긴 부대끼는 기분과 관계된 어떤 것들이 갑작스럽게 나를 죄어왔다. 다행히 그와 힘껏 포옹하는 사이에 진정할 수 있었다.

"뉴욕에 온 걸 환영해요, 땅꼬마 씨! 패션 감각은 여전하네요."

네이선은 나를 앞에 내려놓고 씩 웃었다. 나는 1970년대 호피 무늬 원피스를 쓸어내렸다. 난 이 원피스가 오나시스◇와 결혼한 후의 재키 케네디처럼 보일 거라고 짐작했었다. 재키 케네디가 비행기에서 무릎에 커피를 반쯤 쏟았다면 말이다.

"만나니 참 좋네요."

그는 무거운 내 짐을 깃털 베개처럼 가뿐히 들었다.

"이리 와요. 집에 데려다줄게요. 프리우스◇◇가 정비소에 들어가서 G 씨가 차를 빌려줬어요. 교통 체증이 어마어마하지만 폼 나게 집에 도착할 거라고요."

고프니크 씨의 승용차는 매끈한 검은색으로 버스만큼 컸고 문이 중후하게 '탁' 닫히는 걸로 볼 때 가격이 억대는 될 듯했다. 네이선이 내 가방들을 트렁크에 실었고, 나는 조수석에 앉아 한숨을 쉬었다. 휴대폰을 확인하니 엄마가 보낸 문자메시지가 열네 통이나 와 있었다. 차에 탔고 내일 전화하겠다고 간단히 답한 후 보고 싶다는 샘의 문자메시지에 "도착 xxx"◇◇◇라고 답했다.

"그 친구는 어때요?"

네이선이 힐끗 보면서 물었다.

"잘 지내요."

나는 더 확실히 하려고 "xxxx"를 덧붙였다.

◇ 애리스토틀 오나시스. '선박왕'이라는 별명을 가진 세계적으로 유명한 그리스의 사업가.
◇◇ 토요타에서 생산하는 준중형 자동차 모델.
◇◇◇ 키스를 뜻한다.

"루가 여기 오는 걸 두고 샘이 너무 힘들게 하지는 않았어요?"

나는 어깨를 으쓱했다.

"샘은 내가 여기 와야 한다고 생각하더라고요."

"우리 모두 그랬죠. 루가 길을 찾는 데 시간이 걸린 것뿐이에요."

나는 휴대폰을 치우고 등을 기대고 앉아 고속도로에 늘어선 낯선 간판을 내다봤다. 마일로 타이어 가게, 리치 체육관, 구급차, 유홀 렌트 트럭, 칠이 벗겨지고 현관이 너저분한 초라한 주택들, 농구 코트, 대형 플라스틱 컵에 담긴 음료를 마시는 운전자. 네이선이 라디오를 켜자 로렌조라는 사람이 떠드는 야구 이야기가 들렸고 난 한 순간 비현실 속에 있는 느낌을 맛봤다.

"내일 하루 여유가 있는데 혹시 하고 싶은 일 있어요? 일단 하루는 좀 자고요. 루가 일어나면 같이 나가서 브런치를 먹을까요? 여기서 보내는 첫 주말인데, 뉴욕 식당을 정식으로 경험하면 좋지 않겠어요?"

"좋을 것 같아요."

"부부는 내일 저녁이나 되어야 컨트리클럽에서 돌아올 거예요. 지난주에 약간 갈등이 있었거든요. 일단 자고 일어나면 다 얘기해 줄게요."

나는 네이선을 뻔히 쳐다봤다.

"숨기는 거 없죠? 설마 앞으로 이 일이……."

"트레이너 부부와는 다른 사람들이예요. 그냥 평범하고 문제 많은 백만장자 가족이죠."

"부인은 좋은 사람인가요?"

"괜찮죠. 좀…… 손이 많이 가는 여자예요. 그래도 인성은 괜찮아요. 남편도 마찬가지고요."

이 정도면 네이선이 남의 성격을 최대한 좋게 말한 셈이었다. 남의 말을 별로 안 하는 부류인 만큼 그는 곧 입을 다물었다. 나는 냉방이 잘되고 매끄럽게 달리는 벤츠 GLS에 앉아 계속 밀려드는 잠과 싸웠다. 샘을 떠올렸다. 수천 킬로미터 떨어진 객차에서 곤히 자고 있겠지. 런던의 내 좁은 아파트에서 곯아떨어졌을 트리나와 톰을 생각했다. 그때 네이선의 목소리가 들렸다.

"자, 여기예요."

뻑뻑한 눈을 뜨고 올려다보니, 브루클린브리지 너머로 맨해튼이 보였다. 백만 개의 뾰족한 빛 조각처럼 반짝이는 경이롭고 화려한 광경. 믿을 수 없이 빽빽하고 아름다운 풍경은 텔레비전과 영화에서 워낙 많이 봐서 실제로 보고 있다는 걸 인정할 수 없었다. 난 멍하게 허리를 세우고 앉았다. 우린 맨해튼을 향해 내달렸다. 지구에서 가장 유명한 대도시를 향해서.

"저 풍경은 변하지도 않아요. 그쵸? 스토트폴드보다 좀 웅장하죠."

그때까지 실감하지 못했던 것 같다. 여기가 '새집'이라는 사실을.

"아, 아속. 별일 없어요?"

네이선이 내 가방을 끌고 대리석 로비를 지났다. 난 흑백 타일과 황동 난간을 보면서 헛발을 디딜까 조심했다. 동굴 같은 공간에 내 발소리가 울렸다. 고풍스럽고 웅장한 호텔 같은 분위기가 나는 입구였다. 반들반들한 황동 승강기, 붉은색과 금색 카펫이 깔린 바닥, 편안함을 느끼기엔 지나치게 컴컴한 안내석. 밀랍과 반들대는 구두, 돈 냄새가 섞여 풍겼다.

"별일 없습니다. 이분은 누구신가요?"

"루이자예요. G 부인과 함께 일할 겁니다."

제복 차림을 한 수위가 책상 뒤에서 나와 내게 악수를 청했다. 환한 미소와 세상 물정에 통달한 눈빛을 가진 사내였다.

"만나서 반가워요, 아쇽."

"영국인이군요. 사촌 한 명이 런던에 삽니다. 크로이-다운에요. 크로이-다운을 아십니까요? 근처 어디라도? 한 덩치 하는 녀석이죠. 무슨 뜻인지 아시지요?"

"전 사실 크로이던을 잘 몰라요."

내가 대답했다. 그런데 아쇽이 시무룩해지기에 냉큼 덧붙였다.

"하지만 다음에 근처를 지나가게 되면 그 사람을 꼭 찾아볼게요."

"루이자, 레이버리에 잘 왔어요. 뭐든 필요하거나 알고 싶은 게 있으면 말만 해요. 난 매일 스물네 시간 여기 있으니까."

"농담 아니에요. 이따금 아쇽이 저 책상 밑에서 자는 건 아닌가 싶다니까요."

네이선이 말하며 화물 승강기를 가리켰다. 로비 뒤쪽 근처에 칙칙한 잿빛 문짝이 있었다.

아쇽이 말했다.

"다섯 살 미만인 애가 셋이라서요. 솔직히 여기 있는 게 정신 건강에 좋아요. 집사람에게도 그런지는 모르겠지만요."

그가 빙그레 웃으면서 말을 이었다.

"진심이에요. 필요한 게 있으면 나한테 말해요."

직원용 승강기 문이 닫히자 내가 속삭였다.

"필요한 거라니. 마약, 매춘부, 매춘굴 같은 걸 말하는 건가요?"

"무슨 소리하는거예요? 극장 티켓이나 레스토랑 테이블 예약을 도와주거나 주변에 잘하는 세탁소가 어딘지 알려주겠다는 거잖아요. 여기는 5번가라고요. 세상에. 런던에서 뭘 하다 온 거예요?"

고프니크 일가가 사는 곳은 고딕양식의 빨간 벽돌 건물의 2층과 3층으로 그 면적만 200평 규모였다. 뉴욕의 이 구역에서는 보기 드문 복층 아파트라고 하니, 대대로 부유한 집안이라는 증거였다. 네이선 말로는 이 '레이버리'는 다코타의 유명한 건물을 축소 모방해서 만들었고, 어퍼이스트사이드에서 가장 유서 깊은 공동주택으로 꼽히는 건물이라고 했다. 여기서 아파트를 사거나 팔려면 주민위원회의 승인을 받아야 했고, 거주자들은 변화를 극도로 싫어했다. 공원 맞은편의 화려한 콘도에는 러시아의 친정부 재벌이며 팝스타, 중국의 철강왕, 첨단기술 백만장자까지 신흥 부자들이 주로 살아서 그런지 단지 안에도 레스토랑, 체육관, 어린이집, 고급 수영장이 즐비했다. 반면 레이버리 입주민은 전통을 선호했다.

레이버리는 대물림되는 아파트였기에 주민들은 1930년대의 배관을 감내하는 법을 배웠다. 전등 스위치 교체보다 큰 수리를 하려면 지루하고 복잡한 승인을 받아야 했다. 이들은 손 팻말을 든 걸인을 대하듯 뉴욕의 변화를 점잖게 외면했다.

쪽모이 세공을 한 마룻바닥, 높은 천장, 바닥까지 드리워진 다마스크 커튼. 이 웅장한 복층 아파트를 구경할 새도 없이 우리는 2층 끝에 따로 마련된 직원 구역으로 직행했다. 좁고 긴 복도를 지나자 주방으로 이어졌다. 그곳은 케케묵은 시대의 괴상한 잔재라 할 만했다. 신축하거나 리모델링한 건물에는 직원 구역이 없었다. 가정부와 보모는 퀸스나 뉴저지에서 새벽차를 타고 출근해서 어두워진 뒤에 퇴근했다. 하지만 고프니크 일가는 처음 건물이 세워졌을 때부터 있던 이 작은 방들을 그대로 두었다. 이 구역은 증서로 주인의 거주지에 묶여 있어서 개축이나 매도가 불가능했다. 그래서 창고로 사용할 수밖에 없었는데, 왜 자연스럽게 창고로 취급되는지 척 봐도 알 만했다.

"다 왔어요."

네이선이 문을 열고 내 짐을 내려놓았다.

가로세로 각각 3.5미터 크기의 방이었다. 더블 침대, 텔레비전, 서랍장, 옷장이 있었다. 구석에 놓인 작은 베이지색 패브릭 소파는 이전 사람들이 고단해하며 앉았던 흔적으로 푹 꺼져 있었다. 작은 창은 남쪽으로 나 있는 걸까? 아니면 북쪽? 동쪽? 가늠하기 힘든 이유는 창에서 2미터도 안 되는 곳에 건물 뒷벽이 있었기 때문이었다. 휑한 벽면이 너무 높아서, 얼굴을 유리창에 대고 목을 길게 빼야만 하늘이 보였다.

공동 주방이 복도 근처에 있었다. 나와 네이선과 가정부가 쓰게 될 곳이었다. 내 방과 복도를 사이에 두고 가정부 방이 있었다.

침대에는 진청색 셔츠 다섯 벌과 싸구려 나일론 광택이 도는 검은색 바지 같은 게 차곡차곡 쌓여 있었다.

"왜 유니폼이 있다고 말해주지 않았어요?"

나는 남방셔츠 한 벌을 집어 들었다.

"그냥 셔츠랑 바지일 뿐이에요. 고프니크 사람들은 유니폼이 일을 더 간단하게 만든다고 생각하거든요. 직원들이 어디에 서 있는지 누구나 알 수 있으니까요."

"프로 골퍼처럼 보이고 싶다면 모를까요."

나는 좁은 욕실을 들여다보았다. 침실에서 문만 열면 바로 욕실이었다. 갈색 대리석 타일마다 석회가 말라붙어 있었고, 변기와 샤워기, 1940년대부터 있었을 것 같은 작은 세면대도 있었다. 종이로 싼 비누 옆에는 바퀴벌레 살충제가 있었다.

네이선이 말했다

"사실 맨해튼 기준치고는 제법 넓은 편이에요. 고리타분해 보이긴 해도 G 부인이 페인트는 칠해도 된다고 하고요. 램프 두어 개를 들이고, 얼른 크레이트앤배럴◊에 가서……."

"맘에 들어요."

내가 말했다. 그에게로 고개를 돌리는데 갑자기 목소리가 떨렸다.

"내가 뉴욕에 와 있어요, 네이선. 진짜로 여기 있다고요."

그가 내 어깨를 꽉 잡았다.

"맞아요. 정말 여기 와 있어요."

◊ 가구나 인테리어 소품 등 클래식하고 심플한 생활용품을 파는 미국의 라이프스타일 브랜드.

*

나는 겨우 잠을 참으면서 짐을 풀었다. 그리고 네이선과 포장 음식(그는 진짜 미국인처럼 음식을 포장해 가겠다는 말을 '테이크아웃'이라고 말했다)을 먹고 소형 텔레비전을 보며 859개나 되는 채널을 돌려댔다. 대부분의 채널에서 아메리칸풋볼, 소화제 광고, 듣도 보도 못한 삼류 범죄물을 방송했다. 그러다가 금방 잠이 들었다. 깜짝 놀라 깨니 새벽 4시 55분이었다. 몇 분간 멀리서 들려오는 낯선 사이렌 소리와 후진하는 트럭 엔진 소리에 혼란스러워하다가, 전등을 켰다. 그제야 내가 어디 있는지 기억나면서 온몸에 흥분이 솟구쳤다.

가방에서 노트북을 꺼내서 샘에게 메시지를 보냈다.

거기 있어요? xxx

기다렸지만 아무런 답도 오지 않았다. 샘은 근무에 복귀한다고 말했었고 너무 피곤해서 시차를 헷갈렸다. 나는 노트북을 내려놓고 잠시 잠을 청했다(트리나는 내가 잠이 부족하면 우수에 찬 말처럼 보인다고 했다). 하지만 낯선 도시의 소음이 주는 감미로운 유혹을 거부할 수는 없었다. 결국 6시에 침대에서 내려와, 샤워기 꼭지에서 후드득 쏟아지는 녹물을 모른 체하며 씻었다. 나는 옷(데님 점퍼스커트와 자유의여신상 사진이 인쇄된 옥색 반소매 빈티지 블라우스)을 입고 커피를 찾으러 갔다.

전날 저녁에 네이선이 알려준 직원용 주방의 위치를 떠올리려 애쓰면서 통로를 걸었다. 문을 열자 어떤 여자가 몸을 돌리고서 날 노려봤다. 다부진 체격에 1930년대 영화배우처럼 짙은 색 머리칼을 굽슬굽슬하게 연출한 중년 여성이었다. 검은 눈이 아름다웠지만, 양쪽 입꼬리가 처져서 늘 불평할 것 같은 인상을 풍겼다.

"저…… 안녕하세요!"

그녀가 날 계속 노려봤다.

"저는…… 저는 루이자예요. 새로 온 직원이에요. 고프니크 부인의 어시스턴트로요."

"그 사람은 고프니크 부인이 아니에요."

여자의 대꾸가 공중에 울려 퍼졌다.

"그럼……."

시차에 시달리는 머리를 굴려봤지만 떠오르는 이름이 없었다. '정신 좀 차려'라고 속으로 외치고 나서 다시 말했다.

"죄송해요. 오늘 아침에 머리가 곤죽이 된 것 같네요. 시차 때문에요."

"내 이름은 일라리아예요."

"일라리아. 맞아요, 그 이름이시죠. 죄송해요."

내가 손을 내밀었다. 그녀는 손을 잡지 않았다.

"당신이 누군지 알아요."

"저기…… 네이선이 우유를 어디 두는지 가르쳐주시겠어요? 커피를 마시고 싶어서요."

"네이선은 우유를 먹지 않는데."

"정말요? 전에는 먹었는데."

"내가 거짓말이라도 한다는 거예요?"

"아뇨, 그런 뜻으로 한 말이 아니라……."

그녀가 왼쪽으로 물러나더니 벽에 붙은 찬장을 가리켰다. 다른 찬장의 절반 크기로, 손이 닿을까 말까 한 높이에 달려 있었다.

"여길 쓰면 돼요."

그렇게 말하고 일라리아는 냉장고 문을 열고 주스를 집어넣었다. 그사이에 일라리아가 쓰는 선반에 놓인 2리터들이 우유가 내 눈에 들어왔다. 그녀는 다시 냉장고를 닫고 날 적대적으로 노려봤다.

"고프니크 씨는 오늘 저녁 6시 30분에 귀가하세요. 유니폼을 입고 준비하세요."

그러고 나서 그녀는 복도로 나갔다. 슬리퍼가 발꿈치에 탁탁 부딪히는 소리가 들렸다.

나는 일라리아의 등 뒤에 대고 외쳤다.

"만나서 반가웠어요! 앞으로 자주 만나겠죠!"

잠시 냉장고를 쳐다보다가 이 시간이면 우유를 사러 나가도 되겠다고 결론을 내렸다. 뭐, 여기는 잠들지 않는 도시가 아니던가.

뉴욕은 깨어 있을지 몰라도 레이버리는 깊은 적막에 휩싸인 것이 단체로 수면제라도 복용했나 싶었다. 복도를 지나서 지갑이랑 열쇠를 챙겼는지 여덟 번은 확인한 뒤 조용히 현관문을 닫았다. 이른 시간이라 입주자들이 자고 있으니, 내가 오게 된 곳을 더 찬찬히 살펴봐도 될 것 같았다.

발끝으로 걸으니 호화로운 카펫에 발소리가 묻혔지만, 어느 집 안에서 개가 짖기 시작했다. 쉴 새 없이 앙칼지게 짖어댔다. 그러자 노인이 뭐라고 소리쳤는데 무슨 말인지 알아들을 수 없었다. 다른 입주자를 깨웠다는 책임을 뒤집어쓰기 싫어서 재빨리 걸어 중앙 계단 대신 화물 승강기를 타고 내려갔다.

로비에는 아무도 없었다. 거리로 나가자 소음과 햇살의 소용돌이가 위압적으로 밀려들어서, 몸을 가누려면 잠깐 가만히 서 있어야 했다. 앞쪽으로 푸른 오아시스 같은 센트럴파크가 몇 킬로미터쯤 펼쳐진 듯했다.

왼쪽을 바라보니 골목마다 벌써 분주했다. 작업복을 입은 거구의 사내들이 트럭에서 나무 상자를 내렸고, 팔뚝이 통닭만 한 경관은 가슴 앞에 팔짱을 끼고 거리를 감시했다. 거리 청소원은 부지런히 흥얼댔다. 택시 운전사는 열어둔 창으로 어떤 사람과 수다를 떨었다. 머릿속으로 빅애플◇의 관광 포인트를 헤아렸다. 진짜 말이 끄는 마차! 노란 택시! 아찔한 마천루! 구경하는 내 앞을 지친 관광객 두 명이 지나갔다. 폴리스티렌 커피 컵을 들고, 애들이 탄 유아차를 밀고 가는 걸로 봐서는 여전히 시차에 시달리는 듯했다. 사방으로 광활하게 뻗은 맨해튼은 쏟아지는 햇살에 환히 빛나고 있었다.

동이 트면서 내 시차는 사라져 버렸다. 심호흡을 하고 걸음을 옮겼다. 내가 빙긋 웃고 있는 걸 알아차렸지만 웃음을 멈출 수가 없었다. 여덟 블록을 걷는 동안 편의점이 한 군데도 없었다. 매디슨가로 접어들어, 늘어선 명품 숍의 대형 유리문 앞을 지났다. 문이 잠긴 가게들 사이에 가끔 눈을 감은 것처럼 창문이 어두운 레스토랑

◇ 뉴욕을 다르게 이르는 별칭.

이 있었다. 금빛으로 번뜩이는 호텔 앞을 지나갔지만 도어맨은 내게 눈길도 주지 않았다.

다섯 블록을 더 걸으면서, 여기서는 식당에 쑥 들어갈 수 없다는 것을 점차 깨달았다. 뉴욕 어디에나 뺀질대는 웨이트리스와 하얀 모자를 쓴 남자 직원이 접시를 나르는 작은 식당이 있는 줄 알았다. 그런데 보이는 레스토랑마다 크고 화려해서 치즈 오믈렛이나 홍차를 팔 것 같지 않았다. 행인들은 대개 나 같은 관광객이거나 조깅하는 사람들이었다. 이들은 단단한 체구에 달라붙는 운동복을 입고 이어폰을 끼고는 주위에 무관심한 표정으로 민첩하게 노숙자들을 피했다. 납빛 얼굴을 잔뜩 찌푸린 노숙자들은 지나가는 사람들을 노려보았다.

마침내 대형 프랜차이즈 카페를 찾아냈다. 뉴욕에서 일찍 일어난 사람의 절반이 이곳에 와 있는 것 같았다. 다들 휴대폰에 고개를 처박고 앉아 있거나, 이상할 정도로 명랑한 아이들에게 음식을 먹이고 있었다. 벽에 걸린 스피커에서는 흔히 들을 수 있는 가벼운 음악이 흘러나왔다.

나는 바리스타에게 카푸치노와 머핀을 주문했다. 바리스타는 내 다른 말을 들을 새도 없이 머핀을 반으로 잘라 데운 다음 버터를 듬뿍 발랐다. 그러면서 동시에 자신의 동료와 야구 경기에 대해 쉬지 않고 떠들어댔다.

돈을 내고 자리에 앉아 은박지에 싸인 머핀을 한 입 베어 물었다. 꼭 시차로 인한 공복감이 아니더라도 이렇게 맛있는 머핀은 생전 처음이었다.

창가에 앉아 이른 아침의 맨해튼을 30분쯤 구경했다. 버터를 발라도 목이 멜 만큼 묵직한 머핀과 입이 댈 만치 뜨겁고 진한 커피를 번갈아 먹고 마시면서, 머릿속으로 늘 하는 혼잣말을 중얼댔다.

'난 지금 뉴욕의 카페에서 뉴욕 커피를 마시고 있어. 메그 라이언이나 다이앤 키턴처럼 뉴욕 거리를 걷고 있다고! 내가 진짜로 뉴욕에 있는 거야!'

그러자 2년 전 윌이 내게 설명하려던 게 정확히 이해되었다. 몇 분 동안 생소한 음식을 먹고 이상한 광경을 보면서 나는 지금 이 순간에 존재했다. 온전히 현재에 몰두하고 감각이 살아 있었으며 주위의 새로운 경험을 받아들이려고 내 존재 전체가 열려 있었다. 나는 오직 이곳에, 존재할 수 있는 세상의 딱 한 곳에 있었다.

그때 옆 테이블에서 두 여자가 별것 아닌 일로 주먹다짐을 시작했다. 파이 조각이 테이블 위로 날아다니자, 바리스타들이 달려들어 둘을 떼어놓았다. 나는 치마에 흘린 빵가루를 털고 지갑을 닫았다. 이제 평온한 레이버리로 돌아갈 때가 됐다.

2.

안으로 들어가자, 아속은 잔뜩 쌓인 신문 더미를 호수별로 나누고 있었다. 그가 허리를 펴고 미소 지었다.

"아, 루이자! 잘 잤어요? 뉴욕에서 맞은 첫 아침은 어땠나요?"

"멋졌어요. 고마워요."

"거리를 걸으면서 「강물이 흐르도록」◊이라도 흥얼댔나요?"

나는 걸음을 멈추었다.

"어떻게 아셨어요?"

"처음 맨해튼에 오면 누구나 그러니까요. 뭐, 심지어 나도 어떤 날 아침에는 그 노래를 흥얼대요. 멜라니 그리피스랑 전혀 다르게 생겼는데도."

"그런데 근처에 슈퍼마켓은 없나요? 커피를 사려고 얼마나 멀리까지 걸어갔는지 몰라요. 그리고 어디로 가야 우유를 살 수 있는지 모르겠네요."

◊ 맨해튼의 월가를 배경으로 한 1988년 영화 「워킹 걸」의 주제가.

"나한테 말하지 그랬어요. 이리 와봐요."

아속은 카운터 뒤로 손짓하고 문을 열더니 나를 어두운 사무실로 불렀다. 황동과 대리석으로 꾸민 로비와 너저분하고 어지러운 장식이 어울리지 않았다. 책상에 보안 화면이 주르르 놓여 있었고, 그 사이로 낡은 텔레비전과 큼직한 장부가 있었다. 옆에는 머그잔과 문고판 도서 몇 권, 이 빠진 아이들이 웃고 있는 사진 몇 장이 있었고 문 뒤에 고물 냉장고가 있었다.

"자, 받아요. 나중에 하나 갖다주고요."

"어느 도어맨이나 이렇게 해주나요?"

"어느 도어맨도 이렇게 하지 않지요. 하지만 레이버리는 다르거든요."

"그런데 다들 어디서 장을 보죠?"

아속이 양미간을 찌푸렸다.

"이 건물 입주민들은 장을 보지 않아요, 루이자. 장 보는 일은 생각조차 하지 않죠. 장담하건대 입주민의 절반은 음식이 마법으로 요리되어서 식탁에 오르는 줄 알걸요."

그가 뒤쪽을 힐끗 살피더니 목소리를 낮춰서 말을 이었다.

"이 건물 여자 입주자의 80퍼센트는 지난 5년 동안 한 번도 요리해 본 적이 없다는 데 1달러 걸죠. 알아둬요, 이 건물 여자 입주자의 절반은 식사를 안 해요. 정말이라니까요."

내가 빤히 쳐다보자 아속은 어깨를 으쓱했다.

"부자는 우리처럼 살지 않아요. 그리고 뉴욕의 부자는…… 흠, 어느 누구와도 다르게 살고요."

나는 우유를 받았다.

"필요한 게 있으면 다 배달을 시키죠. 익숙해질 거예요."

일라리아에 대해 묻고 싶었다. '고프니크 부인'이 아니라는 고프니크 부인을 비롯해 만나게 될 가족에 대해서도. 하지만 아속은 내게서 눈을 돌려 복도를 쳐다보았다.

"아, 잘 주무셨나요, 다윗 부인?"

"바닥에 이 신문 더미는 다 뭐지? 로비가 흉측한 신문 가판대 같구먼."

왜소한 노인이 아직 풀지 않은 《뉴욕타임스》와 《월스트리트 저널》 더미를 못마땅해하며 혀를 찼다. 이른 시간인데도 결혼식에라도 가는 것처럼 진홍색 코트와 빨간 필박스 해트◊ 차림이었고, 커다란 귀갑테◊◊ 선글라스로 주름진 작은 얼굴을 가렸다. 목줄 끝에서 퍼그가 씨근대며 왕방울만 한 눈으로 날 잡아먹을 듯이 노려봤다(적어도 내 생각에는 그랬다. 개가 다른 방향으로 눈을 돌리자 그게 맞는지 자신 없어졌지만). 내가 아속을 도와 노부인 앞에 있는 신문을 치우려 하는데, 개가 으르렁대면서 달려들어 피하려고 물러나다가 《뉴욕타임스》 위로 자빠질 뻔했다.

"이런! 당신이 내 개를 자극하잖아!"

노부인이 떨리는 목소리로 도도하게 쏘아붙였다.

퍼그가 내 다리에 대고 으르렁댔다. 이빨이 스쳐서 다리 살갗이 찌르르했다.

◊ 테 없는 둥글납작한 여성 모자.
◊◊ 바다거북의 등딱지로 만든 희귀한 안경테.

"다시 돌아올 때까지 이 쓰레기를 확실히 치우면 좋겠어. 건물이 흉해지고 있다고 오비츠에게 몇 번이나 말했는데 참. 그리고 아속, 내 집 현관 밖에 쓰레기 봉지를 내놨어. 당장 치우지 않으면 복도에 백합 썩은 내가 진동할 거야. 백합을 선물로 보내다니 한심한 위인 같으니라고. 장례식에나 쓰는 꽃을! 딘 마틴!"

아속이 모자를 들어 올리며 대답했다.

"그러겠습니다, 다윗 부인."

그는 노인이 나갈 때까지 기다렸다. 그런 다음 몸을 돌려 내 다리를 쳐다보았다.

"저 개가 물려고 했어요!"

"그래요. 저 개가 딘 마틴이에요. 개 근처에 얼씬하지 않는 게 좋아요. 이 건물에서 가장 성미 고약한 입주자거든요. 농담 아니에요."

아속이 다시 허리를 굽히고 신문 뭉치를 들어 책상으로 옮기다가 멈춰 섰다.

"이건 신경 쓰지 말아요, 루이자. 무거우니까요. 그리고 안 그래도 위층에도 할 일이 많을 텐데요. 그럼 좋은 하루 보내요."

내가 무슨 뜻이냐고 물을 새도 없이 아속은 사라졌다.

하루가 흐릿하게 흘렀다. 작은 방을 정리하고 욕실을 청소하면서 아침나절을 보냈다. 샘, 부모님, 트리나, 톰의 사진들을 늘어놓으니 집 같은 분위기가 났다. 네이선을 따라 콜럼버스 서클 인근의 작은 식당에 가서 자동차 바퀴만 한 접시에 담긴 음식을 먹었다. 진한 커피를 얼마나 많이 들이켰는지 집에 돌아올 땐 손이 떨릴 지경이었다. 네이선은 도움이 될 곳을 가르쳐주었다. 이 바는 늦은 시간까지 영업하고, 저 푸드 트럭은 끝내주는 팔라펠[◇]을 팔고, 이 ATM에서 현금을 인출하면 안전하고……. 새로운 이미지와 정보로 머리가 핑핑 돌았다. 오후쯤, 갑자기 머리가 멍하고 발이 무거워졌다. 네이선이 내 팔짱을 끼고 아파트로 데려갔다. 건물에 들어서니 조용하고 어두운 실내가 반갑게 느껴졌다. 화물 승강기 덕분에 계단을 오르는 수고를 덜 수 있었다.

내가 구두를 벗어 던지자 네이선이 말했다.

"한잠 자도록 해요. 하지만 나라면 한 시간 이상은 안 잘 거예요. 더 자면 생체시계가 엉망이 되거든요."

"고프니크 부부가 언제 돌아온다고 했죠?"

내 말소리가 흐릿해졌다.

"보통은 6시 정도에 돌아와요. 지금 3시니까 아직 시간 있어요. 자, 눈을 꼭 감아요. 다시 인간으로 돌아온 기분이 들 테니까요."

그가 문을 닫고 나가자 나는 고마운 마음으로 침대에 누웠다. 살포시 잠이 들려는 찰나, 이대로 시간이 흐르면 샘과 통화하지 못한다는 걸 깨달았다. 그래서 노트북을 집어 들고 잠깐 정신을 차렸다. "거기 있어요?"라고 메신저 앱에 입력했다.

몇 분 후 가벼운 효과음과 함께 화면이 확장되더니 그가 나타났다. 기차 집에서 덩치 큰 몸을 화면 쪽으로 굽힌 모습. 샘. 구조대원. 산만 한 체구. 이제 막 만난 남자 친구. 우리는 얼빠진 사람처럼

◇ 병아리콩을 잘게 으깨고 갖은 향신료와 함께 동그랗게 빚어 튀긴 중동의 음식.

서로 씩 웃었다.

"안녕, 귀염둥이? 잘 지내요?"

"네. 좋아요! 내 방을 보여줄게요. 화면을 돌리면 내 몸이 벽에 부딪힐 거예요."

나는 샘이 작은 방을 제대로 볼 수 있게 노트북을 뒤틀었다.

"괜찮아 보이는데요. 방에 당신이 들어가 있으니까요."

난 샘의 뒤쪽에 있는 잿빛 창을 쳐다보았다. 정확하게 그릴 수 있었다. 비가 내리치는 객차의 지붕. 아늑하게 김이 서리는 유리창. 숲, 습기, 밖에 나왔다가 물이 떨어지는 손수레 밑으로 피하는 닭들. 샘이 날 지긋이 바라보았고 나는 눈가를 훔쳤다. 갑자기 화장하는 걸 깜빡해서 아쉽다는 생각이 들었다.

"일은 시작했어요?"

"네. 일주일 후에 전일제 근무로 복귀하면 될 거래요. 사람을 들어도 봉합한 부위가 터지지 않을 만큼 회복됐다고 하네요."

샘은 본능적으로 배에 손을 올렸다. 바로 몇 주 전에 총상을 입은 자리다. 그때 샘은 출동 명령을 받고 나갔다가 목숨을 잃을 뻔했고, 우리 관계는 더욱 굳건해졌었다. 나는 불안정하면서도 본능적인 감정을 느꼈다.

"당신이 여기 있으면 좋겠어요."

나는 말을 담아두지 못하고 주절댔다.

"나도 마찬가지예요. 하지만 당신은 이제 모험 첫날이고, 이 모험은 아주 멋진 경험이 될 거니까요. 또 1년 후면 당신은 여기 앉아서……."

내가 말을 끊고 끼어들었다.

"여기가 아니죠. 완공된 당신의 집이죠."

"완공된 내 집에 앉아 있을 거예요. 우린 당신 휴대폰으로 사진을 볼 거고, 난 속으로 '아이고, 또 시작이네. 온종일 뉴욕 추억만 떠드네'라고 투덜대겠죠."

"그래서 편지 쓸 거예요? 사랑과 그리움이 가득 담겨 있고, 외로움에 떨군 눈물이 흩뿌려진 편지를 쓸 거냐고요."

"저기, 루. 나 글 잘 못 쓰는 거 알잖아요. 전화할게요. 그리고 딱 4주 후에 거기로 갈게요."

대답하려는데 목구멍이 빠근했다.

"그래요, 알았어요. 난 한숨 자는 게 좋겠어요."

"나도 당신 생각할게요."

샘이 말했다.

"메스꺼운 포르노 방식으로요? 아님 노라 에프론◇ 스타일로 로맨틱하게?"

"어느 쪽이어야 내가 곤란해지지 않으려나? 좋아 보여요, 루."

샘이 말했다. 1분쯤 지났을까. 그가 다시 말했다.

"당신…… 어지러워하는 것 같아요."

"어지러워요. 아주 기진맥진인데 폭발해 버리고 싶기도 해요. 좀 헷갈려요."

내가 화면에 손을 대자 곧 샘도 손을 마주 댔다. 피부에 닿는 그

◇ 영화 「시애틀의 잠 못 이루는 밤」 「유브 갓 메일」 등을 연출하고, 「해리가 샐리를 만났을 때」의 각본을 쓴 미국의 영화 감독이자 각본가.

의 살결이 느껴지는 듯했다.

“사랑해요.”

아직도 그 말을 하기가 쑥스러웠다.

“나도 사랑해요. 화면에다 키스하고 싶지만 그러면 당신이 내 코털만 볼 것 같아서…….”

나는 빙긋 웃으면서 노트북을 닫고 순식간에 잠들었다.

복도에서 누군가 악을 썼다. 나는 나른한 상태로 땀을 흘리며 깼다. 꿈인지 아닌지 헷갈려서 억지로 일어나 앉았다. 문밖에서 실제로 여자의 고함이 들렸다. 혼란 속에서 오만 생각이 떠올랐다. 살인범이 등장하는 신문 헤드라인, 뉴욕, 범죄 신고 방법. 몇 번에 전화해야 하더라? 영국처럼 999는 아닐 텐데? 머리를 굴려도 도통 생각나지 않았다.

“내가 왜 그래야 하는데요? 저 마녀들이 날 모욕하는데도 왜 거기 앉아서 히죽히죽 웃고만 있어야 하냐고요! 당신은 저 인간들이 하는 말은 절반도 안 들으니 모르겠지! 당신은 남자야! 귀에 눈가리개를 뒤집어쓴 거랑 마찬가지라고!”

“여보, 제발 진정해요. 부탁이에요. 여기서 지금 이러면 안 돼요.”

“그럼 도대체 언제 어디서 말할 수 있는데요? 이 건물 안에 아무도 없을 때가 있냐고요. 당신이랑 얘기 좀 하려면 아주 집 한 채를 사야 되겠어!”

“왜 이런 일에 그리 흥분하는지 이해가 안 되는군. 당신이…….”

“아니!”

마룻바닥에 뭔가 떨어지는 큰 소리가 났다. 난 이제 완전히 잠에서 깼고 심장이 두근거렸다.

무거운 침묵이 흘렀다.

"당신은 이게 가문에 내려오는 유산이라고 말하겠죠."

잠시 적막.

"흠, 그래요. 그래, 맞아요."

숨죽여 흐느끼는 소리.

"상관없어요! 나랑 무슨 상관이냐고요! 당신네 집안 역사 때문에 아주 숨이 막혀요! 내 말 알아들어요? 숨이 막힌다고요!"

"애그니스, 여보. 복도에서 이러지 맙시다. 제발. 이 이야기는 나중에 합시다."

나는 침대 끝에 걸터앉아 꼼짝하지 않았다.

숨죽인 흐느낌이 더 들리다가 잠잠해졌다. 나는 기다리다가 일어나서, 뒤꿈치를 들고 문으로 가서 귀를 대고 들었다. 아무 소리도 나지 않았다. 시계를 보니 오후 4시 46분이었다.

세수를 하고 얼른 유니폼으로 갈아입었다. 머리를 빗고 조용히 방에서 나와, 복도의 모퉁이를 돌았다.

거기서 멈춰 섰다.

부엌으로 난 복도를 따라 올라가자 젊은 여인이 태아처럼 잔뜩 웅크린 채 누워 있었다. 더 나이 든 남자가 나무 벽에 등을 기대고서 양팔로 그녀를 안고 있었다. 그는 한쪽 무릎을 세우고 다른 무릎을 뻗고 앉아 있다시피 했는데, 마치 여자를 붙잡다가 무거워서 주저앉은 것 같았다. 여자의 얼굴은 보이지 않았지만 진청색 원피스

밑으로 늘씬한 긴 다리가 볼썽사납게 뻗쳐 있었고 금발이 얼굴을 가리고 있었다. 그녀는 주먹 쥔 손의 관절이 하얘지도록 남자에게 매달린 상태였다.

그들을 쳐다보면서 숨을 몰아쉬자, 남자가 고개를 들고 날 바라봤다. 고프니크 씨가 분명했다.

"지금은 안 되겠어요. 고마워요."

그가 점잖게 말했다.

난 목구멍으로 소리가 나오지 않아서, 얼른 방으로 돌아가 문을 닫았다. 얼마나 가슴이 쿵쾅대는지 밖에 있는 두 사람에게도 들릴 것 같았다.

한 시간 동안 텔레비전을 흐린 눈으로 쳐다보면서, 두 사람이 얼싸안은 장면을 머릿속으로 떠올렸다. 네이선에게 문자메시지를 보낼까 고민했지만 무슨 말을 하면 좋을지 난감했다. 대신 5시 45분에 방을 나서서, 조심스럽게 본채와 연결된 문을 지났다. 텅 빈 넓은 식당, 손님용인 듯한 방, 닫힌 문 두 개를 지나 멀리서 나는 말소리를 향해 갔다. 마룻바닥 위를 사뿐사뿐 걸었다. 마침내 거실에 도착해서 열린 문밖에 멈춰 섰다.

고프니크 씨가 창가에 앉아 통화하고 있었다. 하늘색 셔츠 소매를 둘둘 말고, 한 팔로는 뒤통수를 받치고 있었다. 그가 계속 통화하면서 내게 들어오라고 손짓했다. 내 왼쪽에는 금발 여자가 장밋빛의 앤티크 소파에 앉아서 쉴 새 없이 휴대폰을 두드려대고 있었다. 이 사람이 고프니크 부인일까? 옷을 갈아입은 것 같았고 나는 순간 혼란스러웠다. 고프니크 씨가 통화를 끝낼 때까지 어색하게 기다리다 그가 주춤대면서 일어나는 걸 알아차리자마자 나는 그가 앞으로 나올 필요 없도록 먼저 한 걸음 다가가서 악수했다. 고프니크 씨가 따스하고 부드러운 손으로 내 손을 꽉 잡았다. 젊은 여자는 계속 휴대폰을 두드려댔다.

"루이자, 이곳에 무사히 도착해서 반가워요. 필요한 준비는 다 됐으리라 믿습니다."

그는 아무 질문도 기대하지 않는 사람처럼 말했다.

"다 좋아요. 감사합니다."

"여기는 내 딸 태비사예요. 탭?"

아가씨가 슬쩍 웃는 기미를 보이면서 한 손을 들더니 다시 휴대폰을 눌러댔다.

"애그니스가 지금 인사하지 못하는 것을 양해해 줘요. 그 사람은 한 시간 전에 잠자리에 들었거든요. 두통이 극심해서 말이죠. 힘든 주말을 보냈어요."

고프니크 씨의 얼굴에 얼핏 지친 기미가 떠올랐지만 이내 사라졌다. 내가 그 광경을 본 지 두 시간도 안 지났는데 그는 아무렇지도 않은 기색이었다.

고프니크 씨가 미소 지으며 말했다.

"그러니…… 오늘 저녁은 자유롭게 하고 싶은 일을 해요. 그리고 내일 아침부터는 애그니스가 어디에 가든 동행하게 될 거예요. 공식 직함은 '어시스턴트'고, 하루 중 아내가 무슨 일을 하든지 곁에서 돕는 거죠. 애그니스의 일정은 빡빡해요. 내 어시스턴트에게 당신을 가족 캘린더에 연결하라고 일렀으니, 업데이트되면 이메일로 전달받을 겁니다. 오후 10시경에 확인하면 가장 좋겠네요. 주로 그 즈음에 마지막으로 일정을 변경하니까요. 나머지 팀원은 내일 만나 보도록 하고요."

"알겠습니다. 감사합니다."

'팀'이라는 표현에 유의하면서 잠깐 축구팀이 아파트를 누비는 광경을 떠올렸다.

"저녁 메뉴는 뭐예요, 아빠?"

태비사가 나를 투명 인간 취급하며 말했다.

"나도 모르겠구나, 얘야. 이미 나간다고 말한 줄 알았는데."

"오늘 밤에는 집까지 가기 힘들 것 같아서요. 그냥 여기 있는 편이 낫겠어요."

"좋을 대로 하렴. 일라리아에게 알려주기만 해. 루이자, 질문이 있나요?"

그럴 듯한 질문을 생각해 내려고 애썼다.

"참, 엄마가 아빠한테 그 작품 찾았는지 물어보라던데. 호안 미로 그림이요."

"얘야, 그 얘기는 다시 하지 않기로 했지. 그건 이 집에 있어야 되는 그림이야."

"하지만 엄마는 자기가 고른 거라서 그 작품이 그립대요. 아빠는 그걸 좋아하지도 않잖아요."

"그건 중요하지 않아."

난 그만 나가야 하는지 그냥 있어야 하는지를 몰라 몸의 중심을 이 발 저 발로 옮기면서 머뭇거렸다.

"아니, 그게 중요해요, 아빠. 엄마가 지독하게 그리워하는 걸 아빠는 좋아하지도 않잖아요."

"8만 달러나 나가는 그림이야."

"엄마는 그림 가격은 상관없대요."

"나중에 얘기하자."

"나중에 바쁠 거잖아요. 엄마한테 약속했단 말이에요. 이 문제를 해결하고 가겠다고요."

나는 슬그머니 뒷걸음질했다.

"해결하고 말 게 어디 있어. 이미 1년 반 전에 다 끝났는데. 그때 마무리했지 않니? 아, 여보, 나왔군. 기분은 좀 나아졌어요?"

뒤돌아보았다. 막 거실에 들어온 여자는 깜짝 놀랄 정도의 미인이었다. 화장기 없는 얼굴, 느슨하게 묶은 옅은 금발. 높은 광대에 옅은 주근깨, 슬라브족 혈통으로 보이는 눈매까지. 연배는 나와 비슷해 보였다. 그녀는 맨발로 고프니크 씨에게 다가가서는 한 손으로 목덜미를 끌어안고 키스했다.

"한결 나아졌어요. 고마워요."

"루이자랑 인사해요."

고프니크 씨가 말했다.

그녀가 내게 몸을 돌렸다.

"새로 온 내 동지군요."

그녀가 말했다.

"새로 온 당신 어시스턴트지."

고프니크 씨가 대꾸했다.

"반가워요, 루이자."

그녀가 가녀린 손을 뻗어 나와 악수했다. 그러더니 뭔가 파악하는 듯이 나를 훑어보더니 미소를 지었다. 나도 미소로 답할 수밖에 없었다.

"일라리아가 방을 잘 단장해 놓았나요?"

상냥한 목소리에 느릿한 동유럽 억양이 배어났다.

"완벽해요. 감사합니다."

"완벽? 아, 쉽게 만족하는 사람이군요. 그 방은 빗자루 보관함같이 생겼는데. 맘에 안 드는 게 있으면 말해요. 우리가 제대로 해줄 테니까. 그렇죠, 여보?"

"애그니스는 그보다 훨씬 작은 방에서 살지 않았어요? 다른 이민자 열다섯 명이랑 한집에 살았다고 아빠한테 들은 것 같은데."

태비사가 휴대폰에서 눈을 떼지 않고 말했다.

"탭."

고프니크 씨가 부드럽게 경고하는 투로 말했다.

애그니스는 가볍게 숨을 들이쉬면서 턱을 들었다.

"사실 내 방은 저 방보다 작았어요. 하지만 같이 산 여자 친구들은 정말 착했죠. 그래서 아무 문제도 없었어요. 사람이 착하고 예의 바르면 뭐든 견딜 수 있으니까요. 그렇게 생각하지 않아요, 루이자?"

나는 침을 삼켰다.

"그럼요."

일라리아가 들어와서 헛기침을 했다. 똑같은 남방셔츠와 진한 색

바지를 입고 있었고 그 위에 흰 앞치마를 걸치고 있었다. 그녀는 내게 눈길조차 주지 않았다.

"저녁 식사가 준비되었습니다, 고프니크 씨."

일라리아가 말했다.

"나 먹을 것도 있어요, 일라리아? 자고 갈까 해서요."

태비사가 소파 등받이에 손을 올리고 말했다.

일라리아의 표정이 순식간에 온화하게 변했다. 내 앞에 딴사람이 나타난 것 같았다.

"물론이지요, 태비사 아가씨. 일요일에는 아가씨가 주무시고 갈지 모르니 항상 여분의 식사를 준비한답니다."

애그니스는 방 한가운데에 서 있었다. 그녀의 얼굴에 공포가 스치고 지나가는 걸 본 것 같았다. 그녀의 턱에 힘이 들어갔다.

"그러면 루이자도 우리랑 식사하면 좋겠네요."

애그니스가 말했다.

잠깐 침묵이 흘렀다.

"루이자요?"

태비사가 반문했다.

"그래요. 루이자랑 잘 알게 되면 좋을 거예요. 루이자, 혹시 오늘 저녁에 약속 있어요?"

"저기…… 아뇨."

내가 더듬더듬 대답했다.

"그럼 우리랑 같이 식사해요. 일라리아, 여분의 음식을 준비했다고 했죠?"

일라리아가 고프니크 씨를 똑바로 쳐다보았다. 그는 휴대폰을 하느라 정신없는 것 같았다.

잠시 후 태비사가 입을 열었다.

"애그니스, 우린 직원이랑 식사하지 않는 거 알죠?"

"'우리'가 누굴 말하는 거지? 난 이 집에 매뉴얼이 있는 줄 몰랐네."

애그니스가 손을 뻗어 짐짓 태연하게 결혼반지를 매만졌다. 그러면서 남편에게 말했다.

"여보, 나한테 매뉴얼을 주는 걸 잊었나 봐요."

태비사가 말했다.

"음, 대단히 죄송한데요. 루이자가 무척 좋은 사람인 건 확실하지만 경계라는 게 있거든요. 경계는 모두에게 득이 되라고 존재하는 거고요."

내가 입을 열었다.

"저는 어떻게 하든 좋은데요……. 저 때문에 괜히……."

"흠, 대단히 미안한데, 태비사. 난 루이자가 나랑 저녁을 같이 먹으면 좋겠어. 앞으로 날 도와줄 내 새 어시스턴트고, 우린 앞으로 매일 함께 지낼 거니까. 내가 루이자와 친해지겠다는 데에 무슨 문제가 있다는 건지 모르겠네."

"아무 문제 없지."

고프니크 씨가 말했다.

"아빠……."

"아무 문제도 없다, 탭. 일라리아, 네 명이 식사하도록 준비해 줄 수 있겠어요?"

일라리아의 눈이 휘둥그레지더니 날 힐끗 쳐다봤다. 내가 집안의 위계를 무너뜨려서 화가 나지만 참는 듯한 입매였다. 일라리아가 식당으로 물러갔고, 식기와 유리그릇이 달그락거리는 소리가 유난히 자주 들렸다.

애그니스는 가볍게 숨을 내쉬면서 머리를 뒤로 넘겼다. 그러고는 내게 살짝, 공모자 같은 미소를 지었다.

얼마 후 고프니크 씨가 말했다.

"들어갑시다, 루이자. 한잔 마시면 좋을 겁니다."

침울한 저녁 식사는 고역이었다. 유니폼과는 영 어울리지 않는 거대한 마호가니 식탁과 무거운 은식기, 크리스털 잔에 압도당했다. 고프니크 씨는 주로 말없이 있다가 두 차례나 전화를 받으러 집무실로 사라졌다. 태비사는 사람들과 어울리는 것을 단호히 거부하며 휴대폰만 만지작댔다. 일라리아는 레드와인 소스를 뿌리고 갖은 장식을 곁들인 닭 요리를 들여왔고, 나중에 개인 접시를 치웠다. 우리 엄마라면 '궁둥짝을 맞은 얼굴'이라고 했을 표정으로. 내 앞에만 탁 소리가 나게 접시를 놓고, 내 의자를 지날 때에만 노골적으로 콧방귀를 뀌는 것을 나만 알아차린 건 아니겠지.

애그니스는 음식에 거의 손대지 않았다. 나와 마주 앉아 새 단짝이라도 되는 듯 신나게 떠들면서, 이따금 남편 쪽을 흘끔거렸다.

그녀가 말했다.

"그러니까 뉴욕에는 이번에 처음 왔다는 거네요. 다른 데는 어디

어디 가봤어요?"

"저…… 별로 많이 안 가봤어요. 여행을 다니기 시작한 지 얼마 안 돼서요. 2년 전에 배낭여행으로 유럽 일주를 했었고, 그 전에는…… 모리셔스에 다녀왔고요. 그리고 스위스에도요."

"미국은 아주 달라요. 주마다 특색이 있다고 할까요. 우리 유럽인에게는 말이죠. 레너드랑 겨우 몇 군데 둘러본 게 전부지만, 다닐 때마다 완전히 다른 나라 같아요. 뉴욕에 와보니 좋아요?"

"무척이요. 뉴욕에서 즐길 수 있는 건 다 누리자고 마음먹었어요."

"애그니스 얘기 같네요."

태비사가 상냥한 투로 말했다.

애그니스는 무시하고 계속 날 바라보았다. 최면에 걸린 듯 아름답게 보이는 눈이었다. 눈매는 점점 가늘어지다가 꼬리가 올라가 있었다. 애그니스를 쳐다보면서 입을 벌리지 말라고 두 번이나 나 자신을 단속해야 했다.

"가족 이야기 좀 해봐요. 형제가 있나요? 자매는?"

나는 최대한 아담스 패밀리가 아니라 월턴 가문처럼 들리게 설명하려 애썼다.

"그러니까 지금 런던에 있는 루이자의 아파트에 여동생이 사는구나? 여동생이 아들이랑? 동생이 루이자를 만나러 온대요? 부모님도? 다들 루이자가 보고 싶겠네요?"

헤어지면서 아빠가 한 말을 떠올렸다. '서둘러 돌아올 것 없다, 루. 네가 쓰던 방에 자쿠지 욕조를 들일 작정이거든!'

"아, 그럼요. 무척이요."

"내가 크라쿠프를 떠날 때 어머니는 2주간 우셨죠. 남자 친구는 있어요?"

"네, 이름이 샘이에요. 구조대원으로 일해요."

"구조대원! 의사 비슷한 거? 진짜 멋지다. 사진 좀 보여줘요. 난 사진 보는 걸 좋아하거든요."

주머니에서 휴대폰을 꺼내서 가장 마음에 드는 샘의 사진을 찾을 때까지 사진을 휙휙 넘겼다. 진녹색 유니폼을 입고 우리 집 지붕 테라스에 앉은 사진이었다. 막 퇴근해서 홍차를 마시며 나를 보고 환하게 웃는 장면. 뒤로 해가 뉘엿뉘엿 넘어가고 있었다. 사진을 보니 그때의 감정이 정확히 기억났다. 내 뒤에 놔둔 홍차가 식어갔고, 내가 연신 촬영하는 동안 샘은 참을성 있게 기다렸다.

"진짜 미남이네. 남자 친구도 뉴욕에 오나요?"

"어, 아니요. 집을 짓고 있어서 당장은 좀 힘들어요. 또 직장 일도 있고요."

애그니스가 눈을 크게 떴다.

"그래도 와야죠. 연인이 서로 다른 나라에 살 수는 없을 텐데. 여기 같이 있지도 않으면서 어떻게 그 사람을 사랑할 수 있겠어요? 난 레너드랑 떨어져 있지 못하겠던데. 그이가 이틀간 출장만 가도 마음이 좋지 않거든요."

"아무렴요. 너무 멀리 떨어져 있으면 곤란해지니 단단히 해두고 싶겠죠."

태비사가 끼어들었다. 식사하던 고프니크 씨가 고개를 들고 얼른 아내와 딸을 살피긴 했지만 아무 말도 하지 않았다.

애그니스가 냅킨을 무릎에 똑바로 놓으면서 말했다.

"하긴 런던은 그리 멀지 않죠. 사랑은 사랑이고요. 맞는 말 아니에요, 레너드?"

"아무렴."

고프니크 씨가 맞장구치며 아내의 미소에 잠깐 부드러운 표정을 지었다. 애그니스가 손을 뻗어 그의 손을 쓰다듬었다. 나는 얼른 접시로 눈을 돌렸다.

잠시 침묵이 내려앉았다.

"집에 가야 될 것 같아요. 속이 울렁거려서."

태비사가 바닥 긁는 소리가 나도록 의자를 밀면서 냅킨을 접시에 던졌다. 흰 리넨에 레드와인 소스가 스며들기 시작했다. 난 얼른 냅킨을 집어 들고 싶은 욕구를 눌러야 했다. 태비사가 일어나서 아버지의 뺨에 키스했다. 고프니크 씨는 한 손을 뻗어 딸의 팔을 다정하게 쓰다듬었다.

"주중에 전화할게요, 아빠."

그녀가 몸을 돌리고 덧붙였다.

"루이자…… 애그니스."

태비사는 퉁명스럽게 고개를 까딱하더니 식당에서 나갔다.

애그니스는 그녀가 가는 모습을 지켜보았다. 작은 소리로 뭐라고 중얼거렸지만, 일라리아가 내 접시와 식기를 요란하게 정리하는 통에 무슨 말인지 들리지 않았다.

태비사가 떠나자 애그니스는 투지를 잃은 것 같았다. 의자에 앉은 채로 기력을 잃은 듯, 어깨가 갑자기 축 처지고 고개를 푹 숙였다. 움푹한 쇄골이 드러났다. 나는 자리에서 일어났다.

"저도 이제 제 방에 가봐야겠어요. 식사에 초대해 주셔서 정말 감사합니다. 잘 먹었습니다."

아무도 말리지 않았다. 고프니크 씨는 마호가니 식탁에 팔을 올리고 아내의 손을 쓰다듬었다.

"내일 아침에 봅시다, 루이자."

그가 나를 쳐다보지 않고 말했다. 애그니스는 심각한 얼굴로 남편을 올려다보았다. 나는 뒷걸음질로 식당에서 나와 쏜살같이 주방문을 지나 내 방으로 향했다. 일라리아가 내게 던지는 보이지 않는 단검을 피하려면 그래야 될 것 같았다.

한 시간 후 네이선이 문자메시지를 보냈다. 그는 브루클린에서 친구들과 맥주를 마시는 중이었다.

뜨거운 신고식을 했다면서요. 괜찮아요?

재치 있게 받아치거나 도대체 어떻게 알았냐고 물을 기운이 없었다.

그들을 좀 더 알게 되면 나아질 거예요. 장담해요.

나는 "아침에 봐요"라고 답했다. 내가 어떤 일자리를 계약한 걸까 싶어서 잠깐 불안했지만, 스스로에게 따끔한 한마디를 던지고는 곯아떨어졌다.

그날 밤 꿈에 윌이 나왔다. 윌은 드물게 꿈에 나타났다. 그때마다 슬펐다. 그리움이 커서 가슴에 구멍이 뻥 뚫린 기분이었으니까. 샘을 만나면서부터 꿈을 꾸지 않았다. 그런데 한밤중에, 앞에 서 있는 것처럼 생생하게 윌이 다시 나타났다. 나는 윌이 고프니크 씨의 차처럼 검정색 고급 리무진의 뒷좌석에 앉아 모습을 길 건너에서 보았다. 윌이 죽지 않아서, 떠나버리지 않아서 안도했다. 윌이 향하는 곳이 어디든 거기에 가면 안 된다는 것을 나는 본능적으로 알았다. 막아야 했다. 그런데 복잡한 도로를 건너려고 할 때마다 또 다른 차선이 생기는 것 같았다. 거기다 그가 탄 차가 너무 쌩쌩 달려서 잡을 수 없었다. 내 외침은 엔진 소리에 묻혀버렸다. 윌은 손이 닿지 않는 곳에 있었다. 매끄러운 캐러멜색 피부, 입가에 감도는 희미한 미소. 그는 운전자에게 내가 알아들을 수 없는 말을 했다.

마지막 순간에 우린 눈이 마주쳤고, 윌의 눈이 조금 커졌다. 잠에서 깼다. 식은땀이 흘렀다. 이불은 다리 사이에 말려 있었다.

3.

From: BusyBee@gmail.com

To: Samfielding1@gmail.com

급히 쓰는 거예요. G 부인이 피아노 레슨 중이거든요. 적어도 실시간으로 연락하는 기분을 느낄 수 있게 매일 이메일을 보내려고 해요. 보고 싶어요. 답장 보내줘요. 당신은 이메일이 싫다고 말하겠지만, 나를 위해서. 부우-탁해요(여기서 애걸복걸하는 내 얼굴을 상상할 것). 아니면, 알죠? 편지 좀!

당신을 사랑하는

L xxxxxx

"아, 안녕하세요?"

달라붙는 진홍색 운동복을 입은 거구의 흑인이 허리에 손을 얹고 내 앞에 서 있었다. 나는 티셔츠와 헐렁한 반바지 차림으로 부엌 문간에 서서 눈만 끔뻑끔뻑했다. 내가 꿈을 꾸는 중일까? 문을 닫았다 다시 열어도 남자가 거기 서 있으려나?

"루이자겠군요?"

그가 큰 손을 내밀어 내 손을 잡고 마구 흔드는 바람에 내 의지와는 상관없이 몸이 흔들렸다. 손목시계를 봤다. 아니, 6시 15분이 맞았다.

"조지라고 해요. 고프니크 부인의 트레이너죠. 우리랑 뛰러 나간다는 얘길 들었어요. 기대가 커요!"

몇 시간 뒤척이면서 자다가 깨어났고 잠과 뒤엉킨 꿈을 떨치기 위해 카페인을 찾는 좀비가 되어 기계적으로 복도를 지나던 참이었다.

"좋아요, 루이자! 수분 공급이 충분히 되어 있어야 해요!"

조지는 물 두 병을 집어 들고 주방에서 나가서 가볍게 복도를 뛰어 내려갔다.

커피를 따라서 선 채로 마시는데 네이선이 들어왔다. 그는 옷을 챙겨 입고 애프터 셰이브 냄새를 풍겼다. 그가 내 맨다리를 쳐다봤다.

"방금 조지를 만났어요." 내가 말했다

"둔근에 대해서는 조지가 가르칠 게 없겠네요. 러닝화는 있죠?"

"참나!"

나는 커피를 홀짝였지만 네이선이 기대하는 눈빛으로 쳐다보았다. 내가 다시 말했다.

"네이선, 난 조깅에 대해 아무 말도 못 들었어요. 난 달리기 안 해요. 운동을 싫어하는 집순이라고요. 잘 알면서 그래요."

네이선은 블랙커피를 따르고는 커피포트를 머신에 다시 올려놓았다.

"게다가 올해 초에 빌딩에서 떨어졌다고요. 기억나죠? 여러 군데 딱 소리가 나면서 부러졌다고요."

당시 윌을 잃고 슬픔에 잠겨, 취한 상태로 런던 집 난간에서 미끄러졌었다. 이제는 그날 밤 일을 농담처럼 말할 수 있긴 하지만, 엉덩이는 계속 쑤셔서 그날의 상처를 계속 상기시켰다.

"괜찮아요. 게다가 당신은 G 부인의 어시스턴트예요. 항상 부인 옆에 있는 게 업무라고요, 친구. 부인이 같이 뛰자고 하면 같이 뛰어야죠."

네이선은 커피를 한 모금 마시고 말을 이었다.

"그렇게 겁먹을 것 없어요. 달리기를 좋아하게 될 거예요. 몇 주 내로 정육점 개처럼 튼튼해질걸요. 여기서는 모두 달리기를 해요."

"지금은 새벽 6시 15분이라고요."

"고프니크 씨는 5시에 일과를 시작해요. 우린 막 물리치료를 마쳤어요. G 부인은 늦잠을 좋아해서 그런 거죠."

"그러면 몇 시에 뛰러 나가는데요?"

"6시 40분. 중앙 현관에서 만나면 될 거예요. 이따 봐요!"

네이선은 손을 들어 인사하고 나가버렸다.

두말할 것도 없이 애그니스는 아침에 훨씬 예뻐 보이는 여자였다. 민낯이라 이목구비가 약간 희미해도 필터를 끼고 촬영한 듯 섹시해 보였다. 머리를 넘겨 느슨하게 묶고, 딱 맞는 상의와 조깅 바지를 입은 덕에 휴일의 슈퍼모델처럼 캐주얼했다. 그녀는 선글라스를 끼고 팔로미노 경주마처럼 성큼성큼 복도를 걸어와, 새벽이라 목소리가 나오지 않는 듯 우아한 손짓으로 인사했다. 난 유일하게 가져온 반바지와 민소매 티를 입었는데, 통통한 노동자로 보이겠다 싶었다. 겨드랑이를 면도하지 않은 게 마음에 걸려서 팔꿈치를 양옆에 붙였다.

"안녕히 주무셨어요, G 부인? 준비되셨나요?"

조지가 우리 옆에 나타나 애그니스에게 물병을 건넸다.

그녀가 고개를 끄덕였다.

"준비됐나요? 오늘은 6.5킬로미터 정도만 뛸 거예요. G 부인께서 복부 운동을 더 하고 싶어 하시거든요. 스트레칭은 했겠죠?"

"저기, 저는……."

난 물도 물병도 챙기지 않았다. 하지만 우린 밖으로 나갔다.

'열정적으로 달려든다'라는 표현을 들어보긴 했지만, 조지를 만나고서야 그게 무슨 뜻인지 확실히 알았다. 그는 시속 60킬로미터로 복도를 달려갔다. 내가 엘리베이터를 타려면 속도를 늦춰야 한다고 생각할 무렵, 그는 비상구 문을 열고 있었고 우린 4층에서 1층까지 계단을 뛰어 내려가야 했다. 나는 정신이 없어 로비에서 아속 앞을 지날 때, 그가 건네는 인사말도 겨우 들었다.

이럴 수가. 이런 활동을 하기에는 너무 이른 시간이었다. 나는 두 사람을 쫓아갔다. 그들은 마차를 끄는 한 쌍의 말처럼 태연하게 달렸다. 반면 난 뒤에서 헐레벌떡 달렸다. 좁은 보폭으로는 성큼성큼 뛰는 두 사람을 따라잡을 수 없었다. 발을 디딜 때마다 온몸이 쑤셨다. 길을 가로막고 있는 보행자 사이로 몸을 비집고 지나가며 사과했다. 달리기는 전 남자 친구 패트릭이나 하던 거였다. 케일과 비슷했다. 그런 게 있고 몸에 좋다는 것도 알지만, 솔직히 그런 걸 먹기에 인생은 너무 짧다.

'아, 이러지 마. 넌 할 수 있어.' 속으로 중얼댔다. '이건 좋다,라고 말하는 첫 번째 순간이잖아. 너는 지금 뉴욕에서 조깅을 하고 있어. 너한테 완전히 새로운 일이야!'

자기최면을 걸면서 멋지게 몇 걸음 내디뎠다. 차량이 정지하고 보행자 신호가 바뀌자 우리는 보도에서 멈추었다. 조지와 애그니스는 가볍게 제자리뛰기를 했고, 나는 보이지 않게 그들 뒤에 있었다. 그러다가 우리는 길을 건너 센트럴파크로 접어들었다. 발아래로 통로가 사라지고 차 소리가 잦아들면서, 도심의 푸른 오아시스로 들어갔다.

1.5킬로미터쯤 뛰었을 때, 곤란한 일을 하고 있다는 걸 깨달았다. 이제 달린다기보다는 걷고 있었지만 숨이 턱턱 찼고, 최근에 다친 엉덩이가 욱신거렸다. 근 몇 년 동안 가장 멀리 달린 거라곤 천천히 가는 버스를 잡으려고 15미터쯤 뛴 게 전부였다. 그 버스마저 놓쳤지만. 앞을 보니 조지와 애그니스가 대화하면서 달리고 있었다. 난 숨도 못 쉬는데, 두 사람은 대화에 열중하고 있었다.

조깅하다가 심장마비를 일으킨 아빠 친구가 생각났다. 아빠는 늘 이 사고를 운동이 몸에 해롭다는 확실한 증거로 내세웠다. 난 왜 진작 다쳤다고 설명하지 않았을까? 여기 공원 한복판에서 기침이 터져나오는 건 아니겠지?

"루이자, 괜찮아요?"

조지가 몸을 돌리고 뒤로 뛰면서 물었다.

"좋아요!"

나는 쾌활하게 양손 엄지를 들어 보였다.

늘 센트럴파크를 보고 싶었다. 하지만 이런 식으로는 아니었다. 내가 일을 시작한 첫날 졸도해서 죽으면 어떻게 될지 궁금했다. 사람들이 어떤 방식으로 내 시신을 옮길까? 이리저리 걷는 똑같이 생긴 어린애 셋과 여자를 피해 빙 돌면서, 앞에서 편안히 뛰는 두 사람을 상대로 말없이 빌었다. '비나이다, 비나이다! 둘 중 한 사람이 넘어지기를. 다리가 부러지라는 건 아니고 가볍게 접지르는 정도로, 스물네 시간 동안 다리를 올리고 소파에 누워 한낮의 텔레비전 프로그램을 볼 수 있을 정도만 다치기를.'

이제 두 사람은 점점 더 멀어졌다. 내가 할 수 있는 일이란 없었다. 무슨 공원 안에 언덕이 있지? 고프니크 씨는 내가 부인 옆에 붙어 있지 않았다고 화낼지 모르겠다. 애그니스는 내가 동지가 아니라 멍청한 땅딸보 영국 여자인 걸 알게 되어 날씬하고 멋지고 운동복도 잘 입는 사람을 고용할 테고.

그때 어떤 노인이 내 앞을 지나쳐서 뛰어갔다. 그가 고개를 돌려 날 힐끗 보더니, 피트니스 트래커◇를 확인했다. 그러고는 귀에 이어폰을 꽂은 채 가벼운 걸음으로 계속 달렸다. 75세는 족히 될 텐데.

"이런, 얼른 가자."

나는 급히 멀어지는 노인을 지켜보면서 중얼댔다. 그때 말이 끄는 마차가 눈에 들어왔다. 얼른 뛰어서 마부 옆으로 갔다.

◇ 맥박, 운동량, 심박 수 등의 건강상태를 체크하는 기기.

"저기요! 저기요! 저 사람들이 뛰어가는 곳까지 좀 데려가 줄 수 있나요?"

"어떤 사람들이요?"

나는 저 멀리 작게 보이는 두 사람을 손짓했다. 마부는 눈을 가늘게 뜨고 보더니 어깨를 으쓱했다. 나는 마차에 올라타 마부 뒤에서 몸을 웅크렸고, 그는 살짝 채찍질해 말이 나아가게 했다. 마부 뒤에 쭈그려 앉아, 이것 역시 계획과 다른 뉴욕을 경험하는 것이라고 생각했다. 그들과 가까워지자 내려달라고 마부의 등을 건드렸다. 겨우 500미터도 안 되는 거리겠지만 최소한 그들에게 가까워지기는 했다. 나는 뛰어내렸다.

"40달러요."

마부가 말했다

"네?"

"40달러라고요."

"고작 500미터도 안 되는데!"

"그게 정가예요, 손님."

두 사람은 여전히 대화 중이었다. 나는 뒷주머니에서 20달러 지폐 두 장을 꺼내 마부에게 던져주고, 마차 뒤에 숨어 있다 뛰기 시작했다. 그때 조지가 몸을 돌려 나를 쳐다봤다. 나는 내내 거기 있었다는 듯이 다시 쾌활하게 양쪽 엄지를 들어 올렸다.

결국 조지가 내게 동정을 표했다. 조지는 내가 절룩거리는 것을 보고 뒷걸음질로 뛰어왔다. 그사이 애그니스는 긴 다리를 홍학처럼 쭉 뻗고 스트레칭을 했다.

"루이자! 괜찮아요?"

땀이 눈으로 떨어져서 앞이 보이지는 않았지만, 조지인 것 같았다. 난 멈춰 서서 손으로 무릎을 짚었다. 가슴이 벌렁거렸다.

"문제가 있어요. 얼굴이 빨개요."

나는 숨을 헐떡였다.

"좀…… 삐걱대요. 엉덩이에…… 문제가 있거든요."

"다쳤군요. 진작 말을 했어야죠!"

"아니요, 아무것도…… 놓치고 싶지 않아서요!"

내가 말하면서 손으로 눈가를 닦았다. 그러자 눈이 더 쓰라려왔다.

"어디 아파요?"

"왼쪽 엉덩이요. 골절된 적 있어요. 8개월 전에."

그가 양손을 내 엉덩이에 얹더니 왼쪽 다리를 앞뒤로 움직여 돌아가는지 확인했다. 난 찡그리지 않으려고 애썼다.

"저기, 오늘은 더 뛰면 안 될 것 같네요."

"하지만……."

"아뇨, 돌아가도록 해요, 루이자."

"아, 그래야 된다면 어쩔 수 없죠. 정말 속상하네요."

"아파트에서 만나요."

조지가 등을 힘껏 때려서 고꾸라져 얼굴을 박을 뻔했다. 그들은 명랑하게 손을 흔들면서 가버렸다.

"재미있었나요, 루이자?"

45분 후 발을 질질 끌면서 들어가자 아속이 물었다. 센트럴파크에서 길을 잃을 수 있다는 걸 처음 알았다.

난 걸음을 멈추고 땀이 나서 등에 달라붙은 티셔츠를 떼어냈다.

"근사했어요. 끝내주던데요."

아파트에 올라가니 조지와 애그니스가 나보다 20분 전에 돌아와 있었다.

고프니크 씨는 애그니스의 스케줄이 빡빡하다고 말했었다. 그의 부인이 직업이나 자녀가 없는 점을 고려하면 내가 만나본 사람 중에 가장 바빴다. 조지가 돌아간 후 우리는 30분간 아침 식사를 했다 (달걀흰자 오믈렛, 산딸기류 과일, 커피가 담긴 은주전자가 애그니스의 아침상이 차려졌고, 난 네이선이 직원용 주방에 남겨둔 머핀으로 얼른 요기했다). 이후 30분 동안 고프니크 씨의 집무실에서 회의가 열렸다. 고프니크 씨의 어시스턴트인 마이클이 그 주에 애그니스가 참석할 행사 일정을 기록했다.

고프니크 씨의 집무실은 공들여 남성적으로 꾸민 공간이었다. 사방에 짙은 색 패널이 붙어 있고, 책이 빽빽이 꽂힌 서가가 있었다. 우리는 커피 테이블을 중심으로 천을 씌운 큰 의자에 앉았다. 뒤로는 웅장한 책상에 전화기 여러 대와 메모지가 놓여 있었다. 마이클이 간간이 일라리아에게 맛있는 커피를 더 달라고 부탁하면 가정부는 그만을 위해 아껴둔 미소를 지으며 커피를 내왔다.

우리는 수요일에 열릴 고프니크 부부의 자선기금과 관련된 회의 안건과 자선 만찬을 점검했다. 목요일에는 추모 오찬과 칵테일 리셉션, 금요일에 링컨센터의 메트로폴리탄오페라하우스에서 미술 전시와 콘서트가 있었다.

"조용한 한 주가 되겠군요."

마이클이 아이패드를 쳐다보면서 말했다.

오늘 애그니스는 10시에 미용실 예약(일주일에 세 번)이 잡혀 있었다. 또한 치과 예약(정기 검진), 예전 동료와 점심, 인테리어 업자와의 약속이 있었다. 4시에는 피아노 레슨(일주일에 두 번), 5시 30분에는 스피닝 클래스, 그리고 저녁에는 혼자 외출해 미드타운에 있는 레스토랑에서 고프니크 씨와 단둘이 저녁 식사를 할 예정이었다. 내 업무는 6시 30분에 끝날 것이었다.

애그니스는 하루 일정이 흡족한 눈치였다. 아니면 조깅 덕분에 기분이 좋거나. 그녀는 청바지와 흰 셔츠로 갈아입고, 적당한 향수 냄새를 풍기며 움직였다. 셔츠칼라 아래로 큼직한 다이아몬드 목걸이가 드러났다.

"다 괜찮네요. 좋아요. 난 몇 군데 통화해야겠어요."

애그니스가 말했다. 나중에 어디서 만나야 할지 내가 알 거라는 투였다.

그녀가 나가자 마이클이 속삭였다.

"잘 모르겠으면 홀에서 대기해요."

그는 전문가의 딱딱한 표정을 지우고 웃으면서 말을 이었다.

"처음 일을 시작했을 때 어디 가야 이 부부를 찾을지 도통 모르겠더라고요. 두 분이 필요로 할 때 쏙 나타나는 게 우리 일이죠. 그렇다고 욕실까지 쫓아다니는 건 곤란하고요."

마이클은 나와 또래로 보였지만, 태어날 때부터 미남인 데다 색을 잘 맞춰서 옷을 입으며, 항상 윤이 나는 구두를 신은 것처럼 보였다. 뉴욕에선 나 빼고 다들 이런지 궁금했다.

"여기서 일한 지 얼마나 됐어요?"

"1년 좀 넘었어요. 부부가 전임 의전 비서를 내보낸 이유는……."

그가 잠시 불편한 기색을 보이며 말을 끊었다가 다시 이어갔다.

"아, 새출발을 하기 위해서였죠. 그러다 한참 후에 두 분이 한 명의 어시스턴트를 쓰는 건 비효율적이라고 결정했고요. 그렇게 루이자가 들어온 거예요. 반가워요!"

마이클이 손을 내밀었다.

내가 그 손을 잡고 악수했다.

"여기가 마음에 들어요?"

"아주 좋아요. 내가 사랑하는 사람이 그인지 그녀인지는 잘 모르겠지만요."

마이클이 씩 웃고 덧붙였다.

"고프니크 씨는 말할 수 없이 똑똑하세요. 게다가 너무 미남이시고, 부인은 인형이 따로 없고요."

"부부랑 조깅하세요?"

"조깅이요? 지금 놀리는 거예요?"

마이클이 어깨를 으쓱하고 대답을 이어갔다.

"난 땀나는 일은 안 해요. 네이선과 하는 일은 예외로 치고요. 아, 정말이지 그 친구랑은 땀을 흘리고 싶지요. 멋진 친구잖아요? 네이선이 어깨를 만져주겠다고 했고, 난 곧바로 홀딱 반했거든요. 오래 같이 일했다면서 어떻게 그 섹시한 호주 남자를 보고도 달려들지 않을 수 있었죠?"

"나는……."

"말하지 말아요. 둘이 어디까지 갔는지 알고 싶지 않네요. 우린 앞으로 계속 친구 사이여야 되니까요. 좋아요. 난 월가에 가봐야 해서요."

마이클은 내게 신용카드와("긴급 상황에서 사용하세요. 부인이 늘 신용카드를 챙기지는 않거든요. 명세서는 전부 고프니크 씨에게 들어갑니다.") 태블릿을 건네고, 비밀번호를 설정하는 방법을 알려주었다.

"필요한 연락처가 전부 들어 있어요. 일정과 관련된 모든 사항도 여기 있고요."

마이클이 검지로 화면의 스크롤을 내리면서 설명을 이어갔다.

"각자 색깔로 구분되어 있어요. 고프니크 씨는 파란색, 고프니크 부인은 빨간색, 태비사는 노란색인 걸 알 수 있을 거예요. 이제 태비사가 집에서 나가 사니까 우리가 일정을 챙기지 않지만, 언제 여기 올지 알아두면 유용해요. 또 신탁이나 재단 회의 같은 가족 공동 행사도 있고요. 내가 루이자의 개인 메일 계정을 만들어뒀어요. 변동이 있으면 이메일로 연락을 주고받으면서, 일정에 변동 사항을 수정하죠. 모든 내용을 재확인해야 해요. 다른 건 몰라도 일정이 겹치면 고프니크 씨가 불같이 역정을 내시거든요."

"알겠어요."

"매일 아침 사모님의 우편물을 점검하고 참석하려고 하시는 행사를 확인해 주세요. 내가 크로스체크를 할게요. 가끔 사모님은 거절하지만 고프니크 씨가 밀어붙이는 행사도 있거든요. 그러니까 아무것도 버리지 말아요. 두 가지로 분류해서 보관해 둬요."

"초대가 얼마나 많은가요?"

"아, 상상도 못 할걸요. 고프니크 부부는 사실상 최상위층이에요. 모든 행사에 초대받지만 거의 다 참석하지 않는다는 뜻이예요. 2등급은 절반가량의 행사에 초대받아서 전부 참석하고요."

"3등급은요?"

"불청객이죠. 푸드트럭 개업식에도 달려갈 작자들. 사교 행사에도 그런 부류가 있어요. 민망한 노릇이죠."

마이클이 한숨을 쉬었다.

나는 일정표를 훑다가 이번 주 일정을 보았다. 두렵게도 무지개의 향연이었다. 나는 풀 죽은 표정을 감추려고 애썼다.

"갈색은 뭔가요?"

"그건 펠릭스의 약속이에요. 고양이."

"고양이도 행사 일정이 있어요?"

"그냥 미용이랑 동물병원 예약, 치과 진료, 그런 거죠. 이런, 이번 주에는 행동교정사에게 가야겠어요. 또 카펫에 똥을 쌌나 보네."

"그럼 보라색은?"

마이클이 소리를 낮춰 대답했다.

"이전 고프니크 부인. 행사 옆에 보라색이 칠해져 있으면 그분도 참석한다는 뜻이에요."

그가 무슨 말을 더 하려는 찰나에 전화벨이 울렸다.

"네, 고프니크 씨…… 네, 물론입니다. 네, 알겠습니다. 즉시 가겠습니다."

마이클은 휴대폰을 가방에 넣으면서 내게 말했다.

"그래요, 가봐야겠어요. 팀에 들어온 걸 환영해요!"

"팀원은 몇 명인가요?"

내가 물었지만, 그는 코트를 팔에 걸고서 문을 빠져나가고 있었다.

"첫 번째 보라색은 2주 후예요. 알았죠? 메일 보낼게요. 그리고 외출할 때는 평상복을 입어요! 안 그러면 홀푸드◊ 직원으로 보일 테니."

하루가 몽롱하게 지나갔다. 20분 후 우린 건물에서 나와 대기 중인 차에 타고 몇 블록 떨어진 화려한 미용실에 갔다. 나는 평생 크림색 가죽으로 꾸민 검은 대형차를 탄 사람처럼 보이려고 안간힘을 썼다. 애그니스가 머리를 감고 헤어디자이너에게 헤어스타일링을 받는 동안 난 구석에 앉아 있었다. 헤어디자이너는 자를 대고 자른 것 같은 헤어스타일의 여자였다. 한 시간 후 차가 우리를 치과 앞에 내려주었고, 난 다시 대기실에서 기다렸다. 어딜 가나 조용하고 고급스러웠다. 저 밑의 정신없는 길거리와는 다른 세상이었다. 난 닻 장식이 달린 파란색 블라우스와 줄무늬 펜슬스커트를 단정하게 입었지만, 차림새를 신경 쓸 필요가 없었다. 어디에 가나 곧 투명 인간이 되었으니까. 내 이마에 '직원'이라는 문신이라도 새긴 것 같았

◊ 유기농 식품을 전문으로 파는 미국의 슈퍼마켓 체인점.

다. 다른 개인 어시스턴트들도 눈에 들어왔다. 그들은 휴대폰을 들고 밖에서 서성이거나, 세탁소에서 찾은 옷과 커피 전문점의 테이크아웃 커피를 들고 뛰어왔다. 나도 애그니스에게 커피를 가져다줘야 하나? 일정표의 항목을 필요 이상으로 지워야 하나? 내가 왜 그곳에 있는지 알 수 없었다. 모든 일이 나 없이도 시계처럼 돌아가는 것 같았다. 난 그저 인간 갑옷이나 마찬가지였다. 애그니스와 나머지 세상 사이에 놓인 휴대용 장벽.

한편 애그니스는 산만했다. 휴대폰을 붙잡고 폴란드어로 통화하다가도 내게 태블릿에 메모하라고 지시했다.

"레너드의 회색 양복이 세탁되었는지 마이클에게 확인해야 해요. 그리고 레비츠키 부인에게 전화해서 내 지방시 드레스를 부탁해야 될 거예요. 지난번에 입은 후 체중이 줄었거든요. 레비츠키 부인이 1인치쯤 줄이면 될 거예요."

애그니스는 커다란 프라다 백을 뒤져서, 플라스틱으로 포장된 알약을 꺼내 입에 넣고는 말했다.

"물?"

주위를 둘러보니 차 문의 포켓에 물이 있었다. 뚜껑을 열어서 애그니스에게 건넸다. 차가 멈추었다.

"고마워요."

기사가 내려서 차 문을 열었다. 레스토랑 도어맨은 애그니스를 오랜 친구처럼 맞이했다. 뒤따라 내리려 했지만 기사가 문을 닫았다. 나는 뒷좌석에 남았다.

1분쯤 그렇게 앉아서 뭘 해야 좋을지 궁리했다.

휴대폰을 확인했다. 창밖을 보면서 근처에 샌드위치 가게가 있는지 살폈다. 발로 바닥을 탁탁 때렸다. 그러다 결국 몸을 앞좌석으로 내밀고 말했다.

"아빠가 저랑 여동생을 차에 남겨놓고 술집에 가곤 했어요. 우리한테 콜라랑 양파피클맛 몬스터 먼치◊를 가져다주고는 그걸로 세 시간을 퉁쳤죠."

나는 무릎을 손가락으로 두드리면서 말을 이었다.

"요즘으로 보면 아동학대를 당한 거죠. 그런데 양파피클맛 몬스터 먼치는 우리가 가장 좋아하는 간식이었거든요. 그 주의 최고 즐거움이었어요."

운전기사는 아무 대꾸도 하지 않았다.

나는 몸을 더 내밀었다. 내 얼굴이 그의 얼굴과 닿을 듯 말 듯 했다.

"그래서 말인데요. 보통 이러면 얼마나 걸리죠?"

"걸릴 만큼 걸리죠."

그가 거울로 나를 보다가 눈을 돌렸다.

"기사님은 쭉 여기서 기다리세요?"

"그게 내 일이니까요."

나는 잠깐 앉아 있다가 앞 좌석으로 손을 내밀었다.

"루이자예요. 고프니크 부인의 새 어시스턴트예요."

"만나서 반가워요."

◊ 옥수수로 만든 유령 모양의 폴란드산 과자.

그는 고개를 돌리지 않았다. 그게 기사가 내게 한 마지막 말이었다. 운전기사는 시디플레이어에 시디를 넣었다. 스페인계 여자의 발음이 흘러나왔다.

"Estoy perdido. ¿Dónde está el baño?"◇

"에스-토이 페르-디-도. 돈-데 에스-타 엘 바-니오."

운전기사가 따라서 발음했다.

"¿Cuánto cuesta?"◇◇

"쿠안-토 퀘스-타."

그가 따라서 말했다.

난 한 시간 동안 뒷좌석에 앉아 운전기사의 외국어 연습 소리를 듣지 않으려고 애쓰면서 휴대폰을 쳐다보았다. 나도 쓸모 있는 일을 해야 할지 고민이 됐다. 마이클에게 이메일을 보내서 물어봤지만 그는 그저 "그게 점심 휴식 시간이에요. 즐겨요! xx"라고 답할 뿐이었다.

먹을 게 없다고 말하고 싶지는 않았다. 더운 차 안에서 대기하고 있으니, 다시 피곤이 밀물처럼 몰려왔다. 창에 머리를 기대고 속으로 중얼댔다. 나른한 게 정상이라고, 나도 어쩔 수 없는 거라고. '새로운 세상에서 조금은 편치 않은 느낌이 들지도 몰라요. 사람이 안전지대에서 갑자기 튕겨져 나오면 늘 기분이 이상해지거든요.' 윌의 마지막 편지가 내 안에서 메아리쳤다. 멀리서 들리는 것 같았다.

그러다 아무 소리도 들리지 않게 되었다.

◇ "길을 잃었어요. 화장실은 어디입니까?"라는 뜻의 스페인어 문장.

◇◇ "이것은 얼마입니까?"라는 뜻의 스페인어 문장.

*

문이 열리자 화들짝 정신을 차렸다. 차에 오르는 애그니스의 얼굴이 하얗고 입매가 굳어 있었다.

"괜찮으신가요?"

내가 똑바로 앉으면서 물었지만, 그녀는 대꾸하지 않았다.

우리는 말없이 출발했다. 차 안에 갑자기 팽팽한 긴장감이 감돌았다.

애그니스가 내게 몸을 돌렸다. 나는 그녀를 위해 물병을 꺼내 들고 있었다.

"담배 있을까요?"

"어……. 아뇨."

"개리, 담배 있어요?"

"없습니다. 하지만 저희가 사다 드릴 수 있습니다."

그녀가 손을 떠는 게 눈에 들어왔다. 애그니스가 핸드백에 손을 넣어 작은 약병을 꺼냈고, 나는 물을 건네주었다. 나는 약을 삼키는 애그니스의 눈에 눈물이 고였음을 알아차렸다. 우리는 두에인 리드◊ 앞에 멈추었다. 나더러 내리라는 뜻임을 깨닫기까지는 잠시 시간이 걸렸다.

"어떤 종류, 그러니까 어느 브랜드로 살까요?"

"말보로 라이트."

애그니스가 대답하고 눈가를 닦았다.

◊ 편의점, 약국, 화장품 판매점 등을 겸하며 24시간 운영하는 미국의 드러그스토어 체인.

나는 뛰쳐나갔다. 정확하게는 아침에 뛰느라 다리가 불편해 절뚝절뚝 걸었다는 게 맞겠다. 약국에서 담배를 사면서, 여기서 담배를 사는 것이 이상했다. 다시 차에 타니 애그니스는 휴대폰으로 누군가에게 폴란드어로 윽박지르고 있었다. 그녀는 통화를 끝내고 창문을 열고선 담배에 불을 붙이고 깊게 빨아들인 뒤, 내게 한 대 권했다. 나는 고개를 저었다.

"레너드에게는 비밀! 내가 담배 피우는 걸 질색해서."

애그니스가 말했다. 얼굴이 살짝 펴져 있었다.

우리는 시동을 켠 채 몇 분간 앉아 있었다. 그녀는 화가 나서 담배를 뻑뻑 피웠고, 나는 그녀의 폐가 걱정됐다. 애그니스는 담배의 끝부분을 비벼서 끄고 부아를 억누르듯 입술을 말았다. 그러고는 개리에게 출발하라고 손을 흔들었다.

애그니스가 피아노 레슨을 받는 동안 나는 혼자 남게 되었다. 내 방에 가서 누울까 싶었지만, 다리가 쑤셔서 다시 못 일어날까 봐 책상에 앉아 샘에게 짧은 메일을 썼다. 앞으로 며칠간의 일정도 확인했다.

그때 아파트에 음악이 울리기 시작했다. 처음에는 음계를 연습하는 소리가 나더니, 곧 아름다운 선율이 퍼졌다. 가만히 멈추고 멋진 소리에 귀를 기울이면서, 이렇게 근사한 소리를 내는 기분은 어떨지 생각했다. 눈을 감고 음악이 내 안에서 흐르도록 했다. 윌을 따라 처음 콘서트에 간 저녁을 회상했다. 현장에서 듣는 음악은 음반보다 훨씬 입체감이 뛰어났다.

음악이 내면 깊은 데서 뭔가를 끊어내는 것 같았다. 애그니스의 연주는 그녀가 세상을 대할 때 좀처럼 열지 않는 어떤 부분에서 나오는 것 같았다. 연약하고 상냥하고 사랑스러웠다. 그라면 이 음악을 즐겼을 거라고 무심코 생각했다. 윌이라면 여기 있는 걸 좋아하겠지. 음악이 마법으로 홀러드는 그 순간, 일라리아가 진공청소기를 돌리기 시작해 음악을 소음으로 쓸어냈다. 무거운 가구에 청소기가 가차 없이 부딪혔다. 연주가 중단되었다.

내 휴대폰에서 진동이 울렸다.

청소 중단하라고 전해요!

침대에서 내려와 집 안을 돌아다니며 일라리아를 찾았다. 그녀는 애그니스의 서재 밖에서 고개를 숙인 채 청소기를 밀고 있었다. 나는 침을 삼켰다. 일라리아와 맞설 때면 나도 모르게 뭔가 머뭇거리게 되었다. 그녀는 이 빌딩에서 드물게 나보다 키가 작은데도 그랬다.

"일라리아."

내가 불렀다.

그녀는 멈추지 않았다.

"일라리아!"

내가 앞에 버티고 서자 그녀가 인기척을 느꼈다. 일리리아는 발꿈치로 전원 스위치를 누르고 날 노려봤다.

"고프니크 부인이 다른 때 청소해도 되겠냐고 물으시네요. 소리가 안 들려서 레슨을 못 받으시겠다고요."

"그럼 나더러 언제 아파트를 청소하라는 거예요?"

일라리아가 안에서 들릴 만큼 큰 소리로 쏘아붙였다.

"어…… 이 특별한 40분만 아니면 언제든 괜찮겠죠?"

일라리아가 콘센트에서 플러그를 빼고 소란스럽게 청소기를 끌고 갔다. 얼마나 매몰차게 노려보는지 뒤로 물러날 뻔했다. 잠깐 적막이 흐른 뒤 다시 연주가 시작되었다.

20분 후 마침내 애그니스는 서재에서 나와 곁눈질로 나를 보며 생긋 웃었다.

첫 일주일은 첫날처럼 일이 생겼다 말았다 하면서 흘러갔다. 내가 애그니스의 신호를 주시하는 것은, 엄마가 우리 늙은 개를 보면서 오줌을 싸는지 감시하는 것과 비슷했다. 그녀가 외출해야 하나? 나는 어디 있어야 할까? 매일 아침 난 애그니스, 조지와 조깅하러 나갔지만 1.5킬로미터 지점에서는 둘에게 손을 흔들고 엉덩이를 가리킨 후, 집으로 천천히 걸어왔다. 현관홀에 앉아 있는 시간이 길었다. 누가 지나가면 일하는 티를 내려고 아이패드를 골똘히 들여다보곤 했다.

마이클은 매일 와서 속삭이는 소리로 진행 상황을 쏟아냈다. 그는 아파트와 고프니크 씨의 월가 사무실 사이를 계속 오가면서 사는 것 같았다. 휴대폰 두 대 중 한 대를 귀에 붙이고, 팔에 세탁물을 걸치고서 손에 커피를 들고 다녔다. 아주 매력적이고 늘 웃는 얼굴인데, 그가 날 좋아하는지 어떤지는 감을 잡을 수 없었다.

네이선과는 거의 만나지 못했다. 그는 고프니크 씨의 일정에 맞춰서 일하는 것 같았다. 어떤 때는 새벽 5시에 고프니크 씨와 만났고, 다른 때는 저녁 7시에 집무실에 들어가 필요한 일을 거들었다.

네이선이 설명했다.

"난 하는 일이 아니라 할 수 있는 일 때문에 고용된 거예요."

종종 그는 자취를 감추었다. 나중에 고프니크 씨와 제트기를 타고 밤새 다른 곳에 다녀왔다는 걸 알게 되었다. 그들은 샌프란시스코나 시카고에 다녀오기도 했다. 고프니크 씨는 관절염을 앓았기에 잘 관리하려고 노력했다. 네이선과 같이 수영을 하거나 매일 몇 차례씩 운동해서 소염제와 진통제 복용을 줄이려 했다.

네이선과 주중 아침마다 오는 트레이너 조지 외에 첫 주에는 이런 사람들이 아파트를 드나들었다.

청소 팀. 일라리아가 하는 일(살림)과 실제 청소는 다른 점이 있었다. 매주 두 차례 유니폼을 입은 여자 세 명과 남자 한 명으로 이루어진 팀이 아파트로 진격해 왔다. 그들은 서로 간단히 의논하는 것 외에는 입을 다물었다. 각자 친환경 청소용품이 담긴 큰 상자를 들고 왔고, 세 시간 후에 떠났다. 그러면 일라리아가 공기 냄새를 맡고, 못마땅한 듯 구석진 곳을 손가락으로 훑었다.

플로리스트. 월요일 아침에 승합차를 타고 도착했다. 꽃이 꽂힌 큰 화병을 계획에 따라 아파트의 공동 구역에 하나씩 배치했다. 화병 몇 개는 아주 커서 두 사람이 옮겨야 했다. 그들은 현관문에서 신발을 벗고 들어왔다.

정원사. 그렇다, 진짜 정원사 맞다. 처음에는 어처구니없었지만 ('아파트가 2층인데 정원사라니 말이 돼?') 건물 뒤쪽의 긴 발코니에는 작은 나무와 꽃 화분이 조르르 놓여 있었다. 정원사는 물을 주고 화분을 손질하고 비료를 주고는 다시 사라졌다. 덕분에 발코니는 이름다웠지만, 나 말고 거기로 나오는 사람은 아무도 없었다.

반려동물 행동교정사. 새처럼 생긴 자그마한 일본 여성이 금요일 오전 10시에 나타나서는 멀리 떨어져서 펠릭스를 한 시간쯤 관찰했다. 고양이 사료, 배변 모래, 잠자리를 점검하더니 일라리아에게 펠릭스의 행동에 관해 물었다. 그러고 나서 어떤 장난감이 필요한지, 캣 타워의 높이가 적당하고 안정적인지 조언했다. 그녀가 있는 내내 펠릭스는 그 사람을 모른 척하면서 항문을 핥는 데에만 열중했다. 거의 모욕으로 느껴질 정도로 힘껏.

식료품 팀. 매주 두 번, 녹색의 큰 상자를 가져와서 가정부의 감독하에 싱싱한 먹거리를 풀었다. 어느 날 청구서를 보았는데 우리 가족, 어쩌면 동네 주민 절반의 몇 달치 식비였다.

그게 다가 아니었다. 네일 관리사, 피부 관리사, 피아노 교사, 차량 정비와 세차 담당자, 빌딩에 근무하면서 전구 교체나 에어컨을 고치는 관리 직원. 젓가락처럼 마른 빨간 머리 여자도 다녀갔다. 버그도프 굿맨이나 삭스 피프스 애비뉴◇의 커다란 쇼핑백을 가져와서, 애그니스가 입어보는 의상을 날카로운 눈초리로 살폈다.

"아니, 아니, 아니에요. 아, 그게 딱이네요, 예뻐요. 지난주에 보여드린 작은 프라다 백을 들면 좋겠네요. 이제 갈라 행사는 어떻게 할까요?"

와인 판매업자. 벽에 그림을 거는 사람. 커튼을 관리하는 여자. 잔디 깎는 기계 같은 기구로 중앙 거실의 마룻바닥을 연마하는 남자. 그 외 다수. 나는 낯선 사람이 집 안을 돌아다니는 데 익숙해졌다. 첫 2주간 하루도 빼지 않고 언제든 다섯 명 이상이 아파트에 있었다.

여기는 이름만 가정집이었다. 나, 네이선, 일라리아, 계속 드나드는 업자들, 스태프, 새벽부터 밤늦게까지 뭔가 하는 이들에게 여기는 작업 현장이었다. 이따금 저녁 식사 후 고프니크 씨의 동료들이 정장 차림으로 찾아와서 집무실로 들어갔다. 한 시간 후 그들은 워싱턴 디씨나 도쿄에서 걸려온 전화 얘기를 하면서 밖으로 나왔다. 고프니크 씨는 네이선과 보내는 시간을 제외하면, 쉬지 않고 일을 하는 것 같았다. 저녁 식사 중에도 마호가니 식탁에 놓인 휴대폰 두 대가 문자메시지를 수신하느라 곤충망에 잡힌 말벌처럼 웡웡댔다.

드레스룸만이 애그니스가 사라질 수 있는 유일한 장소였다. 이따금 낮에 애그니스가 드레스룸에 들어가 문을 닫는 걸 물끄러미 보며 궁금해했다. '여기가 평범한 집일 때가 있을까?'

◇ 버그도프 굿맨과 삭스 피프스 애비뉴는 미국의 고급 백화점 체인으로, 뉴욕 5번가에 본점을 두고 있다.

그 때문에 부부가 주말에 자취를 감추는 거라고 나 나름으로 결론지었다. 별장에도 스태프가 있겠지만.

내가 이 부분에 대해 물어보자 네이선이 말했다.

"아니, 그건 사모님이 뜻대로 처리한 일이에요. 남편에게 주말 별장을 전처에게 주라고 했죠. 대신 해변에 있는 소박한 집을 구하도록 남편을 설득했어요. 침실 세 개. 욕실 하나. 직원은 없고요."

네이선은 고개를 저으면서 덧붙였다.

"그래서 태비사도 거기 없죠. 사모님은 영리한 분이에요."

"자기, 잘 지냈어요?"

샘은 유니폼 차림이었다. 머릿속으로 계산해 보니 그가 방금 근무를 마쳤음을 알 수 있었다. 샘이 머리를 쓸어 넘기더니, 화면으로 날 더 잘 보려는 듯이 몸을 숙였다. 내 머릿속에서 작은 목소리가 말했다. 떠나온 후 샘과 대화할 때마다 이 소리가 들렸다. '이 남자를 두고 다른 대륙으로 오다니 너 무슨 짓을 한 거니?'

"그러면 업무에 복귀한 거예요?"

"네. 그런데 아주 좋은 첫날은 아니었어요."

샘이 한숨을 내쉬었다.

"왜요?"

"도나가 그만뒀거든요."

충격을 감출 수가 없었다. 바른말도 잘하고, 재미있고 침착한 도나는 샘과 합이 잘 맞았다. 샘이 의지하기도 하고 일터에서 정신을 차리게도 하는 짝꿍이었다. 둘이 떨어지는 것은 상상할 수 없는 일이었다.

"왜요? 무슨 일이에요?"

"아버지가 암에 걸리셨대요. 악성 말기고요. 도나는 아버지 곁에 있고 싶대요."

"어머, 어쩌면 좋아요. 도나가 안됐어요. 아버지도 안됐고요."

"그러게요. 힘들죠. 이제 누구를 내 파트너로 붙여줄지 두고 봐야 해요. 징계 문제 때문에 신입 대원을 붙이지는 않을 거예요. 그러니까 다른 지구대에서 올 거 같아요."

우리가 만난 이후 샘은 두 차례 징계위원회에 회부되었다. 적어도 한 번은 내 책임이어서, 반사적으로 죄책감이 들었다.

"도나가 그립겠어요."

"그렇겠죠."

샘은 좀 기진맥진해 보였다. 화면 속으로 손을 뻗어 안아주고 싶었다.

그가 말했다.

"도나가 날 구해줬는데."

감상적인 말을 좋아하지 않는 샘이 이런 말을 하니 더 짠했다. 그날 밤이 무섭도록 정확하게 기억났다. 샘의 총상 부위에서 피가 철철 흘러 구급차 바닥이 흥건했었다. 유능하고 침착한 도나는 내게 지시를 내리면서 얇은 희망의 끈을 붙들고 구급대가 도착하기를 기다렸다. 내장을 파고드는 쇠 맛 나는 공포감이 지금도 입안에서 느껴졌다. 내 손에 묻었던 불쾌하게도 미적지근한 샘의 피. 그 촉감이 아직까지 생생했다. 몸을 떨면서 그 생각을 밀어냈다. 샘의 안전을 다른 사람에게 맡기고 싶지 않았다. 그와 도나는 한 팀이었다. 서로 기대를 저버리지 않는 두 사람이었다. 그리고 앞으로는 누구와 무자비하게 서로 놀려댈까.

"도나는 언제 퇴직해요?"

"다음 주예요. 가족 상황 때문에 특별 휴가를 받았어요."

샘이 한숨을 쉬었다. 그러고 나서 말을 이었다.

"그래도 말이죠. 좋은 일도 있어요. 당신 어머니가 일요일 점심에 초대하셨거든요. 로스트비프와 곁들임 음식을 먹을 거예요. 참, 당신 여동생이 나더러 아파트에 들러달라고 했어요. 그렇게 보지 마요. 라디에이터의 공기를 빼줄 수 있느냐고 물었을 뿐이니까요."

"이렇게 되고 말았네요. 당신이 끌려들어 왔어요. 우리 가족이 당신한테 끈끈이처럼 달라붙었다고요."

"당신이 없어서 이상할 거예요."

"이거 당장 집에 돌아가던지 해야지, 원."

샘이 웃으려 했지만 그러지 못했다.

"뭔데요?"

"아니에요."

"말해봐요."

"모르겠어요…… 내가 좋아하는 두 여자를 잃은 기분이에요."

목구멍이 뻐근했다. 샘이 잃은 세 번째 여자의 망령이 우리 사이에 걸려 있었다. 샘의 누이는 2년 전에 암으로 세상을 떠났다.

"샘, 당신이……."

"그냥 넘어가 줘요. 내가 헛소리했네요."

"난 여전히 당신 여자 친구예요. 한동안 멀리 있는 것뿐이라고요."

그가 볼에 바람을 넣었다.

"이 정도로 마음이 안 좋을 줄 몰랐어요."

"좋아해야 할지 슬퍼해야 할지 모르겠네요."

"괜찮아지겠죠. 힘든 날이 있잖아요. 그저 오늘이 그런 날일 뿐이에요."

나는 잠시 앉아서 샘을 쳐다보기만 했다.

"알았어요. 그러면 이렇게 해봐요. 우선 나가서 닭 모이를 줘요. 늘 당신은 닭을 보면서 위로받으니까요. 또 자연은 시야를 넓혀주니까요."

샘이 살짝 허리를 폈다.

"그다음엔 뭘 하죠?"

"끝내주게 맛 좋은 볼로네제 소스를 만들어요. 와인이랑 베이컨이랑 여러 재료를 넣고 아주 오래 끓여요. 군침 도는 볼로네제 스파게티를 먹고 나면 기분이 거지 같을 수가 없거든요."

"닭. 스파게티. 알겠어요."

"그러고 나서 텔레비전을 켜고 아주 좋은 영화를 찾아요. 마음을 홀딱 빼앗길 만한 걸로. 리얼리티 쇼는 안 돼요. 광고가 나오는 프로그램도 안 되고요."

"이거 '루이자 클라크의 이브닝 힐링 쇼'네. 마음에 드는데요."

"그런 다음……."

나는 잠깐 생각하고 나서 말을 이었다.

"우리가 만날 날까지 겨우 3주 남짓 남았다는 사실을 떠올려요. 그 말인즉 요거죠! 짠!"

나는 셔츠 자락을 목까지 끌어올렸다.

안타깝게도 하필 그 순간 일라리아가 문을 열고서 세탁물을 들고 들어왔다. 그녀는 한쪽 팔에 수건 더미를 끼고 오다가 내 벗은 가슴과 화면에 뜬 남자 얼굴을 보고 얼어붙어 버렸다. 그녀가 뭐라고 주절대면서 얼른 문을 닫았다. 나는 가슴을 가리려고 몸을 꼬았다.

"뭔데요? 무슨 일인데요?"

샘은 빙그레 웃으면서 오른쪽 화면을 잘 보려고 애썼다.

"가정부. 망했다. 망했어요."

난 셔츠 자락을 내렸다.

샘은 의자에 자빠져 앉은 채 배에 한 손을 얹고 마구 웃었다. 여전히 상처 부위에 거즈가 붙어 있었다.

"몰라서 그래요. 날 싫어하는 여자라고요."

"그러면 이제 당신은 '마담 웹캠'이 되어버렸네요."

샘이 씨근대며 웃었다.

"뉴욕에서 팜 스프링스까지 가정부 업계에 내 이름이 시궁창에 처박힐 거예요."

나는 푸념하다가 키득거리기 시작했다. 샘이 박장대소하는 걸 보니 웃지 않을 수가 없었다.

그가 씩 웃었다.

"아, 루. 당신이 해냈어요. 나를 또 웃게 만들었어요."

"인터넷으로 내 가슴을 보여주는 건 이번이 처음이자 마지막이라는 게 당신한테는 슬픈 소식이겠지만요."

샘이 몸을 숙이고 키스를 날렸다.

"하긴 우리가 반대로 그러고 있지 않은 걸 감사해야 되겠군요."

웹캠 사건 이후 이틀 내내 일라리아는 내게 말을 걸지 않았다. 내가 방에 들어가면 얼른 몸을 돌리고 일거리를 찾아 몰두했다. 나와 눈만 마주쳐도 외설적인 가슴 노출증에 전염되는 것처럼 굴었다.

일라리아가 내게 커피를 뒤집개로 밀어주자, 네이선은 둘 사이에 무슨 일이 있었냐고 물었다. 말로 설명하면 실제 있었던 일보다 더 이상해 보일 게 뻔해서 설명할 수가 없었다. 그래서 세탁물 핑계를 대고, 방에 열쇠가 필요한 이유를 떠들면서 그가 더 캐묻지 않기를 바랐다.

4.

From: BusyBee@gmail.com

To: KatClark!@yahoo.com

저기, 못된 바보 멍청이는 너지(그게 점잖은 회계사가 지구 여행자 언니에게 할 소리야?)

난 잘 지내, 고마워, 고용주 애그니스는 내 또래고 아주 괜찮은 사람이야. 그러니까 보너스를 받은 셈이지, 내가 어딜 다니는지 너는 못 믿을 거야. 어젯밤엔 내 한 달 치 월급보다 비싼 드레스를 입고 무도회에 갔어. 신데렐라가 된 기분이었어. 정말 멋진 자매와 함께였단 것이 다르지만(맞아, 새 자매님 생김ㅎㅎㅎ).

톰이 새 학교에 잘 다닌다니 다행이네. 사인펜 낙서는 걱정하지 마. 벽은 언제든 칠하면 되니까. 엄마는 그게 톰의 창의성을 표현하는 방식이라고 말씀하셔. 엄마가 아빠를 야간학교 수업에 보내려는 거 알고 있었어? 아빠가 자기표현을 더 잘 하는 걸 배웠으면 좋겠다나. 어디서 그런 글을 읽었는지 모르겠는데 아빠는 그걸 탄트라 수행 같은 걸로 아시더라고. 아빠랑 통화하면서 엄마한테 그렇게 들은 척했는데, 양심의 가책이 들어. 아빠는 남 앞에서 과거를 고백해야 되는 줄 알고 겁먹었거든.

소식을 더 알려줘. 특히 데이트 얘기!!!

보고 싶어,

루 xxx

PS. 아빠가 만약 남 앞에서 과거를 고백해야 한다면, 난 아무것도 알고 싶지 않네.

애그니스의 행사 일정에는 뉴욕 최고의 사교 행사가 많았는데, 그중에서도 '닐 앤 플로렌스 스트레이저 재단 자선 만찬'이 최고로 꼽혔다. 드레스 코드는 노란색. 남성은 독특한 패션을 추구하지 않는다면 넥타이를 맸다. 《뉴욕 포스트》부터 《하퍼스 바자》까지 온갖 매체에 행사 사진이 게재됐다. 모두들 격식을 갖춘 차림이었고, 노란색 의상이 아찔했다. 티켓 가격은 테이블당 3만 달러에 살짝 못 미쳤다. 만찬장의 끄트머리에 앉는 비용이 그 정도였다. 애그니스가 참석할 행사마다 조사해서 알게 되었다. 이번 만찬이 큰 행사인 것은, 비단 엄청난 준비(네일 관리, 헤어 관리, 마사지, 조지와의 아침 운동 횟수 증가) 때문이 아니라 애그니스의 스트레스 수치 때문이었다. 그녀는 종일 바르르 떨면서 조지가 시키는 운동을 못 하겠다고, 그만큼 달릴 수 없다고 소리쳤다. 이것도 저것도 다 '못 하겠다'뿐이었다. 부처만큼이나 차분한 조지는 괜찮다고, 집에 돌아갈 때 걸으면 된다고, 걸을 때 나오는 엔도르핀으로도 충분하다고 달랬다. 그는 운동을 마치고 가면서, 예상한 일이라는 듯 내게 눈을 찡긋했다.

구제 요청을 받았는지 고프니크 씨가 점심시간에 귀가하자, 에그니스는 드레스룸에 틀어박혀 있었다. 나는 아속에게 가서 세탁소 배달물을 받고 치아 미백 예약을 취소한 후, 뭘 하면 좋을지 몰라 복도에 주저앉았다. 고프니크 씨가 문을 열자 애그니스의 낮은 목소리가 새어 나왔다.

"가기 싫다고요."

그녀가 무슨 말을 하는지 몰라도 고프니크 씨는 내 예상보다 더 오래 집에 머물렀다. 네이선은 외부에 있어서 그와 대화할 수 없었다. 마이클이 들러서 방 주위를 두리번거렸다.

그가 말했다.

"고프니크 씨가 아직 여기 계신가요? 내 위치 추적기가 작동을 멈춰서."

"위치 추적기요?"

"고프니크 씨의 휴대폰에 깔린 거요. 그게 없으면 어디 계시는지 절반은 파악할 수 없거든요."

"지금 사모님 드레스룸에 계세요."

그 외에는 무슨 말을 해야 할지 난감했다. 마이클을 얼마나 믿어야 하는지 알 수 없었다. 하지만 안에서 부부가 언성을 높이는 것을 모른 체하기 어려웠다.

내가 다시 말했다.

"사모님이 오늘 밤 외출이 그리 내키지 않으시나 봐요."

"보라색 행사니까요. 전에 말했죠?"

그제야 기억이 났다.

"예전 사모님이요. 이전부터 이 행사에는 꼭 참석했거든요. 애그니스도 알아요. 이번에도 와요. 그녀의 심술궂은 친구 부대도 올 거고요. 친절한 사람들은 아니라서."

"아, 이제 알겠네요."

"고프니크 씨는 거액 기부자여서 얼굴을 보일 수밖에 없어요. 게다가 스트레이저 부부와 오랜 친구 사이고요. 그런데 부부의 사교 모임 중 유독 힘든 행사죠. 작년엔 완패였어요."

"왜요?"

그가 찡그리면서 대답했다.

"아휴, 사모님이 도살장에 끌려가는 양처럼 입장했거든요. 그 사람들이 새 단짝 친구가 되어줄 걸로 기대했건만. 나중에 듣기로 그들이 애그니스를 '찜 쪄 먹었다'더군요."

나는 몸을 떨었다.

"고프니크 씨 혼자만 가시면 안 되나요?"

"이런, 이 동네가 어떻게 돌아가는지 몰라서 그래요. 아뇨. 안 돼요. 안 될 일이에요. 사모님이 반드시 참석해야 해요. 만면에 미소를 짓고 사진에 나와야죠. 그게 그 자리의 본분이에요. 애그니스도 알아요. 그런데 순조롭지 않을 것 같긴 하네요."

안에서 언성이 높아졌다. 애그니스가 항의하는 소리가 났고 고프니크 씨가 부드럽게 달래는 투로 설명했다.

마이클이 손목시계를 쳐다봤다.

"사무실에 돌아가야겠네요. 부탁 좀 할게요. 고프니크 씨가 출발하시면 문자메시지를 보내줄래요? 3시 전에 서명을 받아야 될 문서가 58건이거든요. 사랑해!"

그가 키스를 날리고 사라졌다.

나는 좀 더 앉아서 복도에 새어 나오는 말싸움을 듣지 않으려고 애썼다. 일정을 살펴보면서 내가 도움이 될 만한 일이 있는지 궁리했다. 고양이 펠릭스가 꼬리를 물음표처럼 치뜨고 지나갔다. 주변 인간들의 처신에 아랑곳하지 않는, 도도한 태도였다.

그때 문이 열렸다. 고프니크 씨가 날 봤다.

"아, 루이자. 잠깐 이리 들어올 수 있어요?"

나는 뛰다시피 고프니크 씨 앞으로 갔다. 달리자 근육이 쑤셔서 불편했다.

"혹시 오늘 저녁에 시간이 있는지 궁금하군요."

"시간이요?"

"행사에 갈 수 있는지, 자선 행사."

"어……. 그럼요."

근무시간이 들쭉날쭉하리란 걸 처음부터 알고 있었다. 또 일라리아와 마주치지 않을 거란 뜻이기도 했다. 아이패드에 영화 한 편을 받아놓고 차에서 보면 되겠지.

"거 봐요. 당신 생각은 어때요?"

애그니스는 울었던 것 같았다.

"루이자가 내 옆에 앉아도 돼요?"

"내가 알아서 처리할게요."

애그니스가 흠칫 떨면서 심호흡을 크게 했다.

"그래, 그래요. 그렇게 해요."

"옆자리에……."

"좋아, 좋아요."

고프니크 씨가 휴대폰을 확인하면서 다시 말했다.

"이제는 정말 가봐야 해요. 7시 30분에 메인 연회장에서 만납시다. 화상회의가 빨리 끝나면 알려주리다."

그가 다가가서 양손으로 아내의 얼굴을 감싸고 키스한 후 물었다.

"괜찮아요?"

"괜찮아요."

"사랑해요. 아주 많이."

그가 다시 키스하고 나갔다.

애그니스가 다시 심호흡을 했다. 그녀는 무릎에 손을 올리고 날 올려다봤다.

"노란색 파티 드레스. 있어요?"

나는 그녀를 빤히 쳐다보았다.

"저, 아뇨. 사실 파티 드레스는 한 벌도 없어요."

애그니스는 내게 그녀의 옷이 맞을지 살피려는 듯이 아래위로 훑어보았다. 답이야 빤하다는 걸 둘 다 알았지만. 그러더니 그녀가 일어났다.

"개리를 불러요. 삭스 백화점에 가야 하니까."

30분 후 나는 피팅룸에 서 있었다. 가게 직원 두 명이 무염버터 빛깔의 끈 없는 드레스에 내 젖가슴을 밀어 넣었다. 난 저번에 남이 이렇게 몸을 더듬었을 때 즉시 약혼을 생각했다고 농담했지만, 아무도 웃지 않았다.

애그니스가 찌푸렸다.

"너무 웨딩드레스 느낌이 나네. 또 허리 주변도 뚱뚱해 보이고."

"제 허리 주변이 뚱뚱해서 그런 건데요."

"효과 만점인 보정속옷이 있습니다, 고프니크 여사님."

"아니, 제가 그걸 어떻게……."

"더 1950년대 스타일 같은 드레스가 있을까요?"

애그니스가 물으면서 휴대폰으로 검색해 보더니 말을 이었다.

"이건 허리를 조여야 하고 길이도 문제 같은데 수선할 시간이 없거든요."

"행사가 몇 시인가요, 여사님?"

"7시 30분까지 도착해야 해요."

"저희가 시간에 맞춰 드레스를 수선할 수 있습니다, 여사님. 테리 편에 6시까지 댁으로 배달하겠습니다."

"그러면 여기 있는 해바라기색을 입어보죠……. 또 저기 스팽글 달린 것도."

그날 오후가 내 평생 처음으로 3만 달러짜리 드레스를 입어보는 날인 줄 미리 알았다면, 강아지가 그려진 우스꽝스러운 속바지와 옷핀으로 고정한 브래지어를 입지 않았으련만. 한 주에 몇 번이나 생판 남에게 가슴을 보여줘야 할지 궁금했다. 숍 직원들이 나처럼 통통한 몸매를 본 적이 있을지도 궁금했다. 직원들은 워낙 정중해서 반복해서 '보정' 속옷 운운하는 것 말고는 다른 말을 하지 않았다. 그들은 계속 드레스를 가져왔고, 내가 옷을 입고 벗게 하며 마치 가축을 다루듯 했다. 마침내 천 의자에 앉은 애그니스가 말했다.

"됐네! 이게 딱 좋겠어요. 어때, 루이자? 퍼진 속치마가 달렸고, 길이도 알맞은데."

거울에 비친 내 모습을 보았다. 모르는 사람이 날 빤히 보고 있었다. 드레스 속에 코르셋이 있어서 허리가 쏙 들어가고, 가슴이 착 올려져 풍만해 보였다. 옷 색깔이 피부를 빛나 보이게 했다. 긴 치마 덕분에 키가 30센티는 커 보여서 다른 사람 같았다. 유일한 문제는 숨을 쉴 수 없다는 것이었다.

"올림머리를 하고 귀고리를 달면 되겠네. 완벽해요."

"게다가 이 드레스는 20퍼센트 할인됩니다. 매년 스트레이저 행사가 끝난 뒤에는 노란색이 잘 나가지는 않아서……."

직원이 말했다.

나는 안심되어 주저앉을 뻔했다. 그러다가 가격표를 보았다. 할인가가 2575달러였다. 한 달 치 급여. 직원에게 물러가라고 손짓한 걸 보면 애그니스가 새하얗게 질린 내 얼굴을 봤음이 분명했다.

"루이자, 옷 갈아입어요. 이 옷에 어울리는 구두는 있어요? 얼른 구두 코너에 가볼까요?"

"구두는 있어요. 구두는 많아요."

나에게는 이 옷에 어울릴 만한 구두가 있었다. 금색 새틴으로 만들어진 굽 높은 펌프스가. 더 이상 비용이 늘어나게 하고 싶지 않았다.

피팅 룸에 돌아가 조심스럽게 드레스를 벗었다. 비싸고 무거운 옷이 바닥에 떨어지는 게 느껴졌다. 도로 내 옷으로 갈아입는데, 애그니스와 직원들의 대화가 들렸다. 가방과 귀고리를 가져오게 한 애그니스는 힐끗 살핀 뒤 만족해했다.

"내 명의로 청구해요."

"그러겠습니다, 고프니크 부인."

계산대에서 애그니스를 만났다. 나는 가방을 들고 나오면서 조용히 말했다.

"그러니까 특별히 조심하길 바라시는 거죠?"

애그니스가 나를 멍하니 바라보았다.

"드레스요."

그래도 그녀는 멍한 표정을 짓고 있었다.

내가 소리를 낮춰 말했다.

"집에서는 가격표를 안쪽에 넣어 입고 다음 날 도로 갖고 갔거든요. 사고로 와인 얼룩이 생기거나 담배 냄새가 많이 배지만 않으면 페브리즈를 싹 뿌리면 되니까요."

"도로 갖고 가다니?"

"옷가게로요."

"왜 그렇게 하는데?"

애그니스가 물었다. 우리는 대기 중인 차에 올라탔고, 개리는 쇼핑백을 트렁크에 실었다.

애그니스가 다시 말했다.

"그렇게 불안한 표정 짓지 마, 루이자. 그 기분이 어떤지 내가 모르겠어? 난 여기 올 때 빈손이었어. 친구들이랑 옷을 돌려가며 입을 정도였지. 하지만 루이자는 오늘 저녁 내 옆에 앉으려면 좋은 드레스를 입어야 해. 유니폼을 입고 갈 수는 없잖아. 오늘 저녁, 루이자는 직원이 아니야. 그리고 난 드레스 비용을 치러서 기분이 좋아."

"알겠습니다."

"무슨 말인지 알겠지? 오늘 밤 루이자는 직원이어선 안 돼. 이건 아주 중요한 부분이야."

차 트렁크에 든 커다란 쇼핑백을 떠올렸다. 차는 천천히 맨해튼의 차량들 사이를 빠져나갔고, 나는 오늘이 이렇게 흘러가는 게 어리둥절했다.

"레너드한테 들었어. 전에 루이자가 어떤 사람을 보살폈는데 지금은 죽었다고."

"그랬어요. 그의 이름은 윌이었고요."

"남편은 루이자가…… 분별력 있는 사람이라고 하더라고."

"그러려고 노력해요."

"또 여기에 아는 사람 없지?"

"네이선밖에 없어요."

애그니스는 이 말을 듣고 생각했다.

"네이선은 좋은 사람 같아."

"정말 좋은 사람이죠."

그녀가 손톱을 꼼꼼히 살피면서 물었다.

"폴란드어 할 줄 알아?"

"아니요."

나는 대답한 후 얼른 덧붙였다.

"하지만 배울 수 있을 거예요. 사모님께서……."

"지금 제일 어려운 게 뭔지 알아, 루이자?"

나는 고개를 저었다.

"내가 누군지 모르겠어……."

망설이던 애그니스는 하려던 말을 하지 않기로 한 듯했다. 애그니스가 말을 이었다.

"오늘 밤 루이자가 내 친구가 되어줘야 해. 알겠지? 레너드는…… 그이는 일을 해야 될 거야. 늘 대화하지, 남자들이랑. 대신 루이자가 내 곁에 있을 거야, 그치? 내 바로 옆에."

"원하시는 대로 할게요."

"혹시 누가 물으면 루이자는 내 오랜 친구라고 해요. 내가 영국에 살 때부터 사귄 친구. 우리는…… 우린 학창 시절부터 알던 사이였던 거야. 내 새 어시스턴트가 아니라. 알겠지?"

"네, 학창 시절부터요."

그 말에 애그니스는 만족한 듯했다. 그녀가 고개를 끄덕이더니 좌석에 등을 기댔다. 그리고 아파트에 돌아갈 때까지 아무 말도 하지 않았다.

스트레이저 재단의 자선 행사가 열린 뉴욕 팰리스 호텔은 웅장하다 못해 우스꽝스러웠다. 동화에 나오는 성벽, 안뜰, 아치형 창문, 수선화 색 실크 반바지 제복을 입은 종업원들은 물론이고 고풍스럽고 웅장한 유럽 호텔을 다 돌아보면서 돌림띠 장식, 대리석 로비, 금박 장식을 메모해 온 뒤 그 모든 요소를 모아서 지은 듯했다. 거기에 디즈니의 마법 가루를 뿌려 특이한 호텔로 격상하려 작정한 것 같았다. 호박마차와 빨간 카펫이 깔린 계단을 밟을 유리 구두가 기대될 지경이었다. 차가 호텔 앞으로 들어가자 나는 화려한 호텔 내부를 쳐다보았다. 빛나는 전구, 노란색 드레스의 물결.

깔깔 웃고 싶었지만, 애그니스가 너무 긴장해 보여서 가만히 있었다. 게다가 내 드레스 상의가 너무 꽉 조이는 바람에 웃음을 참지 않았으면 솔기가 터졌을 것이다.

개리는 우리를 중앙 출입구 밖에 내려주고, 검은 대형 리무진들이 빼곡한 회차 구역으로 갔다. 우리는 골목에 모인 구경꾼들 앞을 지나갔다. 한 남자가 코트를 받아주자 애그니스의 드레스가 처음으로 모습을 드러냈다.

놀랄 만한 모습이었다. 나나 다른 참석자의 드레스처럼 전형적인 디자인이 아니라 형광 노란색의 조형미를 살린 디자인이었다. 바닥까지 끌리는 튜브 드레스로, 한쪽 어깨에 달린 조각 같은 장식이 머리 높이까지 치솟아 있었다. 뒤로 넘긴 머리는 흐트러짐 없이 착 달라붙어 있었으며, 큰 다이아몬드가 박힌 금귀고리가 찰랑댔다. 독특해 보이겠지만 너무 과한 면도 있어서 난 가슴이 철렁했다. 고풍스럽고 웅장한 호텔과 어울리지 않았다.

애그니스가 서 있으니 근처 사람들이 쳐다보고 눈살을 찌푸렸다. 빳빳한 코르셋과 몸을 감싸는 노란 실크 드레스를 입은 여자들이 공들여 화장한 눈으로 그녀를 흘끔거렸다.

애그니스는 아무것도 몰랐다. 남편을 찾으려고 정신없이 두리번대기만 했다. 그와 팔짱을 끼기 전에는 긴장을 풀지 못할 터였다. 가끔 부부가 같이 있는 광경을 보면, 애그니스가 남편 옆에서 느끼는 안도감이 나한테도 전해졌다.

"굉장한 드레스네요."

내가 말했다.

그제야 그녀는 기억난 듯 나를 내려다보았다. 플래시가 터졌고, 우리 사이로 들어서는 사진사들이 보였다. 나는 애그니스에게 공간을 주려고 물러났지만, 사진사가 내게 손짓하며 말했다.

"같이 찍으시죠. 좋습니다. 웃으세요."

그녀는 미소 지으면서 내가 옆에 있는지 확인하려는 듯이 날 쳐다보았다.

그 순간 고프니크 씨가 나타났다. 네이선에게 듣기로 지난주를 힘들게 보냈다더니, 과연 그는 좀 뻣뻣하게 걸어왔다. 그러고는 아내에게 키스하고 뭔가를 속삭였다. 속삭임을 들으며 애그니스는 생긋 웃었다. 진심 어린 순수한 미소였다. 두 사람은 손을 잡았다. 그 순간 나는 깨달았다. 전형적인 커플의 모습일 수도 있겠지만 둘 사이에는 진정성 있는 감정이, 서로의 존재에서 느끼는 기쁨이 있었다. 그러자 불쑥 샘이 간절히 그리워졌다.

하지만 턱시도와 나비넥타이 차림으로 이런 장소에 있는 샘을 상상하기 어려웠다. 이런 걸 질색할 거라는 생각이 들었다.

"이름이 뭐예요?"

사진사가 어깨 너머로 물었다.

샘을 생각하던 참이라서 이런 대답이 나왔을 것이다.

"저기, 루이자 클라크 필딩인데요. 영국에서 왔어요."

나는 최대한 상류층 억양을 쥐어짜 대답했다.

"고프니크 씨, 여기입니다. 고프니크 씨!"

사진사가 부부를 촬영하자 난 사람들 속으로 물러났다. 남편이 등에 가볍게 손을 얹자, 애그니스는 좌중을 휘어잡을 수 있다는 듯이 어깨를 펴고 턱을 들었다. 곧 고프니크 씨가 나를 찾느라 두리번거리다 로비를 사이에 두고 나와 눈이 마주쳤다.

그가 애그니스를 데리고 걸어왔다.

"여보, 난 사람들이랑 얘기하러 가야 해요. 두 사람 잘 있을 수 있겠죠?"

"물론입니다, 고프니크 씨."

나는 매일 하는 일이라도 되는 듯이 대답했다.

"금방 돌아올 거죠?"

애그니스가 여전히 손을 잡고서 물었다.

"웨인 라이트랑 밀러와 이야기를 나눠야 해요. 계약 체결 건으로 10분 준다고 약속했거든요."

애그니스는 고개를 끄덕였지만 그를 보내기 싫은 표정을 감추지 못했다. 그녀가 로비를 지나가자, 고프니크 씨가 내게 몸을 기울이고 말했다.

"과음하지 않게 해줘요. 긴장하고 있으니까."

"알겠습니다, 고프니크 씨."

그가 고개를 끄덕이고 생각에 잠긴 듯 주위를 둘러보았다. 그러다가 다시 날 보면서 빙그레 웃었다.

"오늘 아주 멋져요."

고프니크 씨는 그 말을 남기고 가버렸다.

연회장은 북적였고 노란색과 검은색이 넘실거렸다. 난 미국에 오기 전에 윌의 딸 릴리에게 선물 받은 노란색과 검은색 구슬 팔찌를 끼고 있었다. 얼마나 내 꿀벌 타이츠를 신고 싶었는지. 여기 모인 여자들은 평생 재미난 의상을 갖지 못할 것 같았다.

처음 받은 인상은 다들 날씬하다는 거였다. 좁은 드레스에 몸통이 들어가 있었고 쇄골이 난간처럼 튀어나와 있었다. 내가 살던 스토트폴드의 부인들은 어느 정도 나이가 들면 살집이 붙어서 긴 카디건이나 스웨터를 걸쳤다(엉덩이가 감춰질까?). 또 가끔 새로 산 마스카라가 찰떡같다든지, 한 달 반마다 자르는 머리 스타일이 예뻐 보인다든지 하며 입에 발린 칭찬을 했다. 고향에서는 외모에 지나치게 신경 쓰면 의심을 사거나 해로운 자아도취라며 비난받았다.

그런데 이 연회장에 모인 여인들은 외모 가꾸기를 직업으로 삼은 것 같았다. 다들 완벽하게 모양을 낸 머리 스타일은 흐트러지는 일이 없었고, 매일 부지런히 운동해 팔뚝이 적당히 그을려 있었다. 나이를 알 수 없는 부인들은(보톡스와 필러를 맞아 나이가 가늠할 수 없었다) 덜렁덜렁 처진 팔뚝살이 뭔지도 모를 터였다. 난 애그니스와 개인 트레이너, 피부 관리사, 헤어디자이너, 네일 관리사 예약을 떠올리며 속으로 중얼댔다. '이게 애그니스의 직업이구나. 모든 관리를 받아야 여기 나타나 이 사람들 속에서 자기 지위를 지킬 수 있으니.'

애그니스가 천천히 인파 사이를 지나갔다. 고개를 꼿꼿이 들고 남편 친구들에게 미소를 던졌고, 그들이 다가와 인사하면 몇 마디 대화를 주고받았다. 그러는 사이 나는 불편해하면서 뒤에 있었다. 친구들은 모두 남자였다. 남자들만 그녀에게 미소 지었다. 여자들은 대놓고 자리를 뜰 만큼 무례하지는 않았지만, 마치 저 멀리서 무슨 일이 생긴 듯 살짝 고개를 돌리며 인사할 짬이 없는 척했다. 애그니스의 뒤에서 사람들 사이를 지나가다가, 굳은 표정의 부인들을 여럿 봤다. 그들은 애그니스가 거기 있는 게 범죄라도 되는 듯이 대했다.

"안녕하세요?"

누군가 내 귀에 대고 말했다.

고개를 들다가 비틀비틀 물러났다. 윌 트레이너가 내 옆에 서 있었다.

5.

나중에 생각하니 연회장이 북적인 게 천만다행이었다. 내가 비틀대다 옆 사람이랑 부딪히자 그가 반사적으로 손을 내밀었고, 순식간에 턱시도 차림의 남자 몇 명이 날 붙잡았다. 사방에서 미소 짓고 걱정해 주었다. 그들에게 사과하고 고맙다고 말하면서 내가 착각했음을 알았다. 아니, 헤어스타일과 색이 같고, 피부까지도 똑같이 캐러멜색이었지만 그는 윌이 아니었다. 하지만 내가 들리도록 헉 소리를 냈는지 윌이 아닌 그 남자가 말했다.

"미안합니다. 나 때문에 놀랐군요."

"저…… 아뇨, 아니에요."

나는 뺨에 손을 대고 그의 눈을 응시했다. 내가 말을 이었다.

"그쪽이…… 아는 사람과 똑같이 생겨서요. 전에 알던 사람이랑."

얼굴이 화끈거렸고 가슴이 뛰고 피가 머리끝까지 솟구쳤다.

"괜찮아요?"

"아, 세상에. 괜찮아요. 정말 괜찮아요."

바보가 된 기분이었다. 얼굴이 번들댔다.

"영국인이군요."

"그쪽은 영국인이 아니군요."

"뉴요커도 아닌걸요. 보스턴 사람이에요. 조슈아 윌리엄 라이언 3세라고 합니다."

남자가 손을 내밀었다.

"그 사람이랑 이름도 같으시네요."

"네?"

그의 손을 잡았다. 찬찬히 보니 윌과 아주 달랐다. 눈이 진갈색이고 눈썹도 더 낮았다. 하지만 비슷한 분위기 때문에 내 마음이 흔들렸다. 시선을 다른 데로 돌리다가 내가 그의 손을 잡고 있는 걸 알아차렸다.

"죄송해요. 제가 좀……."

"술을 가져다 드리죠."

"안 돼요. 저기 내…… 내 친구랑 같이 있어야 해서요."

그가 애그니스를 쳐다보았다.

"그러면 두 분께 다 가져다 드릴게요. 덕분에…… 음…… 당신을 찾기 쉽겠네요."

그는 씩 웃으면서 내 팔꿈치를 건드렸다. 그가 걸어갈 때 난 남자를 빤히 보지 않으려고 애썼다.

애그니스에게 다가가니, 대화하던 남자가 그의 부인한테 끌려가고 있었다. 애그니스는 무언가 대답하려는 듯 한 손을 들었다가, 그의 등에 대고 말하고 있음을 알아차렸다. 그녀가 굳은 표정으로 고개를 돌렸다.

"미안해요. 사람들 속에 파묻혀서."

"내 드레스가 영 아니지, 맞지? 내가 큰 실수를 한 거 같아."

애그니스가 속삭였다.

그녀는 깨달았다. 사람들 사이에서 자신의 드레스가 지나치게 밝아 보이고, 아방가르드하기보다는 경박하게 느껴진다는 걸.

"어떡하지? 망했어. 옷을 갈아입어야겠어."

나는 애그니스가 집에 갔다가 돌아올 시간을 계산해 보았다. 교통 체증이 없어도 한 시간은 자리를 비워야 했다. 게다가 그녀가 돌아오지 않을 위험성도 있고…….

"아뇨! 망하지 않았어요. 절대 그렇지 않아요. 그저……."

나는 잠시 멈추었다가 이어 말했다.

"아시잖아요, 그런 드레스는 멋지게 입어내야 해요."

"뭐?"

"당당하게, 고개를 꼿꼿이 드세요. 아무렇지도 않은 것처럼."

애그니스가 날 뻔히 쳐다봤다.

"전에 어떤 친구가 가르쳐줬거든요. 저를 고용한 사람이었는데요. 저한테 줄무늬 타이츠를 당당하게 입으라고 말해줬어요."

"뭐라고?"

"그 사람은…… 그러니까 그 사람은 남과 달라도 괜찮다고 말한 거였어요. 애그니스, 여기 있는 어떤 여자보다 백 배는 예뻐 보여요. 근사해요. 드레스는 화끈하고요. 그러니까 사람들이 그러거나 말거나 내버려두세요. 아시겠죠? '나 좋을 대로 입으련다!' 하고 당당하게요.”

그녀가 나를 빤히 쳐다보았다.

“그렇게 생각해?”

“네, 그럼요.”

애그니스가 심호흡을 크게 했다.

“맞는 말이야. 내가 욕받이가 되지 뭐. 또 어떤 남자가 드레스에 관심 있겠어, 그렇지?”

그녀가 어깨를 반듯하게 폈다.

“그럼요.”

애그니스가 미소 짓고, 다 안다는 듯한 눈초리를 던졌다.

“드레스 안쪽에만 관심 있지.”

“멋진 드레스네요, 부인.”

조슈아가 이렇게 말하면서 내 옆에 다가왔다. 그는 우리에게 날렵한 잔을 내밀면서 덧붙였다.

“샴페인입니다. 노란색 술은 샤르트뢰즈밖에 없는데 보는 것만으로도 메스꺼워서요.”

“고마워요.”

내가 잔을 받았다.

그가 술잔을 애그니스에게 내밀면서 말했다.

“조슈아 윌리엄 라이언 3세입니다.”

“정말 이름을 꼭 그렇게 지었어야만 했나요?”

두 사람의 시선이 일제히 내게 쏠렸다.

“드라마에서면 모를까요. 설마 그런 이름을 가진 사람이 있을 리가요."

그렇게 말하고서야 속으로만 생각해도 될 말을 내뱉었음을 깨달았다.

"알았어요, 뭐. 조시라고 불러도 됩니다."

그가 담담하게 대꾸했다.

"루이자 클라크예요."

나는 이름을 말하고 얼른 덧붙였다.

"1세죠."

그의 눈이 약간 가늘어졌다.

"레너드 고프니크 부인이에요. 두 번째. 하지만 이미 아시겠죠."

애그니스가 말했다.

"사실 알고 있었습니다. 부인은 장안의 화제니까요."

거북하게 들릴 수도 있는 말이었지만 조시는 온화하게 말했다. 애그니스의 어깨에 긴장이 조금 풀리는 게 내 눈에 들어왔다.

조시는 숙부가 여행 중이라 혼자 참석하기를 꺼리는 숙모와 동행했다고 말했다. 증권사에서 근무하며 자금과 헤지펀드 매니저들에게 최상의 리스크 관리법을 강의한다고 했다. 기업 자산과 채무 전문이라고요.

"무슨 말인지 감도 못 잡겠네요."

내가 말했다

"나도 거의 항상 그래요."

조시가 매력을 발산했다. 갑자기 실내에 냉랭한 기운이 가셨다. 그는 보스턴 백베이 출신으로, 그의 표현으로는 소호의 '토끼장 아파트'로 이사했단다. 시내에 맛집이 즐비해서 뉴욕에 온 후 체중이 2~3킬로그램 늘었다고 했다. 조시가 더 많은 이야기를 했지만, 난 넋 놓고 쳐다보느라 들을 새가 없었다.

"당신은요, 루이자 클라크 1세 씨? 무슨 일을 하시나요?"

"저는……."

"루이자는 내 친구예요. 이제 막 영국에서 왔죠."

"뉴욕은 어때요?"

나는 대답했다.

"아주 맘에 들어요. 머리가 멈추지 않고 뱅글뱅글 도네요."

"옐로 볼이 첫 사교 행사라니, 과연 고프니크 부인은 스케일이 남다르네요."

샴페인 두 잔 덕분에 저녁 시간이 후다닥 지나갔다. 만찬 때 난 애그니스와 어떤 남자 사이에 앉았다. 그는 통성명도 없이 딱 한 번 말을 걸었는데, 내 가슴만 보면서 누구와 아는 사이인지 물었다. 내가 지인이 없는 것 같자 그는 등을 돌렸다. 나는 고프니크 씨의 지시대로 애그니스가 과음하는지 지켜보았다. 나를 쳐다보는 그의 눈길을 의식하며 가득 채워진 그녀의 잔과 거의 바닥이 보이는 내 잔을 바꾸었다. 고프니크 씨가 가벼운 미소로 칭찬하자 나도 마음이 놓였다. 애그니스는 오른쪽 남자와 너무 크게 말하면서 너무 높은 소리로 웃었고, 너무 유난스럽고 가벼운 몸짓을 했다. 같은 테이블에 앉은 여자들은 모두 마흔이 넘어 보였고, 애그니스를 쳐다보면서 서로 곁눈질했다. 같이 무언의 욕을 하는 듯했다. 끔찍했다.

고프니크 씨는 맞은편에 앉아서 도와줄 수 없었지만 자주 아내를 쳐다보았다. 겉모습만 보면 다른 사람에게 미소 짓고 악수도 나누며 세상에서 가장 편안한 사람 같았다.

"그 여자는 어디 앉았지?"

나는 애그니스의 말을 더 똑똑히 들으려고 몸을 숙였다. 그녀가 다시 말했다.

"레너드의 전처. 어디 있을까? 알아내야 해, 루이자. 그걸 알기 전에는 긴장을 풀 수가 없어. 그 여자가 느껴지거든."

아, 보라색 행사.

"제가 가서 좌석 배치도를 확인할게요."

나는 이렇게 말하고선 양해를 구하고 자리에서 일어났다.

만찬장 입구의 대형 안내판 앞으로 갔다. 이름 800개가 촘촘히 인쇄되어 있었다. 고프니크 씨의 전처가 여전히 성을 고프니크로 쓰는지 알 수 없어서 나직이 욕설을 중얼대는데 조시가 등 뒤로 다가왔다.

"누구 찾아요?"

나는 소리를 낮춰 대답했다.

"첫 번째 고프니크 부인의 자리가 어딘지 알아내야 해요. 혹시 그분의 예전 성이 뭔지 아세요? 애그니스가…… 그녀의 자리를 알고 싶다고 해서요."

조시가 얼굴을 찌푸렸다.

내가 얼른 덧붙였다.

"애그니스가 좀 스트레스를 받아서요."

"모르겠는데요. 하지만 숙모는 아실 거예요. 모르는 사람이 없거든요. 여기 그대로 있어요."

그가 내 어깨를 슬쩍 건드리고 만찬장으로 들어갔다. 나는 예기치 않게 얼굴이 빨개진 사람이 아니라, 단짝 대여섯 명의 자리를 확인하려고 안내판을 보는 사람인 척했다.

1분쯤 지나 조시가 돌아와서 말했다.

"여전히 고프니크라네요. 낸시 숙모는 경매 테이블 옆에서 그녀를 본 것 같다고 해요."

조시는 손톱이 손질된 손가락으로 명단을 짚으면서 말을 이었다.

"여기요. 144번 테이블. 내가 확인차 옆을 지났는데 용모가 맞아떨어지는 부인이 있었어요. 나이는 50대, 검은 머리, 샤넬 이브닝백에서 독화살을 쏠 것 같은 여자? 주최 측이 그녀와 애그니스를 최대한 멀리 떼어놨어요."

"어머, 다행이네요. 애그니스가 마음을 놓겠어요."

내가 말했다.

조시가 응수했다.

"사람들이 아주 악랄하게 굴 수도 있죠. 이 뉴욕 부인들 말이에요. 애그니스가 등 뒤를 조심하려는 것도 그럴 만해요. 영국 사교계도 이렇게 살벌한가요?"

"영국 사교계요? 아, 제가…… 사교 행사에 그리 많이 다녀보지 않아서요."

내가 대꾸했다.

"나도 마찬가지예요. 솔직히 퇴근하면 완전히 기진맥진해서 거의 매일 포장 음식을 사 먹죠. 뭘 하며 지내요, 루이자?"

"어……."

나는 불쑥 휴대폰을 힐끗 보면서 말을 이었다.

"어머나, 이런, 애그니스한테 가봐야겠어요."

"떠나기 전에 내가 만나러 갈까요? 어느 테이블이에요?"

"32번."

거절할 이유를 생각할 새도 없이 대답해 버렸다.

"그러면 나중에 만나요."

조시의 미소에 순간적으로 얼어붙었다. 그가 몸을 숙이고 목소리를 낮춰서 귓가를 간지럽히듯 말했다.

"그런데 예뻐 보인다고 말하려고 했어요. 사실 친구분의 드레스보다 당신 드레스가 더 맘에 들어요. 혹시 사진 찍었어요?"

"사진이요?"

"자."

조시가 손을 들었다. 그리고 내가 상황을 파악하기도 전에 그가 사진을 찍었다. 우리 둘의 머리가 닿을락 말락 했다.

그가 말했다.

"됐어요. 전화번호를 알려주면 내가 보내줄게요."

"당신이랑 나랑 찍은 사진을 보내주고 싶다는 거네요."

조시는 씩 웃었다.

"내 속셈을 간파한 거예요? 그러면 좋아요. 사진은 나만 갖고 있을게요. 여기서 가장 예쁜 아가씨를 추억하면서. 당신이 삭제하고 싶지 않다면요. 자, 여기 있어요. 당신이 삭제해요."

그가 휴대폰을 내밀었다.

나는 화면을 빤히 보면서 손가락을 삭제 버튼에 올렸다가 내렸다.

"방금 만난 분을 삭제하는 건 무례한 짓 같아요. 하지만 어…… 고마워요. 그리고 은밀히 테이블을 수색해 준 것도요. 진짜 친절하시네요."

"도움이 됐다니 기쁘네요."

서로 싱긋 웃었다. 난 더 말하지 못하고 달음질해서 테이블로 돌아갔다.

애그니스에게 희소식을 전하자 그녀는 들리도록 안도의 한숨을 쉬었다. 나는 앉아서 식어버린 생선 요리를 먹으면서 머리가 윙윙대는 게 멎기를 기다렸다. '그는 윌이 아니야.' 나 자신에게 말했다. 목소리가 달랐다. 눈썹 모양도 달랐다. 그는 미국인이었다. 그런데 태도가 비슷했다. 날카로운 지성미와 자신감의 조화, 상대가 뭘 던져도 감당할 수 있다고 말하는 분위기, 꼼짝 못 하게 만드는 지긋한 눈길. 나는 조시에게 어디 앉았냐고 묻지 않은 게 기억나서 뒤를 힐끗 돌아보았다.

"루이자?"

오른쪽으로 시선을 돌렸다. 애그니스가 날 뚫어지게 쳐다봤다.

"나 화장실에 가야겠는데."

1분쯤 걸려서야 나도 같이 가야 된다는 뜻임을 이해했다.

우리는 천천히 테이블 사이를 지나 여자 화장실로 향했다. 난 조시를 찾아 두리번대지 않으려고 애썼다. 애그니스가 지나갈 때 모든 시선이 쏠렸다. 화려한 드레스 색깔 때문이 아니라, 그녀가 자기도 모르게 눈길을 끄는 재주가 있어서였다. 애그니스는 고개를 들고 어깨를 편 채로 왕비처럼 걸었다.

여자 화장실에 들어선 순간, 그녀는 구석에 놓인 소파에 주저앉아서 담배를 달라는 몸짓을 했다.

"미치겠어. 오늘 저녁 말이야. 얼른 나가지 않으면 죽을지도 몰라."

60대 여자 청소원이 담배를 보고 눈썹을 치켜올리더니 시선을 돌렸다.

"저기, 애그니스. 여기서 흡연하면 안 되나 봐요."

그래도 그녀는 담배를 피울 터였다. 부자들은 남들이 지키는 규칙은 안중에 없는 모양이었다. 하긴 남들이 뭘 어쩔 수 있을까. 그녀를 내쫓을 수나 있나?

애그니스가 담배에 불을 붙이고 한 모금 빨아들인 후, 안도의 한숨을 쉬었다.

"아, 드레스가 너무 불편해. 그리고 팬티 끈이 치즈 와이어◇처럼 살을 파고들거든?"

그녀가 거울 앞에서 꿈틀대며 드레스 자락을 올리더니 매니큐어 바른 손으로 그 아래를 더듬으며 덧붙였다.

"팬티를 입지 말걸."

"기분은 괜찮으세요?"

내가 물었다.

◇ 치즈를 자르는 철사 모양의 도구.

애그니스가 내게 미소 지었다.

"괜찮아. 오늘 저녁에 몇 사람이 아주 친절하게 대해줬어. 조시라는 사람은 아주 상냥하고, 내 옆의 피터슨 씨도 굉장히 다정했지. 그럭저럭 괜찮았어. 레너드에게 새 부인이 생긴 사실을 드디어 사람들이 받아들이나 봐."

"그들에게는 시간이 필요한 것뿐이에요."

"이거 잠깐 받아줘. 소변 좀 봐야겠어."

그녀가 내게 반쯤 피운 담배를 건네고 화장실 칸으로 들어갔다. 나는 담배를 발화물이라도 되는 양 엄지와 검지로 잡아 위로 쳐들었다. 화장실 청소원과 나는 눈짓을 교환했다. 그녀는 '아가씬들 어쩔 수 있겠나'라고 말하는 듯 어깨를 으쓱했다.

애그니스가 화장실 칸 안에서 말했다.

"아, 어쩜 좋아. 드레스를 다 벗어야겠어. 위로 올릴 수가 없네. 나중에 루이자가 지퍼를 올려줘야겠는걸."

"알겠어요."

내가 대답했다. 청소원이 눈썹을 치켜올렸다. 우리는 키득대지 않으려고 애썼다.

중년 부인 두 명이 들어왔다. 그들은 내가 손에 든 담배를 못마땅하게 노려봤다.

"제인, 솔직히 둘이 완전히 미친 것 같아요."

한 사람이 거울 앞에 서서 머리 매무새를 확인하면서 말했다. 그녀가 그러는 이유를 알 수가 없었다. 헤어스프레이를 왕창 뿌려서 강도 10짜리 태풍이 불어도 꿈쩍하지 않을 텐데.

"알아, 100만 번도 더 본 걸."

"하지만 보통은 신중하게 처리하려고 체면을 차리기 마련이에요. 그러니 캐서린으로서는 무척 실망스럽죠. 둘 다 분별력이 부족한 편이니까요."

"맞아요. 최소한 품위 있는 상대라면 캐서린이 한결 수월하련만."

"그렇죠. 그가 빤하게 처신한다니까요."

이 대목에서 두 여자가 내게 고개를 돌렸다.

"루이자, 여기로 와줄래?"

화장실 칸 안에서 애그니스가 말했다.

그 순간, 난 둘이 누구 얘기를 하는지 알았다. 보기만 해도 알 수 있었다.

잠시 침묵이 흘렀다.

"여기가 흡연 금지 구역인 걸 알아둬요."

한 여자가 앙칼지게 쏘아붙였다.

"그래요? 미안합니다."

나는 세면대에 담배를 눌러 끄고 얼른 수도를 틀어 물을 흘렸다.

"루이자 나 좀 도와줄 수 있을까? 지퍼가 걸렸어."

여자들은 상황을 짐작하고 표정이 굳었다.

나는 그들 앞을 지나 화장실 칸으로 뛰어가서 노크했다. 애그니스가 문을 열어주었다.

그녀는 브래지어만 입고 서 있었다. 노란 드레스를 허리춤에 걸친 상태로 뭔가 말하려 했다.

"무슨……."

난 얼른 내 입술에 손가락을 대고 다른 손으로 말없이 밖을 가리켰다. 애그니스는 내다보려는 것처럼 문을 쳐다보다가 얼굴을 찡그렸다. 나는 그녀를 돌려 세웠다. 지퍼가 3분의 2쯤 내려와 허리에 걸려 있었다. 두세 번 올려도 꿈쩍하지 않자 이브닝 백에서 휴대폰을 꺼내 플래시를 켜서 어디가 걸렸는지 살폈다.

"고칠 수 있을까?"

애그니스가 속삭였다.

"해보는 중이에요."

"꼭 올려야 해. 그 여자들 앞에 이런 꼴로 나갈 순 없어."

애그니스는 작은 브래지어만 걸치고 바로 옆에 서 있었다. 하얀 살결에서 비싼 향수의 은은한 향이 피어났다. 나는 주변에서 움직이며 눈을 가늘게 뜨고 다양한 각도에서 지퍼를 노려봤지만 뜻대로 되지 않았다. 드레스를 벗어야 지퍼를 손볼 수 있는데 벗으려면 공간이 필요했다. 그 상태로는 지퍼를 움직일 수가 없었다. 애그니스를 쳐다보면서 어깨를 으쓱했다. 그녀는 괴로운 표정을 지었다.

"여기서는 고칠 수가 없어요, 애그니스. 너무 좁아서 보이지도 않아요."

"이런 상태로 나갈 순 없어. 사람들이 날 두고 매춘부라며 떠들 거야."

낙심한 그녀가 두 손을 올렸다.

밖에서 긴장된 침묵이 흐르는 걸 보면, 두 여자는 우리의 다음 조치를 기다리는 게 분명했다. 화장실 칸에 들어가는 시늉도 하지 않았다. 이럴 수도 저럴 수도 없었다. 나는 조금 물러서서 생각에 잠긴 채 고개를 저었다. 그때 아이디어가 떠올랐다.

"그러거나 말거나."

내가 속삭였다.

그녀의 눈이 휘둥그레졌다.

나는 애그니스를 똑바로 응시하면서 가볍게 고개를 끄덕였다. 그녀의 찌푸렸던 얼굴이 곧 밝아졌다.

나는 화장실 칸의 문을 열고 물러섰다. 애그니스가 심호흡하더니 허리를 곧게 펴고 무대 뒤의 슈퍼모델처럼 두 여자 앞을 지나갔다. 드레스 윗부분을 허리까지 내린 채. 작은 삼각형 브래지어는 하얀 젖가슴을 거의 가리지 못했다. 애그니스가 화장실 가운데 멈춰 서서 몸을 숙였다. 그제서야 난 드레스를 쉽게 벗길 수 있었다. 이제 레이스가 달린 속옷 두 장을 제외하면 알몸인 그녀는 똑바로 서서, 눈에 보이게 태평한 태도를 유지했다. 난 여자들의 얼굴을 보지 못했지만, 애그니스가 노란 드레스를 한쪽 팔에 걸치는 순간 극적으로 숨을 들이마시는 소리가 들렸다. 허공에 떨림이 느껴졌다.

"저기, 난……."

한 여자가 입을 열었다.

"혹시 바느질 도구가 필요해요?"

청소원이 내 옆에 나타났다. 그녀가 반짇고리를 여는 사이 애그니스는 새침하게 소파에 앉아, 하얗고 긴 다리를 가지런히 옆으로 뻗었다.

다른 여자 둘이 화장실에 들어오다가 속옷 바람인 애그니스를 보고 갑자기 입을 다물었다. 한 명은 기침을 했고, 둘 다 시선을 돌리고는 더듬대며 뻔한 대화를 시작했다. 애그니스는 의식하지 않고 느긋하게 쉬었다.

나는 청소원이 건넨 핀 끝으로 지퍼에 걸린 실을 가만히 당겼다. 실을 빼내자 지퍼가 제대로 움직였다.

"됐어요."

애그니스가 일어나서 청소원의 손을 잡고 드레스 안으로 우아하게 들어가자, 우리 둘이 드레스를 끌어 올렸다. 드레스가 제자리를 찾자 나는 부드럽게 지퍼를 올렸다. 드레스가 애그니스의 몸에 착 달라붙었다. 그녀가 끝없이 긴 치맛자락을 폈다.

청소원이 헤어스프레이를 내밀었다.

그녀가 속삭였다.

"여기요, 해드릴게요."

몸을 기울인 청소원이 얼른 스프레이를 뿌렸다.

"이러면 머리가 고정될 거예요."

나는 그녀에게 활짝 웃어 보였다.

애그니스가 말했다.

"고마워요. 정말 친절하시네요."

그녀는 이브닝 백에서 50달러 지폐를 꺼내 청소원에게 줬다. 그런 다음 내게 몸을 돌리고 웃으면서 말했다.

"루이자, 테이블로 돌아갈까?"

애그니스는 두 여자에게 도도하게 눈인사를 하고 고개를 꼿꼿이 들고는 천천히 문으로 향했다.

침묵이 흘렀다. 그때 청소원이 몸을 돌리고 활짝 웃으면서 주머니에 돈을 넣었다. 그러고는 불쑥 다 들을 수 있게 중얼댔다.

"저런 게 바로 품격이죠."

6.

다음 날 아침에는 조지가 오지 않았다. 난 아무 연락도 받지 못했다. 눈이 뿌옇고 뻑뻑했지만 반바지 차림으로 현관홀에서 기다렸다. 7시 반이 되어서야 아침 운동이 취소됐다는 확신이 들었다.

애그니스가 9시가 넘도록 일어나지 않자 일라리아가 벽시계를 보면서 혀를 찼다. 애그니스는 내게 이날 약속을 다 취소해 달라는 문자메시지를 보냈다. 정오 즈음, 그녀는 센트럴파크의 호수 부근을 걷고 싶다고 했다. 산들바람이 불어서 우린 머리를 스카프로 싸매고 주머니에 손을 넣었다. 지난밤 내내 조시의 얼굴을 떠올렸다. 여전히 그 얼굴 때문에 마음이 흔들렸다. 이 순간 윌의 도플갱어가 몇 명이나 전 세계에서 활보하고 있을지 궁금했다. 조시는 눈썹이 더 짙고 눈동자 색도 다른 데다 억양도 윌과 달랐다. 그렇긴 해도…….

한창 생각 중인데 애그니스가 물었다.

"술이 안 깨면 친구들이랑 뭘 했는지 알아? 그래머시 공원 근처에 있는 일본 식당에 몰려가서 라멘을 먹으며 재잘댔었어."

"그럼 가시죠."

"어딜?"

"라멘집이요. 가는 길에 친구분들을 태우면 되겠네요."

애그니스는 잠시 희망 어린 표정을 짓더니 이내 돌멩이를 걷어찼다.

"이제는 그렇게 못 해. 이제는 달라."

"개리의 차를 타고 갈 필요가 없어요. 택시를 타도 되고요. 그러니까 제 말은, 그냥 평범한 차림으로 짠 하고 나타나면 된다고요. 그래도 괜찮아요."

"내가 말했잖아. 이제는 사정이 다르다니까."

애그니스는 내게 몸을 돌리고 말을 이어갔다.

"여러 번 시도해 봤어. 한동안은 한데 친구들은 호기심이 많아서 현재 내 생활을 속속들이 알려고 들었고, 사실을 듣고 나면 다들…… 별스러워지더라고."

"별스러워져요?"

"예전에는 나나 친구들이나 똑같았거든. 그런데 이제 내가 자기들의 고민을 이해하지 못한대. 내가 부자라서. 왠지 나는 고민이 있으면 안 될 것 같은 분위기야. 아니면 나랑 있으면 이상하게 굴더라. 예전의 내가 아닌 것처럼 말야. 내 인생에서 좋은 것들이 친구들에게는 모욕인 것 같아. 집이 없는 사람에게 어떻게 가정부 타령을 할 수 있겠어."

애그니스가 좁은 통로에서 걸음을 멈추었다.

"신혼 초에 레너드가 내게 쓰라면서 돈을 줬어. 결혼 선물로. 덕분에 번번이 남편에게 돈 얘기를 할 필요가 없었지. 이 돈에서 얼마를 단짝 친구 폴라에게 줬어. 빚을 정리하고 새출발을 하라고 1만 달러를 줬지. 처음에 폴라는 무척 기뻐했어. 나도 덩달아 기뻤고! 친구를 위해 이런 일을 하다니! 이제 폴라는 돈 걱정을 안 해도 되는 거야, 나처럼!"

수심에 잠긴 목소리로 변했다. 그녀가 계속 설명했다.

"그러다…… 그러다가 폴라가 날 만나는 걸 꺼리기 시작했어. 예전과 달라졌다고, 늘 바빠서 못 만나겠다고 둘러댔지. 한참 후에야 짐작이 되더라고. 폴라는 내가 도와준 게 싫은 거야. 폴라야 그럴 의도는 없었겠지만, 날 보면 신세를 졌다는 생각밖에 안 드는 거겠지. 자존심이 강한 친구거든. 아주 대단한 친구지. 그러니 이런 감정을 안고 살기 싫은 거야. 그래서……."

애그니스는 어깨를 으쓱하고는 말을 이었다.

"나랑 점심을 먹거나 통화하지 않아. 돈 때문에 친구를 잃었어."

그녀가 반응을 기다리기에 내가 대답했다.

"고민은 다 고민이에요. 누구 고민이 더하고 덜한 게 아니죠."

애그니스가 킥보드를 타고 가는 아이에게 길을 비켜주었다. 그녀는 생각에 잠겨 아이의 뒷모습을 바라보다가 내 쪽으로 몸을 돌렸다.

"담배 있어?"

이제 난 익히 알게 되었다. 백팩에서 담배를 꺼내서 내밀었다. 흡연을 부추기는 걸지도 모르겠지만, 애그니스는 내 상사였다.

그녀가 느릿느릿 중얼댔다.

"고민은 다 같은 고민이라. 루이자 클라크도 고민이 있어?"

"남자 친구가 그리워요. 그것 말고 딱히 다른 고민은 없어요. 아주…… 근사해요. 여기서 저는 행복해요."

애그니스가 고개를 끄덕였다.

"전에는 나도 그런 기분이었어. 뉴욕! 늘 새로운 볼거리가 있지. 항상 짜릿하고. 그런데 다만…… 그리운 것은……."

그녀가 말꼬리를 흐렸다. 한순간 애그니스의 눈에 눈물이 고인 듯했다. 하지만 표정에는 변화가 없었다.

"그 여자가 날 미워하는 거 알아?"

"누구요?"

"일라리아. 마귀할멈. 먼젓번 부인이 부리던 가정부인데 레너드가 해고하지 않으려고 해. 그러니 도리 없이 데리고 있지."

"일라리아도 차츰 사모님을 좋아하게 될 거예요."

"차츰 내 음식에 비소를 넣겠지. 그 여자가 날 어떻게 보는지 알아. 내가 죽기를 바라거든. 내가 죽기를 바라는 사람이랑 사는 기분이 어떤지 생각해 본 적 있어?"

나도 그 가정부가 너무 끔찍했다. 그래도 그렇게 말하는 건 곤란했다. 우린 계속 걸었다.

내가 말했다.

"전에 어떤 신사를 보살핀 적이 있거든요. 처음에는 그 사람이 저를 못마땅해하는 줄 알았어요. 그러다 그런 기분은 저랑 관계없다는 걸 차츰 깨달았죠. 그 사람은 자기 삶이 싫은 거였어요. 그렇게 서로를 알게 되면서 둘이 아주 잘 지내게 됐어요."

"그 사람도 루이자의 가장 좋은 셔츠를 '우연히' 태운 적이 있어? 혹은 가려움증이 생길 줄 알면서도 속옷에 세제를 들이부은 적은?"

"음…… 아뇨."

"싫다고 한 50번은 말했을 음식을 내놔서 늘 불평하는 사람으로 보이게 했어? 아님 루이자가 매춘부로 보일 만한 얘기를 늘어놓은 적은?"

금붕어처럼 입이 헤벌어졌다. 얼른 입을 다물고 고개를 저었다.

애그니스가 머리칼을 뒤로 넘겼다.

"난 그이를 사랑해, 루이자. 하지만 그의 삶 속에서 사는 건 견디기 어려워. 내 삶을 견디기 어려워……."

애그니스는 또 말끝을 흐렸다.

우리는 통로에 서서 행인들을 지켜보았다. 롤러 블레이드를 타는 사람, 보조 바퀴가 달린 자전거를 타는 아이, 팔짱 낀 커플, 선글라스를 낀 경찰관. 운동복 차림으로 있기엔 날이 쌀쌀해서 나는 몸을 부르르 떨었다.

그녀가 한숨을 쉬었다.

"그래. 집에 가자. 오늘은 마귀할멈이 내가 아끼는 어떤 옷을 망가뜨렸는지 확인해 보자고."

내가 대꾸했다.

"아뇨. 우리 라멘 먹으러 가요. 그 정도는 해도 괜찮겠죠."

택시를 타고 그래머시 공원으로 갔다. 그늘진 골목 안쪽, 갈색 사암 건물에 가게가 있었다. 너무 지저분해서 배탈을 유발할 세균이 우글거릴 것 같았다. 하지만 도착하자마자 애그니스의 표정이 밝아졌다. 내가 택시비를 치르는 사이, 그녀는 계단을 뛰어올라 컴컴한 가게로 들어갔다. 한 젊은 일본 여성이 주방에서 나와 오랜 친구처럼 애그니스를 얼싸안았다. 그러더니 팔꿈치를 잡고는 어디 갔다 왔느냐고 계속 물었다. 비니를 벗은 애그니스는 결혼해서 이사하느라 바빴다고 얼버무렸다. 변한 처지의 수준을 드러낼 말은 하지 않았다. 결혼반지를 끼고 있기는 했지만, 팔에 알통이 생길 만한 다이아몬드 약혼반지는 없었다.

우리는 포마이카 테이블로 들어가 마주 보고 앉았다. 그러자 마치 내 앞에 다른 여자가 앉은 것 같았다. 애그니스는 재미있고 활기 넘쳤다. 수다스럽다가도 갑자기 깔깔댔다. 고프니크 씨가 사랑에 빠진 여인이 거기 있었다.

뜨거운 라멘을 후루룩 먹으면서 내가 물었다.

"두 분이 어떻게 만나셨어요?"

"레너드? 내가 그 사람 마사지사였거든."

애그니스는 아연실색하는 반응을 기다리기라도 하는 듯 잠시 말을 멈추었다. 하지만 내가 가만히 있자 그녀는 고개를 숙이고 말을 이어갔다.

"난 예전에 세인트레지스 호텔에서 일했었어. 거기서 매주 레너드 집으로 마사지사를 보냈거든. 주로 손맛이 아주 좋은 앙드레가 갔었지. 그런데 그날은 앙드레가 아프니 나더러 대신 가라는 거야. 속으로 '아, 안 돼요. 또 월가 사람이라니' 하고 생각했단 말이야. 못돼먹은 놈들이 수두룩하거든. 그들은 우리를 사람 취급도 하지 않아. 안녕하냐는 인사치레조차 없고, 말도 안 걸고⋯⋯ 일부는 마사지사한테⋯⋯."

그녀가 목소리를 낮춰서 말을 이었다.

"'달콤한 마무리' 따위를 요구하지. 달콤한 마무리가 뭔지 알아? 마사지사를 매춘부 취급하는 거야. 우웩. 그런데 레너드는, 그 사람은 친절했어. 내가 들어가자마자 악수를 청하더니, 영국 홍차를 마시겠느냐고 묻더라고? 마사지를 시작하니까 얼마나 흡족해하던지. 그래서 난 눈치챘어."

"뭘요?"

"그 여자가 그를 만지지 않는다는 걸. 그의 전 부인 말이야. 몸을 만져보면 알 수 있어. 차디찬 여자였어."

애그니스가 눈을 내리깔면서 덧붙였다.

"그이가 통증에 시달리는 날도 있었어. 관절이 아프다고 하더라고. 네이선이 오기 전에 있던 일이야. 네이선을 고용한 건 내 아이디어였어. 레너드를 날씬하고 건강하게 유지하게 해준달까. 아무튼 일을 하러 갔으니까 난 잘해주려고 온 정성을 쏟았거든. 정해진 시간을 넘겨서라도 그이의 몸이 내게 하는 말에 귀를 기울이면서. 나중에 레너드가 무척 고마워하더라. 그러다가 다음 주에 나를 부르더라고. 앙드레는 달가워하지 않았지만 어쩌겠어. 그렇게 일주일에 두 번씩 레너드 집에 가게 됐지. 어떤 날은 마사지가 끝난 후 영국 홍차를 마시겠느냐고 묻기도 했고, 둘이서 이야기를 나누기도 했어. 그러다가⋯⋯ 흠, 힘들더라. 내가 그이를 사랑한다는 걸 깨달았거든. 그런데 그건 우리가 어쩌지 못하는 일이잖아."

"의사와 환자처럼. 교사도 그렇고요."

"맞아, 바로 그거지."

애그니스는 말을 멈추고 만두를 입에 넣었다. 그동안 지켜봤던 어떤 식사 자리에서도 애그니스가 지금처럼 많이 먹는 모습을 본 적이 없었다. 그녀는 잠시 음식을 씹다가 말했다.

"한데 이 남자 생각을 멈출 수가 없는 거야. 너무 슬프잖아. 또 너무 애틋하기도 하고. 또 너무 외롭고! 결국 앙드레에게 나 대신 가줘야겠다고 했어. 이제 나는 못 간다고."

"그래서 어떻게 됐어요?"

내가 식사를 멈추고 물었다.

"그랬더니 레너드가 우리 집에 찾아온 거야! 퀸스까지! 어쩌다가 내 주소를 알아냈을까? 친구들하고 화재대피공간에 앉아서 담배를 피우고 있는데, 큰 차가 우리 앞에 딱 서더니 그이가 내렸어. 그러더니 나한테 와서 '대화를 좀 하고 싶은데요'라고 하더라고."

"영화 「귀여운 여인」처럼요."

"맞아! 딱 그거야! 골목으로 내려갔더니 그이가 흥분해 가지고. '내가 당신을 화나게 한 점이라도 있어요? 부당하게 대하기라도 했나요?' 하는 거야. 난 고개를 저었지. 그러자 레너드가 이리저리 왔다 갔다 하면서, '왜 오지 않겠다는 거죠? 이제 앙드레가 오는 건 싫은데. 당신이 오면 좋겠어요'라고 해서. 그 말에 난 바보처럼 울기 시작했고……."

그녀의 눈에 눈물이 그렁그렁했다.

"친구들이 지켜보는 대낮에 길바닥에서 눈물이 막 나는 거야. '말씀 못 드려요'라고 했는데. 그이도 목소리가 높아지면서 아내가 무례하게 굴었던 건 아닌지 알아야겠다, 아니면 직장에서 무슨 일이 있었던 거냐, 묻더라고. 마침내 그이에게 말을 했어. '당신을 좋아해서 갈 수가 없어요. 당신을 아주 많이 좋아해요. 이건 프로답지 못해요. 직장을 잃을 수도 있단 말이에요.' 그랬더니 레너드는 한동안 날 쳐다보면서 잠자코 있더라. 한마디도 안 하고. 그러다가 차에 다시 올랐고 운전기사는 차를 몰고 가버렸어. 난 이제 이렇게 생각했지. '아, 큰일 났다. 이제 이 사람을 다시는 못 보겠구나. 직장도 잃겠구나.' 다음 날에 출근하는데 너무너무 불안한 거야. 정말 불안하더라고. 배가 살살 아플 정도로!"

"고프니크 씨가 애그니스 상사에게 그 말을 전했을까 봐요?"

"그래, 맞아. 그런데 출근을 하니까 무슨 일이 벌어졌는지 알아?"

"뭔데요?"

"커다란 빨간 장미 꽃다발이 기다리고 있는 거야! 그렇게 큰 꽃다발은 난생처음이었어. 벨벳 같은 예쁜 장미가 향기는 또 얼마나 좋은지. 너무 보드라워 보였어. 루이자도 봤다면 만져보고 싶었을 걸. 꽃다발 안에는 보낸 사람의 이름이 없었어. 하지만 난 누가 보냈는지 바로 알았어. 이후 매일 빨간 장미 꽃다발이 와서 아파트에 장미가 넘쳐났어, 친구들은 향기가 진저리 난다고 불평했고."

애그니스가 웃음을 터뜨리더니 다시 말했다.

"그러다 마지막 날에 그이가 다시 집에 찾아온 거야. 내가 내려가니 같이 차에 타자고 청하더라고. 뒷좌석에 나란히 앉았는데 그이가 기사보고 산책을 다녀오라고 하더라? 그러면서 하는 말이, 자기는 너무 불행하다는 거야. 그리고 우리가 처음 만난 순간부터 내 생각을 멈출 수가 없었다고, 내가 한마디만 하면 아내와 헤어지고 나와 함께하겠다고 하더라고."

"두 분이 아직 키스도 안 했는데요?"

"아무것도. 그의 엉덩이를 마사지한 적은 있지만 그건 다르니까."

애그니스가 숨을 내쉬며 추억을 음미했다. 그러고 나서 다시 말했다.

"난 그제야 알았어. 우리가 같이 있어야 한다는 걸. 그래서 그 말을 했지. '좋아요'라고."

나는 황홀경에 빠졌다.

"그날 밤 그이는 집에 가서 아내에게 이혼한다고 말했대. 당연히 전 부인은 미치지, 미쳐 날뛰었지. 그녀가 이유를 묻자 그이는 사랑 없는 결혼 생활을 지속할 수 없다고 대답했고. 그리고 그날 밤 레너드는 호텔에서 내게 전화해 만나러 와달라고 부탁했어. 우리는 리츠 칼턴 호텔의 스위트룸에서 만났어. 리츠 칼턴 호텔에 묵어본 적 있어?"

"어, 아뇨."

"들어가니 그이가 문 옆에 서 있는 거야. 초조해서 앉아 있을 수가 없는 사람처럼. 그이는 자기가 진부하고 재미없는 사람이고 나보다 나이가 너무 많다고, 관절염을 앓아서 몸이 엉망이라고 하더라. 그렇지만 만약 내가 함께하고 싶다면 날 행복하게 해주기 위해 무슨 일이든 하겠대. 우리 두 사람에게 느껴지는 게 있으니까요. 영혼을 나눌 짝이니까. 우린 서로를 꼭 끌어안고 마침내 키스를 나눴고, 밤새 자지 않은 채 끊임없이 이야기를 나눴어. 어린 시절, 살아온 인생, 소망, 꿈."

"이렇게 로맨틱한 이야기는 처음 들어봐요."

"그러다 물론 섹스를 했지, 맙소사! 이 남자가 수년간 목석처럼 산 걸 잘 알아버렸지 뭐야."

이 대목에서 나는 사레가 들려 면발을 테이블 위에 뱉었다. 고개를 드니 옆 테이블 손님들이 우리를 쳐다보고 있었다.

애그니스의 목소리가 고조되었다. 그녀가 허공에 대고 몸짓을 했다.

"믿지 못할 거야. 그이는 걸신들린 것 같았어. 수년간 굶었다가 그게 몸속에서 요동치는 거야. 요동! 첫날밤에 그이는 만족을 몰랐어."

"그랬군요."

나는 종이 냅킨으로 입을 닦으면서 말했다.

"그건 마법이었어. 우리 둘의 만남은. 나중에는 몇 시간 동안 부둥켜안고 있었어. 난 몸으로 그이를 감싸고 그이는 내 젖가슴에 머리를 기대고 있었지. 난 다시는 그가 얼어붙지 않게 하겠다고 약속했어. 이해가 돼?"

가게 안이 조용했다. 애그니스 뒤쪽에서 후드티를 입은 청년이 수저를 입에 가져가다 말고 그녀의 뒤통수를 쳐다보았다. 내가 그를 쳐다보자 그가 수저를 떨어뜨렸고, 쨍그랑 소리가 식당 안에 울려 퍼졌다.

"정말……. 대단히 아름다운 이야기예요."

"그이는 약속을 지켜. 자기가 말한 그대로 하는 사람이야. 우리는 행복해. 무척 행복해."

애그니스가 슬쩍 시무룩해지면서 말을 이었다.

"그런데 그이 딸이 날 미워해. 전처도 날 미워하고. 그 여자는 뭐든지 전부 내 탓으로 돌리더라. 레너드를 사랑하지도 않았으면서. 내가 남편을 훔친 못된 여자라고 험담하고 다니고."

뭐라고 대꾸해야 좋을지 난감했다.

"매주 모금 행사와 칵테일파티에 참석해서 나를 두고 떠드는 소리가 들려도 모르는 척하면서 미소 지어야 해. 그 여자들이 날 보는 그 눈초리란! 난 그들이 떠드는 그런 여자가 아니란 말이야. 난 4개 국어를 구사해. 피아노도 쳐. 마사지 치료사 과정도 이수했어. 그 여자들이 어떤 언어로 말하는지 알아? 위선이야. 하지만 상처받지 않은 척하는 건 어려운 일이야. 그렇지? 상관없는 척하기도 어렵고."

"사람들은 변해요. 시간이 흐르면."

나는 희망을 담아 말했다.

"아니, 그건 불가능할 것 같아."

애그니스가 잠시 수심 어린 표정을 지었다. 그러다 어깨를 으쓱했다.

"하지만 다행인 건 그들이 제법 노인네들이라는 사실이야. 아마 몇 명은 머지않아 죽을걸."

그날 오후, 애그니스가 낮잠을 자고 일라리아는 아래층에서 바쁜 사이, 난 샘에게 전화했다. 전날 저녁 일과 애그니스의 고백이 머릿속을 헤집고 다녔다. 새로운 공간에 들어온 기분이었다. 아까 아파트로 걸어올 때 애그니스는 "루이자는 어시스턴트가 아니라 친구로 느껴져. 믿을 만한 사람이 생겨서 참 좋아"라고 말했다.

"사진 받았어요."

샘이 말했다. 영국은 저녁 시간이었고, 조카 제이크가 자러 왔다고 했다. 뒤에서 음악 소리가 났다. 샘은 전화기에 더 바싹 대고 말했다.

"아름답던데요."

"다신 그런 드레스를 안 입을 거예요. 그런데 행사가 놀랍기는 하더라고요. 음식이며, 음악이며, 연회장이며……. 가장 이상한 건 다들 그걸 의식조차 못 한단 사실이에요. 그 사람들은 주변이 어떤지 몰라요! 한쪽 벽면을 치자꽃과 작은 전구로 꾸몄더라고요. 장벽처럼! 또 끝내주는 초콜릿 푸딩이 나왔어요. 사각형 푸딩 위에 화이트초콜릿으로 깃털을 그렸고 옆에는 작은 트러플 초콜릿이 놓여 있었는데 먹는 여자가 한 명도 없더라고요. 단 한 명도! 테이블을 돌아다니면서 확인해 봤죠. 초콜릿 몇 개를 클러치 백에 넣고 싶은 유혹을 느꼈지만 녹을 거 같더라요. 손도 안 댄 걸 다 버렸을 거예요. 아, 그리고 테이블마다 장식이 다 다르더라고요. 서로 다른 새인데 깃털은 똑같이 노란색이었어요. 우리 테이블은 부엉이였고요."

"대단한 저녁이었네요."

"바텐더가 손님 성격에 맞춰서 칵테일을 만들어주는 거예요. 자기에 대해서 세 가지를 말하면, 이 사람이 그에 맞게 어울리는 술을 섞어주더라고요."

"당신 것도 만들어줬어요?"

"아니, 나랑 대화하던 남자가 '짭짤한 개'란 술을 받더라고요? 나한테는 '시체 부활자'나 '미끌미끌 유두' 같은 술을 주면 어떡하나 걱정이 되더라니까요? 그래서 얌전히 샴페인만 마셨어요. '샴페인만 마셨어요'라니! 어때, 좀 그럴싸하게 들려요?"

"그래서 대화했다는 남자는 누군데요?"

샘은 아주 살짝 머뭇거리다가 붙었다. 짜증스럽게도 나 역시 대답하기까지 아주 살짝 머뭇거렸다.

"아…… 그냥, 어…… 조시라는 사람. 회사원이에요. 나랑 애그니스가 고프니크 씨를 기다리는 동안 그 사람이 말동무를 해줬어요."

다시 침묵.

"잘됐네요."

이제 나는 주절주절 떠들기 시작했다.

"뭐니 뭐니 해도 제일 좋은 게 뭐였냐면, 늘 밖에 차가 대기 중이라는 거예요! 집에 어떻게 갈지 교통편을 걱정할 필요가 없더라니까요. 이 사람들은 상점만 가도 그래요. 운전기사가 밖에 차를 대고 기다리거나 주위를 한 바퀴 돌고 있죠. 일을 보고 나가면 짠! 차가 있어요. 번쩍이는 검은색 대형차예요. 차에 올라타. 쇼핑백을 부트◇에

◇ 영국식 영어로 자동차 트렁크를 일컫는 단어.

싣고요. 다만 여기서는 '트렁크'라고 하더라고요. 심야 버스를 탈 필요가 없어요! 사람들이 내 신발에 구토를 해대는 심야 지하철도 안 타도 되고요!"

"상류층 생활이네요? 집에 오기 싫겠어요."

"참나, 아니거든요. 내 생활 같지 않아요. 난 객식구에 불과해요. 그런데 가까이서 보니 좀 다르긴 하더라고요."

"루, 나는 먼저 가볼게요. 제이크랑 피자 먹으러 가기로 했거든요."

"하지만…… 하지만 샘. 대화를 제대로 못 나눴는데요. 당신은 어때요? 어떻게 지내는지 좀 말해줘요."

"다음에요. 제이크가 배고프대요."

"알았어요! 제이크한테 인사 전해줘요."

난 지나치게 발랄하게 말했다.

"알았어요."

"사랑해요."

내가 말했다.

"나도요."

"일주일만 더 있으면 돼요. 카운트다운 시작이에요."

"진짜 갈게요."

전화를 끊는데 묘하게 어색했다. 방금 무슨 일이 벌어졌는지 이해할 수 없었다. 난 침대 옆에 걸터앉아서 꼼짝하지 않았다. 그러다가 조시의 명함을 봤다. 우리가 파티장에서 나올 때 그가 내 손에 명함을 쥐어주었다.

"전화해요. 멋진 곳을 구경시켜 줄게요."

난 명함을 받고 예의 바르게 미소 지었다. 그 미소에는 물론 다른 뜻이 있을 수도 있었다.

7.

10월 6일 화요일

폭스 별장에서

루이자에게

뉴욕에서 건강하고 즐겁게 지내길 바라요. 릴리가 편지를 보내고 있겠지만, 지난번에 이야기를 한 뒤로 줄곧 생각하다가 다락방을 뒤졌거든요. 윌이 뉴욕에서 지내면서 쓴 편지 몇 통을 찾았는데 루이자가 좋아할 거란 생각이 들었어요. 윌이 얼마나 대단한 여행가였는지 알죠? 그의 발자취를 따라가 보면 즐거울 거예요.

나도 편지를 두어 번 읽었는데 기쁘면서도 가슴 저리는 경험이었어요. 다음에 만날 때까지 편지를 갖고 있어도 좋아요.

깊은 애정을 담아서

커밀라 트레이너

2004년 12월 6일

뉴욕에서

엄마에게

전화드리려 했지만, 시차가 제 일정이랑 맞지 않아서 편지로 놀래켜 드리자고 생각했어요. 프라이어리 매너에서 짧게 생활했던 그때 이후로 처음 보내는 편지겠네요. 솔직히 제가 기숙학교에 맞는 타입은 아니었잖아요, 그쵸? 뉴욕은 어마어마해요. 도시의 기에 짓눌릴 수밖에 없어요. 저는 매일 새벽 5시 반에 일어나서 나가요. 회사는 금융 지구의 스톤가에 있어요. 나이절이 따로 사무실을 마련해 주었고(구석방은 아니고, 물가가 보이는 방이에요. 뉴욕에서는 이런 걸로 평가를 하나봐요), 직장 동료들은 괜찮은 사람들이에요. 토요일에 상사 부부와 메트◇에서 오페라(「장미의 기사」인데 좀 과장이 심하더군요)를 봤다고 아버지에게 전해주세요. 제가 「위험한 관계」를 봤다면 두 분이 반가워하셨겠지요. 거래처 오찬이 많고, 사내 소프트볼 경기도 많아요. 저녁에는 할 일이 별로 없어요. 새 동료들은 대부분 어린 자녀를 둔 기혼자라서 저 혼자 술집 순례나 하고…….

아가씨 두어 명과 데이트를 하고는 있지만 진지한 사이는 아니고요(이 동네는 데이트를 '오락'으로 보는 듯해요). 주로 체육관이나 옛 친구들과 어울리면서 여가를 보내요. 여기 십먼스 출신이 많고, 몇 명은 학창시절 알던 사이예요. 알고 보니 세상이 좁네요……. 대부분 여기 와서 많이 변했어요. 제가 기억하는 것보다 더 거칠고 악착같아요. 뉴욕이 그런 면을 끄집어내는 거겠죠.

맞다! 오늘 저녁에 헨리 판즈워스의 딸이랑 만나요. 그 애를 기억하시죠? '스

◇ 링컨 센터에 있는 메트로폴리탄오페라하우스.

토트폴드 포니 클럽'[◇]의 여왕벌이었잖아요. 이제는 쇼핑광으로 거듭났더라고요(괜한 희망을 갖지 마세요. 헨리를 생각해서 만나는 것뿐이니까). 어퍼 이스트사이드에 있는 단골 스테이크 집에 데려가려고요. 카우보이 담요만 한 고기가 나오는 식당이에요. 그 아가씨가 채식주의자가 아니어야 할 텐데요. 여기선 다들 유행에 따른 식도락 취향이 있으니.

참, 지난 일요일에 F 트레인을 타고 브루클린브리지를 건너서 내렸어요. 엄마의 권유대로 걸어서 강을 건너 돌아왔지요. 지금까지 해본 일 중 최고였어요. 마치 우디 앨런의 초기 영화에 들어간 느낌이었죠. 우디와 여주인공의 나이 차가 열 살밖에 안 되는 영화…….

아버지께 다음 주에 전화드린다고 전해주시고, 저 대신 개를 안아주세요.

사랑하는 **윌 드림** x

싸구려 라멘 한 그릇으로 인해 나와 고프니크 부부의 관계가 변했다. 요령이 생겨서 애그니스의 새 어시스턴트 역할을 잘해낼 수 있을 것 같다. 그녀에게는 믿고 의지할 사람이 필요했다. 이런 점과 뉴욕의 이상한 기운 때문인지, 그 일이 있은 뒤로 나는 아침에 벌떡 일어났다. 윌을 보살피던 시절 이후 처음 있는 일이었다. 그런 나를 보고 일라리아는 혀를 차면서 눈을 굴렸고, 네이선은 나를 힐끗 곁눈질했다. 내가 마약이라도 하는 줄 알았나.

하지만 이유는 단순했다. 일을 능숙하게 해내고 싶었다. 뉴욕에서 지내면서 이 멋진 부부를 위해 일하는 시간을 최대한 잘 활용하

◇ 유소년에게 말 관련 지식과 승마를 가르치는 클럽.

고 싶었다. 하루하루 분초까지 끌어내고 싶었다. 윌이라면 그랬을 테니까. 그의 첫 편지를 읽고 또 읽었다. 그의 목소리를 듣는 생소한 경험을 극복하자 윌도 뉴욕에서는 초보자였다는 점에 묘한 동질감이 느껴졌다.

나는 최대한 능력을 끌어올리려 했다. 매일 아침 애그니스, 조지와 함께 조깅을 했다. 컨디션이 좋은 날에는 모든 구간을 뛰고도 구역질이 올라오지 않았다. 애그니스가 늘 다니는 곳들을 알게 되었다. 그녀가 뭘 가져가야 되고, 어떻게 입어야 하고, 뭘 집에 가져와야 하는지 파악했다. 난 먼저 준비한 뒤 현관에서 기다렸고, 애그니스가 필요하다고 느끼기도 전에 물이나 담배, 야채주스를 대령했다. '마귀할멈들'이 참석하는 오찬 모임에 갈 때면 미리 농담을 던져서 긴장을 풀어주곤 했다. 또 식사 시간 중에는 판다가 방귀 뀌는 사진이나 사람들이 트램펄린에서 떨어지는 영상을 휴대폰으로 보냈다. 모임 후에는 차에 앉아 푸념을 들어주었다. 그녀가 남들이 말하거나 말하지 않아 상처받은 이야기를 하면서 눈물을 흘리면, 난 고개를 끄덕이며 공감하거나 '못돼 처먹은 망할 인간들', '막대기같이 삐쩍 마른 작자들', '피도 눈물도 인정머리도 없는 인간'이라고 맞장구쳤다.

아름답기 그지없는 남편의 몸을 자랑하거나 사랑을 나눌 때 얼마나 환-상-적인지 떠들면 난 능숙하게 태연한 표정을 유지했다. 그녀가 가정부가 못 알아듣게 '홀레르니차'◇ 같은 폴란드어 욕을 하면 난 웃음을 터뜨리지 않으려고 애썼다.

◇ '성격이 고약한 여성'을 뜻하는 폴란드어 단어.

애그니스가 돌려 말하지 않는 걸 금방 알아차렸다. 아빠는 늘 내가 생각나는 대로 떠벌린다고 했지만, 난 폴란드어로 '못된 늙은 창녀'라거나 '그 끔찍한 수전 피츠월터가 왁싱을 하는 게 상상이나 돼? 입 다문 홍합에서 수염을 긁어내는 꼴일걸. 웩' 같은 말은 하지 않았다.

애그니스가 심술궂은 사람은 아니었다. 이런저런 식으로 처신해야 한다, 남에게 늘 보여지며 부족하지 않게 평가받아야 한다는 스트레스가 크다 보니 나를 일종의 배출구로 삼았다. 그녀는 모임에서 벗어나자마자 욕설을 중얼댔고, 개리가 운전하는 차를 타고 집에 도착할 즈음이면 평정심을 되찾고 남편을 만났다.

나는 애그니스의 생활에 재미를 더할 전략을 짰다. 매주 한 번 일정표에는 기록하지 않은 채 둘이서만 한낮에 링컨스퀘어에 있는 극장으로 사라졌다. 팝콘을 우적우적 씹으면서 유치한 코미디를 보면서 깔깔댔다. 서로를 부추겨서 매디슨가에 있는 명품 부티크에 들어가기도 했다. 거기서 최악의 디자이너 의상을 입어보고, 담담한 표정으로 서로 칭찬하면서 판매원에게 "이 디자인으로 더 밝은 초록색이 있나요?"라고 물었다. 그러면 판매원들은 애그니스의 에르메스 버킨백을 쳐다보고는 억지 칭찬을 늘어놓고 요란을 떨며 응대했다. 어느 점심시간에는 애그니스가 남편을 졸라 우리를 만나러 오게 했다. 그녀는 여러 벌의 어릿광대 같은 바지를 입고 남편 앞에서 패션모델처럼 걸었다. 고프니크 씨는 입매를 씰룩이다 웃음을 터뜨렸다. 나중에 그는 아내에게 "이런 장난꾸러기가 있나"라고 말하면서 다정하게 고개를 저었다.

하지만 내가 활기찬 게 일 때문만은 아니었다. 뉴욕을 더 잘 이해하게 되었고, 뉴욕도 날 받아들이게 되었기 때문이다. 이민자들의 도시에서 살기란 어렵지 않았다. 애그니스의 최상류층 생활에서 벗어나면, 나는 수천 마일 밖에서 온 보통 사람이었다. 시내를 뛰어다니면서 일하고, 포장 음식을 주문하고, 커피나 샌드위치를 주문할 때 최소한 세 가지를 요구해서 뉴요커처럼 보이려 했다.

난 보고 배웠다.

뉴욕에 도착한 첫 달에 뉴요커에 대해 터득한 점은 다음과 같다.

1. 이 아파트 건물에는 타인에게 말을 거는 사람이 없었다. 고프니크 부부는 아쇽 외에 누구와도 대화하지 않았다. 아쇽은 모두와 대화했다. 2층에 사는 디윗 부인은 펜트하우스에 사는 캘리포니아 출신 커플과 말을 섞지 않았고, 3층에 사는 단정한 정장 차림의 커플은 복도를 지나갈 때 휴대폰에 코를 박고 마이크나 서로에게 지시해 댔다. 1층에 사는 애들까지도(예쁘게 입은 마네킹 같은 아이들을 허둥대는 필리핀 여자가 데리고 다녔다) 내가 지나갈 때면 인사 한마디 없이 고급 카펫만 내려다보았다. 내가 여자애에게 미소를 지으면, 무슨 의심스러운 짓이라도 되는 듯 아이의 눈이 휘둥그레졌다.

레이버리에 사는 사람들은 건물 밖으로 직행해서, 보도 옆에서 끈기 있게 대기 중인 엇비슷한 검은 차에 탔다. 늘 어느 차가 자기 차인지 아는 모양이었다. 내가 아는 한 유일하게 디윗 부인만 누군가에게 말을 걸었다. 그녀는 꾸준히 딘 마틴에게 말을 걸었고, 절룩대며 블록을 돌면서 작은 소리로 "망할 러시아 놈들, 지긋지긋한 중국 것들"이라고 욕했다. 그들은 우리 뒤쪽 건물에 살고 있었으며 스물네 시간 내내 도로에 차를 세우고 기사를 대기시켰다. 부인은 애그니스의 피아노 소리를 두고 아쇽이나 건물 관리인에게 떠들썩하게 불평했다. 복도에서 우리를 만나면, 그녀는 걸음을 재촉했고 가끔 얼핏 들리게 혀를 찼다.

2. 반대로 상점에 가면 다들 손님에게 말을 걸었다. 점원들이 졸졸 쫓아다니면서 손님의 말을 더 잘 들으려는 듯 고개를 기울였고, 더 도울 일이 있거나 이 상품을 보관해 놓을지 연신 확인했다. 여덟 살 때 트리나와 둘이 우체국에서 초콜릿을 훔치다 들켰던 때 이후로 이런 관심은 처음이었다. 그 사건이 있던 후 3년간, 우리가 막대사탕을 사러 가면 바커 부인은 비밀정보부 요원처럼 우리를 쫓아다니며 감시했었는데.

그리고 뉴욕의 모든 상점은 손님에게 좋은 하루를 보내라고 인사했다. 오렌지주스 한 팩이나 신문 한 부를 사도 인사를 거르지 않았다. 친절에 감격해서 "어머! 네! 좋은 하루 보내세요!"라고 대답했더니 상대는 뉴욕의 대화 규칙을 모른다는 듯 짐짓 놀랐다.

아쇽은 누구나 반드시 몇 마디를 나눈 후에야 보내주었다. 하지만 그건 그의 업무였다. 그는 자기 일을 잘 알았다. 늘 주민이 별일 없는지, 필요한 게 없는지 확인했다. "그런 신발을 신고 어딜 가려고요?" 그는 내게 그렇게 물으며 마법사처럼 우산을 펴서 보도까지 짧은 거리를 씌워주었고, 야바위꾼 같은 손놀림으로 팁을 챙겼다. 그는 소맷부리에서 돈을 꺼내서 식품이나 세탁 배달차의 편의를 봐주는 교통경찰에게 감사를 표하기도 했다. 불쑥, 개나 들을 수 있는 소리로 휘파람을 불어 택시를 잡기도 했다. 아속은 단순히 문지기가 아니라, 물건이 드나들게 하고 매사 순조롭게 돌아가게 하는 심장박동이자 혈액 공급원이었다.

3. 아파트 건물에서 리무진을 타고 나가지 않은 다른 뉴요커는 걸음이 정말 빨라서, 성큼성큼 인도를 지나 인파 속을 누볐다. 사람들과 부딪치지 않게 자동 멈춤 센서라도 달고 다니는 것 같았다. 그들은 휴대폰이나 폴리스티렌 커피 컵을 들고 다녔다. 적어도 절반은 오전 7시 이전에도 출근 복장이었다. 내가 속도를 늦출 때마다 귓가에 욕설이 들리거나, 누군가의 가방이 내 등을 때렸다. 일본의 게이샤풍 플립플롭이나 밑창이 두꺼운 1970년대식 워커를 신으면 비틀대며 걸어야 했는데, 이제 여기서 그런 신발은 포기하고 운동화를 신는다. 덕분에 인파를 홍해처럼 갈라지게 하는 장애물이 되지 않고 흐름을 따라 걸을 수 있었다. 누가 내려다봤을 때 내가 뉴요커로 보였으면 싶었다.

처음 몇 번의 주말에는 나도 몇 시간씩 걸었다. 네이선과 어울려서 새로운 곳들을 찾아다닐 줄 알았다. 그런데 그는 남자들만의 사교 모임을 꾸리는 눈치였다. 그들은 맥주 몇 잔을 마신 다음이면 모를까 여자들과 어울리는 데 관심이 없었다. 또 네이선은 체육관에서 몇 시간씩 보냈고, 주말마다 데이트 일정이 한두 개는 있었다. 내가 박물관이나 하이라인 공원을 걷자고 권하니, 그는 겸연쩍게 웃으면서 이미 일정이 있다고 말했다. 그래서 난 혼자 걸어서 미드타운을 지나 미트패킹 디스트릭트, 그리니치빌리지, 소호에 갔다. 손에 지도를 들고 차가 오는 방향에 주의하면서 큰 도로를 피해 어디든 흥미를 끄는 곳으로 향했다. 마천루가 즐비한 미드타운부터 기막히게 멋진 돌이 깔린 크로스비가 주변까지, 맨해튼은 구역마다 특색이 있었다. 크로스비가에서 지나치는 사람들 중 반 이상이 모델이나 클린식食을 주제로 포스팅하는 인스타그래머 같았다. 나는 딱히 갈 곳도, 꼭 가야 할 곳도 없이 걸었다. 샐러드 바에서 샐러드를 주문하면서 먹어본 적 없는 고수와 검은콩을 추가했다. 지하철을 탈 때는 관광객처럼 보이지 않고 표를 사는 법과 악명 높은 미치광이를 알아보는 법을 터득하려 했다. 그러다 밝은 햇빛 속으로 나오면 10분이 지나서야 심박수가 정상으로 돌아왔다. 윌처럼 브루클린브리지를 걸어서 건너는데, 아래에 흐르는 물을 보니 가슴이 뛰었다. 차량이 지나가며 일으키는 진동이 발바닥에 전해졌다. 그러자 머릿속에서 다시 윌의 목소리가 들렸다. '대담하게 살아, 클라크.'

다리 중간에서 걸음을 멈추고 가만히 서서 이스트강을 내려다보니 순간적으로 모든 것이 멈춘 듯한 느낌이 밀려들었다. 어디에도 묶이지 않은 감각 때문에 어지러울 지경이었다. 또 한 번의 멈춤. 천천히 경험을 비교하길 그만두었다. 전부 너무도 새롭고 이상했으니까.

첫 산책에서 내가 본 광경:

- 완전히 여장을 한 남자가 자전거를 탄 채로 마이크에 대고 뮤지컬 곡을 부르며 가고 있었다. 노랫소리가 스피커에서 들렸다. 그가 앞을 지나자 몇 사람이 손뼉을 쳤다.
- 여자애 네 명이 양쪽 소화전 사이에서 줄넘기를 하고 있었다. 한꺼번에 줄

두 개를 돌리면서 넘다가 마침내 줄넘기를 멈추었을 때 내가 서서 손뼉을 치자 아이들은 수줍게 웃었다.

- 개가 스케이트보드를 타고 있었다. 내가 문자메시지로 이 일을 말하자 여동생은 취했냐고 답했다.
- 로버트 드니로.

적어도 내 생각에 그는 로버트 드니로였다. 초저녁이었고, 난 잠깐 집이 그리웠다. 그때 스프링가와 브로드웨이의 교차점에서 그가 지나가자, 난 참을 새도 없이 "이럴 수가! 로버트 드니로네"라고 크게 말해버렸다. 내 앞을 지나친 그는 뒤돌아보지 않았다. 나중에 돌이켜 보니 확신이 서지 않았다. 드니로가 아니어서 내가 혼잣말을 한다고 생각했을지, 아니면 드니로인데 길에서 어떤 여자가 이름을 부르면 딱 그렇게 반응할지.

후자라고 생각했다. 이번에도 트리나는 나더러 취했다고 비난했다. 휴대폰으로 촬영한 사진을 보냈더니, 그녀는 "뒤통수만 보고 어떻게 알아, 바보야"라면서 내가 취해서가 아니라 진짜 멍청해서 그런 거라고 덧붙였다. 향수병이 가라앉기 시작한 것도 그때부터였다.

샘에게 이 얘기를 하고 싶었다. 예쁜 필체로 손 편지를 써서 보내거나, 적어도 이 말 저 말 주절대는 이메일을 보내고 싶었다. 메일을 저장해 두었다가 인쇄하면, 결혼하고 50년쯤 후에 손주들이 다락에서 그걸 찾아내 이러쿵저러쿵 떠들겠지. 그런데 처음 몇 주는 너무 피곤해서, 얼마나 피곤한지 하소연하는 내용만 보냈다.

- 너무 피곤해요. 보고 싶어요.

- 나도 그래요.

- 아니, 진짜로 너무너무 피곤해요. 텔레비전 광고를 보다 울고, 양치하면서 잠들어요. 가슴팍이 치약 범벅이 될 정도로 피곤해요.

- 그렇군요. 잘 알겠어요.

샘에게 답 메일을 못 받아도 그냥 넘기려 했다. 내가 네일숍 밖에서 기다리거나 센트럴파크에서 조깅하는 동안, 샘은 생명을 구하고 변화를 일으키는 정말 어려운 일을 한다는 걸 기억하려 애썼다.

그의 상사가 근무 일정을 바꿔버렸다. 샘은 나흘 연속 야간 당직을 하면서 여전히 새 파트너가 오기를 기다리고 있었다. 그러면 대화하기가 더 쉬워야 하는데 그렇지 않았다. 난 저녁마다 일이 끝나기 무섭게 휴대폰으로 연락했지만, 이때는 샘이 근무 교대를 하러 나가기 일쑤였다.

가끔 이상하게 혼란스러웠다. 내 마음대로 그를 상상하는 걸까.

그는 일주일 남았다며 날 달랬다. 일주일만 더 있으면 된다.

그게 힘들면 얼마나 힘들까?

애그니스가 또 피아노를 쳤다. 행복하거나 불행할 때, 화나거나 짜증 날 때 그녀는 격렬한 곡을 연주했다. 감정이 격해지면 눈을 감고 몸을 흔들면서 양손으로 건반을 오르내리며 두드렸다. 전날 밤 야상곡이 흘러나왔다. 난 문이 열린 응접실 앞을 지나다가 부부가 피아노 의자에 나란히 앉아 있는 광경을 봤다. 애그니스는 음악에 몰두하면서도 남편을 위해 연주하는 게 분명했다. 고프니크 씨가 옆에 앉아서 악보를 넘겨주는 것만으로도 얼마나 만족하는지 보였다. 그녀가 연주를 마치고 환하게 웃자, 고프니크 씨는 고개를 숙이고 아내의 손에 입 맞추었다. 나는 아무것도 못 본 척 살그머니 지나갔다.

서재에서 목요일까지 있을 소아암 자선 오찬이나 「피가로의 결혼」 관람 등 주간 행사를 확인하는데 현관문을 두드리는 소리가 들렸다. 요전에 펠릭스가 고프니크 씨의 집무실에서 입에 못 담을 짓을 또 저지르는 바람에 가정부는 반려동물 행동교정사와 함께 있었다. 나는 복도로 나가 문을 열었다.

디윗 부인이 지팡이를 내리칠 듯이 들고 서 있었다. 나는 본능적으로 웅크리다가 그녀가 지팡이를 내리자 허리를 폈다. 내가 손바닥을 들어 보였다. 부인이 지팡이로 문을 두드린 것뿐임을 파악하기까지 시간이 걸렸다.

"무슨 일이신가요?"

"그 여자에게 지옥 같은 소음을 멈추라고 해."

주름진 작은 얼굴이 분노로 암갈색을 띠었다.

"네?"

"마사지사인지 우편으로 주문한 신부인지 뭐가 됐든! 복도 끝에서도 이 소리가 들린다고."

디윗 부인은 1970년대 푸치 스타일의 초록색과 분홍색 소용돌이 무늬 재킷과 에메랄드 빛깔 터번 차림이었다. 난 이 모욕적인 말에 발끈하다 못해 넋을 잃었다.

"어, 사실 애그니스는 교육받은 물리치료사에요. 그리고 이 소리는 모차르트 곡이고요."

"원더 호스 챔피언[◇]이 카주[◇◇]를 분대도 난 관심 없어. 여자한테 조용히 하라고 말해. 여기는 공동주택이라고. 아니면 다른 집을 알아봐야 할 거야!"

딘 마틴이 맞장구치듯 나를 보고 으르렁댔다. 내가 대꾸하려 했지만 개가 어느 쪽 눈으로 날 노려보는지 알아내느라 한눈을 팔았다.

"말씀 전해드릴게요, 디윗 부인."

내가 프로답게 미소를 지으면서 대답했다.

"'전해드릴게요'라니, 그게 무슨 뜻이지? 그냥 '전해드리고' 끝내면 안 되지. 그만두게 하라니까? 밤낮 가리지 않는 형편없는 피아노 소리 때문에 미칠 지경이니. 예전에는 평온한 건물이었는데."

"하지만 공평하게 보자면 부인의 개도 늘 짖어……."

"다른 여자도 흉하긴 마찬가지였지. 형편없는 여자였어. 늘 꽥꽥대는 친구들이랑 어울려서 복도에서 꽥꽥거리지를 않나. 커다란 차를 끌고 와서 도로를 막고. 윽. 남자가 여자를 갈아치우고도 남지."

"제가 보기에 고프니크 씨는……."

"교육받은 물리치료사라. 맙소사. 요즘은 그걸 그렇게 부르나? 그러면 나는 국제연합의 수석 협상가겠구먼."

디윗 부인은 손수건으로 얼굴을 두드렸다.

"미국에 사는 크나큰 즐거움은 뭐든 원하는 게 될 수 있다는 점이라고 알고 있는데요."

◇ 1930년대에서 1950년대까지 카우보이 진 오트리의 텔레비전 쇼 프로그램과 영화에 등장한 말.
◇◇ 동물 소리가 나는 아프리카의 피리.

내가 미소 지으며 응수했다.

부인이 눈을 가늘게 떴다. 나는 계속 미소를 지었다.

"영국에서 왔나?"

"네."

부인이 미묘하게 누그러지는 게 느껴졌다.

"거기 사는 친척이라도 있으세요, 디윗 부인?"

그녀가 나를 위아래로 훑으면서 대꾸했다.

"어림없는 소리. 지금까지 영국 여자들은 세련된 줄 알았네."

그 말과 함께 디윗 부인은 몸을 돌리고 가보라는 손짓을 하더니 절룩대며 복도를 걸어갔다. 딘 마틴이 부인 쪽을 못마땅하게 흘끔 돌아봤다.

내가 문을 조용히 닫자 애그니스가 외쳤다.

"복도 맞은편에 사는 미친 노인네지? 쳇, 찾아오는 사람이 없을 만도 해. '수쇼니 도르시'◇ 같으니."

잠깐 적막이 흘렀다. 악보 넘기는 소리가 났다.

그때 애그니스가 천둥이 폭포처럼 내리치는 듯한 곡을 치기 시작했다. 부서져라 건반을 때리고 페달을 힘껏 밟아서 마룻바닥에 진동이 느껴질 정도였다.

나는 다시 미소 띤 얼굴로 현관 복도를 지나다 손목시계를 보고 속으로 한숨지었다. 두 시간 남았다.

◇ '말린 건어물'을 뜻하는 폴란드어 단어.

8.

샘은 그날 비행기를 타고 와서 월요일 저녁까지 뉴욕에서 지낼 예정이었다. 그는 타임스스퀘어에서 몇 블록 떨어진 호텔에 2인실을 예약해 두었다. 애그니스가 연인이 떨어져 있으면 안 된다고 말한 터라, 나는 오후에 휴가를 낼 수 있을지 물었다. 그녀는 "아마도"라고 긍정적으로 대답했지만 샘이 주말을 지내러 오는 게 짜증스러운 기색이 역력했다. 아무튼 나는 주말에 여행 가방을 끌고 가벼운 걸음으로 펜역으로 갔다. 거기서 에어트레인을 타고 JFK 공항으로 향했다. 미리 공항에 도착해 기대감에 들뜬 상태였다.

도착 전광판을 보니 샘의 비행기가 착륙해 수하물을 기다리는 중이어서 얼른 화장실에 가서 머리와 화장을 확인했다. 걸어온 데다 열차가 붐비는 바람에 땀이 나서, 마스카라와 립스틱을 덧바르고 머리를 빗었다. 실크 재질의 통이 넓은 튀르쿠아즈 색 바지와 검정 터틀넥 티셔츠, 검정 앵클부츠 차림이었다. 나다워 보이고 싶었지만, 묘하게 변해서 약간 신비로운 분위기도 내려고 했다. 지친 얼굴로 큰 캐리어를 밀고 온 여자에게 길을 비켜준 뒤 향수를 조금 뿌렸다. 그랬더니 국제공항에서 연인을 만날 여자처럼 보였다.

두근거리는 가슴으로 화장실에서 나와 전광판을 올려다봤다. 그래도 역시 묘하게 초조했다. 고작 4주간 헤어져 지냈을 뿐인데. 이 남자는 내가 최악일 때 만났다. 상심하고 공포에 질리고, 슬픔에 젖어 앞뒤가 맞지 않는 나를 좋아해 주었다. 나는 그가 여전히 샘이라고 중얼댔다. 나의 샘. 그가 처음 우리 집 초인종을 누르고 인터폰으로 어색하게 데이트를 신청한 이후 여태껏 변함없었다.

전광판에 여전히 "수하물 대기 중"이라는 문구가 떠 있었다.

나는 가로대 앞에 자리를 잡고 서서, 다시 머리를 확인하고 자동문을 응시했다. 오래 헤어져 있던 커플이 서로 발견하고 환호성을 지르자 나도 모르게 미소가 지어졌다. '잠시 후면 우리도 저러겠지'라는 생각이 들었다. 손바닥에 땀이 촉촉하게 배어서 크게 숨을 쉬었다. 도착한 승객이 드문드문 나왔다. 난 기대감에 넋이 나간 모습이었을 것이다. 입을 살짝 벌리고 기쁨에 겨운, 마치 군중 속에서 아는 사람이라도 발견한 듯한 정치가의 표정.

가방을 뒤져 손수건을 꺼내다가 문득 알아차렸다. 몇 미터 앞쪽, 사람들 속에 샘이 있었다. 남들보다 머리 하나는 큰 그가 나처럼 인파를 훑어보고 있었다. 나는 오른쪽에 있는 사람에게 "실례합니다"라고 말하면서 샘에게 달려갔다. 내가 앞에 다가서는 순간 샘이 몸을 돌리다가 가방으로 내 정강이를 세게 때렸다.

"아, 이런. 괜찮으세요? 루? ……루예요?"

나는 욕설을 내뱉지 않으려고 애쓰면서 다리를 부여잡았다. 눈에 눈물이 고였고 말을 하려는데 통증이 밀려왔다.

내가 이를 악물고 말했다.

"수하물을 기다리는 중이라고 나와 있었는데! 근사한 재회를 할 기회를 놓치다니! 난 화장실에 있었거든요!"

"난 기내 수하물만 갖고 왔어요. 다리는 괜찮아요?"

샘이 내 어깨에 손을 올리고 물었다.

"계획을 다 세웠는데! 손 팻말이랑 다 준비했단 말이에요."

재킷에서 손 팻말을 뺀 나는 정강이 통증을 애써 무시하면서 똑바로 섰다. 특별히 코팅한 종이에 "세계 최고 미남 구조대원"이라고 적혀 있었다.

"우리의 결정적인 순간으로 만들려고 했는데! 나중에 '아, JFK에서 만난 순간을 기억해?' 이렇게 말할 수 있게 말이죠."

"안 그래도 굉장한 순간인걸요. 당신을 만나니 좋아요."

샘이 희망차게 말했다

"날 만나니 좋아요?"

"엄청. 당신을 만나서 엄청 좋아요. 미안해요. 내가 기진맥진이라서요. 잠을 못 잤거든요."

나는 정강이를 문질렀다. 우리는 한참 동안 서로 바라보았다.

"이건 아니에요. 다시 와봐요."

"다시 오라고요?"

"저 앞쪽에서요. 그러면 내가 계획대로 손 팻말을 들어 올리고 있다가 당신에게 달려가 키스하는 거예요. 제대로 시작하는 거죠."

샘이 날 빤히 보았다.

"진심이에요?"

"후회 안 할 거예요. 빨리요, 부탁이에요."

그는 내 말이 농담이 아님을 확인하기까지 시간을 끌다가 도착 인파의 물결을 거슬러 지나갔다. 몇 사람이 고개를 돌려 그를 쳐다봤다. 누군가 혀를 차기도 했다.

"그만! 그 정도면 됐어요!"

소란스러운 대합실에서 내가 소리쳤다.

하지만 샘은 듣지 못했다. 그는 계속 자동문까지 계속 걸어갔다. 나는 그가 다시 비행기에 올라탈까 걱정스러웠다.

"샘! 멈춰요!"

나는 냅다 소리를 질렀다.

모두 고개를 돌렸다. 그 순간 샘이 고개를 돌려 날 보았다. 그는 다시 나를 향해 걷기 시작했고, 나는 앞으로 갔다.

"여기예요! 샘! 나예요!"

내가 팻말을 흔들었고 그는 어이없는 상황에서도 웃으면서 다가왔다.

나는 팻말을 내던지고 그에게 달려갔다. 이번에는 그가 내 정강이를 후려치는 일 없이 가방을 내려놓고 날 번쩍 안았다. 우리는 영화에 나오는 것처럼 키스를 나누었다. 뜨겁게, 부끄러움이나 입냄새 걱정 없이 온전한 입맞춤을 나누었다. 아니, 그랬을 것이다. 확실히 말할 수가 없다. 샘이 번쩍 안은 순간부터 난 다른 것은, 가방이니 사람들이니 남의 눈 따윈 잊었으니까. 아, 세상에. 날 안은 그의 따뜻한 가슴과 내 입술을 누르는 부드러운 그의 입술. 그의 팔을 풀고 싶지 않았다. 그에게 매달려서, 날 안고 있는 강한 힘을 느꼈다. 그의 체취를 맡고, 그의 목에 얼굴을 묻고 살갗을 맞대니 몸속 모든 세포가 그를 그리워했던 것 같았다.

"이제 마음에 들어요? 진짜 못 말리는 사람."

마침내 나를 제대로 보려고 몸을 뗀 그가 물었다. 내 뺨에 립스틱이 번졌을 거란 생각이 들었다. 샘의 턱수염으로 문질러진 내 뺨에 붉은 기가 돌았다. 그가 어찌나 힘껏 안았는지 갈비뼈가 뻐근했다.

"아, 당연하죠. 훨씬."

내가 말했다. 웃음을 멈출 수 없었다.

먼저 호텔에 가방을 두기로 했다. 나는 들떠서 조잘대지 않으려고 애썼다. 자꾸 헛소리가 나왔다. 두서없이 떠오르는 생각을 막무가내로 쏟아냈다. 그는 시키지도 않았는데 춤을 추는 반려견을 보듯 날 바라보았다. 약간 재미있지만 어렴풋이 놀란 기색을 누르는 듯했다. 하지만 엘리베이터 문이 닫히자 샘은 나를 바싹 당겨서 양손으로 얼굴을 감싸고는 다시 키스했다.

"지금 내 입을 막으려는 거죠?"

그가 놓아주자 내가 말했다.

"아니요. 기나긴 4주를 보내면서 이렇게 하고 싶었어요. 다시 집에 갈 때까지 최대한 여러 번 그럴 작정이거든요."

"대사 한번 그럴듯하네요."

"비행기 안에서 내내 생각해 낸 대사라고요."

카드 키를 문에 꽂는 그를 보면서 500번째로 생각했다. 다시는 누구도 사랑할 수 없으리라 생각한 내가 이 사람을 만난 건 행운이라고. 주말 오후, 영화 주인공처럼 충동적이고 로맨틱한 기분이 밀려들었다.

"드디어 이렇게 만났네요."

객실에 들어가던 나는 문간에서 멈추었다. 고프니크가의 자택에 있는 내 방보다도 좁았다. 카펫은 칙칙한 갈색이었다. 상상했던 흰 프레테◊ 리넨이 깔린 넓은 침대가 아니었다. 푹 꺼진 더블 침대에 짙은 자주색과 주황색 체크무늬 침대보가 깔려 있었다. 마지막으로 언제 세탁했을지를 생각하지 않으려 애썼다. 샘이 문을 닫는 사이, 난 가방을 내려놓고 침대를 빙 돌아서 욕실이 들여다보이는 곳까지 갔다. 욕조 없이 샤워기만 있었다. 전등을 켜니 환풍기가 슈퍼마켓 계산대에서 아이가 칭얼대는 듯한 소리를 내며 돌아갔다. 방에서 찌든 니코틴과 인공적인 방향제가 섞인 냄새가 났다.

"방이 마음에 안 드는군요."

샘이 내 얼굴을 살폈다.

"아네요! 완벽한데!"

"완벽하지 않을 거예요. 미안해요. 인터넷으로 호텔을 예약할 때 야간 당직을 막 마친 참이었거든요. 내려가서 다른 방이 있는지 알아볼까요?"

"직원이 만실이라던데요. 아무튼 괜찮아요. 여기 침대랑 샤워기도 있고, 뉴욕 한복판인 데다, 무엇보다 여기 당신이 있는걸요. 그러니까 딱 좋아요!"

◊ 이탈리아의 명품 침구 브랜드.

"이런. 당신이랑 의논할걸."

나는 거짓말을 지지리도 못한다. 샘이 손을 잡자 나는 그의 손을 꼭 쥐었다.

"괜찮아요. 정말로요."

우리는 서서 침대를 쳐다보았다. 난 하고 싶은 말을 내뱉지 않으려고 손으로 입을 막았지만, 결국 참을 수가 없었다.

"그런데 빈대가 있는지는 확인해 봐야겠어요."

"정말이에요?"

"일라리아 말로는 빈대도 전염된대요."

샘의 어깨가 축 처졌다.

"심지어 최고급 호텔에도 빈대가 있다던데요."

내가 앞으로 나가 불쑥 침대보를 들추고 흰 시트를 살핀 후 허리를 굽혀 매트리스 커버를 확인했다. 그러다 앞으로 더 다가갔다.

"없네요. 잘됐어요. 우린 빈대 없는 호텔에 들어왔다구요! 오예!"

내가 엄지를 들어 보였다.

오랫동안 침묵이 흘렀다.

"산책하러 나가요."

샘이 말했다.

우리는 나가서 걸었다. 적어도 호텔 위치는 아주 좋았다. 6번가를 대여섯 블록 내려가다가 5번가를 거슬러 올라가며 발길 닿는 대로 걸었다. 뉴욕 이야기를 끝없이 늘어놓지 않으려고 했지만 예상보다 어려운 일이었다. 샘이 계속 입을 다물고 있어서였다. 샘은 내 손을 잡았다. 나는 그의 어깨에 기대어 걸으면서 그를 너무 자주 훔쳐보지 않으려고 노력했다. 샘이 여기 있으니 이상하고 어색했다. 나도 모르게 세세한 부분에 주목해 손에 생긴 긁힌 상처며 긴 머리를 보면서, 상상 속의 샘을 되살리려 애썼다.

"이제 절룩대지 않네요."

잠깐 서서 뉴욕현대미술관의 유리창을 들여다볼 때 내가 말했다.

"당신도 마찬가지네요."

"난 조깅을 한다니까요! 말했잖아요! 매일 아침 애그니스, 조지하고 센트럴파크에서 뛴단 말이에요. 여기…… 다리 만져봐요."

내가 말하며 다리를 내밀자, 샘은 허벅지를 만져보고 감동한 표정을 지었다.

"이제 그만 놔주시죠."

사람들이 쳐다보기 시작하자 내가 말했다.

"미안. 오랜만이라서요."

샘이 대답했다.

난 그가 말하기보다 듣기를 좋아하는 걸 잊고 있었다. 한참 지나서야 샘은 자기 이야기를 꺼냈다. 마침내 새 파트너가 생겼다고 했다. 노스켄싱턴 지구대 출신의 여자 대원이라고 했다. 어린 대원은 구조대원이 되지 않기로 결정했고, 중년의 노조 대표인 팀은 모든 인간을 싫어해서 구조대원으로는 부적합했던지라, 두 번의 실패 끝에 파트너가 정해진 거다. 새 파트너는 최근 이사를 해서 집에서 더 가까운 지구대에서 일하길 원했다.

"어떤 사람이에요?"

"도나만큼은 아니지만 괜찮은 사람이에요. 최소한 자기가 할 일이 뭔지 아는 것 같아요."

샘은 지난주에 도나와 만나 커피를 마셨다. 아버지의 항암 치료가 효과가 없었지만 도나는 평소처럼 냉소와 농담으로 슬픔을 감추었다고 했다.

"도나에게 그럴 필요 없다고 말해주고 싶었어요. 내가 누나 일을 견뎌냈던 걸 도나도 알죠. 하지만……."

샘은 나를 슬쩍 쳐다보고 나서 말을 이었다.

"우리 모두 나름의 방식으로 이런 일에 적응하니까요."

그는 조카 제이크가 대학교에 잘 다닌다고 말해주었다. 안부를 전해달랬다고. 제이크의 아버지, 그러니까 샘의 매형은 사별 심리치료를 포기했다. 치료 덕에 낯선 여자들과 충동적으로 자는 습관을 고쳤는데도 치료가 맞지 않는다고 둘러댔다고요.

"이제 매형은 먹는 걸로 감정을 드러내더라고요. 루가 떠난 뒤로도 6킬로그램 넘게 늘었어요."

"그럼 당신은?"

"아. 난 적응하고 있어요."

그는 간단히 말했지만 오히려 그래서 내 마음이 찢어졌다.

걸음을 멈추었을 때 내가 말했다.

"슬픔이 영원히 지속되지는 않아요."

"알아요."

"당신이 여기 있는 동안 우린 재미있는 일을 엄청나게 할 거예요."

"무슨 계획이 있어요?"

"음. 기본적으로 당신 알몸 만들기. 식사 후에 할 거예요. 이후 더 자주 알몸이 될 거고요. 센트럴파크 걷기. 스태이튼아일랜드에서 페리 타기와 타임스스퀘어 구경하기, 이스트빌리지에서 간단한 쇼핑처럼 흔한 관광 코스를 돈 다음, 아주 맛있는 식사를 하면서 당신 알몸 만들기."

샘이 빙긋 웃었다.

"나도 당신 알몸 만들기를 하는 거죠?"

"아, 그럼요. 원 플러스 원이거든요."

나는 그에게 머리를 기대면서 말을 이었다.

"내가 일하는 곳에도 당신을 데려가고 싶어요. 네이선, 아속을 비롯한 주변 사람들을 보여주고 싶어요. 고프니크 부부는 뉴욕을 떠나 있어서 만나지 못하겠지만, 적어도 여기 분위기를 머릿속에 담아둘 수는 있잖아요."

샘이 멈춰 서더니 내 몸을 돌려 마주 보게 했다.

"루, 당신이랑 같이 있기만 하면 난 뭘 하든 상관없어요."

그는 이런 말을 하고 스스로 놀란 듯이 얼굴을 붉혔다.

"굉장히 로맨틱하시네요, 필딩 씨."

"그런데 내 말 좀 들어봐요. 내가 알몸이 되려면 당장 뭘 좀 먹어야겠어요. 어디 가면 음식을 먹을 수 있죠?"

라디오시티◇ 앞을 지나던 참이라 주위에 대형 사무실 건물이 즐비했다.

◇ 뉴욕의 록펠러센터에 위치한 세계 최대 규모의 뮤직홀.

"카페가 있어요."

내가 말했다.

샘이 손뼉을 치면서 대답했다.

"아, 아니요. 바로 저기 있네요. 진짜 뉴욕 푸드 트럭!"

그는 늘 그 자리에 있는 푸드 트럭을 손짓했다. "푸짐한 부리토. 원하는 대로 만들어드립니다"라고 적혀 있었다. 나는 샘을 따라가서 그가 주문하는 동안 기다렸다. 팔뚝만 한 부리토에서 뜨거운 치즈와 뭔지 모를 두꺼운 고기 냄새가 났다.

"오늘 밤 외식할 계획은 없었죠?"

샘이 부리토의 끝을 입에 넣으면서 물었다.

나는 웃지 않을 수가 없었다.

"당신을 잠들지 않게만 만들 수 있다면 뭐든 좋죠. 한데 그건 당신을 식곤증에 걸리게 할 것 같아 걱정인걸요."

"와, 이거 진짜 맛있어요. 먹어볼래요?"

솔직히 그러고 싶었다. 하지만 아주 예쁜 속옷을 입었는데 음식을 먹어 살이 삐져나오면 곤란했다. 그래서 샘이 먹을 동안 내내 기다렸다. 그는 손가락을 빨면서 냅킨을 휴지통에 던졌다. 곧 샘이 만족스러운 한숨을 내쉬었다.

"됐어요. 이제 알몸 사업을 하러 가자고요."

샘이 말하면서 내 팔을 잡자 갑자기 모든 게 행복하게 정상으로 느껴졌다.

우리는 말없이 호텔로 돌아갔다. 떨어져 지낸 시간이 만들어낸

예상치 못한 거리감과 어색함은 없었다. 이제는 떠들고 싶지 않았다. 그저 몸에 닿는 그의 살결만 느끼고 싶었다. 다시 온전히 샘의 여자가, 쏙 안긴 채 그의 사람이 되고 싶었다. 6번가를 내려가 록펠러센터를 지났다. 이제는 앞을 막아선 관광객들이 성가시지 않았다. 투명한 거품 속에 있는 느낌이었다. 내 손을 잡은 따뜻한 손과 내 어깨를 감싼 팔에 온몸의 감각이 쏠렸다. 샘의 동작이 전부 묵직한 의미로 다가왔다. 그래서 숨 쉬기가 힘들었다. 함께하는 시간이 이렇게 달콤하다면 떨어져서 살아도 괜찮았다.

엘리베이터에 타자마자 샘은 몸을 돌려 나를 끌어당겨 키스했고, 나는 그를 느끼며 녹아내렸다. 피가 머리로 솟구쳐서 엘리베이터 문이 열리는 소리도 들리지 않았다. 우리는 비틀대며 내렸다.

"문 여는 카드. 문 여는 게 있는데 어디 뒀더라?"

샘이 다급히 주머니를 뒤지면서 중얼댔다.

"내가 갖고 있어요."

내가 뒷주머니에서 카드 키를 뺐다.

"다행이네요."

안에 들어가자 그가 발로 문을 닫고 내 귀에 속삭였다.

"내가 얼마나 오래 이걸 생각했는지 모를 거예요."

2분 후, 난 불결한 자주색 침대보에 누워 땀을 식히고 있었다. 팔을 뻗으면서 속바지를 입을지 말지 고민했다. 빈대가 있는지 살피긴 했지만, 어쩐지 침대보에 알몸이 닿는 게 꺼려졌다.

옆에서 샘이 허공에 대고 말했다.

"미안해요. 당신을 만나면 좋을 줄 알았지만 이렇게 될 줄은 몰랐어요."

"좋아요."

내가 그에게 몸을 돌리며 말했다. 샘은 나를 떠안듯이 끌어당겨서 품에 쏙 들어가게 안았다. 남자가 안전한 느낌을 준다는 말이 무슨 뜻인지 몰랐는데, 지금 샘에게 그 느낌을 받고 있었다. 그의 눈이 검실검실해지며 잠과 싸웠다. 헤아려보니 그에게는 지금이 새벽 3시경이었다. 샘이 내 코에 키스하며 말했다.

"나한테 20분만 주면 다시 준비될 거예요."

난 그의 얼굴을 가볍게 쓰다듬고 입술을 만지다가 몸을 뒤척였다. 그가 이불을 당겼다. 그의 다리에 내 다리를 올려서 온몸이 맞닿게 하자, 그 동작만으로도 내 안에서 뜨거운 기운이 솟구쳤다. 샘의 어떤 면이 나를 평소와 다르게 만들었는지 모르겠다. 억제하지 않고 허기에 시달리는 나로. 그의 살을 만지면 내 안에서 반사적으로 열기가 느껴졌다. 그의 어깨를, 탄탄한 팔뚝을, 목덜미 위쪽의 검은 솜털을 힐끔대면서 타는 욕망을 느꼈다.

"사랑해요. 루이자 클라크."

그가 부드럽게 말했다.

"20분이에요, 응?"

나는 웃으면서 대꾸하고 더 꼭 안았다.

하지만 샘은 완전히 곯아떨어졌다. 한동안 그를 지켜보면서 깨울 수 있을지 고심했다. 어떤 수단을 동원해야 샘이 깰지 궁리하다가, 불현듯 처음 뉴욕에 와서 어리둥절하고 기운이 빠졌던 기억이 났다. 샘이 지난 일주일 동안 열두 시간 교대 근무를 했다는 사실도 떠올랐다. 게다가 같이 보낼 사흘 중 고작 몇 시간 지났을 뿐이었다. 나는 한숨을 쉬면서 포옹을 풀고 반듯이 누웠다. 오만 가지 감정이 들었는데, 그중 한 가지가 실망으로 끝나서 불안했다.

속으로 '그만'이라고 단호하게 외쳤다. 이번 주말 샘과의 데이트에 대한 기대가 수플레처럼 잔뜩 부풀어서 상황을 제대로 파악하지 못했다. 샘이 여기 왔고 우리는 같이 있었다. 몇 시간 후면 샘은 다시 깰 터였다. '너도 자둬, 클라크.' 나는 자신을 타일렀다. 샘의 팔을 내 몸에 올리고 따뜻한 살냄새를 맡으며 눈을 감았다.

한 시간 반 후, 침대 끝에 누워 휴대폰으로 페이스북을 확인했다. 엄마가 동기를 부여하는 문구와 교복을 입은 톰의 사진을 끝없이 업로드하는 게 놀라웠다. 10시 반이었고 좀처럼 잠이 오지 않았다. 침대에서 내려와 화장실에 갔지만, 긁는 듯한 환풍기 소리에 샘이 깰까 봐 전등은 켜지 않았다. 다시 침대로 올라가려다가 머뭇거렸다. 매트리스가 처진 걸로 볼 때 샘이 가운데를 넘어온 것 같았다. 내가 누우려면 몸이 생각보다 많이 겹쳐져야 했다. 한 시간 반쯤 잤으면 충분한지 따져본 뒤, 침대로 올라가 그의 따뜻한 몸에 몸을 밀착했다. 잠깐 망설이다 키스했다.

샘의 몸이 먼저 반응했다. 팔로 나를 당기더니 큰 손으로 몸을 쓰다듬으며 키스했다. 느긋한 잠에 취한 키스는 포근하고 부드러웠고, 내 몸을 휘어지게 만들었다. 몸을 뒤척여 그의 체중을 느끼면서 그의 손을 찾아 깍지를 끼니 만족스러운 한숨이 나왔다. 샘은 나를 원했다. 침침한 빛 속에서 그가 눈을 떴다. 나는 갈망에 사로잡힌 눈으로 그를 응시했다. 그가 벌써 땀에 젖은 걸 보니 놀라웠다.

샘이 잠시 나를 가만히 쳐다보았다.

"안녕, 잘생긴 사람."

내가 속삭였다.

그는 말을 하려는 듯했지만 가만히 있었다. 샘이 시선을 돌렸다. 그러더니 갑자기 내 몸에서 내려갔다.

"뭐예요? 내가 잘못 말하기라도 했어요?"

내가 물었다

"미안해요. 그대로 있어요."

그가 말하고는 욕실로 뛰어가서 문을 쾅 닫았다. "아, 이런." 이어진 소리는 고맙게도 요란한 환풍기 소리에 묻혔다.

나는 꼼짝하지 않고 앉아 있다가, 침대에서 내려와 티셔츠를 입었다.

"샘?"

화장실 문에 기대서 귀를 댔다가 물러났다. 욕실 안에서 나는 소리를 들으니 친밀감이 되살아났다.

"샘? 괜찮아요?"

"괜찮아요."

작은 목소리가 새어 나왔다.

샘은 괜찮지 않았다.

"무슨 일이에요?"

긴 공백. 물 내리는 소리.

"내가…… 어…… 내가 식중독에 걸렸나 봐요."

"정말요? 어떡하면 좋을까요?"

"아뇨. 그냥…… 그냥 들어오지 말아요. 알겠죠?"

이 말 끝에 헛구역질과 중얼대는 욕설이 들렸다. 샘이 다시 말했다.

"들어오면 안 돼요."

거의 두 시간을 그렇게 보냈다. 그는 화장실에 틀어박혀서 자신의 내장과 사투를 벌였고, 나는 문밖에서 티셔츠 바람으로 앉아 안절부절못했다. 샘은 내가 들어오지 못하게 했다. 자존심 때문에 그랬을 것이다.

마침내 새벽 1시가 지나 샘이 거무죽죽하고 번들거리는 얼굴로 나왔다. 욕실 문이 열리자 난 벌떡 일어났다. 그는 내가 아직 거기 있어서 놀란 듯 살짝 비틀댔다. 나는 그가 쓰러지는 걸 막을 수 있을 것 같지는 않았지만 얼른 손을 내밀었다.

"어떻게 해줄까요? 의사가 필요해요?"

"아뇨. 그냥…… 앉아 있으면 돼요."

그가 침대에 쓰러져서 배를 움켜잡고 헐떡거리며 퀭한 눈으로 앞을 보았다.

나는 샘을 쳐다보았다.

"물을 갖다줄게요. 약국에 가서 다이오럴라이트◇든 뭐든 사올게요."

샘은 대꾸도 못 하고 옆으로 누워서 앞만 쳐다보았다. 온몸이 땀

◇ 탈수를 서서히 멈추게 하는 전해질 보충제.

에 흠뻑 젖어 있었다.

필요한 약을 사면서, '잠들지 않을 뿐 아니라 수분 보충 파우더도 파는' 이 도시에 속으로 감사했다. 샘은 약을 단숨에 먹더니 사과하면서 다시 욕실로 뛰어갔다. 나는 이따금 문틈으로 물병을 넣어주다가 결국 텔레비전을 켰다.

"미안해요."

샘이 다시 비척비척 나오면서 중얼거렸다. 거의 4시였다. 그는 '불결한 침대보' 위로 쓰러져서 잠깐 선잠에 빠졌다.

호텔 가운을 덮고 두어 시간 자다가 깨니 샘이 여전히 자고 있었다. 샤워 후 옷을 입고 조용히 빠져나와, 커피를 가지러 커피머신이 있는 로비로 갔다. 머리가 멍했다. 그래도 아직 이틀 남았다고 속으로 중얼댔다.

하지만 객실에 돌아가니 샘은 또다시 욕실에 있었다.

"정말 미안해요. 오늘 잘 움직이지 못할 것 같아요."

그가 나오면서 말했다. 커튼을 걷어 보니 햇빛 아래 샘은 호텔 이불보다 거무죽죽했다.

"괜찮아요!"

내가 대답했다.

"페리 탑승은 안 되겠어요. 내 생각에 화장실이……."

"공중화장실이 있는 곳은 안 되겠죠. 알겠어요."

샘이 한숨을 쉬었다.

"이건 내가 상상한 하루가 아닌데."

"괜찮아요."

나는 침대로 가서 그의 곁에 앉았다.

"'괜찮아'라는 말 좀 그만할래요?"

샘이 짜증스럽게 말했다.

난 속이 상해서 잠깐 머뭇거리다가 냉랭하게 쏘아붙였다.

"알았어요."

그가 나를 곁눈질했다.

"미안해요."

"그만 사과해요."

우린 침대보 위에 나란히 앉아 앞을 응시했다. 그때 그가 손을 뻗어 내 손을 잡았다.

마침내 샘이 입을 열었다.

"있죠, 난 여기서 두어 시간 보내야겠어요. 기운을 차려볼게요. 내 옆에 앉아 있지 않아도 돼요. 가서 쇼핑을 하든지 해요."

"하지만 겨우 월요일까지만 여기 있잖아요. 당신 없이는 아무것도 하고 싶지 않아요."

"난 아무 도움이 안 돼요, 루."

그는 주먹을 올릴 힘만 있으면 벽을 부술 듯한 표정을 지었다.

두 블록을 걸어 신문 가판대에 가서 신문과 잡지를 한 아름 샀다. 내가 먹을 맛있는 커피와 밀겨로 만든 머핀, 샘이 요기하고 싶을 때 먹을 플레인 베이글을 샀다.

객실로 가서 침대 내 자리 쪽에 사온 것을 풀어놓았다.

"보급품이에요. 우린 은신 중이나 마찬가지니까요."

그렇게 하루를 보냈다. 나는 《뉴욕타임스》를 야구 소식까지 샅샅이 읽었다. 문밖에 "방해하지 마세요." 표지판을 내걸고 샘이 조는 모습을 보면서 안색이 돌아오기를 기다렸다.

'샘은 곧 괜찮아질 거고, 그럼 아마 어두워지기 전에 둘이 산책할 수 있을 거야. 어쩌면 호텔 바에서 오붓하게 한잔할 수도 있겠지. 밤을 새우는 것도 좋고. 그래, 뭐 내일은 더 나을 거야.'

9시 45분, 토크쇼를 보다가 TV를 끄고 침대에서 신문을 치운 뒤 이불 속으로 들어갔다. 서로 닿은 손가락 끝부분으로만 깍지를 꼈다.

일요일. 샘은 한층 더 나은 기분으로 깼다. 그즈음 몸 안에 남은 게 없으니 배출할 것도 없을 것이다. 내가 사온 맑은 수프를 조심스럽게 먹은 그는 산책을 나갈 만큼 회복되었다고 말했다. 20분 후, 우리는 헐레벌떡 돌아왔고 샘은 화장실에 틀어박혔다. 그러자 그는 무척 부아가 났다. 나는 괜찮다고 달래려 했지만, 그의 화를 돋우기만 했다. 키 180센티의 산만한 사내가 물컵을 들 힘조차 없는 것처럼 딱한 꼴이 또 있을까.

나도 모르게 실망감이 삐져나오기 시작하자 잠깐 그를 혼자 두었다. 거리를 걸으면서 이건 나쁜 전조가 아니라고, 아무 의미도 없다고 스스로 다독일 필요가 있었다. 48시간 동안 잠을 못 자 배 속이 뒤집어지는 와중에 화장실 쓰는 소리가 들려온다면 누구든 부정적이게 되기 마련이다.

그럼에도 오늘이 일요일이라는 사실은 속상했다. 내일은 다시 일하러 가야 했다. 그런데 우린 계획한 일을 한 가지도 하지 못했다. 야구 경기를 보러 가지도, 스태튼아일랜드 페리를 타지도 못했다. 엠파이어스테이트빌딩 꼭대기에 올라가지 못했고, 팔짱을 끼고 하이라인을 걷지도 못했다. 그날 밤, 우린 침대에 앉아서 샘은 내가 일식당에서 사온 쌀밥을, 난 아무 맛도 안 나는 구운 치킨 샌드위치를 먹었다.

"이제 제 궤도에 들어온 것 같네요."

그가 중얼거렸고 나는 이불을 덮어주었다.

"잘됐어요."

내가 말한 순간 샘이 잠들었다.

또 하루 내내 휴대폰이나 뒤적이고 있을 수는 없어서, 조용히 일어나 쪽지를 남기고 밖으로 나왔다. 속상했고 이상하게 화가 났다. 왜 그는 식중독에 걸릴 음식을 먹었을까? 왜 얼른 회복하지 못할까? 자기가 구조대원이면서. 왜 그는 더 나은 호텔을 고르지 않았을까? 주머니에 손을 넣고 6번가를 내려가는데 주변에서 차들이 빵빵댔다. 얼마 안 지나서 내가 향하는 곳이 우리 집이라는 걸 알아차렸다.

우리 집.

그곳을 그렇게 생각하는 걸 깨닫고 화들짝 놀랐다.

아숙이 차양 아래서 다른 경비원이랑 잡담을 나누고 있었다. 내가 다가가자 그 사람은 얼른 자리를 비켰다.

"아, 루이자. 남자 친구랑 같이 있어야 되지 않아요?"

"그이가 아파요. 식중독이래요."

내가 대답했다.

"설마 그런 일이. 지금 어디 있는데요?"

"자고 있어요. 그저…… 열두 시간 동안 우두커니 앉아 있을 수가 없어서요."

불쑥 눈물이 날 것 같았다. 아속이 기미를 알아챘는지 들어오라고 손짓했다. 작은 경비실에서 그는 물을 끓여 민트 티를 만들어주었다. 내가 책상에 앉아 차를 마시는 사이, 아속은 가끔 디윗 부인이 지나가지 않는지 살폈다. 부인이 보면 게으름 피운다고 힐난할 테니까.

내가 물었다.

"그런데 왜 아속이 근무하고 있어요? 야간 당직자가 있을 줄 알았는데."

"그 친구도 아파요. 지금 집사람이 나한테 엄청 화났어요. 도서관 모임에 가야 되는데, 애들을 봐줄 사람이 없거든요. 아내는 내가 한 번만 더 휴무 때 일하면 직접 오비츠 씨랑 담판을 짓겠다네요. 그럼 진짜 곤란해지는데."

그가 고개를 저으면서 말을 이었다.

"아내는 무시무시한 여자거든요. 성질을 건드리면 못 볼 꼴을 당하죠."

"도와드리고 싶네요. 하지만 샘을 보살피러 가는 게 좋겠어요."

내가 머그잔을 돌려주자 아속이 말했다.

"상냥하게 대해줘요. 여자 친구를 만나러 멀리서 온 사람이잖아요. 장담하는데, 지금 루이자보다 루이자 애인이 더 속상할 거예요."

호텔방에 돌아가니 샘은 깨 있었다. 베개에 등을 기대고 화질이 나쁜 TV를 보고 있었다. 내가 문을 열자 그가 고개를 들었다.

"산책 좀 다녀왔어요. 나는…… 난……."

"여기서 나랑 1분도 더 있을 수가 없었겠죠."

나는 문간에 섰다. 샘이 어깨에 고개를 기댔다. 파리했고, 말할 수 없이 우울해 보였다.

"루……. 내가 얼마나 자책하는지 알면……."

"괜……."

나는 그 말을 중간에 끊고 다시 말했다.

"정말이에요. 우린 괜찮아요."

나는 샘의 몸을 씻겼다. 그를 앉혀놓고 작은 삼푸를 꽉 짜서 머리를 감겼다. 그러다가 넓은 어깨에 흘러내리는 비누 거품을 바라보았다. 그때 샘이 팔을 뻗어서 말없이 내 손을 잡는 손목 안쪽에 가만히 키스했다. 사과의 입맞춤이었다. 그의 어깨에 수건을 둘러주고 함께 욕실에서 나왔다. 그가 한숨을 쉬면서 침대에 누웠다. 옷을 갈아입은 나는 계속 기분이 가라앉지 않기를 바라면서 샘 곁에 누웠다.

"당신과 관련해서 내가 모르는 걸 얘기해 줘요."

샘이 말했다.

나는 그에게 돌아누웠다.

"아이참, 당신은 다 알아요. 난 유리상자란 말이에요."

"그러지 말고요. 나한테 좀 맞춰줘요."

그의 낮은 목소리가 귓가를 때렸다. 아무것도 생각나지 않았다. 부당한 줄 알지만 아직도 이 주말이 묘하게 짜증났다.

내가 말하지 않을 게 분명하자 샘이 입을 열었다.

"좋아요. 그럼 내가 시작하죠. 난 다시는 흰 식빵 토스트 외에 아무것도 먹지 않을 거예요."

"말도 안 돼요."

그는 잠시 내 얼굴을 응시했다. 다시 입을 열었을 때 평소와 달리 나직한 목소리가 흘러나왔다.

"집에서 일이 수월하지 않아요."

"무슨 뜻이에요?"

샘은 말해도 괜찮을지 확신이 서지 않는 듯 1분쯤 지나서야 입을 열었다.

"직장 문제예요. 알죠, 총격을 당하기 전에는 아무것도 겁나지 않았어요. 내가 해결할 수 있었죠. 스스로 강인한 사내로 여겼나 봐요. 그런데 그 일이 내내 마음 한구석에 남아 있어요."

나는 놀란 내색을 하지 않으려고 애썼다.

샘이 얼굴을 문질렀다.

"복귀한 후 출동하면 나도 모르게 상황을 가늠하게 돼요……. 예전과 달라요. 어떻게 해야 빠져나갈 수 있을지, 잠재적인 문제는 없는지 파악하려고 애써요. 그럴 만한 이유가 없을 때도 그래요."

"두려워서요?"

"네. 내가 그래요."

그는 어색하게 웃음을 터뜨렸고 고개를 저었다. 샘이 다시 말했다.

"사람들이 나보고 상담이라도 가보래요. 그런데 상담이 어떻게 돌아가는지 다 알거든요. 군복무 시절부터. 속엣말을 다 해서 무슨 일이 있었는지 파악하고, 마음이 사건을 처리하는 방식을 이해하는 거죠. 어떻게 하는 건지 다 알아요. 그런데 당황스러워요."

그가 몸을 돌려 반듯하게 누웠다. 샘이 한마디 덧붙였다.

"솔직히 말하면 내가, 내가 아닌 느낌이에요."

나는 기다렸다.

"그래서 도나가 떠나자 충격이 컸어요. 왜냐면…… 왜냐면 도나가 늘 나를 잘 살펴준다는 걸 알았거든요."

"하지만 새 파트너도 당신을 보살펴 줄 거예요. 이름이 뭐예요?"

"케이티."

"케이티가 당신을 잘 돌봐줄 거예요. 내 말은, 케이티는 경험도 있잖아요. 또 구조대원은 서로 보살피는 훈련이 되어 있고요."

그의 시선이 나를 향해 미끄러졌다.

"다시 총을 맞는 일은 없을 거예요, 샘. 난 알아요."

바보 같은 대답이라는 걸 나중에야 깨달았다. 샘이 불행하다는 사실을 견딜 수가 없어서 내뱉은 말이었다. 내 말이 사실이기를 바랐기에 한 말이었다.

"난 괜찮을 거예요."

샘이 조용히 말했다.

내가 그의 기대를 저버린 느낌이었다. 얼마나 오랫동안 내게 그

이야기를 하고 싶었을까. 우리는 한참 가만히 누워 있었다. 난 손가락으로 그의 팔을 살짝 쓰다듬으면서, 무슨 말을 할지 궁리했다.

"당신은?"

샘이 물었다.

"나는 뭐?"

"내가 모르는 걸 말해줘요. 당신 이야기."

중요한 내용은 그가 다 안다고 말하려고 했다. 뉴요커처럼 생기 있고 수완 좋고 완고해지려고 한다고. 그를 웃게 할 말을 늘어놓을 셈이었다. 그런데 이미 샘은 내게 진실을 털어놓았다.

몸을 돌려 그와 마주 보았다.

"한 가지 있어요. 그런데 당신이 날 다르게 보지 않으면 좋겠어요. 당신한테 말해도."

그가 찡그렸다.

"오래전에 일어난 일이에요. 하지만 당신이 방금 사실을 하나 말해줬어요. 그러니 나도 그래야겠죠."

심호흡을 하고 말했다. 이 이야기는 오로지 윌에게만 털어놓았었다. 그는 잘 듣고는 그 일에 얽매였던 나를 해방시켜 주었었다. 지금, 샘에게 10년 전쯤의 어떤 여자애 이야기를 했다. 술과 담배를 과하게 즐기던 여자애는 희생을 치르고 나서야 알았다고. 남자애들이 좋은 집안 출신이라고 좋은 사람이 되는 건 아니라는 것을. 나는 차분한 목소리로 남의 얘기처럼 말했다. 요즘은 그런 일이 있었다는 생각조차 들지 않았다. 어둑어둑한 방에서 샘은 열심히 들었고, 아무 말 없이 나를 바라보기만 했다.

"내가 뉴욕에 온 건 그 일도 있어서예요. 이렇게 하는 게 내게는 정말 중요했어요. 오랫동안 나 자신을 가두고 있었어요, 샘. 그래야 안전하다고 느꼈죠. 그런데 이제…… 흠, 이제는 앞으로 나가야겠죠. 더 이상 내려다보지 않을 거라면, 이제 내가 뭘 할 수 있을지 알아봐야겠어요."

말을 마치자 샘은 한동안 침묵했다. 괜한 말을 했는지 의심스러울 만치 긴 시간이었다. 그런데 그가 손을 뻗어서 내 머리칼을 매만졌다.

샘이 말했다.

"미안해요. 내가 거기서 당신을 지켜주었으면 좋았을걸. 내가……."

"괜찮아요. 오래전에 있던 일이에요."

내가 대답했다.

"괜찮지 않아요."

샘이 나를 끌어당겼다. 그의 가슴에 머리를 기대고 고른 심장박동을 느꼈다.

내가 속삭였다.

"다만 날 다르게 보지만 마요."

"당신을 다르게 보지 않을 수가 없죠."

나는 고개를 기울여 샘을 쳐다보았다.

"훨씬 더 놀라운 사람이라는 생각이 들어요."

그가 양팔로 날 안으면서 말을 이었다.

"당신을 사랑하는 이유가 많지만 가장 큰 이유는 당신이 용감하고 강인해서예요. 당신은 나를 일깨워 줬어요……. 누구나 각자의 장애물이 있다고 말이에요. 나는 내 장애물을 극복할 거예요. 그리고 약속할게요, 루이자 클라크. 다시는 아무도 당신을 아프게 하지 못하도록 할게요."

마지막 말을 할 때 그의 목소리는 낮고 부드러웠다.

9.

From: BusyBee@gmail.com

To: Sillylily@gmail.com

안녕, 릴리!

지하철에서 급히 이 메일을 쓰는 중이지만(요즘은 항상 다급하게 살아) 네게 소식을 들으니 좋다. 학교 일이 아주 잘 풀려서 다행이야, 담배 문제는 네가 꽤 운이 좋았지만. 트레이너 부인이 옳아. 네가 시험도 치르기 전에 쫓겨나면 아까울 거야. 하지만 잔소리할 마음은 없어.

뉴욕은 근사해. 매 순간을 즐기고 있어. 그리고 그래, 네가 여기 오면 좋겠지만, 호텔에서 묵어야 할 테니 먼저 어른들이랑 이야기해야겠지. 또 근무시간이 길어서 당장은 너랑 오래 어울리지 못할 거야. 샘은 잘 지내, 물어봐 줘서 고마워. 아니, 아직 안 차였어. 사실 지금 샘이 여기 와 있어. 오늘 집에 돌아가. 샘이 돌아갔을 때 오토바이를 빌리는 것에 대해 이야기를 하면 될 거야. 샘과 네가 해결할 일인 것 같네.

음, 내릴 역이 가까워지고 있어. 그럼 트레이너 부인께 안부 전해줘. 네 아빠가 편지에서 한 일들을 해보는 중이라고 전해드려. 물론 전부 다는 아니야. 다리가 늘씬한 금발의 광고 모델들이랑 데이트는 못 해 봤거든.

루 xxx

알람이 새벽 6시 30분에 울렸다. 찢어질 듯한 작은 사이렌 소리가 적막을 깼다. 고프니크 씨의 집에 7시 반까지는 돌아가야 했다. 가볍게 신음하면서 협탁에 손을 뻗어 더듬더듬 알람을 껐다. 센트럴파크까지 걸어서 15분이 걸릴 거라고 계산했다. 머릿속으로 급히 할 일 목록을 떠올리면서 욕실에 샴푸가 남았는지, 웃옷을 다려야 하는지 따져봤다.

샘이 팔을 뻗어서 나를 끌어당겼다.

"가지 마요."

그가 잠에 취해 말했다.

"가야 해요."

그가 팔로 날 꼼짝 못 하게 했다.

"지각한단 말이에요."

샘이 한쪽 눈을 떴다. 그에게서 따뜻하고 달착지근한 냄새가 났다. 샘은 날 계속 쳐다보면서 천천히 무거운 근육질 다리를 내 몸에 올렸다.

도저히 그를 거절할 수가 없었다. 샘은 점점 나아졌다. 많이 회복된 기색이 역력했다.

"옷 입어야 돼요."

그가 내 쇄골에 키스했다. 깃털같이 가벼운 입맞춤이었다. 난 파르르 떨었다. 가볍고 단호한 그의 입술이 아래로 내려오기 시작했다. 그가 이불 속에서 한쪽 눈썹을 치켜올리고 날 올려다보았다.

"이 흉터를 잊고 있었네. 여기 있는 흉터가 진짜 좋아요."

그가 고개를 숙이고 내 엉덩이의 수술 자국에 키스하자 내가 움찔거렸다.

"샘, 가야 해요. 정말이에요."

내가 침대보를 움켜잡으며 중얼댔다.

"샘, 샘……. 정말……. 아……."

잠시 후, 난 엎드려서 거친 숨을 몰아쉬면서 생긋 웃었다. 땀이 마르느라 살갗이 따끔거렸고, 예상치 못한 근육이 아팠다. 얼굴에 머리칼이 붙었지만 뗄 기운조차 없었다. 숨을 쉬자 머리카락 한 가닥이 떠올랐다 가라앉았다. 샘이 옆에 누워 있었다. 그의 손이 내 손을 잡았다.

"보고 싶었어요."

그가 말하면서 몸을 뒤척여 내 위로 올라오고는, 내가 꼼짝 못 하게 했다.

샘이 다시 중얼댔다.

"루이자 클라크, 당신은 내게 뭔가 해줬어요."

깊고 깊은 그의 목소리가 내 안에서 울렸다.

"제대로 말하자면 당신이 내게 뭔가 해줬죠."

그의 얼굴에 온화함이 넘쳐났다. 나는 키스하려고 얼굴을 들었다. 지난 48시간이 저 멀리 사라진 것 같았다. 나는 바로 그곳에, 바로 그 사람이랑 있었다. 그의 양팔이 날 보듬어 안았다. 그의 몸은 멋졌고 내게 익숙했다. 샘의 뺨을 손가락으로 쓰다듬다가 몸을 숙여 천천히 키스했다.

"또 그러면 안 돼요."

그가 눈을 맞추고 말했다.

"왜요?"

"그러면 나도 어쩔 수 없을 테니까요. 당신은 이미 지각이잖아요. 나 때문에 당신이 직장을 잃는 건 싫거든요."

고개를 돌려 알람을 본 내가 눈을 깜빡였다.

"8시 15분 전이에요? 설마 그럴 리가! 말도 안 돼, 어떻게 8시 15분 전일 수가 있지?"

몸을 비틀어 그의 품에서 나와 팔을 휘저으며 욕실로 뛰어갔다.

"어쩜 좋아요. 너무 늦었어요. 아, 어떡해요. 아, 안 돼요. 안 돼요. 안 돼요."

샤워기 아래로 돌진해서 물이 몸에 묻었는지도 모를 정도로 급히 씻었다. 욕실에서 나오니 샘이 내가 입기 좋게 차례로 옷을 내밀었다.

"구두. 구두는 어디 있지?"

샘이 신발을 위로 들었다. 그러고는 몸짓을 하면서 말했다.

"머리. 머리를 빗어야겠네. 머리가…… 저기……."

"왜요?"

"부스스해요. 섹시하네. 방금 섹스했다고 머리에 써 있어요. 내가 짐을 싸놓을게요."

그가 말했다. 내가 문으로 뛰어가자 샘이 팔을 잡아 끌어당겼다.

"아니면 아주 조금만 더 지각해도 되고요."

"많이 늦었어요. 너무 늦었어요."

"딱 한 번인걸요. 부인이 새 단짝이라면서요. 설마 해고하지는 않겠죠."

그가 나를 안아 입술에 키스하고 입술로 목덜미를 더듬자 난 부르르 떨었다.

샘이 말했다.

"또 내가 여기서 보내는 마지막 아침이고……."

"샘……."

"5분만."

"5분으로 끝나지 않아요. 아, 나 좀 봐. 나쁜 일처럼 말하다니 참 어이가 없네요."

샘은 실망해서 분통을 터뜨렸다.

"빌어먹을. 오늘은 컨디션이 괜찮은데. 제대로 괜찮은데."

"나도 확실히 알겠어요."

"미안해요."

샘이 말하더니 얼른 덧붙였다.

"아냐, 안 미안해요. 눈곱만큼도 안 미안해요."

내가 빙그레 웃으면서 눈을 감고 그와 키스를 나누었다. 얼마든지 '불결한 자주색 침대보'에 쓰러져 정신을 놓을 수 있을 것 같았다.

"나도 마찬가지예요. 하지만 나중에 만나요."

그의 품에서 빠져나온 뒤 방을 뛰쳐나가 복도를 내려갔다. 샘의 "사랑해!"라는 고함이 들렸다. 빈대가 있을 듯한 불결한 침대보에 욕실 방음이 안 돼도 썩 괜찮은 호텔이란 생각이 들었다.

고프니크 씨가 심한 다리 통증으로 밤새 잠을 설치는 바람에 애그니스는 불안하고 신경이 곤두서 있었다. 컨트리클럽에서 괴로운 주말을 보낸 터였다. 다른 여자들이 애그니스를 대화에서 따돌리고 스파에서 험담했다. 로비에서 지나칠 때 네이선이 소곤대는 말투로 말하는 걸 보니 열세 살 여자애들의 못된 밤샘 놀이와 비슷했던 듯했다.

"늦었네."

애그니스가 조지와 조깅한 후 수건으로 얼굴을 닦으면서 쏘아붙였다. 옆방에서 고프니크 씨가 평소와 달리 윽박지르며 통화하는 소리가 들렸다.

그녀는 내게 눈길도 주지 않았다.

"죄송해요. 왜냐면 제……."

내가 말을 시작했지만 애그니스는 이미 저만치 걸어간 뒤였다.

"오늘 저녁에 있는 자선 리셉션 때문에 초조해하세요."

마이클이 중얼댔다. 그는 세탁소에 보낼 옷을 잔뜩 안은 채 서류판을 들고 지나갔다.

일정표를 떠올렸다.

"어린이 암 병원 건 말인가요?"

"바로 그거예요. 사모님이 낙서를 가져가셔야 되거든요."

마이클이 대답했다.

"낙서요?"

"작은 그림. 특별한 카드에 그린 그림. 만찬 석상에서 그림을 경매해요."

"그게 뭐가 어렵다고요? 웃는 얼굴이나 꽃이나 그런 걸 그리면 되죠. 나더러 그리라고 하면 그려줄 수 있어요. 괴상하게 웃는 말을 그릴 줄 알거든요. 머리에 모자를 쓰고 귀가 삐쭉 튀어나온."

아직 샘에게 취해서 어떤 일도 문제처럼 보이지 않았다.

마이클이 날 쳐다보면서 대꾸했다.

"이런, '낙서'가 진짜 낙서인 줄 알아요? 천만에요. 진짜 미술작품이라고요."

"난 GCSE◊ 미술 과목에서 B를 받았다고요."

"진짜 귀엽네요. 아니에요, 루이자. 그 사람들은 직접 그리지 않아요. 여기서 브루클린브리지 사이에 사는 화가들 모두가 두둑한 현찰을 받고 멋진 펜화를 그리면서 주말을 보냈다고요. 애그니스는 어젯밤에야 이 상황을 알았고요. 컨트리클럽을 떠나다가 마녀 둘이 나누는 대화를 엿듣고 어찌 된 일인지 물어서 사실을 알게 되었죠. 그러니 오늘 어떻게 지내겠어요? 어쨌든, 근사한 아침을 보내길 바라요!"

그가 내게 키스를 날리고 서둘러 문을 나섰다.

애그니스가 샤워를 하고 아침 식사를 하는 동안, 나는 인터넷으로 '뉴욕에서 활동하는 화가'를 검색했다. '꼬리 달린 개'를 검색하

◊ 영국의 중등학교 졸업 자격시험.

는 것과 다름없었다. 자기 홈페이지를 운영하는 화가는 극소수였고, 전화를 받는 성의를 보이는 화가는 마치 쇼핑몰에서 알몸으로 왈츠라도 춰달라고 부탁받은 것처럼 반응했다.

"지금 피슐 씨에게…… 낙서 따위를 그리라는 겁니까? 자선 모임에 내놓을?"

두 사람은 전화를 끊어버렸다. 화가들이란 자신을 무척 대단하게 평가하는 모양이었다.

나는 알아볼 수 있는 모든 사람에게 전화했다. 첼시에 있는 여러 갤러리에 전화했다. 뉴욕미술학교에 전화했다. 그 와중에 샘이 뭐 하는지 생각하지 않으려고 애썼다. 우리가 얘기한 작은 식당에서 맛 좋은 브런치를 즐기겠지. 우리가 계획한 하이라인을 걷겠고. 난 샘이 영국으로 떠나기 전에 스태이튼아일랜드행 페리를 탈 수 있게 시간을 맞춰서 다시 가야 했다. 해 질 녘에 페리를 타면 로맨틱할 거야. 그가 내 어깨를 감싸안고 자유의여신상을 올려다보다가 내 머리에 입 맞추는 광경을 그렸다. 그러다 정신을 차리고 머리를 돌렸다. 뉴욕에서 나를 도와줄 유일한 사람이 떠올랐다.

"조시?"

"네?"

뒤에서 수많은 남자 목소리가 들렸다.

"저는…… 저는 루이자 클라크인데요. 옐로 볼에서 만났죠."

"루이자! 연락해 줘서 반가워요. 잘 지내죠?"

그는 매일 모르는 여자에게 전화를 받는 사람처럼 느긋하게 대꾸했다. 정말로 여자들이 매일 전화해서 이골이 났는지도 모른다. 조시가 말을 이었다.

"잠깐만요. 밖에 나가서 얘기할게요……. 그래서 어떻게 지내요?"

그는 즉시 사람을 편하게 하는 재주가 있었다. 미국인들은 이런 재주를 타고나는 걸까?

"사실 문제가 생겼는데, 나는 뉴욕에 아는 사람이 별로 없거든요. 혹시 조시에게 도움을 얻을 수 있을까 해서요."

"말해봐요."

상황을 설명했다. 애그니스가 불안증에 시달리는 부분은 빼고, 뉴욕 미술계와 맞닥뜨린 곤란을 더듬더듬 말했다.

"그리 어렵지 않을 텐데. 그래서, 그림은 언제까지 필요한데요?"

"그게 까다로운 부분이에요. 오늘 밤이요."

헉하는 숨소리가 들렸다.

"아하. 그래요. 그게 좀 문제긴 하네요."

나는 머리를 손으로 넘기면서 대답했다.

"알아요. 미친 짓이죠. 내가 이 일을 더 일찍 알았으면 어떻게든 해결할 수 있었을 거예요. 성가시게 해서 정말 미안해요."

"아니, 아니에요. 우리가 해결해 보죠. 나중에 전화해도 될까요?"

애그니스는 발코니에서 담배를 피우고 있었다. 알고 보니 그곳을 이용하는 사람이 나 혼자가 아니었던 것이다. 쌀쌀한 날씨라서 그녀는 큼직한 캐시미어 숄을 두르고 있었다. 포근한 모직 밖으로 나온 분홍색 손가락이 보였다.

"여러 군데 전화해 봤어요. 지금은 누군가의 전화를 기다리는 중이에요."

"루이자, 내가 말도 안 되는 낙서를 가져가면 사람들이 뭐라고 떠들 것 같아?"

나는 기다렸다.

"교양이 없다고 떠들겠지. 맹한 폴란드 마사지사에게 뭘 기대하겠냐고. 혹은 나 대신 그림을 그리려는 화가가 없었을 거라고 흉볼 거야."

"겨우 12시 20분이에요. 아직 시간이 있어요."

"내가 왜 신경 쓰는지 모르겠네."

그녀가 부드럽게 말했다.

사실 난 이렇게 대꾸하고 싶었다. 정확히 말하자면 그녀는 그런 처신에 신경 쓰는 게 아니라고. 지금 주로 신경 쓰는 건 '담배를 피우면서 우울해 보이기'인 것 같다고. 하지만 내가 그런 말을 할 처지가 아님을 알았다. 그 순간 전화벨이 울렸다.

"루이자?"

"조시?"

"도와줄 만한 사람을 구한 것 같아요. 이스트윌리엄스버그로 갈 수 있겠어요?"

20분 후 차를 타고 미드타운 터널로 향했다. 교통 체증이 심한데도 운전석의 개리는 말없이 태연했고, 애그니스는 남편의 몸 상태와 통증을 염려하며 통화했다.

"네이선이 사무실에 가나요? 진통제는 먹었어요……? 정말 괜찮겠어요, 여보? 내가 뭘 갖다줄까요? 아뇨……. 차에 있어요. 오늘 저녁 일을 해결해야 해요. 네, 아직 가는 중이에요. 다 괜찮아요."

고프니크 씨의 목소리가 내 귀에 들렸다. 나직이 위로하는 말투였다.

애그니스가 전화를 끊고, 긴 한숨을 내쉬면서 창밖을 보았다. 난 잠깐 기다리다가 메모를 뒤지기 시작했다.

"저기, 이 스티븐 립콧이란 사람은 미술계의 유망주가 확실해요. 여러 군데 아주 중요한 곳에서 전시회를 열었어요. 이 사람은……."

나는 메모를 훑어보고 나서 말을 이었다.

"구상화가예요. 추상이 아니라. 그러니까 사모님이 원하는 그림을 말하시면, 그 사람이 그대로 그려줄 거예요. 그런데 비용이 얼마나 들지 모르겠네요."

"그건 중요하지 않아요. 오늘 행사를 망칠 거예요."

애그니스가 대꾸했다.

나는 다시 아이패드를 열어서, 인터넷에서 화가 이름을 검색했다. 다행히 그의 드로잉은 무척 아름다웠다. 인체를 간접적으로 묘사한 작품들이었다. 아이패드를 돌려서 작품을 보여주니, 단박에 애그니스는 기분이 좋아졌다.

"이거 멋지네."

놀란 애그니스가 말했다

"네. 뭘 그리고 싶은지 생각하시고, 그걸 화가에게 그리라고 하세요. 그럼 아마…… 4시면 돌아올 수 있겠죠?"

'그러면 난 다시 갈 수 있고'라고 속으로 덧붙였다. 그녀가 다른 작품들을 내려다보는 사이, 난 샘에게 문자메시지를 보냈다.

- 잘 있어요?
- 그럭저럭 괜찮아요. 산책 잘했어요. 제이크에게 줄 기념품으로 맥주 모자도 사고요. 웃지 마요.
- 같이 있고 싶다.

잠시 침묵.

- 그래서 몇 시에 나올 수 있을 거 같아요? 계산해 보니까 7시에는 공항으로 출발해야 해요.
- 기대하기론 4시. 계속 연락할게요. xxxxx

뉴욕의 교통 사정 때문에 조시에게 받은 주소지에 도착하는 데 한 시간이나 걸렸다. 공장단지 뒤편의 사무실로 쓰던 너저분하고 평범한 건물이었다. 개리가 의심스러운 미소를 띠며 차를 세웠다.

"정말 여기가 맞아요?"

그가 운전석에서 돌아보며 물었다.

나는 주소를 확인했다.

"주소는 맞아요."

"난 차에 있을게, 루이자. 레너드랑 다시 통화해야겠어요."

2층 복도에 문이 줄을 지어 늘어서 있었다. 두어 군데 열린 문으로 시끄러운 음악 소리가 흘러나왔다. 난 천천히 걸으면서 호수를 확인했다. 어떤 문 앞에 흰 페인트 통이 여러 개 놓여 있었다. 문이 열려 있길래 지나가면서 보니, 안에서 헐렁한 청바지를 입은 여자가 커다란 나무틀에 캔버스를 씌우고 있었다.

"안녕하세요? 혹시 스티븐의 방이 어딘지 아세요?"

여자는 큰 스테이플러로 캔버스를 찍어댔다.

"14호실이요. 그런데 방금 먹을 걸 사러 나간 거 같던데."

14호실은 복도 끝에 있었다. 노크를 한 후 가만히 문을 밀고 들어갔다.

작업실에는 캔버스가 줄줄이 서 있었다. 큰 테이블 두 개 위에 유화물감과 뭉개진 파스텔색 크레용이 담긴 지저분한 쟁반이 잔뜩 있었다. 벽마다 다양한 여성의 나신을 그린 아름다운 작품이 걸려 있었다. 일부는 미완성 상태였다. 물감, 테레빈유, 퀴퀴한 담배 냄새가 풍겼다.

"안녕하세요?"

몸을 돌리니 흰 비닐봉투를 든 남자가 있었다. 서른 살쯤 되었을까. 평범한 모습이지만 눈빛은 강렬하고 턱수염이 덥수룩했다. 차림새에 무심한 듯, 구겨져 있지만 실용적인 옷을 입고 있었다. 유난히 난해한 패션잡지 속 남자 모델 같은 모습이었다.

"안녕하세요? 저는 루이자 클라크예요. 전에 통화한 적이 있던가요? 아, 아니군요. 선생님 친구인 조시가 가보라고 해서요."

"아, 그래요? 드로잉을 사고 싶다고요."

"그런 건 아니고요. 드로잉을 부탁드리고 싶어요. 아주 작은 예술

작품으로요."

그는 작은 스툴에 앉더니 국수 포장지를 펼치고 먹기 시작했다. 재빠른 손놀림으로 젓가락질을 하면서 국수를 입속으로 호로록 빨아들였다.

"자선 모임에 필요해요. 사람들이 이 낙…… 드로잉 소품을 그려오거든요."

난 얼른 고쳐 말하고 설명을 이어갔다.

"아마 뉴욕의 여러 일류 화가들이 다른 사람을 대신해서 작업하고 있을걸요."

"일류 화가라."

그가 내 말을 따라 했다.

"저기, 네. 화가님의 작품을 완성하는 게 아니라 애그니스, 그러니까 제 고용주인 애그니스가 자신을 대신해서 그림을 그려줄 뛰어난 분을 찾고 있어서요."

내 목소리가 높고 불안하게 들렸다. 얼른 덧붙였다.

"제 말은 오래 걸리지 않을 거예요. 저희가 원하는 건…… 대단한 작품이 아니라……."

화가가 나를 빤히 쳐다보았기 때문에 나도 모르게 말끝이 어물어물 흐려졌다.

내가 다시 말했다.

"저희가…… 저희가 사례는 해드릴게요. 제법 많이요. 자선을 위한 일이기도 하고요."

그는 국수 상자를 들여다보면서 한 젓가락을 더 먹었다. 나는 창가에 서서 기다렸다.

음식을 다 씹어 삼킨 화가가 말했다.

"그래요. 잘못 찾아왔네요."

"하지만 조시 말로는……."

"그림은 못 그리면서 모여서 밥이나 먹는 여자들. 그리고 앞에 빈손으로 나타나기 싫은 여자의 자존심을 채울 작업을 해달라니……."

그는 고개를 저으면서 말을 이었다.

"나한테 카드를 그리라는 거군요."

"립콧 씨, 부탁드려요. 제가 설명을 제대로 못 했나 보네요. 저는……."

"당신은 명확하게 설명했어요."

"하지만 조시가……."

"조시는 카드 이야기는 하지 않았습니다. 그놈의 자선 만찬 따위는 딱 질색이에요."

"나도 마찬가지예요."

애그니스가 문간에 서 있었다. 바닥에 뒹구는 물감이나 종이를 피하려고 아래를 흘끔대면서 방으로 들어선 애그니스가 하얀 손을 내밀었다.

"애그니스 고프니크예요. 나 역시 자선 행사 따위는 질색이에요."

스티븐 립콧이 천천히 일어나더니 예절을 지키던 시대처럼 처신하고 싶은 듯 손을 들어 악수했다. 그는 애그니스의 얼굴에서 눈을 떼지 못했다. 그녀가 첫 만남만으로도 사람의 마음을 사로잡는다는 사실을 잊고 있었다.

"립콧 씨…… 맞죠? 이 일은 립콧 선생님에게 정상적인 상황이 아닌 걸 알아요. 하지만 내가 마귀할멈들이 모인 자리에 꼭 가야 되거든요. 아시겠어요? 진짜 마귀할멈들이에요. 그런데 내 그림은 세 살 아이가 장갑을 끼고 그린 것 같아서요. 가서 내 그림을 보여주면, 그 여자들은 지금보다 더 못되게 굴겠죠."

애그니스가 자리에 앉더니 핸드백에서 담배를 꺼냈다. 그리고 팔을 뻗어 작업 테이블에 놓인 라이터를 집어 담배에 불을 붙였다. 스티븐 립콧은 젓가락을 든 채 여전히 그녀에게서 눈을 떼지 않았다.

"난 이 동네 출신이 아니에요. 폴란드에서 온 마사지사예요. 그게 부끄럽지는 않아요. 그리고 마녀들에게 다시는 날 까내릴 기회를 주고 싶지 않고요. 남이 깔볼 때의 그 기분이 어떤지 잘 알아요."

애그니스가 그를 응시하면서 연기를 내뿜었다. 고개를 비스듬히 기울였기에 연기가 스티븐에게 몰려갔다. 난 그가 실제로 그 연기를 마셨다고 짐작했다.

"저는…… 어…… 네."

"그러니까 내가 부탁드리는 것은 작은 일이에요. 저를 도와달라는 거죠. 선생님은 평소에 이런 일을 하지 않는다는 걸 알아요. 진정한 예술가이신 것도 알고요. 하지만 간곡하게 도움이 필요해요. 그리고 제법 두둑한 수고비를 지불할 거예요."

방에 침묵이 흘렀다. 내 뒷주머니에서 진동음이 울렸다. 무시했다. 그 순간 움직이면 안 되는 걸 알았다. 우리 셋이 그렇게 서 있는 순간이 영원 같았다.

마침내 스티븐 립콧이 말했다.

"좋습니다. 그런데 한 가지 조건이 있어요."

"말해봐요."

"부인을 그리겠습니다."

한순간 아무도 입을 열지 않았다. 애그니스가 눈썹을 치뜨더니 그를 뻔히 쳐다보면서 담배를 천천히 빨았다.

"나를요."

"이런 요청을 처음 받으시는 것도 아닐 텐데요."

"왜 나죠?"

"천진난만한 소녀처럼 굴지 마시죠."

립콧이 싱긋 웃었다. 애그니스는 모욕인지 가늠하려는 듯 계속 심각한 표정을 지었다. 그녀가 바닥을 내려다보았다. 다시 눈을 들었을 때는 미소 짓고 있었다. 그녀의 희미하고 사색적인 미소를 립콧은 의견을 관철한 보상처럼 받아들이는 듯했다.

애그니스가 바닥에 담배를 껐다.

"얼마나 걸리겠어요?"

립콧은 국수 포장지를 한쪽으로 치우고 두꺼운 도화지에 손을 뻗었다. 그의 목소리가 작아진 것을 나만 알아차렸을 것이다.

"부인이 얼마나 가만히 잘 있느냐에 따라 다르지요."

잠시 후 나는 차로 돌아갔다. 차에 타서 문을 닫았다. 개리는 외국어 테이프를 듣는 중이었다.

"Por favor, habla mas despacio."◇

"뽀르 파-보르, 아-블라 마스 데스-파스-시-오."

그가 손바닥으로 계기판을 두드리면서 다시 발음했다.

"아, 이런. 다시 해봐야지. 아블라-마스데스파스시오."

개리는 세 번 더 반복하더니 내게 고개를 돌리고 물었다.

"사모님은 오래 걸리시나?"

나는 창밖으로 황량한 2층 창문을 쳐다보면서 대답했다.

"그러지 않아야 될 텐데요."

한 시간 반 하고도 15분이 더 지나고, 4시 15분 전이 되어서야 애그니스가 나타났다. 대화가 별로 없는 개리와 나는 이미 화제가 바닥난 뒤였다. 그는 아이패드에 다운로드해 둔 코미디 영화를 본 후 (같이 보자고 권하지도 않았다) 두툼한 가슴에 턱을 박고는 가볍게 코를 골면서 졸았다. 나는 뒷좌석에 앉아서 시시각각 신경을 곤두세웠다. 샘에게 수시로 메시지를 보냈다. "애그니스가 아직도 안 오네요.", "아직이에요.", "미치겠어요.", "대체 거기서 뭘 하는 걸까요?" 샘은 작은 델리 숍에서 점심을 먹었는데, 배가 고파서 소도 잡아먹겠다고 말했다. 명랑하고 느긋해 보였다. 샘과 문자를 주고받을 때마다 내가 있을 곳이 여기가 아님을 깨달았다. 샘의 옆에서, 그에게 몸을 기대고, 귓가에 닿는 그의 목소리를 들어야 마땅했다. 애그니스가 미워졌다.

◇ "좀 더 천천히 말해주세요"라는 뜻의 스페인어 문장.

불쑥 그녀가 겨드랑이에 납작한 꾸러미를 끼고 환하게 웃으면서 나타났다.

"아, 다행이네."

내가 중얼댔다.

퍼뜩 잠에서 깬 개리가 급히 차에서 내려 애그니스에게 문을 열어 주었다. 그녀는 두 시간이 아니라 2분 만에 돌아온 사람처럼 차분하게 차에 앉았다. 그녀에게 담배와 테레빈유 냄새가 얼핏 풍겼다.

"돌아가는 길에 맥널리 잭슨◊에 들러야 해. 그림을 포장할 예쁜 종이를 사야 하거든."

"포장지는 집에……."

"스티븐이 수제 압지를 가르쳐줬어. 이 특별한 종이로 포장하고 싶어서. 개리, 내가 가려는 곳을 알아요? 돌아가는 길에 소호에 들를 수 있죠?"

그녀가 손을 흔들며 말했다.

낙심한 난 등을 기대고 앉았다. 개리는 리무진을 몰고 구멍이 움푹 패인 주차장을 벗어나 '문명화된' 구역으로 복귀했다.

5번가로 돌아오니 오후 4시였다. 애그니스가 차에서 내리자 나는 특별한 종이가 든 봉투를 들고 얼른 옆으로 갔다.

"애그니스, 제가…… 제가…… 오늘 일찍 나가봐도 된다고 말하셨는데요……."

◊ 뉴욕 소호에 위치한 독립서점.

"오늘 저녁에 템퍼리를 입어야 할지 배즐리 미슈카를 입어야 할지 모르겠어. 루이자 생각은 어때?"

나는 두 브랜드의 드레스를 기억하려고 애썼지만 생각이 나지 않았다. 지금 샘이 기다리는 타임스스퀘어에 가려면 얼마나 걸릴지 계산해 보던 중이었다.

"템퍼리를 입으세요. 확실해요. 그러면 완벽해요. 애그니스, 저, 오늘 일찍 나가도 된다고 말하신 거 기억하시죠?"

"하지만 너무 짙은 파란색이야. 그 파란색이 내 피부에 어울릴지 확신을 못 하겠어. 그 드레스와 어울리는 구두는 발꿈치가 아프거든."

"지난주에 말씀드렸는데. 괜찮을까요? 샘이 공항으로 떠나는 걸 보고 싶어서요."

나는 짜증 섞인 목소리를 내지 않으려고 안간힘을 썼다.

"샘?"

그녀가 아속의 인사를 받으면서 물었다.

"남자 친구요."

애그니스가 잠깐 생각했다.

"음. 그래. 있지, 사람들이 이 그림에 감동할 거야. 스티븐은 천재야. 그렇지? 진짜 천재야."

"그럼 가도 될까요?"

"그럼."

마음이 놓이자 어깨가 축 처졌다. 10분 후에 출발해서 남행 지하철을 타면 5시 30분에 도착해 샘을 만날 수 있었다. 그럼 한 시간 남짓 함께 보낼 수 있고. 그게 어디인가.

엘리베이터에 오르자 문이 닫혔다. 애그니스가 콤팩트 거울을 꺼내서 립스틱 상태를 확인하더니 못마땅해했다.

"그런데 내가 옷을 입을 때까지만 같이 있어줘. 이 템퍼리 드레스에 대해 다시 의견을 줘야겠어."

애그니스는 네 차례나 옷을 갈아입었다. 너무 늦어서 타임스스퀘어든 어디든 미드타운에서 샘을 만날 수가 없었다. 대신 JFK 공항으로 달려갔다. 샘은 최소한 15분에는 보안 검색대를 통과해야 했다. 다른 승객들 사이를 비집고 들어가니 출발 안내판 앞에 선 그가 보였다. 나는 공항 문을 뛰어 들어가다가 그의 등에 부딪혔다.

"미안해요. 진짜, 진짜 미안해요."

우리는 잠시 껴안았다.

"무슨 문제라도 있어요?"

"애그니스가 문제죠."

"그 여자가 당신을 일찍 보내주겠다고 했잖아요. 둘이 친구인 줄 알았는데요."

"애그니스는 그 그림에 잔뜩 골몰했는데 일이…… 맙소사, 완전 미칠 뻔했어요."

나는 양손을 공중에 올리면서 말을 이었다.

"내가 어처구니없는 일을 맡아서 뭐 하는 걸까요, 샘? 애그니스는 어떤 옷을 입어야 할지 결정을 못 하겠다면서 날 기다리게 했어요. 적어도 윌은 정말로 날 필요로 했었는데."

샘이 고개를 갸우뚱하면서 내 이마에 이마를 맞댔다.

"우린 오늘 아침을 누렸어요."

키스하면서 나는 완전히 기댈 수 있게 그의 목을 끌어안았다. 우리가 눈을 감고 그렇게 있는 사이 주변에서 공항이 부산하게 돌아갔다.

그때 내 휴대폰이 울렸다.

"무시할 거예요."

내가 그의 가슴팍에 대고 말했다.

계속 전화벨이 울려댔다.

"그 여자일 거예요."

샘이 나를 가만히 밀어냈다.

나는 가볍게 신음하며 뒷주머니에서 휴대폰을 빼서 귀에 댔다.

"애그니스?"

짜증 내는 말투를 들키지 않으려고 애썼다.

"조시예요. 오늘 어떻게 됐는지 궁금해서 전화했어요."

"조시! 음…… 그래요. 네, 잘됐어요. 고마워요!"

나는 살짝 몸을 돌리고 다른 쪽 귀를 손으로 막았다. 옆에서 샘의 몸이 굳는 게 느껴졌다.

"그래서 그가 그림을 그려줬어요?"

"그랬어요. 애그니스가 정말 좋아해요. 연결해 주셔서 정말 감사해요. 저기, 제가 지금 뭘 하는 중이라 좀 그런데, 정말 고마웠어요. 너무너무 큰 친절을 베풀어주셨어요."

"잘되어서 다행이에요. 저기, 나한테 전화해 줄래요? 언제 커피나 마셔요."

"그러죠."

전화를 끊으니 샘이 날 물끄러미 보고 있었다.

"조시예요."

휴대폰을 도로 주머니에 넣었다.

"행사 때 만난 사람."

"말하자면 길어요."

"그래요."

"오늘 그 사람이 그림 문제를 해결하게 도와줬거든요. 벼랑 끝에 몰렸는데."

"그러니까 그 남자 번호를 갖고 있었군요."

"여긴 뉴욕이에요. 다들 모든 사람의 번호를 갖고 있다고요."

샘이 자기 머리를 쓸어내리더니 몸을 돌렸다.

"아무 일도 아니에요. 정말이에요."

내가 한 걸음 다가서서 샘의 허리띠를 당겼다. 다시 주말이 내게서 스르르 빠져나가는 느낌이었다.

"샘…… 샘……."

그는 풀이 죽어서 날 끌어안았다. 턱을 내 정수리에 대더니 자기 머리를 좌우로 저었다.

"이건……."

내가 얼른 말을 가로챘다.

"알아요. 나도 안다고요. 하지만 난 당신을 사랑하고 당신은 날 사랑하고, 적어도 우린 '홀딱 벗기'를 조금 전에 했어요. 근사했고요. 그랬죠? 홀딱 벗기."

"마치 5분 같았죠."

"지난 4주 중 최고의 5분이었죠. 앞으로 4주간 나를 버티게 해 줄 5분."

"7주인 게 문제죠."

나는 샘의 뒷주머니에 손을 넣었다.

"이렇게 언짢게 헤어지지 말아요, 제발. 나한테 아무것도 아닌 사람이 한 전화 때문에 당신이 화가 나서 가는 건 싫어요."

늘 그렇듯 나와 눈을 맞추는 샘의 표정이 부드러워졌다. 그게 내가 사랑하는 그의 면이었다. 가만히 있으면 우락부락하지만 나를 바라볼 때면 나긋나긋해지는 얼굴.

"당신한테 화난 게 아니에요. 나 자신에게 화가 나서 그래요. 그리고 기내식인지, 부리토인지, 나를 병나게 한 것 때문에 화가 나요. 또 혼자서 옷도 못 입는 그 여자에게도."

"크리스마스 때 돌아갈게요. 일주일 내내 가 있을 거예요."

얼굴을 찌푸린 샘이 양손으로 내 얼굴을 감쌌다. 따뜻한 손이 약간 투박했다. 잠시 그렇게 서 있다가 키스했다. 한참 후 그는 몸을 바로 펴고 전광판을 힐끗 쳐다봤다.

"이제 당신은 가야겠네요."

"이제 가야겠어요."

목구멍으로 올라오는 뜨거운 덩어리를 삼켰다. 샘이 다시 한번 키스하고 어깨에 가방을 둘러맸다. 그가 보안 검색대로 들어간 후에도 난 연결 통로에 서 있었다. 꼬박 1분쯤 그가 있던 자리를 물끄러미 바라보았다.

평소 나는 침울한 사람이 아니다. 문을 쾅쾅 닫거나 인상을 쓰고 눈을 굴리는 행동은 하지 않는다. 하지만 그날 저녁 시내로 들어가면서, 뉴요커처럼 지하철 플랫폼에서 사람들을 팔꿈치로 밀며 오만상을 찌푸렸다. 지하철에서 연신 시간을 확인했다. '샘이 출발 라운지에 있겠네.', '탑승하겠네.', '이제…… 가고 없겠네.' 그가 탄 비행기가 이륙할 즈음 내 안에서 뭔가 뚝 떨어졌다. 훨씬 침울해졌다. 초밥 도시락을 사서 지하철역에서 고프니크 아파트까지 걸어갔다. 내 작은 방에 들어가 앉아서 도시락 상자를 쳐다보다가 벽으로 눈을 돌렸다. 이런저런 생각에 잠겨 혼자 있으면 안 될 것 같았다. 네이선의 방에 가서 노크했다.

"들어오세요."

네이선은 맥주를 들고 풋볼 경기를 보고 있었다. 서퍼가 입는 반바지와 티셔츠 차림이었다. 그가 기대에 차서 날 올려다보더니, 살짝 머뭇거렸다. 다른 일에 몰두 중임을 넌지시 내비치는 태도였다.

"여기서 같이 저녁 먹어도 될까요?"

그는 다시 텔레비전 화면에서 눈을 뗐다.

"힘든 하루였어요?"

내가 고개를 끄덕였다.

"안아줄까요?"

나는 고개를 저었다.

"그냥 마음만 받을게요. 네이선이 친절하게 대해주면 울음이 터질 거예요."

"아. 애인이 집에 돌아갔군요?"

"엉망진창이었어요, 네이선. 남자 친구는 여기 오고서 거의 내내 앓았고, 애그니스는 오늘 일찍 내보내 준다는 약속을 지키지 않았어요. 그래서 남자 친구를 보러 갈 수가 없었어요. 마지막에 헤어지기 직전에는 둘 사이가…… 계속 꼬였어요."

네이선은 한숨을 쉬면서 텔레비전 볼륨을 줄이고는 침대 옆자리를 손바닥으로 두드렸다. 나는 침대에 올라가서 도시락 봉투를 무릎에 올렸다. 이때 유니폼 바지에 간장을 흘린 걸 나중에야 알았다. 네이선의 어깨에 머리를 기댔다.

"장거리 연애는 어렵죠. 진짜 힘든 일이에요."

네이선은 그런 생각을 처음 해내기라도 한 듯 당당하게 말했다.

"맞아요."

"비단 섹스 때문만 아니라 피할 수 없는 질투 때문에도……."

"우린 질투심이 강한 사람들이 아닌데."

"아무튼 루이자는 어떤 일을 애인에게 맨 먼저 말하지 않잖아요. 시시콜콜 미주알고주알 이야기하고 그런 거. 그런데 그게 정말 중요하거든요."

그가 맥주를 내밀자 나는 한 모금 마시고 돌려주었다.

"우린 상황이 어려우리란 걸 알고 있었어요. 내가 여기 오기 전에 서로 합의했다는 뜻이에요. 그런데 진짜 거슬리는 게 뭔지 알아요?"

그는 화면에서 시선을 거두었다.

"말해봐요."

"내가 얼마나 샘과 시간을 보내고 싶어 했는지 애그니스는 다 알고 있었어요. 이미 전에 이야기도 했거든요. 둘이 같이 지내야 한다, 헤어지면 안 된다, 어쩌고저쩌고요. 먼저 떠든 사람이 애그니스였단 말이에요. 그런데 완전 마지막에 마지막까지 날 붙잡아 두더라니까요."

"바로 그게 우리 일이에요, 루. 그들이 우선이죠."

"하지만 애그니스는 내게 이번 일이 얼마나 중요한지 알았거든요."

"그랬겠죠."

"친구 사이인 줄 알았는데."

네이선이 한쪽 눈썹을 치켜올리면서 말했다.

"루, 트레이너 일가는 여느 평범한 고용주가 아니었어요. 윌은 평범한 고용주가 아니었다고요. 고프니크 부부도 마찬가지예요. 이 사람들은 점잖게 처신할지 몰라도 결국 이건 권력관계라는 걸 명심해야 해요. 업무상 거래라고요."

그가 맥주를 쭉 들이켠 후에 다시 말했다.

"루가 오기 직전에 일하던 의전 담당 비서가 어떤 꼴을 당했는지 알아요? 애그니스가 남편한테 일렀어요. 비서가 뒤에서 흉보고 비밀을 소문내고 다닌다고요. 그래서 부부는 비서를 잘랐죠. 22년이나 근무했는데 말이에요. 그런 비서를 잘랐다고요."

"그 비서가 정말 그랬어요?"

"그 비서가 뭘 그래요?"

"비밀을 소문냈느냐고요?"

"나야 모르죠. 하지만 그게 핵심이 아니잖아요."

네이선의 말을 반박하고 싶지 않았다. 왜 애그니스와 내가 남다른 사이인지 설명하면 그녀를 배신하는 꼴이 되니까. 그래서 잠자코 있었다.

네이선은 뭔가 말하려다가 마음을 바꾸는 눈치였다.

"뭐예요?"

"있죠. 모든 걸 다 가질 수 있는 사람은 없어요."

"무슨 말이에요?"

"이건 진짜 괜찮은 직장이에요, 그렇지 않아요? 오늘 밤은 그렇게 생각되지 않겠지만, 뉴욕 한복판의 근사한 환경에서 괜찮은 고용주 아래서 좋은 급여를 받는 자리예요. 온갖 멋진 장소에 다니고 가끔은 한껏 차려입죠. 그 사람들이 3000달러에 육박하는 파티 드레스도 사줬죠? 난 두어 달 전에 G 씨와 바하마에 가야 했어요. 5성급 호텔에, 해변이 보이는 객실까지 전부 다 제공받았어요. 난 하루에 두어 시간만 일하면 됐어요. 그러니 우린 행운아죠. 하지만 길게 보면, 모든 것을 누리는 대가로 멀리 떨어진 곳에서 완전히 다르게 사는 사람과는 소원해지겠죠. 그건 이 일을 시작하면서 본인이 한 선택일 거고요."

나는 네이선을 빤히 보았다.

"지금 상황을 현실적으로 봐야 한다는 생각이 들어요."

"지금은 아무 도움도 안 돼요, 네이선."

"제대로 얘기해 주는 거예요, 루이자. 긍정적인 부분을 보라고요.

오늘 그림 문제를 멋지게 해결했다고 들었어요. G 씨가 대단히 감탄했다고 내게 말하던데."

"부부가 정말 흡족해했어요?"

나는 기쁜 기색을 누르려고 애썼다.

"아, 그럼. 정말이에요. 아주 좋아했어요. 애그니스가 자선 행사에 오는 여자들을 다 압살할 거예요."

나는 네이선에게 몸을 기댔다. 그는 텔레비전 볼륨을 올렸다.

"고마워요, 네이선. 진짜 친구 맞네요."

초밥 도시락을 펼쳤다.

그가 약간 찌푸렸다.

"그래요. 그런데 생선이네요. 그건 방에 가서 먹으면 안 될까요?"

나는 도시락 상자를 덮었다. 네이선이 옳았다. 모든 걸 다 가질 순 없는 법이다.

10.

From: BusyBee@gmail.com

To: MrandMrsBernardClark@yahoo.com

엄마,

답이 늦어서 죄송해요. 여기가 너무 바빠요! 정신없이 돌아가요! 사진이 마음에 드신다니 다행이에요. 네, 카펫은 울 100퍼센트고 어떤 러그는 실크예요. 나무는 얇은 널빤지가 아니고요. 일라리아에게 물어보니, 부부가 햄프턴에서 머무는 한 달 동안 1년에 한 번 커튼을 드라이클리닝한대요. 청소 팀이 대청소를 하지만 일라리아는 미심쩍어해서 매일 주방 바닥을 직접 닦아요.

네, 고프니크 부인은 샤워실과 워크인 옷장이 설치된 드레스룸을 갖고 있어요. 드레스룸을 무척 좋아하거든요. 거기 들어가서 폴란드에 있는 엄마랑 장시간 통화해요. 시간이 없어서 그녀의 구두가 몇 켤레인지 세어보지는 못했지만, 백 켤레는 족히 넘을 걸요. 구두를 상자에 담고 거기에 사진을 붙여서, 어떤 구두가 들어 있는지 파악해요. 새 구두를 사면 사진을 찍는 게 제 일이에요. 구두 촬영용 카메라가 따로 있다니까요!

미술 수업이 잘되고 있다니 반가운 소식이네요! '부부 소통' 수업도 좋은 생각 같아요. 그런데 아빠한테는 잠자리랑 관계없는 수업이라는 걸 꼭 알려주세요. 아빠가 심장잡음이 나는 척해도 될지 묻는 메일을 이번 주에 세 통이나 보냈다고요. 할아버지가 몸이 안 좋으시다는 소식을 들으니 속상해요. 아직도 테이블 밑에 야채를 숨기세요? 꼭 엄마가 야간 수업을 포기해야 하나요? 아쉬울 것 같은데요.

아, 가봐야 해요. 애그니스가 부르네요. 크리스마스 일정은 곧 알려드릴게요. 그치만 걱정할 건 없어요. 거기서 보낼 거니깐.

사랑하는 **루이자 올림** xxx

PS. 아뇨, 로버트 드니로는 다시 보지 못했어요. 하지만 다시 보면 「미션」에서 진짜 좋아했다고 분명하게 말할게요.

PPS. 아뇨, 사실 앙골라라는 곳에서 시간을 보낸 적은 없어요. 그리고 저한테 급하게 돈 보내실 일도 없고요. 그런 건 다 무시하셔야 해요.

난 우울증에 대해 잘 모른다. 윌이 죽은 후, 내 우울한 감정조차 이해하지 못했을 정도다. 그런데 애그니스의 기분은 유독 파악하기 어렵다. 우울증을 앓는 엄마의 수많은 친구들은 인생살이 때문에 풀이 죽어 안개 속에서 버둥대다, 결국 즐거움을 보지 못하고 기쁜 일을 기대하지 못하게 되었다. 우울증은 앞길을 뿌옇게 만든다. 어깨를 떨구고 입을 다문 채 시내를 걸어가는 모습에서 우울이 보였다. 그들은 슬픔을 뿜어내는 것 같았다.

애그니스는 달랐다. 시끄럽게 떠들다가 순식간에 흐느끼고 분통을 터뜨렸다. 그녀는 자신이 따돌림당하고 평가받으며 동지가 없다고 했다. 하지만 그렇지 않았다. 같이 지내면서 애그니스가 그 여자들에게 주눅 들지 않는 게 점차 눈에 띄었다. 그녀는 그들 때문에 발끈했다. 부당함을 토로하고, 전처를 험담하거나 일라리아의 교활한 짓거리를 힐난했다. 살아 있는 분노와 변덕 자체였다. '치파'◊나 '데빌'◊◊ '치브카'◊◊◊라고 욕했다(쉬는 시간에 이게 무슨 뜻인지 구글로 검색하다가 귀까지 빨개졌다).

그러다 불현듯 다른 사람으로 변했다. 폴란드어로 장시간 통화한 후 방으로 사라져 나직이 흐느낀 뒤에는 긴장해서 표정이 굳었다. 그녀의 설움은 두통으로 나타났지만 실제로 아픈 게 맞나 싶었다.

트리나에게 애그니스에 대해서 이야기했다. 뉴욕에 온 첫날 아침에 갔던 카페에서 무료 와이파이에 연결해 페이스타임의 오디오만 켜놓고 통화했다. 난 얼굴을 마주 보는 것보다 소리만 듣는 쪽을 선호했다. 코가 커 보이거나 뒤에 앉은 사람의 행동이 거슬렸으니까. 또 내가 먹고 있는 버터 머핀이 얼마나 큰지 동생에게 보여주기 싫었으니까.

"아마 양극성 장애일 거야."

트리나가 말했다.

"그래. 내가 찾아봤는데 딱 들어맞지는 않아. 애그니스는 그렇게 조증은 아니고, 말하자면 일종의…… 에너지가 넘치는 상태야."

"우울증이라고 다 같지는 않겠지. 게다가 미국에선 누구나 문제

◊ '여성의 성기'를 뜻하는 폴란드어 단어.
◊◊ '백치'를 뜻하는 폴란드어 단어.
◊◊◊ '매춘부'를 뜻하는 폴란드어 단어.

를 갖고 있다며? 다들 약을 많이 복용하잖아?"

"영국이랑은 다르지. 만약 엄마라면 빠른 걸음으로 한 바퀴 획 돌고 오면 그만일걸."

"근심일랑 싹 잊어버려."

"찡그린 얼굴을 펴고."

"립스틱을 예쁘게 바르고 표정도 밝게 짓고 그래. 누가 그런 엉터리 약 따위가 필요하겠어?"

내가 떠난 후 자매 사이에 변화가 생겼다. 매주 한 번 통화하는데, 성인이 된 후 처음으로 트리나는 잔소리를 늘어놓지 않는다. 내 생활을 진심으로 궁금해하는 것 같고 내 업무와 가는 곳과 주변 사람들이 하는 일에 관심을 보인다. 조언을 구하면 트리나는 제법 긴 답을 보낸다. 예전에는 "멍충이"라고 하거나 구글은 뒀다 뭐 할 거냐고 쏘아붙였는데.

트리나가 좋아하는 사람이 있다고 2주 전에 고백했다. 둘은 쇼어디치에 있는 바에 가서 인기 있는 칵테일을 마시고 클랩턴의 팝업 극장에 갔단다. 이후 며칠간 그녀는 넋이 나갔다. 내 동생이 넋이 나가다니 듣도 보도 못한 일이었다.

"어떤 사람인데? 지금쯤은 나한테 말해줘야지."

"아직 말 안 할 거야. 입방정을 떨기만 하면 일이 어긋나곤 하니까."

"나한테도 말 안 하려고?"

"지금은 그래. 이건…… 흠. 아무튼. 행복해."

"얼씨구. 그래서 요렇게 상냥하시구만."

"뭐라고?"

"네가 좀 달라지고 있거든. 드디어 내가 사는 방식을 인정했기 때문이라고 짐작했는데."

트리나가 웃었다. 날 비웃는 거면 몰라도 평소 웃지 않는 아이였다.

"그냥 모든 일이 잘 풀려서 좋다는 생각이 들어. 언니는 미국에서 좋은 일자리를 얻었고. 톰과 나는 런던에서 사는 게 좋아. 우리 모두에게 길이 활짝 열린 느낌이야."

트리나가 이런 말을 하다니 믿기지 않아서 샘 이야기를 꺼낼 엄두가 나지 않았다. 우린 엄마가 동네 학교에서 시간제로 일하고 싶어 했지만 할아버지의 건강이 악화되어 지원하지 못한 이야기를 나누었다. 난 머핀과 커피를 다 먹고 나서야, 가족에게 관심은 있지만 향수병에 시달리진 않는다는 사실을 깨달았다.

"설마 재수 없는 미국식 억양으로 말하기 시작한 건 아니겠지?"

"나는 나야, 트리나. 그건 아무래도 바뀌지 않아."

나는 재수 없는 미국식 억양으로 대답했다.

"아이고, 못 말리는 멍충이."

트라나가 중얼거렸다.

"맙소사, 저런. 아직도 여기 있네."

내가 아파트 건물에 도착하니 디윗 부인이 나와서 차양 아래서 장갑을 끼고 있었다. 나는 다리 옆에서 이빨을 드러낸 딘 마틴을 피하느라 물러서고는 노부인에게 예의 바르게 미소 지었다.

"안녕하세요, 디윗 부인? 제가 달리 어디 있겠어요?"

"지금쯤 에스토니아 스트립 댄서한테 쫓겨났을 줄 알았지. 그 여편네가 자기가 그랬듯이 아가씨가 남편이랑 달아날까 겁내지 않다니 놀랍구먼."

"그건 제 수법이 아니에요 디윗 부인."

내가 명랑하게 대꾸했다.

"지난밤에 여편네가 복도에서 또 꽥꽥대더군. 그 요란법석이라니. 적어도 먼젓번 여자는 20년간 새쭉하기만 했는데. 이웃으론 그쪽이 한결 수월하지."

"그렇게 전할게요."

그녀는 고개를 젓더니 막 걸음을 옮기려다 멈추고선 내 차림새를 살펴보았다. 얇은 주름이 잡힌 금색 스커트와 인조 모피 질레◇를 입고, 톰이 2년 전 크리스마스 선물로 받았지만 '여자애' 같다고 쓰지 않는 거대한 딸기처럼 보이는 비니를 쓰고 있었다. 선홍색의 뭉툭한 가죽 단화는 아동화 상점이 세일할 때 찾은 건데, 내 발에 딱 맞았다. 잔소리하는 엄마들과 빽빽 우는 애들 틈에서 허공에 주먹을 날리면서 샀었다.

"저기, 스커트."

나는 아래를 힐끗 내려다보면서 날아올 가시 돋친 말에 대비했다.

"나한테도 비바◇◇에서 산 그런 스커트가 있는데."

"비바 제품 맞아요! 2년 전에 인터넷 경매에서 손에 넣었어요. 4파운드 50페니에! 허리 밴드에 작은 구멍도 하나 있고요."

◇ 조끼 모양의 방한 의상.

◇◇ 1960부터 1970년대까지 영국 런던에 있던 패션숍. 1930년대 의상에서 영감을 받은 독특한 의상을 판매해 프레디 머큐리, 폴 매카트니 등 당대 셀러브리티가 즐겨 방문하는 것으로 유명했다.

내가 반색하며 말했다.

"딱 그 스커트를 갖고 있지. 1960년대에 여행을 많이 다녔거든. 런던에 갈 때마다 비바에서 몇 시간씩 보내곤 했어. 비바에서 산 것만으로 꽉꽉 채워서 몇 트렁크나 맨해튼에 부쳤었는데. 여긴 그런 가게가 전혀 없었거든."

"천국이 따로 없었겠네요. 저도 사진에서 봤어요. 그럴 수 있다니 놀라운 일이죠. 무슨 일을 하셨는데요? 왜 그렇게 여행을 많이 하셨어요?"

"패션계에서 일했지, 여성잡지사에서. 그게……."

디윗 부인이 갑자기 기침이 터져서 몸을 숙였다. 나는 그녀가 괜찮아질 때까지 기다렸다. 부인이 계속 말했다.

"흠. 아무튼 그럭저럭 괜찮은 차림새야."

손으로 벽을 짚은 부인이 몸을 돌리고는 절룩이며 길을 내려갔다. 딘 마틴이 나와 뒤쪽 인도 경계석을 동시에 흘끔댔다.

주말까지 마이클의 표현대로 '흥미로운' 하루하루를 보냈다. 소호에 있는 태비사의 아파트가 리모델링 중이어서, 일주일 남짓 우리 아파트는 일종의 세력 다툼 각축장으로 변했다. 남자에게는 보이지 않지만 애그니스에게는 너무 빤한 상황인지라, 그녀는 태비사가 듣지 않는 곳에서 남편을 힐난했다.

일라리아는 보병 역할을 만끽했다. 매번 태비사는 좋아하지만 애그니스는 먹지 않는 매운 음식, 이를테면 커리와 붉은 고기 같은 걸로만 식사를 차렸고, 애그니스의 불평을 흘려듣기 일쑤였다. 태비사의 빨래를 먼저 세탁해서 얌전히 갠 뒤 침대에 올려놓았다. 반면, 애그니스는 그날 입을 블라우스를 찾느라 목욕 가운 차림으로 아파트를 들쑤시고 다녔다.

저녁에 태비사가 거실에 진을 치면 애그니스는 폴란드어로 엄마와 통화했다. 태비사는 아이패드를 스크롤하면서 시끄럽게 흥얼댔다. 그러면 결국 애그니스는 화가 나서 말없이 일어나 드레스룸에 틀어박혔다. 가끔 태비사가 친구들을 집에 부르기도 했다. 그들은 부엌이나 텔레비전 룸을 차지하고 시끄럽게 떠들면서 남 뒷담을 하며 키득거렸다. 그러다 애그니스가 빠른 걸음으로 지나가면, 머리를 맞댄 금발의 여자들은 잠잠해졌다.

애그니스가 항의하면 고프니크 씨는 살살 달랬다.

"여기는 그 아이의 집이기도 해요. 여기서 자랐으니까요."

"날 꿔다 놓은 보릿자루 취급한다고요."

"시간이 지나면 아이도 당신한테 적응할 거예요. 여러 면에서 아직 어려서 그래요."

"스물네 살이나 먹고도요."

애그니스는 영국 여자라면 절대 못 낼(내가 몇 번 시도해 봤다) 으르렁대는 소리를 내면서, 답답하다는 듯 손을 허공에 들어 올렸다. 마이클은 굳은 표정으로 내 앞을 지나다가 동병상련의 눈길을 던지곤 했다.

애그니스가 폴란드에 소포를 페덱스로 보내라고 부탁했다. 배송료는 현금으로 지불한 뒤 영수증을 보관하라고 했다. 그리 무겁지 않은 큰 사각형 상자였다. 우린 그녀의 서재에서 이야기를 나누었다. 일라리아가 못마땅해하는데도 애그니스는 서재 문을 잠갔다.

"이게 뭐예요?"

그녀가 손을 흔들며 대답했다.

"그냥 엄마에게 보내는 선물. 그런데 레너드는 내가 친정에 돈을 너무 많이 쓴다고 생각하니까, 그이 모르게 하고 싶어."

상자를 들고 웨스트 57번가에 있는 페덱스 사무소에 가서 기다렸다. 직원이 필요한 내용을 확인하다가 물었다.

"내용물이 뭔가요? 통관 검사에 필요하거든요."

상자에 뭐가 들었는지 모른다는 걸 깨달았다. 애그니스에게 문자메시지를 보내니 곧 답이 왔다.

가족 선물이라고만 말해.

"어떤 종류의 선물인가요, 손님?"

직원이 짜증 내며 물었다.

다시 문자메시지를 보냈다. 누군가 뒤에서 기다리다가 한숨을 쉬었다.

Tchotchkes.◊

◊ '자질구레한 장신구'라는 뜻의 미국식 영어 단어.

나는 문자메시지를 빤히 쳐다보았다. 그러다가 휴대폰을 내밀었다.

"미안해요. 발음도 못 하겠네요."

그가 문자를 쳐다봤다.

"그렇죠. 도움이 안 되네요."

다시 애그니스에게 문자메시지를 보냈다.

상관하지 말라고 해! 내가 어머니한테 뭘 보내든 자기가 무슨 상관이야!

나는 휴대폰을 주머니에 쑤셔 넣었다.

"화장품, 스웨터, DVD 두 장이라고 하네요."

"가격은?"

"185달러 25센트."

"드디어 끝났네요."

페덱스 직원이 중얼거렸다. 나는 현금을 내밀면서 다른 손의 검지와 중지로 x를 만드는 걸◇ 아무도 못 봤기를 바랐다.

금요일 오후. 애그니스가 피아노 레슨을 시작하자 나는 방에 돌아가서 영국에 전화했다. 샘의 번호를 누르면서 그의 목소리를 들을 거라는 익숙한 기대감이 밀려들었다. 때로 그리움이 깊은 나머지 통증처럼 달고 다니는 날도 있었다. 앉아서 신호음이 끊기기를 기다렸다.

◇ 행운을 빈다는 뜻의 손짓.

그런데 어떤 여자가 전화를 받았다.

"여보세요?"

그녀가 말했다. 점잖은 말투였고 골초처럼 끝이 살짝 갈라지는 목소리였다.

"어머, 미안해요. 다른 번호에 걸었나 보네요."

난 얼른 귀에서 휴대폰을 떼고 화면을 확인했다.

"누구를 찾는데요?"

"샘이요. 샘 필딩."

"샤워 중이에요. 기다리세요, 부를 테니까."

그녀가 수화구를 손으로 가리고 샘을 불렀고 곧 목소리가 묻혔다. 난 얼어붙었다. 샘의 가족 중에 젊은 여자는 없었다.

"금방 올 거예요."

여자가 말하더니 잠시 후 덧붙여 물었다.

"누가 전화하셨다고 할까요?"

"루이자요."

"아, 그래요."

장거리 통화는 살짝 다른 어조와 강세도 묘하게 의식하게 만든다. 그래서 '아'란 대꾸가 석연치 않게 다가왔다. 전화를 받는 사람은 누구냐고 물어보려던 차에 샘이 전화를 받았다.

"여보세요?"

"여보세요."

예기치 않게 입이 말라 소리가 이상하게 갈라져 반복해서 말해야 했다.

"무슨 일이에요?"

"아무 일도 아녜요! 급한 일은 없다는 뜻이에요. 난…… 난 그냥 당신 목소리를 듣고 싶어서요."

"잠시만요. 이 문 좀 닫고요."

작은 객차를 개조한 집에서 침실 문을 닫는 샘을 상상할 수 있었다. 그는 다시 명랑한 목소리로 전화를 받았다. 저번에 대화할 때와는 딴판이었다. 샘이 다시 말했다.

"그래서 어때요? 잘 지내요? 다 괜찮아요? 거기는 몇 시예요?"

"막 2시 지났어요. 저…… 아까 그 사람은 누구예요?"

"아, 그 사람이 케이티예요."

"케이티."

"케이티 잉그럼. 새 파트너."

"케이티! 알겠어요! 그런데…… 어…… 그 사람이 당신 집에서 뭐 하는데요?"

"아, 나를 도나의 송별 파티에 태워다 줄 거예요. 오토바이가 정비소에 들어가 있거든요. 배기 장치에 이상이 생겨서."

"그럼 케이티가 당신을 돌봐주는 거네요!"

무심코 샘이 수건을 두르고 있는지 궁금했다.

"그렇죠. 케이티는 길 아래쪽에 사니까 딱 잘됐죠."

샘은 두 여자가 듣는 걸 아는 사람답게 태연히 대꾸했다.

"그래서 다들 어디 갈 거예요?"

"해크니에 있는 타파스 집에. 전에 교회였던 식당인데. 우리가 거기 가봤는지 모르겠네요."

"교회라! 하, 하, 하! 그러니까 다들 아주 얌전하게 굴어야겠네요!"

난 지나치게 크게 웃었다.

"구조대원 집단이 밤에 외출을 한다고요? 심히 의심스럽네요."

잠시 침묵이 흘렀다. 나는 배 속이 뭉치는 걸 무시하려 했다. 샘이 더 온화하게 말했다.

"정말 괜찮아요? 목소리가 좀……."

"난 괜찮아! 아무렇지도 않아요! 말했잖아요. 당신 목소리를 듣고 싶어서 전화했어요."

"통화해서 좋은데 이제 가봐야겠어요. 케이티가 선심 써서 태워주는 거고, 우린 벌써 늦었거든요."

"알았어요! 저기, 재미있는 저녁 시간 보내요. 나라면 하지 않을 일은 하지 말고! 도나에게 안부 전해주고!"

난 문장 끝에 느낌표를 붙이며 말했다.

"그럴게요. 또 통화해요."

"사랑해요. 편지 써요!"

'사랑해'라는 말이 의도보다 덤덤하게 들렸다.

"그래요, 루……."

샘이 말했다.

그가 전화를 끊었다. 나는 너무 조용한 방에 남아 휴대폰을 멀뚱멀뚱 쳐다보았다.

고프니크 씨 동료의 부인들이 작은 상영실에서 신작 영화를 보는 행사에 어울릴 간식을 준비했다. 배달되지 않은 꽃 값 청구서 문제를 해결한 뒤 세포라◊로 뛰어가 매니큐어 두 개를 샀다. 애그니스가 《보그》에서 본 그 매니큐어를 시골에 가져가고 싶다고 했다.

근무가 끝나고 고프니크 부부가 주말 휴가를 떠난 지 2분 후, 나는 일라리아가 남은 미트볼을 권하는 것도 사양하고 방으로 뛰어 올라갔다.

내가 바보짓을 벌였다. 페이스북에서 그녀를 찾아본 것이다.

100여 명의 케이티 잉그럼 중에서 이 여자를 찾는 데 40분 걸렸으니 약과였다. 프로필이 공개되어 있고 NHS◊◊ 로고가 박혀 있었다. 직업란에 "구조대원. 사랑하는 내 직업!!"이라고 적혀 있었다. 적갈색이나 딸깃빛이 도는 금발일 수도 있지만 사진만으로는 알 수 없었다. 20대 후반, 들창코에 예쁘장한 외모. 처음 게시된 사진 서른 장은 친구들과 즐거운 시간을 보내며 웃는 모습이었다. 비키니 차림(그리스 스키아토스섬 2014!! 정말 웃겨!!!!)이 짜증나게 예뻤다. 작은 털복숭이 개를 키웠고, 아찔한 하이힐을 좋아했다. 또 사진마다 뺨에 뽀뽀하는 긴 검은 머리의 단짝이 있었다(케이티가 레즈비언은 아닐까 하는 희망을 잠깐 품었지만, "브래드 피트가 돌싱이 되어서 은근히 기쁜 사람 손들어!"라는 페이스북 그룹에 포함된 걸 보면 뭐).

'관계 상태'는 '싱글'로 되어 있었다.

게시물을 쭉 올려서 보는 나 자신이 은근히 싫었지만 멈출 수가 없었다. 사진을 넘기면서, 뚱뚱하거나 시무룩하거나 피부병에라도

◊ 글로벌 화장품 종합 편집 숍.
◊◊ 영국의 국가 의료제도를 담당하는 기관.

걸린 모습을 찾아보려고 애썼다. 막 컴퓨터를 닫으려다가 3주 전에 게시한 사진을 보고 멈췄다. 화창한 겨울날, 진녹색 유니폼 차림의 케이티 잉그럼이 구급함을 당당히 내려놓고 서 있었다. 동련던 구급차 본부 앞이었다. 그녀는 팔로 샘을 안았고, 샘은 유니폼 차림으로 가슴에 팔짱을 낀 채 웃으면서 카메라를 쳐다보고 있었다.

"세계 최고의 파트너. 새 일을 사랑해!"라는 사진 설명.

그 밑에 검은 머리 친구의 댓글. "이유가 궁금한데……?!" 그리고 윙크하는 얼굴 이모티콘.

이건 질투다. 좋은 양상이 아니다. 이성적으로는 잘 안다. 너는 질투심 많은 부류가 아냐! 그런 여자는 후져! 어처구니없는 생각이고! 누군가 널 좋아하면 곁을 지킬 거고, 곁을 지킬 만큼 널 좋아하지 않는다면 동반자가 아닌 거야. 잘 알잖아. 넌 분별력 있고 성숙한 28세 여성이야. 자기계발서를 읽었지. 「닥터 필」◇도 봤고.

하지만 친절하고 섹시한 미남 구조대원 애인과 5000킬로미터나 떨어져서 사는데, 그에게 본드 걸 같은 목소리와 미모를 가진 새 파트너가 생겼다. 그 여자는 네가 사랑하는 남자랑, 애인과 떨어져 지내기가 얼마나 힘든지 이미 하소연한 남자랑 하루에 최소 열두 시간을 붙어 지낸다고. 상황이 이러니 거대하고 흉물스럽고 비이성적인 부분이 이성적인 부분을 찍어 누르는 거고.

어떻게 해봐도 소용없었다. 두 사람의 이미지가 뇌리를 떠나지

◇ 미국의 임상심리학자 필 맥그로가 진행하는 인생 상담 토크쇼.

않았다. 눈 뒤쪽에 흑백필름으로 자리 잡고 늘 따라다녔다. 샘의 허리에 두른 그 여자의 가볍게 그을린 팔, 그의 유니폼 바지에 살짝 걸친 그녀의 손가락. 야밤에 둘이 술집에서 나란히 앉아 농담을 하고, 여자가 샘을 쿡쿡 찌를까? 툭하면 그에게 몸을 숙이고 팔을 토닥이는 신체 접촉이 심한 여자일까? 그녀에게 좋은 냄새가 나서 매일 헤어진 뒤에 샘은 어쩐지 허전한 기분을 느낄까?

이러다 미친다는 걸 알지만 망상을 멈출 수가 없었다. 샘에게 전화할까 고민했지만, 새벽 4시에 전화하는 애인처럼 스토커 같고 불안정한 애인이 또 있을까. 온갖 생각이 웅웅대면서 휘휘 돌다가, 거대한 유독성 구름으로 떨어졌다. 그들 때문에 나 자신이 미워졌다. 그들이 윙윙대면서 더 툭 떨어졌다.

"으이그, 사람 좋은 뚱보 남자 대원이랑 파트너가 되지 그랬어요?"

천장에 대고 중얼댔다. 그러다 한밤중 어느 시점에 간신히 잠들었다.

월요일에 우린 조깅을 했고(난 딱 한 번만 멈췄을 뿐 잘 뛰었다), 쇼핑을 하러 메이시스 백화점에 가서 애그니스 조카의 옷을 잔뜩 샀다. 나는 물건을 페덱스 사무소에 가져가서 크라쿠프로 보냈다. 이번에는 내용물에 자신이 있었다.

점심을 먹으면서 애그니스는 자기 자매 이야기를 해주었다. 언니가 너무 어린 나이에 동네 양조장 관리인과 결혼했는데 남편에게 학대를 당한다고, 자존감이 너무 낮아져서 자신을 하찮은 존재로 여긴다고 했다. 이혼하라고 설득하지만 소용없다고 했다.

"언니는 남편에게 폭언을 듣고 매일 엄마한테 울면서 하소연해. 언니더러 뚱뚱하다, 못생겼다, 이런 결혼을 피했어야 했다며 괴롭힌대. 병신 같은 자식이 추잡하고 고약한 짓거리를 하는 거지. 지나가는 개가 아무리 오줌이 마려워도 그 인간 다리는 쳐다도 안 볼걸."

애그니스는 근대와 비트가 들어간 샐러드를 먹으면서 이렇게 털어놓았다. 언니를 뉴욕에 데려와서 남편이랑 떼어놓는 게 최종 목표라고 했다.

"레너드를 조르면 언니에게 일자리를 마련해 줄 수 있을 거야. 어쩌면 그이 사무실의 비서 자리를 줄 수도 있지. 우리 아파트의 가정부 자리면 더 좋고! 그러면 일라리아를 치워버릴 수 있는데! 언니는 아주 좋은 사람이야. 무척 성실해. 그런데 언니가 크라쿠프를 떠나기 꺼려 해서 문제야."

"아마 딸 교육에 지장이 생기는 게 싫을 거예요. 제 여동생도 톰을 런던으로 데려오는 걸 굉장히 불안해했거든요."

내가 말했다.

"아……."

애그니스가 중얼댔다. 하지만 난 그녀가 그걸 걸림돌이라고 여기지 않는 걸 알 수 있었다. 부자는 무슨 일이 됐든 걸림돌을 모르나 하는 의문이 들었다.

귀가한 지 30분도 안 되어서, 애그니스는 휴대폰을 힐끗 보더니 이스트윌리엄스버그로 간다고 말했다.

"그 화가한테요? 하지만 제가 알기로는……."

"스티븐에게 그림을 배울 거야. 드로잉 레슨."

나는 눈을 깜빡거렸다.

"알겠어요."

"레너드를 놀래켜 주고 싶으니까 아무 말도 하면 안 돼."

애그니스는 윌리엄스버그로 가는 내내 날 쳐다보지 않았다.

"늦었네요."

집에 들어가니 네이선이 말했다. 그는 체육관 친구 몇 명과 함께 농구를 하러 나가는 길이었다. 운동 가방을 어깨에 걸치고 후드 티 모자를 머리에 쓰고 있었다.

"네."

나는 가방을 내려놓고 전기포트에 물을 담았다. 그리고 포장해 온 국수를 조리대에 내려놓았다.

"어디 좋은 데 다녀왔어요?"

난 머뭇거렸다.

"그냥…… 뭐 여기저기. 애그니스가 어떤지 알잖아요."

전기포트의 전원을 켰다.

"괜찮아요?"

"별일 없어요."

그의 시선을 느끼다가 결국 고개를 돌리고 억지로 웃었다. 네이선이 내 등을 두드려준 뒤 나가려고 몸을 돌렸다.

"그런 날이 있어요, 그렇죠?"

그렇지, 그런 날이 있지. 주방 조리대를 물끄러미 보았다. 네이선에게 무슨 말을 해야 할지 난감했다. 개리와 둘이 차에서 대기했던 두 시간 반을 어떻게 설명할까. 뿌연 창문을 올려다보다 휴대폰을 내려다보기를 반복했다. 한 시간 후, 개리는 언어 학습 테이프에 싫증이 나자 애그니스에게 주차 단속원 때문에 자리를 옮겨야 하니 떠날 때 연락해 달라는 문자메시지를 보냈다. 그녀는 답이 없었다. 우리는 블록을 빙 돌았고, 그는 주유한 뒤 커피를 마시자고 제안했다.

"사모님이 얼마나 걸릴지 말하지 않으셨죠. 그러면 보통 최소 두어 시간은 걸려요."

"전에도 이런 일이 있었어요?"

"사모님은 늘 하고 싶은 대로 하시니까요."

인근 작은 식당에서 개리가 커피를 사 주었다. 식당에는 손님이 없었고 비닐로 씌운 메뉴판에는 음식마다 사진이 있었다. 우린 조용히 앉아서 혹시 그녀가 연락할까 봐 휴대폰을 확인하며 밖을 내다봤다. 윌리엄스버그가 석양에 물들고 밤이 되면서 점점 네온사인이 켜졌다. 나는 지구에서 가장 짜릿한 도시로 옮겨왔지만, 어떤 날은 우물 안 개구리처럼 사는 느낌이었다. 리무진에서 아파트, 아파트에 돌아갔다가 다시 리무진.

"고프니크 집안에서 일하신 지 얼마나 됐어요?"

개리는 느릿느릿 설탕 두 포를 커피에 넣고 두툼한 손으로 포장지를 구겼다.

"1년 반."

"전에는 어디에서 근무했는데요?"

"다른 집."

커피를 한 모금 마셨는데 맛이 기막히게 좋았다.

"이게 싫지 않아요?"

개리가 날 쳐다봤다. 눈썹 숱이 많았다.

내가 더 구체적으로 말했다.

"무작정 시간을 보내는 거 말이에요. 그러니까…… 애그니스가 자주 이러나요?"

그는 다시 머그잔으로 시선을 돌리고 커피를 저었다. 1분 후쯤 개리가 입을 열었다.

"이봐요, 나쁘게 말하려는 건 아닌데, 이 일을 시작한 지 얼마 안 된 것 같아서 해주는 말이에요. 묻지만 않아도 훨씬 오래 버틸 거예요."

그는 허리부터 무릎까지 쭉 펴면서 등을 기대앉았다. 개리가 말을 이었다.

"난 운전기사예요. 그 사람들이 필요할 때 거기 있죠. 그들이 말을 걸 때만 말해요. 보지도 않고, 듣지도 않고, 다 잊어버려. 덕분에 이 바닥에서 32년을 버티고, 배은망덕한 두 자식 놈을 대학에 보냈어요. 2년 반 후면 조기 은퇴해서 코스타리카 바닷가에 사둔 집으로 이사할 거고요. 일은 그렇게 하는 거예요. 알아듣겠어요?"

개리가 종이 냅킨으로 코를 풀자 턱 밑 살이 출렁댔다.

"보지도 말고, 듣지도 말고……."

"다 잊어버리라고요. 그러면 돼요. 도넛 먹을래요? 여기 도넛 맛이 기막히거든요. 종일 갓 만든 도넛을 팔죠."

개리가 일어나서 터벅터벅 카운터로 갔다. 도넛을 갖고 돌아온 그는 다른 말은 하지 않았다. 내가 맞다고, 도넛이 진짜 맛있다고 말하자 그는 흡족해서 고개를 끄덕일 뿐이었다.

애그니스는 다시 돌아와서 아무 말도 하지 않았다. 몇 분이 흐른 후 그녀가 물었다.

"레너드가 전화했어? 휴대폰이 꺼져 있는 줄도 몰랐네."

"아뇨."

"그이는 분명 회사에 있을 거야. 내가 전화해야지."

애그니스가 머리를 정리하더니 등을 기대면서 당당하게 말했다.

"정말 근사한 수업이었어. 많은 걸 배울 것 같은 느낌이 확 들어. 스티븐은 대단히 뛰어난 예술가야."

집까지 절반쯤 와서야 난 그녀가 그림도 없이 빈손으로 왔음을 깨달았다.

11.

톰에게

야구 모자를 보낼게. 어제 네이선과 야구 경기를 보러 갔는데 모든 선수가 쓰고 있어서 말이야(사실 선수들은 헬멧을 쓰지만, 전통적인 모자는 이거라서). 네 거랑 다른 지인에게 줄 모자를 샀어. 모자 쓴 사진을 엄마한테 찍어달라고 해. 내 가벽에 붙여놓을게!

아니, 미국 이쪽 지역에는 카우보이가 없어. 하지만 오늘 컨트리클럽에 갈 거니까, 카우보이가 지나가는지 눈을 똑바로 뜨고 볼게.

상상 속의 개와 내 궁둥이를 예쁘게 그려줘서 고마워. 바지 속 궁둥이가 보라색인지 미처 몰랐지만, 네 그림처럼 자유의여신상 앞을 알몸으로 지날 결심을 하게 되면 그 점을 명심할게.

네가 상상하는 뉴욕이 실제 뉴욕보다 훨씬 더 신나는 것 같아.

사랑을 한 아름 담아서,

루 이모가 xxx

그랜드 파인스 컨트리클럽은 푸른 시골에 넓게 펼쳐져 있었다.

나무와 필드가 완벽하게 굽이치고 눈부시게 푸른 색감을 띠고 있어서 일곱 살배기가 크레용으로 그린 그림 같았다.

쨍하게 화창한 날, 우리를 태우고 장거리를 느릿느릿 달리던 개리가 옆으로 긴 흰 건물 앞에서 멈췄다. 하늘색 유니폼 차림의 청년이 앞으로 나와 애그니스가 앉은 쪽의 차 문을 열었다.

"어서 오세요, 고프니크 부인. 잘 지내셨나요?"

"잘 지냈어요. 고마워요. 랜디도 잘 지내죠?"

"아주 잘 지냅니다, 사모님. 여긴 벌써 북적대는군요. 분주한 하루죠."

고프니크 씨는 사무실을 지켜야 해서, 그가 소유한 컨트리클럽에서 장기근속 후 퇴임하는 메리에게 선물을 증정하는 일이 애그니스에게 주어졌다. 그녀는 피치 못할 행사를 앞두고 한 주 내내 마음을 다잡았다.

애그니스는 컨트리클럽이라면 완전히 질색했다. 전처의 친구들이 거기 올 터였다. 또 사람들 앞에서 해야 하는 연설도 싫어했다. 레너드가 곁에 없으면 나서서 말하지 못했다. 그런데 이번에는 남편이 꼼짝하지 못할 상황이었다. '당신 자리를 확실히 보여주는 데 도움이 될 거예요. 또 루이자도 곁에 있을 거고요.'

우리는 연설을 연습하고 계획을 세웠다. 퇴임식장인 그레이트 룸에 최대한 늦게 도착할 예정이었다. 식사가 시작되기 직전에 들어가면, 맨해튼 교통 체증을 핑계로 대면서 사과하고 자리에 앉을 수 있었다. 문제의 메리 랜더가 오후 2시경 커피를 마신 후 일어나면, 몇 사람이 축사를 할 터였다. 이후 애그니스가 일어나 고프니크 씨의 불가피한 불참을 사과하고, 축사 몇 마디와 함께 선물을 증정하기로 했다. 우린 예의상 30분쯤 머물다가 시내에 중요한 일이 있다는 핑계로 떠날 참이었다.

"이 옷이 적당할까?"

애그니스는 유난히 점잖은 투피스를 입었다. 진홍색 민소매 원피스와 옅은 색 반팔 재킷을 입고 한 줄짜리 진주 목걸이를 드리웠다. 평소 차림과 달랐지만, 그녀가 갑옷을 입은 기분이 들어야 된다는 걸 난 잘 알았다.

"최고인걸요."

애그니스가 심호흡을 하자 내가 웃으면서 옆구리를 찔렀다. 그녀는 잠깐 내 손을 잡더니 꼭 그러쥐었다.

"우리 들어갔다 나와요. 식은 죽 먹기예요."

내가 말했다.

"남들이 뭐라고 하거나 말거나."

그녀가 중얼거리며 내게 얼핏 미소 지었다.

건물 자체가 사방으로 밝게 뻗어 있었다. 목련색으로 칠해져 있었으며 사방에 꽃이 담긴 대형 화병과 복제 골동품 가구가 있었다. 참나무 패널로 꾸민 벽에 창립자의 초상화가 걸려 있고, 말수 없는 직원들이 이 방 저 방 다니면서 가끔 커피 잔이나 유리컵을 내려놓는 소리를 냈다. 눈에 보이는 모든 게 아름다웠다. 청하지 않아도 필요한 일이 처리되는 것 같았다.

그레이트 룸은 60명쯤 들어차서 북적댔다. 품위 있게 꾸민 식탁에 잘 차려입은 여자들이 둘러앉아 탄산수나 과일 펀치를 마시며 수다를 떨었다. 하나같이 머리를 완벽하게 드라이했고 우아한 고가의 의상 일색이었다. 날렵하게 재단한 원피스에 부클레◇ 재킷을 걸쳤거나 세심하게 매치한 투피스 차림을 하고 있었다. 짙은 향수 향이 뒤섞여 진동했다. 여자들이 모인 방에서 몇몇 테이블에는 한 남자가 우두커니 앉아 있었지만 존재감은 희미했다.

무심한 제3자라면, 어쩌면 평범하고 일반적인 남자도 부적절한 낌새를 전혀 의식하지 못할 것이다. 우리가 지나갈 때 슬그머니 돌아가는 머리통, 슬쩍 낮아지는 코 높이, 보일락 말락 하게 내민 입술. 내가 뒤에서 걷는데 앞에서 갑자기 애그니스가 멈칫하는 바람에 부딪힐 뻔했다. 그 순간 테이블에 앉은 인물들이 눈에 들어왔다. 태비사, 젊은 남자, 더 나이 든 남자, 처음 보는 여자 둘. 내 옆자리에 앉은 더 나이 든 여자는 고개를 갸우뚱한 채 애그니스를 빤히 쳐다봤다. 웨이터가 앞으로 나와 의자를 빼주자 애그니스는 바로 '큰보라'인 캐서린 고프니크과 마주 앉았다.

"안녕하세요."

애그니스는 테이블에 앉은 사람들을 향해 인사하면서 고프니크 씨의 전처를 쳐다보지 않으려고 노력했다.

"안녕하세요, 고프니크 부인?"

내 쪽에 앉은 남자가 인사했다.

"헨리 씨."

애그니스가 인사를 받고 어설프게 미소 지으면서 태비사에게 말

◇ 표면에 동글동글하게 실이 엉킨 것 같은 입체 무늬가 있는 직물.

했다.

"탭. 오늘 여기 온다는 말은 없었잖아."

"모든 일을 보고해야 하는 건 아니잖아요, 애그니스?"

태비사가 쏘아붙였다.

"그런데 누구신가?"

오른편의 노신사가 내게 고개를 돌렸다. 런던에서 온 애그니스의 친구라고 말하려다가 그러면 안 된다는 걸 깨달았다.

"루이자예요. 루이자 클라크."

내가 말했다.

"에밋 헨리요. 만나서 반가워요. 영국 억양인가?"

노인이 마디 굵은 손을 내밀었다.

"맞습니다."

나는 고개를 들어 물을 따라 주는 웨이트리스에게 고맙다고 인사했다.

"정말 반갑군요. 그럼 다니러 온 참인가?"

"루이자는 애그니스의 어시스턴트로 일해요, 에밋."

태비사가 나서서 대답했다.

"애그니스는 사교 모임에 직원을 동반하는 아주 괴상한 습관이 생겼고요."

내 뺨이 화끈거렸다. 캐서린 고프니크의 뜯어보는 시선과 좌중의 눈길이 느껴졌다.

에밋이 생각에 잠겼다가 입을 열었다.

"흠, 내 아내 도라는 지난 10년간 어디를 가든 빠짐없이 간호사리비와 함께했는걸. 레스토랑, 극장 할 것 없이 우리가 가는 곳 어디나. 아내는 대화 상대로 나보다 리비가 한 수 위라고 말하곤 했는데. 맞는 말이다마다."

그가 내 손을 토닥이면서 킬킬대자, 나머지 사람들도 마지못해 따라 웃었다.

이렇게 해서 86세의 노신사 덕에 사교 석상의 굴욕을 면했다. 에밋 헨리는 새우 전채 요리를 먹으면서 내게 컨트리클럽과의 긴 인연, 맨해튼에서 변호사로 산 세월, 은퇴해서 인근의 양로 시설에 입주한 내력을 이야기했다.

"매일 여기 와요. 덕분에 활동적으로 지낼 수도 있고, 또 늘 대화 상대가 있거든요. 이곳은 집을 떠나서 만난 집인 셈이죠."

"아름다운 곳이네요. 사람들이 왜 여기 오고 싶어 하는지 알겠어요."

내가 대꾸하면서 뒤를 돌아다봤다. 얼른 몇 명이 고개를 돌렸다. 애그니스는 겉으로는 차분해 보였지만, 살짝 손을 떠는 게 눈에 들어왔다.

"그렇죠, 이 건물은 대단히 유서 깊어요. 연대가……."

에밋이 방 옆쪽으로 현판이 걸린 곳을 가리키며 말을 멈추었다. 그는 내게 감동할 시간을 주고 나서 말을 이었다.

"1937년으로 거슬러 올라가는군."

영국의 집 앞 도로에 있는 임대주택도 그보다 오래됐다고 지적하고 싶지는 않았다. 엄마의 타이츠는 그보다 오래됐을 텐데 뭐. 나는 고개를 끄덕이고 미소 지으면서, 야생 버섯을 곁들인 닭고기를 먹었다. 그러면서 괴로운 기색이 역력한 애그니스에게 가까이 다가갈 방법을 궁리했다.

식사가 길어졌다. 에밋은 클럽 이야기와 내가 듣도 보도 못한 사람들의 우스운 일화를 끝없이 늘어놓았다. 가끔 애그니스가 고개를 들면 나는 미소를 지어 보였지만, 그녀가 점점 침울해지는 게 느껴졌다. '고프니크의 전 부인과 현 부인이 코를 맞대고 앉다니! 상상이나 할 수 있는 일이야?' 메인 코스가 끝나자 나는 양해를 구하고 자리에서 일어났다.

"애그니스, 여자 화장실에 가는 길을 가르쳐주실래요?"

내가 말했다. 이 방에서 10분만 나가 있어도 도움이 되리라 예상했다.

그녀가 대답할 새도 없이 캐서린 고프니크가 냅킨을 테이블에 내려놓고 나를 쳐다봤다.

"내가 가르쳐줄게요. 마침 나도 갈 거라서."

그녀는 핸드백을 들고 내 옆에 서서 기다렸다. 내가 애그니스를 흘끔댔지만 전 부인은 꼼짝하지 않았다.

애그니스가 고개를 끄덕였다.

"다녀와. 나는…… 닭 요리를 마저 먹을게."

그녀가 말했다.

쿵쾅대는 가슴을 안고 전 고프니크 부인을 쫓아 그레이트 룸의 테이블 사이를 누비며 문간으로 나갔다. 나는 몇 걸음 뒤에서 그녀를 따라가며 카펫이 깔린 복도를 지나다 여자 화장실 앞에 멈췄다. 부인은 마호가니 문을 열고 물러서서는 나부터 들어가게 했다.

"고맙습니다."

내가 중얼대고 화장실 칸 안으로 들어갔다. 소변조차 마렵지 않았다. 변기에 앉아서 여기 죽치고 있으면, 내가 나가기 전에 저 여자가 나갈 거라 생각했다. 그런데 밖에 나가보니 그녀는 세면대 앞에서 립스틱을 덧바르고 있었다. 그녀가 손을 씻는 내게 시선을 돌렸다.

"그러니까 내 옛날 집에 사는군요."

캐서린 고프니크가 말했다

"네."

거짓말을 해봤자 무슨 소용이 있을까.

그녀는 입술을 오므리더니 만족해하면서 립스틱 뚜껑을 닫았다.

"모든 상황이 좀 난처하겠네."

"맡은 일을 할 뿐이에요."

"아."

그녀는 작은 빗을 꺼내서 머리를 가볍게 빗어내렸다. 내가 먼저 가면 무례해 보일까? 부인과 테이블에 함께 돌아가는 게 에티켓인가? 손을 닦고 거울 쪽으로 몸을 숙여, 화장이 번진 눈 밑을 살피면서 최대한 시간을 끌었다.

"내 남편은 어떻게 지내죠?"

나는 눈을 깜빡였다.

"레너드 말이에요. 그이는 잘 있나요? 나한테 그 말 좀 한다고 대단한 기밀을 누설하는 것도 아닐 테고요."

거울 속에서 그녀가 날 응시했다.

"저는…… 저는 그분을 자주 못 봐요. 하지만 좋아 보이세요."

"그이가 왜 여기 오지 않았는지 궁금했거든요. 혹시 또 관절염이 도졌는죠."

"아, 아니요. 오늘 다른 일이 있으실 거예요."

"'일'이 있어서라. 그래요, 그거 다행스러운 소식이네요."

그녀는 빗을 조심스럽게 핸드백에 넣고 콤팩트 거울을 꺼내 콧등 이쪽저쪽을 한 번, 두 번 톡톡 두드리고 닫았다. 난 더는 할 일이 없었다. 가방을 뒤지면서 콤팩트 거울을 가져왔는지 기억하려 애쓰는 순간 고프니크 부인이 내게 몸을 돌렸다.

"그이는 행복한가요?"

"네?"

"솔직하게 묻는 거예요."

심장이 벌렁거렸다.

그녀의 목소리는 나긋하기까지 했다.

"탭은 아빠 이야기를 잘 안 해요. 아빠를 간절히 사랑하지만 아직도 화가 많이 나 있어요. 늘 아빠밖에 모르는 아이였거든요. 그러니 딸아이는 정확한 그림을 파악하지 못해요."

"고프니크 부인, 당연한 말이지만 제가 어떤 말씀을 드릴 입장은 아닐……."

그녀가 고개를 홱 돌렸다.

"하긴, 그렇겠네요."

캐서린 고프니크은 거울을 조심스럽게 핸드백에 넣으며 말을 이었다.

"나에 대해 무슨 말을 들었는지 짐작되고도 남네요, 루……?"

"루이자, 루이자 클라크예요."

"루이자, 인생은 흑백이 아니란 걸 알겠지요."

나는 침을 삼켰다.

"압니다. 또 애그니스가 좋은 사람인 것도 알고요. 똑똑하고 친절하고 문화적이고, 그리고 돈을 밝히는 사람이 아니에요. 이런 면은 명확히 드러나지 않는다고 할 수 있지요."

거울 속에서 서로 눈이 마주쳤다. 우리는 잠깐 동안 서 있었다. 그러다가 그녀가 핸드백을 닫고는 마지막으로 거울을 보고 억지 미소를 지었다.

"레너드가 잘 있다니 다행이에요."

테이블로 돌아가자 한창 식탁이 정리되는 중이었다. 캐서린 고프니크은 끝까지 내게 한 마디도 말하지 않았다.

커피와 디저트가 같이 나오고 대화가 잦아들면서 오찬이 마무리되었다. 노부인 몇 명이 부축을 받아 화장실로 향할 때, 보행기가 의자 다리에 시끄럽게 부딪혔다. 양복 차림의 남자가 앞쪽의 작은 연단에 섰다. 셔츠칼라가 땀에 젖어 있었다. 그는 참석해 줘서 감사하다고 인사한 뒤, 클럽에서 열릴 행사를 홍보했다. 2주 후에 있을 '자선의 밤'의 입장권이 매진되었다는 소식을 전하자 참석자들은 손뼉을 쳤다. 마지막으로 그는 발표할 내용이 있다면서 우리 테이블을 보며 고개를 끄덕였다.

애그니스가 숨을 내쉬고 일어나자 좌중의 시선이 쏠렸다. 그녀가 연단에 올라 지배인이 섰던 마이크 앞에 자리 잡았다. 그녀가 기다리자 지배인은 나이 든 흑인 여성을 앞으로 불러냈다. 검은 정장 차림의 여인은 손을 털면서, 다들 무슨 불필요한 요란이냐는 몸짓을 했다. 애그니스는 그녀에게 미소 지은 다음 내가 알려준 대로 심호흡을 크게 했다. 그러고 나서 작은 카드 두 장을 조심스레 거치대에 내려놓은 뒤 명확하게 또박또박 말하기 시작했다.

"여러분, 안녕하세요. 오늘 이곳까지 발걸음해 주셔서 감사드립니다. 대단히 맛있는 점심을 준비해 주신 모든 직원분들께도 감사드리고요."

지난주에 몇 시간이나 연습한 덕분에 철저하게 조절된 목소리로 유창히 어휘를 구사할 수 있었다. 인정하는 듯한 웅성거림이 있었다. 캐서린 고프니크를 힐끗 봤지만 알 수 없는 표정이었다.

"여러분이 아시듯 오늘은 메리 랜더가 이곳에서 마지막으로 근무하는 날입니다. 메리가 행복한 은퇴 생활을 누리기를 기원합니다. 레너드가 오늘 참석할 수 없어서 너무나 애석하다고 전해달라며 당부했어요, 메리. 메리가 클럽을 위해 해준 모든 일에 너무나도 감사합니다. 여기 모인 분들 역시 같은 마음일 거예요."

애그니스는 내가 가르쳐준 대로 이 대목에서 말을 끊었다. 실내에 정적이 흐르고 여자들이 집중하는 표정을 지었다. 연설이 이어졌다.

"메리는 1967년 이곳 그랜드 파인스에서 주방 보조로 근무를 시작해서, 부지배인까지 진급했습니다. 여기 계신 분들 모두 오랜 세월 가까이서 메리의 도움을 받는 기쁨을 누렸어요. 우리 모두 무척 그리울 거예요, 메리. 우리를 비롯한 모든 클럽 회원들이 감사의 작은 증표를 전하고 싶어요. 즐거운 은퇴 생활을 누리기를 진심으로 바랍니다."

예의상 박수가 터졌고, 애그니스는 메리의 이름이 새겨진 유리 감사패를 받았다. 그녀는 미소를 지으면서 패를 전달한 다음, 사람들이 사진을 찍는 동안 가만히 서 있었다. 그 후 연단 끝으로 내려가 테이블로 돌아왔다. 이목을 피할 수 있어 안도하는 빛이 얼굴에 떠올랐다.

메리는 웃으면서 사진 촬영에 응했다. 이번에는 지배인과 찍었다. 내가 애그니스에게 축하의 말을 하려고 몸을 숙인 찰나, 캐서린 고프니크가 자리에서 일어났다.

"사실 저도 몇 마디 하고 싶네요."

떠드는 소리 사이로 그녀의 목소리가 울려 퍼졌다.

우리가 지켜보는 가운데 그녀는 연단에 올라 탁자 앞을 지나갔다. 그러더니 메리의 손에서 감사패를 받아 지배인에게 건넸다. 그녀가 메리의 손을 잡았다.

"아, 메리."

캐서린은 메리와 좌중 쪽으로 몸을 돌리고 말을 이어갔다.

"메리, 메리, 메리. 그동안 얼마나 소중한 사람이었는지."

열렬한 박수가 터져 나왔다. 캐서린은 고개를 끄덕이고 잠잠해지기를 기다렸다. 그녀가 계속 말했다.

"오랜 세월 우린 여기서 수백, 아니 수천 시간을 보내면서 내 딸, 아니, 우리 모두가 당신의 보살핌을 받았어요. 정말 행복하고 행복한 시간이었어요. 작은 문제만 생겨도 늘 달려와서 해결해 주고, 긁힌 무릎에 반창고를 붙이거나 혹이 난 머리에 연신 얼음주머니를 대주기도 했었지요. 우리 모두 보트하우스 사건을 기억할 거예요!"

웃음이 터졌다.

"당신은 특별히 우리 아이들을 사랑했죠. 레너드와 나에게 이곳은 늘 성소 같았어요. 이곳에서만큼은 우리 가족이 안전하고 행복했으니까요. 이 멋들어진 초원에서 아주 많은 시간을 보냈어요. 또 얼마나 많이 웃었는지. 우리가 골프를 치거나 친구들과 칵테일을 마시러 가면, 옆에서 당신이 아이들을 지켜보며 세상에서 가장 맛좋은 아이스티를 갖다주었잖아요. 우리 모두 메리의 특제 아이스티를 좋아하죠. 그렇지 않은가요, 여러분?"

환호성이 터졌다. 나는 애그니스가 점점 굳어서 어쩔 줄 모르는 로봇처럼 박수 치는 것을 알아차렸다.

에밋이 내게 몸을 기울이고 말했다.

"메리의 아이스티는 물건이지요. 뭘 넣는지 몰라도 정말이지 치명적이거든요."

그가 천장으로 눈을 굴렸다.

"태비사가 오늘 여러분처럼 시내에서 이곳까지 와서 특별히 참석한 것은 메리를 단순히 클럽 직원이 아닌 가족의 일원으로 여기기 때문일 거예요. 가족을 대신할 게 없다는 걸 우리 모두 알죠!"

다시 박수가 터졌고 난 애그니스를 보지 않으려 했다.

박수가 잦아들자, 캐서린 고프니크가 다시 입을 열었다.

"메리, 당신은 이곳의 진정한 가치를 지키는 데 일조했어요. 그가치를 혹자는 구식이라고 평하겠지만 우린 바로 그게 이 컨트리클럽 자체라고 느껴요. 꾸준함, 우월함, 성실성. 메리는 클럽의 웃는 얼굴이자 뛰는 심장이었어요. 모두를 대신해 말하거니와, 당신이 없는 클럽은 예전 같지 않을 거예요."

이제 메리는 눈가가 촉촉해져서 환하게 웃었다. 캐서린 고프니크가 덧붙여 말했다.

"여러분, 잔을 채우고 우리의 보배, 메리를 위해 잔을 드시지요."

소란스러웠다. 일어날 수 있는 사람은 일어섰다. 에밋이 뒤뚱뒤뚱 일어나자, 나는 주위를 흘끔대다가 배신하는 기분을 느끼면서 일어났다. 마지막으로 애그니스가 박수를 치면서 일어났다. 입을 벌리고 억지웃음을 지은 채였다.

떠들썩한 술집에선 마음이 편해졌다. 바텐더에게 주문하려면 팔을 뻗어 세 줄쯤 뚫고 지나야 하고, 인파를 헤치고 테이블로 돌아오느라 술이 3분의 2만 남아 있어도 다행인 그런 술집. 네이선은 '발타자'가 소호의 명소라고 말했다. 늘 북적대고 늘 재미있는 뉴욕 바의 정석이라고. 오늘은 일요일 밤인데도 발 디딜 틈이 없었다. 시끌벅적한 분위기, 계속 움직이는 바텐더들, 조명과 덜걱대는 소리가 머리에서 오늘 있었던 사건을 밀어냈다.

우리는 바에 서서 각자 맥주를 두어 잔 마셨고, 네이선은 체육관 친구들에게 나를 소개했다. 이름은 즉시 잊었지만 다들 재미나고 친절했다. 서로를 놀리려고 여자 한 명쯤을 동석시키려 하는 남자들이었다. 결국 우리는 테이블로 옮겨 갔다. 거기서 술을 더 마시고 치즈버거를 먹으니 기분이 한결 풀렸다. 10시 무렵, 남자들이 짓궂은 표정을 짓고 핏대를 세우며 다른 회원들을 험담하자 나는 일어나서 화장실로 향했다. 비교적 조용한 분위기에서 10분쯤 보내며 화장을 고치고 가라앉은 머리를 부풀렸다.

샘이 뭘 할지 생각하지 않으려고 애썼다. 이제 그 생각을 하면 위로가 되기는커녕 오히려 마음이 답답해졌으니까. 화장실에서 나오는 순간.

"날 쫓아다니는 거예요?"

복도에서 몸을 획 돌렸다. 거기에 청바지와 셔츠 차림의 조슈아 라이언이 눈썹을 치켜뜨고 서 있었다.

"네? 어머, 안녕하세요?"

본능적으로 손이 머리로 갔다. 내가 다시 말했다.

"아뇨, 그게 아니라 친구들이랑 온 걸요."

"농담이에요. 잘 지냈어요? 센트럴파크에서 멀리까지 왔네요."

그가 몸을 굽혀 내 뺨에 키스했다. 조시에게서는 부드러우면서도 라임 같기도 하고, 사향 같기도 한 맛있는 냄새가 났다. 그가 덧붙였다.

"맙소사, 너무 시적인 표현이었네요."

"맨해튼의 모든 바를 탐험하고 있거든요. 어떤지 알겠죠?"

"아, 그럼요. '새로운 것을 시도하자', 뭐 그런 느낌인 거죠? 귀여워 보여요. 전반적인…… 프레피룩 분위기가."

그가 내 민소매 원피스와 반소매 카디건을 가리키면서 말했다.

"오늘 컨트리클럽에 가야 했거든요."

"잘 어울려요. 맥주 한잔 마실래요?"

"저…… 친구들이랑 와서요."

순간적으로 조시는 실망한 표정을 지었다. 내가 얼른 덧붙였다.

"하지만 우리랑 합석해요."

"좋아요. 우선 같이 온 일행한테 말하고요. 커플 데이트에 끼었거든요. 그들도 나를 떼어내면 반가워할 거예요. 자리가 어디예요?"

인파를 뚫고 네이선에게 돌아가는데 갑자기 얼굴이 화끈대고 귓가가 살짝 윙윙거렸다. 억양이 다르고, 눈썹 모양이 다르고, 눈꼬리 처진 모양이 달라도 조시한테서는 윌이 보였다. 언젠가는 그 충격을 느끼지 않을 날이 올까. 무의식적이지만 '언젠가'라는 말을 하는 자신이 의아했다.

"친구랑 마주쳤어요."

내가 말한 순간 조시가 나타났다.

"친구라."

네이선이 중얼댔다.

"네이선, 딘, 애런. 여기 조시 라이언이에요."

"'3세'를 빠트렸네요."

그가 우리 둘만 아는 농담을 하면서 빙그레 웃었다.

"안녕하세요?"

조시가 인사하면서 몸을 숙여 손을 내밀고 네이선과 악수했다. 나는 네이선이 그를 훑어보다가 날 쳐다보는 걸 알아차렸다. 내가 태연히 환한 미소를 지었다. 언제든 바에 오면 합석할 잘생긴 남자 사람 친구가 뉴욕 곳곳에 있다는 듯이.

"내가 맥주를 사도 될까요? 여기 음식도 정말 맛있어요, 괜찮으시다면요."

조시가 바로 향하자 네이선이 중얼댔다.

"'친구'라고요?"

"맞아요, 친구예요. 엘로 볼에서 만났어요. 애그니스랑 같이."

"생김새가……."

"나도 알아요."

네이선이 이내 생각에 잠겼다. 그는 나를 쳐다보더니 조시에게 눈을 돌렸다.

"'좋다'고 대답한다더니 이런 거군요. 설마 아직……."

"난 샘을 사랑해요, 네이선."

"그래요, 친구. 그냥 한 말이에요."

저녁 내내 네이선이 깐깐하게 구는 게 느껴졌다. 어쩌다가 조시와 나는 나머지 일행과 떨어져 테이블 끝으로 가게 되었다. 그는 직장 이야기를 했다. 매일 동료들이 업무량을 감당하기 위해 진정제와 항우울제를 섞어 복용하고 있으며, 툭하면 화내는 상사의 비위를 맞추려고 무척 애를 쓰지만 뜻대로 안 된다고 했다. 아파트를 꾸밀 시간이 없었는데, 청소광인 어머니가 보스턴에서 방문했을 때 어떤 일이 벌어졌는지에 대해서도. 난 고개를 끄덕이고 미소 지으면서 귀를 기울였다. 그의 얼굴을 볼 때 넋을 잃고 집착하는, '정말 닮았어'라는 표정이 아니라 적절히 관심 있는 표정을 지으려고 노력했다.

"어떻게 지내요, 루이자 클라크? 저녁 내내 당신 얘기는 거의 안

하네요. 휴가는 잘 보내고 있어요? 언제 돌아가나요?"

그 일. 지난번 만났을 때 내 신분을 속였던 기억이 퍼뜩 떠올랐다. 게다가 취해서 거짓말을 계속할 수가 없거나 고백하는 게 창피하게 느껴지지 않았다.

"조시, 할 말이 있는데요."

그가 몸을 숙였다.

"아, 기혼자군요."

"아뇨."

"흠, 그건 다행이고요. 불치병을 앓아요? 몇 주 못 사나요?"

나는 고개를 저었다.

"지루하군요? 지루한 게 맞네. 이제 다른 사람이랑 얘기하고 싶군요? 알았어요. 내가 숨 쉴 새도 없이 떠들어댔으니."

나는 웃음을 터뜨렸다.

"아뇨, 그게 아니고요. 당신은 좋은 대화 상대예요."

나는 구두를 내려다보면서 말을 이었다.

"나는…… 전에 말한 그런 사람이 아니에요. 영국에서 온 애그니스의 친구가 아니라고요. 그렇게 둘러댄 이유는, 옐로 볼에서 애그니스에게 친구가 필요했기 때문이에요. 나는요, 음, 나는 그녀의 어시스턴트예요. 일개 어시스턴트에 불과해요."

고개를 드니 조시가 날 응시하고 있었다.

"그래서요?"

난 그를 빤히 쳐다보았다. 그의 눈동자가 황금색을 띠었다.

"루이자, 여긴 뉴욕이에요. 누구나 자신을 높여서 말해요. 은행

창구 직원은 다들 말석 부지점장이라고 말하죠. 바텐더들은 다들 제작사를 갖고 있다고 말해요. 당신이 애그니스를 쫓아서 뛰어다니기에 분명히 직원일 거라고 짐작했어요. 어떤 친구가 그러겠어요, 아주 맹한 게 아니라면요. 당신은 맹한 사람이 아니고요."

"상관없나요?"

"이봐요, 당신이 기혼자가 아니라니 다행일 따름이에요. 결혼한 게 아니라면 말이죠. 그것까지 거짓말은 아니었지요?"

그는 내 손을 잡고 있었다. 가슴 속에서 살짝 숨이 가빠왔다. 침을 삼키고서야 입이 떨어졌다.

"아니에요. 하지만 남자 친구는 있어요."

그가 깜짝 놀랄 발언이 나올지 살피느라 눈을 마주 보다가, 마지못해 내 손을 놓았다.

"아, 그래요. 아쉽네요."

조시가 다시 등을 기대고 술을 한 모금 마셨다. 그리고 다시 물었다.

"그런데 어째서 여기 없는 거죠?"

"남자 친구는 영국에 있으니까요."

"그가 여기로 올 건가요?"

"아뇨."

조시는 상대가 어리석다고 느끼지만 그런 말을 하기 꺼려지는 듯한 표정을 지었다. 그가 어깨를 으쓱했다.

"그럼 우린 친구가 될 수 있겠네요. 이 동네에서는 누구나 데이트하는 걸 알죠? 데이트가 별것 아니라는 거예요. 내가 어이없게 잘

생긴 남자 사람 친구가 되어줄게요."

"데이트한다는 게 섹스한다는 의미인가요?"

"와우, 영국 여자들은 말을 돌려서 하지 않네요."

"헛된 생각을 심어주고 싶지 않아서요."

"지금 나한테 섹스 파트너가 되지 않을 거라고 선언하는 거죠? 좋아요, 루이자 클라크. 접수했어요."

난 생긋 웃지 않으려고 애썼다. 그러나 소용없었다.

조시가 말했다.

"진짜 귀여워요. 웃기고 직설적이고요. 지금까지 만난 여자들과 달라요."

"당신은 무척 매력적이고요."

"그거야 내가 좀 황홀한 상태니까요."

"그리고 난 좀 취했고요."

"아, 이제 마음이 아프네요. 진짜 아파요."

그가 가슴을 부여잡았다.

바로 그 순간, 고개를 돌리다가 네이선의 눈길을 알아차렸다. 그가 살짝 눈썹을 치켜올리더니 손목을 톡톡 쳤다. 그 몸짓만으로도 난 현실로 돌아올 수 있었다.

"저기, 가봐야 해요. 일찍 일을 시작해야 해서."

"내가 너무 지나쳤군요. 당신이 겁먹고 달아나게 만들었네요."

"아니, 난 쉽게 겁먹는 사람이 아니에요. 하지만 내일 일이 많아서요. 게다가 맥주 몇 잔에 데킬라까지 마셨으니 아침 조깅을 제대로 못 할 거예요."

"전화할래요? 사심 없이 맥주 한잔? 당신을 지그시 바라볼 수 있게?"

"충고 하나 할게요. 영국에서 그 표현은 다른 뜻으로 쓰일 수 있어서요."

내가 설명하자 조시가 웃음을 터뜨렸다.

"아, 안 그런다고 약속하죠. 물론 당신이 원하지 않는다면."

"대단한 선심이네요."

"진심이에요. 전화 줘요."

걸어 나오는 내내 그의 시선이 느껴졌다. 네이선이 택시를 부르는 동안 내가 몸을 돌렸다. 바 문이 닫히고 있었다. 문틈으로 겨우 그가 보였지만, 계속 날 지켜보고 있다는 것은 충분히 알 수 있었다. 미소 띤 표정이었다.

샘에게 전화했다.

"여보세요."

"루? 내가 왜 이런 걸 묻는가 몰라. 루가 아니면 새벽 4시 45분에 전화할 사람이 누가 있다고."

"뭐 하는 중이었어요?"

나는 침대에 누워 구두를 카펫 바닥에 벗어 던졌다.

"방금 당직 마치고 왔어요. 독서 중이에요. 잘 지냈어요? 목소리가 명랑하네요."

"바에 다녀왔어요. 힘든 하루였어요. 하지만 기분이 한결 나아졌어요. 당신 목소리가 듣고 싶어서 전화했어요. 보고 싶어서. 또 내 남자 친구니까요."

"또 취하셨고요."

샘이 소리 내어 웃었다.

"그럴지도 모르죠. 지금 독서 중이라고 했어요?"

"네. 소설."

"정말? 소설은 안 읽는 줄 알았는데."

"아, 케이티가 이 책을 사줬는데, 재미있게 읽어야 한다면서 읽고 있냐고 계속 물어대니 견딜 수가 있어야죠."

"그 여자가 왜 당신한테 책을 사줘요?"

나는 일어나 앉았다. 갑자기 좋은 기분이 싹 가셨다.

"왜? 나한테 책을 사주는 게 무슨 의미라도 있나요?"

샘이 재미있다는 투로 물었다.

"당신을 좋아해서 그렇겠죠."

"그런 거 아니에요."

"확실해요."

술기운 때문에 조심성이 없어졌다. 참을 새도 없이 말이 튀어나왔다. 나는 계속 말을 쏟아냈다.

"여자가 뭔가 읽게 하려는 건 그 남자를 좋아해서예요. 자기가 그 남자의 머릿속에 있고 싶은 거죠. 자기를 생각하게 만들고 싶은 거라고요."

샘이 킬킬댔다.

"한데 책이 오토바이 정비 관련서라면?"

"그래도 마찬가지예요. 여자는 자기가 얼마나 멋지고 섹시한 오토바이를 좋아하는 부류인지 보여주려고 그 책을 준 거니까요."

"저기, 오토바이랑 관련된 책은 아니에요. 어떤 프랑스인 얘기예요."

"프랑스인? 이거 큰일이네. 제목이 뭔데요?"

"『마담 드』."

"'마담 드' 뭐라고요?"

"그냥 『마담 드』예요. 어떤 장군이랑 귀고리랑……."

"그리고 뭔데요?"

"장군이 바람을 피워요."

"그 여자가 당신한테 바람난 프랑스인들의 이야기를 읽히려 한다고요? 아, 미치겠네. 그 여자는 당신한테 홀딱 빠졌어요."

"아니에요, 루."

"누가 누구를 좋아하면 난 딱 알아요, 샘."

"나 원."

그의 말투에 싫증이 묻어났다.

"오늘 밤 어떤 남자가 나한테 추파를 던졌어요. 그가 날 좋아하는 걸 알았죠. 그래서 만나는 사람이 있다고 분명히 말해줬어요. 적절히 피했죠."

"아, 그랬어요? 그 남자가 누군데요?"

"조시."

"'조시'라. 내가 떠나올 때 당신한테 전화했던 그 조시?"

난 취기가 올라 멍했지만 이 대화가 실수임을 깨달았다.

"네."

"그런데 술집에서 우연히 마주쳤다는 거군요."

"맞아요. 거기 네이선이랑 갔어요. 그러다 여자 화장실 앞에서 말 그대로 마주쳤죠."

"그래서 그자가 뭐랬는데요?"

이번엔 샘의 말투가 살짝 날카로워졌다.

"그 사람이…… 아쉽다고 말했어요."

"실제로도 그렇고?"

"뭐가요?"

"아쉬워요?"

잠깐 침묵이 흘렀다. 갑자기 정신이 확 드는 느낌이었다.

"난 그가 한 말을 그대로 한 것뿐이에요. 내가 사귀는 사람은 당신이라고요, 샘. 누군가 날 좋아하면 간파할 수 있고 그가 헛된 마음을 품기 전에 제대로 알려준 예로 한 이야기라고요. 당신은 그렇게 이해하고 싶지 않은가 보네요."

"그래요. 오밤중에 전화해 책을 빌려준 근무 파트너에 대해 이러쿵저러쿵하면서, 정작 자기는 취해서 이 조시라는 자한테 우리 관계를 털어놓고 다니는군요. 환장하겠네. 당신은 내가 등을 떠밀기 전에는 우리가 사귀는 것조차 인정하지 않으려 했죠. 그런데 이제 술집에서 마주친 남자한테 개인사를 즐겁게 떠들다니. 술집에서 진짜로 마주친 건지는 모르겠지만."

"시간이 걸려서 그랬던 거예요, 샘. 난 당신이 장난인 줄 알았다고요."

"시간이 걸린 이유는 아직 다른 남자에 대한 기억에 취해 있어서

였죠. 죽은 남자에 대한 기억에. 그리고 그가 당신이 뉴욕에 가길 바랐다는 이유로 지금 거기 있는 거고요. 그러면서 왜 케이티를 질투하고 이상하게 구는지 도무지 모르겠네요. 도나는 아무리 오래 있어도 신경 쓰지 않더니만."

"도나는 당신을 흠모하지 않았으니까요."

"케이티를 만난 적도 없으면서! 그녀가 날 흠모하는지 아닌지 어떻게 알 수 있죠?"

"사진을 봤다고요!"

"무슨 사진?"

그가 발끈했다.

내가 멍청했다. 눈을 감았다. 침을 삼키고 중얼댔다.

"그 여자 페이스북에서. 거기 사진이 있던데요. 당신이랑 그 여자랑 같이 찍은 사진."

긴 침묵이 흘렀다. 진짜로 그랬냐고 묻는 침묵. 말은 안 해도 상대방을 다른 눈으로 보게 된 순간의 불길한 침묵. 샘이 낮게 자제하는 음성으로 다시 입을 열었다.

"이건 어처구니없는 언쟁이니 난 잠을 좀 자야겠어요."

"샘, 나는……."

"잘게요, 루. 나중에 얘기해요."

그가 전화를 끊었다.

12.

말해서, 말하지 않아서 후회되는 말들이 끝없이 머릿속을 휘젓는 통에 자는 둥 마는 둥 했다. 그러다 노크 소리에 기진맥진한 채로 깼다. 정신없이 침대에서 나와 문을 여니, 디윗 부인이 드레싱 가운 바람으로 서 있었다. 화장기 없는 얼굴에 세팅을 하지 않은 머리로 있으니 왜소하고 가냘퍼 보였다. 얼굴은 불안으로 일그러져 있었다.

"아, 거기 있었네. 나와. 나오라고. 좀 도와줘."

그녀는 내가 달리 있을 곳이 있기라도 한 것처럼 말했다.

"무, 무슨 일인데요? 누가 들여보내 줬어요?"

"덩치 큰 친구. 오스트레일리아 사람. 어서 나와. 어물댈 짬이 없어."

나는 눈을 비비면서 정신을 차리려 했다.

"전에는 그 청년이 도와줬지만 고프니크 씨를 두고 나갈 수가 없다더군. 아, 그게 뭐가 중요하다는 건지 모르겠는데. 오늘 아침에 쓰레기를 내놓으려고 문을 열었는데, 딘 마틴이 쏜살처럼 나가버렸어. 건물 어딘가 있을 텐데 어디 있는지 모르겠어. 나 혼자 녀석을 찾을 수가 없어서."

목소리는 떨렸지만 여전히 오만했다. 그녀는 머리 쪽을 손짓하면서 말을 이었다.

"서둘러. 얼른 서두르라고. 아래층에서 누군가 문을 열어서 딘 마틴이 골목에 나갈까 봐 걱정이야."

디윗 부인이 양손을 비틀면서 계속 중얼댔다.

"녀석은 혼자 밖에 못 나가는데. 또 누군가 훔쳐 갈지 몰라. 족보 있는 개거든."

나는 열쇠를 집어 들고 티셔츠 바람으로 그녀를 따라 현관 복도로 나갔다.

"어디 어디 찾아보셨는데요?"

"흠. 아무 데도 안 찾아봤지, 걸음이 신통치 않아서. 그래서 찾아봐 달라는 거잖아, 난 가서 지팡이를 가져와야겠군."

노부인은 내가 어처구니없는 말이라도 한 것처럼 쳐다보았다. 난 한숨을 쉬면서 상상해 봤다. 내가 맹한 눈을 가진 작은 퍼그인데, 예기치 않게 자유를 맛보게 되었다면 뭘 하고 있을까.

"녀석은 내 전부야. 꼭 찾아줘야 해."

디윗 부인은 긴장감을 감당할 수 없는지 기침을 하기 시작했다.

"중앙 로비부터 찾아볼게요."

딘 마틴이 엘리베이터를 타지 못한다는 가정하에 아래층으로 뛰어 내려가서 성미 나쁜 작은 개를 찾아보았다. 없었다. 손목시계를 보니 아직 6시도 안 되어서 좀 심란했다. 아쇽의 책상 뒤편과 아래를 들여다보고 사무실에 가봤지만 문이 잠겨 있었다. 계속 나직이 딘 마틴의 이름을 부르면서도, 나 자신이 멍청하다 싶었다. 흔적도 없었다. 다시 계단을 올라가서 우리 층에서도 똑같이 이름을 부르면서 주방과 뒤편 복도를 확인했다. 없었다. 4층에 가서도 그렇게 찾다가 문득 깨달았다. 이제 내가 숨이 차다면, 작은 뚱보 개 역시 많은 계단을 빠르게 뛰어서 올라갈 가능성도 없을 듯했다. 그때 밖에서 쓰레기차가 웅웅대는 소리가 들렸다. 디윗 부인이 늙은 개가 사람이 고약하게 느끼는 냄새를 잘 참는다고, 심지어 좋아한다고 말했던 기억이 났다.

업무용 출구로 향했다. 거기 넋 나간 딘 마틴이 침을 흘리며, 악취 나는 큰 쓰레기통을 옮기는 미화원들을 쳐다보고 있었다. 내가 천천히 다가갔지만, 소음이 큰 데다 쓰레기에 홀려서 딘 마틴은 내 기척을 듣지 못했다. 결국 나는 팔을 뻗어 개를 붙잡았다.

약이 바짝 오른 퍼그를 안아본 적이 있는지? 톰이 두 살 때 코에 구슬을 넣었을 때가 떠올랐다. 내 여동생이 구슬을 빼는 동안 내가 톰을 안고 있어야 했다. 그때 이후로 그렇게 뭔가가 꿈틀대는 느낌은 처음이었다. 겨드랑이 밑에 끼고 씨름하자니 딘 마틴이 좌우로 몸을 비틀지를 않나. 화가 나서 눈이 튀어나올 것만 같았다. 녀석이 부아가 나서 왈왈 짖는 소리가 조용한 건물을 뒤흔들었다. 양팔로 개를 안고, 공격하려고 들이대는 입을 피해 고개를 옆으로 돌렸다. 위층에서 디윗 부인이 외쳤다.

"딘 마틴? 딘 마틴이냐?"

개를 붙들고 있기만도 힘이 부쳤다. 얼른 주인에게 넘기고 싶어서 마지막 계단을 뛰어 올라갔다.

"찾았어요!"

숨이 가빴다. 디윗 부인이 팔을 뻗으며 앞으로 나왔다. 그녀는 목줄을 준비하고 있다가, 내가 개를 내려놓자 얼른 목걸이에 걸었다. 그 순간 그 크기와 생김새로는 가당찮게, 개가 순식간에 고개를 돌려 내 왼손을 물었다.

개 짖는 소리에 깨지 않은 입주자가 있었다면, 내 비명을 듣고 퍼뜩 깼을 것이다. 적어도 딘 마틴이 놀라서 손을 놓을 정도의 비명이었다. 나는 손을 뻗으며 몸을 굽혔다. 이미 상처에 피가 차오르고 있었다.

디윗 부인은 숨을 멈추고 더 똑바로 섰다.

"흥. 개를 그렇게 꽉 껴안으니 그런 꼴을 당할 수밖에. 말도 못하게 불편했던 게지!"

그녀가 작은 개를 안쪽으로 몰아넣었고 개는 계속 이빨을 드러내며 나한테 으르렁댔다. 노인이 개에게 손짓하면서 말했다.

"거기 있어. 알겠지? 방정맞게 소리치고 비명을 질러서 개가 겁을 먹었어. 지금 무척 동요하고 있다고. 개를 제대로 다루려면 개에 대해 공부를 하란 말이야."

말이 나오지 않았다. 만화에 나오는 것처럼 입이 헤벌어졌다. 바로 그 순간 운동복 바지와 티셔츠 차림의 고프니크 씨가 현관문을 열었다.

"도대체 무슨 소동이지?"

그가 성큼성큼 복도로 나오면서 말했다. 매서운 말투가 놀라웠다. 고프니크 씨는 바로 파악했다. 티셔츠와 헐렁한 반바지를 입은 내가 피가 나는 손을 부여잡고 있고, 드레싱 가운을 걸친 노부인의 발아래서 개가 짖는 상황을.

고프니크 씨 뒤에 수건을 목에 걸고 유니폼을 입은 네이선이 서 있었다.

"도대체 이게 무슨 난리지?"

"글쎄, 딱한 이 사람한테 물어보든가. 이 사달을 일으킨 장본인이니까."

디윗 부인은 가는 팔로 딘 마틴을 안아 들더니 고프니크 씨에게 한 손가락을 흔들며 쏘아붙였다.

"이 건물에서 일어난 소음을 두고 감히 나한테 훈계할 생각일랑 접어, 젊은이! 그쪽 아파트야말로 들락날락 라스베이거스 카지노가 따로 없으니까. 아무도 오비츠 씨에게 불평하지 않는 게 요상하다니까."

노인은 고개를 꼿꼿하게 들고 몸을 돌려 문을 닫았다.

고프니크 씨가 날 쳐다보고 두어 번 눈을 깜빡이더니, 닫힌 현관문으로 눈을 돌렸다. 잠깐 잠잠하던 그는 예기치 못하게 킬킬댔다.

"'젊은이'라! 흠."

그는 고개를 저으면서 말을 이었다.

"아주 오랜만에 들어보는 소리군."

그러더니 뒤에 있는 네이선에게 몸을 돌렸다.

"일을 제대로 하고 있나 보군요."

아파트 안쪽에서 작은 소리가 들려왔다.

"우쭐대지 말라고, 고프니크!"

*

고프니크 씨는 나를 개리의 차에 태워서 파상풍 주사를 맞도록 주치의에게 보냈다. 고급 호텔 라운지 같은 대기실에 앉아 있다가 중년의 이란인 의사를 만났는데, 그렇게 꼼꼼한 사람은 처음 봤다. 고프니크 씨의 비서가 지불한 청구서를 힐끗 보니 개에게 물린 걸 잊어버릴 정도였다. 차라리 죽는 편이 낫겠단 생각이 들었다.

집에 돌아가니 애그니스는 벌써 소식을 알고 있었다. 내가 건물 내에서 화제의 인물이 된 모양이었다.

그녀가 명랑하게 말했다.

"고소해야지! 그 노인네, 고약한 말썽쟁이라고. 게다가 그 개는 위험하니 같은 건물에서 사는 게 안전하지 않을 거야. 휴가를 낼 정도야? 루이자가 휴가를 내면, 내가 불편을 겪었다고 노인네를 고소할 수 있는데."

나는 대꾸하지 않고 부인과 개를 생각하며 울적한 감정에 젖었다.

주방에서 마주치자 네이선이 말했다.

"좋은 일 해주고 뺨 맞은 격이네요, 그쵸? 쪼그만 게, 밧줄로 묶어놔야지 원."

디윗 부인에게 계속 부아가 치밀었지만, 그녀가 처음 방에 찾아와서 "딘 마틴이 내 전부"라고 말한 모습이 뇌리를 떠나지 않았다.

그 주에 태비사는 리모델링한 아파트로 돌아갔지만, 집안 분위기는 날카로웠다. 잠잠하다가도 가끔 폭발했다. 고프니크 씨가 늦도록 야근하는 동안, 애그니스는 줄곧 어머니와 폴란드어로 통화했다. 위기감이 느껴졌다. 일라리아는 애그니스가 아끼는 셔츠를 태웠다. 아마 진짜 사고였을 것이다. 몇 주 전부터 새 다리미의 온도 조절장치를 불평했으니까. 애그니스는 일라리아가 불성실한 배신자이며 집안의 '수카'◊라고 악을 쓰면서 타버린 셔츠를 그녀에게 던졌다. 가정부는 결국 폭발해서 여기서 일을 못 하겠다고 고프니크 씨에게 말했다. 못 한다고, 오랜 세월 이 보수를 받고 이렇게 열심히 일한 사람은 없다고. 더는 참을 수 없어서 떠나겠다고 통보하는 거라고. 고프니크 씨는 일라리아를 부드럽게 어르고, 고개를 기울이며 공감을 표하면서 마음을 바꾸라고 설득했다(또 현찰도 주었을 것이다). 애그니스는 이것을 남편의 배신행위로 받아들여 문을 쾅 닫고 나갔다. 그 바람에 복도 테이블에 놓여 있던 두 번째로 작은 중국 화병이 우당탕 소리를 내며 깨졌다. 그녀는 저녁 내내 드레스룸에 들어가 울었다.

다음 날 아침에 나가니, 식탁에 부부가 서로 손깍지를 끼고서 나란히 앉아 있었다. 애그니스가 남편의 어깨에 머리를 기대자, 고프니크 씨는 아내의 귀에 뭐라고 속삭였다. 그녀는 남편이 미소 지으며 지켜보는 가운데 일라리아에게 정식으로 사과했다. 하지만 그가 출근하자 애그니스는 센트럴파크를 조깅하는 내내 폴란드어로 열띠게 욕설을 중얼댔다.

그날 저녁, 그녀는 폴란드에 가서 가족을 만나 긴 주말을 보내겠다고 선언했다. 내가 동행하지 않는다는 사실을 알고 살짝 안심했

◊ '암캐', '계집'이라는 뜻의 폴란드어 단어.

다. 집이 널찍한데도 애그니스가 계속 변덕을 부리고 남편이나 가정부, 남편 가족의 혈육과 신경전을 벌이니 말할 수 없이 갑갑하던 참이었다. 며칠간 혼자 지낼 생각에 오아시스를 만난 기분이었다.

"집을 비우시는 동안 제가 뭘 하면 될까요?"

내가 물었다.

애그니스가 웃으면서 대답했다.

"며칠 쉬어! 루이자는 내 친구야. 내가 떠난 사이 루이자도 즐거운 시간을 보내야 해. 아, 가족을 만날 수 있다니 정말 신나. 정말로 신나."

그녀가 손뼉을 치면서 말을 이었다.

"폴란드에 가다니! 지긋지긋한 자선행사에 안 가도 되고. 정말 행복해."

내가 처음 여기 왔을 때, 그녀가 하룻밤도 남편과 떨어지기 싫어했던 기억이 났지만 얼른 그 생각을 밀어냈다.

이런 변화를 곰곰이 따지면서 주방에 들어가니, 일라리아가 성호를 긋고 있었다.

"괜찮아요, 일라리아?"

"기도하는 중이에요."

그녀가 프라이팬에서 눈을 들면서 대답했다.

"아무 일 없죠?"

"그 '푸타'◇가 돌아오지 않기를 기도하고 있어요."

◇ '창녀'라는 뜻의 스페인어 단어.

*

신나는 아이디어가 떠올라 샘에게 이메일을 보냈다. 평소라면 전화하겠지만, 지난번 통화 이후 그가 소식이 없어서 아직도 화가 났는지 마음에 걸렸다. 예기치 않게 사흘 휴가가 생겨서 항공편을 알아봤고, 거금을 들여 불시 귀국을 할까 고민 중이라고 썼다. 이러면 어떨까? 이러려고 돈 버는 거 아니야? 이름 옆에 스마일과 비행기 이모티콘, 하트 몇 개, 키스 몇 개를 붙여서 전송했다.

한 시간 내로 답신이 왔다.

미안해요. 죽어라 일하는 중이고 토요일 밤에는 제이크를 O2 아레나◊에 데려가서 밴드 공연을 보여주기로 약속했어요. 괜찮은 아이디어지만 이번에는 적당한 주말이 아니네요. S x

이메일을 빤히 보면서 얼어붙지 않으려고 애썼다. '괜찮은 아이디어지만.' 마치 공원 산책을 제안한 것처럼 심드렁한 대꾸라니.

"나한테 마음이 식은 건가?"

네이선은 메일을 두 번 읽었다.

"아뇨, 그는 바쁘고 루이자가 예정에 없이 귀국하기에는 좋은 때가 아니라고 말하고 있어요."

"나한테 마음이 식고 있나 봐요. 그 메일에는 아무것도 없다고요. 사랑도 없고…… 욕망도 없어요."

◊ 영국 런던 근교의 스포츠, 공연장, 극장 등이 있는 복합시설.

"아니면 출근길에 이메일을 썼겠죠. 혹은 화장실에 앉아서나 상사랑 대화 중이었거나. 그는 보통 남자처럼 행동하고 있다고요."

설득당하지 않았다. 난 샘을 알았다. 두 문장을 보고 또 보면서 말투와 숨은 의도를 파악하려고 노력했다. 그러는 자신을 미워하면서도 페이스북에 들어가서, 그 주말에 케이티 잉그럼이 할 일을 예고했는지 확인했다(짜증나게 아무 포스팅도 없었다. 하긴 남의 화끈한 구조대원 애인을 유혹할 작정이라면 나라도 그러겠지). 그런 다음 심호흡을 하고 답장을 썼다. 몇 번을 썼다가 삭제했고 유일하게 이 문장만 놔두었다.

그래요 뭐. 역시 어려운 일이었나 봐요! 제이크랑 잘 놀고 와요. L x

'보내기'를 누르는데 실제 감정과 메일의 글이 얼마나 따로 노는지, 놀라웠다.

애그니스는 목요일 저녁에 선물을 잔뜩 들고 떠났다. 나는 환하게 미소 지으며 손을 흔들어준 다음 TV 앞에 주저앉았다.

금요일 아침에는 메트로폴리탄박물관의 의상 연구소에 가서 중국 경극 의상 전시회를 관람했다. 한 시간쯤 돌아보면서 섬세한 자수와 밝은 색상의 의상들, 거울처럼 빛나는 실크에 감탄했다. 그걸 보고 의욕이 생겨서, 지난주에 조사해 둔 패브릭 잡화점이 있는 웨스트 37번가로 향했다. 차고 상쾌한 10월 날씨가 곧 겨울이 온다는 걸 알려주었다. 지하철을 타니 텁텁하고 답답한 온기가 반가웠다.

선반마다 살피며 다양한 패턴의 직물 속에서 넋을 놓은 채 한 시간쯤 보냈다. 애그니스가 돌아오면 보여줄 이미지 샘플을 만들기로 작정한 참이었다. 작고 긴 소파와 쿠션을 화사하고 재미난 색상의 천으로 바꾸고 싶었다. 옥색, 분홍색, 예쁜 앵무새와 파인애플이 프린트된 천으로. 비싼 인테리어 디자이너들이 계속 권하는 무채색 다마스크 덮개와 커튼은 싫었다. 그런 것은 다 첫 고프니크 부인의 색깔이었다. 애그니스는 아파트에 자신의 개성을 씌울 필요가 있었다. 대담하고 생기와 아름다움이 넘치게. 내가 어떤 스타일을 원하는지 설명하자, 가게 직원은 이스트빌리지에 있는 다른 상점을 소개해 줬다. 중고 옷가게인데 뒤편에 빈티지 패브릭이 쌓여 있다고 했다.

가게 외관은 미덥지가 않았다. 외관만 봐서는 기대감이 생기지 않았다. 낡고 허름한 1970년대식 건물이었고, "빈티지 옷 가게 엠포륨 모든 시대, 모든 스타일, 저렴한 가격"이라는 문구가 적혀 있었다. 하지만 안으로 들어가다가 멈춰 섰다. 창고였는데, 직접 만든 "1940년대", "1960년대", "꿈으로 지은 의상", "할인 코너: 솔기가 뜯어져도 괜찮아"라는 안내판 밑에 시대별로 의상이 걸린 회전식 행거가 나눠져 있었다. 사향 냄새, 수십 년 묵은 향수 냄새, 좀이 슨 모피 냄새. 오래전 밤에 외출했을 때 맡았던 냄새가 자욱했다. 산소 마시듯 냄새를 들이쉬니, 잃어버린 줄도 몰랐던 내 일부를 되찾은 기분이었다.

상점을 돌면서 옷을 한 아름 입어봤다. 이름을 들어본 적 없는 옛 시절 디자이너의 이름들이 속삭이며 메아리쳤다. '미셸양장점', '뉴저지의 폰세카', '미스 아라미스'……. 보이지 않는 바늘땀을 손끝으로 매만지고, 중국산 실크와 시폰을 뺨에 댔다. 열댓 벌도 살 수 있었겠지만, 마침내 몸에 꼭 맞는 잿빛이 도는 청색 칵테일드레스를 사기로 했다. 소매 끝에 넓게 모피가 붙어 있고 목이 둥글게 팬 드레스였다. 그 외에 빈티지 데님 작업복과 입으면 나무를 자르거나 꼬리를 흔드는 말을 타고 싶어질 체크무늬 셔츠를 골랐다. 온종일 어슬렁댈 수 있을 법한 옷 가게였다.

"내가 저-엉-말 오래 눈독 들인 드레스거든요."

내가 계산대에 옷을 올려놓자 여직원이 말했다. 문신을 잔뜩 하고 까맣게 염색한 머리를 틀어 올리고, 까만 아이라인을 그린 모습이었다. 그녀가 말을 이었다.

"그런데 궁둥이가 들어가야 말이지요. 손님한테는 귀여워 보여요."

골초여서 걸걸하게 갈라지는, 형언할 수 없이 쿨한 목소리였다.

"언제 이 옷을 입을지 모르겠지만 가져야 될 것 같아서요."

"나도 늘 옷에 대해 그런 감정을 느껴요. 옷이 말을 걸어요. 그렇지 않나요? 그 드레스가 나한테 고함을 치던데. '날 사라고, 멍청아! 감자칩을 끊으면 되잖아!'"

그녀는 드레스를 매만지면서 다시 중얼댔다.

"잘 가라, 파란 꼬마 친구. 내가 거둬주지 못해서 미안해."

"대단한 가게네요."

"네, 여기서 겨우 버티고 있어요. 사악하게 인상되는 임대료와 아름다운 오리지널보다는 티제이맥스◇를 찾는 맨해튼 주민들 덕분에

◇ 의복과 생활용품을 판매하는 미국의 할인점 체인.

이리저리 흔들리면서 말이죠. 이 드레스의 품질을 봐요."

그녀가 드레스 안감을 들춰서 촘촘한 바늘땀을 가리키며 말을 이어갔다.

"인도네시아의 어느 노동착취 공장에서 이런 솜씨가 어떻게 나오겠어요? 뉴욕 전체를 통틀어 이런 드레스를 가진 사람은 없을걸요."

그녀는 눈썹을 치켜올리면서 한마디 더 덧붙였다.

"손님 말고는 없다고요. 영국 숙녀님, 대체 그 아름다움은 어디서 나온 거죠?"

난 초록색 군용 코트를 입고 빨간 비니를 쓰고 있었다. 아빠가 크림전쟁 때 냄새가 난다고 놀렸던 외투였다. 그 밑에 옥색 닥터 마틴 부츠를 신고, 모직 반바지와 타이츠를 입었다.

"스타일이 마음에 들어요. 혹시 그 코트를 처분하고 싶으면 말해요. 내가 잘 팔 수 있어요."

점원이 손가락으로 너무 크게 딱 소리를 내서 난 고개를 젖혔다.

그녀가 말을 이었다.

"군용 외투는 물리지 않죠. 할머니가 버킹엄궁전 경비병한테서 훔쳤다고 맹세하는 빨간 보병 코트가 있어요. 등판을 잘라서 범프리저◇로 만들었는데. 범프리저가 뭔지 알아요? 사진 볼래요?"

사진을 봤다. 사람들이 아기 사진 때문에 친해지듯 우린 짧은 재킷 때문에 인연을 맺었다. 그녀의 이름은 리디아였으며 브루클린

◇ 짧은 남성용 재킷.

에 살았다. 리디아와 자매인 앤젤리카는 7년 전 부모님에게 가게를 물려받았다. 얼마 안 되지만 골수 단골이 있었고, 주로 방송과 영화 의상 디자이너 덕분에 유지되고 있었다. 그들은 빈티지 의상을 구입해서 해체한 뒤 다시 제작했다. 주로 유산을 정리하는 집에서 물건을 사온다고 리디아는 말했다.

"플로리다가 최고예요. 냉방장치가 된 드레스룸을 가진 할머니들이 많거든요. 거기 1950년대부터 버리지 않은 칵테일드레스가 잔뜩 있어요. 우린 두어 달에 한 번씩 날아가서, 애도하는 유족에게 중고 의류를 구입해요. 그런데 점점 힘들어지네요. 요즘은 경쟁 업체가 너무 많아요. 팔고 싶은 옷이 있으면 나한테 전화만 해요."

리디아는 상점 웹사이트와 이메일 주소가 적힌 명함을 건넸다.

그녀가 내가 산 옷을 얇은 포장지에 싸서 봉투에 담아주자 내가 말했다.

"리디아, 나는 판매자보다는 구매자 쪽인 것 같아요. 하지만 고마워요. 이 가게는 최고예요. 당신도 최고고요. 꼭…… 집에 있는 것 같은 느낌이에요."

"당신은 사랑스러운 사람이네요."

리디아는 전혀 표정 변화 없이 이 말을 했다. 그녀가 한 손가락을 들더니, 카운터 아래로 몸을 굽혀 빈티지 선글라스를 꺼냈다. 하늘색 플라스틱 테에 짙은 색 렌즈가 끼워져 있었다.

"몇 달 전에 누가 이걸 맡기고 갔어요. 팔려고 했는데 루이자한테 멋지게 어울릴 것 같아서요. 특히 그 옷이랑 딱이에요."

"안 될 것 같아요. 이미 돈을 너무 많이 써서……."

리디아가 내 말을 끊었다.

"쉿! 선물이에요. 이제 빚이 있으니까 꼭 다시 와야 해요. 이것 보라니까요. 끼니까 얼마나 귀여워요?"

그녀가 거울을 보여주었다.

인정해야 했다. 정말 귀여웠다. 코에 걸린 선글라스의 위치를 조정했다.

"와, 오늘은 공식적으로 뉴욕 생활 최고의 날이에요. 리디아, 다음 주에 봐요. 앞으로는 여기서 제 돈을 다 쓰게 될 것 같아요."

"좋았어요! 이게 우리가 고객을 감정적으로 압박해서 먹고사는 방식이거든요!"

그녀가 소브라니◇ 담배에 불을 붙이고는 손을 흔들며 나를 배웅했다.

샘플 이미지를 만들고 사 온 옷을 입어보며 오후 나절을 보내다 보니 곧 6시가 되었다. 침대에 앉아 손가락으로 무릎을 두드렸다. 혼자 지낸다는 생각에 전율했었지만, 이제 저녁 시간이 볼품없이 휑한 풍경처럼 앞에 놓여 있었다. 아직 고프니크 씨와 함께 있는 네이선에게 문자메시지를 보내, 일 끝나고 간단히 외식하고 싶은지 물었다. 데이트가 있다는 답이 왔다. 아주 친절한 말투였지만, 상관없는 사람 때문에 시간을 낭비하고 싶지 않은 것 같았다.

샘에게 다시 전화할까 고민했지만, 실제 통화에서 내가 기대하는

◇ 영국산 담배 브랜드.

대화가 오갈지 자신이 없었다. 계속 휴대폰을 노려보았지만 전화번호를 끝까지 누르지 못했다. 조시가 떠올랐다. 전화해서 한잔 마시자고 청하면 그가 '사심'이 있다고 생각할지 궁금했다. 만나서 한잔 마시고 싶다는 사실 자체가 사심이 있는 걸까? 케이티 잉그럼의 페이스북을 확인했지만 여전히 새 포스팅은 없었다. 그래서 엄한 짓을 벌이기 전에 주방에 가서 일라리아에게 식사 준비를 도와도 될지 물었다. 그녀는 깜짝 놀라면서 10초쯤 나를 의심스러운 눈초리로 노려보았다.

"저녁 식사 준비를 도와도 되겠냐고요?"

"네."

내가 대답하면서 미소 지었다.

"됐어요."

가정부는 몸을 돌렸다.

그날 저녁에야 뉴욕에 지인이 없다는 사실을 절감했다. 여기 온 후 너무 바쁜 데다 애그니스의 일정과 요구 중심으로 살다 보니 친구를 사귀지 않았다는 생각조차 못 했다. 하지만 뉴욕에서 금요일 밤을 계획 없이 보내려니…… 루저가 된 기분이었다.

괜찮은 초밥집에 걸어가서 된장국과 먹어본 적 없는 생선회를 샀다. '장어! 장어를 먹다니 실화냐?'라고 중얼대지 않으려 애쓰면서 맥주를 곁들여 먹었다. 침대에 누워서 샘은 뭘 하고 있을까 같은 딴 생각을 밀어내려 텔레비전 채널을 돌렸다. 우주의 중심인 뉴욕에 있다고 자신을 달랬다. 금요일 밤에 집에 있는 게 어때서? 일주일

간 힘든 뉴욕 생활 끝에 쉬는 것뿐인데. 그러고 싶으면 주중에도 어느 날이든 밤에 나갈 수 있는걸. 이 말을 몇 번이나 중얼댔다. 그때 휴대폰에서 알림음이 울렸다.

또 뉴욕 최고의 바를 찾아 헤매는 중?

보지 않아도 누구의 문자메시지인지 알았다. 배 속에서 뭔가 꿈틀댔다. 나는 잠시 망설인 후 답을 보냈다.

- 실은 집에서 저녁 시간을 보내는 중이에요.
- 지친 월급 노예랑 다정하게 맥주 한잔 어때요? 적어도 내가 이상한 여성과 집에 가지 않게 해줄 수 있잖아요.

웃음이 나왔다. 메시지를 입력했다.

- 뭐 때문에 내가 방어적이라고 생각하죠?
- 우리가 절대 같이할 수 없다고 말하는 건가요? 아이쿠, 너무하시네.
- 왜 내가 당신이 다른 사람과 집에 가는 걸 막을 거라고 생각하느냐는 뜻인데요?
- 당신이 내 문자메시지에 답까지 해준다는 사실 때문에?(그는 이 문장 끝에 스마일 이모티콘을 붙였다.)

문득 배신하는 기분이 들어서 메시지를 입력하다가 말았다. 휴대폰을 빤히 보니, 커서가 방정맞게 깜빡거렸다. 결국 그가 문자메시지를 보냈다.

내가 망쳤나요? 망쳤네, 그죠? 너무해요, 루이자 클라크. 금요일 밤에 예쁜 아가씨랑 맥주 한잔하고 싶었을 뿐이고, 그녀가 연인이 있기에 퇴짜 놓아도 감수할 준비가 됐거든요. 그만큼 당신이랑 있으면 즐거우니까요. 맥주 마시러 나올래요? 딱 한 잔만?

나는 베개를 베고 생각하다 눈을 감고서 신음했다. 그러다 일어나 앉아 문자메시지를 입력했다.

정말 미안해요, 조시. 안 되겠어요. x

그는 답하지 않았다. 내가 조시를 화나게 했다. 다시는 연락이 오지 않겠지.

그때 휴대폰에서 알림음이 울렸다.

알았어요. 그런데 곤란에 처하면 내일 아침 득달같이 메시지를 보낼 테니 와서 정신을 잃고 질투하는 애인인 척해줘요. 화끈하게 한 방 먹일 준비하고요. 오케이?

나도 모르게 웃음이 나왔다.

- 절대로 못 할 일이네요. 멋진 밤 보내요. x

- 당신도요. 너무 멋지게는 말고요. 지금 날 잡아주는 것은 오로지, 당신이 내심 날 만나러 오지 않은 걸 아쉬워하리란 생각뿐. x

사실 조금 아쉬웠다. 당연히 그랬다. 다만 여자가 볼 만한 「빅뱅 이론」 에피소드가 너무 많이 남아 있었다. 텔레비전을 끄고 천장을 올려다보면서 지구 반대편에 있는 남자 친구를 떠올렸다. 또 윌 트레이너랑 닮은 미국인을 떠올렸다. 유니폼 안에 반짝이 티팬티를 입을 듯한 금발 아가씨가 아니라, 나랑 시간을 보내고 싶은 남자. 트리나한테 전화할까 생각했지만 톰을 방해하고 싶지는 않았다.

미국에 온 후 처음으로 여기 있으면 안 된다고 느꼈다. 보이지 않는 끈에 묶여 100만 마일이나 떨어진 곳에 끌려온 것만 같았다. 어느 시점에는 기분이 착 가라앉아서, 욕실에 갔다가 세면대에서 큰 밤색 바퀴벌레를 보고도 전처럼 비명을 지르지 않았다. 동화 속 인물처럼 바퀴벌레를 반려동물로 삼을까 잠시 고민했을 뿐이다. 그러다가 완전히 미친 여자처럼 생각한다는 걸 깨닫고 살충제를 뿌렸다.

10시에 짜증 나고 싱숭생숭한 상태로 주방에 가서는 네이선의 맥주 두 캔을 꺼냈다. 미안하다는 쪽지를 문 밑에 밀어 넣고 맥주를 마셨다. 너무 급하게 들이켜서 요란한 트림이 나는 것을 참아야 했다. 망할 놈의 바퀴벌레 때문에 언짢았다. 녀석은 무슨 짓을 하던 참일까? 바퀴벌레가 할 일을 했겠지. 아마 쓸쓸했을 것이다. 어쩌면 나랑 친구를 하고 싶었던 것일 수도 있고. 가서 약을 뿌린 세면대 아래를 살펴봤더니 바퀴벌레는 죽어 있었다. 이게 어이없게 화를 돋우었다. 난 바퀴벌레를 죽이지 못할 줄 알았는데. 바퀴벌레에 대해 완전히 잘못 알고 있었다. 분통 터지는 일을 적은 목록에 바퀴벌레 죽이기를 추가했다.

취기가 올라 이어폰을 끼고 비욘세의 노래를 따라 불렀다. 그래봤자 기분이 더 나빠질 줄 알았지만 상관하지 않았다. 휴대폰을 스크롤하며 샘과 찍은 사진을 보았다. 그가 내 어깨를 감싸거나 머리를 기울인 자세에서 사랑의 강도를 감지하려 했다. 사진을 보면서 무엇이 샘에게 안긴 나에게 그런 확신과 안정감을 주었는지 기억하려 애썼다. 그러다 컴퓨터를 열어서 이메일 아이콘을 클릭하고 메일을 썼다.

아직도 내가 그리워요?

'보내기'를 누르고 메일이 허공을 날아가는 동안 깨달았다. 이제는 얼마나 걸릴지 모르는 답을 기다리며 불안한 시간을 보내는 처지가 되었음을.

13.

메스꺼움을 느끼면서 깼지만 맥주 때문은 아니었다. 가벼운 구역질을 하며 전날 밤 저지른 짓을 깨닫는 데 10초도 안 걸렸다. 천천히 컴퓨터를 열고 확인해 보니 정말 메일을 보냈기에 주먹으로 눈을 때렸다. 아니, 샘은 답 메일을 보내지 않았다. 새로고침을 열네 번이나 눌렀는데도.

잠시 태아처럼 웅크리고 누워서 걱정을 밀어내려 했다. 그러다가 전화해서 기분 좋은 척 설명할까 고심했다. '하하! 좀 취하기도 했고 집도 그리워서 목소리를 듣고 싶었어요. 음, 미안…….' 하지만 샘은 토요일에 종일 근무라고 했다. 그러면 지금 케이티 잉그럼과 차 안에 함께 있다는 뜻이었다. 그녀가 듣는 데서 그런 통화를 하는 게 망설여졌다.

고프니크 자택에 일하러 온 후 처음으로 주말이 황량한 지역을 지나는 끝없는 여정처럼 눈앞에 펼쳐졌다.

그래서 집에서 멀리 떠나와 울적한 여자가 할 법한 일들을 다 했다. 초콜릿 다이제스티브 비스킷을 반 통쯤 먹고 엄마한테 전화했다.

"루! 너니? 잠깐만. 할아버지 속옷을 세탁 중이거든요. 온수 좀 끄고 오마."

엄마가 주방의 다른 쪽으로 가는 소리가 났고, 나직이 들리던 라디오 소리가 갑자기 끊겼다. 렌프루에 있던 작은 집으로 금방 돌아간 기분이었다.

"여보세요? 다시 받았다! 별일 없지?"

엄마는 숨을 몰아쉬며 말했다. 엄마가 앞치마 끈을 푸는 장면이 그려졌다. 중요한 통화를 할 때면 늘 앞치마를 벗으니까.

"그럼요! 이제껏 제대로 통화할 짬이 없었어요. 그래서 전화했어요."

"전화요금이 엄청나게 비싸지 않니? 네가 이메일로만 연락하고 싶어 하는 줄 알았는데. 설마 1000파운드짜리 청구서를 받는 건 아니겠지? 텔레비전에서 어떤 커플이 휴가를 떠났다가 휴대폰 요금 폭탄을 맞은 얘기를 봤거든. 귀국해서 집을 팔아야 요금이 해결될걸."

"요금 확인했어요. 목소리 들으니까 좋네요, 엄마."

엄마가 통화를 반기는 걸 보니 더 일찍 전화하지 않은 게 민망했다. 엄마는 수다를 떨면서 할아버지가 회복하면 야간 시 강좌를 시작할 계획이며 거리 끝 쪽 집에 시리아 난민이 이사 왔다고 말했다. 엄마는 그들에게 영어 수업을 해주고 있었다.

"당연히 난 그들의 말을 절반도 못 알아듣지만, 우린 그림을 그려가면서 소통하거든? 그러면 그 집 어머니 제이나는 감사 표시로 늘 음식을 만들어 준단다. 얇은 페이스트리를 어떻게 만드는지 혀를 내두르게 된다니까. 정말 좋은 사람들이야, 다들."

엄마는 아빠가 새로 만난 의사한테 체중을 줄이라는 말을 들었다고 전했다. 할아버지가 청력이 나빠져서 텔레비전을 켤 때마다 소리가 얼마나 큰지 엄마가 오줌을 지릴 지경이라나. 두 집 건너 사는 딤프나가 아기를 가져서 아침 점심 저녁 할 것 없이 헛구역질하는 소리가 들린다고 했다.

침대에 앉아 듣고 있자니, 세상의 다른 곳에서 평범한 삶이 계속된다는 사실이 묘한 위로를 주었다.

"네 동생이랑 얘기해 봤니?"

"이틀간은 얘기 못 했는데 왜요?"

트리나가 70킬로미터 떨어진 곳이 아니라 같은 방에라도 있는 것처럼 엄마가 소리를 낮춰 대답했다.

"남자가 생겼어."

"아, 네. 저도 알아요."

"너도 알아? 어떤 사람인지 말하든? 트리나가 우리한테 통 말을 안 하네, 일주일에 두세 번씩 만나러 나가면서. 내가 그 남자 얘기를 하면, 콧노래를 부르면서 미소 짓는다니까. 이상하기 짝이 없어."

"이상해요?"

"네 동생이 그리 많이 웃다니 말이야. 난 무척 초조해. 물론 좋은 일이지만, 트리나가 영 딴사람처럼 변해서 말이다. 루, 내가 트리나가 외출할 때 밤에 톰을 봐주러 런던에 갔었거든. 그런데 노래를 부르면서 돌아오지 뭐냐."

"와아."

"거의 곡조에 맞춰 부르더라니까. 네 아빠한테 말했더니 나더러 낭만이 없다나 뭐라나. 낭만이 없다니! 진짜 낭만을 아는 사람이니까 30년간 당신 팬티를 빨면서도 같이 살 수 있다고 받아쳐 줬지."

"엄마!"

"이런, 정신머리하곤. 깜빡했네. 넌 아직 아침도 안 먹었을 텐데. 흠, 아무튼. 트리나하고 연락되면 이것저것 캐봐. 그런데 네 그 친구는 잘 지내니?"

"샘이요? 아, 샘은…… 잘 있어요."

"잘됐구나. 네가 떠난 후 아파트에 두어 번 왔다더라. 너랑 가까이 있는 기분을 맛보려고 왔겠지, 딱한 사람. 트리나 말로는 그가 몹시 슬퍼하더래. 계속 일거리를 찾더라나. 여기 와서 우리랑 저녁 식사를 했었는데, 들르지 않은 지 한참 됐네."

"샘이 무지 바쁘거든요, 엄마."

"그럴 테지, 어디 보통 힘든 일이니? 그래, 흠. 전화요금 때문에 우리 둘 다 파산하기 전에 널 보내줘야겠구나. 이번 주에 마리아를 만날 거라는 얘기했었니? 8월에 우리가 간 근사한 호텔의 화장실 관리인 있잖아? 금요일에 트리나랑 톰을 보러 런던에 갈 건데, 먼저 거기 들러서 마리아랑 점심을 먹을 거야."

"화장실에서요?"

"말도 안 되는 소리! 레스터 스퀘어 근처에 이탈리아 레스토랑 체인점에서 원 플러스 원 행사를 하거든. 식당 이름은 기억나지 않는구나. 마리아는 레스토랑을 고르면서 엄청 유난을 떨지……. 여자 화장실의 청결 상태로 레스토랑을 평가해야 한다면서. 이곳은 아주 꼼꼼한 관리 일정표로 운영되는 것 같아. 매 시간마다 청결 상태를 확인하거든. 너는 다 괜찮니? 5가의 매력적인 생활은 어때?"

"'번가'요. 5번가라고 해요. 근사해요. 다…… 놀랍죠."

"잊지 말고 사진을 더 보내렴. 옐로 볼에서 찍은 사진을 보여줬더니 에드워스 부인이 너보고 영화배우 같다더라. 어느 배우인지는 말하지 않았지만, 좋은 뜻으로 말했겠지. 네가 주요 인물이 되어서 우릴 모른 척하기 전에 가봐야 한다고 네 아빠를 졸랐지!"

"그런 일이 생기기라도 한 것 같네요."

"우린 네가 진짜 대견하단다. 내 딸이 뉴욕 상류사회에서 리무진을 타고 화려한 멋쟁이들과 허물없이 지내다니 믿을 수가 없어."

내 작은 방을 휙 둘러보았다. 1980년대 벽지, 세면대 밑에서 죽은 바퀴벌레.

"네, 전 행운아죠."

이제는 샘이 편하게 내 아파트에 들러서 지내지 못하는 상황의 심각성을 애써 외면하면서 옷을 입었다. 커피를 마시고 아래층으로 내려갔다. 빈티지 의상실 엠포륨에 다시 가볼 작정이었다. 구경만 해도 리디아는 싫어하지 않을 것 같았다.

외출복을 신중하게 골랐다. 이번에는 옥색의 차이나칼라 블라우스와 모직 재질의 통이 넓은 검정색 바지를 입고, 빨간색 발레 슈즈를 신었다. 남방셔츠와 나일론 바지가 아닌 옷만 입어도 나다워진 기분이 물씬 났다. 머리를 양 갈래로 땋아서 등에서 모아 빨간색 작은 리본으로 묶고, 리디아에게 선물 받은 선글라스를 썼다. 그런 뒤 노점에서 파는 싸구려 기념품이지만 도저히 안 사고는 못 배긴 자유의여신상 모양의 귀고리로 마무리했다.

계단을 내려가는데 로비가 소란스러웠다. 한순간 디윗 부인인가 싶었지만, 모퉁이를 도니 언성을 높인 장본인은 젊은 아시아 여자임을 알 수 있었다. 그녀는 아숔에게 어린애를 떠넘기려는 듯했다.

"오늘은 내가 써도 된다고 말했잖아. 당신이 약속했다고. 난 꼭 시위에 가야 해!"

"난 그럴 수가 없어, 여보. 빈센트가 비번이란 말야. 로비를 지킬 사람이 없어."

"그럼 당신이 일하는 동안 애들이 여기 앉아 있으면 되겠네. 난 이 시위에 나갈 거야, 아숔. 그쪽은 내가 필요하다고."

"어떻게 여기서 애들을 돌보겠어?"

"도서관이 문을 닫게 생겼다니까, 여보. 못 알아들어? 여름에 갈 수 있는 냉방장치가 된 곳은 도서관밖에 없잖아! 내가 온전한 정신일 수 있는 곳도 거기밖에 없어. 하루 열여덟 시간 동안 혼자 지내는데, 하이츠에서 애들을 데리고 달리 어디를 가겠어?"

내가 멈춰 서자 아숔이 고개를 들었다.

"아, 루이자."

여자가 몸을 돌렸다. 내가 아숔의 아내를 어떻게 상상했는지는 몰라도, 청바지를 입고 반다나 밑으로 곱슬머리가 등에서 출렁이는 야멸찬 인상의 여자는 아니었다.

"안녕하세요."

"안녕하세요."

그녀가 대꾸하고는 남편에게 다시 고개를 돌리고 말했다.

"더 이상 왈가왈부 안 해. 여보, 당신이 토요일은 내 맘대로 하랬어. 난 귀중한 공공 자산을 지키기 위해 시위에 나갈 거야. 얘기 끝."

"다음 주에도 시위가 있다고?"

"계속 압박을 가해야지! 지금은 시의원들이 재정지원을 결정하는 시기잖아! 지금 우리가 거리에 나가지 않으면, 지역 언론이 보도하지 않을 거고. 그러면 시의원들은 아무도 신경 안 쓸걸. 홍보가 어떻게 작용하는지, 세상이 어떻게 돌아가는지 알잖아?"

"상사가 여기 내려왔다가 세 아이를 보면 난 실직당한다고. 그래, 사랑해, 나디아요. 정말로 사랑해. 울지 말아, 아가. 아빠가 오늘 일을 해야 해서 그래."

그는 품에 안은 아이에게 시선을 돌리고 눈물 젖은 뺨에 입을 맞추었다.

"이제 난 갈게, 여보. 이른 오후에 돌아올게."

"가지 마. 가지 말라고……. 이봐!"

그녀는 더 이상 반박하지 말라는 듯이 손바닥을 들어 올리고 걸어가더니 문 옆에 둔 손 팻말을 들고 건물 밖으로 빠져나갔다. 미리 연습이라도 한 듯 아이 셋이 동시에 울음을 터뜨렸다. 아숔이 나직이 욕설을 중얼댔다.

"도대체 나더러 어쩌라는 거야?"

"내가 도와줄게요."

무슨 짓을 하는지 모른 채 말이 먼저 나갔다.

“네?”

“집에 아무도 없어요. 애들을 위층으로 데려갈게요.”

“진심이에요?”

“일라리아는 토요일이면 자매를 만나러 가요. 고프니크 씨는 컨트리클럽에 가셨고요. 애들을 텔레비전 앞에 앉혀놓을게요. 힘들면 얼마나 힘들겠어요?”

아쇽이 날 쳐다봤다.

“자녀가 없지요. 그렇지 않나요, 루이자?”

그러더니 그는 정신을 수습하고 다시 말했다.

“하지만 그렇게 해준다면 정말 고맙지요. 오비츠 씨가 들렀다가 애 셋이 여기 있는 걸 보면, 변명할 새도 없이 해고될 거예요…….”

“해고된다고요?”

“그럼요. 알겠어요. 같이 올라가서 누가 누구고 누가 뭘 좋아하는지 말해줄게요. 얘들아, 이제 루이자랑 위층에 올라가서 모험을 할 거야! 재미있겠지?”

세 아이가 눈물 콧물 범벅인 얼굴로 날 쳐다보았다. 난 활짝 웃어주었다. 그걸 보자마자 셋이 다시 울음을 터뜨렸다.

가족과 떨어져 지내고 연인 때문에 불안해서 심란하다면, 모르는 아이 셋, 그중에 둘은 혼자서 화장실에 못 가는 아이를 봐주는 신세가 되는 걸 강력 추천! 축축한 기저귀를 차고 오뷔송 러그를 지나는 아기를 쫓아다니는 동시에, 네 살짜리가 상처 입은 고양이를 못 쫓아다니게 하려니 ‘현재에 집중해 사는 것’이 뭔지 이해됐다. 둘째인

아브히크는 비스킷으로 진정시킬 수 있어서 텔레비전으로 만화를 틀어주고 앉혀 놓았다. 아이가 통통한 손으로 비스킷을 부지런히 집어 먹는 사이, 난 나머지 두 아이를 반 평 안으로 몰아넣었다. 아이들은 웃기고 귀엽고, 변덕스러웠으며 기운을 빼앗아갔다. 꽥꽥대고 뛰어다니다가 연신 가구에 부딪혔다. 화병이 흔들렸다. 서가에서 빼낸 책을 얼른 도로 넣었다. 소음과 여러 고약한 냄새가 방 안을 메웠다. 바닥에 앉아 두 아이의 허리를 안고 있는데, 맏이 라차나가 끈적이는 손가락으로 내 눈을 찌르고 깔깔댔다. 나도 웃었다. '곧 끝날 테니 다행이야'라고 속으로 중얼대자니 우습기도 했다.

두 시간 후 아숔이 올라와서 아내가 시위를 하다가 붙잡혔다고, 한 시간만 더 봐줄 수 있겠냐고 물었다. 난 그러겠다고 대답했다. 그의 눈빛이 간절한데 난들 도리가 있나. 하지만 분별력을 발휘해서, 아이들을 내 방으로 데려가 만화를 틀어주고 문을 못 열게 했다. 이 근처에서 다시는 평소의 냄새가 나지 않으리란 걸 얼핏 인정했다. 살충제를 입안에 뿌리려는 아브히크를 말리는데 문을 노크하는 소리가 났다.

"잠깐만요, 아숔!"

나는 애들 아빠가 보기 전에 씨름해서 살충제를 빼앗았다.

그런데 문간에 나타난 것은 일라리아의 얼굴이었다. 그녀는 나를 빤히 보다가 아이들을 쳐다보더니 다시 내게로 눈을 돌렸다. 아브히크가 냉큼 울음을 그치고 갈색 눈망울로 일라리아를 쳐다보았다.

"어. 왔네요. 일라리아!"

그녀는 잠자코 있었다.

"제가…… 제가 두어 시간만 아속을 돕느라고요. 바람직한 상황이 아닌 줄은 알지만, 저기…… 제발 아무 말도 하지 마세요. 애들은 여기 잠시만 있을 거예요."

그녀는 잠깐 더 상황을 응시하더니 코를 킁킁댔다.

"나중에 방을 훈증 소독할게요. 제발 고프니크 씨에게 말하지 마세요. 다시는 이런 일이 없을 거라고 약속해요. 먼저 물어봐야 하는 줄은 알았지만, 집에 아무도 없었고 아속이 난감한 상황이라서요."

내가 말할 때 라차나가 울면서 가정부에게 뛰어가 럭비공처럼 배에 부딪혔다. 일라리아가 비틀대며 뒤로 물러서자 난 얼굴을 찡그렸다. 다시 말했다.

"금방 애들을 보낼게요. 바로 아속에게 전화하면 돼요. 정말이에요. 아무도 모르게 해야 되는데……."

하지만 일라리아는 블라우스를 매만지더니 여자애를 안았다.

"목마르지, 콤파녜라?"◇

가정부는 돌아보지 않고 나갔다. 라차나는 그녀의 큰 가슴에 달라붙어 엄지를 빨았다.

내가 멍하니 앉아 있자, 복도에서 일라리아의 목소리가 울렸다.

"애들을 주방으로 데려와요."

일라리아는 바나나를 튀기는 동안 아이들이 얌전히 있을 수 있도록 바나나 조각을 나눠 주었다. 나는 컵에 물을 채우고, 둘째와 셋째가 의자에서 내려오지 않게 하려 애썼다. 일라리아는 내게 말을

◇ '친구'라는 뜻의 스페인어 단어.

걸지는 않았지만 낮게 중얼댔고, 예상치 못한 부드러운 표정으로 아이들에게 노래를 부르듯 나긋하게 말했다. 개들이 숙달된 조련사에게 반응하는 것처럼 곧바로 조용하고 순해진 아이들은 바나나를 더 달라고 통통한 손을 내밀었다. 또 일라리아의 지시에 따라 "주세요."와 "고맙습니다"를 붙여 말했다. 먹고 또 먹으면서 웃고 온순한 표정을 지었다. 막내는 졸려서 주먹으로 눈을 비볐다.

"배가 고프구나."

일라리아가 빈 접시를 고개로 가리키면서 말했다.

아속에게 아기 배낭에 간식이 들었다고 들었지만, 아까는 정신이 없어서 들여다보지 못했다. 옆에 어른이 있어서 정말 고마웠다. 나는 바나나 프리터를 씹으면서 대답했다.

"애들을 잘 보시네요."

그녀는 어깨를 으쓱했다. 하지만 말은 안 해도 흡족한 표정이었다.

"아기 기저귀를 갈아야 해요. 서랍장의 맨 아래 서랍에 요람을 만들면 되겠네."

난 일라리아를 빤히 쳐다봤다.

"아기가 침대에서 떨어지면 어쩌려고요?"

그녀는 빤한 얘기라는 듯 눈을 굴렸다.

"아, 그렇네요."

나디아를 내 방으로 데려가 찡그리면서 기저귀를 갈았다. 커튼을 치고 서랍장 맨 아래 서랍을 열었다. 스웨터로 가장자리를 두른 후, 아기를 눕히고 잠들기를 기다렸다. 아기는 잠과 싸우면서 큰 눈으로 날 쳐다봤고 통통한 손을 뻗어 내 손을 잡으려 했다. 하지만 곧

싸움에 지리라는 것을 알 수 있었다. 일라리아를 흉내 내서 조용히 자장가를 불러주었다. 뭐, 딱히 자장가라고 할 수는 없고, 「몰라홍키송」 가사를 읊조리니 아기가 키득대기만 했다. 그래서 어릴 때 아빠가 불러준 「히틀러의 고환이 하나」라는 노래를 불렀다. 나디아는 그 노래가 마음에 드는 모양이었다. 눈이 감겼다.

복도에서 아속의 발소리가 들리더니, 내 등 뒤에서 문이 열렸다.

"들어오세요. 아기가 거의 잠들었어요……. '히틀러는 비슷하게 생긴…….'"

아속은 그 자리에서 있었다.

"'그런데 가여운 괴벨스는 아예 고환이 없었지.'"

그렇게 나디아는 잠들었다. 난 잠시 기다리다 아기가 춥지 않게 옥색 캐시미어 스웨터를 덮어주고 일어났다.

몸을 돌리다가 비명을 질렀다. 샘이 문간에 서서, 가슴에 팔짱을 낀 채 싱긋 웃고 있었다. 발 사이에 천 가방이 놓여 있었다. 나는 환영을 보나 싶어서 눈을 깜빡였다. 그러다가 천천히 손을 얼굴로 올렸다.

"깜짝 선물!"

그가 말없이 입술을 달싹이자 난 방을 가로질러 가서 그를 복도로 밀어냈다. 키스할 수 있는 곳으로.

샘은 예정에 없는 주말 휴가가 생겼다는 말을 들은 밤에 계획을 세웠다고 말했다. 공짜 콘서트라면 달려올 친구가 많으니 제이크와의 약속은 문제될 게 아니었다. 회사에 양해를 구하고 시간을 바꿔 근무 일정을 조정했다. 그런 다음 마지막 땡처리 비행기 표를 구입해서 나를 놀래키고 왔다는 것이다.

"내가 똑같이 달려가지 않았으니 운이 좋았네요."

"9000킬로미터 상공에서 그 생각이 머리를 스치긴 했어요. 갑자기 맞은편에서 날아오는 당신이 그려지더라고요."

"시간이 얼마나 있어요?"

"고작 48시간 정도. 월요일 아침 일찍 떠나야 해요. 하지만 루, 몇 주 더 기다리고 싶지 않았어요."

그는 그 이상 말하지 않았지만 난 말뜻을 알아들었다.

"당신이 그래줘서 정말 행복해요. 고마워. 고마워요. 그런데 누가 들여보내 줬어요?"

"카운터에 있는 당신 친구. 아이들이 있다고 경고하더군요. 그러더니 식중독은 다 나았냐고 묻지 뭐예요."

샘이 한쪽 눈썹을 치켜올렸다.

"네. 이 건물에는 비밀이 없거든요."

"또 당신이 멋진 아가씨고 여기서 가장 좋은 사람이라던데요. 물론 나야 이미 알고 있죠. 그런데 노부인이 짖는 개를 데리고 복도를 내려와서, 경비원에게 쓰레기 수거에 대해 잔소리를 하길래 그를 내버려두고 왔어요."

우리가 커피를 마시는데 아속의 부인이 도착해서 아이들을 데려갔다. 그녀의 이름은 미나였는데 시위 후의 열기로 얼굴이 빛났다. 진심으로 고맙다고 인사하며 주민들이 워싱턴 하이츠의 도서관을 지키려고 애쓰는 사정을 설명해 주었다. 일라리아는 아브니크를 엄마에게 보내고 싶지 않은 눈치였다. 그녀는 아이를 보며 킬킬대고 살그머니 볼을 꼬집어 웃게 하느라 바빴다. 두 여자가 수다를 떠는 동안 우린 그대로 서 있었다. 나는 허리에 닿는 샘의 손길을 느꼈다. 그의 듬직한 체구가 주방을 채웠다. 한 손에 커피 잔을 든 샘을 보니, 문득 이곳이 조금 더 집처럼 느껴졌다. 이제 여기 있는 샘을 그릴 수 있을 테니까.

"만나서 정말 반가웠습니다."

그가 손을 내밀면서 일라리아에게 인사했다. 그녀는 평소처럼 쌀쌀맞고 의심하는 표정이 아니라 미소를 짓고 있었다. 살짝 번진 미소가 곧 사라졌다. 난 사람들이 그녀에게 애써 인사를 건네지 않는단 사실을 깨달았다. 우린 늘 보이지 않는 존재니까. 그리고 아마도 나이나 국적 때문에 나보다 일라리아에게 더 그랬을 것이다.

샘이 화장실에 가자 그녀가 중얼댔다.

"고프니크 씨의 눈에 띄지 않게 해요. 이 건물에 애인은 출입 금지니까. 화물 출입구를 이용해요."

일라리아는 부도덕한 짓에 장단을 맞추는 게 믿기지 않는 듯 고개를 저었다.

"일라리아, 이번 일을 잊지 않을게요. 감사해요."

내가 말했다. 나는 포옹할 것처럼 양팔을 뻗었지만 그녀가 송곳 같은 눈길을 던졌다. 얼른 마음을 바꿔 양손 엄지를 들어 보였다.

우린 안전하게 채소 토핑만 올라간 피자를 먹고, 침침하고 지저분한 술집에 들어갔다. 머리 위의 소형 TV에서 야구 중계 소리가 시끄러웠다. 무릎을 맞대고 작은 테이블에 앉았다. 샘이 여기 내 앞에 있다니 믿기지 않아서, 내가 무슨 말을 하는지 잘 몰랐다. 그가 등을 대고 앉아 내 말에 웃으면서 자기 머리를 쓸어내렸다. 둘이 합의라도 한 듯이 케이티 잉그럼과 조시 이야기는 입에 올리지 않았고, 대신 가족 이야기를 했다. 제이크는 새 여자 친구가 생겨서 이제 샘의 집에 코빼기도 비추지 않는다나. 그는 열일곱 살 남자애가 삼촌이랑 어울리기를 꺼릴 줄은 알았지만 조카가 그립다고 말했다.

"제이크는 더 행복하고 애 아빠는 여전히 해결이 안 됐어요. 그러니 여자 친구가 생겨 다행이다 싶어요. 한데 이게 묘해요. 제이크랑 너무 자주 어울려 다녔나 봐요."

"언제든 우리 가족을 찾아가도 돼요."

내가 말했다

"알아요."

"당신이 여기 와서 얼마나 행복한지 한 번만 더 말하면 백 번째죠?"

"백 번 넘어도 괜찮아요."

그가 다정하게 말하고 내 손등 관절에 입을 맞추었다.

11시까지 바에 있었다. 이상하게 같이 있을 시간이 얼마 없는데도, 둘 다 지난번처럼 1분 1초를 다투며 급하게 전전긍긍하지 않았다. 샘이 여기 온 것 자체가 기대하지 않은 보너스니까, 같이 있는 시간을 즐기자는 무언의 합의를 한 것 같았다. 관광이나 색다른 경험을 하거나, 침대로 뛰어들 필요가 없었다. 젊은 사람들 표현대로, 오히려 좋았다.

얼큰히 취해서 서로 얼싸안고 바에서 나왔다. 나는 차도 쪽으로 가서 손가락 두 개를 입에 넣고 휘파람을 불었다. 노란 택시가 질주해서 바로 앞에 섰지만 나는 움찔하지도 않았다. 내가 몸을 돌려 타자는 몸짓을 했는데 그는 날 빤히 보기만 했다.

"아, 이거. 아속한테 배웠어요. 혀 밑에 손가락을 넣어야 해요. 잘 봐요…… 이렇게."

내가 환히 웃었지만 어쩐지 샘의 표정이 맘에 걸렸다. 그렇게 택시를 부르면 샘이 즐거워할 줄 알았는데, 갑자기 그는 나를 모르는 사람 보듯 했다.

우리는 적막한 아파트 건물로 돌아갔다. 레이버리 빌딩이 공원을 내려다보고 서 있었다. 도시의 소음 따위는 상대가 안 된다는 듯 조용하고 웅장하게. 현관으로 이어지는 덮개 있는 통로에 도착하자, 샘이 멈춰 서서 유서 깊은 벽돌 건물의 정면과 팔라디오 양식을 한 창문◊을 올려다보았다. 그는 혼자 생각에 잠긴 듯 고개를 저었다. 우리는 안으로 들어갔다. 대리석 로비는 잠잠했고, 야간 경비가 아속의 사무실에서 졸고 있었다. 화물용 승강기를 무시하고 걸어서 계단을 올랐다. 발이 묻히는 두툼한 청색 카펫을 밟고 반들대는 황동 난간을 잡으며 계속 오르니, 고프니크 부부가 사는 복도가 나왔다. 멀리서 딘 마틴이 짖기 시작했다. 나는 문을 열고 샘과 들어가서 육중한 문을 닫았다.

네이선 방은 불이 꺼졌다. 복도 멀리 일라리아의 방에서 텔레비

◊ 아치형 창의 양옆에 사각형 창이 있는 양식.

전 소리가 났다. 우린 발끝으로 넓은 현관홀을 통과해 주방을 지나 내 방으로 갔다. 티셔츠로 갈아입고 양치를 하는데 세련된 방이 아니라 아쉬웠다. 욕실에서 나가니 샘이 침대에 앉아 벽을 보고 있었다. 나는 양치질을 멈추고 그를 희한하다는 듯 쳐다봤다. 입에 페퍼민트 맛 치약 거품을 문 채로.

"왜요?"

"그냥…… 이상해서."

샘이 대답했다.

"내 티셔츠가요?"

"아니, 여기 있는 게요. 이곳에."

나는 욕실로 돌아가서 치약을 뱉고 입을 헹군 뒤 수도꼭지를 잠그면서 말했다.

"괜찮아요. 일라리아는 쿨한 사람이고 고프니크 씨는 일요일 저녁이 되어서야 돌아올 거예요. 당신이 아주 불편하면 내일 둘이 호텔로 가죠 뭐. 두 블록 지나 네이선이 아는 작은 호텔이 있거든요. 우리가……."

그는 고개를 저었다.

"이 집이 아니라 여기 있는 당신. 전에 호텔에 있을 때 당신과 난 평범했어요. 둘이 다른 곳에서 지낼 뿐이었죠. 그런데 여기 오니 당신의 모든 것이 변했다는 사실을 드디어 알겠어요. 당신은 5번가에 사네, 기가 막혀서. 세상에서 가장 비싼 지역이죠. 당신은 이 미친 건물에서 일해요. 사방에서 돈 냄새가 폴폴 나고요. 그런데 당신한테는 다 평범하군요."

난 묘하게 방어적이 되었다.

"난 여전히 나예요."

"물론이죠. 그런데 이제 당신은 다른 곳에 있어요. 문자 그대로."

샘이 담담하게 말했지만 왠지 난 이 대화가 불편했다. 나는 맨발로 샘에게 걸어가서 어깨를 잡고 좀 급하게 말했다.

"나는 여전히 루이자 클라크에요. 당신의 좀 덜렁대는 스토트폴드 아가씨라고요."

그가 대꾸하지 않자 난 덧붙여 말했다.

"난 이 집의 직원일 뿐이에요, 샘."

샘은 눈을 응시하면서 손을 들어서 내 뺨을 쓰다듬었다.

"이해를 못 하네요. 스스로는 얼마나 변했는지 알 수가 없겠죠. 당신은 달라졌어요, 루. 이 도시의 거리가 자기 것인 듯 활보해요. 휘파람을 불어 택시를 부르면 택시가 오죠. 심지어 걸음걸이도 달라요. 뭐랄까…… 모르겠어요. 당신은 본래 모습으로 변했어요. 아니, 어쩌면 다른 사람으로 변한 거죠."

"아니, 좋은 말을 하는데 어쩐지 나쁜 말로 들리네요."

"나쁜 게 아녜요. 그저…… 다를 뿐이에요."

난 샘에게 걸터앉아 맨 허벅지로 청바지를 입은 그의 다리를 감쌌다. 그의 얼굴을 향해 얼굴을 드니 둘의 코와 입이 닿을락 말락 했다. 양팔로 그의 목을 안자, 보드라운 짧은 머리칼이 내 피부를 스쳤고 따뜻한 살이 내 가슴팍에 닿았다. 어두웠다. 차가운 네온 불빛이 침대에 길쭉하게 떨어졌다. 나는 키스했다. 그 키스로 샘이 하려는 말에 응답하려 했다. 휘파람으로 택시를 백만 대쯤 부를 수 있지만, 무릎에 앉고 싶은 사람은 그밖에 없다는 사실을 전하고 싶었다. 점점 더 깊고 강렬한 입맞춤에 결국 포기한 샘은 양손으로 내 허리를 안아 몸을 세웠다.

나는 샘이 생각을 멈춘 순간을 정확히 감지했다. 샘이 확 당기면서 내 입술을 눌렀고, 몸을 비틀어 나를 눕히면서 갑자기 숨을 몰아쉬었다. 그의 전부가 하나의 열망으로 뭉쳐졌다.

그날 밤 난 샘에게 뭔가 내주었다. 평소와 달리 거리낌이 없었다. 샘에게 그를 향한 절실함을 보여주고 싶은 마음이 간절해서 다른 사람이 되었다. 그는 몰랐겠지만 그것은 싸움이었다. 나는 힘을 숨기고, 그가 스스로 맹목적이 되도록 만들었다. 다정함은 없었다. 간지러운 말도 없었다. 눈이 마주치자 난 그에게 화가 나려 했다. '난 여전히 나예요'라고 조용히 눈으로 말했다. '감히 날 의심하지 마요. 지금 이후로는.' 샘은 내 눈을 가리고 머리칼에 입 맞추면서 나를 가졌다. 나는 그를 받아들였다. 난 샘이 반쯤 미치기를 바랐다. 그가 전부 가졌다고 느끼게 해주고 싶었다. 내가 어떤 소리를 냈는지 모르겠지만, 섹스가 끝나자 귀가 멍했다.

"아주…… 달랐어요. 당신은 예전과 달랐어요."

다시 숨을 쉬게 되자 샘이 말했다. 그가 내 몸을 쓰다듬었다. 이번에는 부드럽게, 엄지로 가만히 허벅지를 쓸어내렸다.

"아마 전에는 당신이 그만큼 그립지 않았겠죠."

나는 몸을 숙여 그의 가슴에 키스했다. 입에서 짠맛이 났다. 우리는 어둠 속에서 누워 있었다. 깜빡이는 네온 불빛이 천장을 비추었다.

어두운 허공에 대고 샘이 말했다.

"같은 하늘. 우린 그걸 계속 기억해야 해요. 우린 같은 하늘 아래 있어요."

멀리서 경찰차 사이렌이 울리기 시작하고 이어서 다른 소음이 일어났다. 이제 그런 소리가 의식되지 않았다. 뉴욕의 소음이 익숙해져, 거슬리지 않는 백색소음이 되었다. 샘이 내게 얼굴을 돌렸다. 그의 얼굴이 그늘에 가려져 있었다.

"있죠, 난 잊기 시작했어요. 내가 사랑하는 당신의 모든 소소한 부분을. 당신 머리칼 냄새가 기억나지 않더라고요."

그가 내 머리에 얼굴을 대고 체취를 맡고 나서 다시 말했다.

"혹은 당신의 턱 모양. 내가 이럴 때 그 살갗의 떨림……."

그가 손끝으로 내 쇄골을 가볍게 쓸어내리더니 내 몸의 본능적인 반응에 싱긋 웃었다. 샘이 말을 이었다.

"사랑을 나눈 후 날 바라보는 그 몽롱한 눈빛……. 여기 와야 했어요. 기억을 환기하기 위해서."

"난 여전히 나예요, 샘."

내가 말했다.

그가 키스했다. 지그시 입술을 눌렀다. 네 번, 다섯 번.

"흠. 루이자 클라크, 당신이 어떤 모습이든 사랑해요."

그가 속삭이고 한숨을 쉬면서 천천히 등을 대고 누웠다.

하지만 그 순간, 난 불편한 진실을 받아들여야 했다. 조금 전 난 달랐다. 그건 얼마나 간절히 원하는지, 얼마나 소중히 여기는지 알려주고 싶어서만은 아니었다. 물론 그런 이유도 있긴 했다.

숨겨진 어두운 마음 한구석에는 내가 그 여자보다 낫다는 걸 똑똑히 보여주고 싶은 마음이 있었다.

14.

10시 넘어서까지 자고 일어나, 콜럼버스 서클 인근 작은 식당까지 걸어갔다. 배가 터지도록 먹고 진한 커피를 잔뜩 마시면서, 마주 앉아 무릎을 맞댔다.

"잘 왔다 싶어요?"

난 대답을 뻔히 알면서 물었다.

샘이 손을 뻗어 내 목덜미를 가만히 잡고는 테이블 위로 몸을 숙여 키스했다. 다른 사람은 개의치 않고, 내가 필요한 대답이 나올 때까지 입맞춤이 이어졌다. 주위에 주말판 신문을 보는 중년 커플, 희한한 차림으로 나이트클럽에서 밤샘하고 온 뒤 계속 대화하는 사람들, 아이가 보채서 지친 부모들이 있었다.

샘이 의자에 등을 기대면서 긴 한숨을 쉬었다.

"있잖아요, 누나는 늘 여기 오고 싶어 했어요. 바보같이, 왜 오지 않았을까요."

"정말요?"

내가 손을 뻗자 샘은 손바닥을 내밀어 그 손을 감싸 쥐었다.

"네. 누나에게는 하고 싶은 일이 많았어요. 예를 들면 야구 경기 관람. 킥스? 닉스? 잘 모르겠다. 아무튼 어떤 팀의 경기를 보고 싶어 했어요. 또 뉴욕의 작은 식당에서 식사하기. 무엇보다 록펠러센터 꼭대기에 올라가고 싶어 했죠."

"엠파이어스테이트빌딩이 아니고?"

"응. 록펠러가 더 나을 거라던데요. 유리 전망대가 있어서 훤히 보인다고요. 거기서 자유의여신상이 보이나 봐요."

나는 샘의 손을 꽉 쥐었다.

"오늘 우리가 가볼 수 있겠네요."

"그럴 수 있죠. 그런데 그런 생각 안 들어요? 할 수 있을 때 기회를 잡아야 한다고요."

샘이 커피에 손을 뻗었다.

그는 수심에 잠겼다. 나는 애써 분위기를 바꾸려 들지 않았다. 때로 설움에 젖을 필요가 있음을 누구보다 잘 아니까. 잠시 기다렸다가 입을 열었다.

"매일 느끼는 바예요."

샘이 다시 내게 시선을 돌렸다.

"이제 윌 트레이너 얘기를 할게요."

나는 경고하듯 말했다.

"그래요."

"여기 있는 나를 그가 대견해할 거라는 생각을 매일매일 해요."

말하면서 아주 살짝 불안했다. 사귀기 시작할 때 계속 윌을 언급하며 샘을 시험한 기억이 나서였다. 윌이 내게 어떤 의미였는지,

그가 어떤 구멍을 남겨놓았는죠. 하지만 샘은 고개를 끄덕이며 말했다.

"나 역시 그가 그럴 거라 생각해요."

샘은 엄지로 내 손가락을 문지르면서 말을 이었다.

"나도 마찬가지예요. 당신이 자랑스러워요. 물론 지독히 보고 싶지만요. 어쨌든 당신은 대단해요, 루. 모르는 도시에 와서 백만장자, 억만장자를 상대하는 업무를 잘해내고, 친구도 사귀고, 이 모든 걸 혼자 힘으로 해냈어요."

그가 몸짓으로 주변을 가리켰다.

나도 모르게 말이 튀어나왔다.

"당신도 그럴 수 있어요. 내가 찾아봤어요. 뉴욕 당국은 언제나 뛰어난 구조대원을 필요로 하거든요. 하지만 이 얘기는 그만해도 돼요."

농담처럼 말했지만 입 밖에 내자마자 간절히 바라고 있다는 걸 스스로 깨달았다. 난 테이블 위로 몸을 숙이고 다시 말했다.

"샘. 우린 퀸스든 어디든 작은 아파트를 임대해서 매일 밤 같이 지낼 수 있어요. 나나 당신이 밤늦도록 야근하지 않는다면, 일요일 아침마다 이렇게 보낼 수 있다고요. 함께 있을 수 있어요. 그러면 얼마나 근사할까요?"

'인생은 한 번뿐이에요.' 그 말이 귓전에 맴돌았다. 속으로 '좋다고 말해줘요. 그냥 좋다고만 말해요'라고 외쳤다.

그가 내게 손을 뻗었다. 그러더니 한숨을 내쉬었다.

"그렇게는 못 해요, 루. 집이 아직 완공되지 않았어요. 집을 세준다고 해도 어쨌든 완공해야 하잖아요. 또 아직 제이크를 혼자 두기도 뭣하고요. 내가 가까이 있다는 걸 아이가 좀 더 알아야 해요."

나는 억지로 미소를 지었다. 진지하게 한 말은 아니라는 투의 미소였다.

"그래요! 바보 같은 아이디어였어요."

그가 내 손바닥에 키스하면서 말했다.

"바보 같지 않아요. 당장은 불가능할 따름이라는 거죠."

우리는 곤란해질 화제는 올리지 않기로 암묵적으로 합의했다. 그러자 그의 직장이라거나 가정생활, 우리의 장래 같은 많은 이야깃거리가 없어졌다. 하이라인을 산책한 후 빈티지 옷 가게에 갔다. 난 리디아와 오랜 친구처럼 인사하고, 1970년대의 반짝이는 장식들이 달린 분홍색 점프슈트를 입어봤다. 1950년대의 모피 코트와 해군 모자를 써서 샘을 웃게 만들기도 했다.

내가 현란한 분홍색과 노란색 나일론 원피스를 입고 피팅 룸에서 나오자 샘이 말했다.

"바로 '이 사람이' 내가 알고 사랑하는 루이자 클라크죠."

"파란색 칵테일드레스를 보여주던가요? 긴소매 드레스인데요?"

"이거랑 모피 중에서 결정을 못 하겠어요."

내가 말하자 리디아가 담배에 불을 당기면서 말했다.

"이보세요. 모피를 입고는 5번가를 못 다녀요. 풍자하려고 입은 걸 사람들이 모르거든요."

마침내 내가 다시 내 옷으로 갈아입고 피팅 룸에서 나오자 샘이 카운터에 서 있었다.

그가 꾸러미를 내밀었다.

"1960년대 의상이에요."

리디아가 도움이 되도록 설명했다.

나는 옷을 받으면서 말했다.

"나 주려고 샀어요? 정말? 너무 요란하다고 했으면서?"

샘은 담담한 표정으로 대꾸했다.

"이상하기 짝이 없죠. 그런데 그걸 입은 당신이 무척 행복해 보였어요……. 그래서……."

우리가 나오려 할 때 리디아가 입에 담배를 물고 속삭였다.

"어머, 세상에. 좋은 신랑감이네. 다음에는 애인에게 점프슈트를 사달라고 해요. 완전히 어디 두목 같았거든요."

우리는 두어 시간 아파트로 돌아가서 낮잠을 잤다. 옷을 입은 채, 탄수화물 과다 섭취의 부작용으로 껴안고만 있었다. 4시경 나른하게 일어나, 마지막 나들이에 나서기로 마음을 모았다. 샘은 다음 날 오전 8시에 JFK 공항에서 출발하는 비행기에 탑승해야 했다. 그가 짐을 꾸리는 사이 차를 준비하러 주방으로 가니, 네이선이 단백질 셰이크를 만들고 있었다. 그가 빙그레 웃었다.

"애인이 여기 왔다면서요."

"이 복도에는 프라이버시가 없어요?"

전기포트에 물을 채우고 스위치를 눌렀다.

"벽이 이렇게 얇으니 도리가 있나. 프라이버시라곤 없답니다, 친구."

그가 말했다.

내가 이마까지 빨개지자 네이선이 다시 말했다.

"농담이에요! 아무 소리도 못 들었어요. 하지만 얼굴이 빨개진 걸 보니 멋진 밤을 보냈군요!"

내가 주먹을 날리려는 순간 샘이 문간에 나타났다. 네이선이 그 앞에 서서 손을 내밀었다.

"아, 그 유명한 샘이군요. 드디어 만나게 되어 반갑습니다."

"동감입니다."

나는 두 남자가 힘겨루기를 할지 초조하게 지켜봤다. 하지만 네이선은 원래 태평했고, 샘은 지난 스물네 시간 동안 먹고 섹스를 한 덕에 나긋나긋했다. 둘은 웃으면서 악수를 하고 간단한 말을 주고받았다.

"오늘 밤 둘이 외출할 예정이에요?"

내가 샘에게 홍찻잔을 건네자 네이선이 셰이크를 흔들면서 물었다.

"우린 록펠러센터 꼭대기에 올라갈까 해요. 일종의 과제예요."

"아이고, 이 사람들. 마지막 날 밤에 관광객들 틈에 끼어 줄을 서고 싶진 않겠죠. 이스트빌리지에 있는 홀리데이 칵테일라운지로 와요. 거기서 친구들을 만날 거예요. 루, 지난번에 같이 외출했을 때 본 사람들이에요. 거기서 행사를 한대요. 늘 시끌벅적하죠."

나는 샘을 쳐다봤다. 그가 어깨를 으쓱했다. 난 30분쯤 들를 수 있다고 말했다. 그 후에 둘이 록펠러센터 꼭대기에 올라가면 되겠지. 11시 15분까지 개장하니까.

세 시간 후 우린 좁은 테이블 주변에 끼어 앉아 있었다. 연달아 칵테일을 들이켠 덕에 머리가 빙빙 돌았다. 샘이 사준 옷이 마음에 든다는 것을 알려주려고 현란한 원피스를 입고 있었다. 한편 그는 남자들이 어울리기 좋아하듯, 네이선이나 친구들과 친해졌다. 서로 좋아하는 음악에 대해 떠들고, 유년기의 무서운 경험담을 주고받았다.

난 미소를 지으면서 대화에 끼면서도 머릿속으로는 돈 계산을 했다. 샘이 원래 계획보다 두 배로 자주 오도록 내가 얼마나 지원할 수 있을까. 당연히 그는 이게 얼마나 좋은지 알 수 있었다. 둘이 같이 있는 게 얼마나 좋은지.

샘이 술을 사러 가려고 일어났다.

"안주 두어 가지 사올게요."

그가 입모양으로 말했다. 나는 고개를 끄덕였다. 요기하지 않으면 나중에 곤란에 처할지 모르니까.

그때 누군가 내 어깨에 손을 올렸다.

"정말 날 쫓아다니나 봐요."

조시가 흰 이를 드러내고 환하게 웃었다. 난 얼굴을 붉히면서 벌떡 일어났다. 고개를 돌리니 샘은 우리를 등지고 서 있었다.

"조시! 안녕하세요!"

"여기가 내 또 다른 단골 술집인 걸 알고 있었죠?"

그는 파란 줄무늬 셔츠를 입고 소매를 말아 올린 채였다.

"아니에요."

내 목소리가 너무 높고 말이 너무 빨랐다.

"믿을게요. 한 잔 마실래요? 이 집에 구식인데 독특한 술이 있어요."

조시가 팔을 뻗어 내 팔꿈치를 건드렸다.

나는 불에 덴 것처럼 몸을 젖혔다.

"네, 알아요. 그런데 고맙지만 사양할게요. 여기 친구들이랑……."

내가 고개를 돌린 순간 샘이 술잔 쟁반을 들고 겨드랑이에 안주 두어 가지를 끼고서 돌아왔다.

"안녕하세요."

그가 말하다가 조시를 힐끗 보면서 쟁반을 테이블에 내려놓았다. 그러더니 천천히 몸을 펴고 그를 똑바로 쳐다봤다.

나는 양팔을 뻣뻣하게 내리고 서 있었다.

"조시, 여기는 샘이에요. 내…… 내 남자 친구. 샘, 여기는…… 여기는 조시예요."

샘은 뭔가 알아내기라도 하려는 듯 조시를 빤히 쳐다봤다. 마침내 그가 입을 열었다.

"그렇군요. 미리 알 수도 있었을 텐데."

그가 나를 쳐다보더니 다시 조시에게 눈을 돌렸다.

"혹시…… 한잔하실래요? 술을 사오신 건 알지만 제가 사고 싶어서요."

"아닙니다. 고맙지만, 우린 지금 좋은 것 같아서요."

샘이 말했다. 그는 계속 서 있었는데, 조시보다 한 뼘쯤 컸다.

어색한 침묵이 흘렀다.

"그럼 알겠습니다."

조시가 날 보면서 고개를 끄덕이고 말을 이었다.

"만나서 반가웠어요, 샘. 여기 얼마나 계시나요?"

"충분히 오래요."

샘은 미소 지었지만 웃는 눈빛이 아니었다. 그가 그렇게 가시 돋친 반응을 하는 것은 처음 보았다.

"아, 그러면…… 방해하지 말고 가봐야겠네요. 루이자, 또 봐요. 즐거운 시간 보내요."

조시는 달래듯 손바닥을 들어올렸다. 난 입을 벌렸지만 적당한 말이 떠오르지 않았다. 그래서 어색하게 손가락을 꼼지락대며 손을 흔들었다.

샘이 털썩 주저앉았다. 테이블 너머로 네이선을 흘끔댔지만, 그는 너무도 덤덤했다. 다른 사람은 아무 눈치도 못 챈 듯, 아직도 지난 공연 티켓 가격에 대해 얘기 중이었다. 생각에 잠겼던 샘이 마침내 고개를 들었다. 내가 손을 뻗었지만 그는 맞잡지 않았다.

분위기가 회복되지 않았다. 바가 너무 시끄러워서 샘에게 말을 걸 수가 없는 데다 무슨 말을 해야 할지 난감했다. 칵테일을 홀짝이면서 머릿속으로 온갖 이야깃거리를 떠올렸다. 샘은 술을 마시고, 일행의 농담에 고개를 끄덕이고 웃었지만, 난 그의 턱이 움찍대는 것을 보고 그가 딴생각에 잠겼음을 알았다. 10시에 바에서 나와 택시를 타고 집으로 향했다.

샘이 택시를 잡게 놔뒀다.

*

조언받은 대로 화물용 승강기로 올라갔고, 집을 살피다가 살그머니 내 방에 들어갔다. 고프니크 씨는 잠자리에 든 듯했다. 샘은 아무런 말을 하지 않았다. 옷을 갈아입으러 욕실에 들어가더니, 뻣뻣한 등을 보이며 문을 닫았다. 그가 양치하고 입을 헹구는 소리가 났다. 난 살그머니 이불 속으로 들어갔다. 당황스러운 동시에 화가 났다. 영원히 욕실에 박혀 있으려나.

마침내 문을 연 그가 사각팬티 바람으로 문간에 서 있었다. 배의 흉터가 여전히 빨갛게 도드라졌다.

“내가 쪼다처럼 굴죠?”

“네. 맞아요, 그래요.”

그가 크게 숨을 내쉬었다. 샘은 윌의 사진을 쳐다봤다. 양옆에 샘의 사진과, 트리나와 손가락으로 돼지코를 만든 톰의 사진이 놓여 있었다.

“미안해요. 오금이 저렸어요. 얼마나 닮았는지…….”

“알아요. 하지만 내 동생이랑 같이 있을 때도 나랑 닮아서 이상하다고 말하겠네요.”

“트리나는 당신이랑 안 닮았어요.”

샘이 말한 뒤 눈썹을 치켜올리면서 물었다.

“뭐예요?”

“내가 100만 배 낫다고 말하기를 기다리는 중.”

난 그가 들어오도록 이불을 들췄다. 샘이 침대로 올라왔다.

“당신이 트리나보다 훨씬 예쁘죠. 비교가 되나. 당신은 기본적으로 슈퍼모델인걸."

그가 내 엉덩이에 손을 올렸다. 따스하고 묵직했다. 샘이 말을 이었다.

"하지만 다리가 짧죠. 그 말은 맘에 들어요?"

나는 웃지 않으려고 애썼다.

"무척. 그런데 다리가 짧다는 말은 못됐어요."

"멋진 각선미죠. 내가 좋아하는 다리라고요. 슈퍼모델의 다리는 그저…… 빤해요."

그가 몸을 움직여서 내 위로 올라왔다. 그럴 때마다 내 몸에 활력이 솟아서 몸부림치지 않으려고 애써야 했다. 샘은 팔꿈치를 대서 나를 꼼짝 못 하게 하고 얼굴을 내려다보았다. 나는 가슴이 콩닥대는데도 진지한 표정을 지으려 했다.

"당신이 그 남자를 잔뜩 겁먹게 만들었을 거란 생각이 드네요. 당신은 꼭 한 대 치고 싶은 사람 같았거든요."

"실제로도 살짝 그랬으니까요."

"바보 멍청이, 샘 필딩."

내가 몸을 돌려 그에게 키스했다. 샘은 키스하면서 다시 미소 지었다. 턱의 면도하지 않은 부분이 까칠까칠했다.

이번에 그는 가만가만 움직였다. 벽이 얇다는 점과 그가 여기 오면 안 된다는 점을 알았으니까. 하지만 밤에 예기치 못한 일을 겪은 후라 서로 조심했다. 샘은 존중하는 손길로 날 만졌다. 낮고 부드러운 목소리로 사랑한다고 말했고, 그 말을 하면서 내 눈을 똑바로 응시했다. 그 말이 내 안에서 지진처럼 진동했다.

'사랑해요.'

'사랑해요.'

'나도 사랑해요.'

5시 15분 전에 맞춘 알람이 울리자 난 투덜대면서 깼다. 쩌렁쩌렁한 소리에 나른한 잠에서 빠져나왔다. 옆에서 샘이 신음하면서 베개로 얼굴을 눌렀다. 그를 깨워야 했다.

툴툴대면서 그를 욕실로 밀어 넣고 물을 틀어주고 나서, 커피를 끓이러 주방으로 갔다. 돌아오니 '텅' 하고 수도꼭지 잠그는 소리가 났다. 나는 침대 모서리에 걸터앉아 커피를 마시면서 일요일 밤에 독한 칵테일을 마시는 게 누구의 제안이었는지 궁리했다. 내가 벌렁 눕는데 욕실 문이 열렸다.

"칵테일 마신 걸로 당신을 원망해도 돼요? 비난할 대상이 필요해요."

머리가 욱신댔다. 난 머리를 들었다가 가만히 내리면서 다시 물었다.

"술에 뭘 탄 거예요? 분명히 술의 양을 두 배로 넣은 게 틀림없어요. 평소에는 이렇게 괴롭지 않았거든요. 아, 록펠러 전망대에 갔어야 했는데."

난 손가락 끝으로 관자놀이를 꾹꾹 눌렀다.

샘은 아무 말도 하지 않았다. 고개를 돌리니 욕실 문간에 서 있는 그가 보였다.

"이거에 대해 나랑 얘기하고 싶어요?"

"이거라니 뭐요?"

난 일어나 앉았다. 그는 허리에 수건을 두르고 작은 흰 상자를 들고 있었다. 순간적으로 보석을 주는 줄 알고 웃을 뻔했다. 그런데 샘은 웃음기 없는 얼굴로 상자를 내밀었다.

상자를 받았다. 아연실색해서 "임신테스트기"라고 써진 글씨를 쳐다봤다. 상자가 열려 있었고, 하얀 플라스틱 기기가 들어 있었다. 두 줄이 아니라는 생각을 하면서, 할 말을 잃고 샘을 올려다봤다.

그가 무겁게 침대에 앉았다.

"우린 콘돔을 썼어요, 그죠? 저번에 내가 왔을 때 우린 콘돔을 사용했다고요."

"뭐……? 어디서 찾았어요?"

"쓰레기통에서. 면도날을 버리려다가."

"이거 내 거 아니에요, 샘."

"이 방을 다른 사람이랑 같이 써요?"

"아뇨."

"그러면 어떻게 이게 누구 건지 모를 수가 있죠?"

"난 몰라요! 하지만…… 하지만 내가 쓴 게 아니라고요! 다른 사람이랑 잔 적 없고요!"

반발하면서 깨달았다. 다른 사람이랑 잔 적 없다고 주장하는 행위는 그걸 숨기려는 것처럼 들렸다.

"이래서 케이티를 들먹이면서 들들 볶는 거예요? 당신이 다른 사람을 만나는 게 죄책감이 들어서? 그걸 뭐라고 하더라? 감정전이라고 하던가? 이게…… 이게 당신이 밤에 그렇게…… 그렇게 달랐던 이유였어요?"

방이 진공상태가 되었다. 빰을 얻어맞은 기분이었다. 샘을 빤히 노려봤다.

"정말 그렇게 생각해요? 우리가 모든 걸 겪고 난 뒤인데도?"

그는 대꾸하지 않았다.

"내가…… 정말 당신을 속일 거라고 생각해요?"

샘은 나만큼이나 충격을 받아 창백했다.

"그냥 오리처럼 생기고 오리처럼 꽥꽥대면 대개는 오리가 맞다고 생각할 뿐이에요."

"난 망할 놈의 오리가 아니에요…… 샘, 샘!"

그가 마지못해 고개를 돌렸다.

"난 당신을 속이지 않아요. 그건 내가 쓴 거 아니예요. 날 믿어야 해요."

그가 내 얼굴을 훑어봤다.

"몇 번이나 말해야 알아듣겠어요? 내가 사용한 게 아니라니까요."

"우린 아주 짧은 기간 동안 만났어요. 그마저도 헤어져 있는 시간이 많았죠. 나는……."

"당신은 뭐요?"

"이건 이런 상황이에요. 길을 막고 사람들에게 물어보라고요. 백이면 백, 이 상황을 뭐라고 말할지……."

"길을 막고 물어볼 것 없어요! 내 말을 똑똑히 들으면 된다고요!"

"나도 그러고 싶어요, 루!"

"그럼 대체 뭐가 문제예요?"

"그 남자가 윌 트레이너랑 똑같이 생겼잖아요!"

샘의 입에서 그 말이 튀어나오고야 말았다. 그는 양손에 얼굴을 묻었다. 그러다가 다시 조용히 되뇌었다.

"그 남자 윌 트레이너랑 똑같이 생겼잖아요."

눈에 차오른 눈물을 훔쳤다. 어제 바른 마스카라가 뺨에 번졌겠지만 상관없었다. 입을 열자 낮고 야멸찬, 평소와 다른 목소리가 나왔다.

"한 번만 더 말할게요. 난 다른 사람하고 자지 않아요. 날 믿지 않는다면…… 당신이 여기 왜 왔는지 모르겠어요."

샘은 대꾸하지 않았지만 '나도 모르겠어'라는 대답이 둘 사이에 조용히 떠다니는 것 같았다. 그가 일어나 가방이 놓인 곳으로 갔다. 그러고는 가방에서 바지를 꺼내서 화가 난 듯 급하게 입었다.

"난 가봐야 해요."

샘이 말했다.

다른 말을 할 수가 없었다. 침대에 앉아서 그를 지켜보자니, 허전함과 부아가 동시에 밀려들었다. 난 잠자코 있었다. 그는 옷을 입고 나머지 소지품을 가방에 쑤셔 넣었다. 그런 다음 가방을 어깨에 걸치고 문으로 걸어가다가 몸을 돌렸다.

"조심히 가요."

내가 말했다. 미소를 지을 수가 없었다.

"집에 가서 전화할게요."

"그래요."

샘이 몸을 굽혀 내 뺨에 키스했다. 그는 문을 열었고 난 올려다보지 않았다. 샘은 문간에 잠시 서 있다가 나가서 조용히 문을 닫았다.

정오 무렵 애그니스가 집에 돌아왔다. 개리가 공항에서 태워 왔고, 그녀는 억지로 다녀온 사람처럼 묘하게 가라앉아서 돌아왔다. 선글라스를 낀 채 내게 짧게 "안녕"이라고 인사하더니 드레스룸에 들어가서 이후 네 시간 동안 문을 잠그고 있었다. 차 마시는 시간에 샤워하고 옷을 갈아입고 나왔다. 내가 완성된 이미지 샘플을 갖고 서재로 들어가자 애그니스는 억지웃음을 지었다. 내가 컬러와 패브릭을 설명하자 그녀는 심드렁하게 고개를 끄덕이긴 했지만, 내가 해놓은 일을 제대로 못 알아들은 게 분명했다. 나는 차 마실 시간을 주었고, 일라리아가 아래층에 내려갈 때까지 기다렸다. 내가 서재 문을 닫자 애그니스가 날 힐끗 올려다봤다.

내가 조용히 말했다.

"애그니스, 이건 좀 이상한 질문이지만 혹시 제 욕실에 임신테스트기를 놓고 가셨어요?"

그녀는 찻잔 너머로 날 보며 눈을 깜빡였다. 그러더니 찻잔을 받침 위에 내려놓고 이맛살을 찌푸렸다.

"아, 그거. 응, 루이자에게 말하려고 했어."

속에서 역정이 솟구쳤다.

"저한테 말하려고 했다고요? 그걸 제 남자 친구가 찾아낸 건 아세요?"

"남자 친구가 주말에 왔었구나? 정말 잘됐네! 근사한 시간을 보냈어?"

"그가 누군가 사용한 임신테스트기를 욕실에서 발견하기 전까지는요."

"루이자가 쓴 게 아니라고 말하지 그랬어."

"했죠, 애그니스. 하지만 웃기게도 남자들은 애인의 욕실에서 임신테스트기가 나오면 발끈하는 경향이 있어요. 특히 여자 친구가 5000킬로미터 떨어져서 살면 더더욱이요."

그녀는 내 걱정을 쫓아내려는 듯 손을 저었다.

"아이, 이러지 마. 그가 루이자를 믿으면 별일 없을 거야. 루이자는 애인을 속이지 않잖아. 그걸 모를 만큼 아둔한 사람이 아니겠지."

"그런데 왜요? 왜 임신테스트기를 제 욕실에 버려야 했어요?"

애그니스가 동작을 멈추었다. 서재 문이 제대로 닫혔는지 확인이라도 하는 것처럼 주위를 흘끔대더니 갑자기 심각한 표정을 지었다.

"내 욕실에 버렸다면 일라리아가 발견했을 테니까. 그 여자가 이 물건을 보면 곤란하거든."

그녀가 담담하게 말했다. 애그니스는 내가 너무 바보같이 군다는 듯이 양손을 올리면서 덧붙였다.

"결혼하면서 레너드는 그 부분을 명확히 했어. 자식을 낳지 않기로 둘이 합의했지."

"정말이에요? 하지만 그건…… 아이를 낳고 싶어지면 어쩌려고요?"

애그니스는 입술을 내밀었다.

"난 안 그럴 거야."

"하지만…… 하지만 저랑 비슷한 나이잖아요. 어떻게 확실히 알 수 있죠? 저는 같은 상표의 헤어 컨디셔너를 계속 쓰고 싶은지도 늘 헷갈리는데요. 마음이 변하는 경우가 많고요."

그녀가 내 말을 끊었다.

"난 레너드와 아기를 낳지 않을 거야. 알겠어? 아이 이야기는 이걸로 됐어."

나는 마지못해 일어났고 애그니스는 심술궂은 표정으로 고개를 돌렸다.

"미안해. 나 때문에 문제가 생겼다면 미안해."

그녀가 손으로 눈썹을 누르면서 말을 이었다.

"됐지? 미안해. 이제 난 뛰러 갈 거야. 혼자서."

잠시 후 주방에 들어가니 일라리아가 거기 있었다. 그녀는 믹싱볼에 담긴 반죽을 힘껏 밀고 치대면서 고개도 들지 않았다.

"그 여자를 친구로 생각하나 보네요."

나는 머그잔을 들고 커피머신으로 가다가 멈춰 섰다.

일라리아가 유난히 힘을 줘서 반죽을 치댔다. 그녀가 다시 말했다.

"그 암캐는 본인을 구하기 위해서라면 당신을 아무렇게나 대하는 일도 서슴지 않을걸요."

"도움이 안 되는 말이에요, 일라리아."

내가 말했다. 그녀에게 처음으로 하는 말대꾸였다. 커피를 따르고 문으로 향하면서 덧붙였다.

"믿거나 말거나지만 일라리아가 아는 게 다가 아니에요."

복도를 내려가는데 그녀가 콧방귀 뀌는 소리가 들렸다.

애그니스의 세탁물을 가지러 아속의 책상으로 갔다. 잠깐 수다를 떨면서 침울한 기분을 떨칠 수 있었다. 아속은 늘 한결같고 낙관적이었다. 그와 대화하면 더 밝은 세상을 향해 창을 내는 것 같았다. 다시 아파트로 올라가니, 현관문 밖에 약간 구깃한 작은 비닐봉지가 놓여 있었다. 허리를 굽혀 봉지를 집으니, 놀랍게도 받는 사람이 나로 되어 있었다.

적어도 "짐작컨대 이름은 루이자"라고 적혀 있었다.

내 방에 가져와서 봉지를 열었다. 안에는 재활용한 얇은 종이에 공작 깃털 문양이 그려진 비바의 빈티지 스카프가 들어 있었다. 스카프를 꺼내서 목에 둘렀다. 컴컴한 곳에서도 빛나는 천의 광택에 감탄했다. 허브 향과 옛날 향수 냄새가 풍겼다. 봉투에 손을 넣어 작은 카드를 꺼냈다. 맨 위에 동글동글한 진청색 글씨가 있었다. 마곳 디윗. 그 아래 떨리는 필체로 이렇게 적혀 있었다. "내 개를 구해줘서 고맙네."

15.

From: BusyBee@gmail.com

To: MrandMrsBernardClark@yahoo.com

안녕, 엄마.

네, 여기서 핼러윈데이는 요란한 날이에요. 시내를 걸어 다녀보니 핼러윈 분위기가 물씬 났어요. 꼬마 유령들과 마녀들이 사탕 바구니를 들고 다니고, 멀찍이 부모들이 손전등을 들고 따라가더라고요. 심지어 코스튬 의상을 입은 부모도 일부 있었어요. 여기 사람들은 이 행사에 진심인 것 같아요. 애들이 문을 두드리면 절반은 불을 끄거나 뒷방에 숨는 우리 동네와 다르죠. 창문마다 플라스틱 호박이나 유령 모형이 놓여 있고요. 다들 의상을 입는 게 좋은가 봐요. 제가 아는 한, 아무도 다른 사람에게 달걀을 던지지 않았어요.

하지만 우리 건물에서 "사탕 주면 안 잡아먹지"란 외침은 들리지 않아요. 이런 동네에서는 아무도 남의 집 문을 두드리지 않거든요. 다른 집 운전기사에게 고함을 지르기는 하지만요. 게다가 야간 당직자 앞을 지나야 하는데, 그 사람이 겁날 수도 있죠.

다음 절기는 추수감사절이에요. 칠면조 광고가 시작되기 전에는 다들 유령 장식을 치우지 않아요. 저는 추수감사절이 뭐 하는 날인지도 모르겠어요. 주로 먹자판이겠죠. 이곳의 명절은 대부분 그런 것 같네요.

저는 잘 지내요. 자주 전화 못 해서 죄송해요. 아빠랑 할아버지께 안부 전해주세요.

보고 싶어요.

루 x

이혼자들이 그렇듯 최근 고프니크 씨는 가족 모임에 침울해했다. 그러다 전처가 자매와 버몬트에 가는 걸 알자 가까운 가족을 아파트에 불러 추수감사절 만찬을 하기로 결정했다. 이 행사를 앞두고 또 남편이 하루에 18시간씩 일했기에 애그니스는 계속 우울에 빠져 지냈다.

아침에 나는 애그니스, 조지와 함께 조깅을 했다. 뛰지 않는 날이면 작은 방에서 도시의 소음을 들으며 깼다. 욕실 문간에 서 있는 샘의 모습이 머리에 떠올랐다. 침대에 누워 엎치락뒤치락하다 보면 이불이 몸에 휘감겼고 암울해졌다. 하루가 시작되기도 전에 망한 느낌이었다. 일어나서 러닝화를 신고 나가야 할 때는 이미 정신을 차리고 남의 삶을 생각해야 했다. 허벅지가 당기고, 가슴에 찬 공기가 들어오고, 내 숨소리가 들렸다. 정신이 팽팽해지며 강한 감정이 생겼고, 오늘 어떤 개떡 같은 일을 당해도 견딜 각오가 다져졌다.

그 주는 진짜 개떡 같았다. 개리는 대학을 중퇴한 딸 때문에 기분이 엉망이어서, 애그니스가 차에서 내리면 부모의 희생이나 피땀 어린 수고를 모르는 염치없는 자식들을 욕했다. 일라리아는 애그니스의 괴팍해진 습성 때문에 말없이 분노했다. 애그니스는 음식을 만들라고 요구해 놓고는 먹지 않았다. 드레스룸에 들어가지 않을 때도 문을 잠가서 가정부가 세탁물을 치울 수가 없었다.

"복도에 자기 속옷을 놔두라는 거야? 야한 옷을 식품 배달원에게 구경이라도 시키고 싶은가 봐? 도대체 그 안에 뭘 꽉꽉 숨긴 거야?"

마이클은 유령처럼 아파트 안을 바삐 누볐다. 두 가지 업무를 동시에 떠안은 사람 특유의 지치고 초조한 안색이 역력했다. 네이선까지도 평소의 느긋함을 잃고, 일본인 반려동물 행동교정사에게 딱딱거렸다. 행동교정사는 네이선이 엉뚱한 곳에 신발을 두는 것이 '나쁜 기운' 때문이라고 말했다. 그러자 그는 "그 여자한테 지독한 나쁜 기운을 주고 말겠어"라고 말하면서 러닝화를 쓰레기통에 버렸다. 디윗 부인은 일주일에 두 번 현관문을 두드려 피아노 소음을 불평했고, 애그니스는 외출 직전 「악마의 계단」이라는 곡이 수록된 음반 재생을 재생하는 걸로 복수했다. 그녀는 엘리베이터를 타고 내려갈 때, 콤팩트 거울로 화장을 확인하면서 "리게티◊야"라고 콧방귀를 뀌었다. 위에서 망치로 치는 듯한 무조성 선율이 고조되었다가 잦아들었다. 난 조용히 일라리아에게 문자메시지를 보내, 우리가 나가면 음반을 멈춰달라고 부탁했다.

기온이 떨어졌고 골목이 훨씬 복잡해졌다. 상점 진열장에 번지르

◊ 리게티 죄르지. 20세기에 활동한 오스트리아의 대중음악 작곡가.

르하게 번쩍대는 크리스마스 장식이 등장했다. 기대 없이 영국행 비행기를 예약했다. 이제 어떤 종류의 환영을 받을지 알 수 없었다. 트리나가 꼬치꼬치 캐묻지 않기를 바라면서 전화를 걸었다. 걱정할 필요가 없었다. 동생은 평소처럼 수다스러워서, 톰의 학교 과제와 새 동네 친구들, 축구 실력에 대해 떠들어댔다. 애인에 대해 물으니 트리나는 어울리지 않게 조용해졌다.

"우리한테는 뭐든지 말해줄 거지? 엄마가 안달 나서 죽으려 한다고."

"원래 계획대로 크리스마스 때 집에 올 거야?"

"응."

"그럼 소개시켜 줄게. 두어 시간 맹추처럼 굴지 않을 수 있다면."

"톰이랑은 만나봤고?"

"이번 주말에. 지금까진 두 사람을 떨어뜨려 놓았거든. 잘 안되면 어쩌지? 에디가 아이들을 좋아하긴 하지만 혹시나 둘이……."

트리나가 자신 없게 중얼댔다.

"이름이 에디구나!"

트리나가 한숨을 쉬면서 대답했다.

"맞아, 에디."

"에디. 에디랑 트리나. 에디랑 트리나가 나무에 앉아 있대요. 키-스하-면-서."

"유치하긴."

이번 주에 나는 처음으로 웃었다. 내가 말했다.

"두 사람은 잘될 거야. 둘이 만난 후에 에디를 엄마 아빠에게 데려가면 되겠네. 그러면 엄마가 계속 너에게 결혼 이야기를 할 테고, 덕분에 난 엄마 잔소리를 면하는 '버케이션'을 누릴 수 있겠는걸."

"'홀리데이'겠지. 미국 사람도 아니면서 '버케이션'은 무슨. 엄마는 언니가 너무 잘나가서 크리스마스에 못 만날까 봐 걱정하는 거 알아? 언니가 리무진에 익숙해서 공항에서 아빠의 승합차에 타기 싫어할까 봐 걱정하신다고."

"맞아. 정말 그래."

"정말 무슨 일 있었어? 어떻게 지냈는지 통 말을 안 하네."

"난 뉴욕을 사랑해. 열심히 일하고 있고."

난 주문 외듯 술술 말했다.

"참나, 헛소리는. 난 가봐야겠어. 톰이 깼어."

"어떻게 됐는지 알려줘."

"그럴게. 나쁘게 되지 않으면. 혹시 결과가 나쁘면 난 아무한테도 작별 인사 하지 않고 이사를 가서 평생 거기서만 살 거야."

"우리 가족 아니랄까 봐 아주 합리적이기도 하시네."

토요일에는 한파와 돌풍이 함께 몰려왔다. 뉴욕에 이런 매서운 바람이 불 줄은 꿈에도 몰랐다. 높은 건물들이 바람을 쥐어짜고 단단하게 광을 내서, 얼음처럼 독하고 딱딱하게 만드는 것만 같았다. 가학적인 바람 터널 속을 자주 걸었다. 계속 머리를 숙이고 몸을 45도 돌리고 걷다가 자주 손을 뻗어 소화전이나 가로등을 붙잡아야 했다. 그렇게 지하철을 타고 빈티지 의상실 엠포륨에 가서 커피를 마시며 몸을 녹인 다음, 얼룩무늬 코트를 할인가로 12달러에 샀다. 사실 빈둥댔다. 좁고 조용한 방에 돌아가기 싫었다. 일라리아가 켜놓은 뉴스 소리가 울리는 복도, 거기서 유령처럼 퍼지는 샘의 메아리, 이메일을 확인하고 싶어서 15분마다 안달나는 기분. 어두워진 후에야 귀가하면 춥고 지쳐서 들뜰 힘도 없었다. 뉴욕에 있다는 것만으로도 무언가를 놓치고 있다는 느낌이 들었지만, 그날은 그런 감정조차 들지 않았다.

내 방에 앉아 텔레비전을 보면서 샘에게 메일을 쓸까 궁리했지만, 아직 화가 나 있어서 화해하고 싶은 기분이 아니었다. 또 분위기를 환기하려면 무슨 말을 해야 할지 난감했다. 고프니크 씨의 서가에서 존 업다이크의 소설을 빌려왔지만 현대의 복잡다단한 관계들이 나오고 등장인물들은 하나같이 불행하거나 타인을 미친 듯이 갈망하기만 했다. 결국 난 불을 끄고 잠을 청했다.

다음 날 아침 아래층에 내려가니, 로비에 미나가 있었다. 이번에는 아이들은 없었지만 아쇽과 함께 있었다. 그는 유니폼 차림이 아니었다. 평상복 차림으로 책상 아래를 뒤지는 그를 보고 난 놀랐다. 부자들은 직원의 사복 차림을 보고 싶지 않을 거란 생각이 들었다.

아쇽이 말했다.

"아, 모자를 잊고 가서요. 도서관에 가기 전에 들렀어요."

"지자체가 폐관하려는 도서관이요?"

"맞아요. 우리랑 같이 갈래요?"

아쇽이 물었다.

"가서 도서관 구하는 걸 도와줘요, 루이자. 최대한 많은 도움이 필요해요!"

미나가 장갑 낀 손으로 내 등을 두드리면서 말했다.

카페에 갈 예정이었지만 달리 할 일이 없었고, 일요일이 황무지처럼 놓여 있었기에 같이 가겠다고 했다. 그들은 내게 "책보다 도서관이 중요하다"라고 적힌 손 팻말을 주고, 모자와 장갑을 갖고 있는지 확인했다.

"한두 시간은 괜찮은데 세 시간째가 되면 몹시 춥거든요."

건물을 나서면서 미나가 말했다. 아빠가 봤다면 끝내준다고 말했을 여자였다. 머리를 부풀린 육감적인 뉴요커. 남편의 말끝마다 재치 있게 반박했고, 남편의 머리칼과 아이들을 다루는 태도와 성적 능력까지 놀려댔다. 미나는 쉰 소리로 크게 웃었고, 허튼짓을 그냥 넘기지 않았다. 아쇽은 겉보기에도 아내를 아꼈다. 부부가 서로를 "자기"라고 자주 불러서 때로 이름을 잊었나 싶을 정도였다.

지하철을 타고 북쪽의 워싱턴 하이츠로 가면서, 미나가 첫아이를 임신해서 아쇽이 임시로 수위 일을 시작한 사연을 들었다. 아이들이 취학연령이 되자, 그는 다른 일을 찾아보려 했다. 회사원처럼 근무하는 일을 하면 아이들을 키우는 데 더 도움이 될 테니까("그런데 여기가 의료보장이 좋아서요. 그만두기 어렵네요."). 부부는 대학에서 만났다. 인정하기 부끄럽지만, 난 중매결혼일 거라고 짐작했다.

그 이야기를 하자 미나는 깔깔 웃었다.

"네? 부모님이 이 사람보다 나은 사람을 골라줬다면 고마워했겠죠."

"자기, 어젯밤에는 그렇게 말하지 않았으면서."

"그거야 내가 텔레비전에 정신이 팔렸기 때문이지."

웃으면서 역 계단을 올라가 163번가로 나서자 갑자기 전혀 다른 뉴욕이 나타났다.

워싱턴 하이츠 지역의 건물들은 초라해 보였다. 화재 대피용 사다리가 늘어뜨려져 있는 문 닫은 상점, 주류점, 치킨집, 창문에 빛바랜 포스터가 붙은 미용실. 구식 헤어스타일이 인쇄된 포스터는 모서리가 말려 있었다.

한 남자가 비닐이 잔뜩 담긴 쇼핑 카트를 밀고 욕설을 주절대며 우리 앞을 지났다. 여러 무리의 아이들이 모퉁이에 둘러앉아서 서로 놀려댔고, 인도는 마구잡이로 쌓이거나 뜯긴 쓰레기봉투로 경계를 구분할 수 있었다. 화려한 로어 맨해튼이나 야심 찬 미드타운의 분위기는 전혀 없었다. 여기서는 튀김과 환멸의 냄새가 풍겼다.

미나와 아속은 의식하지 못하는 듯했다. 부부는 붙어서 성큼성큼 걸으며, 미나의 어머니가 아이들을 잘 보살피는지 휴대폰으로 확인했다. 미나는 몸을 돌려서 내가 따라오는지 보더니 생긋 웃었다. 나는 뒤를 흘끔대면서 외투 주머니에 든 지갑을 더 깊숙이 밀어 넣고, 서둘러 둘을 따라갔다.

시위 현장에 도착하기 전에 소리부터 들렸다. 소리의 진동이 점점 분명해지면서 구호가 들렸다. 모퉁이를 도니 거기 있는 거무죽죽한 붉은 벽돌 건물 앞에 150명 정도가 서서 손 팻말을 흔들고 구호를 외쳤다. 그들의 목소리가 작은 카메라를 향해 모이고 있었다. 우리가 다가가자 미나가 팻말을 위로 들어 올리면서 소리쳤다.

"모두에게 교육을! 우리 아이들의 안전한 공간을 빼앗지 말라!"

우리는 인파를 헤치고 들어갔고 곧 시위대 속에 묻혔다. 뉴욕이 다양성을 존중한다고 생각은 했지만, 그동안 내가 본 것은 피부색과 옷 스타일뿐임을 이제 깨달았다. 뜨개 모자를 쓴 노부인, 아이를 업고 최신 유행 옷차림을 한 사람, 머리를 깔끔하게 땋은 흑인 청년, 사리를 걸친 인도인 할머니. 사람들은 생기가 넘쳤고, 같은 목적에 동참해서 공동의 뜻을 관철하려 했다. 나도 사람들과 함께 구호를 외쳤다. 그리고 미나의 환한 미소를 보았다. 그녀는 사람들 사이를 지나면서 동료 시위자들과 포옹했다.

"저녁 뉴스에 나올 거랍디다. 그게 유일하게 시의회가 주목하는 거죠. 다들 뉴스에 나오고 싶어 하니까요."

연로한 부인이 내게 고개를 돌리고는 만족해서 고개를 끄덕이며 말했다.

나는 미소 지었다.

"매년 똑같지 않아요? 해마다 공동체를 지키려면 더 힘껏 싸워야 하죠. 해마다 우리 것을 더 꽉 잡아야 해요."

"저기, 죄송해요. 사실 잘 몰라요. 여기 친구들이랑 온 것 뿐이에요."

"하지만 우릴 도우러 왔잖아요. 그게 중요한 거죠."

그녀는 한 손으로 내 팔을 잡으면서 말을 이었다.

"우리 손자가 여기서 멘토링 프로그램을 하거든요. 다른 젊은이들에게 컴퓨터를 가르치고 보수를 받아요. 정말 도서관에서 돈을 준다니까요. 손자는 어른들도 가르쳐요. 사람들이 일자리에 지원하는 걸 돕지요."

노부인은 따뜻해지도록 장갑 낀 두 손을 모으면서 계속 말했다.

"시의회가 도서관을 닫으면 이 사람들은 갈 데가 없어요. 그럼 젊은이들이 거리를 몰려다닌다고 시의원들이 제일 먼저 불평할걸! 우린 다 알죠."

그녀는 나도 알 거라는 듯 미소 지었다.

앞에서 미나가 다시 손 팻말을 높이 들었다. 아속은 옆에서 몸을 굽히고 친구의 아들에게 인사하더니, 사람들을 잘 볼 수 있도록 그 아이를 번쩍 들었다.

경비원 유니폼을 벗은 그는 군중 속에서 아주 달라 보였다. 그와 평소에 온갖 대화를 나누면서도 난 유니폼이라는 프리즘을 통해 그를 봤을 뿐이었다. 로비 책상 너머로 어떤 생활을 하는지, 어떻게 가족을 부양하는지, 통근 시간이 얼마나 걸리는지, 급여가 얼마나 되는지는 궁금해해 본 적이 없었다. 군중을 쳐다봤다. 사람들은 카메라 팀이 떠나자 조금 조용해진 참이었다. 뉴욕을 제대로 탐험하지 않은 게 묘하게 부끄러웠다. 내가 본 곳은 미드타운의 화려한 마천루들에 불과했다.

우리는 한 시간 더 구호를 외쳤다. 승용차와 트럭이 지나가면서 경적을 울려 호응했고, 우린 환호로 답했다. 사서 두 명이 나와서 할 수 있는 한 여러 사람에게 뜨거운 음료를 대접했다. 나는 받지 않았다. 그즈음 노부인의 코트 솔기가 찢어진 걸 알아차렸다. 주변 사람들의 닳아빠진 옷도 눈에 들어왔다. 인도인 부인과 아들이 따끈한 파코라◇가 담긴 은박지 쟁반을 들고 길을 건너왔다. 우리는 진심으로 감사해하면서 음식에 달려들었다.

"여러분이 중요한 일을 하시는걸요. 저희가 감사하죠."

부인이 말했다. 콩과 감자가 듬뿍 든 파코라는 매콤해서 입이 벌어졌지만 진짜 맛있었다.

"이분들이 매주 음식을 대접해요. 복받을 거예요."

노부인이 스카프에 묻은 튀김 부스러기를 털면서 말했다.

순찰차 한 대가 두세 번 지나갔고, 경관은 무표정한 얼굴로 시위대를 훑어봤다.

"우리 도서관을 구할 수 있게 도와주세요, 경관님!"

미나가 소리쳤다. 경관은 고개를 돌렸지만 그의 동료는 빙긋 웃었다.

도중에 미나를 쫓아서 화장실을 사용하러 도서관에 들어갔다가 내가 무엇을 위해 싸우는지 수 있었다. 건물은 낡고 천장이 높은 데다 배관이 노출된 상태였다. 조용한 분위기였고 벽마다 성인 교육, 명상 시간, 이력서 작성 지원, 시급 6달러인 멘토링 수업 안내 포스터가 붙어 있었다. 이용자가 많았다. 어린이 구역에는 젊은 가족이 몰려 있었다. 컴퓨터 코너에서는 성인들이 자신 없이 키보드를 치는 소리가 났다. 십 대 아이 몇 명이 구석에서 조용히 잡담을 나누었다. 책을 읽는 사람도 있었고 몇 사람은 이어폰을 끼고 있었다. 사서 책상 옆에 경비병 두 명이 서 있어서 놀랐다.

"가끔 싸움이 발생해요. 여긴 누구나 들어올 수 있으니까."

◊ 채소 등에 고춧가루나 향신료 등을 넣고 튀긴 인도식 요리.

미나가 속삭였다.

"보통 마약 때문이에요. 늘 문젯거리가 생기죠."

우리는 노부인을 지나서 내려가는 계단으로 향했다. 노인은 추레한 모자를 쓰고, 구깃구깃한 파란색 나일론 코트를 입고 있었는데, 낡은 코트의 어깨가 견장처럼 찢겨 있었다. 힘들게 걸어가는 그녀의 뒷모습을 나도 모르게 응시했다. 너덜너덜한 슬리퍼가 벗겨질 듯했고, 움켜쥔 가방에 문고판 책이 삐죽 나와 있었다.

우린 거리에서 한 시간 더 머물렀다. 그사이 기자와 다른 뉴스 취재팀이 찾아와 인터뷰하고, 기사가 나가도록 최대한 노력하겠다고 약속했다. 그즈음 시위대가 차츰 흩어졌다. 나는 미나, 아속과 다시 지하철역으로 향했다. 부부는 그들이 이야기를 나눈 사람들과 다음 주 예정된 시위에 대해 열띠게 대화했다.

"도서관이 문을 닫으면 어떻게 할 거예요?"

지하철에 오르며 내가 물었다.

미나가 머리에 맨 스카프를 추켜올리면서 대답했다.

"솔직하게요? 모르겠어요. 하지만 결국 폐관할 거예요. 3킬로미터 남짓 떨어진 거리에 시설이 더 좋은 도서관이 있고, 시 당국은 아이들을 거기 데려가면 된다고 말하겠죠. 이 지역 주민들이 모두 자동차를 가진 줄 아나 봐요? 30도가 넘는 날씨에 노인들이 3킬로미터 이상 걸어도 괜찮은 줄 아나 봐."

그녀가 눈을 허옇게 굴리면서 덧붙였다.

"그때까지는 계속 싸워야죠. 안 그래요?"

아속이 한 손을 들어 격하게 허공에 흔들면서 말했다.

"공동체가 모일 장소가 필요해요. 사람들이 만나서 얘기하고 생각을 교환할 장소가 있어야 한다고요. 이건 단순히 돈 문제가 아니에요. 책은 인생을 가르쳐줘요. 책은 공감도 가르쳐주고요. 하지만 집세도 근근이 낼까 말까 하면 책을 어떻게 사겠어요? 그러니 도서관은 꼭 필요해요. 도서관을 없앤다는 건, 단순히 건물을 닫는 게 아니라 희망을 닫는 거라고요."

잠시 침묵이 흘렀다.

"사랑해, 자기."

미나가 말하고 남편에게 키스했다.

"나도 사랑해, 자기."

부부는 서로를 바라보았다. 나는 코트에서 부스러기를 터는 척하면서 샘을 떠올리지 않으려고 애썼다.

아쇽과 미나는 아이들을 데리러 친정에 가야 했다. 그들은 나를 꼭 안아주면서 나에게 다음 주에도 오겠다는 약속을 받았다. 나는 작은 식당에 가서 커피에 파이 한 조각을 곁들여 먹었다. 시위와 도서관에 있던 사람들, 침울하고 구멍이 패인 거리가 계속 생각났다. 부인의 찢어진 코트, 내 옆에 있던 노파가 손자가 멘토링을 하고 돈을 번다고 대견해하던 일이 계속 떠올랐다. 아쇽이 공동체를 위해 열띠게 주장한 장면을 떠올렸다. 고향의 도서관 덕분에 내 삶이 얼마나 바뀌었는지 기억났다. '아는 게 힘이다'라는 윌의 주장. 내가 지금 읽는 책은, 지금 내리는 거의 모든 결정은, 되짚으면 그 시절로 이어졌다.

시위 참여자들은 서로 알거나 인연이 있었다. 그들은 서로에게 음식과 음료를 건네고 함께 대화를 나누었다. 함께하는 목표가 있을 때만 느낄 수 있는 열기와 기쁨이 느껴졌다.

이 아파트에 대해 생각해 봤다. 30명쯤 사는 적막한 건물. 평온을 조금이라도 침해받아 항의할 때를 제외하면 아무도 서로에게 말을 걸지 않는 곳. 아무도 남을 좋아하지 않고, 성가시게 서로를 알아보려고 하지 않는 곳.

앞에 놓인 파이가 식는 줄도 모른 채 가만히 앉아 있었다.

집에 돌아가서 두 가지 일을 했다. 디윗 부인에게 예쁜 스카프를 줘서 고맙다고, 덕분에 한 주가 즐거웠다고 간단한 쪽지를 썼다. 개 돌보는 일에 더 도움이 필요하면 기꺼이 개를 보살피는 방법을 배우겠다고 적었다. 편지지를 봉투에 담아 그녀의 아파트 현관 밑에 넣었다.

일라리아의 방에 가서 노크했다. 그녀가 문을 열고 노골적으로 의심스럽게 쳐다보았지만 난 주눅 들지 않으려 애썼다.

"일라리아가 좋아하는 시나몬 쿠키를 파는 카페를 지나다가 몇 개 사왔어요. 여기."

봉투를 내밀었다.

그녀가 경계하는 눈초리를 던졌다.

"원하는 게 뭐예요?"

"아무것도 없어요! 그냥…… 저번에 아이들을 봐주셔서 고마웠어요. 그리고 아시잖아요? 우린 같이 일하니까…… 그저 쿠키 몇 개예요."

난 어깨를 으쓱했다. 봉투를 살짝 밀어서 그녀가 억지로 받게 했다. 일라리아가 쿠키를 보다가 날 바라보았다. 봉투를 돌려주려 한다고 짐작한 나는 그 전에 손을 흔들며 얼른 내 방으로 갔다.

그날 저녁, 인터넷에 접속해 도서관과 관련된 자료를 최대한 찾았다. 도서관 예산 삭감과 폐관 위기를 다룬 기사나, 지역의 십 대 청소년이 도서관 덕분에 대학 장학금을 받은 이야기처럼 작은 성공 사례를 찾아서 주요 내용을 인쇄하고, 유용한 정보를 모았다.

9시 15분 전, 이메일 한통이 도착했다. 제목은 "미안해요."였다.

루,

일주일 내내 야간 당직을 했고, 5분 이상 짬이 생겨서 내가 상황을 악화시키지 않을 수 있을 때 답을 쓰고 싶었어요. 내가 글을 잘 못 쓰잖아요. 여기서 진짜 중요한 건 딱 한 마디겠죠. 미안해요. 당신이 속이지 않으리란 걸 알아요. 그런 생각을 하다니 내가 바보였어요.

너무 멀리 떨어져 지내면서 당신이 어떻게 지내는지 모르는 게 힘들긴 해요. 둘이 만나면 매사 언성이 너무 높아지는 것 같아요. 서로를 느긋하게 받아들이지 못하죠.

뉴욕에서 보내는 시간이 당신에게 중요하다는 걸 알아요. 그러니 당신이 가만히 멈춰 있지 않으면 좋겠어요.

다시 한번 미안해요.

당신의 샘

xxx

그에게 받은, 가장 진심 어린 편지였다. 내 감정을 풀어내려고 애쓰면서 잠시 문장들을 쳐다보았다. 마침내 이메일을 열고 이렇게 입력했다.

알아요. 사랑해요. 크리스마스에 만나면, 함께 느긋한 시간을 보내면 좋겠어요.

루 xxx

'보내기'를 누르고, 엄마가 보낸 메일에 답장하고 트리나에게도 메일을 보냈다. 계속 샘을 생각하면서 기계적으로 메일을 썼다. "네, 엄마 페이스북에 새로 올린 정원 사진을 찾아볼게요. 버니스의 딸이 사진마다 오리 흉내를 내더라고요. 그러면 멋진 줄 알고요."

은행 계좌를 확인한 후 페이스북에 접속했다가 버니스의 딸이 입을 내민 사진을 보고 나도 모르게 미소가 지어졌다. 엄마가 찍은 정원 사진을 봤다. 작은 마당에 가든 센터에서 산 의자가 놓여 있었다. 그러다 나도 모르게 충동적으로 케이티 잉그럼의 페이지에 들어갔다가 즉시 후회했다. 최근 업로드된 선명한 컬러사진 일곱 장이 있었다. 구조대원들의 회식 사진이었다. 내가 전화했을 때 간다던 그 모임이겠지.

다른 때일 수도 있고. 그게 더 나쁘지만.

실크로 보이는 진분홍색 셔츠를 입은 케이티가 밝게 웃으면서,

눈길을 끌려고 테이블 위로 몸을 숙이고 있었다. 혹은 고개를 젖히고 목을 보이면서 웃거나. 샘이 낡은 재킷과 회색 티셔츠를 입고, 큰 손에 라임 농축액이 담긴 듯한 컵을 들고 있었다. 일행 중 키가 가장 컸다. 사진마다 사람들은 농담을 하면서 행복하게 웃고 있었다. 샘은 아주 느긋하고 편해 보였다. 사진마다 케이티는 샘에게 달라붙어 있거나, 테이블에 앉아서 그의 겨드랑이 아래를 파고들어 있었다. 혹은 샘의 어깨에 가볍게 한 손을 얹고 그를 올려다보고 있었다.

16.

"프로젝트 하나를 맡아주면 좋겠어."

최신 유행을 선도하는 헤어숍의 구석에 앉아서 애그니스가 염색과 드라이를 마치기를 기다리던 중이었다. 도서관 폐관 반대와 관련된 지역 뉴스를 보다가, 그녀가 다가와서 얼른 휴대폰을 껐다. 애그니스는 세심히 감싼 은박지를 잔뜩 두르고 있었다. 미용사는 애그니스가 자리에 돌아오기를 바라는 기색이 역력한데도 그녀는 무시하고 내 옆에 앉았다.

"아주 작은 피아노를 찾아줘야겠어. 폴란드에 보낼 거야."

그녀는 이 말을 편의점에서 껌을 사다 달라는 부탁처럼 내뱉었다.

"아주 작은 피아노요?"

"아이가 배울 아주 특별한 소형 피아노. 언니의 막내딸이 쓸 거야. 하지만 아주 고급 피아노여야 해."

애그니스가 말했다.

"폴란드에서는 소형 피아노를 못 사나요?"

"여기만큼 고급 악기는 없지. 호스와이너와 잭슨의 피아노가 좋겠어. 세계 최고의 피아노 제조사거든. 그리고 추위나 습기에 영향을 받지 않게 온도조절기를 넣어서 특별 운송하도록 특별히 조치해야 해. 잘못하면 소리가 변하니까. 악기점에서 그 부분을 해결해 줄 거야."

"조카가 몇 살이라고 하셨지요?"

"네 살."

"어…… 알겠습니다."

"아이가 소리의 차이를 알 수 있도록 최고의 제품이어야 해. 피아노마다 소리의 차이가 크거든. 스트라디바리우스랑 싸구려 바이올린의 차이처럼."

"그렇겠죠."

"그런데 문제가 있어."

미용사가 시계도 차지 않은 손목을 두드리면서 그쪽으로 오라고 고갯짓을 했지만, 애그니스는 외면했다.

"내 신용카드에 구매 기록을 남기고 싶지 않아. 그러니까 비용은 루이자가 매주 현금을 인출해서 해결하면 좋겠어. 조금씩 조금씩. 알겠지? 내가 가진 현찰도 보태고."

"하지만…… 고프니크 씨가 개의치 않으실 텐데요."

"그이는 내가 조카한테 돈을 과하게 쓴다고 생각해. 이해를 못해. 게다가 태비사가 이 일을 알면, 모든 걸 왜곡해서 날 나쁜 여자로 보이게 만들겠지. 그 애가 어떤지 알잖아, 루이자. 그러니까 내 말대로 해줄 수 있지?"

그녀는 은박지를 두른 채 날 지그시 바라보았다.

"네, 그럴게요."

"루이자는 좋은 사람이야. 이런 친구가 있어서 정말 행복해."

갑자기 그녀가 포옹하는 바람에 은박지가 내 귀에 닿아 뭉개졌다. 미용사는 내가 은박지를 건드렸는지 살피러 쫓아왔다.

악기점에 전화해서, 두 가지 소형 피아노 값과 배송비의 내역서를 보내달라고 요청했다. 난 상황을 파악하자마자 필요한 자료를 인쇄해서는 드레스룸에 있는 애그니스에게 보여주었다.

"어마어마한 선물이네요."

내가 말했다.

그녀가 손을 흔들었다.

나는 침을 삼켰다.

"거기에 운송료 2500달러가 더해지고요."

나는 눈을 깜빡였다. 애그니스는 그러지 않았다. 그녀는 서랍장으로 걸어가서 청바지 속에 넣어둔 열쇠로 서랍을 열었다. 내가 지켜보는 가운데, 그녀는 들쭉날쭉한 50달러 뭉치를 꺼냈다. 돈다발이 그녀의 팔뚝만 했다.

"여기 8500달러. 루이자가 아침마다 현금인출기에 가서 나머지를 인출해 줘. 한 번에 500달러씩. 알겠지?"

고프니크 씨 모르게 거액을 인출하는 게 편치만은 않았다. 하지만 그녀와 친정 식구의 유대감을 알았다. 떨어져 지내면서 가까이 느끼고 싶은 간절함도 알았다. 하긴 내가 뭐라고 그녀가 돈 쓰는 데 훈수를 두나? 옷값만 해도 소형 피아노보다 비쌀 텐데.

이후 열흘 동안 매일 꼬박꼬박 렉싱턴가의 현금인출기에 가서 돈을 뽑았다. 집으로 향하기 전에 브래지어 속에 지폐 뭉치를 넣고, 있지도 않은 강도와 싸울 태세를 갖추었다. 둘이 있을 때 내가 돈을 건네면 애그니스가 받아서 서랍에 든 지폐 뭉치에 합한 뒤 다시 열쇠로 잠갔다. 그렇게 모인 피아노값 전액을 악기점에 가져가 구매서에 서명하고, 어리둥절해하는 직원 앞에서 돈을 세서 건넸다. 피아노는 크리스마스에 맞춰 폴란드에 도착할 터였다.

그 일이 애그니스의 유일한 기쁨인 듯했다. 매주 우린 차를 타고 스티븐 립콧의 스튜디오로 갔다. 그녀가 미술 교습을 받는 동안, 개리와 나는 '베스트 도넛 플레이스'에서 조용히 카페인을 과음했다. 혹은 개리가 배은망덕한 성인 자식에 대해 떠들면 난 맞장구치면서 캐러멜을 뿌린 도넛을 먹었다. 두어 시간 후 애그니스를 태우러 갔고, 그녀가 빈손이라는 사실을 애써 모르는 체했다.

애그니스의 자선 모임 혐오는 점점 심해졌다. 마이클은 주방에서 잠깐 커피를 마시면서, 이제 그녀가 다른 여자들에게 예의를 차리지 않는다고 속삭였다. 아름답고 새침하게 앉아 행사가 끝나기만 기다린다고 했다.

"그 여자들이 못되게 군 걸 생각하면 사모님을 탓할 순 없죠. 그런데 그게 회장님을 돌게 하거든요. 자랑할 아내까진 아니어도, 자주 미소 지을 준비가 된 아내가 있는 게 중요하니까요."

고프니크 씨는 업무와 일반적인 생활에 지친 모습이었다. 마이클 말로는 회사 사정이 어렵다고 했다. 신흥 시장에서 은행을 떠받칠 대규모 거래가 어그러져서 만회하려고 전 직원이 밤낮없이 매달렸다. 동시에, 아니 그 때문에 관절염이 악화되어서 제대로 활동하려면 마사지 시간을 늘려야 한다고 네이선이 말했다. 약도 많이 복용했다. 주치의에게 일주일에 두 차례 진료를 받았다.

나중에 공원을 걸으면서 애그니스가 내게 말했다.

"이 생활이 싫어. 그이는 왜 이 돈을 댈까? 일주일에 네 번씩 말라비틀어진 인간들과 앉아서 말라비틀어진 카나페나 씹으라고. 이 말라비틀어진 여편네들이 내 흉이나 보게 하려고."

그녀가 잠시 멈춰서 건물을 돌아볼 때, 눈에 눈물이 고여 있는 게 보였다.

그녀가 낮은 소리로 다시 말했다.

"이따금 더는 못 하겠다는 생각이 들어, 루이자."

"고프니크 씨는 애그니스를 사랑해요."

내가 말했다. 달리 할 말이 없었다.

그녀가 손바닥으로 눈물을 닦고, 감정을 몰아내려는 듯이 고개를 저었다.

"알아."

애그니스가 미소를 지었지만 전혀 확신이 없는 미소였다. 그녀가 덧붙였다.

"하지만 사랑이 모든 걸 해결한다는 믿음을 버린 지 오래됐어."

나는 충동적으로 앞으로 다가가 그녀를 안았다. 나중에야 깨달았다. 그게 애그니스를 위한 포옹이었는지, 나 자신을 위한 포옹이었는지 모르겠다는 것을.

추수감사절 만찬이 코앞에 다가왔을 때 처음 아이디어가 떠올랐다. 애그니스는 저녁에 정신 건강 자선 행사에 참석해야 하는데, 종일 침대에서 나오기를 거부했다. 몹시 우울해서 참석하지 못하겠다고 버텼다. 앞뒤가 안 맞는 핑계임을 인정하지 않았다.

난 머그잔에 든 홍차를 마시면서 고심하다가 손해 볼 게 없다는 생각에 결심했다.

"고프니크 씨?"

서재 문을 노크하고 들어오라는 대답을 기다렸다.

고프니크 씨가 올려다보았다. 말끔한 하늘색 셔츠 차림인 그는 피곤한지 곧 시선을 내리깔았다. 늘 그가 딱했다. 우리에 갇힌 곰을 살짝 겁내고 존중하면서도 동정하는 것과 비슷했다.

"무슨 일인가요?"

"저기, 방해해서 죄송합니다. 하지만 아이디어가 있어서요. 애그니스에게 도움이 될 법한 일입니다."

그가 가죽 의자에 등을 기대고 문을 닫으라며 손짓했다. 책상 위에 놓인 브랜디 병이 눈에 들어왔다. 평소보다 이른 시간이었다.

"솔직히 말씀드려도 될까요?"

내가 물었다. 불안해서 미칠 것 같았다.

"그럼요, 말해 보세요."

"알겠습니다. 저기, 저는 애그니스가 음…… 당연히 행복해야 하는데 그만큼 행복하진 않다고 느끼고 있습니다."

"그건 많이 순화된 표현 같네요."

고프니크 씨가 나직이 대꾸했다.

"이전 생활에서 지금의 삶으로 제대로 녹아들지 못하는 데서 많은 문제가 생기는 것 같습니다. 예전 친구들이 새 생활을 이해하지 못해서 만날 수 없다고 하시더군요. 제가 보기에, 저기, 새로 만난 사람들은 친구가 되려 하지 않고요. 그게…… 배신하는 기분이라서겠죠."

"내 전처를."

"네, 그러니 애그니스에게는 할 일도, 소속된 공동체도 없습니다. 이 건물에 진정한 공동체는 없거든요. 고프니크 씨께는 업무가 있고, 애정과 존경을 표하는 오랜 지인들이 있지만요. 애그니스는 그렇지 않아요. 유독 자선 행사를 힘들어해요. 하지만 그 부문은 고프니크 씨에게 아주 중요하지요. 그래서 제가 아이디어를 냈습니다."

"계속하세요."

"저기, 워싱턴 하이츠에 폐관 위협을 받는 도서관이 있는데요. 여기 그곳과 관련된 모든 정보를 모아 왔습니다."

나는 책상 위로 서류철을 밀었다. 그리고 다시 설명을 시작했다.

"이곳은 진짜 공동체 도서관으로 다양한 국적, 나이, 성향의 주민들이 이용합니다. 도서관이 계속 문을 여는 게 주민들에게 아주 중요하지요. 그들은 도서관을 구하기 위해 치열하게 싸우는 중이에요."

"그건 시의회가 챙길 사안인데."

"네, 그렇지요. 그런데 사서 한 명과 대화를 했는데, 과거에는 개인들이 기부해서 도서관 운영을 도왔다고 합니다."

나는 몸을 숙이면서 말을 이었다.

"거기 가보면 아실 거예요. 멘토링 프로그램과 자녀를 따뜻하고 안전하게 데리고 있으려는 어머니들, 상황을 개선하려는 사람들이 있습니다. 특별한 방식으로요. 또 참석하시는 행사들처럼 화려하지 않겠죠…… 무도회는 없을 테니까요. 그래도 자선 행사가 있거든요. 그래서 혹시…… 혹시 고프니크 씨가 참여하시면 어떨까 생각했습니다. 애그니스가 참여해서 공동체의 일원이 될 수 있다면 더 좋고요. 그 일을 자신의 프로젝트로 만들 수 있을 거예요. 두 분이 놀라운 일을 하실 수 있을지도 몰라요."

"워싱턴 하이츠?"

"거기 가보셔야 해요. 아주 다채로운 지역입니다. 무척 다르지요…… 여기랑요. 일부 젠트리피케이션이 일기는 했지만 이 지역은……."

"압니다. 이 일에 대해 애그니스와 이야기해 봤나요?"

그가 손가락으로 책상을 톡톡 두드리면서 물었다.

"고프니크 씨에게 먼저 말씀드려야 할 것 같아서요."

서류철을 당겨서 펼친 그는 첫 페이지를 보면서 양미간을 찌푸렸다. 시위 초창기의 기사를 스크랩한 것이었다. 두 번째 페이지에 시의회 웹사이트에 게재된 지난 회계 연도의 예산안이 있었다.

"저는 고프니크 씨가 변화를 일으키실 수 있다고 믿어요. 애그니스뿐 아니라 공동체 전체에요."

이 순간 그의 표정이 냉담하고 심지어 오만해진 걸 알아차렸다. 큰 변화는 없었지만 살짝 표정이 굳었고 눈을 내리깔았다. 또 이런 생각도 들었다. 고프니크 같은 부자는 하루에도 돈 부탁이나 어떤 일에 개입해 달라는 요청을 무수히 받겠지. 나도 거기 끼어들었으니, 고용인과 피고용인 사이의 보이지 않는 선을 넘은 셈이었다.

"아무튼, 그냥 아이디어였어요. 대단한 것도 아니고요. 너무 말을 많이 해서 죄송합니다. 바쁘시면 문건을 보시지 않아도 됩니다. 제가 가져가면……."

"좋습니다."

그가 눈을 감고 손끝으로 관자놀이를 눌렀다.

나는 나가라는 말인지 아닌지 몰라 그냥 서 있었다.

마침내 그가 내게 고개를 들었다.

"가서 애그니스랑 얘기해 볼 수 있겠어요? 오늘 만찬에 나만 참석하면 될지 알아봐 주고요."

"네, 그러겠습니다."

서재에서 나왔다.

애그니스는 정신 건강 만찬에 참석했다. 부부가 귀가한 후 싸우는 소리는 나지 않았지만, 그날 밤 애그니스는 드레스룸에서 잤다.

크리스마스를 보내러 집에 가기 전 2주간, 페이스북에 집착하는 습관이 생겼다. 나도 모르게 아침저녁으로 케이티 잉그럼의 페이지를 확인하고, 그녀가 친구들과 나눈 대화를 읽고 난 뒤 새로 올린 사진이 있는지 살폈다. 한 친구가 업무가 마음에 드냐고 묻자, 케이티는 "맘에 꼭 들어!"라는 문구와 윙크하는 이모티콘을 올렸다(그녀는 짜증 날 정도로 윙크하는 이모티콘을 사랑했다). 다른 날에는 이런 글이 올라왔다. "오늘은 무지무지 힘든 날. 멋진 파트너를 주셔서 감사! #축복"

구급차 운전석에 앉은 샘의 사진이 더 올라왔다. 그는 케이티를 말리려는 듯 손을 들고 웃고 있었다. 그의 얼굴과 친밀한 사진과 날 뒷전으로 밀어내는 느낌에 숨이 막혔다.

영국 시간으로 전날 저녁, 우리는 전화를 하기로 했지만, 내가 전화를 걸었을 때 샘은 받지 않았다. 두 번이나 다시 걸었지만 마찬가지였다. 두 시간 후 한참 걱정하는데, 문자메시지가 왔다. "미안해요, 아직 안 자요?"

그의 전화를 받았다.

"괜찮아요? 일했어요?"

그는 아주 얼핏 머뭇거리다가 대답했다.

"꼭 그런 건 아니고요."

"무슨 뜻이에요?"

페디큐어를 받으러 간 애그니스를 차에서 기다리는 중이었다. 개리가 《뉴욕 포스트》 스포츠 란에 집중한 듯 했지만, 난 그가 통화를 들을까 봐 신경 쓰였다.

"케이티가 하는 일을 좀 도왔어요."

그 이름을 듣자 가슴이 철렁했다.

밝은 목소리를 유지하려고 애썼다.

"무슨 일을 도왔는데요?"

"그냥 이케아 옷장 만드는 거. 케이티가 옷장을 샀는데 혼자 조립을 못 해서 내가 도와주겠다고 했죠."

속이 메스꺼웠다.

"당신이 그 집에 갔어요?"

"아파트예요. 가구 조립을 도와준 것뿐이라고요, 루. 그녀에겐 아무도 없거든요. 또 길 아래쪽에 살고요."

"공구함을 가져갔겠네요?"

그가 내 아파트에 와서 수리해 준 기억을 떠올렸다. 처음 그를 사랑하게 된 이유에 그런 면도 있었다.

"그랬죠, 내 공구함을 들고 갔죠. 난 그저 이케아 옷장 조립을 도운 것뿐이에요."

답답해하는 말투.

"샘."

"왜요?"

"당신이 나서서 가겠다고 했어요? 아니면 그녀가 오라고 했어요?"

"그게 뭐가 중요해요?"

중요하다고 말해주고 싶었다. 이 여자가 내게서 그를 훔쳐 가려는 속셈이 빤히 보이니까. 무력한 여자도 됐다가 재미있는 파티 걸도 됐다가, 이해심 많은 파트너 겸 동료도 됐다가. 샘은 여우짓을 도통 모르거나, 더 최악은 알고 있는 거였다. 그녀는 인터넷에 올린 사진마다 빠짐없이 샘 옆에 달라붙어 있었다. 립스틱 바른 거머리가 따로 없었다. 내가 사진을 볼 거라고 그녀가 예상하고 있다는 의심이 종종 들었다. 사진이 내 마음을 불편하게 만드는 걸 알고 흐뭇해할까? 혹시 나를 괴롭고 강박적으로 만드는 게 그녀의 계획일까?

남자들은 여자들이 서로에게 겨누는 아주 미묘한 무기를 절대 모르겠지.

전화선을 타고 흐르던 침묵이 싱크홀로 변했다. 내가 이길 수 없다는 걸 알았다. 샘에게 벌어지는 상황을 경고하려고 들면, 난 질투하는 잔소리꾼이 되겠지. 경고하지 않으면 그는 무작정 유혹의 함정으로 들어갈 테고. 그러다 어느 날 나를 그리워한 것처럼 그녀를 그리워하는 자신을 발견할 터였다. 힘든 일과를 마친 후 술집에서 그녀가 기대며 보드라운 손으로 손을 잡거나. 아드레날린이 솟는 일이나 죽을 뻔한 사고를 함께 겪은 후 키스하고…….

나는 눈을 감았다.

"그러면 언제 돌아오는 거예요?"

"24일."

"잘됐네요. 근무시간을 조정해 볼게요. 하지만 크리스마스 기간에 얼마간은 근무해야 될 거예요, 루. 이 일을 알잖아요. 쉴 새가 없어요."

그가 한숨을 쉬었다. 잠깐 말이 없던 샘이 다시 입을 열었다.

"들어봐요. 내가 생각해 봤는데 당신이랑 케이티가 만나보는 것도 좋을 거예요. 그러면 당신도 그녀가 괜찮다는 걸 알 수 있겠죠. 동료 이상의 뭔가가 되려는 사람이 아니에요."

'웃기시네.'

내가 대답했다.

"좋아요! 그것도 괜찮겠네요."

"당신도 케이티를 좋아할 거예요."

"당신이 그렇다면 그렇겠죠."

'차라리 에볼라 바이러스가 낫겠네. 차라리 팔꿈치가 까지는 게 나을지도. 아니면 벌레가 꿈틀대는 치즈를 먹는 게 나아.'

샘은 안도하는 목소리로 말했다.

"보고 싶어서 안달이 나요. 일주일만 있으면 돌아오네요, 그쵸?"

나는 목소리가 똑똑히 들리지 않도록 고개를 숙이고 말했다.

"샘, 혹시…… 케이티가 정말 날 만나고 싶어 할까요? 그러니까 둘이 의논한 일이에요?"

"네."

내가 아무 대꾸도 하지 않자, 그가 덧붙였다.

"내가 말한 의논은 다른 게 아니라…… 당신과 나 사이의 일을 이야기한 건 아니에요. 다만 케이티는 우리가 힘들다는 걸 알아요."

"그렇군요."

턱이 조이는 느낌이었다.

"케이티는 당신을 좋게 생각해요. 물론 내가 그건 잘못 안 거라고 말해줬죠."

나는 웃었지만 세계 최악의 발연기도 그보다 잘 웃을 수 있을 것이다.

"케이티를 만나면 당신도 알게 될 거예요. 빨리 만나보면 좋겠어요."

그가 전화를 끊자 나는 고개를 들다가 개리가 백미러로 쳐다보는 걸 알았다. 잠시 우리 둘의 눈이 마주쳤고 곧 개리는 시선을 비꼈다.

내가 있는 곳은 세계에서 가장 분주한 대도시지만, 실제로는 좁디좁은 세상에서 새벽 6시부터 밤늦도록 고프니크 부부의 요구에 짓눌려 살고 있다는 걸 깨달았다. 내 생활은 부부의 생활과 완전히 얽혀 있었다. 윌과 그랬듯이 애그니스의 기분에 적응해서, 그녀의 우울이나 분노부터 단순한 허기의 징후까지 감지할 수 있었다. 이제 생리주기를 알아서 개인 다이어리에 기록해 두고 닷새간의 격한 감정이나 부서져라 두드리는 건반 소리에 대비했다. 가족 간 갈등이 생기면 투명 인간처럼 있을 줄도 알게 되었다. 그림자 노릇을 하다 보니 종종 내가 없는 사람처럼 느껴졌다. 타인과 관련해서만 쓸모 있는 존재 같았다.

고프니크 집안에 오기 전의 삶은 줄어서 희미한 허깨비가 되었고, (고프니크의 일정이 허락하면) 어색한 통화나 드문드문 주고받는 이메일을 통해서만 이어졌다. 2주간 트리나와 통화를 못 하다가, 엄마가 손 편지를 보내면서 "네가 우리 모습을 잊었을까 봐"라는 글과 함께 동봉한 사진을 보고 울었다. 트리나와 톰이 극장에서 찍은 사진이었다.

이따금 일이 좀 벅차게 느껴질 때도 있어서, 균형을 잡기 위해 피곤해도 주말마다 아속 부부랑 도서관에 갔다. 아이들이 아파서 부부가 시위에 불참할 때는 혼자 가기도 했다. 더 따뜻하게 입고, 윌에게 경의를 표하기 위해 "아는 것이 힘"이라고 적은 손 팻말을 만들어 들었다. 지하철을 타고 다녔고, 시위 후에 이스트빌리지에 있는 빈티지 의상실 엠포륨에 가서 커피를 마시면서 리디아 자매가 새로 들인 옷을 구경했다.

고프니크 씨는 도서관에 대해 다시 말하지 않았다. 자선의 의미가 아주 다를 수 있기에 좀 실망스러웠다. 주는 것만으로는 부족하고, 주는 것을 내보일 수 있어야 되니까. 병원마다 문 위에 기부자 명단이 대문짝만하게 걸려 있었다. 무도회에도 기부자의 이름을 붙였다. 심지어 버스에도 뒤창 옆에 명단이 있었다. 레너드 고프니크 부부가 자선계의 큰손으로 유명한 것은 기부할 때 온 세상이 보기 때문이었다. 빈민가의 허접한 도서관은 그런 찬사를 안겨주지 못했다.

내가 추수감사절에 아무 계획이 없는 걸 알자, 아속과 미나는 놀라면서 워싱턴 하이츠의 아파트로 초대했다.

"추수감사절을 혼자 보내다니 안 될 말이죠."

아속이 말했다. 난 영국에선 그게 무슨 날인지 아는 사람이 거의 없다고 대꾸하지 않기로 했다.

미나가 말했다.

"어머니가 칠면조 요리를 할 텐데 미국식은 아니에요. 우린 그 심심한 칠면조를 참을 수가 없거든요. 진짜배기 탄두리 칠면조가 될 거예요."

새로운 일에 '좋다'고 대답하는 건 쉬웠다. 무척 흥분됐다. 샴페인 한 병, 고급 초콜릿, 미나의 어머니에게 드릴 꽃을 사고 모피 소매가 달린 파란색 칵테일드레스를 입었다. 이 옷을 입고 하는 첫 외출로는 인도식 추수감사절이 적당하다고 생각했다. 아무튼 별다른 복장 요구는 없었으니까. 일라리아가 고프니크 가족 만찬을 준비하느라 녹초가 되었고, 난 방해하지 않기로 했다. 현관문을 나서서 아속이 준 약도를 확인했다.

복도를 지나는데 디윗 부인네 현관문이 열려 있었다. 문에서 몇 발자국 떨어진 곳에서 딘 마틴이 나를 노려보고 있었다. 개가 또 자유를 찾아 탈출할까 염려되어서 초인종을 눌렀다.

디윗 부인이 복도로 나왔다.

"디윗 부인, 딘 마틴이 혼자 산책에 나설 기세라서요."

개는 터벅터벅 주인에게 돌아갔다. 부인은 벽에 기대어 서 있었는데, 연약하고 지쳐 보였다.

"문 좀 닫아줄 수 있겠어? 내가 제대로 닫지 않았네."

"그럴게요. 추수감사절 잘 보내세요, 디윗 부인."

내가 말했다

"오늘이야? 그런 줄도 몰랐네."

그녀가 안으로 사라졌고 개가 따라 들어갔다. 그 집에 흔한 방문객 한 명 오는 걸 본 적이 없었다. 노인이 혼자 추수감사절을 보낸다고 생각하니 순간 애처롭게 느껴졌다.

걸음을 옮기려고 몸을 돌리는 순간, 애그니스가 체육관에 가는 차림으로 복도를 걸어왔다. 그녀는 날 보자 놀란 모양이었다.

"어디 가?"

"저녁 식사 하러 가는데요."

누구랑 만나는지 밝히기 싫었다. 이 건물에 사는 고용주들은 그들이 없는 자리에서 직원들끼리 어울린다면 어떤 기분이 들까? 애그니스는 겁에 질려 날 바라보았다.

"지금 가면 안 돼, 루이자. 레너드의 가족이 여기 올 거야. 나 혼자 감당 못 해. 그들에게 루이자가 여기 있을 거라고 알려뒀어."

"그래요? 하지만……."

"꼭 있어야 해."

나는 문을 쳐다보았다. 심장이 내려앉았다.

그때 애그니스가 풀 죽은 목소리로 중얼댔다.

"부탁이야, 루이자. 친구잖아. 루이자가 필요해."

아속에게 전화해서 사정을 말했다. 그나마 위로가 되는 것은 그가 여기서 일하는 사람이라 즉시 상황을 파악한 점이었다.

"정말 미안해요. 진심으로 가고 싶었어요."

내가 휴대폰에 대고 속삭였다.

"아니요, 거기 있어야죠. 미나가 칠면조를 남겨두겠다고 전하라네요. 내가 내일 가져갈게요……. 자기, 내가 전했어! 미나가 그 집의 비싼 와인을 모조리 마셔버리래요. 알았죠?"

잠깐 눈가에 눈물이 맺혔다. 키득대는 아이들, 맛 좋은 음식, 웃음이 넘치는 저녁 시간을 기대했다. 그런데 다시 그림자가, 냉랭한 방의 말 없는 소품이 되어야 한다니.

두려움은 현실이 되었다.

고프니크의 다른 가족 세 명이 추수감사절에 왔다. 고프니크 씨보다 머리가 희고 생기 없는 그의 형은 미 법무부를 좌지우지하는 법조인이었다. 그는 모친을 데려왔다. 노부인은 휠체어를 탔고, 저녁 내내 모피 코트를 벗지 않겠다고 고집하면서 다른 사람의 말이 들리지 않는다며 떠들썩하게 불평했다. 유명한 바이올리니스트였던 고프니크 씨의 형수도 같이 왔다. 그녀만 내게 무슨 일을 하는지 물었다. 그녀는 애그니스에게 인사하면서 두 번 키스하고 아무한테나 보여줄 수 있는 의례적인 미소를 지었다.

태비사도 늦게 참석했다. 택시에서 정말 가기 싫다고 누군가에게 전화로 푸념하면서 온 듯한 분위기를 잔뜩 풍겼다. 그녀가 도착하고 얼마 후, 다들 식당에 자리를 잡았다. 메인 홀과는 좀 떨어져 있었으며 중앙에 특대 타원형 마호가니 식탁이 있었다.

대화 주제가 한쪽으로 쏠렸다고 해도 무방할 것이다. 곧 형제는 고프니크 씨가 최근에 사업을 하고 있는 국가의 법률 규제 이야기에 몰두하기 시작했다. 두 부인은 외국어로 간단한 대화를 주고받는 사람들처럼 어색하게 몇 가지 물었다.

"어떻게 지냈어요, 애그니스?"

"잘 지냈어요. 고맙습니다. 어떠세요, 베로니카?"

"아주 잘 지냈죠. 무척 좋아 보이네요. 옷이 굉장히 멋있어요."

"감사합니다. 형님도 아주 근사해 보이세요."

"폴란드에 다녀왔다고요? 어머니를 뵈러 다녀왔다면서요. 레너드에게 들었어요."

"2주 전에요. 어머니를 만나니 좋았어요. 감사합니다."

나는 태비사와 애그니스 사이에 앉아서 애그니스가 화이트와인을 과음하고 태비사가 휴대폰을 사납게 톡톡 치면서 가끔 눈을 굴리는 걸 봤다. 난 호박과 세이지 수프를 먹으면서 고개를 끄덕이고 미소 지었다. 이속의 아파트에 가서 즐겁고 시끌벅적한 분위기를 누리지 못한 걸 아쉬워하지 않으려 애썼다. 대화를 이어가려면 무슨 질문이라도 해야 했으니 태비사에게 근황을 물어야 했지만, 전에 가족 행사에 끼었다고 신랄한 비난을 들은 터라 말을 꺼낼 용기가 나지 않았다

일라리아가 계속 음식을 내왔다. 나중에 그녀는 "저 폴란드 잡것은 요리를 안 한다니까요. 덕분에 누군 추수감사절에 쉬지도 못하지"라고 중얼댔다. 칠면조와 구운 감자 외에 곁들임으로 난생처음 먹는 음식이 나왔다. 먹으면 즉시 2형 당뇨병에 걸릴 것 같았다. 설탕에 졸인 고구마찜에 마시멜로를 올린 요리, 구워서 으깬 도토리에 메이플 시럽에 재운 베이컨을 뿌린 요리. 버터를 넣은 옥수수빵. 꿀과 향신료를 뿌려서 구운 당근. 요크셔푸딩◇과 비슷한 팝오버◇◇도 나왔는데, 거기에도 시럽을 뿌렸는지 몰래 들여다봤다.

물론 남자들만 많이 먹었다. 태비사는 음식을 뒤적이기만 했다. 애그니스는 칠면조만 조금 먹고 다른 음식에는 손대지 않았다. 난 골고루 조금씩 먹으면서 할 일이 있는 데에 감사했다. 이제 일라리아가 내 앞에 접시를 던지듯 내려놓지 않아서 고마웠다. 사실 그녀는 내 곤란한 처지에 무언의 공감을 표하듯 몇 번 흘끔댔다. 남자들은 나머지 사람들의 얼음장 같은 분위기를 모르는지, 혹은 모르는 척하는지 계속 사업 이야기만 했다.

이따금 고프니크 씨의 어머니가 침묵을 깼다. 그녀는 감자를 달라고 하거나, 도대체 가정부가 당근에 무슨 짓을 했냐고 네 번이나 물었

◇ 풀빵과 비슷한 영국식 빵으로 주로 로스트비프에 곁들인다.

◇◇ 살짝 구워서 속은 텅 비고 겉은 부풀게 만든 미국식 빵.

다. 짜증이 나지만 할 일이 생겨 다행인 듯 몇 명이 동시에 대답했다.

유난히 긴 침묵이 흐른 후 베로니카가 입을 열었다.

"독특한 의상이네요, 루이자. 대단히 획기적이에요. 맨해튼에서 구입했나요? 요새는 모피 소매를 흔히 볼 수 없는데."

"감사합니다. 이스트빌리지에서 샀어요."

"마크 제이콥스인가요?"

"어, 아뇨. 빈티지예요."

"빈티지라."

태비사가 조소했다

"뭐라고 말한 거냐?"

노부인이 크게 물었다.

"여성복 이야기를 하고 있어요, 어머니. 빈티지 의상이라고 하네요."

고프니크 씨의 형이 대답했다.

"빈티지라니 도대체 뭔."

"'빈티지'에 무슨 문제라도 있니, 탭?"

애그니스가 쌀쌀맞게 물었다.

나는 앉은 채로 몸이 오그라들었다.

"너무나 무의미한 용어죠. 안 그래요? '중고'란 말을 돌려서 하는 거죠. 결국 별거 아닌데 그럴 듯하게 포장해서 입는 거잖아요."

빈티지에는 그 이상의 의미가 있다고 말해주고 싶었지만 어떻게 표현해야 좋을지 몰랐다. 나설 자리가 아닌 것 같기도 했다. 그저 대화가 나랑 무관한 화제로 넘어가기만을 바랐다.

"빈티지 의상이 패션이 되기도 하죠. 물론 요즘 젊은이 트렌드를 이해하기에 나야 너무 늙었지만."

베로니카가 외교관처럼 노려한 말투로 내게 정중히 말을 건넸다.

"어쩌나 예의가 바른지, 그런 말을 잘도 하네."

애그니스가 중얼댔다.

"뭐라고요?"

태비사가 말했다.

"아, 그래서 지금 한 말이 맞다?"

"그게 아니라 방금 뭐라고 했느냐고요."

고프니크 씨가 식사하다가 고개를 들었다. 그는 신중한 눈길로 아내와 딸을 번갈아 보았다.

"내 말은 왜 그렇게 루이자에게 무례하게 구느냐는 거야. 루이자는 직원이지만 여기 내 손님으로 와 있어. 그런데 넌 루이자의 옷차림에 무례하게 굴어야 속이 시원하지."

"난 무례하게 굴지 않았어요. 다만 사실을 말했을 뿐이에요."

"요즘은 이런 게 무례야. '난 보이는 대로 말해요. 솔직하게 말하는 것뿐이에요.' 바로 남을 괴롭히는 사람이 쓰는 언어라고. 그게 무슨 뜻인지 우리 다 알아."

"방금 내가 어떻다고요?"

"애그니스, 여보."

고프니크 씨가 손을 뻗어 아내의 손을 잡았다.

"둘이 무슨 말을 하는 게냐? 크게 말하라고 해."

노부인이 말했다.

"탭이 제 친구에게 너무 무례하게 군다고 제가 말했어요."

"저 여자는 친구가 아니거든요? 똑똑히 알아두라고요. 보수를 받는 어시스턴트예요. 요즘 애그니스는 친구를 그런 식이 아니면 못 사귀나 보네."

"탭! 그런 못된 말이 어디 있니."

고프니크 씨가 딸을 꾸짖었다.

"뭐, 사실이잖아요. 아무도 상대해 주지 않으니까요. 어딜 가든 그런 상황인데 모르는 척하지 마세요. 부끄러운 줄 아세요, 아빠. 아빠는 '뻔할 뻔 자'인 남자예요. 저쪽은 걸어 다니는 '뻔할 뻔 자'인 여자고요. 뭐가 뻔하냐고요? 저쪽의 속셈이 뭔지 누구나 알거든요."

애그니스가 무릎에서 냅킨을 집어서 뭉쳤다.

"내 속셈? 내 속셈이 뭔지 어디 들어보자."

"성공에 미쳐서 저돌적으로 달려드는 이민자들과 똑같죠. 아빠를 어찌어찌 구워삶아 결혼했어요. 이제 의심의 여지 없이 온갖 수단을 동원해 임신한 다음 아이를 한둘 낳겠죠. 그러고 5년 안에 아빠랑 이혼할 거고, 그리고 평생 편안히 살죠. 와우! 마사지사 노릇을 하지 않고도 버그도프 굿맨 백화점에서 쇼핑을 하고, 운전기사를 두고, 폴란드 마녀들과 점심 식사를 하고 다니는 거죠."

고프니크 씨가 식탁 위로 몸을 숙였다.

"태비사, 다시는 이 집에서 '이민자'를 경멸하는 단어로 사용하지 않으면 좋겠구나. 네 증조부모님도 이민자셨어. 너도 이민자의 후손이고……."

"그런 부류의 이민자는 아니죠."

"그게 무슨 뜻이지?"

애그니스가 얼굴이 빨개져서 물었다.

"내가 꼭 일일이 말해줘야겠어요? 힘든 일을 통해 목표를 이루는 사람들이 있고, 빈둥대며 기생해서……."

애그니스가 쏘아붙였다.

"너처럼? 스물다섯 살에 신탁 펀드 배당금으로 사는 너처럼 말이지? 넌 평생 직업을 가져본 적이 없잖아? 네가 바로 그 올바른 예시나? 적어도 난 힘든 노동이 뭔지 알……."

"그래요. 낯선 남자들의 알몸에 올라타는 거죠. 직업 한번 대단하네요."

고프니크 씨가 벌떡 일어났다.

"이제 그만! 잘못 생각해도 단단히 잘못 생각하고 있구나, 태비사. 애그니스에게 사과해라."

"왜요? 내가 장밋빛 안경을 끼지 않고 저 여자를 봐서요? 아빠, 이런 말을 해서 죄송하긴 한데, 아빠는 이 여자가 진짜 어떤 사람인지 까맣게 몰라요."

"아니, 틀린 사람은 바로 너야!"

"그러니까 이 여자가 자식을 갖고 싶지 않을 거라고요? 스물여덟 살이라고요, 아빠. 정신 차리세요!"

"뭐라고 떠드는 거냐?"

고프니크 노부인이 며느리에게 퉁명하게 물었다. 베로니카는 그녀의 귀에 대고 뭔가를 속삭였다.

"그런데 남자들의 알몸 어쩌고 그러던데요. 내가 들었거든요."

"그건 네가 참견할 일이 아니다, 태비사. 하지만 이 집에 더 이상 아이는 없을 거다. 애그니스와 나는 결혼하기 전에 이 문제에 대해 합의했어."

태비사가 인상을 찌푸렸다.

"어머나. 이분이 동의를 하셨단 말이죠? 그게 뭐 대수라고! 저런 여자는 아빠랑 결혼하려고 무슨 말이든 할 텐데요! 아빠, 이런 말을 하기 싫지만, 아빠는 구제불능으로 순진해요. 1년쯤 후에 약간의 '사고'가 생길 거고 저 여자가 설득……."

"사고 따윈 없을 거야!"

고프니크 씨가 식탁을 내리치는 바람에 유리잔이 흔들렸다.

"아빠는 뭘 알고 그래요?"

"내가 망할 놈의 정관 수술을 받았으니까!"

고프니크 씨가 주저앉았다. 그의 손이 떨렸다. 고프니크 씨가 말을 이었다.

"결혼하기 두 달 전에 마운트 시나이 병원에서 애그니스의 전적인 동의하에 수술했다. 이제 속이 시원하니?"

방에 침묵이 내려앉았다. 태비사가 입을 벌린 채 아버지를 쳐다보았다.

노부인이 좌우를 둘러보다가, 아들을 보면서 말했다.

"레너드, 맹장 수술을 받았다고?"

내 머리 뒤쪽 어디에서 웅 하는 소리가 나기 시작했다. 멀리서 고프니크 씨가 딸에게 사과하라고 닦달하는 것 같았다. 태비사가 의자를 밀고 일어나 사과도 없이 나가는 모습을 본 것도 같았다. 베로니카가 남편과 눈짓을 교환한 뒤 술을 쭉 들이켜는 게 보였다.

그 순간 난 애그니스를 쳐다봤다. 그녀는 말없이 접시를 내려다보고 있었다. 베이컨 위에 뿌려진 꿀 범벅이 굳어갔다. 고프니크 씨가 손을 뻗어 아내의 손을 꽉 잡았다. 난 가슴이 철렁 내려앉는 소리를 들었다.

애그니스는 내게 눈길을 주지 않았다.

17.

나는 12월 22일에 새로 산 빈티지 코트를 입고 선물을 잔뜩 챙겨서 집으로 날아갔다. 얼룩말 무늬 코트는 묘하게도 비행기 공기에 영향을 받아, 히드로 공항에 도착할 즈음에는 죽은 말 같은 냄새를 풍겼다.

사실 크리스마스이브에 비행기를 탈 예정이었지만, 애그니스는 어머니가 아파서 갑자기 잠깐 폴란드에 가니 나더러 일찍 떠나라고 했다. 할 일도 없는 맨해튼에 있을 바엔 가족이랑 있는 게 더 낫다며 비행 일정을 앞당기게 했다. 비행기 티켓을 바꾸는 비용은 고프니크 씨가 지불했다. 추수감사절 만찬 이후 애그니스는 내게 과한 친절을 베풀면서도 거리를 두었다. 나는 프로답게 도리를 다했다. 가끔 그 사건의 의미 때문에 머리가 어지러웠다. 하지만 가을에 내가 여기 왔을 때, 개리가 한 말을 떠올리곤 했다. 보지도 말고, 듣지도 말고, 싹 잊으라고.

크리스마스 준비 기간에 웬일인지 마음이 가벼워졌다. 콩가루 집구석을 벗어나니 마음이 놓였다. 혹은 크리스마스 선물을 쇼핑하면서 샘과 연애하는 재미를 되찾은 걸까? 마지막으로 남자에게 줄 크리스마스 선물을 산 게 언제였더라? 패트릭하고 연애하는 마지막 2년간 패트릭은 받고 싶은 피트니스 전문 용품의 링크를 이메일로 보냈다. "힘들게 뭘 포장해. 잘못 골랐으면 반품해야 될 수도 있잖아." 난 버튼만 누르면 그만이었다. 윌이랑은 크리스마스를 보내지 못했다. 어제 삭스 백화점에서 다른 쇼핑객들과 부딪치면서, 캐시미어스웨터를 입은 내 애인을 떠올리고는 스웨터를 뺨에 대봤다. 정원에서 입으면 좋을 부들부들한 체크무늬 셔츠를 구경하고, 레이◇에서 두꺼운 야외용 양말을 골랐다. 타임스스퀘어에 있는 엠앤엠스토어에서 달콤한 냄새를 흠뻑 맡으면서 톰에게 줄 장난감을 샀다. 트리나에게 줄 편지지는 맥널리 잭슨 서점에서, 할아버지에게 드릴 멋진 잠옷 가운은 메이시스 백화점에서 샀다. 몇 달간 쓴 용돈이 얼마 안 되자 흥분해서는 엄마 몫으로 티파니에서 단순한 팔찌를, 아빠 몫으로 창고에서 쓸 수 있게 태엽 감는 라디오를 샀다.

고민 끝에 샘에게 줄 양말을 사고 그 안에 작은 선물을 잔뜩 담았다. 애프터 셰이브 로션, 풍선껌, 양말, 데님 핫팬츠를 입은 여자 모양의 맥주 홀더. 결국 톰의 선물을 산 장난감 상점에 다시 가서 모형 가구 몇 점을 더 샀다. 침대, 식탁과 의자들, 소파, 욕실 세면대와 욕조. 나는 모형들을 포장하고 "진짜가 생길 때까지"라고 쓴 메모를 붙였다. 모형 의료기기함이 있어서 그것도 넣었다. 놀랄 정도로 내부가 정교했다. 갑자기 크리스마스가 현실로 다가와 흥분됐

◇ 미국의 아웃도어 용품 전문점.

다. 고프니크 부부와 뉴욕과 열흘쯤 떨어져 지낸다는 사실 자체가 선물로 여겨졌다.

공항에 도착해서 선물 꾸러미가 든 가방이 무게 제한을 통과하기만을 기도했다. 체크인 카운터의 여직원이 여권을 받고 가방을 저울에 올리라고 한 뒤, 컴퓨터 화면을 보면서 이마를 찡그렸다.

"무슨 문제라도 있나요?"

직원이 내 여권을 힐끗 보더니 뒤를 돌아봐서 내가 물었다. 수하물 초과 비용이 얼마나 될지 머릿속으로 계산을 시작했다.

"아, 아닙니다. 손님은 이 줄에 계시면 안 됩니다."

"설마요. 그러면 어디 서야 되나요?"

뒤에 늘어선 줄을 보니 가슴이 철렁했다.

"손님은 비즈니스 클래스시거든요."

"비즈니스요?"

"그렇습니다, 손님. 업그레이드되셨어요. 저쪽에서 체크인하셔야 되는데요. 하지만 상관없습니다. 여기서 수속해 드릴 수 있습니다."

나는 고개를 저었다.

"아, 아닐 텐데요. 저는……."

그때 알림음이 울려 휴대폰을 내려다봤다.

지금쯤 공항이겠네요! 이걸로 귀향이 더 즐거워지기를. 애그니스의 약소한 선물이에요. 새해에 만나요, 동지! **마이클** x

눈을 깜빡거렸다.

"그러네요. 감사합니다."

내 커다란 가방이 컨베이어벨트를 타고 사라지는 걸 쳐다보다가 휴대폰을 도로 가방에 넣었다.

공항은 북적댔지만 비즈니스 클래스 구역은 차분하고 평온했다. 연말연시의 혼란에서 벗어난 집단적인 자부심이 느껴지는 오아시스 같았다. 비행기에 탄 뒤 선물로 받은 세면도구 가방을 뒤져서 양말을 꺼냈다. 옆자리 승객에게 너무 수다를 떨지 않으려고 조심했지만 결국 그는 안대를 끼고 누웠다. 구두 한 짝이 발 받침대에 걸려서 난감해하자 남자 승무원이 친절하게 신발 빼는 방법을 가르쳐주었다. 셰리로 맛을 낸 오리고기와 레몬 파이를 먹었고, 승무원이 뭔가 가져올 때마다 고맙다고 인사했다. 영화 두 편을 시청한 후 좀 자야겠다고 생각했지만, 하지만 쾌적한 경험을 하고 있자니 잠을 자기가 어려웠다. 집에 편지를 쓸 만한 일이었지만, 직접 만나서 말할 생각을 하니 가슴이 떨렸다.

다른 루이자 클라크가 되어 집에 돌아가는 중이었다. 샘은 그렇게 말했고 난 그 말을 믿기로 했다. 더 자신 있고 더 프로다워졌다. 6개월 전 슬픔에 허우적대며 갈등하고 망가져 있던 사람과 거리가 멀었다. 날 보고 놀랄 샘의 얼굴을 떠올렸다. 그는 내가 부모님에게 갈 계획을 세울 수 있도록 2주간의 근무 일정 사본을 보내주었다. 짐을 아파트에 내려놓고, 여동생과 몇 시간 보내다가 샘의 집에 가서 당직을 끝내고 온 그를 만날 계획을 세웠다.

이번에는 제대로 함께 시간을 보낼 것을 기대했다. 제법 긴 시간을 함께 보낼 테니까. 이번에는 평소처럼 지내야지. 상처나 오해 따윈 없이. 첫 3개월이 가장 힘들었다. 담요를 끌어 올렸다. 이미 대서양을 한참 지났다. 잠을 청했지만 잘 수가 없었다. 모니터에서 천천히 깜박대는 작은 비행기를 보자 배 속이 조여왔다.

점심시간 직후에 아파트에 도착한 나는 열쇠를 찾아서 건물로 들어갔다. 트리나는 근무 중이고 톰은 아직 학교에 있었다. 잿빛 런던에 크리스마스 전구가 반짝였고, 상점들에서 백만 번도 넘게 들은 캐럴이 흘러나왔다. 아파트 건물의 계단을 올라가면서 익숙한 싸구려 방향제 냄새를 맡고 런던의 습기를 느꼈다. 아파트 문을 열고 들어가서 바닥에 가방을 내려놓고 심호흡을 했다.

집. 혹은 그 비슷한 것.

복도를 지나가면서 코트를 벗고 거실로 들어갔다. 여기 돌아오기가 좀 겁났다. 우울에 빠져서 과음하며 보낸 지난 몇 달이 기억났다. 텅 비어 을씨년스러운 방들. 내게 이 집을 준 남자를 구하지 못했다는 자괴감. 하지만 이곳은 예전의 그 집이 아님을 금세 알아차렸다. 석 달 만에 완전히 다른 집이 되었다. 썰렁하던 실내가 화사해졌고, 벽마다 톰의 그림이 붙어 있었다. 소파에 자수가 놓인 쿠션이 놓여 있었고, 새로 천을 씌운 의자와 커튼이 있었으며, 선반에 DVD가 빼곡히 꽂혀 있었다. 주방에는 식료품과 새 식기가 잔뜩 쌓여 있었다. 무지개색 매트에 놓인 시리얼 그릇과 초코 시리얼은 아침 식사를 하고 서둘러 나간 흔적이었다.

이제는 톰의 방이 된 예전 손님방 문을 열며 축구 포스터와 만화가 그려진 이불을 보고 웃었다. 새 옷장에 아이 옷이 가득했다. 동생이 쓰는 침실에 가보니, 구깃구깃한 이불과 새 책꽂이와 블라인드가 눈에 들어왔다.

옷은 비교적 그대로였지만, 동생은 의자와 거울을 새로 들였다. 작은 화장대에 잔뜩 놓인 로션과 머리빗, 화장품은 내가 집을 비운 몇 달 사이 동생이 딴사람이 되었음을 알려주었다. 이곳이 트리나의 방임을 말해주는 것은 침대 옆에 놓인 책밖에 없었다. 『톨리의 자본소모충당금과 급여 지급 입문』.

너무 피곤했지만 얼떨떨했다. 샘이 두 번째로 뉴욕에 날아와 날 만났을 때 이런 기분이었을까? 내가 너무 익숙한 동시에 낯설어 보였을까?

고단해서 눈이 뻑뻑했다. 생체시계가 엉망이 되었다. 트리나와 톰이 돌아올 때까지 아직 세 시간이 남았다. 세수하고 신발을 벗은 다음 한숨을 쉬면서 소파에 누웠다. 런던의 차 소리가 천천히 잦아들었다.

끈적한 손이 뺨을 토닥여서 깼다. 눈을 깜빡이며 밀어내려 했지만, 묵직한 덩어리가 가슴을 눌렀다. 그것이 움직였다. 다시 손이 날 톡톡 쳤다. 눈을 뜨니 톰이 날 보고 있었다.

"루 이모! 이모!"

나는 신음했다.

"톰!"

"선물 뭐 사왔어요?"

"먼저 눈부터 뜨게 해줘."

"네가 내 가슴 위에 있잖아, 톰. 아야."

톰이 내려가자 난 일어나 앉아서 눈을 깜빡이며 조카를 보았다. 톰은 펄쩍펄쩍 뛰었다.

"무슨 선물 사 왔어요?"

트리나가 한 손으로 내 어깨를 꽉 잡으면서 몸을 굽혀 뺨에 키스했다. 비싼 향수 냄새가 났다. 난 그녀를 잘 보려고 몸을 살짝 뗐다. 그녀는 화장을 하고 있었다. 여러 색조를 사용한 제대로 된 화장이었다. 1994년에 잡지 부록으로 받았던 파란색 아이라이너를 10년간 책상에 놔두면서 '차려입어야' 될 때마다 하던 그런 화장이 아니었다.

"제대로 왔네. 다른 비행기를 타서 베네수엘라의 카라카스에 떨어지지 않고 무사히 왔어. 나랑 아빠랑 내기했거든."

"참나."

나는 손을 뻗어 좀 길다 싶게 동생의 손을 잡았다. 내가 다시 말했다.

"와아, 예쁘다."

진담이었다. 어깨까지 자른 머리는 평소처럼 질끈 묶지 않고 드라이를 해서 굽슬굽슬했다. 재단이 잘된 셔츠와 마스카라 덕분에 트리나는 아름다워 보였다.

"저기. 사실 직장 때문이야. 런던이니 노력을 해야지."

트리나가 대답하면서 시선을 외면하기에 난 그 말을 믿지 않았다.

내가 말했다.

"내가 이 에디란 사람을 만나봐야겠어. 난 너의 옷차림에 이 정도로 영향을 주진 못했는데."

트리나가 전기포트에 물을 담고 전원을 켰다.

"언니야 누군가에게 받은 2파운드짜리 벼룩시장 쿠폰으로 산 것 같은 옷만 입으니까 그렇지."

밖이 점점 어두워졌다. 시차 때문에 몽롱한 머릿속에 갑자기 그것이 의미하는 게 무엇인지 떠올랐다.

"아, 이런. 지금 몇 시야?"

"나한테 선물 줄 시간."

톰이 기도하듯 손을 모으고 이가 빠진 곳을 드러내 웃으면서 다가왔다.

트리나가 말했다.

"괜찮아. 샘이 퇴근하려면 한 시간은 더 있어야 돼. 시간 충분해. 톰, 이모가 차를 마시고 데오도란트부터 찾은 다음에 뭐가 됐든 줄 거야. 그런데 복도에 던져놓은 줄무늬 코트는 도대체 뭐야? 상한 생선 냄새가 나더라."

이제 난 집에 왔다.

"알았어, 톰. 저 파란 가방에 크리스마스 전에 줄 선물이 있어. 가방을 가져와 봐."

샤워를 하고 새로 화장을 하고 나서야 다시 인간이 된 기분이었다. 은색 미니스커트와 검정색 터틀넥을 입고, 빈티지 의상실 엠포룸에서 산 스웨이드 웨지힐을 신었다. '라 샤스 오 파피용'을 뿌렸다. 윌에게 설득당해 산 향수인데 뿌릴 때마다 자신감이 생겼다. 내가 외출 준비를 하는 동안 톰과 트리나는 식사를 했다. 트리나가 치즈와 토마토 파스타를 권했지만, 나는 생체시계가 뒤죽박죽이어서 배 속이 뒤틀렸다.

"눈 화장이 맘에 들어. 굉장히 유혹적인데."

트리나에게 말했다

동생은 찡그렸다.

"운전해도 괜찮겠어? 눈도 제대로 못 뜨면서."

"멀지도 않은걸. 낮에 꿀잠을 자기도 했고."

"언제 집에 올 것 같아? 새 소파 베드가 기막히게 좋거든. 매트리스 스프링이 제대로야. 5센티미터 두께의 허접한 폼 매트리스랑은 차원이 달라. 혹시 궁금할까 봐."

"하루나 이틀쯤 뒤에. 소파 베드를 쓸 필요가 없길 비나이다, 비나이다."

내가 환하게 웃으면서 대답했다.

"그건 뭐예요?"

파스타를 삼킨 톰이 내가 겨드랑이에 낀 꾸러미를 가리켰다.

"아, 크리스마스 양말이야. 샘이 크리스마스에 근무하거든. 그날 저녁이 되어야 만나니까, 당일 아침에 깨서 선물을 보면 좋을 것 같아서."

"흠. 안에 뭐가 들었냐고 묻지 마, 톰."

"할아버지에게 드려도 상관없을 것만 들어 있어요. 그냥 재미 삼아서."

트리나가 나한테 윙크를 했다. 나는 에디에게 고마웠다. 그리고 그가 부린 마법에도.

"나중에 문자메시지를 보내줄래? 현관문 도어체인을 걸어도 될지 알려줘."

나는 두 사람에게 키스하고 현관문으로 향했다.

"그 되도 않는 미국식 발음으로 샘을 기죽이지 말고!"

나는 중지를 보이면서 아파트를 빠져나왔다.

"좌측으로 운전하는 걸 잊지 마! 고등어 냄새 나는 코트 좀 제발 입지 말고!"

문을 닫는데 트리나의 웃음소리가 들렸다.

지난 3개월간 나는 걸어 다니거나 택시를 타거나, 개리가 운전하는 널찍한 검은 리무진을 탔다. 클러치가 뻑뻑하고 조수석에 과자 부스러기가 흩어져 있는 내 소형 해치백에 익숙해지려고 엄청나게 집중했다. 마지막 러시아워에 차량 사이로 들어서며 라디오를 틀었다. 운전이 겁나서인지, 샘을 다시 만나서인지는 모르겠지만, 가슴이 두근거렸고 이를 애써 무시하려 했다.

하늘은 어두웠고, 쇼핑객으로 북적이는 거리에는 크리스마스 전구가 빛났다. 브레이크를 밟으며 변두리로 접어들자 어깨에 긴장이 풀렸다. 인도는 풀밭으로 변했고, 보행자는 점차 줄어들다가 사라졌다. 그래도 환하게 불 켜진 창문 너머로 간간이 사람들의 모습이 보였다. 그러다 8시가 조금 지나자, 속도를 줄여 기어가면서 불빛이 없는 골목을 두리번거리며 내가 제대로 들어왔는지 살폈다.

어두운 들판 가운데 있는 열차에서 노란 불빛이 새어 나와 진흙탕과 풀밭을 비추었다. 문 한쪽으로 오토바이가 보였다. 오토바이는 산울타리 뒤쪽, 좁은 헛간에 있었다. 샘은 문에 크리스마스 전구가 달린 산사나무 가지까지 걸어두었다. 그가 집에 있었다.

떨어진 곳에 주차한 뒤 헤드라이트를 끄고 샘의 집을 바라보았다. 궁리하다가 문자메시지를 보냈다.

얼른 보고 싶어요. 이제 얼마 안 남았어요! xxx

잠깐의 정적이 흐른 뒤, 그러다 답장 알람음이 울렸다.

나도 그래요. 조심히 날아와요. xx

나는 빙긋 웃었다. 차에서 내리다가, 그제야 물웅덩이에 주차했음을 깨달았다. 차디찬 흙탕물에 신발이 빠졌다. 나는 속삭였다.
'아이고, 고마워라! 사뿐히도 착륙했네.'

신경 써서 구입한 산타 모자를 쓰고 조수석에서 크리스마스 양말을 꺼냈다. 가만히 문을 닫고 열쇠를 돌려 문을 잠갔다. 삐 소리가 나서 내가 온 걸 샘이 알면 안 되니까.

발끝으로 걷는데 땅이 질퍽거렸다. 처음 여기 왔을 때가 기억났다. 소나기에 흠뻑 젖어서 결국 그의 옷을 입었었지. 젖은 옷을 말리려고 좁은 욕실에 걸어뒀을 때 옷에서 김이 났었는데. 얼마나 특별한 밤이었던가. 윌의 죽음이 내게 덧씌운 것들을 그가 한 겹씩 벗겨낸 것 같았다. 첫 키스가, 언 발에 닿았던 그의 큼직한 양말의 감촉이 문득 떠오르자 몸에 뜨거운 전율이 흘렀다.

대문을 여니, 내가 다녀간 이후 샘이 열차까지 돌판을 깔아두어 안심됐다. 도로에 차가 지나갔다. 헤드라이트 불빛으로 샘이 짓는 집을 잠깐 볼 수 있었다. 지붕이 있었고, 창문들도 이미 설치돼 있었다. 아직 마무리가 덜 된 창 하나에 파란 방수포가 씌워져 있어 불쑥 진짜 집으로, 언젠가 우리가 살 곳으로 보였다. 놀라웠다.

몇 걸음 더 살그머니 다가가다가 현관문 밖에서 멈추었다. 열린 창으로 구수한 냄새가 새어 나왔다. 찜 요리일까? 진하고 토마토와 마늘이 들어간 냄새였다. 예기치 않게 허기가 밀려왔다. 샘은 인스턴트 라면이나 콩 통조림을 먹지 않았다. 일을 착착 하는 데서 즐거움을 느끼는 사람답게 일일이 다 만들었다. 그때 샘이 보였다. 아직 유니폼 차림으로 행주를 어깨에 걸친 채, 몸을 굽히고 냄비를 들여다보았다. 일순간 나는 보이지 않게 어둠 속에 선 상태로 순수한 평온을 느꼈다. 나무 사이로 부는 바람 소리, 근처 닭장에서 암탉이 꼬꼬대는 소리, 멀리서 시내로 들어가는 자동차 소리. 살갗을 스치는 찬 공기를 느끼면서, 크리스마스에 대한 기대가 넘실대는 공기를 호흡했다.

모든 게 가능했다. 그게 지난 몇 달간 그에게 배운 점이었다. 삶이 복잡해지긴 했지만, 결국 여기에 나와 내가 사랑하는 남자가 있었다. 열차 집과 행복한 저녁 만남이 앞에 있었다. 심호흡을 하고 그 상상에 젖어 앞으로 나가 손잡이를 잡았다.

바로 그 순간 그 여자를 봤다.

그녀가 뭐라 말하면서 통로를 지나갔다. 유리창 때문에 소리는 안 들렸지만, 짧은 머리였다. 곱슬머리가 나부꼈다. 그녀는 샘의 옷인지 모를 웬 남자 티셔츠를 입고서 와인 병을 들고 있었다. 난 샘이 고개를 젓는 걸 봤다. 그가 스토브 위로 몸을 굽히자, 그녀가 뒤로 다가가서 샘의 목뒤에 손을 올리고 몸을 숙이면서 엄지로 목의 근육을 둥글게 문질렀다. 아주 능숙한 동작이었다. 손톱이 진분홍색이었다. 내가 숨을 멈추고 거기 서 있는 사이, 샘은 눈을 감고 고개를 젖혔다. 그녀의 매운 손맛에 항복이라도 하는 것처럼.

그때 샘이 여자에게 몸을 돌렸다. 미소 지으면서 고개로 한쪽을 가리켰다. 그러자 여자가 웃음을 터뜨리면서 샘에게 잔을 들었다.

다른 것은 보지 못했다. 심장이 쿵쿵대는 소리가 커서 기절할 것 같았다. 뒷걸음질 치다가 몸을 돌려서 통로를 뛰었다. 숨소리가 너무 컸다. 구두가 젖어 발이 시려웠다. 차는 50미터쯤 떨어진 데 있었지만, 갑자기 열린 창을 통해 메아리치는 그녀의 웃음이 들렸다. 유리가 덜컹대는 소리 같았다.

아파트 건물 뒤쪽 주차장에 차를 세우고 톰이 확실히 잠자리에 들 때까지 기다렸다. 나는 감정을 감출 수가 없었고, 조카 앞에서 동생에게 설명할 수도 없었다. 가끔 고개를 들어 톰의 방을 살폈다. 불이 켜졌다가 30분 후 다시 꺼졌다. 시동을 꺼서 엔진이 잦아들게 했다. 엔진이 꺼지자 지난 6개월 동안 내가 붙잡고 있었던 모든 꿈도 사그라들었다.

놀라지 말았어야 했다. 왜 놀라? 케이티 잉그럼은 처음부터 속셈을 드러냈었는데. 충격을 받은 이유는 샘이 맞장구쳐서였다. 그녀를 밀어내지 않았다. 내 문자메시지에 답장을 해놓고선 그녀에게 밥을 해주고 그녀가 목을 문지르는데도 내버려두었다. 혹시 그러다가…… 어떤 일이 벌어질까?

두 사람을 상상할 때마다 나도 모르게 얻어맞은 것처럼 배를 움켜잡고 허리를 굽혔다. 머릿속에서 둘의 이미지를 떨칠 수가 없었다. 그녀가 손으로 누르자 샘이 머리를 젖히는 광경. 둘 사이에 어떤 농담이 오가자, 그녀가 자신 있게 놀리듯 웃음을 터뜨리던 장면.

이상하기 짝이 없는 것은 울 수가 없다는 점이었다. 처연함보다 더한 감정이 밀려왔다. 멍했다. 질문들이 머릿속을 휘저었다. '언제부터? 어디까지? 왜?' 그러다 나도 모르게 다시 허리를 굽혔다. 토해버리고 싶었다. 이 새로운 사실을, 이 거센 타격을, 이 고통을, 이 고통을, 이 고통을…….

얼마 동안 그렇게 앉아 있었을까. 10시쯤 느릿느릿 위층으로 올라가 집에 들어갔다. 트리나가 잠자리에 들었기를 바랐지만, 동생은 잠옷 차림으로 무릎에 노트북을 올려놓고 뉴스를 보고 있었다. 모니터에서 뭔가 보고 빙긋 웃다가, 내가 문을 열자 화들짝 놀랐다.

"깜짝이야. 간 떨어질 뻔했네. 언니? 어머나, 세상에……."

트리나가 노트북을 밀면서 말했다.

사람은 늘 친절 앞에 무너진다. 트리나는 성인끼리의 신체 접촉을 치과 치료보다 꺼리는 사람이었다. 그런 동생이 양팔로 끌어안자, 나도 예상치 못하게 내 안의 깊은 곳에서 흐느낌이 터지기 시작했다. 크게 헐떡이는, 눈물 콧물 다 흘리는 울음. 윌이 죽은 후로 해 본 적 없는 대성통곡이었다. 그 울음에는 죽어버린 꿈과, 앞으로 몇 달간 억장이 무너질 걸 아는 두려움이 담겨 있었다. 우린 천천히 소파에 주저앉았다. 난 동생의 어깨에 얼굴을 묻고 포옹했다. 이번에는 트리나가 나와 머리를 맞댄 채, 나를 꼭 안고 놓지 않았다.

18.

샘과 부모님은 이틀 후에 나를 만나는 줄 알기에, 아파트에 숨어서 여기 오지 않은 체하기가 쉬웠다. 아무것도 준비되지 않았다. 아무와도 대화할 준비가 되지 않았다. 샘의 문자메시지를 받았지만 무시했다. 뉴욕에서 정신없이 뛰어다니느라 답을 못 하는 줄 알겠지. 나도 모르게 그의 메시지 두 통을 반복해서 들여다봤다. "크리스마스이브에 뭐 할까요? 교회 예배? 너무 피곤하려나? 우리 복싱데이◇에 만나는 거예요?" 이 사람에게, 누구보다 반듯하고 정직한 사람에게 나를 속일 뻔뻔한 능력이 생긴 게 놀라웠다.

그 이틀간 톰이 아파트에 있는 동안은 억지로 웃었다. 조카가 수다를 떨면서 아침 식사를 하고 샤워하러 가면 소파 베드를 접었다. 아이가 집을 나서는 순간, 다시 소파로 돌아가 누워서 천장을 멀뚱멀뚱 쳐다보고, 눈물을 줄줄 흘렸다. 혹은 내 잘못 같은 일들을 냉정하게 따져보았다.

◇ 선물을 주고받는 날이라는 데서 유래한 크리스마스 다음 날인 12월 26일을 가리키는 말.

윌을 잃고 슬픔에 잠긴 채로 무턱대고 샘과 연애를 시작한 걸까? 그를 진짜로 알긴 알았나? 사람은 보고 싶은 것만 본다. 특히 육체적으로 물불 안 가릴 때는. 샘이 조시 때문에 그런 짓을 했을까? 아니면 애그니스가 버린 임신테스트기 때문에? 굳이 이유가 필요할까? 더는 내 판단력도 믿을 수 없었다.

이번만은 트리나도 털고 일어나라거나 건설적인 일을 하라고 들볶지 않았다. 그녀는 믿을 수 없는 듯 고개를 저었고 톰이 듣지 않는 데서 샘을 욕했다. 괴로움에 몸부림치면서도, 동생에게 공감 능력 비슷한 것을 심어준 에디의 능력을 되새겼다.

트리나는, 내가 수천 마일을 떨어져 지내고 있다는 사실을 고려하면, 그리 놀라운 일은 아니라고 말하지 않았다. 혹은 내가 뭔가 잘못해서 그를 케이티 잉그럼의 품으로 밀어 넣었다거나, 이렇게 될 수밖에 없는 일이라고도 말하지 않았다. 그저 내가 그날 밤까지 이르렀던 과정을 말하면 잘 듣고, 내가 먹고 씻고 옷을 입었는지 확인했다. 애주가가 아니면서도 집에 와인 두 병을 사들고 와서, 이틀쯤 빈둥대도 된다고 말했다(하지만 메스꺼우면 다 게워내야 한다고 덧붙였다).

크리스마스이브 즈음, 난 단단한 껍질처럼 변했다. 얼음 조각상이 된 기분이었다. 어느 시점에서 그와 대화해야 한다는 걸 깨달았지만, 아직 준비가 되지 않았다. 마음의 준비가 될 날이 올지 의심스러웠다.

"어떻게 할 거야?"

트리나가 변기에 앉아 물었다. 난 욕조 안에 있었다. 그녀는 크리스마스까지 에디를 만나지 않을 예정이었고, 인정하지 않았지만 발톱을 연분홍색으로 칠하며 데이트를 준비하고 있었다. 거실에서 크리스마스 때문에 들뜬 톰이 귀가 멍멍하게 텔레비전 볼륨을 높이고 소파 위를 오르내렸다.

"비행기를 놓쳤다고 둘러댈까 생각했어. 그리고 크리스마스 지나서 얘기하자고."

트리나가 얼굴을 찌푸렸다.

"샘이랑 그냥 얘기하고 싶지 않아? 그 말을 믿지 않을 텐데."

"지금 난 그가 뭘 믿든 상관없어. 그저 크리스마스를 가족과 보내고 싶을 뿐, 일이 벌어지는 게 싫어."

톰에게 볼륨을 낮추라는 트리나의 고함을 듣지 않으려고 난 물속으로 들어갔다.

샘은 내 말을 믿지 않았다. 그는 문자메시지를 보냈다. "뭐예요? 어떻게 비행기를 놓칠 수가 있어요?"

"어쩌다 보니 그렇게 됐어요. 복싱데이에 만나요"라고 답을 보냈다.

키스 표시를 덧붙이지 않은 걸 너무 늦게 알아차렸다. 긴 침묵이 흐른 후, 한마디 답장이 왔다.

"알았어요."

트리나가 운전해서 스토트폴드로 향했다. 톰은 도착할 때까지 한 시간 반 내내 뒷좌석에서 펄쩍펄쩍 뛰었다. 라디오에서 나오는 크리스마스캐럴을 들었다. 시내에서 1~2킬로미터쯤 벗어났을 때, 배려해 줘서 고맙다고 인사했다. 그러자 트리나는 날 위해서가 아니라고, 에디가 처음 부모님을 만나기에 크리스마스를 생각하면 울렁거린다고 속삭였다.

"잘될 거야."

내가 말했다. 트리나는 얼핏 웃었지만 자신 없는 미소였다.

"그러지 마. 엄마 아빠는 올해 초에 네가 만난 회계사를 좋아하셨어. 솔직히 말하면, 네가 너무 오래 혼자였기 때문에 이제 아틸라◇만 아니면 누굴 데려가도 기뻐하실 거야."

"흠, 그 이론이 맞는지 시험하게 되겠네."

더 말할 새도 없이 집에 도착했다. 나는 울어서 단춧구멍만 해진 눈을 살핀 후 차에서 내렸다. 엄마가 현관문을 열고 나와, 출발신호를 받은 단거리 주자처럼 통로를 뛰어왔다. 엄마가 양팔로 나를 꼭 끌어안아서, 심장박동이 느껴질 정도였다.

"내 딸 좀 봐."

엄마는 나를 조금 떼어놓고 바라보더니 다시 안았다. 그러고는 흘러내린 내 머리칼을 넘겨주더니, 아빠에게 몸을 돌렸다. 아빠는 가슴에 팔짱을 끼고 계단에서 활짝 웃었다. 엄마가 말했다.

"진짜 멋지다! 버나드! 우리 딸이 얼마나 근사한지 봐! 아, 얼마나 보고 싶었다고! 살이 빠진 거니? 살 빠진 것 같아! 피곤해 보인다. 요기를 좀 해야지. 안으로 들어가자. 비행기에서 조식을 주지 않았나 봐. 주더라도 고작 데운 달걀이라고 들었다만."

◇ 5세기 중반, 로마 제국을 붕괴시킨 훈족의 왕.

엄마는 틈을 안더니 아빠가 나올 새도 없이 내 가방들을 들고 현관으로 걸어가면서 따라오라고 소리쳤다.

"어서 와라, 귀염둥이."

아빠가 부드럽게 말했고 나는 아빠 품에 안겼다. 가족들에게 둘러싸이자 비로소 숨이 쉬어졌다.

할아버지는 계단까지 나오시지 못했다. 또 가벼운 뇌졸중을 겪어서 서거나 걷기가 어렵다고 엄마가 속삭였다. 할아버지는 거실에서 딱딱한 의자에 앉아 종일 지냈다("네가 걱정할까 봐 말하지 않았지."). 재회를 축하하려고 깔끔한 셔츠와 스웨터 차림을 한 할아버지는 내가 들어가자 한쪽으로 처진 미소를 지었다. 할아버지가 떨리는 손을 들자, 나는 포옹하면서 어쩐지 왜소해지셨다고 느꼈다.

모든 게 이전보다 작아 보였다. 도배한 지 20년 된 부모님 집, 미적인 이유보다는 선물 받았거나 구멍을 가리려고 건 그림, 푹 꺼진 소파 세트. 식사 공간은 비좁아서 의자를 밀면 벽에 부딪혔다. 천장에 달린 등 끄트머리는 아빠의 머리에 닿을락 말락 했다. 나도 모르게 넓고 반들거리는 마루, 장식된 큰 천장, 문 밖으로 떠들썩한 맨해튼의 소음이 울려 퍼지는 소리가 펼쳐진 아파트와 비교하고 있었다. 집에 오면 위로받을 줄 알았건만.

끈 떨어진 존재가 된 것 같았다. 불쑥 나는 여기에도 저기에도 속하지 않는다는 생각이 들었다.

로스트비프, 감자, 요크셔푸딩, 트라이플◇로 간단한 식사를 했다.

엄마는 이건 '맛보기'며 내일 메인 이벤트가 남아 있다고 말했다. 아빠는 냉장고에 들어가지 않는 칠면조를 헛간에 보관했는데, 옆집 고양이 후디니의 손아귀에 들어가지 않았는지 30분마다 확인했다. 엄마는 이웃들이 당한 각종 비극을 요약했다.

"아, 물론 그건 앤드루가 대상포진에 걸리기 전이었지. 그가 배를 보여줬거든. 난 위타빅스 시리얼이 안 넘어가지 뭐니. 딤프나에게는 아기가 나오기 전에 다리를 들어 올려야 한다고 일러줬단다. 사실 하지정맥이 칠턴스◇◇의 도로 지도처럼 생겼어. 캠프 부인의 아버지가 세상을 떠났다는 말을 했던가? 그분은 무장 강도로 4년을 복역했는데, 나중에야 같은 모발 이식 수술을 한 우체국 직원이 진짜 범인이라는 게 밝혀졌지."

엄마가 계속 떠들어댔다.

그녀가 접시를 치울 때 아빠가 내게 몸을 숙이고 말했다.

"네 엄마가 불안해한다면 믿겠니?"

"뭘 불안해해요?"

"너. 네가 이룬 것들. 엄마는 네가 집에 돌아오기 싫어할지도 모른다며 겁을 낸다. 네가 크리스마스를 애인이랑 보내고 곧장 뉴욕으로 돌아갈까 봐."

"제가 왜 그러고 싶겠어요?"

아빠가 어깨를 으쓱하고 대답했다.

"나야 모르지. 네가 대단해져서 우린 안중에 없을 거라고 생각하

◇ 포도주에 적신 스펀지케이크 위에 생크림을 얹은 디저트.

◇◇ 영국 런던 근교에 위치한 지역으로 옥스퍼드셔, 버킹엄셔, 허트퍼드셔, 베드퍼드셔에 뻗어 있다.

더라. 미친 소리는 작작 하라고 한마디해 줬다. 오해하지는 말아라, 얘야. 엄마는 널 무척 대견하게 생각해. 네 사진을 죄다 프린트해서 담은 스크랩북을 이웃들이 지루할 때까지 보여주지. 솔직히 나도 지루할 정도야. 우리 딸인데도."

아빠가 빙긋 웃으면서 내 어깨를 꽉 잡았다.

샘의 집에서 오래 지내려 했던 게 잠깐 부끄러웠다. 평소처럼 크리스마스 행사, 가족, 할아버지를 다 엄마에게 미룰 속셈이었다.

트리나와 톰을 아빠와 남겨 두고 나머지 그릇을 주방에 가져갔다. 엄마와 나란히 서서 말없이 설거지를 했다. 엄마가 내게 고개를 돌렸다.

"피곤해 보이네, 우리 딸. 시차 때문인가?"

"조금요."

"다른 식구들이랑 앉아 있으렴. 내가 알아서 할게."

나는 억지로 어깨를 펴고 말했다.

"아니에요, 엄마. 몇 달 동안 못 만났잖아요? 상황이 어떤지 얘기 좀 해보세요. 야간학교는 어때요? 그리고 의사는 할아버지가 어떻다고 해요?"

날이 저물고 방구석에서 텔레비전 소리가 흘러나왔다. 방이 따뜻해지자, 다들 엄마의 '간단한' 식사를 한 후에 임산부처럼 부푼 배를 안고 비몽사몽 했다. 내일 한 번 더 이럴 생각을 하니 배 속이 꿈틀대며 거부했다. 할아버지가 의자에서 졸자 그대로 둔 채로 우리는 자정미사에 갔다. 난 교회에서 어릴 때부터 알던 사람들 속에 서 있었다. 다들 옆구리를 슬쩍 찌르고 미소 지었다. 가사가 기억나는 캐럴은 따라 부르고 기억나지 않으면 입만 벙긋하면서, 샘이 지금 뭘 할지 생각하지 않으려 했다. 하루에 118번쯤 하는 생각이었다. 이따금 의자 끝에서 트리나가 눈을 보면서 격려의 미소를 살짝 지었다. 나도 '괜찮아, 다 좋아'라는 미소로 답했다.

괜찮지 않고 하나도 좋지 않았지만. 집에 돌아와서 작은 방으로 가니 마음이 놓였다. 어린 시절을 보낸 집에 있어서인지, 사흘간의 격정으로 지쳐서인지 몰라도 영국에 온 후 처음으로 곤히 잤다.

난 새벽 5시에 트리나가 깬 걸 어렴풋이 알았다. 흥분해서 쿵쿵대는 소리, 아빠가 톰에게 오밤중이니 다시 침대로 가지 않으면 산타에게 와서 선물을 가져가라 할 거라고 윽박지르는 소리. 다음에 정신을 차리니, 엄마가 침대 협탁에 찻잔을 내려놓고는 옷을 입을 수 있으면 선물을 열어보자고 말했다. 11시 15분이었다.

작은 시계를 집어서 눈을 가늘게 뜨고 보다가 흔들어댔다.

"푹 잘 필요가 있었어."

엄마는 내 머리를 쓰다듬고 방울양배추가 익었는지 보러 갔다. 20분 후 우스운 사슴이 그려진 점퍼와 반짝이는 코를 단 차림으로 내려갔다. 톰이 재미있어할 것 같아 메이시스 백화점에서 사온 것이었다. 다른 식구들은 다 차려입고 내려와서 아침 식사를 마친 상태였다. 나는 모두에게 키스하고 크리스마스 인사를 한 다음, 사슴 코의 불을 켰다 껐다 했다. 선물을 나눠주면서 캐시미어스웨터와 보드라운 면 셔츠를 받았어야 될 남자를 생각했다. 그 옷들은 가방

밑바닥에 팽개쳐져 있었다.

오늘은 샘을 생각하지 말자고 굳게 다짐했다. 가족과 함께하는 소중한 시간을 슬픈 감정으로 망치고 싶지 않았다.

내 선물은 환영받았다. 사실 아고스◊에 있는 물건인데도 뉴욕에서 사왔다는 사실 때문에 다들 더 좋아했다.

"뉴욕에서 여기까지 오다니!"

선물을 풀 때마다 엄마가 감동해서 외치자 트리나는 눈을 굴렸고 톰은 말투를 흉내 냈다. 물론 최고의 선물은 가장 싼 물건이었다. 타임스스퀘어의 기념품 노점에서 산 플라스틱 스노볼. 이번 주가 끝나기 전에 톰의 서랍장으로 조용히 사라질 게 뻔했지만.

내가 받은 선물;

- 할아버지가 준 양말(엄마가 골라서 샀을 확률 99퍼센트)
- 아빠가 준 비누(위와 같음)
- 가족사진이 담긴 은으로 된 작은 액자(엄마: "어딜 가나 우리를 데리고 다닐 수 있게지." 아빠: "대관절 왜 그러고 싶겠어? 우리한테서 벗어나려고 그놈의 뉴욕에 갔는데.")
- 트리나의 코털 제거기("날 그런 눈으로 보지 마셔. 언니도 그런 나이가 되어가니까.")
- 톰의 크리스마스트리 그림과 그 아래에 적은 시. 캐물으니 톰이 직접 그리지 않았음이 밝혀졌다. "우리가 장식을 제대로 못 붙인다

◊ 다양한 제품을 저렴하게 판매하는 영국의 상점 체인.

고 선생님이 붙여주고 우린 이름만 썼어요."

릴리의 선물을 받았다. 트레이너 부인과 스키 여행을 가기 전날 두고 간 빈티지 반지였다.

"릴리는 좋아 보이더라, 루. 트레이너 부인을 녹초로 만든다고 듣긴 했지만."

큼직한 초록색 보석이 박힌 은반지가 새끼손가락에 딱 맞았다. 난 무섭게 보이는 스타일로 멋을 낸 소호의 점원이 권한 수갑 모양 실버 귀고리를 릴리에게 보냈었다. 십 대 소녀에게 어울리고, 특히 엉뚱한 곳에 피어싱을 하는 사람에게 딱이라나.

모두에게 고맙다고 인사하며 할아버지가 꾸벅꾸벅 조는 모습을 지켜보았다. 미소를 지은 채, 크리스마스를 즐기는 표정을 제법 잘 연출했다는 생각이 들었다. 그런데 엄마는 속아 넘어가지 않았다.

"별일 없는 거니, 루? 기운 없어 보이는데."

감자 위에 거위 기름을 끼얹은 엄마는 더운 김이 솟구치자 물러섰다. 그리고 다시 말했다.

"아, 저것 좀 먹어볼래? 고소하고 바삭바삭할 거야."

"저는 괜찮아요."

"여전히 시차 적응 중인가? 세 집 건너 사는 로니는 플로리다에 다녀왔는데 3주간 벽에 부딪혔다고 하더라."

"말도 안 돼요."

"내가 시차에 시달리는 딸을 두다니 믿을 수가 없구나. 클럽 회원들 모두가 부러워해."

나는 고개를 들었다.

"다시 거기 나가세요?"

윌이 목숨을 끊은 후 부모님은 오랜 세월 활동한 사교 클럽에서 쫓겨났다. 그의 계획에 함께한 내 처신을 비난해서였다. 내 여러 가지 죄책감 중에 그 일도 있었다.

"아, 마저리란 여자가 사이런세스터로 이사 갔거든. 나쁜 소문을 내는 원흉이었잖아. 그러다가 정비소를 하는 스튜어트가 아빠한테 언제 와서 당구를 치자고 말했지. 아주 태연하게. 그래서 다 괜찮아졌어."

엄마는 어깨를 으쓱하면서 말을 이었다.

"이제 벌써 2년이나 지났잖아. 사람들에게 다른 말거리가 생겼지."

'사람들에게 다른 말거리가 생겼지.' 어째서 이 덤덤한 말이 목구멍에 걸렸는지 모르겠지만, 아무튼 그랬다. 갑작스럽게 치미는 슬픔을 삼키려고 애쓰는데, 엄마는 감자가 담긴 판을 오븐에 넣었다. 흡족해진 그녀는 탁 소리 나게 문을 닫고, 오븐 장갑을 벗으면서 내게 몸을 돌렸다.

"하마터면 잊을 뻔했네. 진짜 이상하게도 네 남자 친구가 오늘 아침에 전화해서, 복싱데이에 네가 도착하면 어떻게 할 거냐고 묻더라. 자기가 직접 너를 데리러 가도 괜찮겠냐고."

나는 얼어붙었다.

"네?"

엄마가 냄비 뚜껑을 여니 김이 확 퍼졌다. 엄마는 다시 뚜껑을 덮으면서 대답했다.

"흠. 착각했나 보다고, 넌 벌써 여기 와 있다고 말했더니 나중에 들른다고 하더라고. 교대근무 때문에 제정신이 아닌 게지. 라디오에서 들었는데, 야간 근무가 뇌에 엄청나게 나쁠 수 있다더구나. 샘에게 말해주면 좋을 거야."

"몇…… 언제 온대요?"

엄마는 시계를 힐끗 쳐다봤다.

"저기…… 오후 나절에 근무를 마치고 오겠다고 했을걸. 크리스마스에 복잡할 텐데! 혹시 트리나의 애인을 만나봤니? 요즘 그 아이 옷차림이 바뀐 걸 눈치챘어?"

엄마는 문을 힐끗 돌아보고 감탄하는 목소리로 다시 말했다.

"이제야 애가 정상인이 되어가는 것 같아."

크리스마스 오찬 내내 극도로 신경이 쓰였다. 겉으로는 침착했지만, 누군가 문 앞을 지날 때마다 움찔했다. 엄마의 음식을 입에 넣고 생각 없이 씹었다. 아빠가 크래커에 든 엉뚱한 농담을 읽을 때마다◊ 한 귀로 흘렸다. 먹을 수도, 들을 수도, 느낄 수도 없었다. 난 비참한 기대에 사로잡혔다. 트리나를 힐끗 봤지만 그녀도 한눈파는 것을 보고 곧 에디가 도착한다는 걸 알아차렸다. 그 일이 어려우면 얼마나 어렵겠어? 이렇게 생각하면서 씁쓸했다. 적어도 트리나의 남자 친구는 애인을 속이지 않았다. 적어도 그는 트리나와 있고 싶어 했다.

◊ 영국에는 크리스마스 식탁에서 각자 장난감 따위와 글귀가 담긴 원통형 포장의 크래커를 푸는 관습이 있다.

비가 내리기 시작하면서 빗방울이 창문을 때렸다. 하늘이 내 기분처럼 컴컴해졌다. 반짝이를 뿌린 카드가 금색 줄에 조르르 걸린 작은 우리 집이 줄어드는 느낌이었다. 저 너머에 있는 일이 두려워서 숨을 제대로 쉴 수 없었다. 이따금 엄마는 무슨 영문인지 궁금한 듯 나를 흘끔댔지만 아무 말도 하지 않았다. 나도 먼저 나서서 설명하지 않았고.

식탁 정리를 거들면서 뉴욕의 식료품 배달이 얼마나 편리한지 수다를 떨었다. 나는 내가 즐거워 보인다고 믿었다. 마침내 초인종이 울리자 다리가 후들거렸다.

엄마가 고개를 돌려 날 쳐다봤다.

"괜찮니, 루이자? 안색이 창백해졌네."

"나중에 말씀드릴게요, 엄마."

엄마는 날 빤히 보다가 부드러운 표정을 지었다. 그러더니 손을 뻗어 내 머리카락을 귀 뒤로 넘겨주었다.

"엄마는 여기 있을게. 무슨 일이 생기든 여기 있으마."

샘은 코발트색 점퍼 차림으로 현관에 서 있었다. 못 보던 옷인데 누가 줬는지 궁금했다. 그는 어설프게 웃었지만, 전에 만났을 때처럼 몸을 굽혀 키스하거나 양팔로 안지 않았다. 우리는 조심스럽게 서로를 바라보았다.

"들어올래요?"

내 목소리가 이상하게 딱딱했다.

"고마워요."

앞서서 좁은 복도로 들어간 나는 샘이 거실 문 사이로 부모님에게 인사하는 동안 기다렸다. 그를 데리고 주방에 들어가 문을 닫았다. 몸에 전기라도 흐르는 듯, 그의 존재가 또렷이 감지되었다.

"차 마실래요?"

"그러죠…… 스웨터가 예쁘네요."

"아…… 고마워요."

"당신…… 코에 불이 켜져 있어요."

"그래요."

손을 뻗어 불을 껐다. 분위기가 누그러질 만한 요소는 차단하고 싶었다.

샘이 식탁에 앉았다. 의자에 비해 몸집이 너무 컸다. 그가 날 응시하면서, 입사 면접이라도 기다리는 사람처럼 의자를 양손으로 잡았다. 거실에서 아빠가 영화를 보다가 웃음을 터뜨렸고, 톱이 찢어지는 소리로 뭐가 웃기냐고 물었다. 나는 분주하게 차를 준비하면서 등에 닿는 샘의 시선을 느꼈다.

내가 머그잔을 건네고 자리에 앉자 샘이 입을 열었다.

"그러니까 이렇게 와 있네요."

그 순간 난 무너질 뻔했다. 식탁 너머로 잘생긴 얼굴과 넓은 어깨와 찻잔을 감싼 손을 보자 문득 이런 생각이 떠올랐다. '이 사람과 헤어지면 견딜 수 없을 거야.'

하지만 추운 계단에 다시 선 기분이 밀려왔다. 샘의 목덜미를 누르던 여자의 가는 손가락, 젖은 구두 안에서 꽁꽁 언 발. 그러자 다시 냉담해졌다.

"이틀 전에 돌아왔어요."

내가 말했다

잠깐 침묵.

"그래요?"

"가서 당신을 놀래킬 생각이었어요. 목요일 저녁에."

나는 식탁보의 얼룩을 문지르면서 말을 이었다.

"결국 놀란 사람은 바로 나였지만."

그의 얼굴에 차츰 깨닫는 표정이 번지는 걸 지켜보았다. 얼핏 미간을 찡그리면서 시선이 점점 멀어지다가, 내가 본 광경을 알아차린 듯 눈이 살짝 감겼다.

"루, 당신이 뭘 봤는지 몰라도……."

"하지만 뭐 '당신이 생각하는 그런 게 아니다'라고요?"

"저기, 그렇기도 하고 아니기도 해요."

한 대 얻어맞은 기분이었다.

"이러지 말아요, 샘."

그가 고개를 들었다.

"내가 본 건 아주 명확해요. 당신이 내 생각과 다르다고 설득하면 난 간절히 믿고 싶어서 정말 믿을지 몰라요. 지난 이틀간 깨달은 것은 이러는 게…… 이러는 게 나한테 좋지 않다는 거예요. 모두에게 좋지 않아요."

샘이 찻잔을 내려놓았다. 그는 손을 얼굴 위에 올리고 옆을 멍하니 응시했다.

"난 그녀를 사랑하지 않아요, 루."

"당신이 그녀를 어떻게 느끼든 난 상관없어요."

"저기, 당신이 알았으면 해요. 맞아요, 케이티에 대해선 당신이 옳았어요. 내가 신호를 잘못 읽었을 거예요. 그녀는 날 좋아해요."

헛웃음이 나왔다.

"당신도 그녀를 좋아하고요."

"내가 케이티를 어떻게 생각하는지 모르겠어요. 머릿속에 있는 사람은 당신이에요. 깨면서 생각하는 사람은 당신이에요. 그런데 문제는 당신이……."

"여기 없죠. 그걸 내 탓으로 돌리지 마요. 감히 내 탓으로 돌리지 말라고요. 당신이 가라고 했어요. 당신이 나더러 가라고 했다고요."

우리는 한동안 말없이 앉아 있었다. 나도 모르게 샘의 손에 눈이 갔다. 다부지고 울퉁불퉁한 관절. 아주 단단하고 힘세 보여도 한없이 부드러워질 수 있는 손. 난 식탁보에 묻은 얼룩을 단호하게 쳐다보았다.

"있죠, 루. 나 혼자 괜찮을 줄 알았어요. 사실 오랫동안 혼자였으니까요. 그런데 당신이 내 안에 뭔가를 확 열었어요."

"아, 그러니까 다 내 잘못이네요."

그가 버럭 소리를 질렀다.

"그런 말이 아네요! 설명하려는 거라고요. 말하고 있는 거잖아요. 이제 생각처럼 혼자 잘 지내지 못한다고 말하는 거라고요. 누나가 죽은 후, 다시는 누구에게 어떤 감정도 느끼고 싶지 않았어요. 알겠어요? 제이크를 보살필 여유는 있었지만 다른 사람이 들어설 공간은 없었다고요. 직장과 반쯤 지은 집과 닭이 있었고, 그걸로 족

했어요. 난 그저…… 그것만으로 꾸려나갔죠. 그런데 당신이 나타나 그 빌어먹을 건물에서 떨어졌고, 처음 당신이 내 손을 잡았을 때 안에서 뭔가 무너지는 기분이었어요. 갑자기 대화가 기대되는 사람이 생긴 거예요. 내 감정을 이해하는 사람이. 정말로, 진정으로 이해해 주는 사람. 개떡 같은 하루가 저물면 당신 아파트 앞을 지나면서 전화하거나 집에 들르면 마음이 풀렸어요. 맞아요 조금은 문제가 있었던 걸 알지만 마음 깊은 곳에서는 그것도 괜찮은 것 같았어요, 그렇죠?"

샘이 입을 꽉 다물고 찻잔 위로 머리를 숙였다.

"서로 가까워지다가, 평생 그렇게 가까운 사람은 없을 정도로 가까워지다가, 당신은 그냥 가버렸어요. 누군가가 내게 한 손으로는 모든 걸 여는 이 열쇠를 선물로 주더니 다른 손으로 그걸 빼앗아서 가버렸어요."

"그럼 왜 나를 보내줬어요?"

주방에 그의 목소리가 쩌렁쩌렁했다.

"왜냐면…… 왜냐면 난 그런 사람이 아니니까요! 당신한테 남으라고 고집부릴 사람이 아니라고요. 당신이 모험하고 성장하고 거기서 할 일들을 하는 걸 막을 사람이 아니에요. 난 그런 사람이 아니라고요!"

"아니, 당신은 내가 떠나자마자 다른 여자한테 걸려든 남자예요. 같은 집코드◇에 사는 사람한테!"

◇ 미국에서 우편번호를 일컫는 단어.

"포스트코드[◇]겠죠! 당신은 지금 영국에 있다고요!"

"그래요, 그리고 내가 얼마나 그걸 후회하는지 당신은 몰라요."

샘이 진정하려 애쓰며 나를 외면했다. 주방 밖에 여전히 텔레비전이 켜져 있었지만 침묵이 흐르는 게 느껴졌다.

몇 분 후 내가 조용히 말했다.

"난 못 하겠어요, 샘."

"뭘 못 한다는 거예요?"

"케이티 잉그럼한테 신경 쓰고 그 여자가 당신을 유혹할까 봐 걱정하는 짓을 못 하겠다고요. 왜냐면 그날 밤 당신이 뭘 원했는지 몰라도 그 여자가 뭘 원하는지는 알 수 있었거든요. 그 때문에 미치겠고 슬퍼요. 더 나쁜 건……."

침을 삼키고 말을 이었다.

"당신을 미워하게 된다는 거예요. 불과 석 달 사이에 어쩌다 이런 꼴이 됐는지 납득이 안 돼요."

"루이자……."

주방 문을 조심스럽게 두드리는 소리가 나더니 엄마가 얼굴을 들이밀고 물었다.

"방해해서 미안하지만 얼른 차를 만들어 가도 될까? 할아버지가 숨차하시네."

"그럼요."

나는 고개를 돌린 채 대답했다.

◇ 영국에서 우편번호를 일컫는 단어.

들어온 엄마가 등지고 서서 주전자에 물을 채웠다.

"다들 외계인이 나오는 영화를 보고 있어. 크리스마스랑 안 어울리지. 예전에는 크리스마스에 「오즈의 마법사」나 「사운드 오브 뮤직」처럼 다 같이 볼 만한 영화를 봤는데. 이제 식구들은 총알이 핑핑 날아다니는 어처구니없는 영화를 보고, 할아버지랑 난 대사를 한 마디도 못 알아듣고."

엄마는 둘 사이에 낀 게 난처한지, 물이 끓는 동안 조리대를 손가락으로 두들기며 떠들어댔다.

"우리가 여왕의 국정연설도 시청하지 않은 걸 아니? 아빠가 구닥다리 녹화 기계에 녹화를 하기는 했지. 하지만 생방송으로 보는 거랑은 다르잖니, 안 그래? 사람들이 볼 때 같이 보고 싶거든. 외계인 영화나 만화가 끝날 때까지 비디오 상자에 들어가 있어야 되니 늙은 여왕도 딱하지. 60년 넘게 봉사했건만…… 재위 기간이 몇 년이더라? 여왕이 연설하는데 우린 봐주지도 못하니 말이야. 있지, 아빠는 내가 우습게 군다고 하더라. 여왕이 연설을 몇 주 전에 녹화했을 거라나. 샘, 케이크 좀 먹을래요?"

"괜찮습니다."

"루는?"

"아뇨. 고마워요, 엄마."

"둘이 먹게 남겨둘게."

엄마가 어색하게 웃으면서 트랙터 바퀴만 한 크리스마스 과일 케이크를 두고 나갔다. 샘이 일어나서 문을 닫았다.

우린 주방 시계가 째깍대는 소리를 들으면서 무거운 공기 속에 앉아 있었다. 둘이 나누지 않은 얘기의 무게에 짓눌리는 느낌이었다.

샘은 차를 천천히 마셨다. 난 그가 가기를 바랐다. 그렇지만 그가 가면 난 죽을 거라는 생각도 들었다.

마침내 샘이 입을 열었다.

"미안해요. 저번 날에 있던 일 말이에요. 난 결코…… 그래, 오해했어요."

나는 고개를 저었다. 더 이상 말이 나오지 않았다.

"그녀랑 자지 않았어요. 다른 이야기는 안 들어도 이 말은 꼭 들어야 해요."

"당신이 말했어요……."

그가 올려다보았다.

"당신이 그랬죠……. 다시는 아무도 날 아프게 하지 않게 할 거라고요. 당신이 그렇게 말했어요, 뉴욕에 왔을 때."

가슴속 어딘가에서 목소리가 나왔다. 나는 말을 이어 갔다.

"당신이 날 아프게 할 줄은 꿈에도 몰랐어요."

"루이자……."

"이제 가줬으면 좋겠어요."

샘이 무겁게 일어나서 양손으로 식탁을 잡고 머뭇거렸다. 그를 쳐다볼 수가 없었다. 사랑했던 얼굴이 내 삶에서 영원히 사라지는 모습을 차마 볼 수 없었다. 샘이 허리를 펴고 다 들리도록 숨을 쉬더니, 내게서 몸을 돌렸다.

그가 안주머니에서 꾸러미를 꺼내 식탁에 놓았다.

"메리 크리스마스."

샘이 말하고 문으로 걸어갔다.

그를 따라 복도로 나갔다. 열한 걸음 만에 현관에 도착했다. 샘을 쳐다볼 수 없었다. 그러면 내 정신이 아닐 것 같았다. 가지 말라고 매달리고, 일을 포기하겠다고 약속하고, 다시는 케이티 잉그럼을 보지 않게 근무지를 바꾸라고 조르겠지. 평소 내가 동정하는 한심한 여자가 될 터였다. 그가 원치 않는 부류의 여자가.

그의 큰 발만 어색하게 내려다보며 서 있으려니 어깨가 뻣뻣해졌다. 차 한 대가 다가왔다. 거리 아래쪽에서 문 닫히는 소리가 났다. 새가 울었다. 나는 괴로움에 잠겨 서 있었다. 이 순간만큼은 고집스럽게 끝내지 않으려 했다.

그때 샘이 불쑥 앞으로 나오더니 날 안았다. 그가 끌어당기자 포옹 속에서 서로 주고받은 모든 게 느껴졌다. 사랑, 아픔, 지독히 불가능한 이 모든 것. 그러자 그가 볼 수 없을 내 얼굴이 일그러졌다.

얼마나 그렇게 서 있었는지 모르겠다. 아마 몇 초쯤. 하지만 일순간 시간이 멈췄다가 늘어졌다가 이내 사라져 버리는 것 같았다. 그곳엔 샘과 나만 존재했다. 죽은 듯한 끔찍한 감각이 머리부터 발끝까지 파고들었다. 마치 몸이 서서히 돌로 굳어버리는 것처럼.

"하지 마요. 날 만지지 마요."

더 견딜 수가 없어서 내가 말했다. 목이 메어 내 목소리 같지 않았다. 그를 밀어냈다.

"루……."

그런데 샘이 말한 게 아니었다. 트리나였다.

"루, 미안한데 조금만 비켜줄 수 있을까? 지나가야 해서."

난 눈을 깜빡이면서 고개를 돌렸다. 트리나가 양손을 들고 좁은 문간을 막은 우리를 지나 밖으로 나가려고 했다.

트리나가 다시 말했다.

"미안한데. 내가 나가봐야 해서……."

샘이 급작스레 내 몸에서 손을 떼고 성큼성큼 걸어갔다. 잔뜩 굳은 구부정한 어깨가 눈에 들어왔다. 그가 잠시 멈춘 다음 대문을 열었다. 그는 돌아보지 않았다.

"트리나의 남자 친구가 오나?"

뒤에서 엄마가 말했다. 엄마는 다급히 앞치마를 벗으면서 한 손으로 머리를 매만졌다. 엄마가 말을 이었다.

"4시에 오는 줄 알았는데. 아직 립스틱도 안 발랐는데……. 넌 어때, 괜찮니?"

트리나가 몸을 돌렸다. 내 눈에 눈물이 고여 희망 어린 미소를 짓고 있는 동생의 얼굴만 보였다.

"엄마, 아빠. 이 친구가 에디예요."

트리나가 말했다.

짧은 꽃무늬 옷을 입은 날씬한 흑인 여자가 머뭇머뭇 손을 흔들었다.

19.

생애 두 번째 큰 실연에서 관심을 돌리는 최고의 비법으로 크리스마스 날 여동생이 커밍아웃하는 사건을 적극 추천한다. 상대가 유색인종에 에드위나라는 이름의 젊은 여성이라면 더 효과적이다.

엄마는 처음 받은 충격을 과장된 환영 인사로 만회하고, 차를 준비한다면서 에디와 트리나를 거실로 안내했다. 도중에 잠깐 '미치고 팔짝 뛰겠네'라는 상소리에 해당하는 눈빛을 내게 던졌다. 엄마는 복도를 지나 주방으로 사라졌다. 톰이 거실에서 나와 "에디!"라고 외치면서 손님을 힘껏 포옹했다. 다리를 흔들면서 선물을 기다린 톰은 포장을 뜯더니 새 레고 세트를 들고 뛰어갔다.

아빠는 말문이 막힌 채 앞에서 벌어지는 상황을 지켜보았다. 환각에 빠진 사람이 따로 없었다. 트리나답지 않게 긴장하는 표정이 역력했다. 공포의 기운이 깔리자 비로소 내가 나설 시점임을 깨달았다. 나는 아빠에게 입을 다물라고 중얼댄 다음, 앞으로 나가 손을 내밀고 인사했다.

"에디! 안녕하세요, 루이자예요. 트리나가 내 흉만 잔뜩 봤겠죠."

"사실 좋은 얘기만 들었어요. 뉴욕에 사신다고요?"

에디가 말했다.

"그런 셈이죠."

"대학 졸업 후 2년 동안 브루클린에 살았어요. 아직도 그곳이 그리워요."

그녀는 황동색 코트를 벗고 트리나가 옷이 수북한 옷걸이에 코트를 끼워 넣을 때까지 기다렸다. 조그마한 도자기 인형 같았다. 보기 드문 균형 잡힌 몸매였다. 눈은 위로 올라가 있었으며 검은 속눈썹은 풍성했다. 다 같이 거실로 가는 동안 그녀가 재잘댔다. 부모님은 예의를 차리느라 본인들이 받은 충격을 노골적으로 드러내지 않았다. 할아버지와 악수했는데, 그는 비뚤어진 입으로 미소를 짓고 다시 텔레비전을 쳐다보았다.

트리나의 이런 모습은 처음 봤다. 우리는 낯선 손님을 한 명이 아니라 두 명 맞이한 것 같았다. 에디는 흠잡을 데 없이 예의 바르고, 흥미롭고, 적극적인 태도로 이 거친 대화의 바다를 유려하게 이끌었다. 트리나는 좀 자신 없는 표정으로 살짝 미소를 지으며 위로를 구하는 듯 소파 위로 여자 친구의 손을 잡았다. 처음 트리나가 손을 잡자, 아빠는 주먹이 들어갈 만큼 입을 벌렸다가 엄마가 팔꿈치로 옆구리를 찌른 후에야 입을 다물었다.

엄마가 차를 따르면서 말했다.

"자, 에드위나! 트리나가 우리한테…… 음…… 너무 얘기를 안 해줘서. 둘이 어쩌다…… 어떻게 만났어요?"

에디가 미소 지으며 대답했다.

"제가 카트리나의 아파트 근처에서 인테리어 숍을 운영해요. 트리나가 제 가게에 몇 번 들러서 쿠션과 천을 샀고, 그렇게 둘이 대화를 시작했죠. 그러다 한잔하러 갔고 나중에 극장에 갔다가…… 알고 보니 둘이 공통점이 많았어요."

나도 모르게 고개를 끄덕이면서 내 앞에 있는 세련되고 우아한 사람과 동생이 어떤 공통점이 있을지 알아내려 애썼다.

"공통점이라! 정말 멋지네요. 공통점은 대단한 거지요. 그래요, 그러면…… 그러면 어느 지역에서…… 어머나. 나 좀 봐. 그런 의도는 아닌데……."

"어느 지역 출신이냐고요? 블랙히스요. 보통 남런던에서 북런던으로는 이사하지 않는다는 걸 저도 알아요. 3년 전 부모님이 은퇴하시고 보어럼우드로 이사하셨어요. 그래서 저도 희귀종이라고 할 수 있죠. 남북런던을 다 거쳤으니까요."

그녀는 둘만 아는 농담이라는 듯 트리나를 보며 환하게 웃더니 다시 엄마에게 눈을 돌리고 덧붙여 말했다.

"항상 이 부근에 사셨어요?"

"엄마랑 아빠는 눈에 흙이 들어가기 전에는 스토트폴드를 안 떠나실걸."

트리나가 대답했다.

"그날이 빨리 오지 않기를 바라죠."

내가 말했다.

"아름다운 마을 같아요. 왜 여기 살고 싶으신지 알겠어요."

에디가 접시를 들어 보이면서 말을 이었다.

"굉장한 케이크네요, 클라크 부인. 직접 구우세요? 저희 어머니는 럼주로 만드시는데, 제대로 된 풍미가 나려면 과일을 3개월 동안 재워야 한다고 하세요."

"트리나가 레즈비언이야?"

아빠가 말했다.

트리나가 말했다.

"맛있어요, 엄마. 설타나 건포도가…… 정말…… 촉촉해요."

아빠는 우리를 차례로 쳐다보면서 중얼댔다.

"트리나가 여자를 좋아한다고? 그런데 아무도 그런 얘기를 안 한다? 빌어먹을 쿠션이니 케이크 타령만 해?"

"버나드."

엄마가 말했다.

"제가 여러분께 시간을 드려야 되겠네요."

에디가 말했다.

"아냐. 그냥 있어, 에디."

트리나는 톰을 힐끗 쳐다봤다. 아들이 텔레비전에 몰두하고 있자 다시 말했다.

"그래요, 아빠. 저는 여자를 좋아해요. 적어도 에디를 좋아해요."

엄마가 초조하게 말했다.

"트리나는 '젠더 플루이드'◇일지도 모르겠네. 그 용어가 맞나? 야간학교 청년들이 그러던데, 요즘은 하나로 정하지 않고 아주 다양

◇ 성정체성이 고정되어 있지 않고 유동적으로 전환되는 젠더.

하다고. 스펙트럼이 있다고. 아니, 스페큘럼이라던가? 어느 쪽인지 헷갈리지만."

아빠는 눈을 꿈뻑거렸다.

엄마가 차를 꿀꺽꿀꺽 마셨다. 그 소리가 고통스러울 정도로 컸다.

트리나가 엄마의 등을 두드려주자, 내가 나서서 말했다.

"음, 저 개인적으로는 누구든 트리나와 사귀고 싶어 하면 좋은 일인 것 같아요. 누구라도. 눈이랑 귀가 있고 심장이 있는 사람이면 누구라도."

트리나는 진심으로 고마워하는 눈길로 날 보았다.

엄마가 입가를 닦으면서 말했다.

"넌 항상 청바지를 입었어. 크는 내내 그랬지. 내가 원피스를 더 입혔어야 했나 보다."

"이건 청바지랑 관계없어요, 엄마. 유전이라면 몰라도."

"흠, 우리 집안에 그런 내력은 없어. 나쁘게 받아들이지 말아요, 에드위나."

아빠가 말했다.

"괜찮습니다."

"저는 레즈비언이에요, 아빠. 저는 레즈비언이고 어느 때보다 행복해요. 제가 어떻게 행복해질지는 아무도 상관할 일이 아니지만, 제가 행복하니까 아빠와 엄마가 저를 보고 행복하시면 좋겠어요. 또 더 중요한 것은, 전 에디가 아주 오래 저와 톰의 삶 속에 있기 바라고요."

그녀가 힐끗 쳐다보자 에디는 안심시키듯 미소 지었다.

긴 침묵이 흘렀다.

"이제껏 아무 말도 안 했잖아. 레즈비언처럼 굴지도 않았고."

아빠가 비난조로 쏘아붙였다.

"어떻게 하는 게 레즈비언처럼 구는 건데요?"

트리나가 받아쳤다.

"아, 그러니까 말하자면…… 여자를 집에 데려온 적이 없잖니."

"아무도 집에 데려온 적이 없죠. 선디프를 제외하면. 그 회계사요. 아빠는 그가 축구를 좋아하지 않는다고 못마땅해하셨죠."

"저는 축구를 좋아해요."

에디가 거들고 나섰다.

아빠는 앉아서 접시를 쳐다보더니 결국 한숨을 쉬고 양 손바닥으로 눈을 문질렀다. 손을 내린 아빠는 갑자기 잠에서 깬 사람처럼 멍한 얼굴이었다. 아빠를 찬찬히 지켜보는 엄마의 얼굴에 불안감이 번졌다.

"에디. 에드위나. 내가 노인네라는 인상을 준다면 유감이에요. 사실 난 동성애 혐오자는 아니에요. 다만……."

"아, 어쩜 좋아. '다만'이라니."

트리나가 중얼댔다.

아빠가 고개를 저으며 말했다.

"하지만 어쨌든 내가 말을 잘못해서 온갖 반발심을 일으킬 거라는 거지. 왜냐면 난 신조어와 세상 돌아가는 방식을 아예 모르는 노인네니까……. 아내는 그렇게 말할 거예요. 다 얘기하자면 나도 결국은 두 딸의 행복이 중요하다는 걸 알아요. 그리고 샘이 루를 행복하게 해주듯 에디가 트리나를 행복하게 해준다면 좋은 일이죠. 만나서 반가워요."

아빠가 일어나서 커피 테이블 위로 손을 뻗었다. 잠시 후 에디가 몸을 숙여 악수했다.

"됐네. 이제 케이크나 먹읍시다."

엄마가 안도의 한숨을 쉬면서 나이프를 들었다.

나는 최선을 다해 미소 지은 다음 서둘러 거실에서 나왔다.

상심에도 확실한 순위가 있다. 그걸 알게 됐다. 단연 최고는 사랑하는 이와 사별했을 때다. 그보다 충격적인 상황은 없기에 완전한 동정을 받는다. 안쓰러운 표정, 어깨를 다독이는 손길. '이런, 안타까워서 어째.' 그다음은 짝을 남에게 빼앗기는 상황이다. 상처를 준 둘의 배신, 교활함은 격분을 사고 연대감을 끌어낸다. '아, 정말 큰 충격을 받았겠네요.' 종교적인 장애, 중병처럼 피치 못한 이별의 경우도 거기 들어간다. 하지만 '서로 다른 대륙에 살다 보니 점점 멀어졌어요'라는 말에는 고개를 끄덕이고 어깨를 으쓱하는 반응이 고작이다. '그래, 흔히 있는 일이지.'

소식을 듣고 엄마가, 그다음에는 아빠가 그런 반응을 보였다. 물론 모성애와 부성애를 발휘해서 염려하긴 했지만. '정말 안타까운 일이네. 하지만 크게 놀랄 일은 아니지.' 그런 반응을 보면서 표현하기 힘든, 묘한 반발심을 느꼈다. '크게 놀랄 일이 아니라니 무슨 뜻이에요? 난 그를 사랑했다고요.'

복싱데이는 느릿느릿 지루하고 슬프게 지나갔다. 나는 잠을 설쳤다. 에디 사건 덕분에 내게 관심이 쏠리지 않아 다행이었다. 욕조 안에, 작은 방 침대에 누워서 간간이 눈물을 훔치며 아무에게도 들키지 않기를 바랐다. 엄마는 차를 갖고 들어와서, 트리나가 행복에 겨워 하는 이야기를 떠들지 않으려고 애썼다.

보기엔 아름다웠다. 아니, 내가 이렇게나 상심하지 않았다면 그랬겠지. 엄마가 음식을 대접하는 사이, 둘이 식탁 밑에서 몰래 손잡고 있는 광경이 눈에 들어왔다. 그들은 고개를 맞대고 잡지 기사에 대해 이야기했고, 텔레비전을 보면서 발을 살짝살짝 건드렸다. 톰은 사랑받는 아이다운 자신감으로 사랑을 나누는 둘에게 신경 쓰지 않고 사이에 끼어들었다. 트리나는 이 여자와 함께하면서 너무도 행복해했고 느긋해했다. 그건 내가 처음 보는 모습이었다. 가끔 수줍으면서도 말없이 승리감에 찬 눈길을 내게 던졌다. 난 미소로 답했다. 억지 미소로 보이지 않기를 바라면서.

심장에 두 번째로 큰 구멍이 뚫린 느낌이었다. 지난 48시간을 버티게 해준 분노가 없으니 내가 허깨비 같았다. 샘은 떠났다. 내가 보낸 것과 다름없었다. 남들은 내 연애가 끝난 게 이해될지 몰라도, 나는 어쩐지 납득할 수 없었다.

복싱데이 오후. 가족이 소파에 앉아 졸고 있을 때(우리 집에서 입씨름, 식사, 음식 소화에 얼마나 많은 시간을 쓰는지 잊고 있었다), 난 일어나서 성까지 걸어갔다. 바람막이 점퍼를 입고 개를 데리고 나온 활기찬 여자 외에는 아무도 없었다. 그녀는 더 이상의 대화는 사절이라는 투로 고개를 끄덕여 인사했다. 난 성벽으로 올라가 벤치에 앉았다. 거기서는 미로와 스토트폴드의 남쪽 절반이 내려다보였다. 매서운 바람이 불어 귀 끝이 얼얼하고 발이 시렸다. 영원히 슬프지는 않을 거라고 중얼댔다. 윌을 떠올리며 둘이 여기서 얼마나 많은 오후를 보냈는지 생각했다. 또 어떻게 그의 죽음을 견뎠는지 돌아봤다. 이 새로운 아픔은 그 고통보다는 덜하다고 자위했다. 깊은 슬픔에 빠져서 속이 거북한 몇 달을 겪지는 않겠지. 샘을 생각하지 않으리라. 그와 그 여자를 생각하지 않을 거예요. 페이스북을 찾아보지 않을 테다. 흥분되고 사건이 많은, 풍요로운 뉴욕의 새로운 생활로 돌아가리라. 완전히 그와 멀어지면, 마음의 일부는 새까맣게 타고 망가졌을지라도 결국은 치유되겠지. 첫 만남의 강렬함 때문에 아무도 구조대원을 거부할 수 없겠지. 그게 둘의 관계도 강하다고 믿게 만들었겠고. 슬픔을 멈춰줄 누군가가 필요했던 것뿐일지 몰라. 어쩌면 반발로 생긴 관계이니 예상보다 빨리 마음을 추스릴 것이다.

이렇게 되뇌었지만, 마음 한구석은 고집스럽게 듣지 않으려 했다. 결국 괜찮아질 것처럼 구는 게 싫증 나자, 눈을 감고 양손에 얼굴을 묻은 채 오열했다. 렌프루가에 있는 작은 집에서는 그렇게 울 수가 없었고, 고프니크 집으로 돌아가도 그렇게 울지 못할 터였다. 분노와 슬픔에 찬, 감정의 출혈이라고 할 통곡이었다.

"나쁜 자식, 내가 간 지 고작 석 달밖에 안 됐는데……."

무릎에 대고 흐느꼈다.

목을 졸린 듯한 이상한 소리가 나왔다. 울면서 일부러 거울을 보고 더 마구 울어대는 톰처럼, 내뱉는 말이 너무 처연하고 무서울 정도로 끝을 의미해서 더 엉엉 울었다. '샘, 망할 인간. 모험을 해도

된다고 생각하게 만들어놓고!'

"여기 앉아도 되나요? 아님 단독 '눈물쇼' 중인가요?"

홱 머리를 들었다. 앞에 릴리가 서 있었다. 헐렁한 검은 패딩과 빨간 목도리 차림으로 가슴에 팔짱을 끼고, 한참 보고 있었던 듯했다. 릴리는 내가 비통해하는 걸 보는 게 재미있는지 씩 웃더니, 내가 마음을 추스르기를 기다렸다.

"흠, 무슨 일이 벌어졌는지 물을 필요도 없겠네요."

릴리가 내 팔을 툭 치면서 말했다.

"내가 여기 있는지 어떻게 알았어?"

"스키장에서 이틀 전에 돌아와서 인사나 하려고 루의 집 주변을 얼쩡댔어요. 루는 전화도 안 주던걸요."

"미안해. 내가……."

내가 대꾸했다.

"섹시한 샘한테 차여서 힘들겠죠. 그 금발 계집애 때문이죠?"

나는 코를 풀고 릴리를 빤히 쳐다보았다.

"크리스마스 전에 며칠 런던에서 지내면서 인사나 하려고 구급차 본부에 갔거든요. 그 여자가 거기서 인간 곰팡이처럼 샘한테 착 달라붙어 있더라고요."

나는 조소했다.

"네 눈에도 보였어?"

"그럼 당연하죠. 루한테 경고할까 하다가 '그래봤자 무슨 소용이야.' 싶어서요. 루가 뉴욕에서 뭘 어쩔 수도 없는걸요. 어휴, 남자들은 멍청하기도 하죠. 샘이 어떻게 그걸 몰랐을까요?"

"아, 릴리. 얼마나 보고 싶었다고."

그 순간까지는 잘 몰랐다. 십 대 소녀답게 변덕스러운 윌의 딸 릴리가 옆에 앉자, 릴리가 나보다 어른인 양 난 몸을 기댔다. 우리는 먼 곳을 응시했다. 윌의 집인 그랜트체스터 하우스가 눈에 들어왔다.

"여자가 예쁘고 가슴이 풍만한 데다 구강성교에 어울릴 듯한 음탕한 입을 가졌다는 이유만으로……."

"알았어, 이제 그만해도 돼."

"아무튼 내가 루이자라면 울지 않을 거예요. 일단 어떤 남자도 그럴 가치가 없어요. 케이티 페리도 그렇게 말할걸요. 하지만 언니는 울면 눈이 진짜 못 봐주게 작아진다고요. 깨알만 해진다니까요."

웃지 않을 수가 없었다.

릴리가 일어나서 손을 내밀었다.

"가요. 언니 집으로 내려가요. 복싱데이라 영업하는 곳도 없고 할아버지랑 델라랑 '귀염둥이 내 아기' 때문에 정신 사나워요. 할머니가 데리러 올 때까지 꼬박 스물네 시간을 보내야 되거든요. 내 패딩에 콧물 흘린 거예요? 진짜네! 싹 닦아줘야 돼요."

우리 집에서 차를 마시면서 릴리는 이메일로 다 알리지 못한 소식을 전했다. 새 학교가 무척 맘에 들지만 기대받는 것만큼 학업을 못 따라간다고 했다("학교를 왕창 빼먹은 영향이 크더라고요. 어른들이 '내가 그럴 거라고 했지'라고 잔소리할 때마다 완전 짜증 나요."). 할머니랑 사는 게 너무 좋아서, 릴리는 진짜 사랑하는 이들에게 하듯 할머니에 대해 특유의 유머 감각을 발휘해 비꼬는 말투로 투덜댈 수 있었다. 언제는 방을 검은색으로 칠하는 걸 두고 할머니가 너무 야단을 떨었다고 했고, 릴리가 운전을 꿰고 있는데도 할머니는 운전을 허락하지 않았다고 했다. 운전 교육을 받기 전에 예습하려는 것뿐인데. 릴리는 즐겁게 재잘대다가 엄마 이야기를 하면서 말투가 변했다. 그녀는 마침내 계부와 '당연히' 헤어졌지만, 재혼할 계획이던 옆집 건축가가 자기 아내와 헤어지지 않겠다고 하면서 이제 홀랜드 파크의 셋집에서 쌍둥이와 병적으로 괴롭게 지내야만 했다. 필리핀 보모가 계속 바뀌었다. 그들은 놀랍도록 인내심이 강했지만, 타냐 호턴밀러를 2주 이상 못 견디고 떠났다.

릴리가 말했다.

"그 애들이 가엾을 줄은 몰랐는데 안쓰러워요. 아이참, 진짜 한 대 피우고 싶네요. 엄마 이야기를 할 때만 담배를 피우고 싶다니까요. 이걸 이해하는 데 프로이트까지 필요하진 않죠?"

"속상하다, 릴리."

"그럴 것 없어요. 난 괜찮아요. 할머니랑 살고 학교에서 지내잖아요. 이제 엄마가 난리를 쳐도 난 영향받지 않아요. 흠, 대신 내 음성사서함에 긴 메시지를 남기죠. 흐느끼거나. 내가 이기적이어서 자기한테 돌아오지 않았다고 난리예요. 그러거나 말거나 상관없어요."

릴리는 잠깐 몸을 떨더니 덧붙였다.

"가끔 생각하는데 거기 있었다면 완전히 돌았을 거예요."

몇 달 전 취해서 불행하고 외로운 상태로 우리 집에 나타난 릴리를 떠올리자 만족감이 느껴졌다. 내가 릴리를 받아들여서, 월의 딸이 할머니와 행복한 관계를 맺게 도왔으니까.

엄마가 들락날락하면서 햄과 치즈, 데운 고기파이를 내주었다. 엄마는 릴리가 와서 기쁜 듯했고, 특히 저택에서 일어나는 일을 상세히 듣자 즐거워했다. 릴리는 할아버지인 트레이너 씨가 별로 행복하지 않다고 생각했다. 그의 새 부인 델라는 엄마 노릇이 어렵다는 걸 알고, 계속 아기에게 유난을 떨었다. 그녀는 아기가 빽빽댈 때마다 움찔대면서 울었는데, 기본적으로 그런 상황이 계속되었다.

"할아버지는 대부분의 시간을 서재에서 보내는데 그게 그 여자의 화를 더 돋우죠. 하지만 할아버지가 도우려고 하면, 여자는 악쓰면서 제대로 하는 게 없다고 윽박질러요. '스티븐! 아기를 그렇게 안지 말아요! 스티븐! 아기의 모직 재킷을 완전히 거꾸로 입혔잖아요!' 저라면 네가 직접 하라고 말하겠는데 할아버지야 워낙 친절하시니."

엄마가 다정하게 대꾸했다.

"그 양반이야 육아에 나서지 않았던 세대니까. 네 아버지도 기저귀 한 번 갈지 않았을걸."

"할아버지가 늘 할머니 안부를 물어서 새 남자가 생겼다고 말해줬어요."

"트레이너 부인에게 남자 친구가 있어요?"

엄마가 눈이 휘둥그레져서 물었다.

"아뇨. 당연히 아니죠. 할머니는 자유를 만끽하고 있다고 말씀하세요. 하지만 할아버지가 그걸 알 필요는 없잖아요, 그죠? 할아버지한테 말했죠. 은발 신사가 머리를 휘날리며 애스턴 마틴◇을 몰고 매주 두 번씩 할머니를 데리러 온다고요. 그분 이름은 모르지만, 할머니가 다시 행복한 걸 보니 좋다고요. 할아버지가 궁금한 게 많은 눈치인데, 델라가 옆에 있으니까 묻지 못해요. 그냥 고개를 끄덕이고, 억지웃음을 지으면서 '잘됐구나'라고만 말하죠. 그리고 다시 서재로 가버려요."

"릴리! 그런 거짓말을 하면 안 돼!"

엄마가 말했다.

"왜 안 되는데요?"

"왜냐면, 흠, 사실이 아니니까!"

"인생에서 사실이 아닌 게 얼마나 많은데요. 산타 할아버지도 사실이 아니에요. 하지만 어쨌거나 톰에게 산타에 대해 말해주셨겠죠. 할머니가 멋진 부자 남자랑 파리에서 짧은 휴가를 보낸다고 생각하면 할아버지에게, 그리고 할머니에게도 좋은 일이에요. 또 두 분이 대화하지 않으니까 아무 문제도 없잖아요?"

논리적으로는 그럴싸한 설명이었다. 엄마가 입을 오므렸지만 릴리가 틀렸다는 다른 이유를 대지 못한 걸 보면 그랬다.

릴리가 말했다.

"아무튼 그만 가보는 게 좋겠어요. 가족 만찬이 있거든요, 호호호."

그 순간 트리나와 에디가 들어왔다. 톰을 데리고 놀이공원에 다

◇ 영국산 고급 스포츠카.

녀오는 길이었다. 난 엄마가 갑자기 초조해진 기미를 알아채고 생각했다. '아, 릴리, 나쁜 말은 하지 말아줘.' 나는 그들을 가리키면서 말했다.

"에디, 여기는 릴리예요. 릴리, 에디랑 인사해. 릴리는 이전에 제 고용주였던 윌의 딸이에요. 에디는……."

"내 여자 친구야."

트리나가 말했다.

"아, 좋네요."

릴리가 에디와 악수하더니 내게 몸을 돌리고 말했다.

"그래서 난 뉴욕에 데려가 달라고 할머니를 조르고 있어요. 할머니는 이 추위에는 어림없고 봄에 데려가주겠다고 하세요. 그러니까 며칠 비울 준비를 해요. 4월이면 봄으로 봐도 되죠? 준비할 거죠?"

"얼른 보고 싶다."

내가 말했다. 옆에서 엄마가 조용히 안도했다.

릴리는 날 힘껏 포옹하고 현관 앞 계단을 뛰어 내려갔다. 떠나는 릴리의 모습을 보면서, 건강한 젊음이 부러워졌다.

20.

From :BusyBee@gmail.com

To: KatrinaClark@scottsherwindbarker.com

사진 좋네, 트리나! 진짜 예뻐. 어제 보낸 넉 장 못지않게 맘에 들어. 아니, 최고는 여전히 화요일에 보내준 사진이야. 세 사람이 공원에서 찍은 사진. 그래, 에디의 눈이 정말 예쁘네. 네가 행복해 보여서 진심으로 다행이야.

다른 얘긴데. 사진을 액자에 넣어서 엄마랑 아빠에게 보내는 건 좀 이른 것 같아. 하지만 네가 가장 잘 알겠지.

톰에게 안부 전해줘.

Lx

PS. 난 괜찮아. 물어봐 줘서 고마워.

뉴욕에 돌아오니 뉴스에서 보던 그런 눈보라가 몰아쳤다. 차 지붕만 보이고, 평소 차가 다니는 도로에서 아이들이 썰매를 타고, 기상캐스터가 아이 같은 기쁨을 감추지 못하게 만드는 폭설이었다.

시장의 지시에 따라 큰 도로에 쌓인 눈이 치워졌다. 시의 거대한 제설차들이 짐을 진 대형 동물들처럼 덜컥대면서 주요 도로를 오르내렸다.

평소라면 이런 눈을 보는 게 짜릿했겠지만, 개인적으로는 저기압이 계속되었다. 이런 기분이 한랭전선처럼 드리워져서 어떤 상황에서든 즐거움을 걷어냈다.

이렇게 큰 상심은 처음이었다. 적어도 살아 있는 사람 때문에 이렇게 아픈 적은 없었다. 패트릭 때는 둘에게 연애가 습관이 된 걸 깊이 인식해서 헤어졌다. 관계가 진짜 마음에 안 들어도 새로 사기 귀찮아서 신는 신발 같아졌었다. 윌이 죽고 나서 다시는 아무 감정도 못 느낄 거라고 생각했다.

사랑했다 헤어진 사람이 여전히 살아 있다는 걸 알아도 별반 위로가 되지 않았다. 내 뇌는 참으로 가학적이었다. 잔인할 만큼 집요하게 하루 종일 샘을 떠올렸다. 지금 뭘 할까? 무슨 생각을 할까? 그 여자랑 있나? 우리 사이의 일을 후회할까? 내 생각을 하기는 할까? 하루에 머릿속으로 열두어 번 샘을 상대로 입씨름을 벌였다. 몇 번은 내가 이기기도 했다. 이성이 끼어들어 샘을 생각한들 소용없다고 타일렀다. 버스는 떠났다고. 다른 대륙으로 돌아왔다고. 우리의 미래는 수천 마일 떨어져 있다고.

그런데 이따금 살짝 미친 자아가 억지 낙관론을 들고 튀어나왔다. '난 되고 싶은 사람이 될 수 있어! 아무한테도 매이지 않았어! 세계 어디든 아무 갈등 없이 갈 수 있다고!' 이 세 자아가 몇 분간 마음을 차지하려 싸웠고, 이런 경우가 빈번했다. 정신분열증에 걸린 것 같았고 완전히 기진맥진해졌다.

그런 생각들을 몰아냈다. 새벽에 조지, 애그니스와 달렸다. 가슴이 빠근하고 정강이가 뜨거운 부지깽이 같아도 속도를 늦추지 않았다. 아파트를 누비고 다니면서 애그니스가 시키는 일을 했고, 마이클이 유난히 과로한 표정을 지으면 돕겠다고 자처했다. 또 일라리아가 거슬리는 소리로 투덜대도 옆에서 감자 껍질을 벗겼다. 심지어 아속에게 통로에 쌓인 눈을 같이 치우자고 제안했다. 앉아서 내 인생을 고민하지 않을 수 있다면 뭐든 하려 했다. 그는 찌푸리면서 미친 말을 하지 말라고 대꾸했다. 누가 직장 잃는 꼴을 봐야겠냐면서.

뉴욕에 돌아온 지 사흘째 되는 날, 조시가 문자메시지를 보냈다. 애그니스는 어린이 상점에서 구두를 고르다가 어머니와 폴란드어로 통화 중이었다. 어떤 사이즈를 사야 할지, 언니가 좋아할지 의논하는 모양이었다. 난 휴대폰 진동이 울리자 내려다보았다.

안녕, 루이자 클라크 1세. 감감무소식이네요. 크리스마스를 잘 보냈겠죠. 언제 커피나 마실까요?

빤히 쳐다봤다. 사양할 이유가 없었지만 어쩐지 안 될 일 같았다. 너무 까칠한 상태였고, 모든 감각이 3000마일 떨어진 곳에 있는 남자에게 쏠려 있었다.

안녕, 조시. 당장은 좀 바쁘지만(애그니스가 발에 불나게 하네요!) 조만간 그렇게

해요. 잘 지내요. Lx

그가 답장하지 않았다. 묘하게 마음이 안 좋았다.

개리가 애그니스가 쇼핑한 물건들을 차에 싣는데, 그녀의 휴대폰이 울렸다. 그녀는 가방에서 휴대폰을 꺼내 들여다보았다. 잠시 창을 내다보던 애그니스가 내게 눈을 돌렸다.

"미술 교습을 잊었네. 이스트윌리엄스버그로 가야겠어."

명백한 거짓말이었다. 불쑥 소름 끼치는 추수감사절 오찬과 모든 폭로들이 떠올랐지만, 그런 기미를 보이지 않으려 애썼다.

"그러면 피아노 레슨을 취소할게요."

내가 담담하게 대답했다.

"고마워. 개리, 미술 교습이 있어요. 깜빡했네요."

개리는 한마디 대꾸도 없이 리무진을 도로로 몰았다.

주차를 하던 개리와 나는 차 안에 말없이 앉아 있었다. 한파 때문에 엔진을 켜두어서, 나직한 엔진 소리가 났다. 이 오후를 '미술 교습' 시간으로 선택한 애그니스에게 부아가 났다. 혼자 생각에 잠길 틈이 생겨서 불청객인 잡생각이 머리를 헤집으니까. 이어폰을 꽂고 활기찬 음악을 들었다. 아이패드로 애그니스의 주중 일정을 정리했다. 엄마와 가끔 하는 온라인 단어 게임을 했다. 에디를 회사 만찬에 동행시켜도 될지, 아니면 시기상조일지 묻는 트리나의 이메일에 답했다(난 그러기 시작해야 한다고 봤다). 창밖의 눈 내리는 찌푸린 하늘을 보니, 눈이 더 내릴까 봐 걱정스러웠다. 개리는 턱을 가슴에 대고 태블릿으로 코미디 쇼를 보다가 녹음된 웃음소리와 같이 웃음을 터뜨렸다.

더 물어뜯을 손톱도 없어서 내가 물었다.

"커피 드실래요? 애그니스가 오래 걸리지 않겠어요?"

"아뇨. 의사가 도넛 섭취량을 줄이라던데. 도넛이 맛있는 커피집에 가면 어떤 일이 벌어지는지 알잖아요."

나는 바지의 실오라기를 뜯으면서 대꾸했다.

"숨바꼭질이나 할까요?"

"농담해요?"

한숨을 쉬면서 등을 기대고 나머지 코미디 쇼 소리를 들었다. 개리의 무거운 숨소리가 느려지다가 가끔 코 고는 소리로 변했다. 하늘이 어두워지기 시작했다. 비정하고 납 같은 잿빛이었다. 교통정체를 뚫고 집에 가려면 몇 시간 걸릴 터였다. 그때 내 휴대폰이 울렸다.

"루이자, 애그니스랑 같이 있나요? 휴대폰이 꺼져 있는 것 같군. 애그니스를 바꿔주겠어요?"

스티븐 립콧의 작업실을 올려다보았다. 그 방에서 비춰지는 네모난 노란 불빛이 어슴푸레한 눈밭에 떨어졌다.

"저기……. 사모님이 지금…… 옷을 입어보는 중이거든요, 회장님. 제가 바로 전화드리라고 전하겠습니다."

짐을 나르는 중인 듯 현관문이 열려 있었고 페인트 통 두 개가 문을 받치고 있었다. 난 콘크리트 계단을 뛰어 올라가서 복도를 지나 스튜디오에 도착했다. 닫힌 문 앞에 서서 숨을 몰아쉬던 나는 휴대폰을 내려다보다가 하늘을 보았다. 들어가고 싶지 않았다. 추수감사절에 제기된 문제의 빼도 박도 못할 증거를 보고 싶지 않았다. 노크를 해도 될지 보려고 문에 귀를 대니, 교활해진 기분이었다. 마치 잘못을 저지른 사람이 나인 것처럼. 그런데 음악과 나직한 대화 소리밖에 들리지 않았다.

의심이 풀리자 노크를 했다. 그리고 2초 후쯤 문고리를 돌려 문을 열었다. 스티븐 립콧과 애그니스가 등을 보이고 서 있었다. 방 저쪽에서 벽에 세워진 캔버스들을 보는 중이었다. 스티븐은 한 손을 그녀의 어깨에 올리고, 담배를 든 다른 손으로는 더 작은 캔버스들을 가리켰다. 방에 담배 연기와 테레빈유 냄새가 자욱했다. 얼핏 향수 냄새도 풍겼다.

그가 말하는 중이었다.

"저기, 다른 사진 몇 장도 갖다줘요. 이게 제대로 표현되지 않았다고 느끼면, 우리가 다시……."

"루이자!"

애그니스가 몸을 홱 돌리더니 나를 물러가게 하려는 듯 손바닥을 들었다.

"죄송해요."

나는 휴대폰을 들어 올리면서 말을 이었다.

"저기…… 저기, 고프니크 씨예요. 통화하고 싶어 하셔서요."

"루이자는 여기 오면 안 돼! 왜 노크하지 않았어?"

그녀의 얼굴에 핏기가 가셨다.

"했어요. 죄송해요. 달리 방법이 없어서……."

나는 문으로 나가려다가 캔버스를 힐끗 쳐다봤다. 금발에, 눈이 큰 아이가 빠져나가려는 것처럼 몸을 반쯤 돌린 그림이었다. 문득 모든 게 명확히 이해됐다. 우울감, 어머니와 끝없는 통화, 시도 때도 없는 장난감과 신발 쇼핑…… 스티븐이 허리를 굽혀 그림을 들었다.

"보세요, 원하면 이걸 가져가시죠. 한번 생각해……."

"입 다물어요, 스티븐!"

화가는 그녀가 이런 반응을 하는 이유를 몰라서 멈칫했다. 하지만 그게 결정적으로 확인시켜 주었다.

"아래에서 기다릴게요."

나는 조용히 문을 닫고 나왔다.

우린 차를 타고 조용히 어퍼 이스트사이드로 돌아갔다. 애그니스는 남편에게 전화해서 사과했다. 휴대폰이 꺼진 줄 몰랐다고, 기계에 문제가 있어 끄지 않는데 늘 저절로 꺼진다고, 다른 걸 장만해야겠다고 말했다. "그래요, 여보. 지금 돌아가는 중이에요. 네, 알아요……."

그녀는 날 외면했다. 사실 난 애그니스를 볼 수가 없었다. 지난 몇 달간의 일을 이제 알게 된 사실과 연결하느라 머릿속이 웅웅댔다.

마침내 집에 도착했다. 난 애그니스의 몇 걸음 뒤에서 로비를 지났다. 하지만 엘리베이터 앞에 도착하자, 그녀가 몸을 핵 돌리더니 바닥을 쳐다보다가 다시 출입문으로 향했다.

"좋아. 따라와."

*

우린 금빛으로 장식된 어두운 호텔 바로 갔다. 부유한 중동 사업가들이 고객을 접대한 뒤 고개도 돌리지 않고 계산서를 흔들 것 같은 분위기였다. 바는 거의 비어 있었다. 우린 침침한 구석 부스에 앉아서, 직원이 술을 내려놓고 가기를 기다렸다. 그는 과장된 몸짓으로 보드카 토닉 두 잔과 윤나는 올리브가 담긴 그릇을 내려놓으며 애그니스와 눈을 맞추려 했지만 소용없었다.

"내 아이야."

바 직원이 물러가자 애그니스가 말했다.

나는 술잔을 들어 한 모금 마셨다. 술이 독해서 반가웠다. 몰두할 게 있으면 도움이 될 것 같았다.

그녀가 뻣뻣하고 묘하게 화난 목소리로 말했다.

"내 딸. 폴란드에서 내 언니랑 살아. 아이는 괜찮아……. 내가 떠날 때 너무 어렸기에 엄마랑 살던 시절을 기억 못 해……. 언니는 아기를 가질 수 없는 몸이라서 행복해하지만, 엄마가 나한테 몹시 화났지."

"하지만……."

"그이를 만났을 때 얘기하지 않았어, 됐어? 그런 사람이 날 좋아하는 게 너무…… 너무도 행복했어. 꿈같았다구, 알겠어? 이렇게 생각했지. 이 작은 모험을 즐길래. 그러다 노동 비자가 만료되면 난 폴란드로 돌아갈 테고, 이 일을 늘 추억하겠지. 그런데 모든 상황이 아주 급박하게 돌아갔고, 그이는 나 때문에 아내와 헤어졌어. 어떻게 말해야 될지 난감했어. 그이를 만날 때마다 '지금이 말할 때야,

지금이 그때라고……' 하고 속으로 되뇌었지. 그런데 둘이 있을 때 그이가 말하는 거지. 자기는 아이를 더 원하지 않는다고, 자기는 '충분하다'고. 그는 가족 사이가 엉망이라고 느껴. 그래서 두 번째 가족으로 이복 형제자매니 그런 걸로 더 복잡해지기 싫은 거야. 나를 사랑하지만 아이는 없다는 게 내게 내건 조건이야. 이런 마당에 어떻게 털어놓을 수 있겠어?"

나는 남이 못 듣게 몸을 숙이고 말했다.

"하지만…… 하지만 이건 완전히 미친 짓이에요, 애그니스. 이미 딸이 있잖아요."

"그럼 2년이나 지난 지금 어떻게 말하면 될까? 그가 날 나쁜 여자로 보지 않겠어? 내가 큰 문제를 만들어버렸어."

그녀가 술을 들이켰다.

"항상…… 언제나…… 생각해. 어떻게 바로잡을 수 있을까. 하지만 바로잡을 방법이 없어. 너무나 간단해. 이렇게 살면 그이도 행복하고 나도 행복하고, 난 모두를 부양할 수 있어. 언젠가 뉴욕에 와서 살라고 언니를 설득할 거야. 그러면 조피아를 매일 볼 수 있겠지."

"하지만 딸이 사무치게 그립잖아요."

그녀의 입매가 굳었다. 그러다가 오래 연습한 대사를 읊듯 말했다.

"난 아이를 뒷바라지하고 있어. 예전에 친정은 가진 게 별로 없었어. 지금은 아주 좋은 집에 살아. 침실이 네 개고 가재도구도 전부 신제품이지. 고급 주택가에서. 조피아는 폴란드에서 가장 좋은 학교에 다니고, 최고급 피아노를 칠 거야. 뭐든 누릴 거야."

"하지만 엄마가 없죠."

갑자기 애그니스의 눈에 눈물이 고였다.

"그래. 난 레너드랑 헤어지지 않으면 딸이랑 헤어져 지내야 해. 딸 없이 사는 게 내…… 내…… 아, 그 단어가 뭐더라? 내…… 업보야."

그녀의 목소리가 살짝 갈라졌다.

나는 보드카를 마셨다. 달리 뭘 할 수 있을지 난감했다. 둘 다 술잔만 쳐다봤다.

"난 나쁜 사람은 아냐, 루이자. 레너드를 사랑해, 아주 많이."

"알아요."

"결혼하면 한동안 같이 살다가 그에게 털어놓으면 된다고 생각했어. 그이가 좀 화를 내다가 마음을 돌릴 거라고. 아니면 내가 폴란드에 왔다 갔다 하면 되잖아? 혹은 조피아가 와서 한동안 지내면 되겠지. 그런데 상황이 아주…… 아주 복잡해졌어. 그이 가족이 날 징그럽게 미워해. 이제 그들이 딸의 존재를 알면 어떤 일이 벌어질지 알지? 태비사가 이 사실을 알면 어떻게 될지 짐작이 되지?"

짐작되고도 남았다.

"난 그이를 사랑해. 루이자가 나에 대해 여러 생각을 하는 걸 알아. 하지만 난 그를 사랑해. 좋은 사람이야. 가끔은 그가 너무 많이 일해서, 그의 세계에는 날 좋아해 주는 사람이 없어서 내 마음이 힘들어…… 내가 너무 외롭고 어쩌면…… 내가 항상 바르게 처신하는 건 아니지만 그이 없이 살 생각을 하면 견딜 수가 없어. 그이는 내 천생연분이야. 첫날부터 그걸 알았지."

애그니스가 가는 손가락으로 테이블의 문양을 훑었다. 그리고 다시 말했다.

"하지만 딸이 앞으로 10년, 15년을 나 없이 성장한다는 생각을 하면 난…… 난……."

그녀가 어깨를 떨면서 한숨을 쉬었다. 그 소리가 커서 바텐더의 주의를 끌었다. 난 가방을 뒤졌지만 손수건이 없어서 종이 냅킨을 건넸다. 고개를 든 애그니스의 얼굴은 부드러웠다. 전에 본 적 없는, 사랑과 온화함으로 빛나는 얼굴이었다.

"아주 예쁘장한 아이야. 이제 네 살이 되는데 어찌나 총명한지. 정말 똑똑해요. 요일을 다 알고, 지구본에서 여러 나라의 위치도 찾아내고 노래도 잘해. 뉴욕이 어딘지 알지. 아무도 가르쳐주지 않았는데, 지도에서 크라쿠프에서 뉴욕까지 선을 그을 줄도 알아. 내가 갈 때마다, 아이는 매달리면서 말해. '왜 가야 해요? 엄마가 안 가면 좋겠어요.' 그러면 억장이 무너지지……. 아, 정말이지 억장이 무너져 내려……. 가끔 아이를 보고 싶지 않기도 해. 헤어져야 될 때의 고통을 아니까…… 그게……."

애그니스가 술잔 위로 몸을 굽히고, 반들대는 테이블에 떨어지는 눈물을 말없이 기계적으로 닦아냈다.

다시 종이 냅킨을 건네며 나는 다정하게 말했다.

"애그니스가 이 일을 얼마나 견딜 수 있을지 모르겠네요."

그녀가 고개를 숙이고 눈가를 닦았다. 다시 고개를 들었을 때, 운티가 나지는 않았다.

"루이자랑 나 둘 다 이민자잖아. 이 세계에서 자리를 찾기가 어렵다는 걸 우린 알아. 모국이 아닌 나라에서 더 나은 삶을 만들고 열심히 일하고 싶잖아. 새 인생, 새 친구를 만들고 새로운 사랑을 찾고 싶고. 새사람이 되어야 해! 그런데 간단한 일이 아니지. 대가를 치르지 않으면."

나는 침을 삼키고, 객차에서 분통을 터뜨리는 샘의 화난 모습을 머릿속에서 밀어냈다.

"알아. 아무도 다 갖지 못해. 우리 이민자야말로 그걸 누구보다 잘 알지. 항상 두 곳에 한 발씩 넣고 있어. 진짜로 행복해질 수가 없어. 왜냐면 떠나는 순간 자신이 두 개가 되니까. 그래서 어디 가든 늘 반쪽이 다른 반쪽을 부르지. 이게 우리의 대가야, 루이자. 이게 지금의 내가 치를 대가라고."

그녀가 술을 한 모금 홀짝이더니 한 모금 더 마셨다. 크게 심호흡하면서 손끝으로 과도한 감정을 털어내려는 듯 테이블 위로 양손을 털었다. 애그니스는 야멸찬 목소리로 다시 입을 열었다.

"그이에게 말하면 안 돼. 오늘 본 것을 그이에게 말하면 안 돼."

"애그니스, 이걸 영원히 숨길 순 없어요. 너무 큰 문제예요. 이건……."

그녀가 한 손을 뻗고는 내 팔목을 꽉 움켜쥐며 말했다.

"부탁이야. 우린 친구 맞지?"

나는 침을 삼켰다.

알고 보니 부자들 사이에 진짜 비밀은 없었다. 사람들은 비밀을 지키기 위해 대가를 치렀다. 나는 가슴에 예기치 않게 무거운 짐을 안고 계단을 올라갔다. 지구 저편에 있는 여자애를 떠올렸다. 가장 갖고 싶은 것만 빼고 모든 걸 가진 아이. 그리고 그걸 똑같이 느끼는 여자가 있다. 그녀는 이제 막 그걸 깨달은 참이다. 이 문제를 의논할 사람은 동생밖에 없으니 트리나한테 전화할까도 생각했지만, 말하지 않아도 어떤 판단을 내릴지 빤했다. 트리나는 팔이 잘린다 해도 톰을 두고 외국으로 갈 사람이 아니었다.

샘을 떠올리다가 그런 선택을 합리화하려면 어떻게 해야 될지 생각했다. 그날 저녁 내 방에 앉아 있으려니, 침울하고 암담한 생각만 났다. 결국 휴대폰을 꺼냈다.

안녕, 조시. 그 제안 아직 유효해요? 다만 커피 대신 술 한잔 어때요?

30초도 안 되어 답이 왔다.

언제 어디가 좋을지만 말해요, 루이자.

21.

결국 조시가 아는 타임스스퀘어 인근의 지하 바에서 둘이 만났다. 길고 좁은 공간에 권투 선수 사진이 잔뜩 붙어 있었고, 바닥이 너저분했다. 난 블랙진을 입고 머리를 바싹 당겨서 하나로 묶었다. 목이 두꺼운 플라이급 선수들이 사인한 사진이 붙은 벽 앞에 있는 중년 남자들 사이를 지나는데 아무도 쳐다보지 않았다.

조시는 끄트머리의 작은 테이블에 앉아 있었다. 시골 사람으로 보이고 싶을 때나 살 법한, 왁스 칠이 된 진갈색 코트 차림이었다. 그는 나를 보자 미소를 지었다. 그 웃음에는 전염성이 있었다. 복잡하기 짝이 없는 세상에서 복잡하지 않은 사람이 나를 보고 기뻐하니 일순간 반가웠다.

"어떻게 지내요?"

그가 일어났다. 나와서 포옹하고 싶지만 지난번에 있던 상황 때문에 가만히 있는 듯했다. 대신 내 팔을 건드렸다.

"힘든 하루를 보냈어요. 실은 힘든 한 주였어요. 그런데…… 놀라지 말아요……. 내가 가장 먼저 떠올린 사람이 조시였어요!"

"뭐 마실래요? 참고로 술은 여섯 종류밖에 없어요."

"보드카 토닉?"

"그건 있을 거예요."

몇 분 지나서 조시는 병맥주와 보드카 토닉을 들고 돌아왔다. 나는 코트를 벗었다. 그와 마주 앉으니 묘하게 긴장됐다.

"그래서…… 이번 주에 무슨 일이 있었는데요?"

나는 술을 한 모금 마셨다. 저번 날 마셔봐서 그런지 이번에는 술이 술술 넘어갔다.

"내가…… 내가 오늘 뭘 알게 되어서요. 충격적인 일이에요. 무슨 일인지 말하지 못하는 건, 조시를 못 믿어서가 아니라 여러 사람에게 영향을 미칠 엄청난 일이기 때문이에요. 또 그 일을 어떻게 해야 좋을지 모르겠고요."

앉은 채로 몸을 뒤척이고 나서 말을 이었다.

"그저 이 일을 소화해 내고 그로 인해 소화불량에 걸리지 않는 법을 배워야 할 것 같아요. 무슨 뜻인지 알겠어요? 그래서 만나서 술을 두어 잔 마시고, 당신이 사는 이야기를 듣고 싶었어요. 어둡고 무거운 비밀 따위는 없을 거라고 가정하고, 어둡고 무거운 비밀이 없는 괜찮은 삶에 대해서……. 그러면서 인생이 정상적이고 좋을 수 있다는 사실을 되새기고 싶었어요. 하지만 내 이야기를 하게 만들지 마세요. 내가 방어 태세를 늦추거나 할 때 말이에요."

조시는 가슴에 손을 얹고 응수했다.

"루이자, 난 당신에게 무슨 일이 있었는지 알고 싶지 않아요. 만나서 행복할 뿐이에요."

"말해도 된다면 당신에게 솔직히 말할 거예요."

"이 인생을 바꿀 어마어마한 비밀은 궁금하지 않아요. 내 걱정은 붙들어 매라고요."

그가 맥주를 쭉 마시고 멋진 미소를 지어 보였다. 2주 만에 처음으로 좀 덜 외로웠다.

두 시간 후 바가 후끈해졌고, 세 시간 후 3달러짜리 맥주에 놀라서 들어온 지친 관광객들과 단골손님들이 좁은 통로에 북적댔다. 대부분 구석에 놓인 텔레비전으로 권투 중계를 시청했다. 어퍼컷을 치라고 합창했다. 응원하는 선수가 곤죽이 되어 일그러진 얼굴로 로프에 기대 앉자 고함을 질렀다. 술집에서 중계를 보지 않는 남자는 조시밖에 없었다. 그는 조용히 맥주병 위로 몸을 숙이고 내 술잔을 쳐다봤다.

나는 테이블에 몸을 기대고, 크리스마스에 일어난 트리나와 에드위나 사건을 조곤조곤 말했다. 말해도 별 탈 없는 화제였으니까. 할아버지의 뇌졸중, 애그니스의 그랜드피아노 이야기(애그니스의 조카가 쓸 거라고 둘러댔다), 침울하게만 들릴까 봐 뉴욕에서 런던까지 비행기 좌석이 업그레이드된 일도 조잘댔다. 그즈음 보드카를 몇 잔이나 마셨는지 몰라도 조시는 내가 술잔을 비우기도 전에 마법을 부린 듯 앞에 새 잔을 놓아주었다. 말이 느려지고 목소리가 높아졌다 낮아지면서 말하는 내용과 어긋나는 걸 어렴풋이 느꼈다.

"와, 쿨하네요. 그렇죠?"

아빠가 행복을 이야기하는 대목에 이르자 조시가 감탄했다. 내가 원래보다 과장해서 말했을지 모르겠다. 아빠를 『앵무새 죽이기』의 법정 장면에서 최후진술을 하는 애티커스 핀치처럼 묘사했으니까.

조시가 계속 말했다.

"다 잘됐네요. 그냥 딸이 행복하기만을 바라는 거예요. 내 사촌 팀이 커밍아웃 했을 때, 삼촌은 아들이랑 한 1년간 말을 안 했어요."

"둘이 무지무지 행복해하더라고요."

시원한 곳에 살을 대려고 테이블 위로 팔을 뻗었다. 끈적거려도 개의치 않으려 했다. 내가 덧붙였다.

"대단해요, 정말로 대단해요."

술을 한 모금 더 마시고 다시 말했다.

"둘이 같이 있는 걸 보면 아주 좋아요. 트리나가 혼자 지낸 지 100만 년쯤 됐으니까요. 그런데 솔직히…… 둘이 같이 있으면서 아주 조금만 덜 열렬하고 덜 눈부시면 진짜 좋을 텐데. 주야장천 서로 눈만 마주치지 말고, 둘만 아는 농담에 은밀히 미소만 짓지 않아도 좋을 텐데요. 아니면 진짜 끝내주는 섹스를 했다는 의미일 수도 있는 그런 미소만 짓지 않아도. 그리고 트리나가 둘의 사진을 그만 보내면 좋겠어요. 에디가 이런 엄청난 말을 했다, 이런 엄청난 행동을 했다, 그런 건 나한테는 그만 보내도 좋으련만."

"아, 왜 이래요. 둘은 막 사랑에 빠졌잖아요. 사랑에 빠진 사람들은 다 그런다고요."

"난 안 그랬어요. 당신도 그런 짓을 했나요? 솔직히 난 키스하는 사진을 아무한테도 보내본 적 없어요. 내가 남자 친구랑 달라붙어 있는 사진을 보냈다면 트리나는 페니스 사진이라도 되는 것처럼 야단법석을 떨었을 텐데. 트리나는 감정을 드러내는 걸 오그라든다고 깎아내리던 여자라고요."

"그런데 트리나가 처음 사랑에 빠졌잖아요. 이제 당신이 애인이랑 오그라들게 행복한 사진을 보내주면 동생이 기뻐할 거예요."

조시는 놀리는 것 같았다. 그가 덧붙였다.

"페니스 사진이 아니라."

"당신은 날 못된 사람으로 보죠?"

"난 당신을 못된 사람으로 보지 않아요. 그저 상당히…… 새로운 사람으로 보죠."

내가 신음했다.

"알아요. 난 못된 사람이에요. 둘한테 행복하지 말라고 주문하는 게 아니라, 조금만 신경 써서 이 순간…… 그러지 못한…… 우리를……."

말이 나오지 않았다.

조시가 등을 기대고 앉아 날 지켜보았다.

"전 애인. 그 사람은 이제 전 애인이 됐어요."

내 말이 뭉개졌다.

조시가 눈썹을 치켜떴다.

"와. 그러면 엄청난 2주였네요."

"말도 말아요. 당신은 아무것도 몰라요."

난 테이블에 이마를 댔다.

우리 사이에 가만히 내려앉는 침묵을 의식할 수 있었다. 한순간 궁금했다. 여기서 꿀잠을 자도 되려나. 기분이 아주 좋았다. 권투 시합 소리가 잠시 사라졌다. 이마는 좀 축축했다. 그때 조시가 내 손을 잡았다.

"그래요, 루이자. 이제 여기서 나갈 때인 것 같네요."

나는 나가면서 친절한 사람들에게 일일이 인사하고 최대한 여러 명과 하이파이브를 했다(몇 명은 손바닥을 못 맞췄다. 모지리들처럼). 무슨 이유인지 조시는 계속 큰 소리로 사과했다. 걸어 나가면서 사람들이랑 부딪쳤던 것 같다. 문 앞에 도착하자 그가 코트를 입혀주었는데, 소매에 팔을 못 넣자 난 키득댔다. 결국 소매에 팔을 끼웠지만 잠수복처럼 거꾸로 입게 되었다.

"포기할래요. 그렇게 입고 있어요."

마침내 그가 말했다.

"그렇게 입고 물에 들어가요, 아가씨!"

누군가 외치는 소리가 들렸다.

"난 아가씨 맞아요! 영국에서 온 아가씨! 난 루이자 클라크 1세예요. 안 그래요, 조슈아?"

내가 소리쳤다.

난 사람들에게 몸을 돌리고 허공에 주먹을 날렸다. 사진이 걸린 벽에 기대자 액자 몇 개가 내 머리로 떨어졌다.

"갈게요, 갑니다!"

조시가 바텐더에게 손을 들고 말했다. 누군가 고함을 질렀다. 조시는 여전히 모두에게 사과했다. 나는 사과하는 것은 좋지 않다고 말했다. 윌이 그렇게 가르쳐줬다. 머리를 꼿꼿이 들어야 한다고.

갑자기 싸하게 찬 공기 속으로 나왔다. 정신을 차릴 새도 없이 뭔가에 발이 걸려, 언 바닥에 넘어졌다. 무릎이 단단한 콘크리트에 부딪혀서 욕설을 내뱉었다.

"아이고, 이런. 커피를 마셔야겠네요."

조시가 내 허리를 단단히 안고 날 일으켜 세웠다.

그에게 좋은 냄새가 났다. 뭘 같은 냄새였다. 최고급 백화점의 남성용품 코너에서 나는 것 같은 비싼 냄새. 비틀비틀 인도를 걸으면서, 난 그의 목에 코를 박고 냄새를 맡았다.

"당신 냄새가 좋아요."

"정말 고마워요."

"아주 비싼 냄새."

"몰랐네요."

"핥을 수도 있겠어요."

"그래서 기분이 더 좋아질 수만 있다면."

난 그를 핥았다. 애프터 셰이브 로션은 냄새처럼 맛이 좋지 않았지만 누군가를 핥으니 기분이 좋았다. 내가 좀 놀라면서 말했다.

"이러니까 기분이 좀 나아요. 정말로!"

"알겠어요, 알았다고요. 여기가 택시가 가장 잘 잡히는 곳이에요."

그가 몸을 움직여 나를 마주 보게 세우고 양손으로 내 어깨를 잡았다. 주변의 타임스스퀘어가 눈부시게 현란했다. 사방에서 반짝이는 네온사인과 거대한 이미지들이 엄청나게 밝게 다가왔다. 천천히 몸을 돌려 조명들을 보니 쓰러질 것 같았다. 간판들이 흐릿해질 때까지 빙글빙글 돌다가 약간 비틀거렸다. 조시가 날 붙잡았다.

"당신을 택시에 태워 집에 보낼 수 있어요. 자야 될 것 같으니까요. 아니면 내 집까지 걸어가서 커피를 마시게 해줄 수도 있어요. 당신이 선택해요."

새벽 1시가 넘었지만 주위에 소음이 심해서 그는 악쓰다시피 말해야 했다. 셔츠와 재킷 차림이 정말 멋졌다. 반듯하고 깔끔한 모습이었다. 너무 마음에 들었다. 나는 그의 품에서 몸을 돌리고 눈을 깜빡이며 쳐다보았다. 비틀거리지 않고 볼 수 있다면 더 좋을 텐데.

"그거 굉장히 고마운 말이네요."

그가 말했다.

"내 말이 들렸어요?"

"네."

"미안해요. 하지만 정말이에요. 엄청난 미남이에요. 미국 스타일의 미남. 진짜 영화배우 같다니까요. 조시?"

"왜요?"

"앉아야겠어요. 정신이 몽롱해져서."

반쯤 주저앉는데 그가 일으켜 세웠다.

"그럼 갑시다."

"진심으로 그 얘길 하고 싶어요. 그런데 당신한테 그걸 말할 수가 없어요."

"그러면 말하지 말아요."

"당신은 이해할 거예요. 그러리란 걸 알아요. 있지요, 당신은 내가 사랑했던 사람이랑 아주 비슷해요. 진짜 사랑한 사람. 알고 있었어요? 당신은 그 사람이랑 진짜 똑 닮았어요."

"그거…… 좋은 얘기네요."

"좋은 얘기예요. 기막힌 미남이었어요. 당신이랑 똑같이 영화배우 타입의…… 미남이었죠. 이미 말했던가? 그이는 죽었어요. 그이가 죽었다는 말을 했나요?"

"상실을 겪었다니 안됐네요. 하지만 당신을 여기서 벗어나게 해야 될 것 같아요."

그는 나를 부축해서 두 블록을 걸어가 가까스로 택시에 태웠다. 난 뒷좌석에서 똑바로 앉으려 애쓰면서 그의 소매를 붙잡고 있었다. 조시의 몸이 반은 택시 안에, 반은 밖에 있었다.

"어디 가십니까, 손님?"

택시 기사가 뒤돌아보며 물었다.

난 조시를 쳐다보았다.

"나랑 있어줄 수 있어요?"

"그럼요. 어디로 갈까요?"

난 기사가 백미러로 흘끔대는 걸 알았다. 운전석 뒤에 TV가 켜져 있었는데, 스튜디오 방청석에서 갑자기 박수가 터졌다. 밖에서 모든 차가 동시에 경적을 울렸다. 불빛이 너무 밝았다. 갑자기 뉴욕이 너무 시끄럽고 혼란스러웠다.

"모르겠어요. 당신 집이나…… 난 집에 돌아갈 수가 없어요. 아직은."

내가 대답했다. 조시를 쳐다보니 문득 눈물이 솟구쳤다. 내가 덧붙여 말했다.

"내가 양다리를 걸치고 사는 걸 알아요?"

조시가 내게 고개를 기울였다. 친절한 얼굴이었다.

"루이자 클라크, 놀랍지 않은 말이네요."

그의 어깨에 머리를 기대자 내 어깨를 가만히 감싸는 그의 팔이 느껴졌다.

계속되는 전화벨 소리에 깼다. 소리가 쩌렁쩌렁했다. 다행스럽게 벨소리가 멈추더니 남자가 중얼대는 소리가 났다. 씁쓸한 커피 향이 반가웠다. 몸을 뒤척이며 베개에서 머리를 들려고 했다. 관자놀이까지 통증과 괴로움이 심해서 동물같이 신음했다. 꼬리가 문에 낀 개가 내는 소리라고 해야 하나. 눈을 감고 심호흡을 한 후 다시 눈을 떴다.

내 방이 아니었다.

세 번이나 눈을 감았다 떴는데 여전히 내 방이 아니었다.

이 의심의 여지 없는 사실 때문에 다시 머리를 들었다. 욱신거려도 무시하고 똑똑히 보일 때까지 한참 머리를 들고 있었다. 그랬다, 분명히 내 침대가 아니었다. 내 방도 아니었다. 사실 본 적도 없는 침실이었다. 의자 등에 얌전히 걸린 남자 옷이 보였다. 구석에 놓인 텔레비전, 책상과 옷장이 눈에 들어왔다. 점점 가까워지는 목소리가 들렸다. 그러더니 문이 열리고 조시가 들어왔다. 정장 차림으로 한 손에 머그잔을 들고, 다른 손으로는 휴대폰을 귀에 대고 있었다. 그는 나와 눈을 맞추고 한쪽 눈썹을 치켜세우더니, 계속 통화하면서 협탁에 머그잔을 내려놓았다.

"네, 지하철에 문제가 있어서요. 택시를 타면 20분 후에 도착할 겁니다……. 그럼요, 순조로울 겁니다……. 아닙니다, 그녀가 이미 착수했습니다."

나는 똑바로 앉았다. 그 순간 내가 남자 티셔츠를 입은 걸 알았다. 2분쯤 걸려서야 그 의미를 깨달았다. 가슴부터 빨개지기 시작했다.

"아닙니다. 그 부분은 이미 어제 이야기를 했습니다. 그가 모든 문건을 준비했습니다."

조시가 몸을 돌렸고 나는 몸부림을 쳤다. 이불이 목에 감겼다. 속바지는 입고 있었다. 중요한 대목이었다.

"알겠습니다, 그러면 좋겠습니다. 네, 점심이면 좋습니다."

조시가 전화를 끊고 휴대폰을 주머니에 넣었다.

"잘 잤어요? 진통제를 갖다주려던 참이었어요. 두어 알 찾아줄까요? 난 나가봐야 되어서요."

"간다고요?"

가루가 뿌려진 것처럼 입이 메말라서 역한 맛이 났다. 두어 번 입을 벌렸다가 닫는데, 흉한 쩝쩝 소리가 났다.

"직장에요. 오늘은 금요일이니까요?"

"어머, 어떡해요. 지금 몇 시예요?"

"7시 15분 전. 난 날아가야 해요. 벌써 지각이거든요. 알아서 나갈 수 있겠죠?"

그가 서랍을 뒤져 개별 포장된 약을 꺼내 내 옆에 놓고는 다시 말했다.

"여기요, 도움이 될 거예요."

나는 머리를 뒤로 넘겼다. 땀이 나서 축축하고 마구 엉킨 상태였다.

"무슨 일이…… 무슨 일이 있었나요?"

"그건 나중에 얘기해도 돼요. 일단 커피를 마셔요."

난 고분고분 한 모금 마셨다. 진한 커피가 기운을 차리게 했다. 여섯 잔쯤 더 필요할 것 같았다.

"내가 왜 당신 티셔츠를 입고 있죠?"

조시가 씩 웃었다.

"춤 때문이겠죠."

"춤이요?"

배 속이 요동쳤다.

그가 몸을 굽혀 내 뺨에 키스했다. 비누와 귤 냄새가 났다. 모든 게 깨끗하고 건강하게 느껴졌다. 내 몸에서 퀴퀴한 땀 냄새, 술 냄새, 그 외 온갖 수치스러운 냄새가 진동하는 게 느껴졌다.

"재미난 밤이었어요. 나갈 때 현관문을 아주 쾅 닫아요. 알겠죠? 가끔 제대로 닫히지 않거든요. 나중에 전화할게요."

그가 문간에서 인사하고 몸을 돌렸다. 그리고 물건을 확인하는 듯 주머니를 두드리면서 나갔다.

"잠깐만요. 여기가 어디예요?"

잠시 후 내가 소리쳤지만 조시는 이미 나가버렸다.

그곳은 소호 지역이었다. 지금쯤 내가 있어야 할 곳까지 교통 체증이 어마어마했다. 스프링가에서 59가까지 지하철을 탔다. 어제 구깃해진 셔츠가 땀범벅이 되지 않도록 애썼다. 평소 저녁 외출 때와 달리 반짝이 옷이 아니라 다행이었다. 이날 아침 처음으로 '후줄근하다'는 말을 절감했다. 전날 밤 일이 거의 기억나지 않았다. 불쾌한 장면만 획획 스칠 뿐이었다.

내가 타임스스퀘어 한복판에 주저앉은 장면.

내가 조시의 목을 핥는 장면. 진짜로 내가 그의 목을 핥았다.

춤이라니 무슨 얘길까?

지하철에서 버둥대며 손잡이를 잡느라 양손으로 머리를 감싸지 못했다. 대신 눈을 감고 역들을 지나는 동안 백팩과 이어폰을 낀 승객들을 피하며 토하지 않으려 애썼다.

'오늘만 견뎌내자'고 속으로 중얼댔다. 살면서 배운 게 있다면, 답이 금방 들이닥친다는 점이었다.

내 방에 들어서기 무섭게 고프니크 씨가 나타났다. 7시 이후에는 흔치 않게, 그는 여전히 운동복 차림이었다. 그는 나를 보자 한동안 찾은 것처럼 한 손을 들었다.

"아, 루이자."

"죄송합니다, 제가……."

"서재에서 얘기 좀 하고 싶은데. 지금."

당연히 그럴 거란 생각이 들었다. 물론 그렇겠죠. 그가 몸을 돌려 복도를 내려갔다. 내 방을 괴로운 눈으로 쳐다봤다. 깨끗한 옷, 데오드란트, 치약이 다 거기 있는데. 커피가 사무치게 마시고 싶었다. 하지만 고프니크 씨는 기다리게 하면 안 되는 사람이었다.

휴대폰을 힐끗 내려다보고, 그를 쫓아서 달려갔다.

서재에 들어가니 고프니크 씨가 이미 앉아 있었다.

"오늘 10분 지각해서 정말 죄송합니다. 평소에는 늦지 않는데요. 제가……."

고프니크 씨는 모호한 표정으로 책상 뒤에 앉아 있었다. 운동복 차림인 애그니스도 커피 테이블 옆에 있는 천을 씌운 의자에 앉아 있었다. 두 사람 다 내게 앉으라고 권하지 않았다. 분위기 때문에 갑자기 정신이 번쩍 차려졌다.

"저기…… 무슨 일 있을까요?"

"루이자가 말해주면 좋겠어요. 오늘 아침에 내 개인 회계사에게 전화를 받아서."

"무슨……?"

"내 계좌 운용을 관리하는 사람이었어요. 이 일을 설명할 수 있을까요?"

그가 종이 한 장을 내밀었다. 잔액이 검게 칠해진 계좌 입출금 내역서였다. 눈앞이 흐릿했지만 하나는 똑똑히 보였다. '현금 인출란'에 주르르 적힌 숫자, 매일 500달러씩.

그제야 애그니스의 표정이 눈에 들어왔다. 그녀는 입을 꾹 다물고 손만 내려다보다가 날 힐끗 보고는 다시 눈을 돌렸다. 거기 서 있자니 등에 식은땀이 흘렀다.

"무척 흥미로운 말을 들었어요. 크리스마스 준비 기간에 우리 공동 계좌에서 상당액이 인출되었다더군요. 근처 현금인출기에서 눈에 띄지 않을 정도의 액수가 매일 빠져나갔다는 거예요. 현금 카드가 이상한 패턴으로 사용되는지 파악하는 오류 방지 소프트웨어를 가동 중이라서 회계사가 이 사실을 알아냈죠. 비정상적인 카드 사용으로 분류되었으니까요. 당연히 신경 쓰이는 일이어서 애그니스에게 물었더니, 아내는 본인과 무관한 일이라고 대답하더군요. 그래서 아속에게 관련 날짜의 CCTV를 제공해 달라고 요청해서, 내 보안 요원들이 현금 인출 시간대와 출입자를 확인해서 사실을 파악했어요, 루이자."

이 대목에서 그는 나를 똑바로 보면서 말을 이었다.

"그 시간대에 아파트 건물에 드나든 사람은 루이자 한 사람뿐이더군요."

내 눈이 휘둥그레졌다.

"이제 은행에 가서 현금인출기에서 돈이 인출된 시간대의 CCTV를 제공해 달라고 요청할 수도 있어요. 하지만 일을 복잡하게 만들고 싶지 않아요. 그래서 루이자한테 무슨 일이 있었는지 설명해 줄 수 있는지 알고 싶어요. 또 왜 우리 공동 계좌에서 만 달러가량이 인출되었는지도 말이에요."

나는 애그니스를 쳐다봤지만 그녀는 여전히 딴청을 부렸다.

새벽에 일어났을 때보다도 입이 말랐다.

"제가…… 크리스마스 쇼핑을 해야 했습니다. 애그니스를 대신해서."

"당신은 그 용도로 쓸 카드를 갖고 있어요. 어떤 상점에서 사용했는지 명확히 파악할 수도 있고, 지금까지 구매했던 모든 건에 대해서 영수증을 가져왔었잖아요. 마이클에게 듣기론 여태 그렇게 해왔다던데. 그런데 현금은…… 현금은 투명하지 않죠. 쇼핑한 영수증을 갖고 있나요?"

"아니요."

"그러면 뭘 샀는지 말해줄 수는 있겠지요?"

"저는…… 아니요."

"그러면 그 돈이 어떻게 된 거죠, 루이자?"

말을 할 수가 없었다. 침을 삼킨 다음 대답했다.

"모릅니다."

"모른다?"

"저는…… 아무것도 훔치지 않았습니다."

뺨이 달아오르는 기분이었다.

"그러면 애그니스가 거짓말하는 건가요?"

"아닙니다."

"루이자, 애그니스는 뭘 원하든 내가 해준다는 걸 알아요. 솔직히 말하면, 하루에 그 열 배를 쓴대도 난 눈도 깜빡하지 않을 거예요. 그러니 가장 가까운 현금인출기에서 몰래 현금을 인출할 이유가 없어요. 그럼 다시 물을게요. 그 돈은 어떻게 된 거죠?"

난 겁에 질려 얼굴을 붉혔다. 그 순간 애그니스가 날 올려다보았다. 말없이 애원하는 얼굴이었다.

"루이자?"

"어쩌면 제가…… 제가 가져갔을지도 모르겠네요."

"가져갔을지도 모른다고?"

"쇼핑 때문에요. 제 것을 산 게 아닙니다. 방을 확인하셔도 됩니다. 제 은행 계좌를 확인해 보셔도 되고요."

"만 달러를 '쇼핑'에 썼다? 뭘 샀길래?"

"그냥…… 이것저것."

고프니크 씨가 감정을 제어하려 애쓰는 듯 잠시 고개를 숙였다.

그가 나직하게 말했다.

"이것저것! 루이자, 이 집에 거주하는 것은 신뢰의 문제임을 알아야 해요."

"압니다, 고프니크 씨. 그 부분을 매우 중요하게 여깁니다."

"당신은 이 집안의 가장 내밀한 부분에 다 접근할 수 있어요. 열쇠와 신용카드를 소지하고 있고, 우리 일정을 가장 잘 알고 있죠. 그 대가로 높은 보수를 주는 것은 그 자리가 책임감이 든 자리라는 걸 우리가 이해하기 때문이에요. 또 그 책임을 배신하지 않으리라 믿기 때문이고요."

"고프니크 씨, 저는 이 일을 사랑합니다. 결코 그런……."

나는 고통스러운 눈길로 쳐다봤지만 애그니스는 여전히 눈을 내리깔고 있었다. 양손을 모으고, 한 손 손톱으로 다른 손의 엄지 아래 두덩을 찍어 누르기만 했다.

"그 돈이 어떻게 됐는지 정말로 못 밝히겠나요?"

"저는…… 저는 훔치지 않았습니다."

그는 뭔가 기다리는 듯 오래 날 응시했다. 아무 반응도 없자 그의 표정이 굳어졌다.

"이거 실망스럽군요, 루이자. 애그니스가 무척 좋아하는 줄도 알고 큰 도움이 되는 것도 알지만, 신뢰할 수 없는 사람을 내 집에 둘 수 없어요."

"레너드……."

애그니스가 운을 뗐지만, 고프니크 씨가 한 손을 들었다.

"아니에요, 여보. 전에도 이런 일을 겪어봤어요. 루이자, 유감스럽지만 고용계약은 즉시 종결입니다."

"뭐, 뭐라고요?"

"한 시간 내로 방 정리를 하세요. 마이클에게 연락처를 남기면 받아야 될 급여를 그가 처리해 줄 겁니다. 이참에, 고용계약의 비공개 조항을 상기시키고 싶군요. 이 대화 내용은 밖으로 나가지 않도록 주의하세요. 그게 우리뿐 아니라 루이자에게도 유익하리란 걸 알기 바라고요."

애그니스의 얼굴이 하얗게 질렸다.

"안 돼요, 레너드. 이러면 안 돼요."

"이 일은 더 이상 논의하지 말아요. 이제 출근해야겠어요. 루이자, 지금부터 한 시간입니다."

고프니크는 일어나서 내가 나가기를 기다렸다.

서재에서 나오는데 머리가 핑핑 돌았다. 마이클이 기다리고 있었다. 그가 거기 있는 게 나를 걱정해서가 아님을 깨닫기까지 시간이 걸렸다. 그는 방까지 동행하려고 거기 있었다. 지금부터 난 이 집에서 신뢰받지 못했다.

말없이 복도를 지나면서, 주방 문간에서 굳은 표정의 일라리아를 얼핏 보았다. 아파트의 다른 쪽 끝에서 격앙된 대화 소리가 들렸다. 네이선은 어디에도 보이지 않았다. 마이클이 문간에 서 있는 가운데, 난 침대 밑에서 가방을 꺼내서 대충 짐을 싸기 시작했다. 서랍을 빼서 최대한 서둘러 물건을 끌어냈다. 내가 움직이는 동안 시간은 마구잡이로 흘러갔다. 머릿속이 웅웅댔다. 아무것도 잊으면 안 된다는 조급함 때문에 충격과 분노를 느낄 새가 없었다. '세탁물을 세탁실에 뒀던가? 운동화는 어디 있더라?' 그러다 20분 후 준비가 끝났다. 짐 전부를 여행 가방과 캔버스 가방, 큰 체크무늬 쇼핑백에 담았다.

"줘요. 내가 갖고 갈게요."

내가 가방 세 개를 들고 나오려고 버둥대자 마이클이 바퀴 달린 가방에 손을 뻗었다. 친절을 베푸는 게 아닌 효율성 있게 움직이기 위함이었지만 즉시 눈치채지 못했다.

"아이패드는? 업무용 전화기는? 신용카드도요."

그가 말했다.

그 물건들과 열쇠를 내밀자, 마이클이 받아서 주머니에 넣었다.

복도를 걸어가는데, 아직도 이런 일이 벌어진 게 믿기지 않았다. 앞치마를 두른 일라리아가 통통한 두 손을 모은 채 주방 문간에 서 있었다. 앞을 지나면서 그녀를 곁눈질했다. 스페인어로 욕을 하거나, 그 나이 여자들이 특유의 절도범을 주눅 들게 하는 눈길을 던지리라 예상했다.

하지만 그녀는 앞으로 나와서 말없이 내 손을 건드렸다. 마이클은 보지 못한 듯이 몸을 돌렸다. 현관문 앞에 도착했다.

그가 가방의 손잡이를 넘겨주었다.

"잘 가요, 루이자. 행운을 빌어요."

마이클이 알 수 없는 표정으로 말했다.

밖으로 나섰다. 뒤에서 육중한 마호가니 문이 굳게 닫혔다.

두 시간 동안 작은 식당에 앉아 있었다. 충격에 빠졌다. 울 수가 없었다. 화를 낼 수도 없었다. 그냥 마비된 기분이었다. 처음에는 애그니스가 일을 해결할 거라고 기대했다. 남편이 틀렸음을 깨닫게 할 방도를 찾을 테지. 결국 우린 친구인걸. 그래서 거기 앉아 마이클이 나타나기를 기다렸다. 멋쩍은 표정으로 와서 내 짐을 다시 레이버리로 가져가리라. 휴대폰을 들여다보면서 '루이자, 엄청난 오해가 있었네요.' 같은 문자메시지가 오기를 기다렸다. 하지만 아무 기별도 없었다.

연락이 오지 않으리란 걸 깨닫자 영국으로 돌아갈까 생각했지만 그러면 트리나의 생활에 재앙을 초래할 터였다. 트리나와 톰을 아파트에서 내보내는 것은 정말 곤란한 일이었다. 부모님 집으로 돌아갈 수도 없는 노릇이었다. 스토트폴드로 돌아가면 지겹기도 하거니와 두 번이나 패배자가 되는 것이었다. 그렇게 집에 가느니 죽는 편이 낫다 싶었다. 첫 번째 실수는 취해서 건물에서 떨어져 만신창이가 된 것. 두 번째 실수는 좋아하는 직장에서 해고당한 것.

물론 이제 샘과 함께 지낼 수도 없었다.

여전히 떨리는 손으로 커피 잔을 감싸들고 내 인생이 진퇴양난인 걸 깨달았다. 조시에게 전화할까 생각했지만, 그 집으로 이사해도 되냐고 묻는 게 부적절해 보였다. 첫 데이트도 제대로 하지 않은 사이인데.

지낼 곳을 찾는다 해도 어떻게 해야 하나? 직장이 없었고, 고프니크 씨가 내 취업 허가를 철회할 수도 있었다. 그의 집에서 일하는 동안에만 유효할 것일 테니까.

설상가상으로 그가 날 쳐다보던 눈빛이 뇌리를 떠나지 않았다. 내가 만족스러운 답을 내놓지 못하자 완전히 실망한 그는 살짝 경멸하는 표정을 지었다. 그곳 생활에 작은 만족을 얻은 이유에는 그가 보인 무언의 인정도 있었다. 그런 지위의 사람이 내 업무 실력을 좋게 본다는 사실이 자신감을 주었고, 스스로 유능한 전문가가 된 기분을 안겼다. 윌을 보살핀 이후 처음 느끼는 감정이었다. 그에게 직접 설명하고 호의를 되찾고 싶은 마음이 간절했지만 어떻게 그럴 수 있을까? 간절하게 눈을 크게 뜨고 있던 애그니스의 얼굴이 떠올랐다. 그녀가 전화해야 되는 거 아닌가? 왜 전화하지 않았을까?

"커피 더 드려요, 손님?"

고개를 드니 오렌지색 머리의 웨이트리스가 커피포트를 들고 서 있었다. 그녀는 이런 상황을 100만 번도 넘게 본 것처럼 내 짐을 쳐다보았다. 중년의 웨이트리스가 다시 물었다.

"막 도착했어요?"

"그렇지는 않아요."

나는 미소 지으려 했지만 찡그리고 말았다.

그녀는 커피를 따르더니, 몸을 굽히고 목소리를 낮춰서 말했다.

"혹시 머물 곳을 찾아야 한다면요. 내 사촌이 벤슨허스트에서 호스텔을 운영하거든요. 계산대 옆에 명함이 있어요. 예쁘장한 숙소는 아니지만 싸고 깔끔해요. 일찍 가보는 게 좋을 거예요. 방이 꽉꽉 차버리니까요."

그녀는 잠시 내 어깨에 손을 얹었다가 다음 손님에게 다가갔다.

작은 친절이 마음을 흔들었다. 이제 날 환영하지 않는 도시에서 혈혈단신이라는 사실에 주눅 들어 처음으로 감정을 주체하기가 힘들었다. 양쪽 대륙에서 내 두 다리가 짙은 검은 연기를 내뿜으며 불타고 있었다. 어떻게 해야 좋을까? 부모님에게 사정을 설명하는 내 모습을 상상해 봤지만, 애그니스의 비밀이란 장벽에 가로막혔다. 뒷일을 걱정하지 않고 사실을 털어놓을 만한 사람이 한 명이라도 있을까? 부모님은 나 대신 발끈할 테고, 특히 아빠는 고프니크 씨에게 전화해 애그니스의 기만을 직접 알릴 가능성이 컸다. 그 경우 애그니스가 모든 걸 부인하면 어쩌나? 결국 우린 직원이지 친구가 아니란 네이선의 충고가 생각났다. 그녀가 거짓말해서 내가 돈을 훔쳤다고 말하면 어쩌나? 그러면 상황이 더 악화되지 않을까?

어쩌면 뉴욕에 온 후 처음으로, 여기 온 게 후회스러웠다. 어제 입은 후줄근하고 구깃구깃한 옷을 입고 있어서 기분이 더 안 좋았다. 조용히 킁킁대다가 종이 냅킨으로 코를 닦으면서 앞에 놓인 머그잔을 바라보았다. 밖에서는 맨해튼의 삶이 계속되었다. 아무것도 모른 채, 도랑에 쌓인 쓰레기는 무시하고 휙휙 지나갔다. '이제 어떻게 할까요, 윌?' 하고 중얼대자 목구멍에 큰 덩어리가 걸렸다.

신호라도 받은 듯 휴대폰 알림이 울렸다.

네이선의 문자메시지였다.

빌어먹을, 대체 무슨 일이에요? 전화줘요, 클라크.

상황이 상황이지만, 나도 모르게 미소를 지었다.

네이선은 어딘지도 모를 망할 호텔에서 머무는 것이 빌어먹을 대책이 안 된다고 말했다. 호텔에 강간범과 마약상을 포함해 뭐가 우글댈지 모른다고. 7시 반에 망할 고프니크 부부가 망할 만찬에 가니까, 그때까지 기다렸다가 화물 출입구에서 만나 이 빌어먹을 상황을 어떻게 해결할지 의논하자고 했다. 몇 안 되는 문장에 욕설이 난무했다.

그곳에 도착하니, 그는 성격과 달리 아직 격앙된 상태였다.

“이해가 안 돼요. 다들 루이자를 유령 취급하기로 했나 봐요. 망할 마피아 함구 명령인지 뭔지, 마이클은 ‘부정직의 문제’라는 말 외에 아무 얘기도 해주지 않아요. 내가 평생 루보다 정직한 사람은 못 봤다고 받아치니까, 다들 멀뚱멀뚱 쳐다보기만 했어요. 젠장, 무슨 일이 있었던 거예요?”

네이선은 나를 화물 통로 옆쪽의 자기 방으로 데려가서 문을 닫았다. 그를 보자 마음이 놓인 나머지 덥석 안지 않으려고 안간힘을 썼다. 지난 스물네 시간 동안 남자한테 매달리는 건 충분하고도 남을 정도로 했다는 생각이 들었다.

“개뿔. 인간들하고는. 맥주 마실래요?”

“좋죠”

그가 캔 두 개를 꺼내서 내게 하나를 주고 안락의자에 앉았다. 나는 침대에 걸터앉아서 한 모금 마셨다.

“그래서……. 뭐예요?”

나는 얼굴을 찡그리면서 대답했다.

"말 못 해요, 네이선."

그는 눈썹을 천장에 닿을 듯 치켜올렸다.

"루이자도? 세상에, 설마……."

"물론 아니에요. 난 고프니크 부부의 티백 한 개도 훔치지 않았어요. 하지만 내가 진짜 일어난 일을 말하면 그때는…… 난리가 날 거예요. 이 집에 사는 다른 사람에게……. 복잡한 사정이에요."

네이선이 이마를 찌푸렸다.

"뭐예요? 하지도 않은 일로 비난받았다는 얘기예요?"

"말하자면 그렇죠."

네이선은 무릎에 팔꿈치를 대고 고개를 저었다.

"이건 옳지 않아요."

"알아요."

"누군가 말을 해야 해요. 고프니크 씨는 경찰을 부를 생각까지 했었요."

나도 모르게 입을 벌렸나 보다.

"그렇다니까요. 애그니스가 만류했지만. 마이클 말로는 고프니크 씨가 신고할 정도로 격노했대요. 현금 인출 때문이에요?"

"난 그러지 않았어요, 네이선."

"그거야 알죠, 클라크. 더러운 범인을 자처하다니. 억울한데 이렇게 시침 떼는 사람은 처음 봤네요."

그가 맥주를 벌컥벌컥 마시고 나서 말을 이었다.

"젠장. 있죠. 난 이 일이 좋아요. 이 가족들이랑 일하는 게 좋아요. 고프니크 회장도 맘에 들어요. 하지만 그 사람들이 가끔 정신을 차리게 해주거든요? 기본적으로 우린 소모품이에요. 우리를 친구로 부르고, 좋은 사람이라며 칭찬하고 의지하고 여차저차해도, 필요 없어지거나 못마땅한 일을 하면 뻥! 차버리죠. 공평무사 따윈 아예 없어요."

뉴욕에 온 후 네이선이 이렇게 길게 말한 것은 처음이었다.

"난 그게 싫어요, 루. 내가 아는 게 없지만 루가 부당한 취급을 당한 건 확실해요. 이건 억울한 일이라고요."

"사정이 복잡해요."

"복잡하다고요?"

그가 뚫어지게 보더니 다시 고개를 저었다. 그리고 맥주를 쭉 들이켜고는 덧붙였다.

"루이자는 정말…… 나보다 좋은 사람이네요."

네이선이 중국 식당에 가서 음식을 포장해 오려고 외투를 입는데 누군가 문을 두드렸다. 우리는 겁을 먹고 서로 쳐다보았다. 그가 내게 욕실을 가리켰다. 나는 살그머니 욕실에 들어가서 소리 나지 않게 문을 닫았다. 수건걸이 옆에 서 있는데, 잘 아는 목소리가 들렸다.

잠시 후 네이선이 말했다.

"클라크, 괜찮아요. 일라리아예요."

앞치마를 두른 가정부가 뚜껑 덮인 냄비를 들고 서 있었다.

"루이자 주려고요. 말소리가 들리기에."

그녀가 내게 냄비를 내밀면서 말을 이었다.

"주려고 만들었어요. 요기를 해야죠. 루이자가 좋아하는 닭고기예요. 후추 소스를 곁들였죠."

"아…… 정말……."

네이선이 일라리아의 등을 두드렸다. 그녀가 앞으로 휘청이다가 중심을 잡고, 책상 위에 조심스럽게 냄비를 내려놓았다.

"나 주려고 만들었어요?"

일라리아가 네이선의 가슴을 찌르면서 대답했다.

"난 루이자가 그들이 말하는 짓을 저지르지 않은 걸 알아요. 난 많은 걸 알죠. 이 아파트에서 일어나는 일은 전부 다 안다고요."

그녀는 코를 두드리면서 덧붙였다.

"아무렴, 그렇다마다."

내가 얼른 냄비 뚜껑을 열자 고소한 냄새가 퍼졌다. 갑자기 종일 굶다시피 한 게 기억났다.

"고마워요, 일라리아. 무슨 말을 해야 좋을지 모르겠네요."

"이제 어디로 갈 거예요?"

"아무 생각도 없어요."

"흠, 빌어먹을 벤슨허스트에 있는 호스텔에서 지내면 안 돼요. 하루 이틀 여기서 지내면서 정리를 해도 괜찮아요. 문을 잠글게요. 모르는 체해줄 거죠, 일라리아?"

그녀는 바보 같은 질문이라는 듯 어이없다는 표정을 지었다.

"일라리아가 오후 내내 얼마나 사모님을 욕했는지 믿기지 않을 거예요. 그녀가 루이자를 홀대했다고 말이죠. 일라리아는 부부가 싫어하는 줄 알면서도 저녁에 생선 요리를 만들었죠. 분명히 말하는데, 난 오늘 새로운 욕을 아주 많이 배웠어요."

일라리아가 나직이 툴툴댔다. '푸타'만 알아들을 수 있었다.

네이선이 자기에는 안락의자가 너무 작았고, 그는 구식 남자라 내가 소파에서 자는 꼴은 보지 못했다. 결국 더블 침대를 나눠 쓰기로 했다. 가운데에 쿠션을 늘어놓아서, 자다가 우연히 몸이 닿는 것을 막기로 했다. 누가 더 불편했는지 모르겠다. 네이선은 먼저 과장된 몸짓으로 나를 욕실로 들여보내고 문을 잠그게 했다. 그리고 내가 침대에 들어갈 때까지 기다렸다가, 그도 씻고 나왔다. 그가 티셔츠와 줄무늬 파자마 면바지를 입었는데도 난 눈을 어디 둘지 몰랐다.

"좀 어색하죠?"

그가 침대에 올라오면서 말했다.

"음, 그러게요."

충격 때문인지, 지쳐서인지, 비현실적인 사건들 때문인지 몰라도 킬킬 웃기 시작했다. 그러다 웃음이 눈물로 변했다. 낯선 침대에서 웅크린 채 양손으로 머리를 감싸고 흐느꼈다.

"다 괜찮아질 거예요."

둘이 침대에 같이 있으니 네이선은 나를 안기가 어색했을 것이다. 그는 연신 어깨를 토닥이면서 몸을 숙이고 달랬다.

"어떻게 괜찮아질 수 있죠? 직장도, 살 곳도, 사귀는 남자도 잃어버렸다고요. 고프니크 씨는 날 도둑으로 여기니까 추천서도 못 받아요. 내가 어느 나라에 속해 있었는지도 모르겠어요."

옷소매로 코를 닦으면서 말을 이었다.

"또 모든 걸 망쳤어요. 매번 재앙으로 끝나는데 왜 주제도 모르고 이 자리에 왔을까요?"

"그냥 피곤해서 그래요. 괜찮아질 거예요. 그럴 거예요."

"윌이랑 그랬을 때처럼?"

"아이고…… 그건 전혀 달랐죠. 이리 와봐요……."

네이선이 양팔로 포옹했다. 난 그의 어깨에 기댔다. 더 이상 울음이 나오지 않을 때까지 울었다. 그가 말했듯이 그날 낮에, 또 밤에 있었던 사건에 지쳐서 잠들었을 것이다.

여덟 시간 후에 깨니 네이선의 방이었다. 어딘지 깨닫는 데 2분쯤 걸렸다. 그러자 전날 사건들이 떠올랐다. 한참 이불 속에서 태아처럼 웅크리고 누워, 인생이 정리될 때까지 1~2년쯤 거기 있어도 될지 생각해 봤다.

휴대폰을 확인했다. 부재중 통화 두 통과 조시가 연달아 보낸 문자메시지가 있었다. 전날 저녁에 한꺼번에 주르륵 수신된 것 같았다.

- 이봐요, 루이자. 상태가 괜찮길 바라요. 계속 당신의 춤을 생각하다가 사무실에서 웃음을 터뜨릴 뻔했다니까요! 굉장한 밤이었죠! Jx

- 괜찮아요? 집에 잘 갔는지, 타임스스퀘어에서 또 잠들지 않았는지 확인하려고요. ;-) Jx

- 그래요. 그래서 이제 10시 반이네요. 자는 거죠? 내가 화나게 한 건 아니죠?

그냥 놀리려던 거라고요. 전화 줘요. x

권투 시합과 타임스스퀘어의 조명이 번쩍이던 밤이 전생 같았다. 침대에서 내려와 샤워를 하고 옷을 입은 다음, 짐을 욕실 한구석에 두었다. 공간이 좁았지만, 고프니크 씨가 네이선의 방을 들여다볼 경우에 대비해 취한 조치였다.

네이선에게 문자메시지로 언제 나가는 게 안전한지 물었다. 그는 "지금. 둘 다 서재에"라고 답을 보냈다. 난 슬그머니 아파트에서 나와 화물 엘리베이터로 내려갔다. 아쇽 앞을 지날 때는 고개를 숙이고 잽싸게 걸었다. 그가 배달원과 대화하다가 고개를 획 돌리고 나를 불렀다.

"이봐요! 루이자!"

하지만 난 이미 빠져나온 뒤였다.

맨해튼은 춥고 잿빛이었다. 얼음 파편이 공중에 뿌려지고 오한이 뼛속을 파고드는 황량한 날이었다. 행인들의 눈만 보였다. 가끔 코를 내놓은 사람도 있었다. 모자를 눌러쓰고 머리를 잔뜩 숙인 채 걸었다. 어디로 가야 할지 몰랐다. 아침을 먹고 나면 모든 게 좀 나아 보일 것 같아서 그 작은 식당에 다시 갔다. 부스에 혼자 앉아서 출근하는 사람들을 내다봤다. 갈 곳이 있는 사람들. 가장 싸고 배부른 메뉴인 머핀을 억지로 삼키면서, 끈적대고 맛이 없다는 사실을 무시하려 애썼다.

9시 40분 문자메시지가 들어왔다. 마이클이었다. 가슴이 뛰었다.

루이자. 고프니크 씨가 해고 통보 조로 월말까지 급여를 지급하실 겁니다. 건강보험은 그 시점부터 일절 중단됩니다. 그린카드◇에는 영향받지 않습니다. 당신의 계약 위반에 비추어 그분이 배려할 필요가 없었지만 애그니스가 당신을 위해 중재한 부분임을 알기 바랍니다.

마이클 보냄

"애그니스가 친절하네."

내가 중얼댔다. "알려줘서 고마워요"라고 답장을 보냈지만 마이클은 더 이상 답이 없었다.

그때 다시 휴대폰 알림이 울렸다.

그래요, 루이자. 이제 나 때문에 화났는지 걱정되네요. 아니면 센트럴파크로 돌아가면서 길을 잃었어요? 전화해요. Jx

조시를 회사 근처에서 만났다. 미드타운에 있는 고층 건물은, 골목에서 올려다보면 고꾸라질 것 같았다. 그가 포근한 회색 목도리를 두르고 성큼성큼 다가왔다. 내가 낮은 벽 위에 서 있다가 내려오자, 조시가 곧장 걸어와서 포옹했다.

"믿을 수가 없네요. 갑시다. 이런, 몸이 얼었네요. 가서 따뜻해질 만한 걸 먹어요."

우린 두 블록 떨어진 타코 식당에 가서 앉았다. 시끌벅적한 식당

◇ 미국 시민이 아닌 사람도 미국 비자를 소지할 의무 없이 미국에서 합법적으로 거주하고 일할 수 있도록 허가하는 카드.

에 회사원들이 계속 밀려들었고 종업원들은 주문 내용을 소리쳤다. 나는 네이선에게 말한 것처럼 상황의 골자만 말했다.

"아무것도 훔치지 않았다는 것 외에 더는 말 못 해요. 말하지 않을 거예요. 아무것도 훔친 적 없어요. 아, 여덟 살 때 한 번 빼고요. 엄마는 아직도 가끔 그 얘기를 꺼내요. 내가 범죄자의 인생길에 접어들 뻔 했다는 예시가 필요할 때면……."

나는 미소를 지으려 했다.

조시가 미간을 찡그렸다.

"그럼 뉴욕을 떠나야 된다는 뜻이에요?"

"어떻게 해야 될지 모르겠어요. 하지만 고프니크 부부가 추천서를 써줄 리가 만무하고, 여기서 어떻게 생활해 나갈 수 있을지 모르겠어요. 직장도 없고 맨해튼 호텔은 내 주머니 사정을 벗어나고……."

아까 작은 식당에서 인터넷으로 집세를 검색하다가 커피를 뿜을 뻔했다. 처음 고프니크 자택에 도착해 마뜩치 않았던 작은 방도 이사급 급여나 받아야 감당할 수 있을 만큼 집세가 비쌌다. 바퀴벌레가 떠나지 않으려고 할 만했다.

"내 집에서 지내면 도움이 되겠어요?"

나는 타코에서 눈을 들었다.

"당분간만. 남녀 관계여야만 같이 지낼 수 있는 건 아니죠. 앞방에 소파 베드가 있어요. 당신은 기억나지 않겠지만."

그가 슬며시 웃었다. 난 미국인들이 얼마나 남들을 진심으로 초대하는지 잊고 있었다. 초대장을 주기에 찾아가겠다고 답하면 곧 이사한다고 알리는 영국인들과는 딴판이었다.

"정말 친절하네요. 하지만 조시, 그러면 사정이 복잡해질 텐데요. 영국에 돌아가야 되겠다는 생각이 들어요. 우선은. 다른 일자리를 구할 때까지라도."

조시는 접시를 물끄러미 내려다봤다.

"타이밍이 안 좋죠?"

"네."

"그 춤을 더 구경하길 기대했는데."

난 인상을 썼다.

"아이참, 춤을 추다니요. 내가요? 혹시…… 저번 밤에 무슨 일이 있었는지 물어봐야 되나요?"

"정말 기억이 안 나요?"

"타임스스퀘어 일만 조금요. 아마 택시에 탄 것까지."

그가 눈썹을 크게 떴다.

"와! 이거 참, 루이자 클라크. 놀려주고 싶지만 아무 일도 없었어요. 아무튼 '그런' 일은 없었어요. 내 목을 핥은 게 별일 아니라면."

"하지만 깨보니까 내 옷을 입고 있지 않더라고요."

"그거야 당신이 춤을 추면서 옷을 벗겠다고 고집을 부려서죠. 아파트 건물에 도착하자, 지난 며칠을 자유로운 춤을 통해 표현하고 싶다고 선언했어요. 그리고 내가 뒤에서 따라가는 와중에 로비부터 거실까지 옷을 하나하나 벗었고요."

"내가 옷을 벗었다고요?"

"그것도 아주 매력적으로. 대단히…… 화려했어요."

내가 빙빙 돌면서 커튼 밖으로 수줍게 한 다리를 내미는 광경이 불쑥 떠올랐다. 등에 닿는 유리창의 찬 기운. 웃어야 될지, 울어야 될지 난감했다. 뺨이 새빨갛게 달아올라서 양손으로 얼굴을 감쌌다.

"분명히 말하는데, 취하니 무척 재미난 사람이더군요."

"그리고…… 침실에 들어갔을 때는요?"

"아, 그 무렵에 속옷 차림이 되었어요. 말도 안 되는 노래를 불러댔죠. 멍키인지 몰라홍키인지? 그러다 갑자기 바닥에 주저앉아 곯아떨어졌어요. 그래서 티셔츠를 입히고 침대에 눕혔죠. 난 소파 베드에서 자고요."

"정말 미안해요. 또 고맙고요."

"천만에요. 도움이 됐다니 기쁘네요."

조시가 눈을 반짝이며 미소 지었다. 그가 덧붙여 말했다.

"대부분의 데이트 상대가 그 절반만큼도 재미있지 않았거든요."

나는 머그잔에 코를 박았다.

"있죠, 요 며칠간 계속 웃지도 울지도 못할 것 같았는데 지금은 둘 다 하고 싶네요."

"오늘 밤 네이선의 방에서 지낼 건가요?"

"그렇겠죠."

"알겠어요. 저, 서두를 건 아무것도 없어요. 당신이 비행기 좌석을 예약하기 전에 내게 몇 군데 전화할 짬을 줘요. 어디에 일자리가 있는지 알아볼게요."

"정말 자리가 있을 수도 있을까요?"

조시는 항상 자신감이 넘쳤다. 바로 그 점이 가장 윌을 연상시켰다.

"항상 뭔가 있으니까요. 나중에 전화할게요."

조시가 키스했다. 너무나 태연해서 난 그가 뭘 하는지 모를 정도였다. 그가 몸을 굽히고, 100만 번쯤 해본 듯이 내 입술에 키스했다. 점심 데이트를 끝낼 때마다 그랬던 것처럼. 그러더니 내가 놀랄 새도 없이 그는 잡은 손을 놓고 목도리를 둘렀다.

"좋아요, 이제 갈게요. 오늘 오후에 중요한 회의가 두어 개 잡혀 있거든요. 기운 내고요."

조시가 100만 볼트짜리 미소를 짓고 사무실로 돌아갔다. 난 입을 헤벌린 채 플라스틱 스툴에 앉아 있었다.

무슨 일이 있었는지 네이선에게 말하지 않았다. 문자메시지로 집에 가도 되는지 묻자, 고프니크 부부가 7시에 다시 외출하니 15분 지나서 들어가면 될 거라는 답신이 왔다. 추위 속에서 그 식당으로 걸어가 앉아 있다가 마침내 집에 가보니 일라리아가 나를 위해 남겨둔 보온병에 담긴 수프와 미국에서 비스킷이라고 부르는 폭신한 스콘 두 개가 있었다. 그날 저녁 네이선은 데이트하러 갔다. 아침에 깨보니 이미 나가고 없었다. 그는 내가 괜찮기를 바라며 여기에 머물러도 좋다는 메모를 남겼다. 내가 코만 좀 곤다나.

몇 달을 지내면서 자유 시간이 더 많기를 바랐다. 이제 자유 시간이 생겼지만, 쓸 돈이 없으니 뉴욕은 친절한 곳이 아니었다. 안전할 때 아파트 건물을 빠져나가 거리를 걷다 보면 발가락이 얼었다. 스타벅스에서 홍차를 주문해 놓고 와이파이를 이용해 일자리를 찾으면서 두어 시간을 보냈다. 식음료업계 경험이 없는 사람은 추천서가 없으면 기회를 잡기 힘들었다.

옷을 껴입기 시작했다. 난방이 된 로비에서 따뜻한 리무진까지 갈 때만 바람을 쐬던 시절은 끝났다. 두꺼운 스웨터와 멜빵바지를 입고, 무거운 부츠 속에 타이츠와 양말을 신었다. 우아하지 않았지만, 우선순위는 그게 아니었다.

점심시간이면 햄버거가 싸고 한두 시간 혼자 앉아 있어도 괜찮은 패스트푸드점으로 향했다. 이제 돈을 쓸 수가 없으니, 백화점은 괜찮은 여자 화장실과 잘 잡히는 와이파이가 있어도 울적해지는 '접근금지 구역'이었다. 빈티지 의상실 엠포륨에 두 차례 갔지만, 주인 자매는 동정하면서도 긴장된 표정을 주고받았다. 내가 선처를 부탁할까 봐 걱정하는 표정이었다.

더 이상 옷을 구경할 수가 없게 되자 내가 말했다.

"일자리가 있다는 소문을 들으면, 특별히 두 분이 하는 일 같은 일이 있다면 알려줄래요?"

"루이자, 우린 집세도 못 벌어요. 아니면 우리가 고용하겠죠."

리디아가 천장에 담배 연기를 동그랗게 뿜으면서 언니를 쳐다보자 앤젤리카가 손으로 연기를 밀어냈다.

"옷에 냄새가 배겠어. 주위에 물어볼게요."

앤젤리카가 말했다. 말투로 봐서 부탁한 사람이 내가 처음이 아닌 듯했다.

풀이 죽어서 터벅터벅 걸어 나왔다. 어떻게 해야 될지 눈앞이 캄캄했다. 한동안 앉아 있을 조용한 곳이 없었다. 앞으로 어떻게 할지 궁리할 수 있는 공간을 제공하는 곳이 없었다. 뉴욕에서 돈이 없으면, 어디서도 불청객인 난민 신세가 되었다. 패배를 인정하고 귀국행 비행기 티켓을 살 때인 듯했다.

그때 거기가 떠올랐다.

지하철을 타고 워싱턴 하이츠로 가서 도서관 가까운 데서 내렸다. 며칠 만에 처음으로 익숙한 곳, 환영받는 곳에 있는 기분이었다. 여기가 내 피난처이자 새로운 미래의 도약대가 될지도 모른다. 돌계단을 올라갔다. 1층에서 사용할 수 있는 컴퓨터를 찾았다. 털썩 주저앉아서 심호흡을 했다. 고프니크 일가에서 쫓겨난 후 처음으로 눈을 감고 이런저런 생각을 정리해 봤다.

오래 굳은 어깨의 긴장이 일부 풀리는 느낌이어서, 사람들의 낮은 목소리 속에서 마음을 풀어놓았다. 혼잡하고 부산한 바깥세상에서 벗어났다. 책에 둘러싸인 기쁨과 고요 때문인지, 여기서는 평등하고 눈에 띄지 않는 사람이 된 기분이었다. 뇌를 작동시키고, 키보드를 두드리고, 정보를 검색하는 보통 사람.

거기서 처음으로, 대관절 무슨 일이 벌어진 거냐고 자신에게 물었다. 애그니스는 날 배신했다. 고프니크가에서 보낸 몇 개월이 갑자기 열에 들떠서 꾼 꿈 같았다. 리무진과 금색 인테리어로 치장된 일상 밖의 비현실적인 세계가 잠깐 열렸다가 무자비하게 닫히고 커튼 뒤로 사라져버렸다.

그리고 지금 이곳은 그와 대조적인 현실이었다. 대책을 마련할 때까지 매일 여기를 찾아오면 되겠다고 속으로 중얼댔다. 위로 올라갈 새 루트를 만들 발판을 여기서 찾아야겠다고요.

'아는 게 힘이야, 클라크.'

"이봐요."

눈을 뜨니 앞에 경비원이 있었다. 그가 몸을 굽히고 내 얼굴을 똑바로 쳐다보더니 다시 말했다.

"여기서 자면 안 돼요."

"네?"

"여기서 자면 안 된다고요."

"안 잤는데요. 생각하는 중이었어요."

내가 발끈하며 대꾸했다.

"그럼 눈을 뜨고 생각해요. 알았어요? 아니면 나가야 됩니다."

그가 무전기에 뭐라고 말하면서 몸을 돌렸다. 잠깐 지나서야 경비원의 말에 담긴 의미를 깨우쳤다. 근처 책상에서 두 명이 날 쳐다보다가 눈을 돌렸다. 얼굴이 달아올랐다. 근처의 다른 이용자들이 불편한 시선으로 날 흘끔댔다. 내 옷을 내려다봤다. 데님 멜빵바지와 안에 털이 든 작업화와 털모자. 버그도프 굿맨은 아니지만 그렇다고 부랑자 행색도 아니었다.

경비원의 등에 대고 버럭 외쳤다.

"이봐요! 난 노숙자가 아니에요! 난 이 도서관을 위해 시위했어요! 이봐요! 난 노숙자가 아니라니까요!"

조용히 대화하던 두 여자가 고개를 들었고 한 사람은 눈썹을 치켜올렸다.

그제야 깨달았다. 난 집 없는 노숙자였다.

22.

어머니께

오랜만에 연락드려서 죄송해요. 지금 이 중국과의 거래 때문에 밤낮없이 일하는 중이라, 시차 때문에 밤을 새우는 일도 허다해요. 좀 싫증 내는 것처럼 보인다면 제가 그런 기분이라서 그래요. 보너스를 받아서 좋았지만(조지나가 원하는 자동차를 살 수 있게 조금 보내려고요), 지난 몇 주 사이 여기 더 있고 싶지 않다는 걸 절감했어요.

라이프스타일이 싫은 건 아니에요. 제가 힘든 일을 겁내지 않는 건 아시지요? 그저 영국의 많은 것이 그리울 따름이에요. 유머가 그리워요. 일요일 점심 식사가 그리워요. 영국식 억양을 듣고 싶어요. 적어도 가짜가 아닌 억양이요(여왕보다도 더한 상류층 말투를 구사하는 사람이 얼마나 많은지 놀라실걸요). 주말에 파리나 바르셀로나나 로마에 훌쩍 다녀올 수 있는 것도 좋아했는데, 외국 생활은 무척 따분하네요. 여기 금융계는 금붕어 어항 같아서 낸터킷섬◇에 있든 맨해튼에 있든 똑같은 얼굴을 마주쳐요. 제가 선호하는 타입이 있다고 생각하시겠

◇ 미국 매사추세츠주의 남동 해안에 있는, 피서지로 유명한 섬.

지만, 이곳은 우스꽝스러울 지경이에요. 전원 금발, 뼈밖에 없는 몸매들, 일률적인 옷차림, 똑같은 필라테스 교습…….

그래서 이럴까 해요. 루프를 기억하세요? 처칠◊에 같이 다녔던 친구인데, 그의 회사에 자리가 있다네요. 그의 상관이 몇 주 안에 날아와서 저를 만나고 싶다고 해요. 일이 잘 풀리면, 어머니의 예상보다 빨리 영국에 돌아갈 거예요.

지금까지 뉴욕을 사랑했어요. 그런데 매사 때가 있기 마련이에요. 제게는 지금이 그때인가 봐요.

사랑을 담아 **윌** x

며칠간 크레이그스리스트◊◊에 나온 여러 곳에 전화를 걸었다. 하지만 보모를 구하는 온화한 목소리의 여자는 추천장이 없다는 말을 듣자 전화를 끊어버렸다. 음식을 나르는 자리들은 내가 전화한 무렵 이미 채용이 끝났다. 구두 가게 종업원 자리는 아직 있었지만, 통화한 사람은 내가 판매 경험이 부족해 광고에 나온 시급보다 2달러 적게 받아야 한다고 말했다. 계산해 보니 교통비도 될까 말까 한 액수였다. 아침마다 그 작은 식당에서 시간을 보내다가 오후가 되면 워싱턴 하이츠의 도서관에 갔다. 조용하고 따뜻했고, 경비원을 제외하면 아무도 내가 취해서 노래하거나 구석에 소변을 볼까 봐 흘끔대지 않았다.

이틀에 한 번씩 조시를 사무실 근처 라멘집에서 만나 구직 활동 상황을 알렸다. 단정한 차림의 능력 있는 조시 옆에서, 나는 추레하

◊ 영국의 케임브리지대학에 소속된 칼리지 중 하나.

◊◊ 미국의 대표적인 중고 거래 사이트. 구인구직, 중고 물건 매매, 주택 임대 등의 공고가 올라온다.

고 남의 집 소파를 전전하는 루저가 된 것 같은 기분을 무시하려 애썼다.

"괜찮을 거예요, 루이자. 그냥 버텨봐요."

그는 이렇게 말하고 사귀기로 합의라도 한 것처럼 키스하고 떠났다.

안 그래도 생각할 게 많은데 그 의미까지 따질 여력이 없었다. 엉망진창인 내 인생처럼 '나쁜' 일은 아니니 당장은 내버려둬도 된다고 넘겼다. 게다가 늘 조시의 입술은 향긋한 박하 맛이 났다.

네이선의 방에서 더 버틸 수가 없었다. 전날 아침 깨보니 그의 두꺼운 팔이 내 몸을 누르고 있었고, 딱딱한 작은 그것이 내 등허리를 찌르고 있었다. 쿠션 벽이 무너져서 발치에 흩어져 있었다. 난 몸이 굳어서, 잠든 그의 팔 아래서 빠져나오려고 몸부림쳤다. 눈을 뜬 네이선이 날 쳐다보다가, 벌에 쏘인 것처럼 사타구니를 베개로 가리고 침대에서 뛰어 내려갔다.

"그럴 의도는 없었는데……. 그러려던 게 아닌데……."

"무슨 말을 하는지 모르겠네요!"

난 맨투맨 티셔츠를 끌어내리면서 대꾸했다. 그를 쳐다볼 수가 없어서…….

네이선이 한 발로 폴짝폴짝 뛰었다.

"난 그저…… 몰랐어요……. 아, 빌어먹을."

"괜찮아, 아무튼 일어나야 하긴 했어요."

잽싸게 좁은 욕실로 가서 10분간 숨어 있는데 뺨이 화끈거렸다. 그가 부스럭대면서 옷을 입는 소리에 귀를 기울였다. 내가 욕실에서 나가기 전에 네이선은 방에서 나갔다.

하긴 거기서 지내본들 무슨 소용이 있을까? 네이선의 방에서 잘 수 있는 것도 하루 이틀 밤이 다였다. 운이 좋아 취직이 되어도, 최저 시급을 받으며 바퀴벌레와 빈대가 우글대는 아파트의 방 한 칸에서 사는 게 기대할 수 있는 최선이었다. 적어도 영국에 돌아가면 내 소파에서 잘 수 있었다. 트리나와 에디가 서로를 사랑한 나머지 살림을 합치기로 하면, 아파트를 돌려받을 수 있었다. 6개월 전에 내가 있던 그 방으로 돌아가면 어떤 기분일지 생각하지 않으려 했다. 샘의 직장 근처라는 건 말할 필요도 없고. 사이렌 소리를 들을 때마다 내가 잃은 것을 씁쓸하게 떠올리겠지.

비가 내리기 시작했지만, 나는 건물에 가까워질수록 걸음을 늦췄다. 모직 모자를 깊숙이 눌러쓴 채 고프니크 부부가 사는 곳의 창문을 올려다보았다. 부부가 갈라 행사에 간다고 네이선에게 들었지만, 침실에 불이 켜져 있었다. 내가 존재하지 않았던 것처럼 그들의 삶은 순조롭게 흘러갔다. 저 위에서 일라리아가 청소기를 돌리거나 애그니스가 소파 쿠션에 던진 잡지들을 치우면서 혀를 차겠지. 고프니크 부부와 이 도시는 내 단물을 빨아먹고 뱉어버렸다. 애그니스는 온갖 다정한 말을 늘어놓았지만, 도마뱀이 허물 벗듯 완전히 철저하게 날 버렸다. 단 한 번도 돌아보지 않았다.

화가 나서 생각했다. 여기 오지 않았다면 여전히 내 가정이 있었을 텐데. 직장도.

오지 않았다면 내겐 여전히 샘이 있을 텐데.

그 생각을 하자 더 우울해져서, 어깨를 웅크리고 언 손을 주머니에 찔러 넣고 임시 숙소로 돌아갈 채비를 했다. 몰래 방에 들어가야 하고, 나와 몸이 닿는 것을 기겁하는 사람과 한 침대에서 자야 했다. 내 인생이 괴상하고 한심한, 못된 농담이 되어버렸다. 눈을 비비니 얼굴에 떨어진 차가운 빗방울이 느껴졌다. 오늘 밤 비행기 표를 예약해서, 가장 먼저 떠나는 비행기의 빈자리에 앉으리라. 현실을 받아들이고 다시 시작하리라. 선택의 여지가 없으니.

'매사 때가 있기 마련.'

그때 딘 마틴이 눈에 들어왔다. 개는 진입 통로의 덮개 위에 덮인 카펫에 서 있었다. 옷을 입지 않아 오들오들 떨면서, 이제 어디로 갈지 결정하려는 듯 두리번댔다. 한 걸음 다가가서 로비를 들여다봤지만, 야간 경비원은 소포들을 정리하느라 바빠서 개를 보지 못했다. 디윗 부인이 보이지 않았다. 난 얼른 움직여서 몸을 굽히고 어찌된 일인지 알아볼 틈도 없이 개를 안았다. 몸부림치는 개를 양손에 들고 뛰어 들어가, 부인에게 데려다주려고 뒤쪽 계단으로 올라갔다. 경비원이 쳐다보기에 목례만 했다.

거기 있을 합당한 이유가 있었지만 고프니크 부부가 사는 층에 들어서니 공포가 밀려왔다. 그들이 예정에 없이 귀가해서 날 본다면, 고프니크 씨는 나를 위험인물로 결론지을까? 주거침입죄로 신고할까? 복도에 있는 것도 침입으로 성립될까? 이런 질문들이 머리를 맴도는 와중에 딘 마틴이 사납게 몸부림치다가 내 팔을 물었다.

"디윗 부인?"

뒤를 돌아보면서 가만히 불렀다. 현관문이 조금 열려서 안으로 들어가 크게 불렀다.

"디윗 부인? 또 개가 나왔네요."

복도에서 TV 소리가 나기에 몇 걸음 안으로 들어갔다.

"디윗 부인?"

대답이 없자 현관문을 닫고 개를 바닥에 내려놓았다. 굳이 안고 있어야 되는 상황이 아니면 안고 있기 꺼려졌다. 딘 마틴은 거실 쪽으로 총총 사라졌다.

"디윗 부인?"

먼저 노인의 다리가 눈에 들어왔다. 딱딱한 의자 옆 바닥에 다리가 뻗쳐 있었다. 잠깐 지나서야 무슨 상황인지 알아차렸다. 곧장 의자 앞으로 달려가서 바닥으로 몸을 던지고는 부인의 입가에 귀를 댔다.

"디윗 부인? 제 말 들리세요?"

내가 물었다.

그녀는 숨을 쉬고 있었다. 하지만 새파랗게 질린 얼굴이었다. 얼마나 오래 그러고 있었는지 궁금했다.

"디윗 부인? 정신 차리세요! 아, 어떡해……. 정신 차리세요!"

집 안을 뛰어다니며 전화기를 찾았다. 현관 앞 테이블에 전화기와 전화번호부 몇 권이 있었다. 911에 전화해 방금 발견한 상황을 설명했다.

안내원이 말했다.

"구조대가 가고 있습니다. 신고자분, 환자와 같이 계시다가 대원들에게 문을 열어주실 수 있나요?"

"네, 네, 네. 그런데 아주 연로하고 허약하세요. 완전히 실신하신 것 같아요. 제발 빨리 와주세요."

난 뛰어가서 침실에서 이불을 가져와 부인의 몸에 덮었다. 샘에게 들었던 노인이 쓰러진 경우의 처치 방법을 기억하려고 노력했다. 노인이 몇 시간 동안 발견되지 않고 쓰러졌을 땐 체온이 내려가는 게 가장 문제라고 했다. 나는 바닥에 주저앉아 부인의 차디찬 손을 잡고 가만히 쓰다듬었다. 누군가 곁에 있는 걸 알게 해주고 싶었다. 문득 한 가지 생각이 머리를 스쳤다. 부인이 죽으면 경찰은 내게 책임을 물을까? 고프니크 씨는 내가 범죄자라고 증언하겠지. 순간 도망쳐야 될지 고민했지만, 노인을 두고 갈 수는 없었다.

생각이 꼬리를 물고 이어지는 괴로운 시간을 보내고 있는데, 부인이 눈을 떴다.

"디윗 부인?"

그녀는 어찌 된 영문인지 알아내려는 듯 날 보며 눈을 깜빡였다.

"루이자예요. 복도 맞은편에 사는 루이자예요. 괜찮으세요?"

"모르겠어…… 내…… 내 팔목이……."

디윗 부인이 힘없이 중얼댔다.

"구급차가 오고 있어요. 괜찮으실 거예요. 아무 일도 없을 거예요."

그녀는 내가 누군지 파악하려는 듯, 내 말이 맞는지 판단하려는 듯 멍하니 올려다봤다. 그러더니 양미간을 찌푸렸다.

"어디 있니, 딘 마틴? 내 개는 어디 있지?"

실내를 둘러보았다. 구석에서 작은 개가 벌렁 누워 소란스럽게 자신의 생식기를 살피고 있었다. 개는 제 이름을 듣자 고개를 들더니 자세를 바꿔 일어나 섰다.

"바로 여기요. 잘 있어요."

부인이 안심하며 다시 눈을 감았다.

"개를 돌봐주겠어? 내가 병원에 가야 되면? 난 병원에 가겠지, 안 그래?"

"네. 당연히 그러실 거예요."

"침실에 서류철이 있으니 의료진에게 주면 돼. 침대 옆 협탁에 있어."

"그럴게요. 전달할게요."

난 그녀의 손을 꽉 잡았고 딘 마틴은 문간에서 주의 깊게 날 쳐다봤다. 아니, 나랑 벽난로를. 우린 구급차가 오기를 조용히 기다렸다.

개는 구급차를 탈 수 없어서 난 딘 마틴을 아파트에 두고 디윗 부인과 병원에 갔다. 부인이 수속을 마치고 병상에 눕자, 난 개를 봐주겠다고 안심시키고 아파트로 향했다. 아침에 다시 병원에 가서 개의 안부를 전할 예정이었다. 그녀의 작고 파란 눈에 눈물이 고였다. 그녀는 쉰목소리로 사료와 산책을 비롯해 딘 마틴이 좋아하고 싫어하는 것들에 대해 알려주었다. 결국 구조대원이 안정을 취해야 된다면서 그녀를 조용히 시켰다.

지하철을 타고 5번가로 가는데, 기진맥진해지는 동시에 아드레날린이 솟아서 머릿속이 윙윙댔다. 부인에게 받은 열쇠로 아파트에 들어갔다. 딘 마틴은 현관 복도에 서서 기다리고 있었다. 작은 몸집에서 의심의 기운을 내뿜었다.

"안녕, 어린 친구? 저녁 먹을래?"

나는 종아리의 살점을 뜯길까 걱정하는 사람이 아니라 오랜 친구인 것처럼 말했다. 당당한 척하면서 개 앞을 지나 주방으로 가서, 손등에 갈겨 쓴 삶은 닭고기와 사료의 정확한 양을 읽어내려고 애썼다.

먹이를 사료 접시에 담아 발로 딘 마틴 쪽으로 밀었다.

"자, 여기 있다! 맛있게 먹어!"

개는 시큰둥한 큰 눈으로 나를 반항적으로 노려봤다. 이마에 근심 어린 주름이 출렁댔다.

"밥이야! 냠냠!"

여전히 날 노려봤다.

"아직 배가 안 고프구나, 응?"

내가 말하면서 살그머니 주방에서 나왔다. 어디서 잘지 정해야 했다.

디윗 부인의 아파트는 고프니크 자택의 절반 크기였지만, 작다고는 할 수 없었다. 넓은 거실에 센트럴파크가 보이는 천장 높이의 창이 있었다. 마지막 인테리어 공사를 스튜디오 54◇ 시절에 했었는지 황동과 스모크드 글라스◇◇로 꾸며져 있었다. 식당은 더 고풍스러웠고 앤티크 가구도 많았지만, 켜켜이 먼지가 쌓인 걸 보면 오랫동안 사용하지 않았던 것 같았다. 주방은 멜라민과 포마이카 가구로 꾸며져 있었고, 다용도실과 함께 네 개의 침실이 있었다. 안방은 욕실과 바깥쪽으로 제법 큰 드레스룸이 달려 있었다. 욕실들은 고프니

◇ 1970년대 뉴욕 맨해튼에 오픈했던 유명 나이트클럽.

◇◇ 유리를 그을린 것처럼 뿌옇게 착색시키는 공법.

크 부부의 아파트보다 훨씬 낡아서, 물이 예상치 않게 콸콸 흘렀다. 난 모르는 사람의 빈집에서 느껴지는 조용한 경외심을 안고서 집을 돌아보았다.

안방에 들어서자 숨이 멎었다. 세 벽과 한 벽의 절반이 옷으로 꽉 차 있었다. 선반마다 옷이 쌓여 있었고, 행거에 비닐을 씌운 천 옷걸이들이 걸려 있었다. 드레스룸은 색채와 패브릭의 향연이었다. 선반 위아래로 핸드백, 모자 상자, 구두가 잔뜩 있었다. 느릿느릿 돌면서 손끝으로 옷감을 매만지고, 가끔 멈춰 서서 옷소매를 가만히 몸에 대거나 옷걸이를 넘기면서 옷을 구경했다.

이 두 방만 그런 게 아니었다. 작은 퍼그가 의심하면서 쫓아다니는 가운데 다른 두 방에 들어가니 옷이 더 있었다. 냉방장치가 된 장롱에는 드레스, 바지 정장, 코트, 긴 목도리가 줄줄이 걸려 있었다. 옷마다 지방시, 비바, 해러즈, 메이시 같은 라벨이 붙어 있었다. 구두는 삭스 피프스 애비뉴와 샤넬 제품이었다. 나는 들어본 적 없는 다양한 브랜드가 있었다. 프랑스, 이탈리아, 심지어 러시아 브랜드까지. 여러 시대를 대표하는 스타일의 옷들이 가득했다. 단정한 재키 케네디풍의 풍성한 정장, 하늘하늘한 카프탄,◇ 어깨가 튀어나온 재킷. 상자들을 들여다보니 필박스 해트, 터번, 커다란 옥테 선글라스, 섬세한 진주 목걸이가 잔뜩 있었다. 특별히 정리되어 있지는 않았기에 나는 아무거나 꺼내서 얇은 포장 종이를 벗기고, 옷감을 만져보고 무게를 느꼈다. 오래된 향수의 케케묵은 냄새를 풍기

◇ 소매가 넓고 길며 앞자락이 깊이 트여 있는 터키의 전통 의상.

는 옷을 들어 올려보고 마름질과 재단에 감탄했다.

선반의 위쪽 공간에는 액자가 걸려 있었다. 의상 디자인인 스케치와 1950~1960년대의 잡지 표지들. 화려한 시프트드레스나 엄청나게 날씬한 셔츠드레스를 입은 깡마른 모델들이 환하게 웃고 있었다. 한 시간쯤 구경을 한 후에야 침대가 없는 걸 알아차렸다. 하지만 네 번째 방에는 있었다. 팽개친 옷들로 덮인 좁은 싱글 침대는 아마도 제작 연도가 1950년대까지 거슬러 올라갈 것 같았다. 호두나무 재질의 헤드보드가 있고, 옷장과 서랍장 세트가 있었다. 또 옷 가게의 피팅룸에서 볼 만한 단순한 행거가 네 개 더 있었다. 그 옆으로 모조 보석, 벨트, 스카프가 담긴 액세서리 상자가 쌓여 있었다. 나는 침대에 놓인 물건들을 조심스레 치우고 누웠다. 매트리스가 낡아 푹 꺼졌지만 상관없었다. 옷장에서 자라고 해도 마다하지 않을 판국이니까. 며칠 만에 처음으로 낙심에서 벗어났다.

적어도 그 하룻밤만큼은 동화 나라에 와 있었다.

다음 날 아침, 딘 마틴에게 먹이를 주고 산책을 시켰다. 5번가를 내려가는 내내 비딱하게 걷는 개에게 화내지 않으려고 마음을 다졌다. 딘 마틴은 범죄 행위라도 기다리는 듯 계속 날 주시했다. 부인의 귀염둥이가 줄곧 나를 경계하긴 해도 잘 지내고 있다고 부인을 안심시키고 싶어서 병원으로 향했다. 파르미지아노 레지아노◇를 갈아 넣고서야 아침밥을 먹게 할 수 있었다는 말은 하지 않을 작정이

◇ '이탈리아 치즈의 왕'이라는 별명으로도 불리는 고급 치즈.

었다.

병원에 도착하니 부인의 얼굴에 혈색이 돌고 있었다. 다행이었다. 화장과 머리 세팅을 하지 않아 묘하게 얼빠져 보였다. 손목이 골절되어 수술이 잡혀 있었고, '복합적 요인' 때문에 한 주 더 입원해야 한다고 했다. 내가 가족이 아닌 걸 알자, 의료진은 더 이상 밝히기를 거부했다.

"딘 마틴을 돌봐줄 수 있겠어?"

디윗 부인이 불안해서 일그러진 얼굴로 물었다. 그녀는 내가 돌아가면 개 걱정만 하는 게 분명했다. 그녀가 이어서 물었다.

"낮에 잠깐씩 딘 마틴을 들여다보는 정도는 고프니크 부부가 양해하겠지? 아속에게 딘 마틴의 산책을 부탁해도 되려나? 딘 마틴이 지독하게 외로울 거야. 나 없이 지내는 데 익숙하지 않거든."

디윗 부인에게 사실을 밝히는 게 현명할지 고심하던 참이었다. 하지만 최근 우리 건물에 워낙 비밀이 없는지라 모든 걸 공개하고 싶었다.

내가 말했다.

"디윗 부인, 드릴 말씀이 있는데요. 저…… 저는 이제 고프니크 댁에서 일하지 않아요. 해고당했어요."

그녀는 베개에 기댄 머리를 움직이더니 입에 붙지 않는 말을 하려는 듯 입술을 달싹였다.

"해고?"

나는 침을 삼켰다.

"그들은 제가 돈을 훔쳤다고 생각해요. 제가 드릴 수 있는 말은 그러지 않았다는 것뿐이에요. 그래도 말하는 게 옳을 것 같아요. 제 도움을 원하는지 원치 않는지 결정하셔야 되니까요."

"이런."

그녀가 힘없이 내뱉었다. 다시 같은 말을 되뇌었다.

"이런."

우리는 한동안 말없이 앉아 있었다.

그러다가 디윗 부인이 눈을 가늘게 떴다.

"하지만 진짜 그런 적은 없고?"

"네, 그렇습니다."

"다른 일자리는 있나?"

"아니요, 없어요. 일자리를 구하려고 애쓰는 중이에요."

그녀가 고개를 저었다.

"고프니크는 바보야. 지금 어디서 지내지?"

나는 눈을 돌렸다.

"어…… 제가…… 저, 사실 당장은 네이선의 방에서 지내고 있어요. 하지만 좋은 상황은 아니죠. 저희가…… 아시겠지만…… 사귀는 사이가 아니고요. 또 고프니크 부부가 모르기 때문에……."

"흠, 우리 둘 다에게 상당히 잘된 일 같구먼. 내 개를 돌봐주겠어? 구직 활동도 건너편이 아니라 내 쪽 복도에서 하라고. 내가 집에 갈 때까지만이라도 그럴 수 있겠어?"

"디윗 부인, 그러면 저야 좋죠."

난 미소를 감출 수가 없었다.

"물론 예전보다 더 잘 봐줘야 될 거야. 주의 사항을 적어주지, 딘 마틴이 아주 불안정할 테니."

"시키시는 대로 할게요."

"그리고 매일 와서 개의 안부를 알려줘야 해. 그게 아주 중요해."

"그럼요."

이렇게 결정되자 부인은 마음이 놓여 안정되는 듯했다.

"늙으면 고집만 세지지."

그녀가 중얼댔다. 누구 얘기인지 알 수가 없었다. 고프니크 씨를 얘기하는 건지, 부인 스스로를 얘기하는 건지, 딴사람 얘기인지. 부인이 잠들 때까지 기다렸다가 다시 아파트로 돌아갔다.

눈빛이 불량한, 의심 많고 괴팍한 여섯 살짜리 퍼그에게 한 주를 바쳤다. 하루에 네 번 산책을 시키고 파르메산 치즈를 갈아 넣어서 아침밥을 먹였다. 며칠이 지나자 개는 가는 데마다 쫓아와서 내가 흉악한 짓을 하기를 기다리듯 찡그리고 서 있는 습관을 버렸다. 대신 몇 발자국 떨어진 곳에 누워 가만가만 숨을 쉬었다. 여전히 개가 겁났지만 안쓰러운 마음도 있었다. 사랑하는 유일한 사람이 하루아침에 사라졌는데, 그녀가 곧 집에 돌아올 거라고 달래줄 방법이 없었다.

죄 짓는 기분을 느끼지 않고 건물에 있는 게 좋았다. 며칠 자리를 비웠던 아속은 여러 사건에 대해 듣자 충격받고 분개하더니 반가워했다.

"아이고, 루이자가 딘 마틴을 발견해서 다행이네요! 개가 밖에 나갔으면 아무도 부인이 쓰러진 걸 몰랐을 텐데!"

그가 몹시 떨면서 덧붙여 말했다.

"디윗 부인이 돌아오면 내가 매일 찾아가 봐야겠어요. 부인이 괜찮은지 확인하러."

우린 서로를 바라보았다.

"그게 부인을 가장 화나게 만들걸요."

내가 말했다.

"맞아요, 질색하실 테죠."

아숔은 이렇게 대답하고 하던 일로 돌아갔다.

네이선은 다시 방을 혼자 쓰게 된 걸 서운한 척했지만, 기다렸다는 듯이 내 짐을 옮겼다. 거리가 6미터도 안 되는데 내 '불편을 덜어주겠다'면서. 나를 확실히 내보내고 싶었던 것 같다. 그는 짐을 내려놓고 아파트를 둘러보다가 옷이 쌓인 벽을 쳐다보며 놀랐다.

그가 한탄했다.

"쓰레기가 한 짐이네! 세계 최대의 옥스팜◇ 상점이 따로 없군요. 휴, 노인이 쓰러져서 이런 집을 정리해야 된다면 집 정리 회사도 끔찍하겠어요."

나는 계속 웃으면서 태연하게 대했다.

네이선이 일라리아에게 소식을 전했다. 다음 날 그녀가 찾아와 부인의 안부를 물으며, 직접 구운 머핀 몇 개를 부인에게 전해달라고 당부했다.

"병원 음식이 속을 울렁거리게 만들거든요."

◇ 기증받은 중고품을 판매해서 빈민을 돕는 영국의 비영리 기구.

일라리아는 내 팔을 두드리면서 이렇게 말하고는 딘 마틴에게 물리기 전에 얼른 가버렸다.

복도 건너편에서 애그니스의 피아노 소리가 들렸다. 어떤 때는 아름다운 곡을 느긋하고 분위기 있게 쳤고, 어떤 때는 열정적이고 격정적인 곡을 연주했다. 여러 차례 디윗 부인이 절룩이며 건너와 화내면서 소음을 중단하라고 다그치던 기억이 났다. 부인이 간섭하지 않았는데도 이번 곡은 갑자기 뚝 끊겼다. 애그니스가 양손으로 건반을 쾅 내려친 것 같았다. 이따금은 언성을 높인 목소리가 들렸고, 그런 소리에 아드레날린이 솟구치지 않도록 적응하는 데 며칠이 걸렸다. 이제 그 사람들과 아무 상관이 없다고 자신을 달래야 했다.

한 번, 중앙 로비에서 고프니크 씨 앞을 지나쳤다. 그는 날 보지 않다가 뒤늦게 내가 거기 있는 게 못마땅하다는 몸짓을 했다. 난 고개를 똑바로 들고 딘 마틴의 목줄을 들어올렸다.

"디윗 부인을 도와서 개를 돌보는 중입니다."

최대한 품위 있게 말했다. 그는 딘 마틴을 힐끗 보더니 이를 악물고 내 말을 못 들은 듯이 몸을 돌렸다. 옆에서 마이클이 날 흘끔대다가 다시 휴대폰으로 눈을 돌렸다.

금요일 밤, 조시가 퇴근길에 포장 음식과 와인을 들고 찾아왔다. 여전히 양복 차림이었다. 한 주 내내 야근했다고 했다. 그는 동료와 승진을 놓고 경쟁 중이어서 하루 열네 시간씩 일했으며 토요일에도 출근할 예정이었다. 그가 아파트를 둘러보더니 실내장식을 보고 눈을 크게 떴다.

“흠, 개를 돌보는 일자리도 있다는 사실을 미처 염두에 두지 않았네요.”

딘 마틴이 의심하며 쫓아다니자 조시가 말했다. 그는 천천히 거실을 돌아다니면서 오닉스 재떨이와 풍만한 아프리카 여인상을 들었다가 내려놓았다. 벽마다 걸린 금색 액자 속 그림도 찬찬히 들여다보았다.

“나도 이 일을 너무 하고 싶었던 건 아니었어요. 하지만 이것도 괜찮아요.”

나는 개가 좋아할 만한 간식으로 딘 마틴을 안방으로 유인한 다음, 그가 진정할 때까지 거기 두었다.

“그래서 어떻게 지내요?”

“좀 나아졌어요.”

주방으로 가면서 대답했다. 지난주에 만났을 때처럼 칠칠치 못하고 가끔 취한 구직자보다는 나은 모습을 보여주고 싶었다. 그래서 흰 칼라와 소매가 달린 검은 샤넬 스타일 원피스를 입고, 초록색 모조 악어가죽 재질의 메리제인구두를 신은 다음 윤기 나도록 머리를 드라이해서 단정한 단발머리를 만들었다.

“흠, 귀여운 모습이네요.”

조시가 뒤따라오면서 말했다. 그는 와인과 음식이 든 봉투를 주방 조리대에 내려놓고, 내게 다가왔다. 너무 가까워서 그의 얼굴만 크게 보였다. 조시가 다시 말했다.

“노숙자도 아니고요. 좋아 보여요.”

"아무튼 당분간만이에요."

"그러면 조금 더 여기 있을 거라는 뜻인가요?"

"누가 알겠어요?"

그가 바로 내 앞에 있었다. 갑자기 지난주에 그의 목덜미에 얼굴을 묻은 기억이 몸으로 전해졌다.

"얼굴이 발그레하네요. 루이자 클라크."

"그거야 당신이 너무 가까이 있어서죠."

"나 때문이라고요?"

그가 목소리를 낮추고 눈썹을 치켜올렸다. 그러더니 한 걸음 다가와서 내 엉덩이 양옆의 조리대를 손으로 짚었다.

"그럴걸요."

기침하는 것처럼 말이 나왔다. 그가 입술로 내 입술을 누르고 키스했다. 조시가 키스하자, 난 조리대에 기댄 채 눈을 감고 그의 입에서 나는 박하 향을 맛봤다. 몸이 닿는 게 살짝 어색했고 내 손을 잡는 그의 손길이 낯설었다. 윌이 사고 전에 키스했으면 이런 느낌이었을지 궁금했다. 그러다 다시는 샘과 키스하지 못할 거라는 생각이 들었다. 좋은 사람과 키스하는 순간에 다른 남자들과 키스하는 생각을 하다니 나쁜 짓 같았다. 내가 머리를 약간 젖히자, 조시는 키스를 멈추고 무슨 의미인지 파악하려 내 눈을 응시했다.

내가 말했다.

"미안해요, 그냥…… 성급하다 싶어서요. 당신을 좋아하지만……."

"그 남자랑 헤어졌잖아요."

"샘이에요."

"진짜 멍청한 작자죠. 당신이랑 안 어울려요."

"조시……."

그가 이마를 앞으로 기울여 내 이마에 맞댔다. 난 그의 손을 놓지 않았다.

"아직도 모든 게 복잡하게 느껴져서요. 미안해요."

조시가 잠시 눈을 감더니 다시 떴다.

"내 입장에서 시간 낭비일지 말해줄래요?"

그가 물었다.

"시간 낭비는 아니에요. 다만…… 아직 2주도 안 됐어요."

"그 2주 동안 많은 일이 벌어졌죠."

"아, 그러니 앞으로 2주 후에 우리가 어디 있을지 누가 알겠어요?"

"방금 '우리'라고 했네요."

"그러게요."

조시는 만족스러운 듯 고개를 끄덕였다. 그러더니 혼잣말처럼 중얼댔다.

"저기, 난 우리를 느낄 수 있어요, 루이자 클라크. 이런 감정은 틀린 적 없거든요."

내가 대꾸할 새도 없이 그는 내 손을 놓고 찬장으로 다가가 여기저기 문을 열어 접시를 꺼냈다. 다시 몸을 돌렸을 때 조시는 환하게 웃고 있었다.

"어디 먹어볼까요?"

*

그날 저녁 조시를 잘 알게 되었다. 보스턴에서 자랐고, 야구를 했는데 반은 아일랜드 혈통인 사업가 아버지가 야구로는 장기적으로 안정된 수입을 얻을 수 없다며 포기하게 했다. 어머니는 변호사로 일하며 당시 여성들과는 다르게 일과 양육을 병행했다고 한다. 그리고 두 분은 은퇴한 뒤 집에서 같이 지내는 생활에 적응하는 중이었다. 그게 몹시 힘든 모양이었다.

"우리 가족은 행동파예요. 그래서 아버지는 벌써 골프 클럽에서 임원직을 차지했고, 어머니는 동네 고등학교에서 아이들을 멘토링하시죠. 두 분은 마주 보고 앉지 않을 수만 있다면 무슨 일이든 하세요."

형제가 둘 있고, 둘 다 형이었다. 큰 형은 매사추세츠주 헤이머스 외곽에서 벤츠 대리점을 운영했고, 작은 형은 내 동생처럼 회계사였다. 가족은 친하면서 경쟁적이었고 그는 괴롭힘을 당해 분한 막내답게 형들을 미워했다. 그러다 그들이 집을 떠나자 예상외로 늘 마음이 허전했고 형들을 그리워했다.

"어머니는 그게 내가 기준을 잃어버렸기 때문이라고 하셨어요. 내가 모든 걸 비교하고 판단하던 기준 말이죠."

두 형은 자리를 잡고 결혼해서 각각 두 아이를 키우고 있다. 가족은 휴가 때 모였으며 여름마다 낸터킷섬의 같은 숙소를 빌렸다. 십대 시절에는 휴가가 싫었지만 지금은 매년 점점 기대된다고 했다.

"참 좋아요. 아이들이 있고 다 같이 어울리고 보트를 타고……
당신도 와봐야 해요."

그는 태연하게 돼지고기가 든 만두를 더 먹으면서 말했다. 일이 뜻대로 풀리는 데 익숙한 사람답게 당당했다.

"가족 행사에요? 뉴욕에서는 다들 캐주얼한 데이트를 한단 생각이 드네요."

"아, 뭐 난 그렇게 지냈죠. 한데 난 뉴욕 출신은 아니에요."

그는 모든 일에 몰입하는 사람 같았다. 주당 100만 시간쯤 일하고 승진을 갈망하고 새벽 6시 전에 체육관에 갔다. 사내 야구팀에 소속돼 있고 어머니처럼 고등학교에서 멘토로 자원봉사를 할까 생각 중이라고 했다. 하지만 근무 일정 때문에 정기적으로 봉사하지 못할까 봐 염려했다. 조시는 아메리칸드림의 표본이었다. 열심히 일하면 성공하고, 성공한 후에는 되돌려주는 것. 나는 계속 그를 윌과 비교하지 않으려고 애썼다. 조시의 말을 듣자니 감탄스러우면서도 지치는 느낌이었다.

그가 허공에 자신의 미래를 그리듯 펼쳐 보였다. 빌리지의 아파트를 장만하고, 적정 수준의 보너스를 받을 수 있다면 햄프턴 지역에 주말 별장을 장만하고 보트를 갖고 싶어 했다. 아이들을 갖고 싶어 했고, 조기 은퇴를 원했다. 서른 살이 되기 전에 100만 달러를 벌고 싶다고 했다. 이런 이야기 끝에는 젓가락을 흔들면서 '당신도 와야 해요'나 '당신도 좋아할 거예요'로 마무리했다. 으쓱한 기분도 들었지만 예전의 내 미지근한 반응에 화나지 않았다는 뜻이라서 고마운 마음도 컸다.

조시는 새벽 5시에 일어날 예정이어서 10시 반에 일어났다. 우리는 현관 옆 복도에 섰다. 딘 마틴이 몇 걸음 옆에서 경계했다.

"개랑 병원으로 정신없겠지만 점심 약속을 잡을 수 있을까요?"

"저녁에 한번 볼 수 있을지도요."

"방금 영국식 억양이 맘에 드네요."

그가 내 말투를 흉내 내며 말했다.

"난 억양 같은 거 없어요. 당신이 있죠."

내가 대꾸했다.

"또 날 웃게 만드네. 날 웃게 하는 여자는 별로 없어요."

"어울리는 여자를 못 만나서 그런 거죠."

"아, 이제 만난 것 같은데요."

그는 말을 멈추더니 뭔가 하는 걸 참으려는 듯 하늘을 올려다보았다. 그러더니 서른 살 남녀가 문간에서 키스를 참다니 이상한 노릇임을 인정하는 것처럼 빙긋 웃었다. 그 미소가 효과를 발휘했다.

팔을 뻗어 그의 목덜미를 아주 가만히 만졌다. 그러다가 발끝으로 서서 키스했다. 끝난 일을 붙들고 살아봤자 소용없다고 속으로 중얼댔다. 특히 이전 몇 달간 상대를 만나지 못하고 거의 싱글로 지냈으니. 이제 나아갈 때라고 자신을 타일렀다.

조시는 망설이지 않았다. 같이 키스하면서 손으로 내 등을 천천히 쓰다듬어 내려가더니 벽으로 밀었다. 난 기분 좋게 그에게 갇혔다. 키스를 받으면서 생각을 멈추고 감각에만 집중했다. 그의 낯선 몸, 내가 알던 남자의 몸보다 가늘고 살짝 더 단단한 선, 내 입술에 닿는 그의 입술의 강렬함. 이렇게나 잘생긴 미국인이라니. 가빠오는 호흡에 잠시 키스를 멈추었을 때, 우리는 둘 다 서로에게 홀려 있었다.

"지금 가지 않으면……."

조시가 물러서면서 말했다. 그는 눈을 깜빡이면서 손을 들어 자기 목덜미를 잡았다.

나는 생긋 웃었다. 립스틱이 그의 얼굴에 묻었을 것 같았다.

"일찍 나가야 하잖아요. 내일 통화해요."

내가 현관문을 열자 그는 뺨에 마지막 키스를 하고 복도로 나갔다.

문을 닫자 딘 마틴이 여전히 선 채로 날 노려보고 있었다.

내가 말했다.

"뭐? 왜? 난 싱글이라고."

개는 못마땅해하며 고개를 숙이고 몸을 돌리더니 주방으로 향했다.

23.

From: BusyBee@gmail.com

To: MrandMrsBernardClark@yahoo.com

안녕, 엄마.

마리아의 생일에 포트넘 앤 메이슨◊에서 멋진 티타임을 가지셨다니 좋네요. 네, 비스킷 한 통 값이 '어마무시'하다는 데 동의하지만요. 엄마나 마리아나 집에서 구운 스콘이 그보다 맛있을걸요. 엄마 스콘은 아주 담백하니까요. 네, 극장의 화장실은 별로네요. 마리아가 화장실 관리원이니 그런 부분을 보는 눈이 예리하겠지요. 누군가 엄마의…… 위생 문제를 챙겨주니 다행이에요.

여기는 다 괜찮아요. 지금 뉴욕은 엄청나게 춥지만, 제가 모든 경우에 대비해서 잘 챙겨입는 걸 아시죠? 일과 관련해 몇 가지 문제가 있는데 통화할 즈음에는 다 정리되리라 믿어요. 그리고 네, 샘 부분에 대한 건 다 괜찮아요. 이런저런 일 중 하나인걸요.

◊ 영국의 고급 차 브랜드. 상점 안에 티 룸도 있다.

할아버지 소식은 속상하네요. 상태가 호전되셔서 엄마가 다시 야간 수업을 시작하실 수 있으면 좋겠어요.

모두 보고 싶어요, 무척.

사랑을 듬뿍 담아

루 xx

PS. 당장은 이메일이나 편지를 보내려면 네이선을 통하는 게 좋겠어요. 우편배달에 문제가 생겨서요.

열흘 후 디윗 부인은 퇴원했다. 마른 체구라서 오른손 깁스가 둔해 보였다. 그녀는 낯선 햇빛 속에서 눈을 가늘게 떴다. 부인을 택시에 태워 집에 데려왔다. 아속이 인도로 나와서 부인이 천천히 계단을 오르게 부축했다. 처음으로 그녀는 아속에게 불평하거나 저리 가라고 쏘아붙이지 않고 균형감각이 없는 사람처럼 느리게 걸었다. 나는 부인이 요구한 옷을 병원에 가져갔었다. 1970년대 셀린느 하늘색 바지 정장, 연노랑 블라우스, 연분홍색 모직 베레모, 화장대 위의 화장품 몇 가지. 병상 옆에 앉아 부인의 화장을 도왔다. 그녀는 왼손으로 화장하려니 아침 식사에 사이드카◇를 석 잔 마신 사람처럼 보인다고 말했다.

딘 마틴은 좋아서 펄쩍펄쩍 뛰면서 주인의 발을 킁킁댔다. 그녀를 올려다보더니 내게 가보라는 눈길을 던졌다. 우리, 그러니까 개랑 나는 휴전 상태에 접어든 참이었다. 매일 저녁 개는 밥을 먹고

◇ 브랜디를 베이스로 한 칵테일의 일종.

내 무릎에 올라와 웅크려 앉았다. 내가 목줄을 챙길 때마다 작은 꼬리를 흔드는 걸 보면 더 빨리 성큼성큼 걷는 나와의 산책을 즐기게 된 것 같았다.

디윗 부인은 개를 보자 좋아 죽으려 했다. '좋아 죽는다'는 게 개를 제대로 관리하지 않았다고 불평하는 거라면. 그리고 열두 시간이 지나기도 전에 개의 체중이 늘었다고 했다가 줄었다고 하고, 무능력자에게 맡겨서 미안하다고 연신 개에게 사과하는 거라면.

"가여운 내 아기. 모르는 사람에게 널 맡겼지? 그랬지? 그런데 그 사람이 널 제대로 보살피지 못했어? 괜찮아. 이제 엄마가 집에 왔으니까 다 괜찮아."

디윗 부인은 집에 돌아오니 기쁜 기색이 완연했지만 난 초조하지 않았다고 말하기는 어렵겠다. 그녀가 복용할 약은 미국 기준으로도 엄청나게 많아 보였다. 골다공증이라도 걸렸는지 의심스러웠다. 손목 골절치고는 과다한 양이었다. 그 말을 듣자 트리나는 영국이라면 진통제 두어 알 처방해 주고 무거운 물건을 들지 말라고 말하는 정도였을 거라면서 깔깔댔다.

하지만 내가 보기에 부인은 입원 기간에 더 허약해졌다. 안색이 창백했고 연신 기침을 하는 바람에 몸에 붙는 옷이 여기저기가 벌어졌다. 내가 맥앤드치즈를 만들어주니, 그녀는 서너 번 먹고는 맛있지만 더 못 먹겠다고 말했다.

"끔찍한 곳에서 위가 쪼그라들었는지 원. 병원 음식이 형편없어서 위가 저절로 닫혔나?"

그녀가 집에 적응하는 데 한나절쯤 걸렸다. 느릿느릿 방마다 다니면서 모든 게 있어야 될 곳에 있는지 살피고 안도했다. 난 도둑맞은 것은 없는지 확인하는 게 아니라고 믿으려 애썼다. 마침내 그녀는 천을 씌운 높은 의자에 앉아서 가볍게 한숨을 내쉬었다.

"집에 오니 얼마나 좋은지 이루 말할 수가 없군."

그녀는 집에 못 올 거라고 얼마간 각오했던 것처럼 말했다. 그러더니 꾸벅꾸벅 졸았다. 난 할아버지 생각을 백 번쯤 했다. 엄마가 보살펴 드리니 할아버지는 얼마나 복받았는지.

너무 허약해진 디윗 부인은 혼자 지내기 어려웠기에 날 내보내려고 서둘지 않았다. 의논하지는 않았지만 난 그냥 그곳에 머물렀다. 부인이 씻고 옷 입는 것을 거들고 식사를 준비했다. 또 적어도 첫 주에는 하루 몇 번씩 딘 마틴을 산책시켰다. 주말이 가까워지면서 부인은 네 번째 침실에 내가 쓸 작은 공간을 만들어주었다. 한 번에 조금씩 책과 옷가지를 옮기자 제법 쓸 만한 협탁이나 물건을 둘 선반이 생겼다. 나는 손님용 욕실을 차지해서 대청소를 하고 수도에서 맑은 물이 나올 때까지 물을 흘려보냈다. 이후에는 부인의 시력이 약해져 놓치기 시작한 욕실과 주방 구석구석을 청소하기 시작했다.

진료 예약이 있으면 부인을 병원에 데려갔고 부인의 이름을 부를 때까지 딘 마틴과 밖에서 기다렸다. 그녀의 단골 미용사에게 예약을 했고 가는 은발이 예전처럼 말끔한 웨이브가 될 때까지 옆에서 기다렸다. 머리를 손질하는 소소한 일이 병원 처방보다 회복에 효과적인 듯했다. 그녀가 화장하는 것을 도왔으며 여러 가지 안경을 앞에 놔주었다. 부인은 좋아하는 손님에게 하듯 조용하지만 확실하게 내 도움에 감사를 표했다.

오랜 세월 혼자 산 부인에게는 혼자만의 공간이 필요할 것 같았다. 그래서 난 자주 몇 시간씩 외출해 도서관에 가서 일자리를 검색했다. 하지만 전처럼 급하지 않았다. 사실 딱히 하고 싶은 일도 없었다. 돌아가면 디윗 부인은 자거나 텔레비전 앞에 앉아 있었다. 그녀는 똑바로 앉으면서 마치 대화 중이었던 것처럼 말했다.

"아, 루이자. 어디 갔는지 궁금하던 참이야. 미안하지만 딘 마틴을 가볍게 산책시켜 주겠어? 녀석이 좀 시무룩해 보여서……."

토요일마다 미나와 도서관 시위에 나갔다. 시위 인원이 많이 줄었다. 도서관의 미래는 대중의 지지뿐 아니라 시민 기금으로 법적 이의를 제기할 수 있는가에 달려 있었는데, 아무도 거기 큰 희망을 걸지 않는 듯했다. 매주 추위가 누그러졌다. 우리는 서서 구겨진 손팻말을 흔들고 이웃과 동네 가게에서 제공하는 따뜻한 음료와 간식을 고맙게 받았다. 난 낯익은 얼굴을 찾게 되었다. 처음 참석했을 때 만난 노부인 마르티네는 포옹과 환한 미소로 맞아주었다. 경비원, 파코라를 가져오는 부인, 머릿결이 고운 사서 등 몇 사람은 손을 흔들거나 "안녕하세요?"라고 인사했다. 견장이 찢어진 외투를 입은 노인은 다신 못 만났다.

디윗 부인의 아파트에서 지낸 지 13일째 되던 날, 애그니스와 마주쳤다. 옆집인 걸 감안하면 더 일찍 만나지 않은 게 놀라웠다. 그날은 비가 많이 내려서 디윗 부인의 낡은 우비를 빌려 입었다. 1970년대의 노란색과 오렌지색 비닐에 원색의 둥근 꽃들이 그려진 우비였다. 부인이 딘 마틴에게 입힌 뾰족한 후드가 달린 방수 코트는 볼 때마다 코웃음이 났다. 우린 복도를 달렸다. 비닐 후드를 쓴 둥근 얼굴을 보고 난 키득거렸다. 그때 엘리베이터 문이 열리고 애그니스가 나왔다. 나는 웃음을 멈추었다. 머리를 바싹 당겨 묶은 젊은 여성이 아이패드를 들고 뒤쫓아 나왔다. 애그니스는 멈춰 서서 날 응시했다. 얼굴에 알 수 없는 표정이 떠올랐다. 어색해하는 건지, 무언의 사과를 하는 건지, 여기 있는 나를 보자 분노가 치밀어 억제하는 건지 가늠이 되지 않았다. 눈이 마주치자 애그니스는 말을 하려는 듯 입을 벌리려다가 꾹 다물었다. 그러더니 나를 아예 못 본 것처럼 금발을 찰랑이며 지나갔다. 그 뒤를 젊은 여성이 바싹 쫓아갔다.

현관문이 쾅 닫히는 광경을 지켜보며 서 있었다. 연인에게 외면당한 것처럼 뺨이 달아올랐다.

라멘집에서 둘이 웃던 기억이 얼핏 떠올랐다.

'우린 친구야, 그렇지?'

심호흡을 크게 하고 개를 불러 목줄을 매고 빗속으로 향했다.

결국 급여를 받는 일자리를 제안한 사람은 빈티지 의상실 엠포륨의 자매들이었다. 플로리다에서 온 물품 컨테이너가 옷장 몇 개를 채우고도 남을 분량이었다. 상품으로 내놓기 전에 일일이 검수할 일손이 더 필요했다. 4월 말에 열릴 빈티지 의류 페어를 앞두고 없어진 단추를 달고, 모든 옷이 세탁되어 스팀다리미로 다려진 상태인지 확인해야 했다. 상쾌한 냄새가 나지 않는 물품은 대부분 반

납했다. 최저임금이었지만 좋은 사람들과 공짜 커피가 있었고, 옷을 살 때 20퍼센트를 할인받을 수 있었다. 거처가 불안해지면서 옷을 사고 싶다는 욕구가 줄었지만 난 반갑게 '좋다'고 대답했다. 디윗 부인이 블록 끝까지 딘 마틴을 산책시킬 만큼 회복하자, 난 매주 화요일 오전 10시에 가게에 가서 종일 뒷방에서 세탁하고 바느질했다. 그리고 이곳에 와서 담배를 피우는 자매와 수다를 떨었는데, 그들은 15분마다 오는 것 같았다.

마곳(이제 디윗 부인이라는 호칭은 금지였다. "아니, 그러니까 지금 내 집에서 살고 있잖아요.")은 새로 맡은 역할을 신중하게 듣더니 옷 수선에 어떤 재료를 쓰냐고 물었다. 큰 비닐봉지에 중고 단추와 지퍼가 담겨 있지만, 뒤죽박죽 섞여 있어서 짝을 못 찾기 일쑤며 같은 단추가 세 개가 안 된다고 설명했다. 마곳은 의자에서 무겁게 일어나더니 따라오라고 손짓했다. 요즘 나는 그녀 뒤에 바싹 붙어 걸었다. 보행이 완전히 안정되지 않아서 마곳은 화물이 불균형하게 실린 배가 높은 파도를 지날 때처럼 자주 한쪽으로 쏠렸다. 그래서 그녀는 안전하게 벽을 잡고 걸었다.

"그 침대 밑을 봐. 아니, 거기. 상자가 두 개 있지? 그거야."

나는 무릎을 꿇고 무거운 나무함 두 개를 끌어냈다. 뚜껑을 여니 단추, 지퍼, 테이프, 수술 등이 꽉꽉 담겨 있었다. 후크 세트처럼 옷을 여미는 각종 부속품이 분류되어 라벨이 붙어 있었고 황동으로 된 해군 단추며 실크와 뼈와 거북이 등껍질로 만들어진 작은 중국식 단추가 마분지에 붙어 있었다. 솜을 넣은 뚜껑에 핀과 여러 크기의 바늘이 줄줄이 꽂혀 있었다. 각종 견사가 감긴 작은 실패까지 들어 있었다. 손끝으로 경건하게 만져보았다.

"열네 살 생일에 받은 선물이야. 조부님이 홍콩에서 배로 부쳐오게 했지. 수선 재료가 부족하면 이 상자를 뒤져봐. 안 입는 옷에서 단추와 지퍼를 떼서 보관해 뒀거든. 예쁜 옷에서 단추가 떨어졌는데 같은 걸 구할 수 없을 때는 여기서 세트를 찾아 대신 달 수 있었지."

"하지만 필요하시지 않겠어요?"

마곳은 다치지 않은 손을 저었다.

"아이고. 이제 손이 둔해져서 바느질을 못 해. 단추도 못 채우기 일쑤인걸. 또 요즘 사람들은 단추와 지퍼를 수선하지 않은 채 옷을 쓰레기통에 던져 넣고 할인점에서 흉한 옷을 사들이지. 이 부자재들을 쓰도록 해. 이것들이 쓸모가 있다면 난 흐뭇할 테니."

운이 따르기도 했고 의도한 바도 있어서 이제 좋아하는 두 가지 일을 하게 되었다. 거기서 만족감을 얻었다. 화요일 저녁마다 체크무늬 비닐 가방에 옷 몇 점을 담아서 집에 왔다. 마곳이 졸거나 텔레비전을 보는 사이 난 조심조심 옷에서 단추를 뜯어내고 새 단추 한 벌을 달았다. 나중에는 마곳의 인정을 받으려고 수선한 옷을 들어 보여주었다.

그녀는 「휠 오브 포천」[◇]을 시청하다가 내가 꿰맨 부분을 보면서 말했다.

◇ 1983년에 첫 방송을 시작한 미국의 대표적인 공중파 퀴즈쇼.

"바느질 솜씨가 얌전하네. 다른 일처럼 형편없을 줄 알았는데."

"학교 다닐 때 유일하게 잘하는 과목이 수예였거든요."

무릎의 주름을 펴고 재킷을 다시 접을 채비를 하면서 대답했다.

"나도 그랬는데. 열세 살 즈음에는 내 옷을 다 만들어 입었지. 어머니가 패턴 재단 방법을 가르쳐준 게 다였는데 끊임없이 옷을 만들었었어. 패션에 푹 빠져서."

"어떤 일을 하셨어요, 마곳?"

나는 바느질감을 내려놓았다.

"《레이디스 룩》이라는 패션잡지의 편집자였어. 지금은 없는 잡지야. 1990년대까지 버티지 못하고 폐간됐지. 하지만 우린 30년 이상 발행됐고 그 기간 내내 난 그곳에서 일했어."

"액자에 든 잡지인가요? 벽에 걸린?"

"맞아. 내 맘에 든 표지들이야. 내가 좀 감상적이어서 몇 가지 보관했어."

그녀가 잠깐 부드러운 표정으로 고개를 기울이며 내게 신뢰하는 눈빛을 던졌다. 마곳이 말을 이었다.

"그 시절에는 대단한 일이었다고. 그 잡지사는 여자가 임원을 맡는 것을 별로 좋아하지 않았어. 패션 부문을 맡고 있던 남자가 정말 끔찍했지. 다만 편집장 앨드리지 씨는 훌륭한 분이었어. 그는 양말에 멜빵을 매고 다니는 구닥다리에게 요즘 젊은 여자들한테 유행이 뭔지 떠들게 해선 안 된다고 말했지. 그가 내 감각을 높이 사주었고, 날 그 자리에 앉히셨어. 그렇게 일이 시작된 거야."

"그래서 아름다운 의상을 그렇게 많이 갖고 계시네요."

"뭐, 난 부자랑 결혼하진 않았으니까."

"결혼을 하시긴 했네요?"

마곳은 눈을 내리깔고 무릎에 붙은 뭔가를 만지작거렸다.

"이런, 궁금한 것도 많군. 그래, 했지. 좋은 사람이었어. 테렌스라고 출판계에서 일하던 사람이었어. 그런데 1962년에 세상을 떠났어. 결혼한 지 3년 만에. 내게 결혼 생활은 그걸로 끝이었어."

"자녀는 원치 않으셨어요?"

"아들이 하나 있지, 하지만 남편의 아이는 아니야. 알고 싶었던 게 그건가?"

나는 얼굴을 붉혔다.

"아뇨. 그런 뜻이 아니고요. 저는…… 아휴…… 자녀가 있다는 것은…… 그러니까……."

"에둘러 말할 것 없어, 루이자. 난 남편을 애도하던 중 부적절한 사람과 사랑에 빠졌고 임신했어. 아기를 낳았지만 그게 소란을 일으켰어. 결국 내 부모님이 웨스트체스터에서 아이를 키우는 게 모두에게 좋다고 결론지었지."

"지금 아드님은 어디서 지내고 계신가요?"

"여전히 웨스트체스터에 살아. 내가 아는 한은 그래."

나는 눈을 깜빡였다.

"아드님을 만나지는 않으세요?"

"아, 전에는 만났지. 아들의 어린 시절 내내 주말과 휴가 때마다 만났어. 그런데 아들은 사춘기에 접어들면서 내가 자신이 생각하는 엄마가 아니라는 점에 점점 분개하더군. 난 선택을 해야 했어. 그

시절에는 결혼하거나 자녀가 생기면 직업을 갖는 게 흔치 않았거든. 난 일을 선택했고. 솔직히 일이 없으면 죽은 거나 마찬가지라고 느꼈으니까. 상사인 프랭크가 지지해 주기도 했고."

그녀는 한숨을 쉬더니 덧붙여 말했다.

"불행하게도 아들은 날 용서하지 않았네."

긴 침묵이 흘렀다.

"너무 속상하네요."

"그래, 나도 마찬가지야. 하지만 이미 벌어진 일을 마음에 두고 산들 무슨 소용이야."

그녀가 기침을 해서 물을 따라 주었다. 마곳이 협탁에 놓인 약병을 가리켰고 난 그녀가 약을 먹는 동안 기다렸다. 그녀는 깃털을 곤두세웠던 암탉처럼 안정을 되찾았다.

"아드님 이름이 뭔데요?"

마곳이 진정하자 내가 물었다.

"질문 공세군…… 프랭크 주니어."

"그러면 아버지는……."

"잡지사의 상사였어. 그래, 프랭크 앨드리, 나보다 훨씬 연상인데다 기혼자였지. 그 사실도 아들의 부아를 돋웠을 거야. 학교에 다니면서 무척 힘들어했어. 당시 사람들은 요즘이랑 달랐으니까."

"마지막으로 연락한 게 언제였어요? 아드님 말이에요."

"그때가…… 1987년. 아들이 결혼한 해였어. 나중에야 결혼 사실을 알고 아들에게 결혼식에 초대받지 못해 너무 섭섭하다고 편지를 보냈지. 그랬더니 아들은 내가 삶에 관여할 권리가 없어진 지 오래라며 분명하게 대답하더라고."

우리는 한참 침묵했다. 마곳의 얼굴이 평온하기 이를 데 없어서 그녀가 무슨 생각을 하고 있는 건지, 아니면 그냥 텔레비전을 보는지 가늠할 수가 없었다. 무슨 말을 해야 될지 몰랐다. 그렇게 큰 상처를 보듬을 말을 선택할 수가 없었다. 그런데 그때 마곳이 내게 고개를 돌렸다.

"그게 다였어. 두어 해 지나 어머니가 돌아가셔서 난 아들과 연결될 마지막 끈을 잃고 말았지. 가끔 아들 안부가 궁금해. 살아 있다면 어떻게 지내는지, 아이는 있는지, 한동안 편지를 보냈지. 하지만 세월이 흐르면서 그 일을 담담하게 받아들이게 됐어. 당연하게도 아들의 말이 옳아. 아이 인생에 관여할 어떤 권리도 내겐 없었어."

"하지만 마곳의 아들이잖아요."

내가 속삭였다.

"그건 맞지만 내가 엄마답게 처신하지 않았는걸. 그렇지?"

그녀가 불안정하게 숨을 쉬고 다시 말했다.

"난 제법 괜찮은 인생을 살아왔어, 루이자. 일을 사랑했고 멋진 사람들과 일했어. 파리, 밀라노, 베를린, 런던까지, 또래 여자들보다 훨씬 많은 곳을 다녔지……. 근사한 아파트와 출중한 친구들을 얻었고. 내 걱정은 말아. 여자들이 다 가질 수 있다는 말은 헛소리야. 우린 결코 그러지 못했고 앞으로도 마찬가지일 거야. 여자들은 늘 어려운 선택을 해야만 해. 하지만 말이지. 사랑하는 일을 한다는 건 그 자체로 꽤 괜찮은 위로가 되지."

우린 이 말을 곱씹으면서 조용히 앉아 있었다. 그러다가 마곳이 무릎에 손을 내려놓았다.

"저기, 욕실까지 부축해 주겠어? 너무 고단해서 잠자리에 들어야겠네."

그날 밤, 마곳의 사연을 곱씹으며 잠 못 이뤘다. 그리고 애그니스를 떠올렸다. 지척에 살면서 특별한 슬픔을 품고 사는 이 두 여인은, 다른 세계에 살았다면 서로에게 위로가 되었을 것 같았다. 여성은, 목표가 낮으면 모를까 어떤 인생을 선택하든 큰 대가를 치른다는 사실에 대해 생각했다. 그거야 나도 이미 알고 있지 않던가. 여기 오면서 막대한 대가를 치른 것을.

한밤중에 자주 윌의 목소리를 떠올렸다. 그는 어이없게 청승 떨지 말고 성취한 것들을 생각해 보라고 말했다. 어둠 속에 누워서 내가 이룬 성취를 꼽아보았다. 적어도 당분간은 거처가 있었다. 급여가 나오는 일자리가 있었다. 여전히 뉴욕에 있고 친구들 곁에서 지냈다. 어떤 결말을 맞을지 궁금하긴 해도 새로 연애를 시작했다. 다시 기회가 온다면 이전과 다르게 선택할 거라고 말할 수 있을까?

하지만 마침내 잠에 빠질 때 뇌리에 남은 사람은 옆방에서 잠든 노부인이었다.

조시의 집 선반에는 스포츠 트로피가 열네 개 있었다. 그중 아메리칸풋볼, 야구, 육상, 철자 맞춤법 대회에서 탄 네 개의 유년부 트로피는 내 머리통만 했다. 전에도 온 적 있었지만 지금은 정신이 맑았고 시간적 여유도 있어서 주위를 둘러보고 그가 이룬 성취의 정도를 확인할 수 있었다. 승리한 순간을 기록한 사진 속에 운동복 차림으로 팀원들과 어깨동무를 하고 이를 드러내고 웃는 그가 있었다. 패트릭과 그의 아파트에 걸린 다양한 자격증이 떠올랐다. 남자는 늘 꼬리를 반짝이는 공작새처럼 성과를 드러내야만 하는 존재일까?

조시가 전화기를 내려놓자 난 얼른 일어났다.

"음식을 배달시켰어요. 회사 업무가 많아서 다른 일은 제대로 할 시간이 없네요. 하지만 여기는 남쪽 코리아타운에서 한식을 가장 잘하는 식당이에요."

"난 상관없어요."

내가 말했다. 한국 음식을 접한 적이 없어서 판단할 근거가 없었다. 그를 만난다는 기대감을 즐길 따름이었다. 남행 지하철을 타러 가면서 시베리아 바람이나 쌓인 눈이나 찬비가 퍼붓지 않는 시내를 걷는 새로움을 만끽했다.

조시의 아파트는 그의 표현처럼 토끼 굴이 아니었다. 토끼가 리모델링한 아파트로 이사하기로 결정한 게 아니라면. 전에는 화가의 스튜디오가 많았지만 현재는 마크제이콥스 매장 네 곳이 진을 친 지역이었다. 수공예 보석 가게, 커피 전문점, 이어폰을 낀 남자들이 문을 지키는 부티크가 많았다. 사방에 흰 벽이 세워져 있었으며 마룻바닥은 참나무 재질이었다. 현대적인 대리석 테이블과 꺼진 가죽 소파가 있었다. 장식품과 가구 몇 점은 대충 봐도 신중하게 골라서 다양한 경로로 입수한 듯했다. 아마도 인테리어 디자이너의 안목이겠지.

조시가 내게 꽃을 주었다. 히아신스와 프리지어로 만든 예쁜 꽃다발이었다.

내가 물었다.

"왜 주는 거예요?"

그는 어깨를 으쓱하고 나를 안으로 밀어 넣었다.

"그냥 퇴근해서 집에 오다가 봤는데 당신이 좋아할 것 같았어요."

"와, 고마워요."

나는 숨을 깊게 들이쉬어 향기를 맡은 후 말을 이었다.

"근래 내게 일어난 일 중 가장 근사하네요."

"꽃이요? 아님 나요?"

조시가 한쪽 눈썹을 치켜올렸다.

"뭐, 당신도 제법 근사한걸요."

그가 고개를 떨구었다.

내가 다시 말했다.

"당신은 놀라운 사람이죠. 꽃도 맘에 들어요."

그가 활짝 웃고 나에게 키스한 다음 물러나면서 상냥하게 말했다.

"음, 당신은 오랫동안 내게 일어난 일 중 가장 근사해요. 당신을 오래 기다렸어요, 루이자."

"우린 겨우 10월에 만난걸요."

"아. 하지만 우린 원하는 건 바로 얻어야 하는 시대에 살아요. 또 원하는 게 있으면 이미 어제 그걸 손에 넣은 도시에 살고요."

조시가 날 뜨겁게 원하는 갈망은 묘한 효과를 발휘했다. 내가 뭘 했다고 그런 마음을 받는지 알 수 없었다. 나의 어떤 점이 좋은지 묻고 싶었지만 안달 난 사람으로 보일까 봐 다른 방법으로 알아내야 했다.

"데이트한 여자들 얘기 좀 해봐요. 어떤 사람들이었어요?"

난 소파에 앉아서 말했다. 조시는 작은 부엌에서 접시, 포크, 잔을 챙겼다.

"틴더◊로 만난 사람들 빼고요? 똑똑하고 예쁘고 보통은 성공한 사람들이었죠……."

그가 몸을 굽혀 천장 안쪽에서 피시 소스를 꺼내면서 말을 이었다.

"하지만 솔직하게 말하면 자아도취가 심한 사람들이었어요. 완벽하게 화장한 얼굴만 보여준다거나 헤어스타일이 정돈되지 않으면 화를 내거나. 끝없이 인스타그램에 올릴 사진을 찍거나, 소셜미디어 안에서 최고로 보여야 되는 사람들이죠. 나와의 데이트도 포함해서. 경계심을 못 푸는 것 같더라고요."

소스 병들을 들고 허리를 편 조시가 다시 물었다.

"칠리소스 좋아해요? 아님 간장? 매일 내 기상 시간을 확인해서 30분 일찍 알람을 맞춰놓고는 머리를 다듬고 화장을 하던 상대도 있었어요. 난 늘 완벽한 모습만 보는 거예요. 4시 반에 일어나야 되는데도 그러더라고요."

"그렇군요. 미리 경고하는데 난 그런 여자가 아니에요."

"그거야 알죠, 루이자. 내가 침대에 눕혀봤거든요."

난 구두를 벗어 던지고 책상다리로 앉았다.

◊ 온라인 데이팅 앱.

"그런 노력을 하다니 대단하네요."

"맞아요. 그런데 상대를 지치게 할 수도 있죠. 그런 사람은…… 도무지 속을 알 수 없거든요. 솔직히 당신은 빤히 드러나요. 있는 그대로."

"칭찬으로 받아들여야겠죠?"

"그럼요. 당신은 내가 자라면서 봐온 여자애들 같아요. 정직해요."

"고프니크 부부는 그렇게 생각하지 않아요."

"망할 작자들. 저기, 그 일을 생각 중이에요. 당신은 그들이 말하는 짓을 하지 않았다고 증명할 수 있어요, 그렇죠? 그러면 부당 해고와 명예훼손으로 고소해야 돼요. 감정을 상하게 했고……."

조시가 평소와 달리 날카롭게 쏘아붙였다.

난 고개를 저었다.

"진지한 얘기예요. 고프니크는 업계에서 점잖고 전통적인 신사라는 명성을 이용해서 늘 자선사업을 하죠. 그러면서 아무것도 아닌 일로 당신을 해고했어요, 루이자. 당신은 경고도, 보상도 없이 직장과 집을 잃었어요."

"그는 내가 도둑질했다고 생각하니까요."

"네, 하지만 본인의 조치가 정당하지 않다는 걸 분명히 알았을 거예요. 그게 아니면 경찰에 신고했겠죠. 상대가 고프니크이니 성공보수만 받는 조건으로 수임할 변호사가 있을 거예요."

"정말이에요. 난 괜찮아요. 소송은 내 방식이 아니에요."

"네, 그래요. 당신은 너무 좋은 사람이에요. 이런 점은 영국인답죠."

초인종이 울렸다. 조시는 이 대화를 계속해야 된다는 듯 손가락을 들어 보였다. 좁은 복도로 나간 그가 배달원에게 돈을 치르는 소리가 들리자, 나는 작은 식탁에 상을 마저 차렸다.

그가 봉투를 들고 주방으로 들어오며 말했다.

"이거 알아요? 당신이 증거를 갖고 있지 않아도 고프니크는 이 사건이 대서특필되는 걸 막기 위해서라면 상당액을 지불할 거예요. 그 돈으로 할 수 있는 일을 생각해 봐요. 두어 주 전만 해도 남의 방바닥에서 잤잖아요."

나는 네이선과 한 침대에서 같이 잤다는 말은 하지 않았다.

"상당한 액수의 임대보증금이 생길걸요. 아니, 실력 있는 변호사를 고용하면 아파트를 살 수도 있을 거예요. 고프니크가 얼마나 돈이 많은지 알아요? 어마어마한 거부라고요. 엄청난 부자가 많은 도시에서도 발군이죠."

"조시, 좋은 뜻으로 해주는 말인 줄 알지만 다 잊고 싶어요."

"루이자, 당신은……."

나는 손을 식탁에 올리고 대답했다.

"됐어요. 아무도 고소하지 않을 거예요."

그는 한참 기다렸다. 더 밀어붙이지 못하는 자신의 무능에 실망한 듯했다. 그러다가 어깨를 으쓱하더니 빙긋 웃고 말했다.

"알았어요……. 자, 밥 먹어요. 알레르기 같은 건 없죠? 닭고기를 먹어봐요. 여기요……. 가지 좋아해요? 이 가지 고추 요리가 기가 막혀요."

*

그날 밤 조시와 잤다. 난 취하지도 않았고 허약한 상태도 아니었다. 그를 안고 싶은 욕망으로 숨이 막히지도 않았다. 그저 다시 삶이 정상이라고 느끼고 싶었던 것 같다. 밤늦도록 먹고 마시고 대화하면서 웃었다. 그가 커튼을 치고 조도를 낮추는 것도 모두 자연스러운 과정 같았다. 아무튼 그러지 않을 이유를 떠올릴 수가 없었다. 조시는 정말 멋졌다. 피부에 뾰루지 하나 보이지 않았고 광대가 돌출되지도 않았다. 보드라운 갈색 머리는 긴 겨울이 지났는데도 살짝살짝 금색으로 빛났다. 우린 소파에서 키스했다. 부드럽게 하다가 점점 격렬해졌고, 그가 셔츠를 벗자 나도 셔츠를 벗었다. 이런저런 생각을 밀어내고 이 멋지고 매력적인 남자에게, 뉴욕의 왕자에게 몰두하려 애썼다. 멀리 있지만 위안을 주는 친구처럼 내 안에서 욕망이 서서히 커졌다. 결국 모든 걸 밀어내고 몸에 밀착되는 그에게만 몰두할 수 있었다. 그러다가 내 안에서 그가 느껴졌다.

나중에 조시는 부드럽게 키스하고 행복하냐고 묻더니 자야겠다고 중얼댔다. 나는 그대로 누워서 눈가에 흐르는 알 수 없는 눈물을 무시하려 했다.

윌이 내게 뭐라고 했더라? 기회가 오면 붙잡아야 한다고 했지. 눈앞에 다가온 것들을 외면하지 말고, 기꺼이 "좋다"고 말할 수 있는 사람이 되어야 한다고. 조시를 거절했다면 영원히 후회하지 않았을까?

낯선 침대에서 가만히 몸을 돌려 잠든 그의 옆모습을 바라보았다. 완벽하게 뻗은 콧날, 윌과 꼭 닮은 입매. 윌이 조시를 흡족해했을 점들을 떠올렸다. 둘이 어울려 농담하고 경쟁적으로 위트 넘치는 우스개를 던지는 장면이 그려졌다. 둘은 친구가 됐으리라. 아니면 적수가. 두 사람은 거의 똑같으니까.

어쩌면 이 남자와 만날 운명이었다고 생각했다. 이상하고 불안정한 경로를 거치긴 했지만 어쩌면 그는 내게 돌아온 윌일 수도 있었다. 이런 생각을 하면서 눈물을 닦고 잠시 선잠이 들었다.

24.

From: BusyBee@gmail.com

To: KatClark!@yahoo.com

트리나에게

네가 너무 성급하다고 생각하는 걸 알아. 하지만 월한테 뭘 배웠더라? 인생은 한 번뿐이라는 거. 맞지? 넌 에디랑 행복하지? 그런데 왜 난 행복해지면 안 되지? 그를 만나보면 이해될 거야. 장담해.

조시는 이런 사람이야. 어제 날 브루클린에서 가장 좋은 서점에 데려가서 내가 좋아할 것 같은 문고판 소설을 한 아름 사줬어. 그런 다음 점심시간이 되자 이스트 46가에 있는 고급 멕시칸 레스토랑에 데려가서 생선 타코를 맛보게 했어. 얼굴 찡그리지 마. 맛이 기가 막혔으니까. 그러더니 보여주고 싶은 게 있다고 말했어. 아냐, 네가 생각하는 그런거 아니라고. 우리는 그랜드 센트럴 터미널◇로 걸어갔어. 평소처럼 북적였지. '그래, 살짝 이상한데. 우리가 여행이라

◇ 뉴욕 맨해튼에 있는 세계에서 가장 큰 기차역.

도 가나?'라고 생각하는데, 조시가 '오이스터 바'◇ 바로 옆의 아치 통로 구석에 머리를 대고 서보라고 말했어. 난 웃어넘겼지, 농담인 줄 알았거든. 그런데 그가 우기면서 자기를 믿어보라지 뭐야.

그래서 대형 석조 아치의 구석에 머리를 대고 섰지, 주위엔 기차 승객들이 오갔어. 멍청이가 된 기분을 떨치려 애쓰면서 둘러보니 조시가 저만치 걸어가는 거야. 하지만 그는 나랑 대각선으로 약 15미터 거리에 멈춰서 얼굴을 구석에 넣었어. 그러자 혼잡한 소음과 기차 소리 속에서 갑자기 목소리가 들리는 거야. 그가 바로 옆에서 '루이자 클라크, 당신은 뉴욕에서 가장 귀여운 여자예요'라고 말하는 것 같았다니까.

트리나, 꼭 마법 같았어. 올려다보니 그가 몸을 돌리고서 웃고 있었어. 어떻게 했는지 몰라도 조시가 걸어와서 날 끌어안고 키스했어. 주변에 사람들이 많았고 누군가 휘파람을 불었어. 솔직히 겪은 일 중 가장 낭만적인 경험이었어.

맞아. 난 이겨내고 있어. 조시는 놀라워. 트리나, 나를 위해 기뻐해 주면 좋겠다.

톰에게 화끈한 뽀뽀 전해줘.

Lx

몇 주가 지났다. 뉴욕도 요란하게 봄으로 내달렸다. 교통량이 많아지고 거리마다 보행자가 밀려다녔다. 나날이 동네가 한밤까지 북적대며 시끄러워졌다. 도서관 시위에 갈 때도 모자와 장갑을 챙기

◇ 그랜드 센트럴 터미널 역사에 있는 유서 깊은 해산물 식당.

게 되었다. 딘 마틴의 누빔 코트는 빨아서 옷장에 넣었다. 공원이 푸른 색을 띠었다. 아무도 내게 나가라고 눈치를 주지 않았다.

마곳이 도우미 급여 대신 옷을 너무 많이 줘서 난 그녀 앞에서 옷 칭찬을 그만해야 했다. 마곳이 옷을 더 줘야 된다고 느낄까 봐. 몇 주가 지나면서 그녀가 고프니크가와 같은 건물 입주민이란 점 말고는 그들과 너무 다르다는 걸 알았다.

마곳은 엄마의 표현대로 '탈탈 털어 근근이' 살았다.

"의료보험료와 관리비를 내면서 어떻게 밥을 먹고 살라는 건지."

내가 관리사무소에서 직접 전해준 편지를 내밀자 마곳이 중얼댔다. 봉투에 "개봉할 것-법적 소송 임박"이라고 적혀 있었다. 그녀가 코를 찡그리면서 찬장의 편지 뭉치에 편지를 올려놓았다. 내가 열어보지 않으면 편지는 두어 주 동안 그대로 있을 터였다.

마곳은 매월 수천 달러 청구되는 관리비를 자주 불평했고, 달리 방법이 없어서 무시하고 체납하는 상황인 듯했다.

그녀는 조부에게 아파트를 상속받았다고 했다. 모험심이 강했던 조부는 손녀에게 현모양처가 되라고 강요하지 않은 유일한 혈육이었다.

"아버지는 이 집이 자신을 건너뛰고 나에게 상속된 데 격분했지, 나랑 오랫동안 말을 하지 않았어. 어머니가 중재하려 했지만 그 무렵…… 다른 일들이 벌어지기도 했고."

마곳이 한숨을 쉬었다.

그녀는 동네 편의점에서 장을 봤다. 관광객 가격으로 파는 작은 슈퍼마켓이었지만 걸어서 갈 수 있는 곳이라 이용했다. 나는 그러지 못하게 한 뒤 매주 두 번 이스트 86가의 페어웨이[◇]에 가서 생필품을 사 왔다. 마곳이 쓰던 비용의 3분의 1 정도면 충분했다.

내가 요리하지 않으면 그녀는 제대로 먹지 않았지만, 딘 마틴에게는 좋은 부위의 고기를 먹였다. 혹은 '소화에 좋으니까' 흰살생선을 우유에 졸여서 주었다.

부인은 나와 지내는 데 익숙해졌던 것 같다. 게다가 불안정한 상태여서 이제 혼자 살지 못한다는 걸 둘 다 알고 있었다. 그 연배의 노인이 수술을 받고 얼마나 버틸지 염려스러웠다. 또 내가 곁에 없었다면 그녀가 어떻게 지냈을지 걱정됐다.

내가 청구서 뭉치를 가리키면서 물었다.

"어떻게 하시려고요?"

그녀가 손을 흔들면서 대답했다.

"뭐, 무시할 거야. 죽어서야 이 아파트를 떠날 거야. 갈 데도 없고 아파트를 물려줄 사람도 없어. 교활한 오비츠도 그걸 알지. 그자는 내가 죽을 때까지 버티다가 미납된 관리비를 핑계로 아파트를 차지할걸. IT 업계의 백만장자나 앞집 멍청이처럼 볼썽사나운 회사 대표한테 이 집을 팔아넘기겠지."

"제가 도와드릴까요? 고프니크 댁에서 일하면서 저축해 둔 돈이 좀 있어요. 두어 달치는 될 거예요. 저한테 친절을 베풀어주시니까요."

무슨 이유인지 이 말에 마곳은 크게 웃다가 기침이 터져서 앉아

◇ 미국의 체인형 대형 슈퍼마켓.

야 했다. 나는 그녀가 잠자리에 든 후 몰래 편지를 꺼내봤다. "연체금", "임차 계약위반", "강제퇴거 위협"이란 표현을 보니 오비츠 씨가 마곳의 예상과는 달리 특전이나 아량을 베풀지 않을 듯했다.

나는 여전히 하루 네 번 딘 마틴을 산책시켰다. 공원에 가면서 마곳을 위해 무슨 일을 할 수 있을지 고심했다. 그녀가 쫓겨날 생각을 하니 아찔했다. 설마 관리인이 회복 중인 노부인에게 그런 짓을 하진 않겠지. 다른 입주자들이 반대하겠지. 그런데 고프니크 씨가 날 얼마나 급히 쫓아냈는지, 입주자들이 각자 얼마나 배타적인 생활을 하는지가 떠올랐다. 그런 일이 벌어져도 그들은 모를 게 분명했다.

6번가에서 도매 속옷 상점을 쳐다보다가 아이디어가 떠올랐다. 엠포륨의 자매가 현재 샤넬과 이브생로랑을 팔지는 않지만 상품만 구할 수 있다면 취급할 터였다. 아니면 거래처라도 알겠지. 마곳의 컬렉션에는 디자이너 제품이 수두룩했다. 매입자가 상당액을 지불할 만한 물건들이었다. 핸드백만 해도 값어치가 수천 달러는 됐다.

나는 외출을 핑계로 마곳을 엠포륨의 자매와 만나게 했다. 날씨가 좋으니 평소보다 멀리 가서 신선한 공기를 마시며 기력을 회복하자고 말했다. 마곳은 헛소리 말라며 1937년 이후 맨해튼에서 신선한 공기를 마신 사람은 없다고 대꾸했다. 하지만 더 군말하지 않고 택시에 올라탔다. 딘 마틴을 무릎에 앉혔다. 우린 이스트빌리지로 갔다. 그녀는 콘크리트 상점 입구를 보더니 도축장에 놀러가자는 말이라도 들은 듯 이맛살을 찌푸렸다.

"팔에 무슨 짓을 한 건가?"

마곳이 계산대 앞에 서 있다가 리디아의 팔을 보고 물었다. 리디아의 에메랄드빛 퍼프소매 셔츠 아래로 오렌지색과 옥색, 파란색 잉어를 문신한 팔이 드러났다.

"아, 문신이에요. 맘에 드세요?"

다른 손에 담배를 든 리디아가 불빛을 향해 팔을 들어 올렸다.

"해군처럼 보이고 싶었거든요."

난 마곳을 가게의 다른 구역으로 데려갔다.

"여기예요, 마곳. 보세요. 여러 구역에 빈티지 의상이 있어요. 이쪽에는 1960년대부터 의상이 있고요. 저쪽에는 1950년대 옷이에요. 마곳의 아파트랑 비슷하죠."

"내 아파트랑 전혀 달라."

"마곳의 옷 같은 옷을 여기서 거래한다는 뜻이에요. 요즘 상당히 잘나가는 업종이에요."

마곳은 나일론 블라우스의 소매를 당기더니 안경 너머로 라벨을 봤다.

"에이미 아미스테드는 형편없는 라인이야. 그 여자를 견딜 수 없었어. 레 그랑드 폴리스 옷들은 늘 단추가 떨어진다고. 싸구려야."

"저쪽에 아주 특별한 드레스들도 있어요. 비닐로 씌워놓았죠."

최고급 의상이 있는 칵테일드레스 코너로 갔다. 삭스 피프스 애비뉴의 옥색 드레스를 꺼냈다. 치맛단과 소맷부리에 스팽글과 비즈가 달린 그 드레스를 내 몸에 대고 미소 지었다.

마곳이 쳐다보더니 가격표를 뒤집었다. 그녀는 가격을 보고 미간을 찡그렸다.

"대관절 누가 이런 옷을 돈 주고 사나?"

"좋은 옷을 사랑하는 사람들이죠."

리디아가 우리 뒤로 와서 말했다. 그녀는 요란하게 껌을 씹었는데 턱을 움직일 때마다 마곳이 힐끗 쳐다봤다.

"실제로 시장이 있나?"

내가 대답했다.

"괜찮은 시장이죠. 특히 마곳의 옷처럼 깨끗한 상태라면요. 마곳의 옷들은 전부 비닐에 씌워서 냉방장치가 된 곳에 보관되어 있어요. 소장품의 연대가 1940년대까지 올라가요."

"그건 내 것이 아냐. 어머니의 애장품들이지."

마곳이 뻣뻣하게 대꾸했다.

"정말이요? 뭘 갖고 계신데요?"

리디아가 마곳의 코트를 아래위로 훑어보면서 물었다. 예이거의 롱 모직코트와 큰 스펀지케이크 모양의 검정 모피 모자 차림이었다. 날씨가 온화한데도 여전히 추위를 타는 것 같았다.

"내가 뭘 갖고 있느냐고? 여기 보내고 싶은 물건은 없어."

"하지만 마곳, 정말 좋은 옷이 있잖아요. 이제 맞지 않는 샤넬이나 지방시 옷들이요. 그리고 스카프와 핸드백도 많으니까 전문 딜러에게 파실 수 있어요. 경매에 내놓을 수도 있고요."

"샤넬은 상당한 액수를 쳐줘요. 특히 핸드백은 너무 낡지 않았다면, 덮개를 닫는 디자인으로 된 가죽 가방은 2500달러부터 4000달러까지는 나갈 거예요. 신상품도 그보다 비싸지 않을걸요. 무슨 뜻인지 아시겠어요? 뱀 가죽은, 아이고, 가격이 천정부지로 치솟죠."

리디아가 현명하게 대답했다.

"샤넬 백이 한 개가 아니잖아요, 마곳."

내가 지적했다.

마곳은 에르메스 악어가죽 백을 겨드랑이에 바짝 꼈다.

"그런 물건을 더 갖고 있으세요? 저희가 대신 팔아드릴게요. 저희는 좋은 제품을 구매하고 싶어 하는 사람들의 명단을 갖고 있어요. 애즈버리 파크에 사는 고객은 괜찮은 에르메스 제품에 5000달러까지 지불할 거예요."

리디아가 손을 뻗어 백의 모서리를 쓰다듬자 마곳은 공격이라도 당한 것처럼 백을 홱 당기며 쏘아붙였다.

"그건 제품이 아니야. 내가 보유한 건 '제품'이 아니라고."

"고민해 보실 만하다는 생각이 드네요. 더 이상 쓰시지 않는 물건이 제법 많잖아요. 팔면 관리비를 충당할 수 있고, 그러면 편히 지내실 수 있을 텐데요."

"난 마음 편해. 그리고 내가 여기 없는 사람처럼 내 재정 상황을 공개적으로 떠들지 않으면 고맙겠군. 흠, 여기가 마음에 안 드네. 노인 냄새가 폴폴 나서. 가자, 딘 마틴. 신선한 공기를 마셔야겠구나."

마곳을 따라 나가면서 입 모양으로 리디아에게 사과했다. 그녀는 개의치 않는 듯 어깨를 으쓱했다. 마곳의 옷장을 접수할 가능성이 조금 있어서인지 싸움닭 같은 성미를 가라앉힌 듯했다.

우리는 택시를 타고 말없이 집으로 갔다. 수완이 부족한 나 자신에게 짜증이 나는 동시에, 제법 현명한 계획이라 여긴 일을 단박에 퇴짜 놓은 마곳에게도 부아가 났다. 나는 헐떡이는 딘 마틴을 사이에 두고 앉아 입씨름에 대비했지만, 계속 침묵만 흐르자 불안해졌다. 막 퇴원한 노부인을 힐끗 곁눈질했다. 내가 무슨 권리로 강요를 한단 말인가.

아파트 건물 앞에서 택시에서 내리는 마곳을 부축하며 내가 말했다.

"마음을 상하게 할 의도는 없었어요, 마곳. 나아갈 방법이라고 생각했을 뿐이에요. 빚이랑 전부 다요. 마곳이 집을 잃는 게 싫어서."

마곳은 허리를 펴고 가녀린 손으로 모피 모자를 고쳐 썼다. 목소리가 우는 것처럼 삐걱댔다. 50블록을 지나는 내내 그녀 역시 말싸움에 대비했음을 알 수 있었다.

"넌 몰라, 루이자. 그건 내 새끼들이라고. 낡은 옷이고 돈이 될 거리일지 몰라도 내게 소중한 것들이야. 내 역사고, 내 인생이 남긴 아름답고 귀중한 것들이지."

"죄송해요."

"내가 주저앉는 상황이 된다 해도 옷들을 너저분한 중고 가게에 보내지 않을 거야. 거리에서 생면부지인 사람이 내가 사랑했던 옷을 입고 걸어올 생각을 하면! 아니, 네가 도우려고 그런 건 알지만 안 되겠어."

마곳이 몸을 돌렸다. 내가 부축하려 하자 손을 저었다. 그녀는 아속이 엘리베이터까지 부축해 주기를 기다렸다.

이따금 부딪치기는 했지만 그해 봄 마곳과 나는 만족스러웠다.

4월이 되자 약속대로 릴리가 트레이너 부인과 함께 뉴욕에 왔다.

두 사람은 몇 블록 떨어진 리츠 칼튼 호텔에 묵었고, 마곳과 나를 점심에 초대했다. 그들이 같이 있으니 실을 꿴 바늘로 내 인생의 조각들을 붙여놓은 느낌이었다.

마곳은 매너가 좋은 트레이너 부인을 맘에 들어 했다. 두 사람은 호텔과 뉴욕의 역사에서 공통분모를 찾아냈다. 식사를 하면서 나는 마곳의 또 다른 면을 보았다. 재치가 넘치고 지식이 풍부하고 새 친구를 만나자 생기가 돌았다.

알고 보니 트레이너 부인은 1978년에 여기로 신혼여행을 왔었다. 두 사람은 당시에 있던 레스토랑과 갤러리에 대해 이야기했다. 트레이너 부인은 치안판사 시절에 대해, 마곳은 1970년대의 사내 정치에 대해 말했다. 두 사람은 웃음을 터뜨렸지만 우리 젊은 세대는 왜 웃는지 이해되지 않았다. 우린 샐러드와 프로슈토 햄에 싼 생선을 먹었다. 마곳은 음식마다 조금씩만 먹고 나머지는 한쪽으로 밀어두었다. 다시 옷이 맞지 않게 될까 봐 낙심한 듯했다.

한편 릴리는 내게 몸을 숙이고 어딜 가면 노인들과 문화 활동을 피할 수 있느냐고 물었다.

"할머니가 나흘간 완전히 어이없는 교육 프로그램을 짰다니까요. 현대미술관과 식물원 몇 곳에 가야 해요. 그런 걸 좋아하면 괜찮겠지만 정작 나는 클럽에 가서 취하도록 놀고 쇼핑하고 싶다고요. 내 말은, 여긴 뉴욕이잖아요!"

"이미 내가 트레이너 부인하고 이야기를 마쳤어. 내일 부인이 사촌과 만나는 동안 내가 널 데리고 다닐 거야."

"정말요? 다행이네요. 베트남으로 장기 배낭여행을 갈 예정이에요. 말했던가요? 그때 입을 만한 반바지를 사고 싶어요. 몇 주간 입을 수 있고 세탁하지 않아도 괜찮은 걸로. 낡은 바이커 재킷도 멋있겠죠. 너덜너덜한 걸로."

"누구랑 같이 가는데? 친구?"

내가 눈썹을 치켜올리며 물었다.

"꼭 할머니같이 말하네요."

"어?"

"남자 친구."

내가 대꾸하려 하자 릴리가 얼른 덧붙였다.

"하지만 그 친구 이야기는 그만하고 싶어요."

"어째서? 네게 남자 친구가 생겨서 난 좋아. 반가운 소식이야."

난 목소리를 낮춰서 말을 이었다.

"그렇게 조심스러운 사람이 내 동생이었어. 실은 동생은 커밍아웃할 사실을 숨기고 있었던 거였지."

"난 커밍아웃 하는 거 아니에요. 다른 여자의 사타구니를 더듬고 싶지 않다고요, 윽."

난 웃지 않으려고 애썼다.

"릴리, 모든 걸 가슴에만 간직할 필요 없어. 우리 모두 네 행복을 바라거든. 사람들이 네 일을 알아도 괜찮아."

"루이자가 말하는 그 '일'을 할머니도 아세요."

"그러면 왜 나한테 말 못 하는데? 너랑 나는 무슨 얘기든 나눌 수 있을 줄 알았는데."

릴리는 궁지에 몰린 사람처럼 체념한 표정을 짓고는, 과장되게 한숨을 짓더니 나이프와 포크를 내려놓았다.

"왜냐면 제이크거든요."

"제이크?"

"샘의 조카 제이크."

레스토랑이 멈춰버린 것 같았다. 난 억지로 웃어야 했다.

"그래……. 와!"

릴리는 찡그렸다.

"이런 반응을 보일 줄 알았어요. 저기, 어쩌다 그렇게 됐어요. 우리가 항상 루 이야기를 하는 건 아니에요. 우연히 두어 번 마주쳤어요……. 루가 가던 애도 상담 모임의 '놓아주기' 프로그램에서 만났어요. 둘이 잘 지냈고 마음에 들었거든요. 뭐, 서로의 처지를 알고 여름에 같이 배낭여행을 가기로 한 것뿐이고요. 별일 아녜요."

내 머릿속이 빙글빙글 돌았다.

"트레이너 부인은 제이크를 만나보셨어?"

"네, 제이크가 우리 집에 오기도 하고 나도 그 집에 가기도 하고요."

릴리는 방어적으로 대답했다.

"그러면 너는……."

"제이크의 아빠를 만났죠. 구조대원 샘도 만나지만 주로 제이크 아빠를 만나요. 그분은 괜찮긴 한데 아직 우울증이 심해서 매주 케이크를 한 트럭씩 먹어요. 제이크가 무척 스트레스를 받죠. 우리가 모든 것에서 벗어나고 싶은 이유 중 하나가 그거예요. 6주만이라도요."

릴리가 계속 말했지만 내 뒤통수 어딘가가 웅웅대기 시작해 말을 알아듣지 못했다. 한 다리 건너서라도 샘의 소식을 듣기 싫었다. 내가 수천 마일 멀리에 있는 사이, 사랑하는 이들이 나 없이도 행복한 가족생활을 하는 얘기를 듣기 싫었다. 샘의 행복이나 케이티의 섹시한 입술을 가진 케이티의 얘기도 듣고 싶지 않았다. 열정이 넘치는 새 집에서 둘이 같이 살며 같은 유니폼을 입고 뒹구는 얘기는 듣고 싶지 않았다.

"새 애인은 어때요?"

"조시? 조시! 좋아. 아주 좋아. 그냥…… 꿈같아."

나는 나이프와 칼을 접시 가장자리에 얌전히 내려놓았다.

"그래서 뭐가 어떻게 돌아가는 건데요? 둘이 같이 있는 사진을 봐야겠어요. 페이스북 업데이트도 하나도 안 하고요. 루이자 때문에 완전 짜증 나요. 휴대폰에 그 사람 사진 없어요?"

"없어."

내가 대답하자 릴리는 만족스럽지 않은 듯 코를 찡그렸다.

사실이 아니었다. 일주일 전 루프탑 팝업 레스토랑에서 둘이 찍은 사진이 있었다. 하지만 조시가 자기 아버지를 빼닮은 걸 릴리에게 알리고 싶지 않았다. 릴리가 평정심을 잃거나, 더 나쁜 경우 릴리의 입에서 그 말이 나오면 내가 평정심을 잃을 터였다.

"그래서 이 장례식장은 언제 벗어날 거예요? 할머니들끼리 점심식사를 하시라고 두고 가면 되는데."

릴리가 내 옆구리를 찔렀다. 두 노인은 여전히 수다를 떨고 있었다.

"할머니한테 가슴 뛰게 하는 애인이 있다고 할아버지한테 엄청 뻥쳤거든요. 말했던가요? 두 사람이 몰디브로 휴가를 갈 거고 할머니가 새 속옷을 사러 릭비 앤 펠러◇에 다녀왔다고 말을 흘렸죠. 장담하는데 할아버지는 정신줄을 놓고 여전히 할머니를 사랑한다고 선언할걸요. 웃겨 죽겠어요."

릴리를 사랑하지만, 트레이너 부인의 빡빡한 일정이 반가웠다. 쇼핑 나들이를 빼면 둘이 보내는 시간이 많지 않았다. 샘의 생활을 잘 아는 릴리가 뉴욕에 있는 것 자체가 공기 중에 불안한 떨림을 만들었고, 난 그걸 떨쳐내기 어려웠다. 조시가 업무로 기진맥진해서 내가 우울하거나 한눈을 파는 걸 몰라 다행이었다. 하지만 마곳은 눈치챘다. 어느 저녁 그녀가 좋아하는 「휠 오브 포천」이 끝나자, 난 딘 마틴을 산책시키려고 일어났다. 그런데 마곳이 무슨 일이 있느냐고 직접적으로 물었다.

나는 말했다. 대답하지 않을 이유를 떠올리지 못했다.

"아직도 다른 남자를 사랑하는군."

그녀가 말했다.

"여동생이랑 같은 말을 하시네요. 아니에요. 다만…… 사랑할 때는 무척 사랑했죠. 그런데 끝이 너무나 나빴어요. 여기서 다른 생활을 하니까 그 일과 멀어질 줄 알았어요. 이제 소셜미디어를 하지 않아요. 누구의 근황도 확인하고 싶지 않아요. 그래도 과거 애인 소식

◇ 영국 왕실의 란제리 브랜드.

은 늘 들리기 마련이죠. 그저 그의 생활과 관계있는 릴리가 여기 와 있으니 집중이 안 될 뿐이에요."

"네가 그 사람과 연락하면 되겠네. 아직 할 말이 남은 것 같거든."

"그 사람한테 할 말 없어요."

내가 열띤 어조로 말을 이었다.

"저는 무척 노력했어요, 마곳. 편지를 쓰고 이메일을 보내고 전화도 걸었죠. 그가 편지 한 통 안 보냈다는 걸 아세요? 3개월 동안 편지 좀 써주지 않겠냐고 부탁했어요. 둘이 하나로 연결되는 아주 근사한 방법이 될 거라고, 서로에 대해 알고 대화할 수 있을 거라고 말했죠. 또 헤어져 지낸 시간을 상기시켜 줄 거라고 설득했지만 그는…… 그는 쓰려고도 하지 않았어요."

그녀는 앉아서 리모컨을 쥐고 날 쳐다보았다.

나는 어깨를 반듯하게 펴고 말했다.

"하지만 괜찮아요. 다른 사람이 생겼거든요. 조시는 굉장해요. 무슨 말이냐면 미남이고 친절하고 직장도 좋아요. 또 야심이 크고…… 아, 진짜 야심가예요. 여러 곳을 다니죠. 원하는 것들이 있어요. 집, 커리어, 사회 환원. 그는 세상에 환원하고 싶어 해요. 아직 환원할 게 없지만."

나는 주저앉았다. 앞에 선 마틴이 어리둥절해서 서 있었다.

"그리고 조시는 저랑 함께하고 싶다고 확실히 밝혀요. '혹시'나 '그렇지만' 같은 건 없어요. 첫 데이트부터 저를 여자 친구라고 불렀다니까요. 이 도시에 취미 삼아 연애하는 사람이 많다면서요. 그러니 제가 얼마나 행운아인지 아시겠죠?"

그녀가 가볍게 고개를 끄덕였다.

내가 다시 일어났다.

"그러니까 샘에게 쥐똥만큼의 관심도 없어요. 하긴 제가 여기 왔을 때는 서로 잘 몰랐어요. 각자 긴급히 치료할 사고가 없었다면 둘이 사귀지도 않았을 거란 의심이 들어요. 솔직히 그게 맞아요. 그리고 저는 그 사람에게 맞는 짝이 아니었던 거죠. 그게 아니면 그가 기다렸을 거예요. 안 그래요? 그러니 전반적으로 볼 때 잘됐어요. 결국 이렇게 되어서 진짜 행복해요. 다 좋아요. 아주 좋아요."

잠깐 적막이 감돌았다.

그러다가 마곳이 조용히 말했다.

"그렇군."

"저는 아주 행복해요."

"그런 줄 알겠어."

그녀는 잠깐 날 바라보더니 의자 팔걸이를 잡으며 덧붙였다.

"자, 이제 저 가여운 개를 데리고 나가보라고. 녀석의 눈이 튀어나오기 시작했네."

25.

이틀 저녁 동안 애쓴 끝에 마곳의 손자를 찾아냈다. 조시는 회사 일로 바빴고 마곳은 대부분 9시면 잠자리에 들었다. 어느 저녁, 현관 옆 고프니크 부부 집의 와이파이가 잡히는 자리에 앉아 그녀의 아들을 구글링하기 시작했다. 프랭크 디윗이라는 이름을 입력했지만 검색되지 않자, 프랭크 앨드리지 주니어로 시도해 봤다. 그가 먼 곳으로 이사했으면 모를까 적합한 인물이 없었고, 있다고 해도 연령대와 국적이 맞지 않았다.

이틀째 밤. 충동적으로 그녀의 옛 이름을 알아내려고 내 방 서랍장에 있는 과거 서류를 뒤졌다. 테렌스 베버의 장례식 안내장이 있기에 프랭크 베버를 검색했다가, 아들에게 사랑하는 남편의 성을 붙인 걸 알자 심란했다. 남편은 아들이 태어나기도 전에 죽었는데. 시간이 흐르면서 마곳은 결혼 전의 성인 디윗을 써서 완전히 다른 사람이 되었다.

프랭크 베버 주니어는 웨스트체스터 터커호에 사는 치과의사였다. 링크드인◊과 그의 부인 레이니의 페이스북을 통해 프랭크에 대한 두어 가지 자료를 찾아냈다. 중요한 소식은 그에게 빈센트라는 아들이 있으며, 나보다 조금 어리다는 점이었다. 빈센트는 용커스에 있는 불우 아동을 위한 비영리 교육센터에서 일하고 있었다. 나는 그에게 연락하기로 결정했다. 프랭크 베버 주니어야 모친에게 화가 나서 관계를 재정립하지 못하겠지만, 빈센트에게 연락한들 손해 볼 게 있을까? 그의 프로필을 찾아서 심호흡을 크게 한 다음 메시지를 보내고 기다렸다.

조시는 끝없는 근무 중 짬을 내어 점심때 라멘집에서 나와 만났다. 다음 토요일에 회사가 러브 보트하우스에서 '가족의 날' 행사를 연다면서, 내가 파트너로 동행하면 좋겠다고 말했다.

"도서관 시위에 갈 예정이었는데요."

"계속 그러고 싶은 건 아니죠, 루이자? 사람들이랑 둘러서서 지나가는 차에 구호를 외치는 것으로는 아무것도 못 바꿔요."

"난 가족도 아닌데요."

내가 약간 발끈해서 쏘아붙였다.

"가족에 가깝죠. 그러지 말고요. 멋진 하루가 될 거예요. 보트하우스에 가봤는데 정말 멋져요. 우리 회사는 파티를 제대로 준비할 줄 알거든요. 아직도 '좋다고 말하기'를 실천 중이죠? 그러니까 알았다고 대답해요. 좋다고 말해줘요, 루이자. 제발. 어서요."

그가 강아지 같은 눈으로 졸라댔다.

◇ 미국의 비즈니스 기반 소셜네트워크.

조시는 내 마음을 얻는 데 성공했다. 나는 곧 단념하고 미소를 지었다.

"좋아요. 알았어요."

"좋아요! 작년에는 풍선 스모복을 입고 잔디밭에서 레슬링을 했어요. 가족 경주와 게임도 준비돼 있었죠. 마음에 들 거예요."

"대단한 행사 같네요."

내가 말했다. '준비된 게임'이란 표현은 '필수 자궁경부암 검사'랑 비슷한 뉘앙스로 들렸다. 하지만 상대는 조시였고, 그가 날 데려간다고 기뻐하니 거절할 엄두가 나지 않았다.

"동료들이랑 레슬링을 할 필요는 없다고 약속할게요. 하지만 나중에 나랑은 해야 될 거예요."

그는 이 말을 하면서 키스한 뒤 떠났다.

한 주 내내 메일함을 확인했지만 답장이 없었다. 릴리가 미성년자가 문신할 만한 곳을 아느냐고 묻는 메일과 동창이라는데 기억나지 않는 사람이 보낸 안부 메일만 들어왔다. 또 엄마가 보낸 뚱보 고양이가 두 살배기에게 말을 하는 gif 파일과 펀 판당고 농장이라는 이름의 게임 링크가 있었다.

"혼자 계셔도 괜찮으시겠어요, 마곳?"

열쇠와 지갑을 핸드백에 넣으면서 물었다. 나는 견장과 금색 테두리가 달려 있는 흰 점프슈트를 입고 있었다. 마곳이 준 1980년대 의상이었다. 그녀는 나를 보고 손뼉을 쳤다.

"아이고, 근사하게 어울리네. 내가 그 나이였을 때 입던 사이즈와 거의 같을 거야. 난 가슴이 있었는데! 60년대와 70년대는 세련미가 끔찍이도 없는 시대였지만 이 스타일은 역시 좋군."

솔기가 뜯어지지 않도록 안간힘을 쓰고 있다는 말은 하기 싫었다. 하지만 마곳의 말이 맞았다. 이곳으로 이사 온 후 몇 킬로그램이 줄었다. 그녀에게 영양가 높은 음식을 만들어주려고 애쓰다 보니 그렇게 됐다. 점프슈트를 입은 내 모습이 예뻐서 마곳 앞에서 빙그르르 돌았다.

"약은 드셨어요?"

"당연히 먹었지, 소란 피울 것 없어. 그 말은 이따 돌아오지 않을 거란 뜻이야?"

"잘 모르겠어요. 하지만 외출 전에 잠깐 딘 마틴을 산책시킬 거예요. 혹시 모르니까요."

말을 멈추고 개의 목줄을 잡았다. 그러고 나서 말했다.

"마곳, 왜 개 이름을 딘 마틴으로 지었어요? 여쭤본 적이 없네요."

그녀의 말투로 봐서 어리석은 질문이었다.

"딘 마틴은 최고 미남이었거든. 이 녀석이 최고로 잘생긴 개니까 당연히 그렇게 지었지."

작은 개는 얌전히 앉아 혀를 늘어뜨리고 돌출된 짝눈을 굴렸다.

"바보 같은 질문을 했네요."

나는 이렇게 말하고는 현관문을 빠져나왔다.

"와, 루이자 좀 봐! 디스코 여왕이네요!"

딘 마틴과 계단을 뛰어 내려가 로비로 들어서자 아쇽이 휘파람을 불었다.

"맘에 들어요? 마곳이 입던 옷이에요."

내가 실루엣을 보여주면서 말했다.

"정말요? 알수록 놀라운 분이네요."

"마곳을 유심히 봐주실 거죠? 오늘따라 유난히 불안정하거든요."

"6시에 방문할 핑계로 우편물을 하나 보관해 뒀지요."

"아쇽, 최고!"

밖으로 나가 공원으로 뛰어간 딘 마틴은 보통 개가 하는 일을 했고, 난 살짝 몸서리치면서 작은 봉지로 뒤처리를 했다. 보행자들의 눈길을 받을 수밖에 없었다.

금사가 둘러진 점프슈트 차림으로 용변 봉투를 들고 신난 개와 함께 달리는 여자가 받을 만한 눈길이었다. 내 발꿈치에 대고 짖어 대는 딘 마틴을 끌고 아파트 건물로 들어가다가 로비에서 조시와 마주쳤다.

"아, 조시!"

키스하고 다시 말했다.

"2분이면 충분해요. 괜찮죠? 손 씻고 가방만 들고 나올게요."

"가방만 들고 나와요?"

"네!"

난 그를 빤히 보다가 덧붙였다.

"아, 핸드백이요. 여기선 핸드백이라고 하죠?"

"그게 아니라…… 옷은 안 갈아입어요?"

나는 점프슈트를 내려다보았다.

"갈아입은 건데요."

"회사 야외 행사에 그런 차림으로 가면 다들 연예인인 줄 안다고요."

좀 지나서야 농담이 아님을 알아차렸다.

"옷이 마음에 안 들어요?"

"아, 아니요. 멋져요. 다만 그런 차림은…… 약간 드래그 퀸◇스럽죠. 우린 정장을 입는 사무실에서 근무하거든요. 다른 부인들과 애인들은 시프트드레스◇◇나 흰 정장 바지를 입고 와요. 말하자면…… 세련된 캐주얼 차림?"

난 실망감을 느끼지 않으려고 애쓰며 대답했다.

"아, 미안해요. 미국식 드레스 코드를 몰라서요. 알았어요. 거기서 기다려요. 금방 나올게요."

한 번에 두 계단씩 올라서 아파트로 뛰어 들어가, 딘 마틴의 목줄을 던지다시피 마곳에게 주었다. 그녀는 뭔가 하려고 의자에서 일어나던 참이었다. 마곳이 가는 팔로 벽을 짚으면서 복도를 지나서 날 따라왔다.

"왜 그리 정신없이 서둘러? 코끼리 떼가 아파트로 쳐들어오는 소리가 나는군."

"바꿔 입어야 해서요."

◇ 엔터테인먼트를 목적으로 여성의 성별 기호와 성역할을 모방한 과장된 의상을 입고 퍼포먼스를 하는 사람.

◇◇ 허리선을 강조하지 않은 여성용 원피스.

"바꿔 입어? 왜?"

"적당하지 않대요."

옷장으로 달려갔다. 시프트드레스. 내가 가진 깨끗한 시프트드레스는 샘이 선물한 현란한 드레스뿐이었다. 그 옷을 입는 것은 왠지 도리가 아닌 듯 했다.

"제법 멋져 보이는데."

마곳이 날카롭게 말했다.

나를 따라온 조시가 열린 현관문에 나타났다.

"아, 그럼요. 멋져 보여요. 다만…… 루이자가 엉뚱한 이유로 사람들 입에 오르지 않길 바라서요."

그가 소리 내어 웃었다. 마곳은 웃지 않았다.

옷장을 뒤지면서 옷을 하나하나 침대에 던지다가 청색 구찌 스타일 재킷과 줄무늬 실크 셔츠드레스를 발견했다. 원피스를 머리 위에서 내려 입고 초록색 메리제인구두를 신었다.

"이러면 어때요?"

머리를 가다듬으면서 복도로 뛰어나가 물었다.

조시가 안도감을 숨기지 않고 말했다.

"좋아요! 이제 갑시다."

밖으로 나가는 조시를 따라서 내가 뛰어나가자 마곳이 중얼거렸다.

"문은 안 잠글게. 네가 돌아오고 싶을지도 모르니."

러브 보트하우스는 북적대고 시끄러운 센트럴파크와 떨어진 교

외에 있는 아름다운 곳이었다. 대형 창으로 오후의 햇살이 반짝이는 호수 풍경이 보였다. 비슷한 면바지를 단정히 입은 남자들과 미용실에서 머리를 손질한 여자들이 북적거렸다. 조시의 예측대로 파스텔톤과 흰 정장 바지의 물결이었다.

난 웨이터가 내미는 쟁반에서 샴페인 잔을 들고 조용히 조시를 지켜봤다. 그는 실내를 돌면서 다양한 남자들과 반갑게 인사했다. 다들 깔끔한 짧은 머리, 다부진 턱, 심지어 하얀 치아까지 똑같았다. 순간적으로 애그니스와 갔던 행사들이 기억났다. 난 다시 다른 뉴욕 세계에 들어온 것이었다. 빈티지 옷 가게, 좀약을 넣어 보관한 스웨터, 최근 자주 마시는 싸구려 커피와 전혀 다른 세계였다. 적응하기로 마음먹고 샴페인을 쭉 들이켰다.

조시가 옆에 나타났다.

"제법 괜찮지 않아요?"

"굉장히 아름답네요."

"오후 내내 노인의 아파트에 앉아 있는 것보다 훨씬 낫죠?"

"저기, 내 생각에는……."

"상사가 오네요. 자, 소개시켜 줄게요. 나랑 같이 있어요. 미첼!"

조시가 손을 들자 더 나이 든 남자가 천천히 다가왔다. 옆에서 가무잡잡한 조각상 같은 여자가 가짜 미소를 지었다. 하긴 모든 사람을 늘 친절하게 대하려면 저런 표정을 지을 수밖에.

"잘 즐기고 있나?"

"한껏 즐기는 중입니다. 정말 아름다운 곳이네요. 여자 친구를 소개해도 될까요? 여기는 루이자 클라크입니다. 영국에서 왔죠. 루이자, 이분은 미첼 듀몬트, 인수합병 부문 책임자시죠."

"영국인이에요?"

미첼이 큰 손으로 내 손을 잡고 힘껏 흔들었다.

"네, 저는……."

"좋아요, 좋아."

그가 조시에게 다시 고개를 돌리고 말했다.

"부서에서 자네가 두각을 나타내고 있다고 들었네."

조시는 기쁨을 감추지 못했다. 얼굴 가득 미소가 번졌다. 그가 나를 힐끗 보더니 옆에 있는 여자를 쳐다봤다. 그제야 그녀와 대화하길 바라는 조시의 의중을 눈치챘다. 남자들은 우릴 인사시키지 않았다. 미첼 듀몬트는 아버지처럼 조시의 어깨를 안고 저만치 데려갔다.

"저……."

내가 입을 열었고 눈썹을 치켜올렸가 다시 내렸다.

그녀가 껍데기뿐인 미소를 지었다.

"그 옷이 마음에 드네요."

내가 말했다. 여자들끼리 할 말이 전혀 없을 때 할 수 있는 우주 공통의 화제.

"고마워요. 귀여운 구두네요."

그녀가 말했다. 하지만 진짜 귀엽다고 생각하는 말투가 아니었다. 그녀는 다른 대화 상대를 찾으려고 주위를 두리번댔다. 내 차림새를 살핀 뒤 경제 수준이 아주 다르다고 평가했겠지.

근처에 다른 사람이 없어서 내가 다시 말을 붙였다.

"그래서 여기 자주 오세요? '러브 보트하우스'에요."

"'로브'."

그녀가 말했다.

"'로브'요?"

"방금 '러브'라고 발음했잖아요? '로브'예요."

완벽한 화장과 단어를 되뇌는 의심스러울 정도로 도톰한 입술을 보니 킬킬 웃고 싶었다. 그러지 않으려고 샴페인을 쭉 들이켰다.

"그러면 로브 보트하우스에 자주 오시나요?"

난 참지 못하고 일부러 미국식 발음으로 말했다.

"아뇨. 작년에 친구가 여기서 결혼식을 해서 와봤어요. 정말 아름다운 예식이었죠."

그녀가 대꾸했다.

"그럴 테죠. 무슨 일을 하세요?"

"가정주부예요."

"가정-주부! 제 어머니도 가정주부예요. 살림은 정말 대단한 일이죠."

미국식 발음으로 말하고는 다시 샴페인을 마셨다. 조시를 쳐다봤다. 상사에게 집중한 그를 보니 톰이 감자칩을 달라고 아빠를 조르는 장면이 연상됐다.

여자의 표정이 살짝 심란해졌다. 눈썹을 못 움직이는 여자가 지을 수 있는 가장 심란한 표정이라고나 할까. 가슴속에서 웃음이 몽글몽글 피어나서 보이지 않는 신에게 웃음을 눌러달라고 기도했다.

"마야!"

듀몬트 부인이(아마 나랑 대화한 여자는 그의 부인이겠지) 안도하는 목소리로 외치면서 우리 쪽으로 오는 여자에게 손을 흔들었다. 완벽한 몸매에 딱 맞는 민트색 시프트드레스 차림이었다. 그들이 입을 오므린 키스로 인사하는 동안 나는 기다렸다.

"아주 멋지세요."

"누가 할 소리. 드레스가 예쁘네요."

"아휴, 아주 오래된 거예요. 정말 예쁘세요. 꿀이 떨어지는 남편께선 어떠신가요? 늘 사업 얘기죠."

"아, 미첼을 알면서."

듀몬트 부인은 더 이상 대놓고 내 존재를 무시하지 못했다. 그녀가 소개했다.

"여기는 조슈아 라이언의 여자 친구. 정말 미안한데 이름을 못 들었어요. 여기가 너무 시끄러워서."

"루이자예요."

내가 말했다.

"반가워요. 난 크리시예요. 제프리의 반쪽이죠. 영업 및 마케팅 부문의 제프리를 알죠?"

"아이참, 제프리를 모르는 사람이 어디 있다고?"

듀몬트 부인이 말했다.

"아, 제프리……."

나는 고개를 저으면서 중얼대다 고개를 끄덕였고, 그러다 다시 고개를 저었다.

"그러면 그쪽은 무슨 일을 해요?"

"제가 무슨 일을 하냐고요?"

"루이자는 패션계에 있습니다."

조시가 내 옆에 나타나서 말했다.

"어쩐지 분위기가 독특하다 했더니. 난 영국인을 좋아해요. 안 그래요, 멜러리? 영국 사람들은 아주 흥미로운 선택을 한다니까요."

잠깐 침묵이 흐르는 사이 다들 내 선택을 평가했다.

"루이자는 《우먼스 웨어 데일리》에서 일을 시작할 겁니다."

"그래요?"

멜러리 듀몬트가 말했다.

"저요? 네, 그래요."

내가 대답했다.

"어머, 굉장히 흥분되겠네요. 근사한 잡지죠. 난 남편을 찾아봐야겠네요. 실례해요."

그녀는 가짜 미소를 지으면서 걸어갔다. 아찔한 힐이 또각또각 소리를 냈고 마야가 옆에서 따라갔다.

난 샴페인을 한 잔 더 집으면서 말했다.

"왜 그런 말을 했어요? 집에서 노부인을 보살피는 것보다는 낫게 들려서요?"

"아뇨, 당신은…… 패션계에서 일할 사람으로 보이거든요."

"아직도 내 옷차림이 불편하군요?"

분위기에 어울리는 차림새를 한 두 여자를 쳐다보았다. 불쑥 이런 모임에서 애그니스가 느꼈을 감정이 떠올랐다. 여자들이 상대가 알아채도록 선을 긋는 무수하고도 미묘한 수법들.

"멋져 보여요. 다만 남들이 당신이 패션계에 있다고 생각하면 그 독특한…… 개성 있는 감수성이 쉽게 설명되니까요. 당신은 그런 사람이에요."

"난 지금 하는 일에 아주 만족해요, 조시."

"하지만 패션계에서 일하고 싶죠? 아닌가요? 노부인을 영원히 보살필 순 없어요. 저기, 나중에 말하려 했는데 형수인 데비의 지인이 《우먼스 웨어 데일리》 영업부 직원이에요. 신입 사원 자리가 있는지 알아봐 준다고 했어요. 형수는 당신을 위해 뭔가 할 수 있다며 꽤 진지해요. 어때요?"

조시가 성배라도 선물한 것처럼 환하게 웃었다.

나는 샴페인을 들이켰다.

"좋죠."

"그것 봐요. 흥분되죠!"

조시는 눈썹을 치켜올린 채로 계속 날 응시했다.

"그래요!"

마침내 내가 대답했다.

그가 내 어깨를 잡으면서 말했다.

"좋아할 줄 알았어요. 자, 밖에 나가봅시다. 이제 가족 경주 대회를 해요. 라임 소다 마실래요? 샴페인을 한 잔 이상 마시는 걸 사람들이 보면 곤란해요. 자, 그 잔은 이리 줘요."

그가 내 잔을 지나가는 웨이터의 쟁반에 올렸다. 우리는 햇빛 속으로 나갔다.

우아한 행사고 멋진 자연 속에 있었으니 두어 시간 동안 즐거워야 했지만 아니었다. 새로운 경험에 '좋다'라고 반응하기로 하지 않았나. 그런데 회사원 부부들 속에서 점점 고립감을 느꼈다. 대화의 흐름을 못 따라가서 편안한 무리 속에서도 뚱하거나 멍청해 보이고 말았다. 조시는 경영계의 유도미사일처럼 이 사람 저 사람에게 다가갔고, 그때마다 적극적이고 활달한 표정과 세련되고 단호한 태도를 보였다. 나도 모르게 그를 지켜보면서 내 어떤 면에 조시가 끌렸을지 또다시 궁금해졌다. 난 이 여자들과 달랐다. 매끈한 복숭아색 팔다리, 주름 없는 원피스를 걸치고 애먹이는 보모와 바하마 휴가 이야기를 나누는 여자들. 조시를 따라다니면서 내가 패션계에서 일할 거라는 거짓말을 되풀이하고, 말없이 미소 지으면서 "네, 네, 정말 아름답네요. 감사해요"라고 맞장구쳤다. "어머, 네, 샴페인 한 잔 더 마시면 좋겠네요"라고 답하면서. 조시가 눈썹을 올렸다 내리면서 눈치를 주어도 못 본 척했다.

"즐겁게 보내고 있어요?"

빨간 단발머리 여자였다. 머리가 거울로 비추는 것처럼 반들거렸다. 하늘색 셔츠와 면바지 차림의 연장자가 던진 농담에 조시가 떠들썩하게 웃는 동안 그 여자가 옆에 와서 섰다.

"아, 좋네요. 감사합니다."

이즈음 난 미소 지으면서 잠자코 있는 데 이골이 났다.

"펄리시티 리버먼이에요. 조시와는 책상 두 개를 사이에 놓고 일하죠. 그는 참 잘하고 있어요."

그녀와 악수했다.

"루이자 클라크에요. 네, 그는 정말 그렇죠."

나는 뒤로 물러서서 술을 한 모금 더 마셨다.

"조시는 2년 안에 임원이 될 거예요. 확신해요. 두 사람이 오래 사귀었나요?"

"어, 그리 오래는 아니에요. 하지만 그 전부터 아는 사이였어요."

펄리시티가 자세한 설명을 기다리는 눈치였다

"저기, 전에 둘이 친구 같은 사이였어요."

과음한 탓에 의도한 것보다 말수가 많아졌다. 내가 계속 말했다.

"사실 전 다른 사람이랑 만나고 있었는데 조시랑 제가, 우린 계속 마주쳤어요. 뭐, 그이는 날 기다리고 있었다고 말하죠. 혹은 나랑 옛 애인이 헤어지기를 기다렸다고요. 솔직히 로맨틱했어요. 그때 많은 일이 벌어졌고 쾅! 갑자기 우린 사귀게 되었어요. 이런 일이 어떻게 일어나는지 알죠?"

"아, 잘 알죠. 대단히 설득력이 있죠, 우리 조시는."

왠지 그녀의 웃음소리가 날 흔들어댔다. 잠시 후 내가 반문했다.

"설득력이 있다고요? '우리' 조시요?"

"그가 당신에게도 '속삭이는 갤러리'◇를 했나요?"

"그가 뭘 해요?"

그녀가 내 충격받은 표정을 봤음이 분명했다. 내게 몸을 숙이고 중얼댔다.

"펄리시티 리버먼, 당신은 뉴욕에서 가장 귀여운 여자예요."

◇ 뉴욕 그랜드 센트럴 터미널의 아치형 기둥 모서리에 서면 대각선에 있는 기둥에서 말하는 소리가 들리는 현상.

그녀는 조시를 힐끗 보더니 물러났다. 그리고 말을 이었다.

"아, 그런 표정 짓지 말아요. 우린 심각하지 않았어요. 그리고 조시는 진짜로 당신을 좋아해요. 회사에서 당신 이야기를 많이 하죠. 확실히 진심이에요. 하지만 빌어먹을 남자들이란. 남자들이 하는 짓은 또 어떻고요, 그죠?"

난 웃으려고 애썼다.

"그렇죠."

그즈음 듀몬트 씨가 자축하는 연설을 끝냈고 커플들은 집으로 흩어졌다. 난 숙취에 빠져들기 시작했다. 조시가 대기 중인 택시의 문을 열었지만 난 걷겠다고 말했다.

"우리 집에 가지 않을래요? 뭘 좀 먹으면 좋을 텐데."

"고단해요. 마곳이 아침에 약속이 있고요."

내가 대답했다. 억지 미소를 짓느라 뺨이 얼얼했다.

그가 내 안색을 살폈다.

"나한테 화났군요."

"당신한테 화나지 않았어요."

"당신 직업을 둘러대서 나한테 화났군요, 루이자. 속상하게 할 의도는 없었어요."

그가 손을 잡았다.

"하지만 당신은 내가 다른 사람이길 바랐어요. 날 그들보다 못하다고 생각했죠."

"아니요, 당신이 훌륭하다고 생각해요. 다만 더 잘할 수 있다는 거죠. 왜냐면 당신은 아주 큰 잠재력을 가졌고 내가……."

"그렇게 말하지 말아요, 네? 잠재력 어쩌고 하는 거. 꼰대 같고 모욕적이에요. 또…… 저기, 당신한테는 그런 말을 듣기 싫어요. 다시는. 알겠어요?"

"휴."

조시는 뒤를 흘끔대면서 혹시 동료가 보는지 확인했다. 그러고는 내 팔꿈치를 잡고 말했다.

"그래요. 지금 뭐가 어떻게 돌아가는 거예요?"

나는 발을 내려다봤다. 아무 말도 하고 싶지 않지만 가만있을 수가 없었다.

"몇이나 되나요?"

"몇이나 되냐니 뭐가요?"

"당신이 그걸 한 여자가 몇이나 되냐고요. '속삭이는 갤러리'를."

그는 충격에 빠졌다. 눈을 굴리더니 잠깐 고개를 돌렸다.

"펄리시티군."

"그래요, 펄리시티."

"그러니까 당신이 처음은 아니에요. 하지만 근사하잖아요? 당신이 좋아할 거라고 생각했어요. 이봐요, 웃게 하고 싶었을 뿐이라구요."

우리는 택시를 사이에 두고 서 있었다. 대기 요금이 계속 올라갔고, 기사는 백미러를 흘끔대면서 기다렸다.

"또 그게 당신을 웃게 했고요. 맞죠? 우린 멋진 순간을 누렸어요. 둘이 멋진 순간을 누리지 않았나요?"

"하지만 당신은 이미 그 순간을 누려봤죠. 다른 사람과."

"저기, 루이자. 당신이 멋진 말로 칭찬한 남자가 나 하나예요? 다른 남자를 위해 차려입은 적 없어요? 사랑을 나눈 남자가 나 하나였어요? 우린 십 대가 아니에요. 각자 인생사를 가진 성인들이라고요."

"검증된 변심 전력도 있고요."

"과장이 심해요."

나는 심호흡을 하고 대꾸했다.

"미안해요. 비단 '속삭이는 갤러리' 때문만은 아니에요. 이런 행사가 약간 버거워요. 나 아닌 다른 사람인 척을 해야 되는 게 어색해요."

그가 부드러운 표정을 지으면서 다시 웃었다.

"저, 익숙해질 거예요. 알면 좋은 사람들이에요. 내가 데이트했던 사람들까지도."

그는 미소 지으려고 했다.

"당신이 그렇다면 그렇겠죠."

"언제 소프트볼 경기에 같이 가요. 좀 소탈한 분위기죠. 마음에 들 거예요."

나는 어렵사리 미소를 지었다.

조시가 몸을 숙이고 키스했다.

"우리, 괜찮은 거죠?"

그가 말했다.

"우리, 괜찮죠."

"정말 나랑 같이 안 갈래요?"

"마곳을 살펴봐야 해요. 게다가 두통도 나고요."

"진탕 마셔서 그래요! 물을 많이 마셔요. 아마 탈수 때문에 그럴 거예요. 내일 전화할게요."

조시는 키스하고 택시에 올라 문을 닫았다. 난 거기 서서 지켜보았고, 그는 손을 흔들더니 운전석 칸막이를 두 번 두드려 택시를 출발시켰다.

아파트 건물에 들어가 로비에 걸린 시계를 봤다가 아직 6시 반이어서 깜짝 놀랐다. 오후가 수십 년 계속된 것 같았는데. 구두를 벗으니 마음이 놓였다. 발가락이 죄는 구두를 벗고 푹신한 카펫을 밟을 때 밀려드는 안도감은 여자들만 안다. 손에 구두를 달랑달랑 들고 맨발로 마곳의 아파트로 올라갔다. 딱히 설명할 수는 없지만 지치고 심통이 났다. 규칙을 모르는 게임을 하자고 요청받으면 이런 기분이려나? 지금 다른 곳에 있으면 좋을 것 같았다. 여기만 아니면 어디든 상관없었다. 펄리시티 리버먼의 "그가 당신에게도 속삭이는 갤러리를 했나요?"라는 질문이 뇌리를 떠나지 않았다.

문을 열고 들어가서, 달려오는 딘 마틴에게 허리를 굽혀 인사했다. 찌그러진 얼굴에 반기는 기색이 역력해서 난 우울에 잠길 수가 없었다. 현관 바닥에 주저앉아 개가 킁킁대면서 뛰어올라 분홍색 혀로 내 얼굴을 핥게 놔두었다. 결국 웃음이 나왔다.

"저 왔어요, 마곳!"

내가 외쳤다.

안쪽에서 그녀가 대답했다.

"흠. 조지 클루니를 기대하지는 않았지. 나로선 애석한걸. 〈스텝포드 와이프〉◇들은 어땠어? 자네도 그 친구한테 개조당했나?"

"멋진 오후였어요, 마곳. 다들 아주 친절했고요."

거짓말을 했다.

"그 정도로 나빴군. 혹시 부엌을 지나가거든 맛있는 베르무트◇◇ 한 잔 갖다 주겠어?"

"도대체 베르무트가 뭐예요?"

내가 딘 마틴에게 중얼댔지만 개는 앉아서 뒷다리로 귀만 긁었다.

일어나려는 순간 휴대폰이 울렸다. 순간적으로 낙심했다. 조시일 텐데 아직 통화할 준비가 되지 않아서였다. 그런데 화면을 보니 집 전화번호가 떠 있었다. 얼른 휴대폰을 귀에 댔다.

"아빠?"

"루이자? 아, 다행이네."

손목시계를 봤다.

"별일 없어요? 거긴 한밤중일 텐데요."

"얘야, 나쁜 소식이 있다. 할아버지 소식이야."

◇ 남편들이 아내의 정신을 개조해서 인형 같은 전업주부로 만든다는 줄거리의 미국 영화.

◇◇ 화이트와인에 향료를 섞은 술.

26.

‘할아버지’ 앨버트 존 컴프턴을 기리며

장례미사:

‘성모마리아와 모든 성자 교구 성당’

스토트폴드 그린

4월 23일 낮 12시 30분

예배 후 파인머스가의 ‘래핑 독’ 술집에

다과가 준비되어 있습니다.

꽃은 사양합니다.

‘부상당한 기수 지원 기금’에 기부해 주시면 감사하겠습니다.

“저희 마음은 텅 비었지만 당신을 사랑했던 축복을 누립니다.”

사흘 후 장례식에 맞춰 집으로 날아갔다. 마곳의 열흘분 식사를 만들어 얼려두고 아쇽에게 핑계를 만들어 적어도 하루 한 번은 살펴봐 주길 부탁했다. 그녀가 괜찮은지 확인하고 상태가 안 좋으면 일주일 후에 있을 진료까지 기다리지 말라고 당부했다. 난 마곳의 진료 예약을 일주일 연기했고 침대 시트가 깨끗한지 확인했다. 딘 마틴의 사료가 충분한지도 확인했고, 개 산책 전문가인 마그다에게 하루 두 번씩 방문 요청을 한 뒤 비용을 지불했다. 마곳에게 마그다가 찾아온 첫날 돌려보내면 안 된다고 신신당부했다. 빈티지 의상실 엠포륨의 자매들에게는 자리를 비운다고 알렸다. 조시를 두 번 만났다. 그는 내 머리를 쓰다듬으며 유감이라고, 할아버지를 잃었을 때 마음이 어땠는지 기억난다고 말했다. 비행기에 탑승한 후에야 분주하게 움직인 게 현실을 회피하려는 수단이었음을 깨달았다.

할아버지가 저세상으로 떠나셨다.

또 뇌졸중이 있었다고 아빠가 말했다. 엄마와 아빠가 주방에 앉아서 대화하는 사이 할아버지는 경마를 시청하고 계셨다. 엄마가 차를 더 드실지 물으러 나갔더니 할아버지는 조용하고 평온하게, 인사도 없이 떠나셨다. 그런데 엄마 아빠는 15분이 지나서야 할아버지가 잠든 게 아님을 알아차렸다.

승합차를 타고 공항에서 집으로 가는 길에 아빠가 말했다.

"정말 편안해 보이더구나, 루. 낮잠 자듯 머리를 갸우뚱하고 눈을 감고 계셨지. 하나님이 그 양반을 사랑하신 게야. 우리는 할아버지를 잃고 싶지 않지만 그렇게 떠나는 게 좋지 않겠니? 당신 집에서 좋아하는 의자에 앉아 텔레비전을 켜놓고 말이지. 할아버지는 그

경주에 돈을 걸지도 않았으니 배당금을 놓쳤다고 배 아파할 일 없이 하늘나라로 올라가셨을 거야."

아빠는 미소 지으려고 애썼다.

난 멍했다. 아빠를 따라 집에 들어가서 빈 의자를 보고서야 그게 사실임을 믿을 수 있었다. 다시는 할아버지를 못 본다는 것. 다시는 포옹할 때 손끝에 그의 굽은 등이 만져지지 않으리란 것. 다시는 차를 갖다드리거나 그의 소리 없는 말을 해석할 수 없다는 것. 다시는 스도쿠 게임에서 속임수를 쓴다고 농담하지 못한다는 것.

"아, 루."

엄마가 복도를 내려와서 날 끌어안았다.

포옹할 때 내 어깨에 엄마의 눈물이 스며들었다. 아빠는 뒤에 서서 엄마의 등을 두드렸다.

"자, 자, 여보. 괜찮아. 괜찮다고."

아빠는 여러 번 말하면 정말 그렇게 될 것처럼 엄마를 달랬다.

할아버지를 사랑하지만, 돌아가시면 엄마가 간병의 부담에서 벗어날 거라는 생각도 가끔 했었다. 엄마는 너무 오래 할아버지에게 매달려 사느라 자신을 위한 시간을 내지 못했다. 할아버지가 말년에 더 악화되자 엄마는 좋아하는 야간학교에도 못 갔다.

그런데 내가 틀렸다. 엄마는 상실감을 느꼈고 연신 눈물을 흘렸다. 할아버지가 떠나실 때 곁을 지키지 못했다고 자책했다. 할아버지의 물건을 보고 눈물이 그렁그렁 맺혔고 더 할 수 있는 일이 없었는지 곱씹었다. 보살필 사람이 없으니 안절부절못했다. 일어났다가 앉았다가 쿠션을 매만졌다가, 약속도 없는데 연신 시계를 쳐다봤다가. 엄마는 정말 슬프면 미친 듯이 청소를 했다. 손가락 관절이 빨개지도록 있지도 않은 바닥의 먼지를 쓸고 때를 닦았다. 저녁에 아빠가 장례식 후에 다과 대접을 어떻게 할 건지 마지막으로 상의하러 술집에 가자 우린 부엌 식탁에 둘러앉았는데, 엄마는 습관적으로 우렸던 할아버지 몫의 홍차를 개수대에 버렸다. 여기 없는 사람의 차를 넉 잔째 버리면서 그가 떠난 이후 마음에 맴돌던 질문을 불쑥 입 밖에 냈다.

"내가 할 수 있는 일이 있었다면 어쩌지? 검사를 더 받게 해드렸다면 어땠을까? 뇌졸중이 발생할 가능성을 의사가 더 잘 파악할 수도 있었을 텐데."

엄마가 손수건을 들고 손을 비틀었다.

"하지만 엄마는 그렇게 했어요. 수백만 번이나 할아버지를 병원에 모시고 간걸요."

"할아버지가 초콜릿 다이제스티브 과자를 두 통이나 드신 때를 기억하지? 그래서 이렇게 됐을지 몰라. 어느 기사를 보니 설탕이 악마 노릇을 한다더라. 과자를 더 높은 선반에 올려둘 것을. 망할 놈의 케이크를 못 드시게 했어야……."

"할아버지는 아이가 아니었어요. 엄마."

"야채를 더 드시게 할걸. 그런데 그게 어려웠어. 알지? 어른인데 밥을 떠먹일 수도 없고. 아, 이런. 언짢아하지 마렴. 윌의 경우는 달랐다는 걸 알아……."

엄마의 손을 잡고 일그러지는 엄마의 얼굴을 바라보았다.

"어느 누구도 엄마보다 할아버지를 사랑할 수는 없었어요. 누구도 엄마보다 할아버지를 잘 보살필 수는 없었다고요."

사실 엄마의 슬픔은 날 불편하게 했다. 내가 느꼈던 감정과 너무 비슷했다. 아주 오래전 일도 아니었다. 엄마의 슬픔이 전염이라도 되는 것처럼 조심했다. 나도 모르게 엄마를 피할 구실을 만들었다. 그래서 감정에 빠져들지 않게 계속 분주하게 나댔다.

그날 밤 부모님이 앉아서 변호사에게 받은 서류를 작성하는 동안 나는 할아버지의 방으로 갔다. 여전히 할아버지가 떠나던 때와 똑같았다. 침대가 정돈되어 있었고 의자에 《레이싱 포스트》가 놓여 있었다. 다음 날 오후에 열리는 경마 경주 두 차례에 파란 펜으로 동그라미가 그려져 있었다.

침대에 걸터앉아서 침대보의 양초 심지 무늬를 검지로 쓸어내렸다. 협탁에는 1950년대에 찍은 할머니 사진이 있었다. 헤어롤로 만 곱슬곱슬한 머리, 솔직하고 믿음직한 미소. 할머니는 언뜻언뜻 기억났다. 하지만 할아버지는 내 성장기에 늘 함께였다. 처음에는 길 아래 작은 집에 계셨다. 토요일 오후에 우리 자매가 사탕을 얻으러 뛰어가면 엄마가 집 앞에서 우리를 지켜보곤 했다. 마지막 15년은 우리 집 이 방에 계셨다. 내 하루는 할아버지의 씰룩이는 다정한 미소로 마무리됐다. 늘 거실에 앉아 신문을 보고 차를 마시고 계셨는데.

어릴 때 할아버지에게 들은 이야기를 떠올렸다. 해군 시절(외딴섬, 원숭이, 야자나무가 전부 사실은 아니었겠지), 할아버지가 유일하게 만들 줄 아는 음식인 계란빵을 만들다 냄비를 까맣게 태웠다는 이야기.

내가 아주 어릴 때 들었던, 할아버지가 우스운 얘기를 하면 할머니가 웃다가 울었다는 이야기. 그러다 나도 나이가 들면서 점점 할아버지를 목석처럼 대했던 게 떠올랐다. 할아버지에게 편지를 쓰지 않았다. 전화도 하지 않았다. 그저 내가 원하는 만큼 늘 거기 계실 줄 알았다. 할아버지가 속상했을까? 나랑 얘기하고 싶었을까?

작별 인사도 못 했다.

애그니스의 말이 기억났다. 집에서 멀리 떠난 사람은 늘 마음을 두 곳에 두고 산다고 했었다. 양초 심지 무늬가 그려진 침대보에 손을 얹었다. 그리고 마침내 울었다.

장례식 날 아래층에 내려가니 엄마는 조문객을 맞을 준비로 청소를 하느라 정신이 없었다. 내가 알기론 장례식이 끝나고 집에 올 손님이 없는데도. 아빠는 조바심이 나는 표정으로 식탁에 앉아 있었다. 요즘 엄마랑 대화할 때면 아빠는 곧잘 그런 표정을 지었다.

"일자리를 구할 필요 없어. 당신, 아무것도 안 해도 돼."

"아니, 시간을 보내려면 할 일이 있어야지."

엄마는 재킷을 벗어서 의자 등받이에 걸치고는 무릎을 꿇고 먼지도 없는 찬장 뒤쪽을 닦았다. 아빠는 말없이 접시와 나이프를 내 쪽으로 밀었다.

"루, 방금 엄마에게 서둘러 일하지 않아도 된다고 말하던 참이다. 엄마가 장례식이 끝나면 직업 센터에 간다고 해서."

"엄마, 할아버지를 보살피느라 오랫동안 고생이 많으셨잖아요. 어느 정도 혼자 시간을 즐기셔야 해요."

"아니, 할 일이 있는 게 더 좋겠어."

"네 엄마가 저렇게 힘줘서 닦다간 찬장이 남아나질 않겠어."

아빠가 중얼대면서 다시 엄마에게 말했다.

"앉아, 제발. 뭐라도 좀 먹어."

"배 안 고파."

"제발, 여보. 당신이 계속 이러면 나한테 뇌졸중이 오겠어."

아빠는 그 말을 내뱉은 순간 양미간을 찌푸렸다. 그러더니 얼른 덧붙였다.

"미안해요. 그런 뜻이 아니라……."

"엄마."

엄마가 부르는 소리를 못 듣자 내가 다가갔다. 어깨에 손을 얹었다. 그녀는 잠시 가만히 있었다. 내가 다시 불렀다.

"엄마."

엄마가 몸을 일으켜 창밖을 내다보았다.

"이제 내가 무슨 쓸모가 있을까?"

엄마가 말했다.

"무슨 말이에요?"

그녀는 풀 먹인 하얀 망사 커튼을 바로잡았다.

"이제 아무도 날 필요로 하지 않아."

"아니, 엄마. 난 엄마가 필요해요. 우리 모두 엄마가 필요하다고요."

"하지만 넌 여기 없잖니? 다들 마찬가지야. 톰도. 너희 모두 멀리 있지."

나는 아빠와 눈빛을 교환했다.

"그렇다고 엄마가 필요 없는 게 아니에요."

"할아버지만 내게 의지했어. 버나드, 당신도 저녁마다 동네 술집에서 파이 한 쪽과 맥주 한 잔이면 족하잖아. 이제 난 뭘 해야 될까? 쉰여덟 살인데 무용지물 같아. 평생 다른 사람을 돌보면서 살았는데, 이제 날 필요로 하는 사람이 없어."

엄마의 눈에 눈물이 차올랐다. 그 순간 엄마가 대성통곡할까 봐 겁났다.

"엄마, 우리 모두 엄마가 필요해요. 엄마가 여기 없으면 난 어째야 좋을지 모르겠어요. 엄마는 건물의 주춧돌 같은 분이에요. 난 계속 엄마를 만나지 못하더라도 엄마가 여기 있는 걸 알아요. 날 지지해 준다는 걸 알죠. 다들 마찬가지예요. 트리나도 똑같이 말할걸요."

엄마가 날 바라봤다. 믿어도 될지 자신이 없는, 괴로운 눈빛이었다.

"정말이에요. 그리고 지금은…… 지금은 좀 이상한 시기죠. 적응하려면 시간이 걸릴 거예요. 하지만 야간학교를 다니기 시작했을 때 어땠는지 기억하죠? 엄마가 얼마나 신이 났었는데요. 자기 자신을 발견한 것 같았죠. 음, 다시 그렇게 될 거예요. 누가 엄마를 필요로 하는 것이 아닌, 드디어 엄마가 자신에게 시간을 쏟게 되었다는 뜻이라고요."

아빠가 상냥하게 말했다.

"여보, 여행을 갑시다. 아버지를 혼자 계시게 할 수 없어 못 했던 일들을 전부 하는 거야. 어쩌면 널 만나러 갈 수도 있지, 루. 뉴욕

여행! 있지, 여보, 당신 인생이 끝난 게 아니라 다른 인생이 되는 것뿐이라고."

"뉴욕에 간다고?"

엄마가 반문했다.

"아, 그래요. 오시면 좋죠. 두 분에게 좋은 호텔을 구해드리고 같이 관광하면 돼요."

내가 토스트 한쪽을 집으면서 말했다.

"그렇게 해주겠니?"

"어쩌면 네 상사인 백만장자를 만날 수도 있겠네. 그가 몇 가지 요령을 알려줄 수도 있겠구나, 그렇지?"

아빠가 말했다.

사실 부모님에게 변한 상황을 알리지 못했다. 난 멍한 표정으로 계속 토스트를 씹었다.

"우리가 뉴욕에 간다고?"

엄마가 말했다.

아빠가 티슈 상자를 집어서 엄마에게 건넸다.

"까짓것 그러자고. 저축한 것도 있어. 세상을 떠날 때 돈을 가져가는 것도 아니고. 적어도 아버님은 그걸 아셨지. 값나가는 유산은 기대하지 말아라. 알겠지, 루이자? 난 사설 경마업소 앞을 지나기가 겁난다니까. 마권업자가 뛰어나와서 할아버지에게 5파운드 외상이 있다고 말할까 봐."

엄마가 행주를 든 채로 몸을 폈다. 그녀는 한쪽으로 눈을 돌렸다.

"너랑 나랑 아빠랑 뉴욕이라니! 상상도 못 한 일이야."

"원하시면 오늘 저녁에 당장 항공편을 찾아볼 수도 있어요."

고프니크인 척해달라고 마곳을 설득할 수 있을지 잠시 염려되었다.

엄마가 손으로 뺨을 감싸면서 대답했다.

"아, 맙소사. 아직 할아버지를 무덤에 모시지도 않았는데, 벌써 여행 계획을 세우고 있어. 뭐라고 생각하실까?"

"멋지다고 생각하실걸요. 엄마랑 아빠가 미국에 간다는 아이디어가 맘에 드실 거예요."

"정말 그렇게 생각하니?"

나는 엄마에게 팔을 뻗어 포옹하면서 대답했다.

"그럼요. 할아버지는 해군으로 세상을 돌아다니셨잖아요? 또 엄마가 성인 교육센터에 다시 나가면 좋아하실 거예요. 지난 해에 배운 지식을 낭비하면 안 되잖아요."

"하지만 장담컨대 당신이 외출 전에 내 저녁밥을 오븐에 남겨놓고 가면 아버님이 더 좋아하실 거야."

"엄마, 기운 내요. 오늘 장례식을 잘 치른 후에 같이 계획을 세우면 돼요. 엄마는 할아버지를 위해 할 수 있는 걸 다 했어요. 그러니 할아버지는 엄마가 인생의 다음 단계를 모험할 자격이 있다고 느끼실 거예요."

"모험."

엄마가 중얼댔다. 아빠에게 티슈를 받아서 눈가를 닦고선 말을 이었다.

"내가 딸들을 어쩜 이렇게 똑똑하게 키웠을까?"

아빠가 눈을 크게 뜨더니 재빠르게 내 접시에서 토스트를 집어 당겼다.

"아, 그거야 애들이 아빠를 닮았으니까."

엄마가 행주를 아빠의 뒤통수에 던지자 아빠가 비명을 질렀다. 엄마가 몸을 돌리자 아빠는 내게 안도의 미소를 지었다.

장례 미사는 평범하게 진행되었다. 크고 작은 슬픔과 울음이 있었고, 찬송가를 따라 부르지 못하는 사람들도 제법 많았다. 신부님의 점잖은 표현으로는 요란 떨지 않는 의례였다. 할아버지는 말년에 바깥 출입을 못해서 엄마가 《스토트폴드 옵저버》에 부고를 게재했는데도 소식을 아는 친구가 거의 없는 듯했다. 혹은 할아버지 친구들이 대부분 고인이 됐거나(조문객 두어 명으로는 판단하기 어려웠다).

묘지에서 이를 악 물고 트리나 옆에 서 있었다. 동생이 내 손을 꼭 쥐자 자매가 있다는 고마움이 유독 절절히 느껴졌다. 뒤를 보니 에디가 톰의 손을 잡고 있었다. 아이는 풀밭에 난 데이지 꽃을 말없이 발로 찼다. 트랜스포머나 영구차 의자에 두고 온 먹다 남은 비스킷을 생각했겠지.

신부님이 낭송하는 익숙한 흙과 재에 관한 성경 구절을 듣자니 눈물이 차올랐다. 손수건으로 눈물을 닦았다. 그때 고개를 들어 무덤을 보는데 몇 안 되는 조문객들 뒤쪽에 샘이 서 있었다. 가슴이 방망이질 쳤다. 두려움과 욕지기 사이에서 무언가 뜨거운 게 솟구쳤다. 사람들 속에서 잠깐 그와 눈이 마주치자, 나는 눈을 깜빡이면서 눈을 돌렸다. 다시 쳐다보니 샘은 거기 없었다.

*

술집에 차려진 뷔페 테이블 앞에 서서 고개를 돌렸는데 옆에 샘이 있었다. 양복을 입은 모습은 처음인 데다, 너무 잘생기고 낯선 모습을 보니 잠시 숨이 쉬어지지 않았다. 최대한 성숙하게 상황에 대처해야 한다고 생각했다. 그의 존재를 의식하지 않고, 처음 보는 음식인 듯 샌드위치 접시들만 뚫어져라 쳐다봤다.

샘은 거기 서서 내가 고개를 들기를 기다리다가 나직하게 말했다.

"당신 할아버지가 돌아가셔서 마음이 아파요. 당신 가족이 얼마나 애틋한지를 아니까."

"그 정도는 아니에요. 그랬다면 내가 여기 계속 있었을 테니까요."

엄마가 종업원들에게 수고비를 지불했는데도 난 부지런히 테이블에 냅킨을 올려놓았다.

"그래, 뭐 인생이 항상 그렇게 돌아가지는 않으니까요."

"그거야 내가 잘 알죠."

가시 돋친 목소리를 내지 않으려고 잠깐 눈을 감았다. 심호흡을 하고 마침내 샘에게 고개를 들었다. 담담한 표정을 지으려고 애쓰며 다시 말했다.

"그래서 어떻게 지내요?"

"그럭저럭. 당신은?"

"아. 좋아요."

우리는 잠시 서 있었다.

"집은 어떻게 됐어요?"

"다 되어가고 있어요. 다음 달에 이사해요."

"와."

마음이 불편하다가 순간 깜짝 놀랐다. 내가 아는 사람이 맨땅에 집을 올리다니. 불가능한 일 같았다. 처음 봤을 땐 바닥에 콘크리트만 깔렸었는데. 샘이 그걸 해냈다. 내가 다시 말했다.

"그거…… 그거, 대단하네요."

"알아요. 하지만 예전 집이 그리울 거예요. 거기 사는 게 정말 좋았거든요. 삶이…… 단순했고요."

우리는 서로 쳐다보다가 눈을 돌렸다.

"케이티는 어때요?"

순간적인 머뭇거림.

"잘 지내요."

엄마가 소시지 쟁반을 들고 내 옆에 나타났다.

"루, 트리나가 어디 있는지 찾아볼래? 트리나가 이걸 들고 돌아야 하는데…… 아, 아니다. 저기 있네. 네가 쟁반을 트리나에게 갖다주면 되겠구나. 저기 있는 분들은 아직 아무것도 드시지 않아서……."

그 순간 엄마는 내가 누구와 대화 중인지 알아차렸다. 그녀가 쟁반을 빼앗으면서 다시 말했다.

"미안, 미안해요. 방해할 마음은 없었는데."

"방해하지 않았어요."

의도보다 강한 말투로 내뱉었다. 난 쟁반 가장자리를 꽉 잡았다.

"내가 할게, 루."

엄마가 허리 쪽으로 쟁반을 끌어당겼다.

"제가 해도 돼요."

나는 손가락 관절이 하얗게 되도록 힘을 주었다.

"루, 놔라. 어서."

엄마가 단호하게 말하며 맹렬한 눈빛으로 날 쳐다봤다. 결국 내가 손을 떼자 엄마는 서둘러 가버렸다.

샘과 나는 테이블 옆에 서 있었다. 어색하게 서로 미소 지었지만 곧 웃음기가 사라졌다. 난 접시를 집어서 당근 조각을 올렸다. 아무것도 못 먹을 것 같았지만 빈 접시를 들고 서 있기가 어색했다.

"그럼 여기 계속 있는 거예요?"

"일주일만."

"그곳 생활은 어때요?"

"흥미로웠어요. 해고당했고요."

"릴리한테 들었어요. 릴리가 제이크랑 만나서 제법 자주 보거든요."

"그래요. 그 일도…… 놀라웠어요."

릴리가 뉴욕에 왔던 일을 얘기했을지 궁금했다.

"난 놀라지 않았어요. 둘이 처음 만날 때부터 그럴 줄 알았죠. 알잖아, 릴리는 착한 아이예요. 둘이 행복해해요."

나는 동의라도 하는 듯 고개를 끄덕였다.

"얘기를 많이 해요. 당신의 멋진 남자 친구 얘기도. 당신이 해고당한 후에 살 집을 찾고 빈티지 의상실에 취직한 것도. 당신이 전부 해결했다면서요? 릴리가 당신한테 감탄하더라고요."

내가 치즈 스트로◇를 만지작대며 딴청을 부리자 샘도 딴청을 부렸다.

"과연 그럴까 싶네요."

"뉴욕이 당신한테 맞는 것 같다더군요. 하긴 우리 둘 다 아는 얘기지요만요."

그가 어깨를 으쓱했다.

샘이 다른 데로 눈을 돌리는 사이 난 그를 슬쩍 쳐다봤다. 마음 한 조각은 남아 있는데, 그렇게 편했던 두 사람이 이젠 한 문장도 제대로 말하지 못하다니 놀라웠다.

내가 불쑥 말했다. 어디서 그런 말이 나왔는지 모르겠지만.

"당신한테 줄 게 있어요. 우리 집, 내 방에 있는데. 지난번에 가져왔는데…… 알잖아요."

"나한테 줄 거라뇨?"

"꼭 그런 건 아니고요. 저기, '닉스' 야구 모자예요. 그걸 샀거든요…… 한참 전에. 당신이 누나 얘기를 해서 말이에요. 누나는 록펠러센터에 가지 못했지만, 저기, 제이크가 좋아할 것 같아서 샀어요."

샘이 날 빤히 쳐다보았다.

내가 발끝을 내려다볼 차례였다. 내가 말했다.

"그런데 바보 같은 생각이겠죠. 다른 사람에게 줘도 돼요. 뉴욕에서 닉스 모자를 줄 사람을 못 찾을 것도 아니고요. 또 이제 당신한

◇ 막대 모양의 치즈 과자.

테 뭘 주는 것도 좀 이상할 테고요."

"아니요, 아네요. 제이크가 좋아할 거예요. 고마워요."

밖에서 누군가 경적을 울리자 샘이 창문 쪽을 힐끗 보았다. 케이티가 차에서 기다리는지 궁금했다.

뭐라고 대꾸할지 난감했다. 그 말에 적절한 대답이 없는 것 같았다. 목 끝까지 차오른 감정을 억누르려 안간힘을 썼다. 스트레이저 무도회를 떠올렸다. 난 샘이 싫어할 거라고, 갖고 있는 양복 정장이 없을 거라고 넘겨짚었었다. 왜 그렇게 생각했을까? 오늘 입은 정장은 맞춤 양복 같은데.

더 이상 참기 힘들어서 입을 열었다.

"내가…… 내가 보내줄게요. 저기, 엄마를 도와드리는 게 좋겠어요. 저거…… 저기…… 소시지가 있는데……."

샘이 한 걸음 물러났다.

"그래요. 애도를 표하고 싶었을 뿐이에요. 갈 테니까 일 봐요."

그가 몸을 돌렸다. 내 얼굴이 일그러졌다. 상중이라서, 특이한 표정을 지어도 아무도 이상하게 안 봐서 다행이었다. 그런데 내가 얼굴을 펴기도 전에 샘이 다시 다가왔다.

"루."

그가 조용히 불렀다.

대꾸할 수가 없어서 그냥 고개를 저었다. 조문객들을 지나 문밖으로 나가는 샘의 뒷모습을 지켜보았다.

그날 저녁 엄마가 작은 꾸러미를 내밀었다.

"할아버지가 주시는 거예요?"

내가 물었다.

"말도 안 되는 소리. 할아버지는 지난 10년간 누구한테 선물을 주신 적이 없어. 네 애인 샘이 준 거야. 오늘 그를 보자 기억이 나서 말야. 저번에 집에 왔을 때 네가 두고 갔어. 이걸 어떻게 해야 될지 몰라서 간수해 뒀지."

작은 상자를 집으니 갑자기 주방 식탁에서 싸우던 기억이 났다. 당시 그는 "크리스마스 잘 보내요"라고 말하면서 이 상자를 두고 가버렸다.

엄마가 몸을 돌리고 설거지를 시작했다.

뚜껑을 열고 유물이라도 꺼내는 것처럼 유난스러울 정도로 조심하며 겹겹의 포장지를 벗겼다.

작은 상자 안에 구급차 모양의 에나멜 브로치가 들어있었다. 1950년대쯤의 물건이었다. 십자가에 박힌 빨간 보석은 루비거나 인조 보석이겠지. 어느 쪽이든 내 손안에서 빛이 나고 있었다. 뚜껑 안쪽에 작게 접은 메모가 있었다.

우리가 떨어져 있는 동안 날 기억하기를. 내 모든 사랑을 바쳐, **당신의 구급차 샘.** xxx

브로치를 손바닥에 올려놓으니 엄마가 와서 어깨 너머로 쳐다봤다. 이럴 때 엄마가 아무 말도 안 하는 것은 드문 일이다. 그런데 이번에는 내 어깨를 꽉 잡고 머리에 입을 맞추더니 다시 설거지를 했다.

27.

루이자 클라크 씨에게

제 이름은 빈센트 베버입니다. 제가 알기로는 마곳 베버의 손자입니다. 하지만 당신은 그분을 결혼 전 성인 디윗으로 알고 계시군요. 당신의 연락은 매우 놀라웠습니다. 아버지가 모친에 대해 전혀 언급하지 않으셔서요. 솔직히 오래전부터 그분이 살아 있지 않다고 믿었습니다. 아무도 그런 말을 하지 않았다는 걸 이제야 깨달았지만요.

연락을 받고 어머니에게 여쭤보니, 제가 태어나기 전에 큰 불화가 있었답니다. 그런데 쭉 생각하다가 그 일은 저랑 전혀 무관하다고 결론지었습니다. 저는 할머니에 대해 자세히 알고 싶습니다(건강이 안 좋으시다는 뉘앙스던데요). 제게 할머니가 한 분 더 계시다니 믿기지 않네요!

답장을 보내주세요. 애써주셔서 감사합니다.

빈센트 베버(비니)

그는 수요일 오후 약속한 시간에 찾아왔다. 5월 들어 처음으로 더워진 날이어서 거리마다 갑자기 반소매 옷과 새로 산 선글라스가 넘쳐났다. 마곳에게 미리 알리지 않은 이유는 첫째, 화낼 것이 확실하고, 둘째, 그가 집에 갈 때까지 마곳이 산책하러 나갈 거라는 강한 예감이 들어서였다. 현관문을 여니 그가 서 있었다. 큰 키, 금발, 귀에 피어싱 일곱 개. 1940년대 스타일의 통바지와 진홍색 셔츠, 반들반들한 가죽 단화, 어깨에 페어 아일 스웨터◇를 걸치고 있었다.

"루이자인가요?"

내가 몸을 굽혀 몸부림치는 개를 안자 빈센트가 물었다.

난 그를 아래위로 훑어보면서 말했다.

"어머나, 세상에. 두 분이 아주 금방 친해지겠어요."

그를 복도로 안내하면서 속삭이며 대화했다. 2분 동안이나 딘 마틴이 짖고 으르렁대고서야 마곳이 소리쳤다.

"집 앞에 누가 왔어? 고프니크의 못된 마누라라면 그 피아노 연주는 빈 수레만 요란하고 처량한 엉터리라고 말해줘도 좋아. 전에 리버라치◇◇를 본 사람의 말이라고 전해."

마곳이 기침하기 시작했다.

나는 뒷걸음질하면서 그를 거실 쪽으로 부른 다음 문을 열었다.

"마곳, 손님이 오셨어요."

의자의 팔걸이를 잡고 살짝 찡그리면서 고개를 돌린 마곳이 그를 족히 10초쯤 살피더니 단호하게 말했다.

"모르는 사람인데."

"이분은 빈센트예요, 마곳."

◇ 스코틀랜드의 페어섬에서 만드는 화려한 색과 패턴을 지닌 털스웨터.

◇◇ 1970년대 미국에서 활동한 피아노 연주자. 화려한 쇼 퍼포먼스로 유명하다.

이 말을 하고 심호흡을 했다. 그런 다음 덧붙였다.

"손자분이요."

그녀가 빈센트를 빤히 보았다.

"안녕하세요, 디윗 부인, 아니…… 할머니."

그가 앞으로 나와 미소 짓더니 그녀 앞에 쭈그려 앉았다. 마곳이 그를 찬찬히 살폈다.

너무 험상궂은 표정이라서 곧 고함을 치겠다는 생각이 들었다.

그런데 그녀는 작게 딸꾹질 비슷한 소리를 냈다. 그러고는 입을 살짝 벌리고 앙상한 늙은 손으로 그의 소매를 잡았다.

"네가 왔구나."

마곳은 가슴 깊은 데서 나오는 갈라지는 소리로 낮게 중얼거렸다.

"네가 왔어."

그녀가 손자를 응시했다. 닮은 외모와 사연을 이미 알고 있었던 듯이 눈을 깜빡거렸다. 오랫동안 잊었던 기억을 불러내는 것처럼.

"아, 그런데 너는 아버지를 정말, 정말로 닮았구나."

그녀가 한 손을 뻗어서 빈센트의 얼굴 윤곽을 쓰다듬었다.

"제가 약간 더 낫다고 생각하고 싶은데요."

빈센트가 싱긋 웃으면서 대답하자 마곳이 와락 웃음을 터뜨렸다.

"어디 한번 보자꾸나. 이런, 맙소사. 아, 정말 잘생겼네. 그런데 날 어떻게 찾아냈니? 네 아버지가 알고……?"

마곳은 얽히고설킨 질문인 듯이 고개를 저었고, 손가락 관절이 하얗게 되도록 그의 소매를 붙잡았다. 그러더니 내 존재를 잊었던 듯 내게 고개를 돌렸다.

"흠, 뭘 구경만 하고 있니, 루이자. 이런 상황이면 보통 사람들은 지금쯤 이 딱한 청년에게 음료를 대접했을 게다. 맙소사. 어떤 날은 네가 대체 여기서 뭘 하는지 모르겠단 말이지."

빈센트는 놀란 눈치였지만 나는 몸을 돌려 주방으로 가면서 환하게 웃었다.

28.

조시는 손뼉을 치면서 바로 이거라고 말했다. 그는 승진할 거라고 확신했다. 코너 에일스는 만찬에 초대받지 않았다. 최근에 법무팀에서 이동한 샤메인 트렌트도 초대받지 않았다. 승진 전에 만찬에 초대받았던 회계부장 스콧 매키는 조시의 승진이 확정되었다고 장담했다.

그가 거울에 비친 모습을 확인하면서 말했다.

"너무 자만하고 싶진 않지만 이건 사교적인 부분이거든요, 루이자. 윗분들은 사교적으로 어울릴 수 있는 직원들만 승진시킨다고요. 당신은 잘 모르겠죠. 골프를 시작해야 될지 고심했는데. 윗분들은 다 골프를 치거든요. 그런데 난 열세 살 이후로는 골프를 치지 않았어요. 이 넥타이 어떤 것 같아요?"

"좋아요."

그냥 넥타이였다. 뭐라고 답해야 좋을지 몰랐다. 아무튼 다 파란색으로만 보였다. 그가 민첩하고 확실한 손놀림으로 매듭을 만들었다.

"어제 아버지한테 전화했더니 자리에 연연하지 않아 보이는 게 관건이라고 하시더라고요. 알겠어요? 말하자면…… 말하자면 야심 있고 완전히 회사 체질이지만, 부르는 데가 많아 언제든 타사로 옮길 수 있다고 보여야 해요. 걸맞게 대접하지 않으면 내가 이직할 거라는 압박감을 그들이 느껴야 되죠. 내 말 알아듣겠어요?"

"아, 그럼요."

지난주 내내 같은 대화를 열네 번쯤 했다. 내 대답이 필요할 것 같지 않았다. 조시는 다시 거울을 보더니 만족해서 침대로 걸어왔다. 그러고는 몸을 숙이고 내 뒤통수를 쓰다듬었다.

"7시 직전에 데리러 갈게요. 알았죠? 늦어지지 않게 미리 개를 산책시켜요. 지각하면 곤란하니까요."

"준비하고 있을게요."

"오늘 하루 잘 지내요. 저기, 부인의 가족을 찾아준 일은 잘했어요. 알죠? 정말 잘했어요. 좋은 일을 한 거예요."

조시는 강조하듯 내게 키스한 뒤 이따 있을 일을 떠올리는 듯 미소 지으며 출근했다.

난 그가 나갈 때 자세 그대로 침대에 있었다. 그의 티셔츠를 걸친 채 무릎을 껴안고 있었다. 그러다가 일어나서 옷을 입고 그의 아파트에서 나왔다.

아침에 마곳을 병원에 데려갈 때도 여전히 심란했기에 택시 창에 이마를 대고 그녀의 말을 알아듣는 것처럼 호응하려 애썼다.

택시에서 내리면서 부축하는 나에게 마곳이 말했다.

"날 그냥 두고 가도 돼."

자동문 앞에 도착하자 그녀의 팔을 놔주었다. 마곳을 집어삼킬 듯이 문이 스르르 열렸다.

진료를 받으러 올 때마다 이런 식이었다. 내가 딘 마틴과 함께 밖에서 기다리면, 마곳은 천천히 병원으로 들어갔다. 그리고 내가 한 시간 후 다시 오거나 그녀가 전화하곤 했다.

"오늘 아침에는 그 머리에 뭐가 들었는지 모르겠군. 정신을 못 차리네. 도움이 안 돼."

입구에 서서 그녀가 목줄을 넘겨주면서 말했다.

"고마워요, 마곳."

"흠, 멍청이랑 다니는 것 같아. 네 마음은 콩밭에 가 있지, 나 혼자인 거나 진배없어. 해줄 일을 알아듣게 하려고 세 번이나 말해야 되니 원."

"죄송해요."

"아, 내가 들어간 사이에 딘 마틴에게 온정신을 쏟으란 말이야. 방치된 걸 알면 녀석이 풀이 죽으니까."

마곳이 한 손가락을 들면서 덧붙였다.

"분명히 말했어, 이 아가씨야. 내가 다 '알' 거라니까."

야외 테이블과 친절한 웨이터가 있는 카페로 향하다가 내가 마곳의 핸드백을 갖고 있음을 알아차렸다. 욕설을 중얼대며 달리기 시작했다.

대기 중인 환자들이 개를 째려봐도 무시하고 안내석으로 뛰어갔다. 다들 수류탄이라도 본 듯한 표정을 지었다.

"안녕하세요! 가방을…… 핸드백을 마곳 디윗 부인에게 전해야 해서요. 어디 가야 찾을지 알려주시겠어요? 부탁해요. 저는 간병인이에요."

안내원은 고개를 들지 않고 스크린만 쳐다봤다.

"전화하면 되잖아요?"

"80대 노인이라 휴대폰을 쓰지 않으세요. 쓴다고 해도 휴대폰이 핸드백에 있어요. 부탁해요. 이게 필요하실 거예요. 약이랑 메모지랑 다 들어 있거든요."

"오늘 예약이 있으신가요?"

"11시 15분에요. 마곳 디윗."

혹시 몰라서 철자를 말했다.

안내원은 매니큐어를 과하게 바른 손가락으로 스크린을 짚었다.

"찾았어요. 여기 있어요. 종양내과는 저쪽이에요. 왼쪽에 있는 문으로 들어가세요."

"아니, 뭐라고요?"

"종양내과요. 이 중앙 복도를 내려가서 왼쪽의 문을 지나가시라고요. 환자분이 진료 중이면 거기 있는 간호사에게 핸드백을 맡기면 돼요. 아니면 어디서 기다릴지 메시지만 남기셔도 되고요."

나는 안내원을 쳐다보면서 착각했다고 말해주기를 기다렸다. 마침내 고개를 든 그녀는 왜 내가 멍청하게 서 있는지 의아하다는 표정을 지었다. 난 데스크에서 예약카드를 집어 들고 힘없이 말했다.

"고맙습니다."

딘 마틴과 햇빛 속으로 나갔다.

*

"왜 저한테 말하지 않으셨어요?"

택시에서 마곳은 개를 무릎에 눕힌 뒤 내게서 살짝 몸을 돌렸다.

"너랑 상관없는 일이니까. 알면 빈센트에게 말했을 거잖아. 빌어먹을 암 때문에 손자가 날 보러 와야 한다고 느끼는 게 싫었어."

"예후가 어떤데요?"

"너랑 상관없어."

"어떠시냐고요……. 상태가 어때요?"

"네가 질문 공세를 시작하기 전이랑 똑같은 상태야."

이제 모든 게 납득됐다. 여러 가지 약, 잦은 병원 진료, 식욕감퇴. 연로하니까 그렇겠지. 그리고 미국의 과잉 진료 때문에 그렇겠지. 가볍게 넘어갔던 것들은 더 중한 원인을 가리켰었다. 속이 울렁댔다.

"무슨 말을 해야 될지 모르겠어요, 마곳. 제가 느끼기에……."

"네 느낌에 관심 없어."

"하지만……."

"나한테 멋대로 굴 엄두도 내지 마. 영국인의 단단한 기백은 어디 갔누? 왜 이리 물렁해?"

"마곳……."

"이 얘기는 더 하지 마. 얘기해도 도움이 안 돼. 계속 시시하게 굴 작정이라면 다른 집을 알아보라고."

레이버리 빌딩에 도착하자 그녀는 평소와 달리 택시에서 힘차게 내렸다. 내가 택시비를 치를 즈음, 마곳은 나 없이 벌써 로비에 들어가 있었다.

조시에게 오전의 일을 털어놓고 싶었지만, 문자를 보냈더니 녹초가 되었다면서 저녁에 얘기하자는 답이 왔다. 네이선은 고프니크 씨를 보살피느라 바빴다. 일라리아가 알면 법석을 부릴 터였다. 연신 드나들면서 특유의 무뚝뚝한 속정을 보이며 데운 돼지고기찜 세례를 하면 더 곤란해질 게 뻔했다. 정말이지 대화를 나눌 상대가 없었다.

마곳이 오후 낮잠을 자는 사이, 조용히 욕실로 가서 청소라는 명분하에 욕실장을 열었다. 선반에 놓인 약품의 이름을 적다가 마침내 확실히 알게 되었다. 모르핀이었다. 거기 있는 다른 약들도 꺼내서 인터넷으로 검색했다. 답이 나왔다.

뼛속까지 떨렸다. 이렇게 죽음을 정면으로 대면하는 감정이 어떨지 궁금했다. 마곳에게 시간이 얼마나 남았을까? 내가 노부인을 사랑한다는 사실을 깨달았다. 말투가 예리하고 머리는 더 예리한 그녀를 나는 가족처럼 사랑했다. 그런데 마음 한구석에는 이기적인 염려도 생겼다. 이 일이 내게 어떤 영향을 미칠까. 마곳의 아파트에서 행복하게 지냈다. 영원하리라 기대하지 않았지만 적어도 1년 정도는 머물게 될 줄 알았다. 그런데 다시 변화무쌍한 상황에 직면해야 했다.

마음을 좀 추슬렀을 무렵 초인종이 울렸다. 7시 정각이었다. 현관문을 여니 조시였다. 퇴근 무렵의 후줄근한 기미 없이 말쑥해 보였다.

내가 말했다.

“어떻게 이럴까? 종일 일했을 텐데 어떻게 이렇게 깔끔해요?”

조시가 몸을 숙여 뺨에 키스했다.

“전기면도기 덕이죠. 세탁소에 양복 한 벌을 맡겼다가 사무실에서 갈아입었어요. 후줄근해 보이기 싫어서.”

“하지만 상사는 종일 같은 양복을 입고 있지 않아요?”

“그렇죠. 하지만 승진을 바라는 사람은 다르죠. 나 괜찮아 보여요?”

“왔나, 조시?”

마곳이 주방에 가느라 지나가다 인사했다.

“안녕하세요, 디윗 부인? 오늘은 기분이 어떠세요?”

“아직 살아 있지, 자네는 그 정도만 알면 돼.”

“아, 멋져 보이세요.”

“진부한 말을 많이 하는군.”

조시가 씩 웃으면서 나에게 고개를 돌렸다.

“그래서 뭘 입을 건가요, 귀염둥이?”

나는 아래를 내려다보았다.

“어, 이건데.”

잠시 침묵이 흘렀다.

“그…… 스타킹을?”

나는 다리를 내려다보았다.

“아, 그거 맞아요. 좀 복잡한 하루를 보냈어요. 이게 내 기분 전환용 타이츠거든요. 세탁소에서 찾아온 깨끗한 양복이랑 마찬가지죠.

부연하자면 가장 특별한 경우에만 신어요."

난 애처롭게 미소를 지었다.

조시는 다리를 조금 더 쳐다보더니 천천히 손을 들어 입을 만졌다.

"미안한데요, 루이자. 오늘 저녁에는 별로 적당하지 않아요. 상사 부부가 무척 보수적이세요. 또 미슐랭 스타를 획득한 고급 레스토랑에 갈 거고요."

"이 옷은 샤넬이에요. 디윗 부인이 빌려주셨어요."

"그래요. 하지만 전반적인 분위기가 좀……."

그가 양미간을 찌푸리면서 말을 이었다.

"……정신 사납다고 할까?"

내가 꼼짝하지 않자, 조시는 손을 뻗어 내 팔뚝을 잡더니 다시 말했다.

"당신이 차려입기 좋아하는 걸 알지만, 내 상사를 만나는 날이니까 조금만 단정하게 입어줄래요? 오늘 저녁은 나한테 진짜 중요하거든요."

나는 그의 손을 내려다보면서 얼굴을 붉혔다. 갑자기 기분이 묘했다. 물론 줄무늬 타이츠는 금융계 대표가 초대한 만찬에 어울리지 않았다. 내가 대체 무슨 생각을 한 거지?

내가 말했다.

"그래요. 가서 바꿔 입을게요."

그는 눈에 띄게 안도했다.

"좋아요. 초고속으로 갈아입을 수 있죠? 지각하면 곤란하거든요. 7번가까지 계속 정체되니까요. 마곳, 욕실 좀 사용해도 되겠습니까?"

그녀가 말없이 고개를 끄덕였다. 나는 방으로 뛰어가서 옷들을 뒤지기 시작했다. 금융계 사람들의 화려한 저녁 식사에 뭘 입고 가야 하지?

마곳이 따라오는 기적이 났다.

"도와주세요. 타이츠만 갈아 신으면 될까요? 뭘 입죠?"

"지금 입은 그대로."

마곳이 말했다.

나는 몸을 돌려 그녀를 보았다.

"하지만 조시가 적당하지 않다고 하잖아요."

"누굴 위해서? 유니폼이라도 있나? 왜 본래 모습으로 가면 안 되지?"

"그게……."

"얼마나 멍청한 작자들이기에 차림새가 다른 사람이랑 못 어울린담? 왜 네가 전혀 딴사람처럼 처신해야 하는데? 정말 '그' 여자들처럼 되고 싶어서?"

난 손에 든 옷걸이를 떨어뜨렸다.

"저는…… 저는 모르겠어요."

마곳은 새로 세팅한 머리에 손을 올렸다. 그러고는 엄마가 '잘난 체한다'고 했을 표정을 지었다. 그녀가 말했다.

"너랑 사귀는 행운아라면, 네가 쓰레기봉투를 걸치고 갈로시◇를

◇ 비가 내릴 때 신발 위에 신는 고무 덧신.

신고 나와도 토를 달면 안 되지."

"하지만 그는……."

마곳은 한숨을 내쉬며 자기 손가락으로 입을 눌렀다. 하고 싶은 말이 있지만 하지 않겠다는 표정이었다. 잠시 후 그녀가 다시 입을 열었다.

"때가 되면 진짜 루이자 클라크가 어떤 사람인지 간파해야 될 거야."

그녀가 내 팔을 토닥였다. 그러고는 방에서 나갔다.

난 마곳이 있던 자리를 멍하니 응시했다. 줄무늬 타이츠를 내려다보다가 다시 레일에 걸린 옷들을 쳐다보았다. 그리고 윌을, 그가 타이츠를 주던 날을 떠올렸다.

잠시 후 조시가 넥타이를 고쳐 매면서 문간에 나타났다. 갑자기 어떤 생각이 머리를 스쳤다.

'당신은 윌이 아니야. 사실 그 사람이랑 전혀 비슷하지도 않아.'

"자."

조시가 미소 지었다. 그러더니 실망스러운 표정으로 말을 이었다.

"어, 준비하는 줄 알았는데요."

난 발을 내려다봤다. 그러다 말했다.

"사실……."

29.

마곳은 이곳을 며칠 동안 떠나 머리를 식히라고 권했다. 내가 거절하자 이유를 물으면서 내가 제대로 생각하지 못한 지 한참 됐다고 덧붙였다. 마곳을 혼자 두기 꺼려진다고 하자, 마곳은 날 보고 이상한 여자애라면서 본인에게 뭐가 좋은지 전혀 모른다고 응수했다. 그녀는 앙상한 손으로 의자 팔걸이를 한참 두드리면서 날 곁눈질하다가, 둔하게 일어나서 사라졌다. 그리고 몇 분 후 사이드카 한 잔을 들고 돌아와 내게 건넸다. 어찌나 독한지 한 모금 홀짝이자 눈이 화끈댔다. 마곳은 홀짝이면 성가시니 등을 기대고 앉아 같이 「휠 오브 포천」이나 보자고 말했다. 난 시키는 대로 하면서 귓전에 맴도는 조시의 화난 목소리를 무시하려 애썼다.

'스타킹 때문에 날 차버리겠다고?'

퀴즈쇼가 끝나자 마곳은 혀를 차면서 날 쳐다봤다. 이 방법은 효과가 없다면서 대신 같이 떠나자고 말했다.

"하지만 돈이 없으시잖아요."

그녀가 꾸짖었다.

"아이고, 루이자. 매사 돈을 들먹이는 건 무척 상스러운 짓이야. 요즘 젊은 여자들은 어떻게 이런 문제를 아무렇지도 않게 말하는 거지?"

그녀는 롱아일랜드에 있는 호텔 이름을 알려주면서 전화하라고 했다. '가족' 우대 요금을 적용받으려면 마곳 디윗 대신 전화한다고 말하라며 단단히 일렀다. 또 생각해 봤는데 그리 마음에 걸리면 내가 비용을 지불하면 된다고 덧붙였다. 그것 보라고, 벌써 기분이 나아지지 않았냐면서.

이렇게 해서 결국 내가 마곳과 딘 마틴의 여행비까지 지불했고 우리는 몬토크로 떠났다.

기차를 타고 뉴욕을 벗어나 바닷가의 작은 호텔로 갔다. 마곳은 건강과 사정이 나빠지기 전까지 이 지붕널을 얹은 호텔에 매해 여름마다 방문했었다. 호텔 사람들이 문간에 나와 오랜만에 만나는 가족처럼 그녀를 맞이했다. 새우구이와 샐러드로 점심을 먹고, 마곳이 호텔 관리인 부부와 대화하는 동안 난 오솔길을 걸어 바다로 나갔다. 바람이 부는 넓은 바다를 보고 신선한 공기를 호흡하면서, 신나게 모래 둔덕을 뛰어다니는 딘 마틴을 지켜봤다. 광활한 하늘 아래서 생각에 잠겼다. 남들의 요구나 기대에 끝없이 얽매이지 않고 생각에 잠긴 게 몇 달 만에 처음인 듯했다.

마곳은 기차 여행에 지쳐서 이틀간 작은 거실에서 바다를 보거나 나이 든 호텔 주인과 대화만 했다. 이스터섬의 거친 조각상을 닮은 찰리는 쉼 없이 계속되는 그녀의 말에 고개를 끄덕이거나 저으면서, 이곳 상황도 예전과는 달리 빠르게 변하고 있다고 대답했다. 두 사람은 작은 커피 잔을 앞에 두고 앉아 이런저런 이야기를 나누었다. 모든 게 얼마나 끔찍해졌는지에 대해 공감하며 흐뭇해했다. 나는 마곳을 여기 데려온 데서 내 역할은 끝이라는 걸 금방 알아차렸다. 그녀에게 나는 필요치 않았다. 까다로운 옷을 입을 때 거들거나 개를 산책시키는 게 다였다. 마곳은 처음 만나 지금까지 웃은 것보다 여기서 더 많이 웃었다. 그 자체로 큰 위안이 되었다.

그래서 나흘간은 내 객실에서 조식을 먹었고 호텔의 작은 서가에 꽂힌 책을 읽었다. 롱아일랜드의 느린 리듬에 맞춰 지내다 지시받은 일을 했다. 걷고 또 걷다 보니 입맛이 되돌아왔다. 으르렁대는 파도와 넓은 잿빛 하늘에 퍼지는 갈매기의 울음소리, 자신에게 주어진 행운에 어리둥절해하는 작은 개가 짖는 소리 속에서 생각을 정리할 수 있었다.

셋째 날 오후, 객실 침대에 앉아 엄마에게 전화해서 지난 몇 달간 있었던 일을 솔직하게 털어놓았다. 엄마는 한동안 말없이 듣더니 마지막에 내가 무척 현명하고 용기 있게 대처했다고 말했다. 칭찬을 듣자 눈물이 났다. 엄마가 아빠를 바꿔주자 아빠는 망할 고프니크 부부를 혼쭐내고 싶다고 말했다. 모르는 사람과 말 섞지 말고, 맨해튼에 돌아가면 알려달라고 일렀다. 그러면서 대견하다고 덧붙였다.

"네 삶이…… 조용하지는 않아. 그렇지?"

나도 그렇게 생각한다고, 조용하지는 않다고 맞장구쳤다. 윌을 만나기 전을 돌이켜 보면, '버터드 번'에서 손님이 환불을 요구하는 경우에나 가장 흥분했었다. 그렇지만 온갖 일을 겪음에도 불구하고, 이런 식으로 지내는 편이 좋았다.

마지막 밤, 마곳의 요청으로 호텔 식당에서 식사했다. 나는 진분홍색 벨벳 상의와 무릎까지 내려오는 길이의 통 넓은 바지를 입었고, 마곳은 프릴이 달린 초록색 꽃무늬 셔츠와 바지를 입었다. 바지가 엉덩이로 흘러내리지 않도록 내가 허리에 여분의 단추를 달아두었다. 우린 큰 창 옆의 가장 좋은 테이블로 안내받으면서, 다른 손님들의 휘둥그레진 눈길을 즐겼다.

"자, 됐네. 마지막 밤이니 배가 터지게 먹어야겠지?"

마곳이 아직도 쳐다보는 손님들에게 당당하게 손을 흔들면서 말했다. 누구의 배가 터질지 궁금하던 차에 그녀가 덧붙였다.

"바닷가재를 먹어야지, 샴페인도 좀 곁들여서. 난 이번이 마지막일 테니까."

내가 아니라고 말하려 했지만 마곳이 말을 잘랐다.

"아이고, 제발 그러지 마. 사실이야, 루이자. 명백한 사실이지, 영국 여자들이 더 야무진 줄 알았는데."

샴페인 한 병과 바닷가재 2인분을 주문했다. 해 질 녘에 우리는 마늘 향이 가득한 가재를 먹기 시작했다. 마곳이 힘이 없어서 집게다리를 떼지 못해 내가 대신 해주었다. 그녀는 맛있는 소리를 내면서 다리를 빨았고, 작은 살점을 딘 마틴에게 먹였다. 손님들은 예의상 개가 있는 걸 모른 척했다. 우리는 큰 그릇에 담긴 감자튀김을 나눠 먹었다. 주로 내가 먹었고, 마곳은 접시에 몇 개 담더니 진짜 맛있다고 말했다.

우리가 아주 조용히 다정하게 앉아 있는 사이, 레스토랑이 천천히 비어갔다. 마곳은 좀처럼 쓰지 않는 신용카드로 계산했다("카드회사에서 대금을 받으러 오기 전에 난 죽을 테니까, 하하!"). 그때 찰리가 뻣뻣한 걸음걸이로 다가와서 마곳의 가녀린 어깨에 큰 손을 올렸다. 그는 자러 가지만 아침에 그녀가 떠나기 전에 보고 싶다고 했다. 또 오랜만에 다시 만나서 정말 기뻤다고도 말했다.

"내가 기뻤지요, 찰리. 최고의 숙박이었어요. 고마워요."

그녀는 애정 어린 눈빛을 보냈고 두 사람은 굳게 손을 잡았다. 마침내 찰리가 손을 놓고 몸을 돌렸다.

그가 저만치 가자 마곳이 말했다.

"저 사람이랑 한 번 잤지, 좋은 사람이야. 물론 나랑 어울리지 않았지만."

내가 마지막 감자튀김을 씹다가 캑캑대자 그녀가 한심하게 쳐다보았다.

"1970년대였어, 루이자. 난 그 전부터 오래 혼자였고. 찰리를 다시 보니 참 좋네. 물론 지금은 홀아비지만. 이 나이에는 다들 그래."

마곳이 한숨을 쉬었다.

우리는 말없이 한동안 칠흑같이 검은 바다를 내다보았다. 멀리서 반짝이는 고깃배들의 작은 불빛이 보였다. 저기 나가 있으면, 허공 한가운데에 혼자 있으면 어떤 기분일지 궁금했다.

그때 마곳이 입을 열고는 나직이 말했다.

"여기 다시 올 거라고 기대하지 않았어. 그러니 고마워해야겠군. 마치…… 마치 강장제를 먹은 것 같아."

"저도 마찬가지예요, 마곳. 마치…… 원래대로 돌아간 기분이에요."

그녀는 내게 미소 짓고 손을 뻗어 딘 마틴을 토닥였다. 개는 의자 밑에 엎드려서 가볍게 코를 골았다. 마곳이 말했다.

"잘했어. 조시는 너와 맞지 않는 상대였어."

나는 대답하지 않았다. 할 말이 없었다. 지난 사흘간, 조시와 사귀면 어떤 사람이 됐을지 상상했다. 경제적으로 풍족할 거고, 절반은 미국인이 될 테고, 대체로 행복하기까지 하겠지. 그러다 몇 주 사이에 마곳이 나보다 나를 더 잘 안다는 걸 깨달았다. 나는 조시에게 맞추었을 것이다. 좋아하는 옷을, 가장 아끼던 것들을 벗어버렸을 테고. 행동도, 습관도 바꾸고 그의 카리스마 넘치는 영향력 아래서 허우적댔겠지. 회사원 아내가 되어서 내조도 제대로 못 한다고 자책하고 이 미국판 윌에게 끝없이 감사하면서.

샘을 생각하지 않았다. 그게 이제는 익숙했다.

마곳이 말했다.

"있지, 내 나이가 되면 후회가 산더미처럼 쌓여서 앞을 완전히 가릴 수도 있거든."

마곳은 계속 수평선을 응시했다. 나는 누구에게 하는 말인지 궁금해서 다음 말을 기다렸다.

몬토크에서 돌아온 후 별일 없이 3주가 지났다. 이제 삶이 어떤 확실성도 없는 것 같아서 윌에게 배운 대로 살기로 했다. 또다시 선택의 순간이 올 때까지 그저 지금 이 순간을 살아내기로. 언젠가 마곳의 건강이나 채무 때문에 둘만의 아늑한 풍선이 터지겠지. 그러면 영국행 항공편을 예약해야 할 것이다.

그때까지는 나쁘지 않은 삶이었다. 똑같이 돌아가는 하루가 즐거움을 주었다. 센트럴파크에서 조깅하고, 딘 마틴과 산책하고, 마곳이 많이 먹지 않아도 저녁 식사를 준비하고, 밤에 같이 「휠 오브 포천」을 시청하면서 '미스터리 웨지스'◊의 철자를 외쳤다. 나는 패션 감각을 한층 높여 나만의 뉴욕 스타일을 연이어 선보였고, 리디아 자매는 입을 벌리고 감탄했다. 이따금 마곳에게 빌린 의상을 입었고, 때로 엠포륨에서 구입한 옷을 차려입었다. 매일 옷방 거울 앞에서서 골라 입으라고 허락받은 선반을 뒤지면서 기쁨에 젖었다.

빈티지 의상실 엠포리윰에서 앤젤리카가 자리를 비울 때면 내가 교대로 근무했다. 그녀는 팜 스프링스에 가서 1952년부터 제작된 샘플이 보관된 공장에서 여성 의류를 뒤졌다. 그동안 난 리디아 옆에서 계산대를 지키고, 뽀얀 소녀들에게 졸업 파티 드레스를 입혀주면서 지퍼가 올라가기를 기도했다. 리디아는 진열대를 재배치하면서 낭비되는 공간이 많다고 안달했다.

리디아는 구석에 덩그러니 놓인 레일을 보면서 고개를 저었다.

"요즘 이 동네 임대료가 얼마나 비싼지 알죠? 정말이지, 차가 들어올 방법만 있다면 저쪽 구석을 주차장으로 임대하고 싶을 정도라니까."

나는 스팽글이 달린 망사 볼레로를 산 손님에게 인사한 뒤 금전

◊ 「휠 오브 포천」에 등장하는 게임 코너 중 하나로, 알파벳 철자를 말해서 단어를 맞추는 게임.

등록기가 제대로 닫힐 때까지 세게 밀었다.

"그러면 임대를 하지 그래요? 가게를 세주면 되잖아요? 수입이 늘 텐데."

"그렇죠. 계속 얘기 중이에요. 그런데 간단치가 않네요. 다른 가게가 들어오려면 공간을 나누고 출입구를 따로 내고, 보험도 들어야 되는 데다 종일 누가 드나드는지 모르니까……. 낯선 사람들이 우리 물건들 속에 있는 거잖아요. 너무 위험 요소가 크죠."

그녀는 씹던 껌으로 풍선을 불더니 보라색 손톱으로 터뜨리고는 덧붙여 말했다.

"게다가 우리 맘에 드는 사람도 없고."

집에 도착하자 아속이 카펫에 서서 장갑 낀 손으로 손뼉을 쳤다.

"루이자! 다음 토요일에 우리 집에 올래요? 미나가 궁금하대요."

"시위 계속하고 있어요?"

앞서 열린 두 번의 시위는 참가 인원이 눈에 띄게 줄었다. 이제 주민들은 희망을 잃다시피 했다. 시 예산이 동결되자 구호 소리에 힘이 빠졌고 단골 참가자들도 점점 그만두기 시작했다. 시위가 시작되고 몇 달 지나자 핵심 참가자만 남았고, 미나는 모두에게 물병을 나눠주면서 끝날 때까지 끝난 게 아니라고 외쳤다.

"계속할 거예요. 우리 집사람을 알잖아요?"

"그러면 갈게요. 고마워요. 미나에게 디저트를 가져가겠다고 전해주세요."

"좋아요."

그는 맛있는 음식을 기대하면서 콧노래를 불렀다. 내가 엘리베이터에 다다를 때쯤 아속이 다시 불렀다.

"루이자!"

"왜요?"

"옷이 멋져서요, 아가씨."

이날은 마돈나의 영화 「수잔을 찾아서」◇를 오마주한 차림을 했다. 등판에 무지개가 수놓인 보라색 실크 항공 재킷과 조끼를 겹쳐 입고 레깅스를 신었다. 뱅글을 여러 개 해서 금전등록기를 쾅 닫을 때마다(그러지 않으면 닫히지 않았으니까) 상쾌하게 짤랑거리는 소리가 났다.

아속이 고개를 저으면서 말했다.

"그러니까, 루이자가 고프니크 부부의 집에서 일할 때 남방셔츠랑 바지를 입었던 게 믿기지 않네요. 완전히 다른 사람 같아요."

내가 머뭇거리는 사이 엘리베이터 문이 열렸다. 요즘은 화물용 엘리베이터를 이용하지 않았다.

"알아요, 아속. 맞는 말이에요."

열쇠를 받은 지 몇 달이 지났지만, 이 집의 주인은 마곳이라는 생각에 매번 현관문을 노크했다. 대답이 없자 반사적으로 공포가 밀려왔다. 마곳이 라디오를 크게 켜놓아서 못 들은 거라고 스스로를 달랬다. 무슨 일이 있었으면 아속이 알려줬을 거라고. 마침내 안으

◇ 1985년에 개봉한 미국의 로맨스 코미디 영화. 마돈나가 주인공으로 분했다.

로 들어갔다. 조르르 쫓아와온 딘 마틴이 내 귀가를 반기며 눈을 비스듬하게 떴다. 안아주니 개는 주름진 코로 내 얼굴을 킁킁댔다.

"그래, 잘 있었어? 이 녀석. 알겠어, 알겠어. 그런데 엄마는 어디 계실까?"

딘 마틴을 내려주니 왈왈 짖으면서 신나게 뛰어갔다.

"마곳? 마곳, 어디 계세요?"

중국풍 실크 가운을 걸친 그녀가 거실에서 나왔다.

"마곳! 몸이 안 좋으세요?"

가방을 내려놓고 달려갔지만, 그녀가 손을 들어 올렸다.

"루이자, 기적이 일어났어."

막을 새도 없이 입에서 말이 튀어나왔다.

"호전되고 있어요?"

"아니, 아니. 그건 아니야. 들어와. 들어오라고! 와서 '내 아들'과 인사해."

대꾸할 새도 없이 마곳은 몸을 돌려 거실로 사라졌다. 뒤따라 들어가니, 키 큰 남자가 의자에서 일어났다. 파스텔 색조의 스웨터를 입고 허리띠 위로 배가 나오기 시작한 남자였다. 그가 악수하려고 손을 뻗었다.

"이쪽은 내 아들 프랭크 주니어고, 여기는 내 사랑하는 친구 루이자 클라크. 이 아이가 없었으면 지난 몇 달간 버티지 못했을 거야."

난 당혹감을 감추려고 애썼다.

"아. 어, 그거야…… 피차 마찬가지죠."

난 몸을 숙여 프랭크 옆에 있는 부인과 악수했다. 흰 터틀넥 스웨터를 입었고 옅은 색 머리는 부스스해서 다듬느라 평생 애썼을 것 같았다.

"전 레이니예요. 프랭크의 아내죠. 우리 가족이 재회할 수 있게 해줘서 고맙다고 인사하고 싶어요."

그녀가 말했다. 소녀티를 버리지 못하는 것처럼 고음의 목소리였다.

레이니는 수가 놓인 손수건으로 눈가를 닦았다. 방금 운 것처럼 코끝이 불그스름했다.

마곳이 내게 한 손을 뻗었다.

"그러니까 빈센트, 그 귀여운 사기꾼 녀석이 아버지에게 알렸다는구나. 우리가 만난 거랑 내…… 내 상황이랑."

"네, 그 사기꾼 녀석은 바로 저를 말하는 거겠죠? 다시 만나서 반가워요, 루이자."

쟁반을 든 빈센트가 문간에 나타났다. 느긋하고 행복해 보였다.

나는 어설프게 웃는 얼굴로 목례를 했다.

아파트에서 사람들을 보니 아주 어색했다. 마곳, 딘 마틴과 조용히 지내는 데 익숙해져 있다가 체크무늬 셔츠에 폴 스미스 넥타이를 맨 빈센트가 쟁반을 들고 나타나니 낯설었다. 키 큰 남자가 커피 테이블 아래로 긴 다리를 뻗고, 여자가 이런 곳은 처음 와본다는 듯이 놀란 눈으로 계속 거실을 두리번대는 상황이 생소했다.

마곳이 이미 말을 많이 한 것처럼 갈라지는 소리로 내게 말했다.

"이들이 날 놀라게 했지, 정말. 빈센트가 전화해서 찾아오겠다기에 혼자 오는 줄 알았어. 그런데 문이 좀 더 열리더니 아, 글쎄 도무지…… 내가 얼마나 충격을 받았는지 알겠지? 옷을 갖춰 입지도 않았다는 사실을 방금까지 까맣게 잊고 있었지 뭐니! 하지만 오늘 오후는 정말이지 아름다운 시간이었어. 루이자에게 무슨 말부터 해야 할지 모르겠구나."

마곳은 다른 손을 뻗어 아들의 손을 잡고 꼭 쥐었다. 그는 감정을 누르느라 턱을 파르르 떨었다.

레이니가 말했다.

"아, 정말로 마법이 일어났어요. 서로 할 이야기가 너무 많아요. 솔직히 말해 주님이 우릴 한곳에 모으신 거예요."

빈센트가 끼어들었다.

"흠, 주님과 페이스북이겠죠. 커피 마실래요, 루이자? 커피포트에 좀 남았어요. 할머니가 드시고 싶을지도 몰라 쿠키도 몇 개 가져왔어요."

"그건 안 드실걸요."

생각할 겨를도 없이 말이 튀어나왔다.

"아, 맞는 말이야. 난 쿠키는 안 먹는단다, 빈센트. 사실 그건 딘 마틴의 쿠키야. 쿠키 속 초콜릿 조각은 진짜 초콜릿이 아니거든. 보이지?"

마곳은 숨도 쉬지 않는 것 같았다. 완전히 다른 사람이었다. 하룻밤 사이에 수십 년은 젊어진 듯했다. 허무한 눈빛은 간데없이 부드러운 눈으로 즐겁게 재잘대며 말을 쉬지 않았다.

나는 문 쪽으로 물러났다.

"저기, 제가…… 방해하고 싶지 않네요. 나누실 말이 많을 거예요. 마곳, 필요하면 크게 부르세요. 여러분 모두 만나서 반갑습니다. 이렇게 되어서 정말 기뻐요."

나는 말하면서 공손히 손을 흔들었다.

"어머니가 저희랑 가시는 게 마땅하다는 생각이 드네요."

프랭크 주니어가 말했다.

잠시 침묵이 흘렀다.

"가시다니 어디로요?"

내가 물었다.

"터커호에, 저희 집에요."

레이니가 대답했다.

"얼마나 가 계시게요?"

내가 물었다.

그들은 서로 쳐다보았다.

"제 말은, 마곳이 거기 얼마나 머무실 예정이냐는 뜻이에요. 알아야 짐을 싸드릴 수 있으니까요."

프랭크 주니어는 여전히 모친의 손을 잡고 있었다. 그가 대답했다.

"우린 긴 시간을 잃었어요. 그런 만큼 주어진 시간 내내 같이 보내면 좋겠다는 게 우리 둘의 생각이에요. 그러니…… 정리를 할 필요가 있겠네요."

그 말은 소유권을 뜻했다. 마곳을 돌볼 권리가 나보다 그에게 있다는 투였다.

마곳을 쳐다보니 그녀도 맑고 차분한 눈빛으로 날 응시했다.

"맞는 말이야."

마곳이 말했다.

"잠시만요. 떠나시고 싶다고요……."

내가 말했다. 아무도 대꾸하지 않자 다시 말을 이었다.

"이곳…… 을요? 아파트를?"

빈센트가 동정하는 표정을 지었다. 그는 아버지에게 등을 돌리고 말했다.

"일단은 이쯤에서 가면 어떨까요? 다들 정리할 게 많아요. 우리도 처리할 일이 있잖아요. 루이자랑 할머니도 대화를 해야 하고요."

그가 떠나면서 내 어깨를 가볍게 만졌다. 사과의 몸짓으로 느껴졌다.

"있지, 난 프랭크의 아내가 아주 유쾌하다고 생각했어. 딱하게도 옷 입는 센스는 털끝만치도 없지만. 우리 어머니 말로는 프랭크가 젊을 때 아주 별난 여자 친구들이 많았다더라. 어머니는 한동안 여자애들 이야기를 편지에 써서 보내셨거든. 하지만 하얀 면 터틀넥 스웨터라니. 얼마나 끔찍한지 상상이 돼? 하얀 터틀넥이 다 뭐니."

마곳은 우스꽝스러운 일을 이야기하다가 기침을 했다. 너무 빨리 말해서 기침을 했는지도 모르겠다. 난 물을 건네고 기침이 잦아들기를 기다렸다. 그들은 빈센트가 가자고 한 지 몇 분 만에 일어났다. 그가 재촉해서 당장은 가지만 다들 마곳을 두고 가기 싫은 눈치였다.

나는 의자에 앉았다.

"이해가 안 돼요."

"틀림없이 너한테는 너무 갑작스럽겠지. 이렇게 특별한 일은 처음이었어, 루이자. 우린 얘기하고 또 얘기했고, 어쩌면 눈물도 한두 방울 흘렸겠지. 프랭크는 여전히 똑같더라고. 마치 헤어진 적이 없는 것 같았어. 예전 그대로 아주 진지하고 말수도 없고……. 실은 어릴 때처럼 무척 다정하지. 프랭크의 아내도 똑같아……. 그러다 불쑥 나더러 같이 가서 살자는 거야. 여기 오기 전에 자기들끼리 의논한 게 훤히 느껴지더라고. 그래서 그러겠다고 대답했지."

마곳이 나를 올려다보았더니 말을 이었다.

"아, 그럴 것 없어. 우리 모두 알잖아. 이게 영원할 수는 없다는 걸. 그 집에서 3킬로미터 거리에 퍽 괜찮은 시설이 있는데, 아주 힘든 상황이 되면 거기 가면 된다더군."

"힘든 상황이요?"

내가 속삭였다.

"루이자, 또 감상적으로 굴지 마. 나 스스로 아무것도 할 수 없게 될 때, 내가 아주 안 좋아지면 말이야. 솔직히 아들과 몇 달 못 지낼 거야. 그래서 아이들도 서슴없이 가자고 권하는 게지."

그녀가 무미건조하게 킬킬댔다.

"하지만…… 하지만 이해가 안 돼요. 여기를 떠나지 않겠다고 말하셨잖아요? 제 말은, 이 짐을 다 어쩌시려고요? 그냥 가버리시면 안 돼요."

마곳이 나를 쳐다봤다.

"난 그냥 가버릴 수 있어."

그녀가 숨을 들이쉬자 얇은 천 밑으로 앙상한 복장뼈가 힘겹게 들먹댔다. 마곳이 말을 이어갔다.

"난 죽을 날이 얼마 안 남았어, 루이자. 늙었어. 더 오래 살지 못해. 잃은 줄 알았던 아들이 고통과 자존심을 누르고 내게 손을 내밀었어. 상상이 돼? 나를 위해 그렇게 해줄 사람이 있다는 게 어떤 건지 상상이 되냐고?"

프랭크 주니어를 떠올렸다. 어머니를 향한 그의 눈길. 의자를 붙이고 앉아 어머니의 손을 꼭 잡은 모습.

"그런 아들이랑 시간을 보낼 기회가 있는데 대관절 왜 여기 남으려 하겠어? 잠을 깨면 아들을 보면서 아침 식사를 할 수 있고, 모르고 있던 지난 일들을 얘기할 수 있고 손주들을 볼 수 있는데…… 빈센트를…… 사랑스러운 우리 빈센트. 그 아이에게 형제가 있다네? 그 말은 즉 나한테 손자가 둘이나 있다는 거야. 둘이나! 아무튼 진즉에 아들에게 미안하다고 사과했어야 했어. 그게 얼마나 중요했는지 알아. 미안하다고 말해야 했건만. 아, 루이자. 별것 아닌 자존심을 지키느라 아픔을 안고 살 수도 있고, 자존심을 버리고 얼마가 됐든 주어진 소중한 시간을 누릴 수도 있어."

마곳이 손으로 무릎을 꼭 잡았다. 그리고 다시 말했다.

"그래서 그럴 계획이야."

"하지만 안 돼요. 그냥 가버릴 순 없어요."

나는 울기 시작했다. 어디서 그런 울음이 나왔는지 모르겠다.

"아이고, 이 아가씨야. 이 일을 두고 소란 피우지 않으면 좋겠어. 자, 자, 뚝! 눈물 뚝! 내가 부탁이 있는데."

나는 콧물을 닦았다.

"이게 좀 힘든 일이야."

그녀는 힘들게 침을 삼키고 말을 이었다.

"그 애들이 딘 마틴은 데려가지 않겠다고 하네. 무척 미안해하면서 알레르기 같은 게 있다고. 난 헛소리는 작작 하라고, 이 개는 꼭 나랑 살아야 한다고 말하려 했지만, 솔직히 전부터 걱정이 됐어. 내가 떠난 후에 딘 마틴이 어떻게 될는지, 녀석이 몇 년은 더 살 텐데. 나보다 훨씬 오래 사는 건 분명하지."

마곳이 계속 말했다.

"그래서…… 혹시 나 대신 녀석을 맡아줄 수 있을까 해서. 딘 마틴이 널 좋아하는 것 같아. 전에 네가 녀석을 얼마나 잘못 다뤘는지 기억해 봐. 틀림없이 동물은 용서하는 영혼을 지녔다니까."

눈물 젖은 눈으로 그녀를 바라보았다.

"제가 딘 마틴을 맡길 바라세요?"

"그래."

작은 개를 내려다보았다. 마곳의 발아래서 기대하듯 기다리고 있었다.

"친구로서 묻는데 혹시…… 혹시 생각해 볼래? 나를 위해서?"

그녀가 입술을 오므리고 날 골똘히 쳐다봤다. 마곳의 옅은 색 눈과 내 눈이 마주쳤다. 내 얼굴이 일그러졌다. 마곳을 생각하면 이렇게 되어 다행이었지만, 그녀를 잃을 생각에 가슴이 미어졌다. 다시 혼자가 되고 싶지 않았다.

"네."

"그래 줄 테야?"

"물론이에요."

난 다시 울기 시작했다.

마곳은 안도감에 축 처졌다.

"아, 그런다고 할 줄 알았지, 알고 있었어. 네가 딘 마틴을 돌볼 걸 말야. 너는 그런 사람이거든."

그녀는 미소 지었다. 처음으로 질질 짠다고 나무라지 않고 몸을 굽혀 내 손을 잡았다.

그들은 2주 후 마곳을 데리러 왔다. 막무가내란 생각이 얼핏 들었지만 마곳에게 시간이 얼마나 남았는지는 아무도 몰랐다.

프랭크 주니어는 거액의 체납된 관리비를 납부했다. 그러면 아파트가 관리인에게 넘어가지 않고 그가 상속받을 수 있으니 그리 대단한 선행은 아니었다. 하지만 마곳이 효심으로 받아들여서 나도 군말할 이유가 없었다. 프랭크는 다시 어머니와 함께해서 행복한 기색이 역력했다. 부부가 마곳을 두고 요란을 떨었다. 기분은 괜찮은지, 약은 다 챙겼는지, 너무 피곤하거나 현기증은 나지 않는지, 몸 상태가 안 좋은지, 물이 필요한지 확인했다. 결국 마곳은 짜증나는 척하면서 눈을 굴리고 손을 저었다. 하지만 이런 법석을 즐기고 있었다. 내게 끊임없이 아들 이야기를 했으니까.

프랭크 주니어의 표현에 따르면 내가 '그때까지는' 아파트에 머물면서 관리하기로 했다. 아무도 입 밖에 내지 않았지만 마곳이 세상을 떠날 때까지라는 뜻이겠지. 부동산 중개업자는 현 상태로는 세입자를 구하기 어렵다고 말했지만 '그때'까지는 집을 수리하는 게 적당치 않았다. 덕분에 내가 임시 관리인의 역할을 맡게 되었다. 마곳도 딘 마틴이 새로운 상황에 적응하는 동안 안정적인 게 나을 거라고 몇 번이나 지적했다. 복잡한 상황에서 프랭크 주니어는 개의 마음까지는 못 챙기는 눈치였지만.

마곳은 옷 가방을 두 개만 챙겼고 좋아하는 정장을 입었다. 비취색 부클레 실로 짠 재킷과 스커트 정장을 입고, 옷과 세트로 필박스 해트를 썼다. 내가 마곳의 가녀린 목에 암청색 이브생로랑 스카프를 매주었다. 그런 식으로 앙상하게 불거진 쇄골을 가리고, 마지막 포인트로 둥근 옥 귀고리를 달았다.

너무 더울까 걱정스러웠지만, 마곳은 점점 마르고 허약해져서 아주 푸근한 날에도 춥다고 불평했다. 난 딘 마틴을 안고 골목에 서서 프랭크와 빈센트가 짐을 챙기는 모습을 지켜보았다. 마곳은 보석함을 확인했다. 귀중품 일부는 며느리에게 주고 일부는 빈센트가 결혼할 때 대비해서 그에게 물려줄 작정이었다. 그들이 보석함을 안전하게 싣자 그녀는 만족하면서 지팡이를 짚고 내게 천천히 다가왔다.

"자, 루이자. 당부하고 싶은 건 편지에 써서 남겨놨어. 아속에게는 떠난다는 말을 하지 않았어. 요란 떨기 싫어서. 하지만 그에게 줄 작은 물건을 주방에 놔뒀으니까 우리가 떠난 후에 대신 전해주면 고맙겠네."

난 고개를 끄덕였다.

"딘 마틴에게 필요한 것도 또 다른 편지에다 적어두었으니까 가서 보고. 평소 습관을 유지하는 게 대단히 중요해. 녀석이 그렇게 지내길 좋아하니까.”

“걱정하지 않으셔도 돼요. 잘 지내도록 보살필게요.”

“간은 먹이면 안 돼. 그 아이가 애걸복걸해도 그걸 먹으면 병이 나니까.”

“간 금지.”

마곳은 말을 하려다 기침을 했다. 숨을 쉴 수 있을 때까지 우리는 잠시 기다렸다. 지팡이에 기대선 그녀는 앙상한 손으로 햇빛을 가리고 반세기 넘게 거주한 건물을 올려다보았다. 뻣뻣하게 몸을 돌려 센트럴파크를 훑어보았다. 긴 세월 그녀가 누리던 풍경이었다.

차에 탄 프랭크 주니어가 허리를 굽히고 마곳을 불렀다. 하늘색 바람막이 점퍼를 걸친 레이나는 긴장해서 손을 맞잡고 조수석 문 옆에 서 있었다. 대도시를 좋아하는 여자가 아님이 분명했다.

“어머니?”

“잠깐만.”

마곳이 몸을 돌려 나와 마주 보다 내가 안은 개에게 손을 뻗었다. 그리고 혈관이 튀어나온 앙상한 손으로 개의 머리를 서너 번 쓰다듬으며 부드럽게 말했다.

“넌 착한 친구야, 그렇지? 딘 마틴, 정말 착한 친구야.”

개가 좋아하며 그녀를 올려다보았다.

“가장 잘 생기기도 했고.”

마지막 말을 할 때 목소리가 갈라졌다.

개가 손바닥을 핥자 마곳이 앞으로 나와 개의 쭈글쭈글한 이마에 키스했다. 눈을 감고 좀 길다 싶게 입맞춤하자 개는 눈이 휘둥그레져서 앞발을 그녀에게 뻗었다. 한순간 마곳의 얼굴이 축 처졌다.

"제가…… 제가 딘 마틴을 데리고 뵈러 갈게요."

마곳은 눈을 감고 개와 얼굴을 맞댔다. 소음도, 차량도, 주변 사람들도 다 잊고서.

"제 말 들으셨어요? 안정되시면 저희가 기차를 타고……."

마곳이 몸을 펴면서 눈을 뜨고 잠깐 아래를 쳐다봤다.

"고맙지만 사양하마."

내가 대꾸할 새도 없이 그녀는 고개를 돌렸다.

"자, 녀석을 산책시켜 줘. 부탁할게. 가는 모습을 녀석에게 보이기 싫거든."

프랭크가 차에서 내려 골목에 서서 기다렸다. 그가 팔을 뻗었지만 마곳은 손을 저었다. 그녀가 눈물을 훔친 것 같았다. 하지만, 나도 눈이 흐릿해져서 알 수 없었다. 내가 말했다.

"감사해요, 마곳. 전부 다요."

그녀는 입술을 다문 채 고개를 저었다.

"어서 가, 어서."

뒤돌아선 마곳이 차로 다가가자 아들이 손을 내밀었다. 이후 그녀가 어떻게 했는지 나는 모른다. 마곳의 부탁대로 딘 마틴을 바닥에 내리고 센트럴파크 쪽으로 재빨리 걸어갔으니까. 사람들의 눈길을 무시했다. 반짝이 핫팬츠와 보라색 실크 항공 재킷을 입은 여자가 오전 11시에 대놓고 우는 이유를 다들 궁금해했다.

딘 마틴이 짧은 다리로 걸을 수 있는 곳까지 갔다. 어제일리어 연못에 다다르자 개는 혀를 빼물고 한쪽 눈이 살짝 처진 채 반항적으로 멈추었다. 딘 마틴을 안았다. 눈물이 흘러 눈이 붓고 가슴이 먹먹해서 울음이 터질 것 같았다.

사실 난 동물을 좋아하는 사람이 아니다. 하지만 이제 부드러운 털에 얼굴을 묻으면 위로받는다는 게 무엇인지 이해할 수 있게 됐다. 동물을 보살피는 자잘한 일들을 하면서 얻는 위안을 알 것 같았다.

"디윗 부인은 휴가를 떠나셨나요?"

파란 선글라스를 낀 채 고개를 숙이고 들어가자 아쇽이 책상 뒤에서 물었다.

그에게 소식을 전할 기운이 아직은 없었다.

"네."

"신문 배달을 취소하라는 말을 안 하셨던데요. 그렇게 처리하는 게 낫겠네요. 언제 돌아오실지 알아요?"

아쇽이 고개를 저으면서 수첩을 집었다.

"나중에 다시 올게요."

천천히 위층으로 올라갔다. 작은 개는 내 품에서 꼼짝하지 않았다. 움직이면 다시 걷게 할까 봐 걱정이라도 되는 양. 우린 집으로 들어갔다.

그녀의 부재가 일으킨 적막감이 죽음처럼 감돌았다. 마곳이 입원했을 때는 이런 느낌이 아니었는데. 덥고 무거운 공기 사이로 티끌이 떠다녔다. 몇 달 후면 다른 사람이 여기 살 것이다. 1960년대에 도배한 벽지를 벗기고 스모크드 글라스로 된 가구들을 치우겠지. 아파트는 리모델링해서 싹 바뀔 테고. 바쁜 중역이나 자녀를 둔 부자의 둥지가 되겠지. 이 생각을 하니 배에 구멍이 뚫린 기분이었다.

딘 마틴에게 물과 사료를 한 움큼 주고 아파트 안을 천천히 돌아다녔다. 의상, 모자, 벽에 걸린 기념물을 살피면서 슬픈 생각을 하지 말자고 되뇌었다. 남은 날을 외아들과 지낼 기대에 기뻐하는 마곳의 얼굴을 생각하라고. 기쁨은 변화를 가져왔다. 지친 얼굴에 활기를 주고 눈을 반짝이게 했다. 이 모든 세간살이가, 모든 기념품이 아들의 부재로 인한 오랜 고통에서 그녀를 지키는 완충재였을까.

스타일의 여왕, 걸출한 패션 편집자, 시대를 앞서간 여성인 마곳 디윗은 벽을 세웠었다. 아름답고 화려하고 다채로운 벽을. 모든 것이 의미 있는 일이었다고 자신에게 말해줄 벽을. 그런데 아들이 돌아온 순간, 그녀는 그 벽을 허물고 뒤도 돌아보지 않았다.

시간이 흐르면서 눈물이 멈추고 가끔 딸꾹질이 날 정도가 되자, 식탁에서 봉투를 집어서 열어보았다. 마곳이 아름다운 둥근 필체로 쓴 편지였다. 글씨체로 평가받던 시절을 연상시켰다. 이미 말했듯이 개가 좋아하는 음식, 식사 시간, 동물병원에 가야 하는 경우, 예방접종 일정과 벼룩 예방법과 구충제 복용 일정이 적혀 있었다. 비가 올 때, 바람이 불 때, 눈이 올 때 입는 여러 가지 방한복이 다 따로 있었다. 그 옷의 위치와 개가 좋아하는 샴푸의 상표도 적혀 있었다. 또 양치질과 귀 청소를 해줘야 했고, 항문샘을 짜줘야 했다. 항문샘 부분에서 나는 얼굴을 찡그렸다.

"너를 맡길 때 마곳이 이것까지 말해주지는 않았는데."

내가 중얼대자 딘 마틴은 고개를 들어 신음하고는 다시 고개를 숙였다. 그밖에 우편물을 보낼 주소와 이삿짐센터에 전할 내용이 있었다. 옮기지 않을 짐은 안방에 두었으니 문에 '출입 금지'라는 쪽지를 붙이라고 했다. 그 외 모든 가구와 램프, 커튼은 처리해도 괜찮았다. 연락하고 싶은 경우에 대비해 아들과 며느리의 명함이 들어 있었다.

이제 중요한 얘기가 남았구나, 루이자. 빈센트를 찾아줘서 고맙다고 직접 인사하지는 않았지만, 기대치 않은 큰 행복을 안겨준 친절한 오지랖이었다고 이제는 인사하고 싶어. 그리고 딘 마틴을 보살펴 주는 것도 고맙고. 부탁할 만큼 믿을 만해. 나만큼 딘 마틴을 사랑하는 사람은 거의 없지만 너는 그런 사람이지.

루이자, 너는 보석이야. 분별력이 있기에 내게 상세히 말하진 않았지만, 뭐가 됐든 멍청한 옆집 부부와의 일 때문에 주눅 들지 말아. 너는 용감하고 멋지고 아주 친절한 젊은이지. 그들이 널 놓친 덕분에 내가 널 얻은 걸 영원히 감사할 거야. 고마워.

그 고마움에 대한 답례로 내 옷장을 주고 싶어. 다른 사람들에게 이 옷들은 쓰레기겠지. 그 흉측한 옷 가게의 장사치 친구들은 예외겠지만 말야. 그걸 잘 알아. 하지만 너는 내 옷의 진면목을 보지, 옷들을 원하는 대로 처리하렴. 일부는 간직해도 되고, 일부는 팔아도 되고. 네 마음대로 해. 하지만 네가 그 옷에서 기쁨을 얻길 바라.

내 생각을 말해볼게. 누가 노인네의 생각 따위를 알고 싶을까마는. 네 에이전시를 만들어서 의상을 대여하거나 팔아봐. 그 여자들은 옷 거래가 돈이 된다고 보는 것 같더군. 그게 루이자한테 딱 맞는 일이라는 감이 오거든. 그런 사업을 시작할 수 있을 만큼 옷은 충분할 거야. 물론 네게 다른 장래 계획이, 훨씬 나은 계획이 있을지도 모르지만. 결정을 내리면 내게 알려주겠니?

아무튼 내 룸메이트, 소식을 기다릴게. 나 대신 그 조그만 녀석에게 뽀뽀해줘.

벌써 녀석이 사무치게 그립군.

무한한 애정을 담아서,

마곳

편지를 내려놓고 한동안 주방에서 꼼짝하지 않고 앉아 있었다. 그러다가 마곳의 침실과 드레스룸 뒤쪽을 다니면서 옷이 쌓인 선반들을 뒤지고 한 벌 한 벌 살폈다.

의상 에이전시? 난 사업을 전혀 몰랐다. 기술적인 면이나 회계나 대중을 다루는 법을 전혀 몰랐다. 내가 사는 뉴욕의 규율을 다 알지 못했고 안정적인 거주지도 없었다. 여기서 하는 일마다 죄다 실패했다. 도대체 마곳은 어떻게 내가 새로운 사업체를 세울 수 있다고 믿는 걸까?

진청색 벨벳 소매를 쓰다듬다가 옷을 꺼냈다. 망사 안감이 붙어 있는 할스턴의 점프슈트는 거의 허리까지 벌어져 있었다. 옷을 조심스럽게 돌려놓고 드레스를 꺼냈다. 흰색의 브로드리 앙글레즈◊ 드레스의 치마 부분에는 러플이 달려 있었다. 첫 번째 옷걸이 줄을 따라 걸으면서 놀라고 주눅이 들었다. 이제 겨우 개를 책임지기 시작했는데 방 세 개를 가득 채운 의상들로 내가 뭘 어떻게 한단 말인가?

그날 밤, 아파트에 앉아 「휠 오브 포천」을 켰다. 엊저녁에 마곳에

◊ 면에 구멍을 내서 구멍의 둘레를 흰 실로 감치는 바느질 기법.

게 주고 남은 닭구이를 먹었다(마곳은 몰래 식탁 밑으로 개에게 전부 주었겠지). 프로그램 사회자 바나 화이트의 말을 듣지 않았고 '미스터리 웨지스' 코너에서 철자를 외치지도 않았다. 앉아서 마곳의 말을 떠올리며 그녀가 본 사람에 대해 궁리했다.

도대체 루이자 클라크는 누구인가?

딸이자 언니이고 당분간은 일종의 엄마였다. 남들을 보살피지만 자신을 보살피는 방법은 전혀 모르는 듯한 여자였다. 번쩍이는 바퀴가 돌아가는 텔레비전 앞에 앉아서, 남들이 내게 원하는 것이 아니라 내가 진정으로 원하는 것을 생각하려 애썼다. 윌이 해준 말을 떠올렸다. 윌은 나에게, 남들이 생각하는 충만한 삶이 아닌 자신의 꿈을 이루는 삶을 살라고 했었다. 문제는 내 꿈이 뭔지 제대로 모른다는 거였다.

복도 맞은편에 있는 애그니스를 생각했다. 새로운 인생에 맞출 수 있다고 모두를 설득하려 애쓰지만, 정작 자신의 내면은 두고 와서 그 역할을 끊임없이 애달파하는 애그니스. 그리고 내 동생을 생각했다. 트리나는 자신이 진짜 누구인지 이해하자 새로운 만족을 찾았고, 스스로를 용납하자 아주 쉽게 사랑에 빠졌다. 또 엄마를 생각했다. 우리 엄마는 타인을 보살피는 데 자신을 맞춘 나머지 자유를 얻어도 뭘 하면 좋을지 갈팡질팡하고 있었다.

내가 사랑했던 세 남자를 떠올렸고, 각자 나를 어떻게 변화시켰는지 혹은 어떻게 그러려고 했는지 생각했다. 윌은 의심의 여지 없이 깊은 인상을 남겼다. 나는 윌이 바라는 프리즘으로 모든 걸 봤다.

'나는 당신을 위해서도 변했을 거예요, 윌. 이제 알겠어요. 어쩌

면 당신은 쭉 알고 있었겠죠.'

'대담하게 살아, 클라크.'

"행운을 빕니다!"

「휠 오브 포천」의 진행자가 외치자 다시 바퀴가 돌아갔다.

그리고 난 원하는 게 뭔지 깨달았다.

그 후 사흘간 마곳의 옷장을 모두 뒤져서 기준에 따라 분류했다. 시대별로 여섯 가지로 구별했고, 그 안에서 일상복, 이브닝 웨어, 행사복으로 한 번 더 나눴다. 단추가 없거나 레이스가 찢어졌거나, 작은 구멍이 나 있거나 조금이라도 수선이 필요한 옷들은 다 꺼냈다. 좀먹거나 솔기가 벌어지지 않도록 꼼꼼하게 관리한 마곳에게 감탄했다. 옷을 몸에 대보기도 하고 입어도 보고, 비닐 커버를 벗기면서 환호성과 탄성을 지르기도 하자 귀를 쫑긋대던 딘 마틴이 못마땅해하며 가버렸다. 공공도서관에 가서 소규모 업체를 개업하는데 필요한 사항을 조사하며 반나절을 보냈다. 세금 관련 서류를 파악하고 매일 늘어가는 파일을 인쇄했다. 그리고 딘 마틴을 데리고 빈티지 의상실 엠포륨에 가서, 주인 자매와 앉아서 섬세한 옷을 가장 잘 다루는 세탁소와 수선에 쓸 실크 안감을 구입할 수 있는 적당한 수예점을 알아냈다.

마곳의 선물 소식을 듣자 자매는 안달했다.

리디아가 고리 모양의 담배 연기를 내뿜으면서 말했다.

"우리가 전량 인수할게요. 은행 대출이라도 받을 수 있다는 뜻이에요. 알겠어요? 값을 잘 쳐줄게요. 진짜 괜찮은 셋집의 보증금으로도 넉넉할 만큼! 독일 방송사가 우리한테 큰 관심을 보이거든요.

여러 세대를 다룬 24부작 드라마를 만드는데……."

"고맙지만 그 옷들을 어떻게 할지는 아직 결정하지 못했어요."

그들의 시무룩한 얼굴을 애써 외면하면서 말했다. 벌써 의상에 대해 보호본능 같은 게 생겼다. 그렇지만 계산대 위로 몸을 숙이고 이렇게 덧붙였다.

"하지만 다른 아이디어가 있는데……."

다음 날 아침. 1970년대 오지 클라크◇의 초록색 '주디' 바지를 입고 솔기가 뜯어지거나 작은 구멍이 났는지 확인하는데 초인종이 울렸다.

"잠깐만요, 아속. 기다려요. 개 좀 붙잡을게요."

내가 외치면서 문에 대고 짖는 딘 마틴을 안았다.

마이클이 앞에 서 있었다.

"안녕하세요. 무슨 문제라도 있나요?"

충격에서 벗어난 나는 쌀쌀맞게 물었다.

그는 내 옷차림을 보고 눈썹을 치켜올리지 않으려고 애썼다.

"고프니크 씨께서 만나고 싶다고 하시네요."

"난 여기 합법적으로 거주해요. 디윗 부인이 머무르라고 허락하셨어요."

"그것 때문이 아니에요. 솔직히 말해 무슨 일인지 나도 모르겠어요. 하지만 어떤 일에 대해서 대화하고 싶어 하십니다."

◇ 빈티지 스타일로 유명한 1960년대 영국의 패션 디자이너.

"난 대화하고 싶지 않아요, 마이클. 아무튼 고마워요."

난 문을 닫으려 했지만 그가 문틈에 발을 넣어 막았다. 그의 발을 내려다보는데 딘 마틴이 낮게 으르렁댔다.

"루이자, 그가 어떤 사람인지 알지요? 루이자가 동의할 때까지 나더러 여기 서서 기다리라고 지시하셨어요."

"그러면 직접 복도를 지나 이리 오시라고 가서 전해요. 멀지도 않잖아요."

마이클이 목소리를 낮춰 말했다.

"여기서 만나고 싶어 하시지 않아요. 사무실에서 만나자고 하십니다. 개인적으로."

그는 평소와 달리 불편해 보였다. 상대를 단짝이라고 공언했다가 뒤돌아서는 아니라고 던져버리는 사람 같았다.

"그럼 이따가 오전 중에 들른다고 전해요. 딘 마틴이랑 산책을 마친 후에."

그래도 마이클은 꿈쩍하지 않았다.

"왜 그러는 건데요?"

그는 애원하다시피 매달렸다.

"밖에 차가 대기하고 있어서요."

딘 마틴을 데려갔다. 묘하게 불안할 때 개에게 신경이 분산되면 도움이 됐다. 마이클이 리무진 뒷좌석의 내 옆에 앉자 개가 그와 운전석 뒤쪽을 동시에 노려봤다. 난 말없이 앉아서 도대체 고프니크 씨가 나를 왜 불렀는지를 궁리했다. 신고할 작정이었다면 전용차가 아니라 경찰을 보냈겠지. 의도적으로 마곳이 떠날 때까지 기다렸을까? 뭔가 알아내서 나한테 뒤집어씌우려는 걸까? 스티븐 립콧과 임신테스트기에까지 생각이 미치자, 그가 나에게 뭘 아느냐고 직접적으로 물으면 어떻게 반응할지 고민했다. 윌은 나를 최악의 포커페이스로 꼽았다. 머릿속으로 '아무것도 몰라요'란 말을 연습하는데 마이클이 날카로운 눈빛을 던졌다. 그제야 그 말을 입 밖으로 중얼댔다는 걸 깨달았다.

대형 유리 건물 앞에서 내렸다. 마이클은 빠른 걸음으로 대리석이 깔린 동굴 같은 로비로 들어갔다. 하지만 난 그가 답답할 줄 알면서도 서두르지 않고, 딘 마틴이 제 속도대로 천천히 걷게 내버려뒀다. 마이클은 검색대에서 통행증을 받아서 내게 건넨 다음 로비 뒤쪽에 따로 있는 엘리베이터로 안내했다. 고프니크 씨는 너무 중요한 인물인 나머지 다른 직원들과 엘리베이터를 같이 못 타는 모양이었다.

56층으로 올라가는 속도가 너무 빨라서 내 눈이 딘 마틴의 눈처럼 튀어나올 지경이었다. 다리가 풀린 내색을 하지 않고 엘리베이터에서 내렸다. 조용한 사무실이 나왔다. 단정한 정장을 입고 하이힐을 신은 비서는 날 보자 놀랐다. 테두리에 빨간 새틴을 두른 1970년대 초록색 오지 클라크 바지 정장 차림으로 성난 작은 개를 안은 사람을 본 적 없는 모양이지. 마이클을 따라서 복도를 걸어가니 다른 사무실이 나타났다. 거기에는 다른 직원이 앉아 있었다. 그녀도 단정한 유니폼 차림이었다.

"고프니크 씨를 만나야 되는데요, 다이앤."

마이클이 말했다.

그녀가 고개를 끄덕이고는 수화기를 들고 뭐라 말했다.

"지금 만나신답니다."

그녀가 가볍게 미소 지으면서 말했다.

마이클이 문으로 손짓했다.

"내가 개를 데리고 있을까요?"

그가 물었다. 내가 개를 데려갈까 걱정하는 기색이 역력했다.

"고맙지만 괜찮아요."

나는 딘 마틴을 더 바싹 안으면서 대답했다.

문이 열렸다. 그곳에 레너드 고프니크가 셔츠 바람으로 서 있었다. "나를 만나는 데 동의해 줘서 고맙군."

그가 문을 닫으면서 말했다. 고프니크 씨는 책상 맞은편 의자를 가리키고 천천히 책상을 돌아갔다. 눈에 띄게 다리를 저는 그를 보자 네이선이 뭘 하는지 궁금해졌다. 그는 늘 조심성이 많아서 그런 이야기를 하지 않았다.

난 잠자코 있었다.

고프니크 씨가 의자에 털썩 주저앉았다. 지쳐 보였고, 비싼 태닝으로도 눈 밑의 다크써클과 눈가 주름은 가려지지 않았다.

"임무를 대단히 신중하게 수행하는군."

그가 개를 가리키면서 말했다.

"항상 그렇지요."

내가 대꾸하자 고프니크 씨가 적절하다는 듯 고개를 끄덕이고는 책상 위로 몸을 숙이고 합장하듯 손을 모았다.

"루이자, 평소 난 할 말을 찾지 못하는 사람이 아닌데……. 지금은 그렇다고 고백해야겠어요. 이틀 전 어떤 일을 알게 되었는데, 그 일이 날 상당히 흔들어놓았네요."

그가 고개를 들어 나를 쳐다봤다. 난 담담한 표정으로 가만히 그를 응시했다.

"내 딸 태비사가…… 어떤 말을 듣고 의혹을 품게 되어 사설탐정에게 사건을 의뢰했어요. 그리 달가운 일은 아니었죠. 가족이 서로 뒷조사를 하는 일은 흔치 않으니. 하지만 태비사는 탐정이 조사한 내용을 내게 알렸어요. 그냥 넘길 만한 사안이 아니었으니까. 난 이 일과 관련해 애그니스랑 대화했고 그녀가 모든 걸 털어놓았어요."

나는 기다렸다.

"아이 이야기."

"아."

내가 탄식했다.

고프니크 씨는 한숨을 쉬었다.

"몇 차례에 걸친 상당히……. 긴 대화 중에 피아노와 돈에 대해 설명하더군. 루이자가 지시를 받고 매일 인근 현금인출기에서 돈을 꺼내 모은 걸로 들었어요."

"그렇습니다, 고프니크 씨."

내가 대꾸했다.

그는 빤히 알면서도 다른 희망을 품었던 것처럼 고개를 숙였다. 내가 아니라고, 사설탐정이 엉터리라고 말하기를 기대했을까?

마침내 그가 육중하게 의자에 등을 기댔다.

"우리가 루이자에게 너무 잘못한 것 같군요."

"저는 도둑이 아닙니다, 고프니크 씨."

"그렇죠, 그런데도 내 아내에게 의리를 지키려고 도둑으로 의심받아도 가만히 있었죠."

비난인지 아닌지 확신이 서지 않았다.

"제게 선택의 여지가 없는 것 같아서요."

"아니, 그렇지 않아요. 분명히 그렇지 않지."

우리는 시원한 사무실에서 한동안 말없이 앉아 있었다. 그가 손가락으로 책상을 톡톡 두드렸다.

"루이자, 어떻게 상황을 바로잡을 수 있을지 밤새 고심했어요. 그래서 제안을 하나 하고 싶군요."

기다렸다.

"일자리를 되돌려 주고 싶어요. 물론 더 나은 조건으로. 휴가도 늘고 급여도 인상될 거고. 복지 혜택도 훨씬 좋아질 거고, 입주하기 싫으면 근처에 숙소를 마련해 줄 수도 있고."

"일자리요?"

"애그니스는 마음에 드는 사람을 구하지 못했어요. 누구도 루이자의 절반에도 못 미치더군요. 루이자는 그 이상을 해냈고, 난 루이자의…… 의리와 분별력에 크게 놀랐어요. 루이자 이후 들어온 직원은…… 음, 제대로 해내지 못했죠. 애그니스가 탐탁해하지 않고요. 아내는 루이자를…… 친구로 여겼거든요."

딘 마틴을 내려다보았다. 개가 날 쳐다봤다. 눈에 띄게 심드렁해 보였다.

"고프니크 씨, 대단히 고마운 말씀이지만 이제는 애그니스의 어시스턴트로 일하는 게 편치 않을 것 같아요."

"사내에 다른 자리도 있어요. 아직 다른 일자리가 없는 걸로 아는데?"

"누구한테 들으셨어요?"

"건물에서 일어나는 일 중에 내가 모르는 일은 별로 없어요, 루이자. 보통은 그런 편이죠."

고프니크 씨는 미간을 찡그리면서 말을 이었다.

"저기, 마케팅과 행정 부서에 자리가 있거든요. 인사과에 말해서 입사 절차를 건너뛰라고 요청할 수도 있고. 회사가 교육을 제공할 수 있어요. 혹시 관심 있다면 자선 부문에 자리를 만들도록 하죠, 어떤가요?"

그는 등을 기대고 앉아 한쪽 팔을 책에 올리고 검은 펜을 느슨하게 잡았다.

다른 삶을 사는 이미지가 눈앞에 그려졌다. 매일 정장 차림으로 초고층 유리 빌딩으로 출근하는 나. 높은 연봉을 받고 형편에 어울리게 사는 루이자 클라크. 새로운 뉴요커. 이제 남을 보살필 필요 없이 위로 올라가는 나와 그 위에 무한히 펼쳐진 하늘. 완전히 새로운 삶. 제대로 쏘아 올린 아메리칸드림.

'좋다'고 대답할 경우 우리 가족이 느낄 자부심을 떠올렸다.

남이 입던 옷가지가 쌓인 도심의 허름한 창고 하우스를 생각했다.

"고프니크 씨, 다시 한번 기분이 좋다는 말씀을 드려요. 하지만 그러고 싶지 않습니다."

그의 표정이 굳어졌다.

"그러면 돈을 원하는군요."

나는 눈을 깜빡거렸다. 그가 말을 이었다.

"우리는 소송 만능인 사회에서 살잖아요. 루이자가 내 가족에 관련해 무척 민감한 정보를 가진 걸 잘 알아요. 일시불을 원한다면 의논하죠. 변호사를 불러 이야기할 수도 있어요."

고프니크 씨가 몸을 숙여 인터폰을 누르고 말했다.

"다이앤, 즉시……."

그 순간 내가 일어나 딘 마틴을 가만히 바닥에 내려놓고 말했다.

"전 고프니크 씨의 돈을 원하지 않습니다. 제가 소송을 하려고 했거나…… 비밀을 무기로 돈을 벌고 싶었다면…… 직장이나 거처가 없던 몇 주 전에 그렇게 했을 거예요. 그때 저를 오판하셨듯 지금도 저를 오판하시네요. 이제 그만 가보겠습니다."

그가 인터폰에서 손을 뗐다.

"제발…… 앉아봐요. 화나게 할 의도는 없었어요."

고프니크 씨는 의자로 손짓하며 다시 말했다.

"부탁이에요, 루이자. 난 이 문제를 정리해야 해요."

그는 나를 신뢰하지 않았다. 엄청난 부와 지위를 누리기에, 모두가 기회만 있으면 돈을 뜯어내려는 세상에서 사는 사람이었다.

"제게 서명을 받고 싶으시군요."

내가 냉정하게 말했다.

"얼마면 되겠어요?"

바로 그때 그 생각이 떠올랐다. 나도 모르게 그 생각을 했다.

다시 앉은 후 그에게 말했다. 만난 지 9개월 만에 처음으로 고프니크 씨는 제대로 놀랐다.

"원하는 게 그거라고요?"

"네, 원하는 건 그거예요. 어떻게 처리하시든 상관없습니다."

고프니크 씨는 의자에 등을 기대고 양손을 뒤통수에 댔다. 그리고 잠시 옆을 보면서 생각에 잠겼다가 다시 내게 시선을 돌렸다.

"돌아와서 내 밑에서 일하면 더 좋겠는데요, 루이자 클라크."

그가 말했다. 그러더니 처음으로 씩 웃고 책상 위로 팔을 뻗어 나와 악수했다.

"루이자에게 온 편지가 있어요."

건물에 들어가자 아속이 말했다. 고프니크 씨는 기사가 집까지 태워다 줄 거라고 말했지만 나는 기사에게 두 블록 전에 내려달라고 부탁했다. 딘 마틴을 운동시키고 싶었다. 고프니크 씨와 만난 일 때문에 아직도 떨렸다. 뭐든 할 수 있을 것처럼 현기증이 나고 들떴다. 아속이 두 번 부른 후에야 그의 목소리를 들었다.

"나한테요?"

봉투에 적힌 주소를 내려다보았다. 내가 디윗 부인의 집에 사는 걸 아는 사람이 없을 텐데. 엄마는 조심하라고 당부할 때나 편지를 쓴다면서 평소에는 이메일을 보냈다.

뛰어 올라가서 딘 마틴에게 물을 준 다음, 앉아서 봉투를 열었다. 낯선 필체여서 편지를 뒤집었다. 싸구려 복사지에 검은 잉크로 쓴 편지였고 두어 군데 지운 흔적이 있었다. 마치 하고 싶은 말을 표현하려고 안간힘을 쓴 것처럼.

샘이었다.

30.

루에게

지난번에 만났을 때 난 완전히 솔직하지 않았어요. 그래서 지금 편지를 쓰는 거예요. 이 편지가 뭘 바꿀 수 있겠다고 생각해서가 아니라, 당신을 한 번 속였으니 당신에게 또 그런 느낌을 주고 싶지 않아서예요.

난 케이티랑 사귀지 않아요. 마지막으로 당신을 봤을 때도 그렇지 않았어요. 장황하게 늘어놓고 싶지는 않은데, 우린 아주 다른 사람들이에요. 내가 큰 실수를 저지른 것도 맞아요. 솔직하게 말하자면 처음부터 알고 있었어요. 케이티는 전직 신청을 했고, 본부에서는 달가워하지 않지만 그렇게 처리될 거예요.

바보가 된 기분이에요. 그럴 만도 하죠. 하루도 빠짐없이 매일 당신이 부탁한 대로 몇 줄 쓰거나 이상한 엽서라도 보내고 싶었어요. 내가 더 굳건히 버틸걸. 그 감정을 느꼈을 때 당신에게 그대로 말할걸. 조금 더 노력할걸. 그런데 사람들이 날 두고 떠난다는 생각을 하면서 자기 연민에만 빠졌으니.

말한 것처럼 당신 마음을 돌리려고 편지를 쓰는 게 아니에요. 당신이 다른 사람에게 간 걸 알아요. 그저 미안하다고 말하고 싶었어요. 그렇게 되어버린 걸

늘 후회한다고요. 당신이 행복하기를 진심으로 바란다고요. 장례식에서 하기는 어려운 말이죠.

잘 지내요, 루이자.

언제나 사랑하는

샘

현기증이 났다. 그다음에는 울렁거렸다. 울컥하면서 알 수 없는 감정이 북받쳐 큰 울음을 삼켰다. 편지를 구겨서 소리치면서 냅다 쓰레기통에 던졌다.

마곳에게 딘 마틴의 사진을 보내고 개가 잘 지낸다는 소식을 짧게 적어 보냈다. 마음을 진정시키기 위해서였다. 텅 빈 아파트를 왔다 갔다 하면서 욕설을 퍼부었다. 아직 점심시간도 안 됐지만 먼지 낀 술장에서 셰리를 꺼내 세 모금 삼켰다. 그러고 나서 쓰레기통에서 편지를 꺼냈다. 노트북을 열고 현관문에 등을 대고서 주저앉았다. 그 자리에 앉아야만 고프니크가의 와이파이가 잡혔다. 샘에게 이메일을 보냈다.

무슨 그런 개떡 같은 편지가 있어요? 이제 와서 왜 편지를 보낸 거예요? 시간이 한참 다 지났는데요?

샘이 컴퓨터 앞에 앉아 기다리기라도 한 것처럼 몇 분 만에 답이 왔다.

화내는 것도 이해해요. 나라도 그럴 거예요. 하지만 릴리한테 들었어요. 당신이 결혼을 고려하고 있다는 거. 리틀 이탈리아 근처의 아파트들을 보고 있다면서요. 지금 말하지 않으면 너무 늦을 거란 생각이 들었어요.

난 미간을 찡그린 채 모니터를 노려봤다. 그의 메일을 다시, 또다시 읽었다. 그런 다음 문장을 입력했다.

- 릴리가 그런 말을 했다고요?
- 네. 당신이 좀 급하게 진행되는 것 같다고 생각한다고. 또 그에게 살 곳 때문에 결혼한다는 생각을 심어줄까 걱정한다고. 하지만 그의 프로포즈가 거절하지 못하게 만들었다고요.

몇 분 기다리다가 신중하게 답했다.

- 샘, 릴리가 프로포즈에 대해 뭐라고 했는데요?
- 엠파이어스테이트빌딩 꼭대기에서 조시가 한쪽 무릎을 꿇었다면서요? 그리고 오페라가수도 부르고? 루, 릴리한테 화내지 말아요. 내가 묻지 않았어야 했는데. 그런데 저번에 릴리에게 당신 안부를 물었어요. 어떻게 사는지 궁금했거든요. 그러자 릴리가 이런 이야기로 충격을 주더군요. 당신이 행복하니까 기뻐해야 한다고 생각을 하면서도, 계속 그런 생각이 드는 거예요. 내가 그 상대였다면 어땠을까? 내가…… 모르겠어요…… 내가 그 순간을 누렸다면 어땠을까요?

난 눈을 감았다.

- 그러니까 릴리가 내 결혼 소식을 전해서 편지를 쓴 거예요?
- 아니, 그런 건 아니에요. 아무튼 편지를 쓰고 싶었어요. 스토트폴드에서 당신을 만난 후 쭉 그랬어요. 다만 무슨 말을 해야 될지 모르겠더라고요. 그런데 결혼한다는 사실을 알게 되니까, 그것도 아주 금방 결혼할 거라고 하니까…… 나중에는 아무 말도 전하지 못할 거 같아서. 내가 구닥다리여서 말이죠. 저기, 그냥 내 미안한 마음을 알려주고 싶었어요, 루. 그것뿐이에요. 이런 말이 부적절하다면 미안해요.

한참 지나서야 다시 답글을 입력했다.

알았어요. 알려줘서 고마워요.

노트북을 닫고 현관문에 등을 기댔다. 오래 눈을 감고 있었다.

그 생각을 하지 않기로 했다. 난 어떤 생각을 하지 않는 데 통달했다. 집안일을 마치고 딘 마틴을 산책시키러 갔고 찌는 무더위 속에서 지하철을 타고 빈티지 의상실 엠포륨에 갔다. 주인 자매와 면적, 칸막이, 임대료, 보험료를 의논했다. 샘을 떠올리지 않았다.

개를 데리고 냄새나는 쓰레기차 앞을 지나가거나, 경적을 울리는 택배 차량을 피하면서도 그를 생각하지 않았다. 소호의 돌바닥에서 발목을 삐었을 때도, 옷 가방을 끌고 지하철의 회전식 개찰구를 지날 때도 샘을 생각하지 않았다. 마곳의 말을 읊조리면서 내가 좋아하는 일을 했다. 점만큼 작던 아이디어가 이제 산소를 주입한 대형 풍선이 되어 내 안에서 점점 부풀면서 다른 것들을 밀어냈다.

샘을 생각하지 않았다.

그의 다음 편지는 사흘 후에 도착했다. 아속이 현관문 밑으로 넣어준 편지의 필체를 보고 바로 알아차렸다.

우리가 주고받은 이메일을 생각하다가 두어 가지 더 말하고 싶었어요(당신이 그러지 말라고 하지 않았으니까 이 편지를 찢지 않으면 좋겠어요).

루, 당신이 결혼하고 싶어 하는 줄 몰랐어요. 당신에게 묻지 않다니 내가 바보천치였죠. 또 당신이 로맨틱한 이벤트를 은근히 원하는 스타일인지도 몰랐어요. 그런데 조시가 뭘 해주는지 릴리한테 아주 많이 들었어요. 매주 장미를 주고 근사한 식사를 한다면서요? 그런데 난 여기 처박혀서 생각만 하니…… 내가 너무 목석같았죠. 그렇게 앉아서 아무것도 안 하는 주제에 어떻게 만사 오케이를 기대했을까요?

루, 내가 정말 잘못했죠? 사귀는 내내 큰 이벤트를 기다렸는지, 아니면 내가 잘못 안 건 꼭 알아야겠어요. 그랬다면 다시 한번 미안해요.

자신에 대해 깊이 생각하는 것이 조금 어색해요. 무언가 골똘히 파고드는 성향이 아니라 더욱. 난 머리가 아니라 몸으로 행동하는 타입이에요. 여기서 교훈을 얻고 싶어요. 당신이 조금만 친절을 베풀어서 나에게 대답이라도 해줄 수 있을까요?

마곳이 쓰던, 주소가 인쇄된 빛바랜 카드를 꺼냈다. 줄을 그어 그녀의 이름을 지웠다. 그리고 이렇게 썼다.

샘, 당신한테 이벤트를 바란 적 없어요. 전혀.

루이자

계단을 뛰어 내려가 아속에게 발송해 달라며 카드를 맡겼다. 별일 없느냐는 질문을 못 들은 척하고 얼른 뛰어 올라갔다.

다음 편지는 며칠 내에 도착했다. 편지마다 속달이었다. 샘이 우편요금으로 큰돈을 썼을 터였다.

그래도 당신도 바라는 게 있었네요. 내가 편지를 쓰기를 바랐잖아요. 그런데 난 쓰지 않았어요. 늘 너무 고단하거나, 솔직히 말하면 부끄러웠어요. 편지는 이야기를 하는 게 아니라 종이에 주절대는 것 같았거든요. 가짜 같잖아요.

내가 편지를 쓰지 않을수록 당신은 뉴욕 생활에 적응하고 변하기 시작하는 것 같았어요. 흠, 도대체 내가 당신에게 무슨 말을 해야 좋았을까요? 루는 화려한 댄스파티와 컨트리클럽에 리무진을 타고 다니면서 세월을 보내는데. 난 런던 동쪽에서 구급차를 타고 돌아다니면서 취객과 침대에서 떨어진 독거노인이나 구하는 마당에.

그래요. 이제 다른 이야기를 할게요, 루. 혹시 다시는 내 소식을 듣고 싶지 않다고 해도 이해할게요. 하지만 이제 이 말은 꼭 해야겠어요. 당신이 그 사람과 잘되는 게 난 반갑지 않아요. 당신이 그와 결혼하면 안 된다고 생각해요. 그 사람이 똑똑하고 미남이고 부자인 건 알겠어요. 루프탑 테라스에서 저녁을 먹을 때 4중주단을 부르고 그런 것도 알지만, 믿음직하지 않은 구석이 있어요. 그는 당신에게 맞는 짝이 아닐 거예요.

아이고, 헛소리. 당신 때문에 이러는 것만도 아녜요. 내가 미칠 것 같아요. 당신이 그 사람과 있는 건 생각하기도 싫어요. 그가 당신에게 팔을 두르는 걸 상상만 해도 뭐든 부수고 싶어져요. 어제 잠을 제대로 못 자서 질투하는 멍청이로 변했거든요. 다른 걸 생각하려면 마음을 다스려야 되는데. 그런데 당신은 날 알잖아요. 내가 어디서든 잘 잔다는 걸요.

어쩌면 이 얘기를 읽으면서 '하하, 바보 자식. 쌤통이네. 당해도 싸다 싸'라고 생각할지도 모르겠어요.

다만 뭐든 서두르지 마요. 알겠어요? 그가 정말로 당신에게 걸맞은 짝인지 확인을 먼저 해봐요. 아니면 아예 결혼하지 않았으면 좋겠어요.

샘 x

그때는 며칠간 답장을 보내지 않았다. 편지를 갖고 다니면서 빈티지 의상실 엠포륨이 한가한 시간에 읽었다. 콜럼버스 서클 근처 반려견을 데려갈 수 있는 카페에서 커피를 마시면서도 읽었다. 밤에 푹 꺼진 침대에 누워서도 읽었다. 새먼핑크색 욕조에 몸을 담글 때도 편지를 떠올렸다.

그러다 드디어 답장을 썼다.

샘에게

이제 조시랑 사귀지 않아요. 당신 말을 빌리자면, 알고 보니 우린 아주 다른 사람들이었어요.

루

PS. 사실 식사하는데 머리 위에서 바이올리니스트가 연주하는 생각을 하면 손발이 오그라들어요.

31.

루이자에게

몇 주 만에 처음으로 제대로 잤어요. 야간 근무를 마치고 새벽 6시에 집에 돌아오니 편지가 와 있네요. 어찌나 반가운지 미친놈처럼 소리치면서 춤추고 싶었다고 말해야겠어요. 하지만 난 춤이 꽝이고 말할 상대도 없잖아요. 그래서 밖에 나가서 닭들을 풀어놓고, 계단에 앉아서 녀석들에게 말했죠(닭들이 그다지 감동받는 거 같진 않았어요. 하지만 닭들이 뭘 알겠어요?).

그러면 편지를 써도 되겠죠?

이제 할 얘기가 있어요. 난 근무시간의 8할쯤은 바보같이 빙그레 웃고 다녀요. 새 파트너인 데이브(45세고 나한테 프랑스 소설 따윈 절대 안 줄걸요)는 환자들이 날 무서워한대요.

당신이 어떻게 지내는지 말해줘요. 괜찮아요? 슬퍼요? 편지를 보니 슬픈 것 같진 않던데. 그저 당신이 슬프지 않으면 좋겠어요.

사랑하는

샘 x

거의 매일 편지가 도착했다. 어떤 편지는 주절주절 길었고, 어떤 편지는 두어 줄, 몇 마디 갈겨쓴 게 전부였다. 종종 새로 완공된 집 곳곳에서 찍은 샘의 사진이 들어 있었다. 닭들 사진도. 이따금 길고 꼬치꼬치 파고드는, 열띤 편지가 오기도 했다.

우리가 너무 빨랐죠, 루이자 클라크. 아마도 내 부상이 그렇게 부채질했을 테고요. 문자 그대로 배 속의 장기를 맨손으로 만진 사람이랑은 크게 애쓰지 않아도 가까워지니까요. 그러니까 이게 잘된 거예요. 이제 서로 진짜 대화를 하잖아요.
크리스마스 이후 난 엉망진창이었어요. 이제야 그 이야기를 할 수 있네요. 제대로 해왔다고 느끼고 싶었어요. 그렇지만 제대로 하지 않았죠. 당신에게 상처를 줬고요. 그게 늘 걸렸어요. 잠을 포기하고 공사장에 나간 밤이 정말 많았어요. 신축공사를 완공하고 싶다면 바보처럼 구는 걸 강력히 추천하고 싶어요.
누나를 자주 생각해요. 주로 누나가 했던 말을. 당신은 못 만났지만, 지금 누나가 날 보면 뭐라고 부를지 상상되고도 남을 거예요.

매일매일 편지가 도착했고 가끔은 24시간 안에 두 통이 들어오기도 했다. 이메일도 왔지만 대부분 긴 손 편지였다. 샘의 머리와 마음을 들여다볼 수 있는 창 같은 편지였다. 그의 편지를 읽고 싶지 않은 날도 있었다. 내 억장을 무너뜨렸던 사람과 친밀감이 더해지는 게 두려웠다. 나도 모르게 아침에 맨발로 아래층에 뛰어 내려가기도 했다. 딘 마틴을 데리고 아속 앞에 서서 그가 우편물을 하나씩

넘기는 동안 발가락을 꼼지락댔다. 그는 편지가 없는 척하다가 웃으면서 재킷에서 꺼내 주었다. 그러면 혼자 느긋하게 읽으려고 쏜살같이 위층으로 올라갔다.

반복해서 편지를 읽으면서, 내가 떠나기 전 우리가 서로에 대해 잘 몰랐음을 깨달았다. 편지를 읽으면서 이 말수 없고 복잡한 남자를 새로 그려갔다. 가끔 샘의 편지는 날 슬프게 했다.

정말 미안. 오늘은 시간이 없네요. 교통사고로 두 아이를 잃었어요. 그냥 자야겠어요.

X

PS. 당신의 하루는 좋은 일이 넘치기를.

하지만 대부분은 그렇지 않았다. 그는 조카 제이크 이야기를 했다. 제이크에게 제대로 공감하는 사람은 릴리뿐이라고 했다. 또 샘은 매주 매형과 수로를 산책하거나 매형에게 새집의 페인트칠을 부탁했다. 매형이 마음을 더 열게 하려는(또 케이크 먹는 걸 중단시키려는) 노력이었다. 닭 두 마리를 여우에게 잃었고 텃밭에서 당근과 비트를 키운다는 이야기도 했다. 크리스마스에 부모님 댁에서 나를 두고 떠난 후, 절망과 분노에 휩싸여 오토바이 배기관을 걷어찼다고 했다. 그리고 따로 수리는 하지 않았는데 오토바이가 우리가 헤어졌을 때의 고통을 상기시키기 때문이라나. 매일 샘은 조금씩 더 마음을 열었고, 매일 나는 조금씩 더 그를 이해하는 느낌이었다.

오늘 릴리가 들렀다고 말했던가요? 드디어 당신이랑 연락한다고 말했더니 릴리 얼굴이 붉어지고 씹던 껌이 목에 걸렸어요. 정말이에요. 하임리히 법◇이라도 시행해야 될지 고민했다니까요.

쉬거나 딘 마틴을 산책시키지 않는 시간에 짧은 답장을 썼다. 마곳의 의상을 카탈로그로 만들고 수선하는 생활상을 그려서 보냈다. 또 맞춤복처럼 잘 맞는 의상을 입고 찍은 사진을 보내기도 했다. 샘은 부엌에 이 사진들을 붙였다고 말했다. 난 마곳이 제안한 의상 에이전시가 내 상상 속에 뿌리를 내려서 놔버릴 수가 없다고 말했다. 요즘 받은 연락들에 대해서도 말했다. 마곳의 기어가는 필체로 쓴 작은 카드들은 아들의 용서를 받고 기쁨에 빛나는 모습이 담겨 있었다. 며느리 레이니는 예쁜 꽃 카드에 마곳의 상태가 악화되었다고 적어 보냈다. 그녀는 남편이 갈등을 마무리 짓게 해주어 고마워했고, 이렇게 되기까지 너무 긴 시간이 걸렸다며 안타까움을 표했다.

집을 구하기 시작했다고 샘에게 알렸다. 딘 마틴을 데리고 낯선 지역들을 돌아다녔다. 잭슨하이츠, 퀸스, 파크슬로프, 브루클린. 자다가 살해당할 위험이 있을지 살피는 한편, 면적과 월세 사이의 엄청난 괴리에 겁먹지 않으려 애쓴다고 말했다.

이제 매주 아쇽의 가족과 식사한다는 얘기도 했다. 서로 놀리면서도 사랑이 우러나는 모습을 보면 내 가족이 그립다고, 할아버지

◇ 음식물이 목에 걸려 기도가 막힐 때 시행하는 응급처치법.

가 살아 계실 때보다 지금이 훨씬 더 생각난다고. 엄마는 모든 책임에서 벗어났지만 여전히 애도를 그치지 못한다고. 혼자 보내는 시간이 몇 년간 합친 것보다 긴데도 그렇다고. 나는 넓은 텅 빈 아파트에서 사는데도 이상하게 외롭지 않다고도 말했다.

내 삶에 그를 되찾은 것이 어떤 의미인지 차츰 알려주었다. 밤중에 목소리를 듣고 내가 그에게 중요하다는 걸 아는 게 어떤 의미인지. 멀리 떨어져 있지만 실제로 곁에 있다고 느낀다고 말해주었다.

마침내 보고 싶다고 말했다. '보내기'를 누르면서, 그런다고 아무것도 해결되지 않는다는 사실을 깨달았다.

네이선과 일라리아가 저녁 식사를 하러 왔다. 네이선은 맥주를 한 아름 안고 왔고, 일라리아는 아무도 손대지 않았던 매운 돼지고기와 콩으로 만든 캐서롤을 가져왔다. 그녀는 주인 내외가 싫어하는 음식을 자주 만드는 듯했다. 지난주에 가져왔던 새우 커리는 애그니스가 다시는 상에 올리지 말라고 한 음식임을 난 명확히 기억했다.

우린 소파에 앉아 무릎에 그릇을 올려놓고 식사했다. 콘 브레드를 진한 토마토소스에 찍어 먹고, 텔레비전을 보면서 대화하다가 트림하지 않으려고 애썼다. 일라리아가 마곳의 안부를 묻자, 난 레이니에게 들은 소식을 알려주었다. 그녀는 성호를 긋고 슬프게 고개를 저었다. 일라리아도 애그니스의 소식을 전해주었다. 그녀는 남편의 스트레스를 핑계로 태비사가 이곳에 오지 못하게 했다고 한다. 고프니크 씨는 퇴근을 늦게 하면서 이 독특한 가족 위기에 대처했다.

"제대로 보자면, 회사 사정이 복잡하거든요."

네이선이 말했다.

"복도 맞은편 사정도 복잡하지."

일라리아가 한쪽 눈썹을 치켜올렸다.

네이선이 화장실에 가려고 일어서자 그녀가 냅킨에 손을 닦으면서 말했다.

"푸타에게 딸이 있대."

"알아요."

내가 대답했다.

"그 딸이 푸타의 언니랑 올 거래. 애가 딱하지, 미친 집안에 오는 게 애 잘못도 아니고."

일라리아는 콧방귀를 뀌면서 바지의 삐져나온 실밥을 당겼다.

"일리리아가 아이를 잘 돌봐주세요. 잘하시잖아요."

네이선이 돌아오면서 말했다.

"욕실 색깔이 장난이 아니네요. 민트 그린으로 화장실을 꾸미는 사람이 있을 줄이야. 거기 있는 보디로션이 1974년도 물건인 건 알아요?"

일라리아가 눈을 크게 뜨고 입을 다물었다.

9시 15분이 되자 네이선이 먼저 갔다. 문이 닫히자 일라리아는 누가 듣기라도 하는 듯 소리를 낮춰 말했다. 네이선이 부시윅 출신의 개인 트레이너랑 사귀는데 그쪽에서 밤낮없이 와주기를 바란다고. 요즘 그는 애인과 고프니크 씨 사이를 오가느라 다른 사람이랑 얘기할 시간이 없다고. 어떻게 하면 좋겠냐고 물었다.

할 일이 없다고 대답했다. 각자 알아서 할 테니까.

내가 대단한 명언이라도 말한 것처럼 일리라이는 고개를 끄덕이고는 앞집으로 건너갔다.

"뭘 좀 물어도 되겠어요?"

"그럼요! 나디아, 아가. 이걸 할머니께 갖다드리겠니?"

미나가 몸을 굽혀 아이에게 얼음물이 든 작은 컵을 주었다. 무더운 저녁이었고 아파트 창문은 다 열려 있었다. 선풍기 두 대가 요란하게 돌아갔지만 공기는 여전히 답답했다. 우리는 작은 주방에서 식사를 준비하고 있었는데, 움직일 때마다 땀이 솟았다.

"아쇽에게 상처받은 적 있어요?"

스토브 앞에서 미나가 얼른 내게 몸을 돌렸다. 내가 다시 말했다.

"물리적으로는 아니고, 그냥……."

"감정을 상하게 한 거요? 마음의 상처? 솔직히 별로 없어요. 그이는 그런 성향이 아니라서. 한번은 라차나를 임신해서 42주 차였을 때 그이가 나를 보고 고래 같다고 놀린 적이 있어요. 호르몬이 정상으로 돌아온 후에야 나도 그 농담에 맞장구쳤죠. 그 전에는 그 말 때문에 그이가 얼마나 혼쭐이 났던지요."

미나는 기억을 떠올리면서 깔깔 웃더니 찬장에서 쌀을 꺼내다 물었다.

"또 런던에 있는 애인 얘기예요?"

"그이가 편지를 보내요, 매일. 그런데 나는……."

"루이자는 뭐요?"

나는 어깨를 으쓱했다.

"두려워요. 그이를 너무나 사랑했어요. 헤어졌을 때 정말 힘들었고요. 다시 그 감정에 빠지면 더 심한 상처를 받을까 봐 겁나나 봐요. 복잡해요."

미나가 앞치마에 손을 닦으면서 대답했다.

"항상 복잡하죠. 그게 인생이에요, 루이자. 그러면 나한테 보여줘요."

"뭘요?"

"편지, 얼른. 온종일 갖고 다니지 않는 척은 하지 말아요. 아쇽이 그러는데 편지를 건넬 때 당신의 표정이 아련하대요."

"경비원은 입이 무거워야 되는 줄 알았는데!"

"그 남자는 나한테 비밀이 없거든요. 그걸 알아둬요. 우여곡절 많은 당신의 삶에 우리도 상당히 관련 있다고요."

그녀가 웃으면서 손을 내밀더니 조급하게 손가락을 까딱거렸다. 나는 잠시 머뭇거리다 핸드백에서 조심스럽게 편지들을 꺼냈다. 미나는 왔다 갔다 하는 아이들도 잊고 옆방에서 어머니가 코미디를 시청하면서 웃는 소리도 잊었다. 소음도, 땀도, 천장에서 탁탁탁 돌아가는 선풍기 소리도 잊었다. 내 편지들 위로 고개를 숙이고 읽어 내려갔다.

정말 이상한 일이에요, 루. 이놈의 집을 지으면서 3년을 보냈어요. 창틀이 정확히 맞는지, 어떤 종류의 샤워 부스를 설치할지, 소켓은 흰 플라스틱이 좋을

지 아니면 반짝이는 니켈이 좋을지에 몰두했죠. 이제 집이 완공됐어요. 아니, 될 만큼은 다 됐죠. 난 지금 깔끔한 앞쪽 방에 혼자 앉아 있어요. 완벽한 색조의 연회색 페인트가 칠해져 있고 새로 만든 장작 난로가 있고, 어머니의 도움으로 고른 커튼까지 갖춰졌는데 이런 생각이 드네요. 아, 이게 다 무슨 소용이람. 난 뭐 때문에 이 집을 지은 걸까요?

누나를 잃고 딴 데 집중할 필요가 있었나 봐요. 생각에 빠지고 싶지 않아서 집을 지었어요. 미래가 있다는 걸 믿어야 하니까 집을 지었어요. 그런데 이제 집이 다 완성되었고 빈방을 둘러보는데 아무 느낌이 없어요. 일을 정말로 마무리했다는 자부심은 조금 있지만, 그걸 제외하면 아무것도 없어요.

미나는 마지막 몇 줄을 오랫동안 쳐다보았다. 그러더니 편지를 접고는 얌전히 다른 편지와 더해서 내게 돌려주었다.

그녀가 고개를 한쪽으로 기울이면서 이렇게 말했다.

"아, 루이자. 아이고, 이 아가씨야."

1442 랜턴드라이브

터커호, 웨스트체스터, NY

루이자에게

잘 지내고 있죠? 아파트가 지나치게 부담되지 않으면 좋겠네요. 프랭크 말로는 건축업자가 2주 후에 둘러보러 간다는데, 집에서 문을 열어줄 수 있겠어요? 그 무렵에 회사와 관련된 사항을 알려줄게요.

요즘 마곳은 글을 많이 쓰지 못하세요. 자주 지치기도 하고, 약기운 때문에 정신이 멍하시거든요. 그래도 보살핌을 잘 받고 계신다는 걸 루이자가 알고 싶을 것 같아서요. 우린 어떤 상황에도 어머니를 요양원으로 옮길 수 없다고 결론을 내렸어요. 그러니 우리랑 계시면서 의료진의 도움을 받으실 거예요. 그분은 프랭크와 저한테 할 말이 아직도 많으세요. 네, 그럼요. 거의 매일 우리를 정신없이 뛰어다니게 하시죠. 나는 보살필 분이 생겨서 참 좋아요. 어머니의 컨디션이 좋은 날에는 프랭크 어릴 때의 이야기를 듣는 게 기뻐요. 남편도 마찬가지일 거예요. 별로 인정하지 않지만 두 모자가 똑같다니까요!

마곳이 루이자에게 개 사진을 더 보내줄 수 있는지 물어봐 달라고 하시네요. 지난번에 보내준 사진을 정말 좋아하셨어요. 프랭크가 사진을 예쁜 은 액자에 넣어 침대 협탁에 놔드렸거든요. 요즘 쉬시는 시간이 워낙 많아서 사진이 큰 위안이 될 거예요. 나는 마곳처럼 꼬마 친구가 예쁜지 잘 모르겠지만. 사진은 그분 거니까요.

안부를 전해달라고 하시고, 예쁜 줄무늬 타이츠를 여전히 신기를 바란다고 하시네요. 약기운 때문에 나온 말인지 몰라도, 선의로 하신 말일 거예요.

따뜻한 마음을 담아서

레이니 G. 베버

"들었어요?"

딘 마틴을 데리고 일하러 나가는 참이었다. 여름으로 접어든 기색이 완연해서 하루하루 점점 후텁지근해졌다. 가까운 지하철역에만 걸어가도 셔츠가 등허리에 달라붙었다. 피부가 그을린 자전거 배달원들은 교통법규를 어기는 관광객에게 욕설을 퍼부었다. 하지만 나는 샘이 사준 1960년대 화려한 원피스와 끈에 분홍 꽃이 달린 웨지슈즈 차림이었다. 겨울을 겪은 후라 팔에 닿는 햇살이 선물 같았다.

"들다니 뭘요?"

"도서관이요! 구제됐어요! 앞으로 10년간은 유지된다고 해요!"

아속이 휴대폰을 내밀었다. 나는 카펫 위에 멈춰 서서 선글라스를 올리고 미나의 문자메시지를 읽었다. 아속이 다시 말했다.

"믿을 수가 없네요. 익명의 독지가가 어느 고인을 추모하며 기부했다네요. 그…… 잠깐만요, 여기 나와 있는데."

그가 손가락으로 메시지를 짚으면서 말을 이었다.

"윌리엄 트레이너 기념 도서관. 하지만 그게 누구면 어때요? 10년짜리 기금이에요, 루이자! 그리고 시의회가 동의했고요! 10년! 아, 참, 미나는 기분이 하늘을 날아요. 도서관을 잃을 거라고 여겼거든요."

나는 휴대폰을 힐끗 보고 아속에게 돌려주었다.

"잘됐네요, 그렇죠?"

"대단하죠! 누가 알았겠어요, 루이자? 네? 누가 알았겠냐고요? 꼬마들을 위한 일이에요. 아자 아자!"

아속이 활짝 웃었다.

마음속에서 뭔가 치고 올라왔다. 희열과 기대감이 커서 지구가 잠깐 회전을 멈춘 것만 같았다. 나와 우주만 있는 것 같았다. 거기서 버티기만 하면 100만 가지의 좋은 일이 일어날 것 같았다.

딘 마틴을 내려다보다가 다시 로비로 눈을 돌렸다. 아속에게 손을 흔든 다음 선글라스를 쓰고 5번가로 나갔다. 걸을 때마다 점점 얼굴에 미소가 번졌다.

내가 요청한 기간은 5년이었는데.

32.

자, 이 시점에서 '그 1년'이 끝나간다는 점에 대해 얘기해야겠죠. 언제 돌아올지 염두에 두고 있어요? 부인의 집에서 언제까지나 지낼 순 없잖아요. 의상 에 이전시에 대해 생각해 봤는데, 루. 원한다면 내 집을 근거지로 삼아도 돼요. 여기엔 남는 방이 많고 완전 공짜라고요. 당신만 좋으면 살아도 좋고요.

그러기에 너무 성급하다 싶지만 아파트로 들어가 동생의 생활을 방해하기 꺼려지면 객차를 써도 되거든요? 내 마음에 드는 선택지는 아니지만. 당신은 늘 기차를 좋아했고, 당신이 정원 저쪽에 산다는 생각이 매력적이기도 하니…….

물론 다른 가능성도 있어요. 이러는 게 지나치다고, 나랑 연결되기 싫다고 여길 수도 있겠지만, 그렇게 생각하고 싶지 않네요. 개떡 같은 선택지죠. 당신도 그렇게 봐주면 좋겠어요.

생각해 볼래요?

샘 x

PS. 오늘 밤에 56년간 해로한 부부를 데리러 갔어요. 남편이 호흡곤란을 일으켰는데(심각하진 않고) 부인이 남편의 손을 놓지 않더라고요. 병원에 도착할 때까지 남편을 유난스레 챙기는 거예요. 평소에는 그런가 보다 하고 넘겼는데,

오늘 밤은 왜 그 장면이 유독 눈에 들어왔는지 모르겠어요.

루이자 클라크, 보고 싶어요.

5번가를 쭉 걸어갔다. 교통체증이 심했고 골목마다 화사한 관광객들이 우글댔다. 사랑할 특별한 남자를 하나도 아닌 둘이나 찾았으니 행운아라는 생각이 들었다. 더구나 그들도 날 사랑했으니 얼마나 다행인가. 사람은 주변 사람들의 영향을 받아 만들어지는 존재다. 그 때문에 사람을 잘 선택해야 되는 듯했다. 그렇더라도 결국 진정한 자신을 찾으려면 그들을 잃어야 된다는 생각도 들었다.

나는 만나보지 못할 56년간 해로한 부부와 샘을 떠올렸다. 머릿속에서 샘의 이름이 발걸음에 맞춰 북소리처럼 울렸다. 그런 상태로 록펠러센터를 지나고 화려한 트럼프 타워를 지나, 세인트 패트릭 성당 앞을 거쳐 눈부신 화면들이 진열되어 번쩍이는 유니클로 앞을 지났다. 브라이언트 공원을 지나니 석조 사자상이 있는 웅장한 뉴욕 공공도서관이 나왔다. 상점, 광고 게시판, 관광객, 노점상, 아무 데서나 자는 사람들. 샘이 살지 않는 도시에서 내가 사랑하는 삶의 일상. 하지만 소음과 사이렌, 경적 소리를 뚫고 걸을 때마다 그가 거기 있음을 깨달았다.

샘.

샘.

샘.

그러다가 집에 돌아가면 어떤 기분일지 생각했다.

2006년 10월 28일

어머니께

급작스럽지만 영국으로 돌아가요. 루프의 회사에 취직했기에 내일 사직서를 제출하면 몇 분 내로 소지품을 챙겨 사무실에서 나가야 될 거예요. 월가 회사들은 고객 명단을 빼돌릴 만한 사람들에게 미련이 없거든요.

그러니까 새해가 되면 저는 런던으로 돌아가서 인수합병 부문 이사가 될 거예요. 새로운 도전이 진짜 기대되네요. 우선 잠깐 휴가를 갔다가(줄곧 생각했던 한 달짜리 파타고니아 트래킹을 할까 해요) 살 거처를 구해야 하는데. 기회가 있으면 부동산중개업소에 신청해 주실래요? 익숙한 지역, 중심가, 방 두세 개짜리로요. 가능하면 오토바이를 세울 지하 주차장이 있으면 좋고요(네, 오토바이 타는 걸 싫어하시는 거야 알지만요).

참, 어머니가 반기실 소식. 사람을 만났어요. 얼리샤 드웨어요. 영국인인데 친구들을 만나러 여기 왔어요. 저와는 끔찍한 만찬 석상에서 만났어요. 몇 번 데이트한 뒤 그녀는 노팅힐로 돌아갔죠. 뉴욕 스타일이 아닌 제대로 된 데이트였어요. 얼마 안 됐지만 재미난 사람이에요. 돌아가면 자주 만날 거예요. 그렇다고 결혼식 모자◇를 보러 다니지는 마시고요.

이만 쓸게요! 아버지한테 안부 전해주세요. 곧 로열 오크에서 맥주 한두 잔 사드리겠다고 전해주시고요.

새출발에 건배, 좋죠?

사랑을 담아서

아들 윌 x

◇ 영국 결혼식에서 신랑 신부의 어머니들은 모자를 쓴다.

*

평행이론이 느껴지는 윌의 편지를 읽고 또 읽었다. 눈 내리듯 내 주변에 가만히 내려앉았을지 모르는 일들을 생각했다. 행간에서 윌과 얼리샤가, 혹은 윌과 내가 함께했을 수도 있는 미래를 읽었다. 윌리엄 존 트레이너는 여러 번 내 삶을 정해진 궤도에서 이탈시켰다. 살짝이 아니라 힘껏 밀어냈다. 카밀라 트레이너가 무심코 보내준 윌의 편지가 또다시 그랬다.

"새출발에 건배, 좋죠?"

그 구절을 다시 읽은 다음 편지를 얌전히 접어서 나머지 편지 사이에 넣었다. 앉아서 사색에 잠겼다. 그러다가 마곳이 남겨둔 베르무트를 다 마시고 잠시 허공을 보았다. 한숨을 쉬면서 노트북을 들고 현관으로 가서 바닥에 앉아 메일을 썼다.

샘에게

난 준비가 안 됐어요.

맞아요. 1년이 거의 다 되었죠. 원래 1년이라고 말했었어요. 그런데 지금 상황은 이래요. 집에 갈 준비가 되지 않았어요.

평생 남들을 보살피면서, 그들의 필요와 원하는 바에 날 맞추면서 살았어요. 그러는 데 이골이 났어요. 뭘 하는지 알기도 전에 이미 그러고 있다니까요. 아마 난 당신한테도 그랬을 거예요. 지금 내가 얼마나 항공편을 예약하고 싶은지, 당신이랑 있고 싶은지 당신은 몰라요.

그런데 지난 두어 달 내게 일이 생겼어요. 그 일이 그러지 못하게 막아요.

의상 에이전시를 여기서 열 거예요. 상호는 비스 니스[◇]고, 빈티지 의상실 엠포륨의 구석이 업장이에요. 고객들은 엠포륨에서 옷을 구입하거나 나한테 빌릴 수 있어요. 계약서 작성과 광고를 준비 중이에요. 난 우리가 서로 사업상 도움이 되면 좋겠어요. 당장 금요일에 개업하는데, 생각나는 사람들에게 편지를 쓰는 중이에요. 이미 영화제작사와 패션잡지사가 큰 관심을 보이고 있기도 하고요. 화려한 드레스를 대여하고 싶은 여자들도 있어요. 맨해튼에 「매드맨」◇◇을 주제로 삼는 파티가 얼마나 많은지 놀랄걸요.

물론 힘들겠죠. 망하겠죠. 매일 밤 집에 오면 선 채로 잠들 정도지만, 샘, 난생 처음으로 흥분해서 잠을 깨요. 고객들을 만나고 그들이 멋지게 보이게 해주는 게 좋아요. 아름다운 예전 의상을 수선해서 새 제품처럼 만드는 게 좋아요. 매일 내가 어떤 사람이 되고 싶은지 다시 상상한다는 사실이 너무 좋아요.

당신은 어릴 때부터 구조대원이 되고 싶었다고 했죠. 그래요, 난 내가 어떤 사람이 되고 싶은지 깨닫는 데 거의 30년이 걸렸어요. 이 꿈이 일주일이 지속될지 1년이 지속될지 몰라요. 하지만 매일 무거운 옷자루를 들고 이스트빌리지로 향할 때면 팔이 아프고, 준비를 제대로 못 할까 봐 걱정되지만 그래도 노래하는 듯한 기분을 느껴요.

당신 누나를 자주 떠올려요. 윌도 자주 떠올리고요. 사랑하는 이가 젊어서 죽으면 자극이 되죠. 아무것도 당연시해선 안 된다고, 가진 것을 최대한 해낼 의무가 있다고 상기해 주니까요. 난 마침내 그걸 깨달은 듯해요.

그래서 얘기해 보자면, 여태 누구에게도 무엇도 부탁해 본 적 없어요. 그런데 샘, 날 사랑한다면 합류하면 좋겠어요. 내가 이 일을 할 수 있는지 확인할 동안만이라도. 찾아봤는데 뉴욕에서 일하려면 구조대원 시험에 통과해야 해요.

◇ Bee's Knees. '벌의 무릎'이라는 뜻이다.

◇◇ 1960년대 뉴욕의 광고회사를 배경으로 한 드라마.

뉴욕주는 구조대원을 주기적으로 모집하는데 늘 사람이 필요하대요.

당신 집은 세를 줘서 수입을 늘리면 되고 우린 퀸스에 작은 아파트를 빌리면 돼요. 혹은 브루클린에서 더 싼 집을 구해도 되겠죠. 매일 함께 일어난다면 그 무엇도 주지 못할 행복을 맛볼 수 있을 거예요. 또 내가 할 수 있는 모든 걸 다 해서, 먼지와 좀과 떨어진 스팽글을 뒤집어쓰고 있지 않을 때는 당신이 여기 나랑 있는 것이 기쁘도록 만들어줄게요.

내가 너무 모든 걸 다 차지하려고 하죠?

그런데 인생은 한 번뿐이잖아요.

이벤트를 원하느냐고 물은 적이 있죠? 지금 대답할게요. 7월 25일 오후 7시, 누나가 늘 가고 싶어 한 곳에 있을게요. 답이 '좋다'라면 어디로 와야 할지 알겠죠? 아니라면 난 오래도록 서서 경치를 구경할 테고요. 이 방식은 아니더라도 서로를 다시 찾아낸 걸 기뻐할 거예요.

늘 모든 사랑을 담아

루이자 xxx

33.

마침내 레이버리 빌딩을 떠나기 전, 애그니스와 한 번 더 마주쳤다. 난 수선하려고 집에 가져온 옷을 양팔 가득 안은 채로 비틀댔다. 날씨도 더운데 비닐 커버가 튀어나와 살을 찔렀다. 로비 책상 앞을 지나는데 옷 두 벌이 바닥에 떨어졌다. 아속이 집어 주려고 달려 나왔고, 나는 나머지 옷들을 챙기느라 버둥댔다.

"오늘 저녁에 할 일이 많겠어요."

그가 말했다.

"그러게요. 이걸 들고 지하철을 타니 악몽이 따로 없었거든요."

"그럴 만했겠네. 아, 죄송합니다, 고프니크 부인. 제가 얼른 치울게요."

고개를 드니 아속이 민첩하게 내 옷을 카펫에서 들어 올리고 있었다. 그는 뒤로 물러나서 애그니스가 걸리적거리는 것 없이 지나가게 했다.

내가 옷을 한 아름 들고 허리를 펼 때 그녀가 지나갔다. 목이 넓게 패인 심플한 원피스를 입고 단화를 신고 있었다. 늘 그렇듯 폭염이든 한파든, 날씨를 상관하지 않는 차림새였다. 그녀는 너덧 살쯤 인 여자애의 손을 잡고 있었다. 점퍼스커트를 입은 아이는 걸음을 늦추고 내가 안은 화려한 옷감을 올려다보았다. 아이는 짙은 금발 곱슬머리를 뒤로 넘겨 벨벳 리본 두 개로 묶고 있었는데, 눈매가 엄마를 닮아 갸웃했다. 아이는 내가 겪는 고충을 보며 장난스레 살짝 웃었다.

나도 씩 웃지 않을 수 없었다. 그때 애그니스가 몸을 돌려 아이의 시선을 따라가다가 나와 눈이 마주쳤다. 순간 얼어붙어서 표정을 바꾸려 했지만 그러기 전에 그녀의 입매가 딸처럼 올라갔다. 그녀도 웃음을 참을 수 없는 모양이었다. 애그니스가 내게 고개를 끄덕였다. 나만 아는 가벼운 몸짓이었다. 그녀는 아속이 잡고 있는 문으로 나갔다. 아이는 이미 통통 뛰고 있었다. 두 사람은 햇빛이 쏟아지고 끝없이 움직이는 5번가의 인파 속으로 사라졌다.

34.

From: MrandMrsBernardClark@yahoo.com

To: BusyBee@gmail.com

루에게

아이고, 정말인가 확인하려고 기사를 두 번 읽어야 했네. 사진 속의 아가씨를 보면서, 이게 정말 뉴욕 신문에 난 우리 딸내미라니 가당키나 한 일인가 생각했지.

의상들 사이에서 찍은 사진이 정말 근사하구나. 친구들이랑 차려입고 찍은 사진은 진짜 예쁘고. 우리가 널 얼마나 대견해하는지 말했니? 무가지에 실린 사진을 다 잘라서 스크랩해 뒀단다. 아빠는 인터넷에 나온 사진들을 다 캡처했다고 그러네. 아빠가 성인 교육센터에서 컴퓨터 강좌를 수강하기 시작했다고 말했던가? 스토트폴드의 다음 빌 게이츠를 기대하렴. 뉴욕으로 사랑을 보낸다. 딸, 우리는 네가 성공할 거 알아. 통화할 때 목소리가 어찌나 경쾌하고 대담하던지, 전화를 끊고 나서도 물끄러미 수화기를 쳐다봤단다. 우리 딸이 대서양(대서양 맞지? 항상 태평양이랑 헷갈려서) 너머에서 자기만의 사업 이야기를 하며 전화를 걸어오다니 믿을 수가 없네.

'우리'에게도 빅뉴스가 있단다. 늦여름에 널 보러 갈 거야. 날씨가 좀 서늘해지면 갈게. 거기가 폭염이라니 달갑지 않아서. 아빠가 이곳저곳 들쑤시고 다니지, 여행사를 찾아다니는데 데이더가 직원가를 적용해 준다고 하더라? 이번 주말에 비행기를 예약하려고 해. 우리가 부인의 아파트에 같이 머물 수 있니? 아니면 어디로 가면 될지 알려줘. '빈대가 없는' 곳으로.

너에게 편한 날짜를 알려주렴. 너무너무 기대돼!

큰 사랑을 전하며

엄마 xxx

PS. 트리나가 승진했다고 말했던가? 어렸을 때부터 항상 똑똑한 아이였잖아. 에디가 그렇게 좋아하는 것도 이해가 된다니까.

7월 25일

"네 시대에 평안함이 있으며 구원과 지혜와 지식이 풍성할 것이니."◇

맨해튼 중심의 고층 빌딩 옆에 서서 천천히 숨을 골랐다. 록펠러센터의 대형 입구 위에 붙은 금빛 문구를 올려다봤다. 뉴욕이 저녁 더위에 잠겼고 골목마다 관광객들이 밀려다녔다. 대기에는 경을 울려대는 소리, 그칠 새 없는 매연과 고무 타는 냄새로 가득 찼다. 내

◇ 성경 이사야서 33장 6절에 수록된 문장으로, 록펠러센터의 입구에 적혀 있다.

뒤에서 30 록펠러 골프티를 입은 여자가 소음 속에서도 잘 들리게 훈련된 큰 소리로 일본 관광단에게 설명하고 있었다.

"1933년에 유명한 건축가 레이먼드 후드가 아르데코 스타일로 이 건축 프로젝트를 완성했습니다. 선생님, 이쪽에 모여 계시죠. 부인? 부인? ……원래 이름은 RCA 빌딩이었다가 GE 빌딩으로…… 부인, 이쪽으로 오세요……."

나는 67층에 달하는 높이를 보면서 심호흡을 크게 했다.

7시 15분 전이었다.

완벽해 보이고 싶어서 5시에 아파트로 돌아가 샤워하고 이 순간에 어울리게 차려입을 계획이었다. 「러브 어페어」의 데보라 커처럼 입으려 했다. 그런데 운명의 여신이 간섭을 했다. 4시 반에 이탈리아 패션지의 스타일리스트가 빈티지 의상실 엠포륨에 도착해서 기획 중인 촬영에 쓸 투피스 정장을 보려고 했다. 그러다가 그녀의 동료가 촬영할 의상 몇 벌을 입어본 후 나한테 왔다. 무슨 일이 벌어지는지 알지 못하는 사이 5시 40분이 되었고, 난 딘 마틴을 데리고 집에 뛰어갔다. 개에게 저녁밥을 주고 이리로 향했다. 결국 땀에 절고 약간 녹초가 된 상태로 여기 있었다. 일할 때의 옷차림 그대로. 이제 인생이 어디로 향할지 알아볼 참이었다.

"좋아요, 신사 숙녀 여러분. 이쪽으로 가시면 전망대입니다."

몇 분 전에 뜀박질을 멈추었지만 여전히 헐떡대면서 플라자를 지나갔다. 스모크드 글라스 문을 밀고 들어가니 입장표를 사는 줄이 짧아서 마음이 놓였다. 전날 밤 트립어드바이저에서 줄이 길 수도 있다는 경고를 봤지만, 재수가 없을 것 같아서 미리 표를 사 두지 않았다. 그래서 순서를 기다리며 콤팩트 거울로 얼굴을 살폈다. 혹시 샘이 일찍 왔을 수도 있나 해서 슬쩍 주위를 흘끔대다가, 6시 50분에서 7시 10분 사이에 입장하는 표를 샀다. 그리고 벨벳 로프를 따라 들어가서 단체 관광단과 함께 엘리베이터 쪽으로 밀려갔다.

67층이라고 했다. 너무 높아서 귀가 멍멍할 거라고요.

'샘이 오겠지. 당연히 올 거야. 안 오면 어쩌지?'

이메일을 보내고 샘의 한 줄짜리 답을 받은 후 그 생각이 맴돌았다. '오케이. 알아들었어요.' 어떤 의미로도 읽힐 수 있는 문장이었다. 내 계획과 관련해 질문이 있을지 기다렸다. 그러다 그의 결정을 암시하는 실마리가 있을지, 메일이 반감을 주는지, 너무 대담한지, 너무 밀어붙이는지, 내 감정만 강조했는지 염려되어서 다시 읽어보았다. 샘을 사랑했다. 같이 있고 싶었다. 그는 얼마나 이해했을까? 하지만 최후통첩을 한 마당에 마음을 제대로 전했는지 재확인하는 게 이상해서 그냥 기다렸다.

오후 6시 55분, 엘리베이터 문이 열렸다. 나는 입장권을 들고 들어갔다. 67층. 뱃속이 조여들었다.

엘리베이터가 천천히 올라가기 시작하자, 갑자기 공포에 휩싸였다. 샘이 오지 않으면 어쩌지? 그가 이해는 했지만 마음이 변했으면 어쩌지? 난 어떻게 해야 하나? 여러 일을 겪은 마당이니 샘이 나한테 그러지 않겠지. 나도 모르게 헉하고 숨을 들이마셨다. 가슴을 손으로 누르며 진정하려 했다.

"굉장하죠? 67층이면 상당한 높이죠."

옆에 선 친절한 여자가 손을 뻗어 내 팔을 토닥였다.

나는 미소 지으려 했다.

"그렇죠."

'직장이든 집이든 당신을 행복하게 하는 모든 것들을 두고 올 수가 없다고 해도 이해할게요. 슬프겠지만 받아들일게요. 당신은 다양한 방식으로 늘 나랑 함께일 거예요.'

거짓말을 했다. 당연히 거짓말이었다. '아, 샘. 제발 좋다고 말해줘요. 제발 문이 다시 열릴 때 기다리고 있어줘요.' 그때 엘리베이터가 멈췄다.

"어라, 67층이 아니네."

누군가 말하자 두어 명이 어색하게 웃었다. 유아차에 탄 아기가 큰 갈색 눈으로 날 보았다. 잠깐 동안 다들 그대로 서 있다가 누군가 내렸다.

"어머, 중앙 엘리베이터가 아니었네요. 저게 중앙 엘리베이터예요."

옆의 여자가 말했다.

거기 중앙 엘리베이터가 있었다. 구불구불 끝없이 늘어선 인파의 끄트머리에.

공포에 휩싸여 엘리베이터를 쳐다보았다. 100명, 아니 200명쯤 되는 관람객이 벽에 붙은 건물 역사 전시물을 조용히 올려다보고 있었다. 손목시계를 봤다. 이미 7시 1분 전이었다. 샘에게 문자메시지를 보냈지만 발송 실패 문자가 와서 기겁했다. 인파를 헤치고 "미안합니다, 미안합니다"라고 외치면서 앞으로 나아갔다. 사람들이 다 들리도록 혀를 차거나 소리쳤다.

"이봐요. 다들 기다리는 중이라고요."

고개를 숙이고 록펠러센터의 역사를 설명하는 게시물 밑을 지나갔다. 크리스마스트리 사진도 있었고 NBC 방송의 비디오 전시물도 있었다. 사과하면서 사람들 사이를 누볐다. 예상치 않던 줄을 기다려야 되는, 더위에 지친 관광객들이야말로 퉁명스럽기 짝이 없었다. 한 사람이 내 소매를 붙잡았다.

"이봐요! 다들 기다리는데!"

"만날 사람이 있어서요. 정말 죄송해요. 저는 영국인이에요. 평소에는 줄을 정말 잘 서거든요. 그런데 늦으면 그 사람을 놓쳐서요."

"다른 사람들처럼 기다리란 말이야!"

"그냥 가게 해줘요, 여보."

남자 옆에 있던 여자가 말하자 나는 입술만 달싹여 고맙다고 인사하고는 햇빛에 그을린 어깨들을 밀치며 지나갔다. 몸을 비트는 사람들, 보채는 아이들, 'I♥NY' 티셔츠를 입은 이들을 지나니 엘리베이터 문에 가까워졌다. 그런데 6미터쯤 앞에서 줄이 완전히 멈췄다. 펄쩍펄쩍 뛰어서 사람들 머리 위로 상황을 보니, 가짜 철제 대들보가 매달려 있었다. 그 뒤로 뉴욕 마천루를 찍은 대형 흑백사진이 있었다. 방문객 여럿이 들보에 앉아서 빌딩이 건설되던 시기에 근로자들이 점심 식사를 하는 사진 장면을 연출하는 중이었다. 젊은 여성이 카메라 뒤에서 소리쳤다.

"손을 공중으로 드세요. 좋아요. 뉴욕을 위해 엄지 척! 좋아요. 이제 서로 떠미는 척하시고, 이제 키스하세요. 좋아요. 사진은 나갈 때 찾으시면 됩니다. 다음!"

계속해서 그녀는 네 마디를 외쳤다. 대기 줄은 점점 앞으로 이동했다. 지나가려면 누군가의 평생 한 번뿐인 '30 록' 기념사진을 망칠 수밖에 없었다. 7시 4분이었다. 나는 앞으로 나아가면서 사진사 뒤쪽으로 나갈 수 있을지 살피려 했지만 배낭을 맨 십 대 아이들 무리에 막혀버렸다. 누군가 내 등을 밀었다. 우린 앞으로 나아갔다.

"들보에 서세요, 손님."

지나갈 길이 꼼짝하지 않는 사람들의 벽으로 막혔다. 사진사가 나를 불렀다. 나는 최대한 빨리 움직이기 위해 뭐든 할 작정이었다. 고분고분 기둥에 서서 입속말로 중얼댔다.

"얼른, 얼른 앞으로 가야 해요."

"손을 공중에 들고 좋아요. 이제 뉴욕을 위해 엄지 척!"

나는 손을 공중에 들고 엄지를 들었다.

"이제 각자 떠미는 척하세요. 좋아요……. 이제 키스."

안경을 쓴 십 대 소년이 놀라서 내게 몸을 돌리더니 좋아했다.

나는 고개를 저었다.

"이건 안 되겠네요, 미안."

들보에서 뛰어내려서 소년을 지나 엘리베이터 앞에서 기다리는 줄로 달려갔다.

7시 9분이었다.

이즈음 울고 싶어졌다. 더위 속에서 투덜대며 몸의 중심을 이 발 저 발로 옮기면서 사람들 속에 서 있었다. 엘리베이터 문이 열리고 쏟아져 나오는 사람들을 보면서 미리 조사하지 않은 나 자신을 욕했다. 이벤트의 문제를 깨달았다. 이벤트는 독특한 방식으로 역효과를 일으키는 경향이 있었다. 경비원들은 안달하는 나를 심드렁하게 쳐다봤다. 직원들은 인간들의 별별 행태를 보니까. 그러다 마침내 7시 12분. 엘리베이터 문이 열렸다. 경비원이 관람객의 수를 세면서 태웠다. 내 앞에서 그는 로프를 채웠다.

"다음 엘리베이터에 타세요."

"아, 안 돼요."

"규칙입니다, 손님."

"제발요, 사람을 만나야 해요. 아주 많이 늦었다고요. 제발 태워주세요. 네? 제발요, 부탁드려요."

"안 됩니다. 탑승자 수가 엄격합니다."

하지만 내가 고통스럽게 신음하자 몇 미터 앞에서 한 여자가 나를 불렀다. 그녀가 엘리베이터에서 내리면서 말했다.

"여기요, 내 자리에 타세요. 내가 다음 엘리베이터를 탈게요."

"정말이세요?"

"로맨틱한 만남이겠죠."

"아, 감사해요. 감사합니다!"

내가 앞으로 나가면서 말했다. 그녀에게 로맨틱한 만남일 확률이, 심지어 만날 확률이 시시각각 줄어들고 있다는 말은 하기 싫었다. 엘리베이터에 올라 다른 승객들의 호기심 어린 눈초리를 무시했다. 엘리베이터가 움직이기 시작했고, 나는 주먹을 꽉 쥐었다.

엘리베이터가 초고속으로 올라가자 아이들이 키득대면서 빠른 속도를 보여주는 유리 천장에 손짓했다. 머리 위에서 조명이 반짝였다. 내 배 속에서 난리가 나고 있었다. 옆에 있는 꽃무늬 모자를 쓴 노부인이 옆구리를 찔렀다.

"박하사탕 먹을래요? 마침내 그를 만날 경우에 대비해서?"

그녀가 윙크하면서 물었다.

나는 사탕을 받고 초조하게 미소를 지었다.

그녀가 남은 사탕을 가방에 넣으면서 말했다.

"어떻게 될지 궁금하네요. 나를 찾아와요."

그때 귀가 멍멍해지더니 엘리베이터의 속도가 느려졌고 정지했다.

아주 오래전 작은 세상에서 사는 여자애가 있었다. 소도시에 살던 소녀는 아주 행복했다. 아니. 적어도 자신에게 그렇게 말했다. 보통 여자애들처럼 색다른 차림새를 해보고 싶었고 자기와 다른 사람이 되고 싶었다. 하지만 다들 그렇듯 삶이 조금씩 파고들었다. 결국 소녀는 진짜 맞는 것을 찾기보다는 가면을 쓰고 개성을 감춘 채 살았다. 한동안 세파에 시달리다가 본모습대로 살지 않는 게 더 안전하다고 결론을 내렸다.

우리에게는 선택할 수 있는 다양한 모습이 있다. 한때 내 인생은 가장 평범한 잣대로 평가될 처지였다. 그런데 한 남자가 다른 가르침을 주었다. 그는 주어진 자신의 모습을 받아들이지 않았다. 또한 어떤 노부인도 그랬다. 다들 도리 없다고 할 상황을 오히려 스스로 바꿀 수 있다고 확신했다.

선택권은 내가 쥐고 있었다. 뉴욕의 루이자 클라크도 될 수 있고 스토트폴드의 루이자 클라크도 될 수 있었다. 혹은 아직 내가 만나지 않은, 전혀 다른 루이자가 될 수도 있겠지. 동반자가 내가 어떤 사람이 될지를 결정해 나비표본처럼 핀으로 고정하지 않는 게 중요했다. 자신을 다시 만들 길을 스스로 모색하는 게 핵심이었다.

샘이 거기 없어도 나는 계속 살아갈 거라고 마음을 다독였다. 결국 더 나쁜 상황도 겪어냈던 내가 아닌가. 그저 다른 변화가 생기겠지. 계속 그렇게 중얼대면서 엘리베이터 문이 열리기를 기다렸다. 7시 17분이었다.

얼른 유리문으로 걸어가면서 샘이 여기까지 왔다면 20분 정도는 기다릴 거라고 스스로를 달랬다. 그러다가 야외 전망대로 달려가 빙빙 돌면서 관람객들 사이를 누볐다. 수다를 떨고 셀카를 찍는 사람들 속에서 샘을 찾아다녔다. 다시 유리문을 지나서 넓은 실내 로비를 지나 두 번째 전망대로 갔다. 샘이 이쪽에 있지 않을까. 재빨리 안팎을 다니면서 낯선 얼굴들을 살피며 한 남자만 찾았다. 주변 사람들보다 키가 크고 머리가 검고 어깨가 넓은 남자. 타일 바닥을 왔다 갔다 하는데 석양이 머리 위로 쏟아졌다. 등에 땀이 흥건했다. 보고 또 보고, 그가 거기 없는 걸 알자 욕지기가 일었다.

"그 사람을 찾았어요?"

사탕을 줬던 부인이 내 팔을 잡고 물었다.

나는 고개를 저였다.

"위층에 올라가 봐요."

그녀가 건물 옆쪽을 손짓했다.

"위층이요? 위층이 있어요?"

의기소침해지지 않으려고 애쓰면서 뛰어가자 작은 에스컬레이터가 나타났다. 그걸 타고 올라가니 다른 전망대가 나왔다. 관람객이 훨씬 많았다. 절망감에 빠져드는데, 갑자기 샘이 맞은편에서 아래층으로 가는 장면이 떠올랐다. 그러면 못 찾을 텐데.

"샘! 샘!"

심장이 마구 뛰었다.

몇 명이 힐끗 쳐다봤지만 대부분의 사람들은 바깥을 보면서 셀카를 찍거나 유리 스크린 앞에서 포즈를 취했다.

나는 전망대 가운데 서서 쉰 목소리로 외쳤다.

"샘?"

문자메시지를 보내려고 계속 휴대폰을 눌러댔다.

유니폼을 입은 경비원이 옆에 나타나서 말했다.

"그래요. 이 위에서는 휴대폰이 잘 터지지 않아요. 누구를 잃어버렸나요? 아이를 잃어버렸나요?"

"아니요, 남자요. 여기서 만나기로 했어요. 전망대가 두 개 층인지 몰랐어요. 야외 데크가 이렇게 많은지도. 아, 어떡해요. 아, 어쩌죠? 그 사람이 어디 있는지 모르겠어요."

"동료에게 무전을 보내서 이름을 불러줄 수 있는지 알아볼게요."

경비원이 무전기를 귀에 대면서 다시 내게 말했다.

"그런데 실은 3층까지 있다는 걸 아세요, 손님?"

그가 위쪽을 가리켰다. 이 순간 난 숨죽여 흐느꼈다. 7시 23분이었다. 샘을 못 찾을 거야. 지금쯤 가버렸을 거야. 여기 왔다고 해도.

"저기에 올라가 보시죠."

경비원이 내 팔꿈치를 잡고는 다음 층으로 가는 계단을 가리켰다. 그러더니 무전을 보내려고 고개를 돌렸다.

"저게 다지요? 전망대는 더 없지요?"

내가 묻자 그는 씩 웃었다.

"전망대는 더 없습니다."

30 록펠러 플라자의 다음 전망대로 가는 계단은 67개였다. 가장 높은 전망대에 오르기가 힘들었다. 러닝화가 아니라 고무 스트랩이 달린 진홍색 새틴 빈티지 댄스화를 신었기에 더욱 그랬다. 무더위에는 특히 더. 이번에는 천천히 걸었다. 좁은 계단을 오르는데, 중간쯤에서 긴장되어 심장이 터질 것 같았다. 몸을 돌려 뒤쪽 경치를 봤다. 맨해튼 위로 붉은 노을이 물들고 있었다. 끝없는 바다처럼 펼쳐진 빛나는 마천루가 분홍빛을 반사했다. 세계의 중심이 굴러가고 있었다. 저 아래서 100만 명이 살고 있다. 100만 개의 크고 작은 상심과 기쁨과 상실과 생존의 이야기를 품고, 매일 100만 개의 작은 승리를 거둔다.

'사랑하는 일을 한다는 건, 그 자체로 꽤 괜찮은 위로가 되지.'

마지막 몇 계단에서 내 삶이 여전히 멋지게 펼쳐질 수 있는 길들을 떠올렸다. 숨을 고르면서 새 에이전시 친구들과, 예기치 않게 거두게 된 강아지의 건들거리는 예쁜 얼굴을 생각했다. 1년도 안 되는 사이 세계에서 가장 치열한 도시에서 집도 직업도 없던 내가 살게 된 것을 생각했다. 윌리엄 트레이너 기념 도서관을 떠올렸다.

몸을 돌려 다시 위를 본 순간, 돌출된 벽에 기대서 도시를 내다보는 그가 보였다. 산들바람에 머리칼을 나부끼면서 나를 등지고 서 있었다. 관광단의 마지막 사람이 지나갈 때까지 나는 그대로 서서 그의 넓은 어깨를 바라보았다. 약간 위로 든 고개, 칼라에 닿는 보드라운 검은 머리를 보니 내 안에서 뭔가 변했다. 샘을 보는 것만으로도 내면 깊은 데서 뭔가가 정돈되며 차분해졌다.

서서 바라보다가 큰 한숨을 내뱉었다.

그 순간 내 눈길을 의식했는지 그가 천천히 몸을 돌려 똑바로 섰다. 나처럼 샘의 얼굴에도 서서히 미소가 번졌다.

그가 말했다.

"안녕, 루이자 클라크."

옮긴이 공경희

서울대학교 영문학과를 졸업하고 성균관대학교 번역대학원 겸임교수를 지냈으며 서울여자대학교 영어영문학과 대학원에서 강의했다. 현재는 소설, 비소설, 아동서까지 다양한 장르의 책을 번역하는 전문번역가로 활동하고 있다. 시드니 셸던의 『시간의 모래밭』으로 데뷔한 후, 『호밀밭의 파수꾼』, 『비밀의 화원』, 『매디슨 카운티의 다리』, 『모리와 함께한 화요일』, 『파이 이야기』, 『우리는 사랑일까』, 『마시멜로 이야기』, 『타샤의 정원』, 『엔조』 등을 우리말로 옮겼으며, 에세이 『아직도 거기, 머물다』를 썼다.

스틸 미

초판 1쇄 인쇄 2025년 4월 15일
초판 1쇄 발행 2025년 5월 12일

지은이 조조 모예스
옮긴이 공경희
펴낸이 김선식

부사장 김은영
콘텐츠사업본부장 임보윤
책임편집 김영훈 **디자인** 박영롱 **책임마케터** 양지환
콘텐츠사업2팀장 김보람 **콘텐츠사업2팀** 박하빈, 채윤지, 김영훈, 박영롱
마케팅2팀 이고은, 양지환, 지석배
미디어홍보본부장 정명찬 **브랜드홍보팀** 오수미, 서가을, 김은지, 이소영, 박장미, 박주현
채널홍보팀 김민정, 정세림, 고나연, 변승주, 홍수경
영상홍보팀 이수인, 염아라, 김혜원, 이지연
편집관리팀 조세현, 김호주, 백설희 **저작권팀** 성민경, 이슬, 윤제희
재무관리팀 하미선, 임혜정, 이슬기, 김주영, 오지수
인사총무팀 강미숙, 이정환, 김혜진, 황종원 **제작관리팀** 이소현, 김소영, 김진경, 이지우, 황인우
물류관리팀 김형기, 김선진, 주정훈, 양문현, 채원석, 박재연, 이준희, 이민운

펴낸곳 다산북스 **출판등록** 2005년 12월 23일 제313-2005-00277호
주소 경기도 파주시 회동길 490
대표전화 02-704-1724 **팩스** 02-703-2219 **이메일** dasanbooks@dasanbooks.com
홈페이지 www.dasanbooks.com **블로그** blog.naver.com/dasan_books
종이 스마일몬스터 **인쇄 및 제본** 상지사 **코팅 및 후가공** 제이오엘앤피
ISBN 979-11-306-6604-4 (03840)